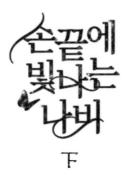

下

감사하고, 또 감사합니다♡

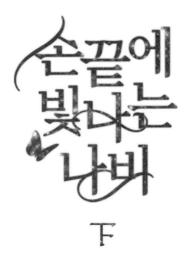

下

R&Moon

목차

· 8장 ·

네 마음을
내가 잡을 수 있게

봄이 다가오자 연구실은 본격적으로 나비 채집 여행에 나섰다. 수업 때문에 며칠씩 자리를 비우지 못하는 우건 대신 조수들이 각지로 떠나서 나비를 채집해 오기로 한 것이다.

소혜도 자신이 맡은 지역에서 나비를 채집하기로 했다. 험난한 산지는 그녀 혼자서 가기에 위험했으므로 주로 가까운 근교에서 나비를 채집했다. 아직 나비 채집에 익숙하지 않아 채집통에 담긴 나비는 많지 않았지만, 그래도 날마다 그 수를 조금씩 보태어나갔다.

그날도 어김없이 채집을 마치고 돌아온 소혜가 연구실 문을 열었다. 우건이 없는 연구실에서 조용히 나비만 들여다보던 조수들이 일제히 고개를 들었다.

"다녀왔습니다."

"소혜 씨, 잘 다녀… 헉! 무슨 일이에요, 소혜 씨? 밖에 비라도 와요?"

소혜의 모습에 세호가 화들짝 놀라 물었다. 그녀가 물에 빠진 생쥐처럼 푹 젖어 있었던 것이다. 소혜는 두르고 있던 담요를 내리며 멋쩍게 웃었다.

"앞에 연못이 있는 줄 모르고 나비만 쫓다가 그만…"

그나마 오늘 간 데가 경성에서 그리 멀지 않은 곳이었기에 다행이었다. 더 먼 곳이었다면 젖은 옷이 다 마를 때까지 전철이나 인력거를 타지 못했을 테니 말이다. 여기까지 걸어오는 동안 따가울 만큼 무수한 눈총을 받았지만, 그래도 소혜는 전혀 개의치 않았다. 엄청난 수확이 있었으니까.

"짠! 그래도 그 나비를 결국 잡았어요!"

채집통을 자랑스럽게 들어 보인 소혜가 환하게 웃었다. 몸이 쫄딱 젖어도 나비 한 마리에 저토록 행복해하는 모습이라니.

"누가 신우건 연인 아니랄까 봐. 어째 하는 짓이 저리 똑같냐."

쯧쯧, 혀를 차는 희욱의 말에도 소혜는 배시시 웃기만 했다.

"제 기억으로는 처음 보는 나비인 것 같아요! 선배가 한번 봐주시겠어요?"

"내가 꺼낼 테니까 채집통이나 내려놔. 괜히 나비 날개가 젖을라."

"네!"

소혜는 희욱에게 채집통을 건네고 한 발짝 물러났다. 그러다 뒤늦게 제 몸에서 뚝뚝 떨어지는 물방울을 발견하고는 멀찍이 더 떨어졌다. 괜히 자신 때문에 책이나 자료들이 젖으면 안 되니까.

'조금 춥네.'

소혜는 오소소 소름이 돋은 팔을 쓸어내렸다. 조금 전까지만 해도 새로운 나비를 발견했다는 흥분에 추운 줄 몰랐는데, 이제야 제법 한기가 올라온다. 아직 날이 온전히 풀리지 않은 탓이었다. 하지만 학교 안에서는 이미 난방 기구를 전부 치운 상태였다. 결국 소혜는 젖은 몸으로 오도카니 구석에 선 채 떨고 있어야 했다.

"너 왜 이래."

갑자기 어깨를 잡고 돌리는 손길에 소혜가 놀라서 고개를 들었다. 언제 들어왔는지 우건이 사뭇 굳은 얼굴로 그녀를 내려다보고 있었다.

"나비를 잡다가 연못에 빠졌단다. 그보다 우건, 이 나비는 이제껏 발견한 적 없는 신종 같은데 너도 한번…."

"따라와."

그러나 희욱의 말은 끝맺어질 수 없었다. 우건이 입고 있던 재킷을 벗어서 소혜를 감싸더니 그대로 데리고 나가버린 것이다.

소혜의 손을 잡고 이끈 우건은 곧장 빈 실험실로 들어갔다. 쿵, 문을 닫는 소리가 유난히 커서 소혜는 저도 모르게 어깨를 움츠렸다. 돌아본 우건의 얼굴은 어쩐지 많이 화나 보였다.

"뭐 하는 짓이야?"

"네?"

"옷이 다 젖었잖아."

"그게, 나비를 쫓다가…."

"네가 어떤 상태인 줄이나 알고 계속 그렇게 있었던 건가?"

소혜는 의아하여 눈을 깜빡였다. 내 상태가 어떻기는, 옷이 다 젖어버린 상태이지. 우건이 왜 저렇게 화를 내나 싶어서 별생각 없이 고개를 내린 순간.

"헉…."

소혜는 그만 숨을 집어삼킬 수밖에 없었다. 물에 젖는 바람에 옷이 몸에 착 달라붙은 데다가 가뜩이나 옷감이 얇은 탓에 소혜의 몸이 그대로 드러났던 것이다. 가슴을 가린 가리개의 겉모양까지 고스란히 그 위로 비쳐서 민망한 모양이 됐다.

"아니, 저는 이렇게까지 된 줄은 몰랐는데…."

소혜는 황급히 우건의 재킷을 여미며 최대한 몸을 가렸다. 그나마 걸어오는 동안에는 담요를 빌려 몸에 둘렀기에 망정이지, 그러지 않았으면 한동안 경성 바닥에 발도 못 붙일 뻔했다. 오늘은 아예 이 옷차림으로 집을 나온 탓에 갈아입을 옷도 없었다. 옷이 완전히 마를 때까지 여기서 한 발자국도 나갈 수 없다는 의미였다.

"죄송해요···."

기어드는 목소리에 우건이 작게 한숨을 내쉬었다.

"왜 네가 죄송해."

"제가 조심했어야 하는데···."

"그런 걸로 미안해하지 마. 네 잘못 아니니까."

어색한 침묵이 그들 사이를 감돌았다. 우건은 짐짓 다른 곳으로 고개를 돌려서 시선을 허공에 붙박았다. 그렇다고 조금 전에 봤던 잔상이 완전히 기억에서 지워지는 건 아니었다. 물결치듯 유려하게 흐르던 곡선은 그의 신경을 휘어잡기에 충분한 것이었다. 몸의 선이 아름답다는 건 그녀가 춤을 출 때부터 알았지만, 막상 그 윤곽이 온전히 드러나자 지금껏 짐작했던 것보다 더욱 자극적이었던 것이다. 그런 모습을 다른 조수들이 봤다. 나와 같은 사내들이, 어쩌면 나와 같은 눈으로.

생각이 거기까지 미치자 피가 빠르게 역류하며 머릿속이 지끈거렸다. 불쾌한 감정이 맥박을 따라 혈관 끝까지 퍼져나가는 기분이었다. 소혜를 데리고 나온 건 거의 본능에 가까운 행동이었다.

"잠깐만 기다리고 있어. 몸을 닦을 만한 걸 찾아올 테니."

우건은 빠르게 몸을 돌려서 실험실 밖으로 나갔다. 그 자리에 계속 있다가는 저도 모르게 소혜의 몸으로 자꾸 눈길이 향할 것 같았다. 잠시 후, 우건이 어딘가에서 광목 수건을 구해 왔다.

"아, 제가 할 수 있어요."

"있어봐. 해줄 테니까."

이런 날씨에 계속 젖은 상태로 있다가는 감기에 걸리기 십상이었다. 우건은 우선 젖은 머리부터 닦아줬다.

"그런데 이렇게 있다가는 선생님 재킷까지 전부 젖을 텐데…."

"상관없으니까 그대로 덮고 있어. 감기에 걸리기 싫으면."

우건은 제 옷이 젖는 것보다 파랗게 질린 소혜의 입술이 더욱 신경 쓰였다. 조심스럽게 물기를 닦아내는 동안 그의 가슴께로 그녀의 옅은 숨결이 스며들었다.

"오늘… 나비를 잡으러 다니면서 선생님 생각이 계속 났어요."

한마디 한마디가 조약돌처럼 날아와 우건의 가슴에 잔잔한 물결을 일으켰다.

"잡힐 것 같으면서도 잡히지 않는 게 꼭 선생님 같아서요."

그 물결은 곧 커다란 일렁임으로 우건을 덮쳤다. 소혜가 움직임을 멈춘 손등 위로 제 손을 얹었다.

"근데 결국은 잡았어요."

겹쳐진 두 손 아래로 느리게 수건이 미끄러졌다. 툭, 바닥으로 떨어진 수건은 발밑에서 고요한 파동을 일으켰다. 오롯이 우건을 담은 눈동자가 그 위로 선명히 드러났다. 깊이 얽혀드는 시선에 그녀의 절실한 마음이 흘러넘쳐서 우건의 눈까지 적셨다.

"그래서 더 포기 못 하겠어요."

그 마음에 푹 젖어들고 싶었다.

"나비를 잡은 순간, 정말 세상을 다 가진 기분이었거든요."

아찔한 감각이 가슴을 스쳤다. 걷잡을 수 없는 충동. 터질 것 같은 감정. 더 이상 참는 건 고문과도 같았다. 우건은 잡혀 있던 손을 빼냈다. 그러곤 작은 어깨를 끌어당겨 소혜를 틈 하나 없이 감싸 안았다. 경직된 어깨가 품속에서 미약하게 바르작거렸다. 무어라 형언할 수 없는 감정이 폭발하여 모든 걸 집어삼킬 것만 같았다.

"…선생님?"

"너 지금 얼굴이 새하얘. 많이 추워 보인다."

우건은 제 온기를 나눠준다는 핑계로 소혜의 작은 몸을 끌어안았다. 포기하지 말라는 말이 행동으로 튀어나온 것이었다. 염치없이 그 마음이 자신을 옭아매길 바란다고 말할 수가 없어서. 그녀의 마음이 놀란 나비처럼 쉽게 날아갈까 두려워서. 우건은 제 체취가 스며든 옷에 감싸인 소혜를 한 번 더 깊게 끌어안았다.

"…이러다가 선생님도 젖으시겠어요."

"상관없다고 했잖아."

그 말에 소혜가 조금씩 몸에서 힘을 뺐다. 제 어깨에 편안히 기대는 작은 머리가 가슴을 간질였다.

"따뜻하네요, 선생님 품."

소혜의 옷에서 번진 물기가 자신의 옷으로 스며드는 게 느껴졌다. 살갗으로 차가운 한기가 파고드는데 몸은 오히려 뜨겁게 달아올랐다. 그녀의 무모하면서도 거칠 것 없는 감정이 점점 그를 물들이는 것처럼.

어쩌면 나는 내가 생각했던 것보다 더 너를 마음에 품고 있었는지도 모르겠다. 기꺼이 불속으로 뛰어드는 불나방이 되고 싶을 만큼, 나에게 주어진 운명 따위 저버릴 만큼. 아니, 네가 나의 운명이라 믿고 싶을 만큼.

'너를… 과연 끝까지 지켜낼 수 있을까.'

끝없이 찾아와 괴롭히던 그 질문에 나는 처음으로 물음을 던져본다. 이 여인을 지키는 방법이 정녕 놓아주는 길밖에 없는 것이냐고. 대한의 독립과 함께 이 여인을 지키는 길이 또 있지 않겠냐고.

'내 삶을… 저버리지 않더라도.'

이런 생각조차 죄악이 되는 내가, 과거의 잔상에서 벗어나지 못하여 살아 있는 것을 늘 죄스럽게 여기던 내가, 처음으로 살아보고 싶다는 생각을 한다. 너를 위해. 너와 함께.

◆ ◆ ◆

그 밤. 방 안에 홀로 앉아 있는 우건의 손에는 종이 한 장이 들려 있었다. 소혜와 함께 작성한 그들의 계약서였다. 행여 누군가에게 들킬까, 저만 아는 비밀 공간에 숨겨둔 그것을 새삼 꺼내어본 것이다. 몇 줄 적히지 않은 계약서를 몇 번이고 읽어 내리던 눈이 어둡게 침전됐다. 마지막 조항이 그의 시야를 어지럽히고 있었다.

"계약이 끝나면… 서로의 곁에서 완전히 사라져야 한다."

소리 내어 발음한 그 조항은 그 자체만으로 따가운 가시가 돼 목을 쿡 찔러왔다. 계약서를 쥔 손에 힘이 들어가서 종이에 약간의 구김이 갔다. 지금이라도 이 계약서를 없앨 수만 있다면.

'그럼 그 여인에게 가는 길이 조금은 편안해질까.'

서로를 지키기 위해 작성했던 계약서이지만, 지금은 오히려 그의 발목을 잡는 족쇄에 불과했다. 하지만 이 보잘것없는 종이마저 사라지게 된다면 그들은 그야말로 운명의 폭풍 한가운데에 던져지리라. 위험한 상황이 생겼을 때 그녀를 멀리 보내리라고 결심했던 안전장치가 사라지는 것이니. 우건은 그것이 두려웠다. 제 욕심으로 저 작고 여린 나비를 묶어뒀다가 끝내 함께 스러지게 될까 봐. 저 날개를 꺾게 될까 봐.

'저 여인의 삶만은 지켜주고 싶거늘.'

갈피를 잡지 못한 결심이 그를 밤늦도록 괴롭히고 있었다.

"도련님, 들어가도 되겠습니꺼?"

갑자기 들려온 순심의 목소리에 우건은 일단 계약서를 책장에 꽂힌 책들 사이로 밀어 넣었다. 방문을 여니 순심이 멋쩍게 웃으며 서 있었다.

"죄송합니더, 도련님. 혹시 바쁘십니꺼?"

"아냐. 말해."

"내일 아침을 미리 준비해놓을라 카는데, 통조림이 잘 안 열려서예. 낮에 손을 좀 썼더니 힘이 없어가…. 몇 개만 쪼매 열어주심 안 되겠습니꺼?"

어색하게 웃는 순심에 우건도 어깨의 긴장을 풀었다. 고개를 끄덕인 그는 방문을 닫고 순심을 따라 함께 부엌으로 향했다.

그리고 잠시 후. 예상치 못하게 기회를 잡은 수상한 기척 하나가 아무도 없는 우건의 방으로 흘러들었다. 머리부터 발끝까지 검은 복면과 검은 옷으로 휘감은 사내가 조용히 창문을 타고 방으로 들어온 것이다.

사내는 문밖의 기척을 유심히 살피고는 이내 빠르게 방 안을 뒤지기 시작했다. 능숙하게 이곳저곳을 살피는 모양새가 한두 번 뒤진 솜씨가 아닌 듯했다. 우건의 방 구조를 정확히 파악하고 있는 듯 그는 자신만의 순서대로 구석구석을 살폈다. 그때 사내의 눈에 전에는 한 번도 찾지 못했던 종이 한 장이 발견됐다. 그 종이를 빠르게 훑어보던 사내의 눈동자가 일순 번뜩였다.

"감사합니더. 그럼 푹 쉬시라예."

그때 문밖에서 다시금 기척이 가까워졌다. 사내는 잠시 고민하다가 그 것을 품에 넣었다. 서둘러 모든 것을 원래 상태로 돌려놓고 방을 빠져나 가는 모습은 마치 바람과도 같았다.

탁, 끼익.

창문이 닫히는 동시에 방문이 열렸다.

"…."

우건은 제 방 안에 감도는 낯선 한기에 눈가를 굳혔다. 예리한 눈으로 방 안을 훑어보던 그는 창가로 다가가서 바깥도 살폈다. 어둠으로 휩싸인 마당에는 아무것도 보이지 않았다. 밤바람에 을씨년스럽게 흔들리는 나 뭇가지가 괜히 신경을 건드릴 뿐이었다. 뭉친 숨을 내뱉으며 다시 의자에 앉으려던 찰나, 문득 느껴지는 이질감에 우건이 책장을 다시 살폈다. 빈 틈없이 꽂힌 책들 사이를 뒤적이는 손길이 어딘지 다급했다.

그중 책 한 권을 든 우건의 손이 미약하게 떨려왔다. 달라진 것은 아무 것도 없었다. 사라진 한 장의 계약서를 제외하고는.

◆ ◆ ◆

"그래. 그 작자의 방에 이런 게 있었다는 거지?"

검은 복면의 사내가 주인의 물음에 고개를 숙였다. 후, 짙게 내뱉어진 담배 연기가 공기를 혼탁하게 만들었다. 의자에 앉아 있던 주인은 궐련을 재떨이에 비벼 끄며 사내가 찾아온 종이를 탁자에 내려놓았다. 몇 문장과 그 밑에 표시된 두 사람의 이름.

"둘이서 몰래 재미있는 놀이를 하고 있었네."

바로 소혜와 우건의 계약서였다. 입꼬리를 말아 올린 주인, 학제가 계약서를 뚫어져라 응시했다.

"이제야 앞뒤가 들어맞네."

갑작스러운 약혼 발표와 서두른 동거, 거기에 짜 맞춘 듯 옮긴 직장까지. 그 모든 일이 한꺼번에 이뤄진 이유가 이제야 밝혀진 것이다.

"계약. 계약이라…."

두 글자로 명시되는 지금의 상황에 학제는 기분 좋게 입꼬리를 올렸다. 이 계약서를 찾아내기까지 꽤 오랜 시간이 걸렸지만, 자신의 예측이 틀리지 않았다는 생각에 가슴이 뻐근하리만치 희열이 느껴졌다.

'이제 이 계약서를 어떻게 활용하느냐가 문제인데.'

뭐, 그건 천천히 생각해봐도 나쁘지 않을 것 같았다. 어쨌든 우건을 칠 무기 하나는 손에 쥐었으니. 꾸준히 그의 집을 탐색해온 보람이 있었다.

학제는 사내에게 두둑한 사례금을 챙겨준 뒤 내보냈다. 혼자 남은 그는 조금 전 사내에게서 들은 이야기를 다시금 곱씹었다. 대부분은 쓸데없는 나비 연구와 관련된 것이었으나, 잘 살펴보면 그 안에 또 다른 단서가 있을 것 같았다.

"나비 표본으로 독립 자금을 세탁할 수는 없을 테고. 연구실에서 외부로 빠져나가는 것들 중에 분명 무언가 있을 텐데…."

한열단의 중심, 모든 정보와 거사가 우건을 통해 나온다던 변절자의 증언. 딱, 딱, 딱. 손끝으로 책상을 두드리는 소리가 일정한 속도로 공기를 갈랐다. 떠오르는 생각들을 중얼거리며 정리하기를 한참.

딱!

일순 멈춘 손끝과 함께 학제의 미간에 균열이 일었다. 그는 황급히 책장을 뒤져서 지난 몇 개월간 보고받은 연구비 사용 내역서를 펼쳤다. 몇 가지 항목 중에서 제일 먼저 눈에 들어온 것은 다름 아닌 학술지 출간 내역이었다.

송일 과학지는 교내뿐만 아니라 외부에도 유통돼 제법 많은 부수를 찍어내는 책이었다. 하지만 매달 같은 부수를 인쇄하는 건 아니었다. 어느 달에는 많이 찍어낸 한편, 또 어느 달에는 교내에 돌릴 물량이나 될까 싶을 만큼 적게 찍어내기도 했다. 부수의 차이에는 일정한 규칙이 없었다. 그래도 이것들이 어디로 유통되는지는 한번 살펴볼 만했다. 다만 모든 점이 확실해지기 전까지는 소스케에게 보고하지 않을 생각이었다. 학술지 유통에 대한 것은 물론 계약서의 존재까지도.

"내 먹잇감은 무사히 빼내야지."

누구에게도 빼앗기지 않게. 학제는 빙글 웃으며 제 앞에 놓인 계약서를 봤다. 쿡, 손톱으로 찌른 우건의 이름이 깊게 파였다. 사냥감의 뒤를 바짝 쫓았으니, 이제는 그것을 한입에 집어삼키는 일만 남았다.

◆ ◆ ◆

불 꺼진 작은 다방 안. 작은 기름 램프만 제 옆에 켜둔 만석은 홀로 앉아서 술잔을 기울이고 있었다. 안주라고는 그저 마른 김 몇 조각뿐. 그마저도 거의 손을 대지 않은 채 술만 줄어들었다.

격변의 세월을 겪으면서 모던 카페는 작년 말에 결국 문을 닫을 수밖에 없었다. 모든 것이 정리된 이후에도 만석은 몇 번이나 경찰서에 더 불려 가서 심문을 받아야 했다. 다행히 그때마다 우건이 손을 써준 덕에 매번 큰 고초 없이 풀려날 수 있었다.

우건이 소혜를 데려가면서 건넨 약간의 사례금과 가게 보증금으로 이처럼 작은 다방이나마 다시 열 수 있었다. 모던 카페가 한창 번창하던 시절에 비하면 보잘것없는 수익이었으나, 이마저도 요즘에는 감사하다고 여기는 만석이었다.

"다들 잘 지내고 있으려나…"

만석은 풀린 눈으로 허공을 바라보며 또 한 잔의 술을 비웠다. 모던 카페에서 하나둘 식구들을 떠나보낼 때마다 어찌나 가슴에 구멍이 숭숭 뚫리던지. 새로이 가게를 시작한 요즘에는 그들이 더 그리웠다. 특히 생사를 알 길도 없이 사라져버린 나타샤, 경림은 더더욱.

"매정한 것…. 인사도 없이 가버리고"

가득 담긴 술잔에 제 쓸쓸한 눈동자가 비쳤다. 이제 두 번 다시 돌아갈 수 없는 옛 시절이 그 안에 함께 담긴 듯했다. 차라리 이 술에 취하여 꿈에서나 만날 수 있으면 좋으련만. 한숨을 푹 내쉰 만석이 그것을 쭉 들이켰다.

쿵, 쿵.

그때 묵직하게 문을 두드리는 소리가 텅 빈 다방에 울렸다. 만석은 웬 술 취한 작자가 또 잘못 찾아왔다고 여기며 그 소리를 무시했다. 인근이 전부 술집 아니면 카페라서 취객이 술집으로 오인하고 들어오려는 경우가 왕왕 있었기 때문이다. 이미 불 꺼진 영업장이니 가만있으면 알아서 돌아가리라. 만석은 빈 술잔을 다시 채웠다.

쿵, 쿵, 쿵.

그런데 이번 취객은 제법 집요하다. 문을 열어줄 때까지 계속 두드릴

심산인지, 제법 일정한 간격을 두며 문안의 기척을 부르고 있었다.

"하… 거참 끈질기네."

만석은 귀찮은 일이 생겼다고 투덜거리며 자리에서 일어났다. 난동을 부리면 아주 단단히 혼쭐내리라, 그리 생각하며 벌컥 문을 열었다. 예상대로 남루한 행색의 방문객이 모자로 얼굴을 푹 가린 채 그 앞에 서 있었다.

'술내도 안 나고…. 취객은 아닌 것 같은데.'

만석은 낯선 방문객을 위아래로 훑어보며 엄한 목소리로 말했다.

"거, 밤늦게 뉘시오? 여기는 이미 영업 시간이 끝났으니 술을 찾으려거든 다른 가게로 가시오."

그러자 방문객이 서서히 고개를 들었다. 모자 밑으로 드리워진 어둠이 달빛을 받아서 걷힌 순간.

"너, 너…!"

만석의 얼굴이 하얗게 질리고 말았다.

"오랜만이에요, 사장님."

방문객의 정체는 다름 아닌 경림이었다. 만석은 귀신이라도 본 것처럼 뒷걸음질을 쳤다. 눈을 비벼봐도 눈앞에 있는 얼굴은 바뀌지 않았다. 어쩌면 죽었을지도 모르겠다고 생각한 그녀가 살아서 돌아온 것이다.

"네, 네가 어떻게 여기를…!"

"일단 좀 들어갈게요. 누가 볼지도 모르니까."

경림은 주위를 빠르게 살핀 뒤 다방 안으로 들어와 문을 걸어 잠갔다. 그러고도 한동안 바깥을 경계하는지 문에 귀를 대어 다른 기척을 살폈다. 만석은 여전히 혼비백산하여 그런 경림을 멀거니 바라보기만 했다. 주위가 완전히 안전하다고 판단됐는지 마침내 경림이 뒤돌아섰다. 그렇게 마주한 얼굴은 예전의 나타샤라고는 상상도 못 할 상처와 흉터로 얼룩져 있었다.

"정말… 정말로 나타샤가 맞느냐? 나타샤 경림이 맞아?"

"네. 맞아요."

"내, 내가 지금 꿈을 꾸는 건 아니겠지. 귀신을 보고 있다거나…."

"그런 거 아니에요."

허무맹랑한 소리에 경림이 짧게 헛웃음을 쳤다. 만석은 비틀거리며 앞으로 걸어와 경림의 손을 맞잡았다. 확실하게 온기가 느껴지는 산 사람의 손이었다.

"어쩐지, 이상하게 생각나더라니…."

만석은 맞잡은 손을 한 번 꾹 쥐고는 자리로 안내했다.

"일단 앉거라. 차라도 내오마."

테이블에 어질러진 술잔 따위를 빠르게 치운 그는 곧 찻주전자에 물을 올렸다. 경림은 새삼스러운 눈길로 다방을 둘러보다가 자리에 앉았다. 이내 두 사람 사이에 차 두 잔이 놓였다. 경림은 하얗게 피어오르는 김을 물끄러미 바라봤다. 그녀의 얼굴에는 차마 형언할 길 없는 어두운 빛이 어려 있었다. 그 얼굴을 말없이 바라보던 만석이 낮게 입을 열었다.

"몸은 괜찮은 거냐?"

경림이 시선을 들었다. 바싹 말라서 허옇게 뜬 입술에 쓴웃음이 걸렸다.

"보시다시피 이렇게 걸어 다닐 정도는 돼요."

"그동안 대체 어디서 지냈던 거야?"

"중국에 있었어요. 거사 직후에 운 좋게 놈들에게서 도망쳤거든요."

거사. 사이토 대좌의 집이 폭발로 날아간 날을 뜻하는 것임을 만석은 모르지 않았다. 일본 헌병이 말한 대로 그녀가 독립운동에 가담했다는 것도. 이후로 한참이나 말을 골랐지만 선뜻 물을 수 있는 말이 없었다. 더 물어봤자 경림도, 자신도 모두 위험해질 뿐이었다. 그 침묵의 간극을 알아차린 경림이 다음 말을 이었다.

"소혜는… 잘 지내고 있어요?"

자신 때문에 무슨 일이 벌어졌는지 알고 있는 듯한 투였다.

"직접 볼 수 있다면 더 좋을 텐데, 아시다시피 제가 마음대로 움직일 처지가 아니어서요. 그나마 찾아올 수 있는 사람이 사장님밖에 없었어요."

만석은 어두운 얼굴로 머릿속에서 지난날을 정리했다.

"송일고보에 있는 신우건 선생이 그 아이를 거뒀다."

"그럼 그 선생이라는 자와 약혼했다는 것도 사실인가요?"

"그래. 사실이다."

경림은 뜻을 알 수 없는 표정을 지으며 잠시 입을 다물었다. 자신 때문에 애꿎은 소혜가 휘말렸다는 생각에 죄책감이라도 느끼는 걸까. 위로의 말을 꺼내려던 순간.

"호원 아저씨를 뵐 낯이 없어졌네요."

만석은 말을 잇지 못하고 눈을 크게 떴다. 경림의 입에서 나오리라곤 상상도 못한 이름에 그의 심장이 빠르게 뛰었다.

"네가… 네가 호원이를 어떻게 아는 것이냐?"

"만났으니까요. 아주 오래전에."

찻잔을 두 손으로 감싼 경림은 깊이 침전한 눈으로 그 잔을 바라봤다. 이미 아득한 과거가 돼버린 지난날의 잔상이 찻잔 안에서 아롱지듯 흔들리고 있었다.

"알고 지낸 기간은 그리 길지 않았지만, 아저씨는 제게 무척이나 잘해주셨어요."

"…딸처럼 보였겠지."

"네, 그 말씀도 하시더라고요. 저만 한 딸이 있다고. 아이를 남겨두고 홀로 떠나왔다고."

호원은 경림을 만날 때마다 입버릇처럼 말하곤 했다. 언젠가 경성으로 가게 된다면 꼭 모던 카페라는 곳에 들러서 딸아이가 잘 지내고 있는지 좀 봐달라고. 아저씨가 가서 직접 보라고 대꾸하면 그저 허허실실 웃기만 했다. 딸 이야기만 나오면 참으로 여려지는 사람이었다. 그만큼 단단한 사람이었고.

"그럼…."

만석은 쉬이 말을 잇지 못하고 잠시 입술을 달싹였다. 물어보고 싶은 말은 정해져 있는데, 그 대답을 들을 자신이 없어서 망설이는 것이었다.

"호원이는 지금…."

경림은 그저 말없이 고개를 들고 만석을 봤다. 검게 내려앉은 눈동자는 미소인지 울음인지 모를 것을 담고 있었다.

"내 그 아저씨 유언에 묶여서 모던 카페의 무용수까지 하게 됐습니다."

유언. 그 시리고도 잔혹한 단어에 만석은 파르르 떨려오는 턱을 꾹 짓씹었다. 예상했던 바였다. 호원이 독립을 위해 떠났다는 것도, 돌아오지 못할 강을 건넜다는 것도. 하지만 그 사실을 막상 제 귀로 듣고 나니 허망해지는 마음을 다잡을 길이 없었다. 만석은 붉어진 눈시울을 벅벅 문지르고는 묵직한 한숨을 내쉬었다.

"나타샤. …아니, 경림아."

그러곤 말마디 하나하나에 힘을 실어서 말했다.

"소혜에겐 그냥 아무 말도 말아줘라."

목숨이 경각에 달린 순간에도 딸을 지키고자 했던 호원이었다. 뭔가를 알게 되더라도 끝까지 비밀을 지켜달라던. 경림은 찻잔을 비우고 자리에서 일어났다.

"저도 괜히 들쑤실 생각은 없어요. 그냥 다들 무사한지 알고 싶어서 찾아왔으니까."

뒤따라 일어난 만석이 황급히 그녀를 불러 세웠다.

"어디로 가는 게냐?"

"아직 할 일이 남아 있어요."

"또 위험한 짓을 하려는 게야? 주검밖에 더 되지 않는 길이 아니냐!"

그 말에 경림이 뒤돌아봤다. 희미하게 걸린 미소 위로 그와는 비교도 안 될 만큼 단단한 눈동자가 보였다.

"살리러 가는 길입니다. 죽어가는 조선을. 우리 대한을."

그 말을 끝으로 경림은 다시 어둠 속으로 사라졌다.

◆ ◆ ◆

아침 식사를 하는 내내 우건의 표정이 좋지 않았다. 평소처럼 무표정한 얼굴이었지만 굳은 눈빛이 자꾸만 마음에 걸렸다. 소혜는 걱정스럽게 그의 안색을 살폈다.

'혹시 어제 나눈 대화 때문에 저러시나…'

자신과 함께 있는 게 불편한 까닭은 아닐지 걱정하느라 그녀의 젓가락질이 점점 느려졌다.

"그렇게 계속 쳐다보면 신경 쓰이는데."

예고도 없이 훅, 우건의 눈동자를 마주하게 된 소혜가 눈을 빠르게 깜빡였다.

"아, 그게…."

넋을 놓고 쳐다보다가 이렇게 눈이 마주친 적은 많지만, 지금은 상황이 여느 때와는 다른지라 어쩐지 가슴 한구석이 따끔 아파왔다. 혹 거절할 생각을 하고 있는 걸까 봐. 나를 밀어낼 생각을 하고 있는 걸까 봐.

"많이 피곤해 보이셔서요."

그래서 묻고 싶은 말 대신 약간의 걱정만 내비쳤다. 우건의 마음이 어디를 향하고 있는지 알 수 없으니, 그녀가 할 수 있는 일이란 기다리는 것뿐이었다. 그의 대답이 정해질 때까지. 그 대답을 들을 각오가 설 때까지.

"연구 때문에 신경 쓸 일이 좀 있어서 그래."

입을 다물며 시선을 내린 우건이 잠시 후 다시 말을 이었다.

"당분간 너는 집 밖으로 나가지 않았으면 하는데."

갑작스러운 말에 소혜가 작게 입을 벌렸다. 무언가 문제가 생겼음을 직감한 것이다.

"왜요? 혹시 상황이 더 위험해졌나요?"

고민하던 우건은 간밤에 있었던 일을 그녀에게 전했다. 계약서가 사라졌다는 말에 소혜의 안색이 순식간에 하얗게 변했다.

"대체 누가 그런 짓을…."

"형사가 그랬거나, 아니면 사주를 받은 누군가가 그랬겠지."

소혜는 아랫입술을 꾹 깨물었다. 두려움이 덮쳐서 온몸의 피를 쓸어내는 것 같았다. 한기가 들어서 저도 모르게 팔을 쓸어내렸다.

"그게 만약 알려진다면… 선생님께서 위험해지시는 거잖아요."

"지금은 너를 걱정할 때야, 백소혜."

우건은 잔뜩 흐려진 얼굴의 소혜를 눈에 담았다. 계약서가 세상에 알려지게 되면 가장 먼저 위험해질 그녀는 이번에도 본인이 아닌 그를 먼저 걱정하고 있었다. 자신의 안위보다는 우건의 안위가 더 중요한 것처럼. 이상하게 가슴 한구석이 아릿해졌다. 저런 여인을 내 손으로 위험하게 만든 것 같아서. 우건은 한숨을 삼키며 말을 이었다.

"갑갑하겠지만 일이 해결될 때까지 조금만 참아줘."

"선생님 생각이 그러하시다면 그렇게 할게요."

"미안하다."

"아니에요. 그런 말씀 마세요."

많이 무서울 텐데도 소혜는 끝까지 우건만 걱정했다. 위험한 건 피차 마찬가지일 텐데, 오히려 일이 해결될 때까지 그녀 혼자만 집에 있어야 한다는 걸 미안하게 생각했다. 우건은 만일의 상황에 대비하여 소혜를 멀리 대피시킬 계획까지 세웠다. 어떻게든 이 고비에서 소혜를 지켜내야만 했다. 그래야 답을 해줄 수 있을 테니. 그날의 질문에, 그녀의 마음에.

◆ ◆ ◆

하지만 며칠이 지나도록 그들에게는 아무 일도 일어나지 않았다. 익명의 상대가 예상외로 아무런 행동도 취하지 않았던 것이다. 계약서가 사라진 일이 거짓으로 느껴질 만큼 평화로운 나날이 이어졌다.

'대체 무슨 생각인 건지.'

이 고요함이 오히려 폭풍 전야처럼 느껴지는 우건이었다. 그나마 불행 중 다행인 점은 계약서를 가져간 사람이 소스케가 아니라는 것이었다. 소스케였다면 이렇게 간을 볼 새도 없이 바로 움직였을 테니까. 여전히 긴장은 놓을 수 없었지만, 소혜가 다시 일상생활을 해도 괜찮을 것 같았다.

"저, 선생님. 그럼 내일부터 다시 채집하러 다녀도 되나요?"

"이 상황에도 그런 걸 걱정하나?"

"그런 거라니요? 지금 저한테는 가장 중요한 거예요."

선생님을 돕는 일이니까. 소혜는 애원하는 눈빛으로 우건을 봤다. 사실 내내 집에만 있느라 몸이 근질거리는 탓도 있었다.

"그럼 혼자 다니면 위험하니 다른 조수들과 함께 움직이도록 해."

"네! 그럴게요. 세호 씨를 따라가야겠다. 산으로도 가보고 싶었는데."

소혜는 고개를 크게 끄덕이며 배시시 웃었다. 밖으로 나가는 게 그리도 좋을까. 불안한 생각마저 잊게 만드는 그 미소에 우건은 저도 모르게 입가를 늘렸다.

"선생님께서 웃으시는 거, 되게 오랜만에 봐요."

나직이 들려온 목소리에 우건은 새삼스럽게 미소를 지웠다. 무의식중에 그녀에게 물든 걸까. 심장이 빠르게 뛰어서 저도 모르게 당황한 티가 났다. 부러 모른 척해주려는지 소혜는 이내 잘 자라는 인사를 전하고는 방으로 향했다. 그리고 방문을 열고 안으로 들어가기 직전, 고개를 돌린 그녀가 마지막으로 그를 향해 환하게 웃어 보였다.

"내일 나비 많이 잡아 오면 잘했다고 칭찬해주세요. 지금처럼 웃으시면서요."

그 말이 나비처럼 팔랑 날아와서 우건의 가슴을 간질였다. 숨이 폐부에 가득 차오른 것처럼 가슴이 뻐근하게 조였다. 우건은 못 말린다는 듯 실소를 내비치며 고개를 끄덕였다.

"…그래. 칭찬해줄게. 너처럼 웃으면서."

그러니 조심해서 잘 다녀와. 기다리고 있을 테니.

◆ ◆ ◆

　수업을 마치자마자 교장의 호출이 있었다. 손님이 찾아왔으니 잠시 교장실로 내려오라는 내용이었다.

　"연구실로 보내지 않고?"

　"네. 교장실에서 기다리신다고 하니, 신 선생님께서도 수업을 마치는 대로 바로 오시라고 하셨습니다."

　말을 전한 학생이 꾸벅 허리를 숙이고는 도로 가버렸다. 문득 묘한 긴장감이 가슴을 스쳤다. 수업을 마친 우건은 교무실에 책을 놓고는 곧장 교장실로 향했다. 똑똑, 문을 두드리자 안에서 교장의 유쾌한 목소리가 들려왔다.

　"왔나, 신 선생. 얼른 들어오게."

　교장은 평소보다 더 살가운 태도로 우건을 맞았다. 원래도 학교의 위상을 드높인다면서 그를 좋아하던 교장이었지만, 오늘은 특별히 더 과장된 태도였다. 어쩐지 조심스러운 듯도 했다. 교장실에 발을 들인 우건은 그제야 이유를 깨달았다. 시야에 들어온 낯익은 얼굴. 묘하게 신경을 거스르던 예감이 그대로 적중되는 순간이었다.

　"이번에는 제가 시간을 잘 맞춰 온 것 같군요."

　자리에서 일어난 학제가 우건을 향해 싱긋 웃었다. 그의 손에 들린 검은색 중절모가 여유롭게 까딱였다.

　"그러잖아도 지난번에 선생을 너무 짧게 만나서 아쉬움이 컸는데, 이리도 바로 와주실 줄이야."

　그 웃는 낯에도 우건은 굳은 표정을 풀 줄 몰랐다. 예상치 못한 순간에 기습을 당한 것처럼 불쾌감이 차올랐다. 저 남자가 찾아온 목적이 나비 연구에 있지 않음을 감지한 탓이었다.

"학교까지는 또 무슨 일입니까?"

우건의 불친절한 물음에도 학제는 여전히 미소를 유지했다.

"선생은 내가 온 게 그리 달갑지 않은 모양입니다."

"바쁘신 분을 괜히 발걸음하게 만든 것 같아서 말입니다."

"내가 원래 내 돈 들어가는 곳에는 자주 들러야 직성이 풀리는 성격이라."

"매주 올리는 보고로도 충분할 텐데요."

"조선 속담에 백문이 불여일견이라는 말도 있지 않습니까."

한마디도 지지 않겠다는 듯 대꾸가 꼬박꼬박 돌아왔다. 우건의 미간이 조금 더 구겨졌다. 자신이 올린 보고서 말고, 또 다른 무언가를 확인하고 싶다는 뜻처럼 들려왔다. 어쩐지 두 사람의 대화에 가운데서 숨이 막히는 기분이라, 교장은 얼른 서글서글하게 웃으며 두 사람을 진정시켰다.

"이렇게들 서 계시지 말고 앉아서 대화를 나누시지요. 신 선생, 자네도 앉게. 나는 잠시 나가 있을 테니."

"연구실로 가겠습니다. 그곳이 더 편합니다."

우건이 뒤돌아서려던 찰나.

"아뇨. 여기서 이야기를 나누도록 하죠."

학제가 눈가를 가늘게 늘이며 입꼬리를 말아 올렸다.

"나는 신우건 선생, 당신하고 둘만 있고 싶거든."

연구실 사람들을 우르르 내보내는 것보다는 교장 하나 비키는 게 더 낫지 않겠어? 사람 좋은 척 웃는 낯이 그렇게 말하고 있었다. 우건은 눈가를 구기며 능구렁이 같은 학제를 봤다. 지난번에는 소혜를 함께 남게 하더니, 오늘은 또 단둘만 있자고 한다.

'대체 무슨 꿍꿍이야, 너?'

우건이 사나운 눈매로 물어도 돌아오는 것은 제 속을 긁는 듯한 눈웃음뿐이었다.

"그, 그럼 편히 말씀을 나누십시오. 신 선생, 자네도 너무 유난스럽게 굴지 말고."

우건의 어깨를 툭툭 다독인 교장이 얼른 자리를 비켰다. 학제가 연구실뿐만 아니라 송일고보에도 기금을 뿌린 효과가 나타나는 순간이었다.

조용히 문이 닫히자 싸늘한 정적이 두 남자를 에워쌌다. 또 무슨 이야기로 들쑤시려고 여기까지 찾아온 건지.

'그나마 소혜가 있는 연구실이 아니라 여기로 나를 부른 걸 보면, 이번에는 다른 문제 때문인 것 같은데.'

저 가면 같은 얼굴 뒤에 무슨 생각을 숨기고 있는지 알 수가 없으니, 더욱 경계할 수밖에. 우건은 천천히 학제의 맞은편으로 가서 앉았다.

"얘기나 들어보죠. 무슨 문제로 나를 찾아왔는지."

"잘 생각했습니다. 아깝게 시간을 빼앗진 않을 테니 그리 도끼눈을 뜨지는 말고."

능글맞게 웃은 학제가 우건을 따라 자리에 앉았다. 길게 다리를 꼰 그는 편하게 소파에 몸을 기대며 우건을 바라봤다. 눈빛, 표정, 자세 전반에 깔린 건방진 태도가 무척이나 거슬렸다. 마치 자신이 상위 포식자라도 되는 듯 구는 것 같아서.

"매주 올라오는 보고서는 꼼꼼히 잘 읽고 있습니다. 내 돈을 허투루 쓰지 않고 착실하게 연구를 위해서만 사용하더군요."

"아까운 시간 안 빼앗는다고, 방금 들은 것 같은데."

괜한 사족을 붙이지 말고 본론부터 꺼내라는 의미였다.

"여전히 날카롭네."

학제가 피식 실소를 흘렸다.

"뭐, 그게 신 선생의 매력이라면 매력이지만."

"자꾸 쓸데없는 말만 할 거라면 이만 일어나겠습니다."

"알겠습니다. 장난은 이쯤 하죠. 나도 시간이 많은 건 아니니."

끄덕이는 고개 끝에 마침내 미소가 사라졌다. 동시에 한순간 뒤바뀌는 표정. 온기가 완전히 식어버린 얼굴은 학제를 전혀 다른 사람처럼 보이게 했다.

"내가 최근에 아주 재미있는 걸 손에 넣었는데 말입니다."

학제는 품속에서 가로로 접힌 종이 한 장을 꺼냈다. 손가락 사이에 끼워진 종이가 팔랑팔랑 흔들렸다.

"이게 뭔지 설명을 좀 듣고 싶은데."

마침내 그 손끝에서 종이가 펼쳐지자 우건의 눈동자가 옅게 흔들렸다. 계약서. 그날 밤에 사라진 계약서가 학제의 손에 들려 있었던 것이다. 손등의 혈관이 갑자기 들이닥친 혈량으로 팽창했다. 사납게 벼려진 시선이 학제에게 박혔다.

"이제는 내 방까지 뒤집니까?"

"글쎄요. 나는 이게 어디서 나왔는지는 잘 모르는데. 여기에 선생과 소혜 양의 이름이 적혀 있다는 것만 알 뿐."

다 알면서도 모르는 척하는 저 면상에 당장이라도 주먹을 꽂고 싶었다. 그러잖아도 방에서 계약서가 사라진 이후에 예상은 하고 있었다. 훔쳐 간 누군가가 조만간 직접적으로든, 간접적으로든 제 앞에 모습을 드러낼 것임을. 하지만 그 사람이 학제일 줄은 전혀 짐작하지 못했다.

"원하는 게 뭡니까?"

이유를 묻는 것보다 그가 원하는 목적을 묻는 게 먼저였다. 훔친 계약서를 들고 제 앞에 직접 나타났다는 것은 그것을 빌미로 뭔가를 요구하리라는 뜻이었으니까. 그리고 그 요구는 학제의 입으로 듣기도 전에 우건의 머릿속에 먼저 떠올랐다.

"백소혜."

불행하게도 소름 끼칠 만큼 정확히 맞아떨어지는 대답이었다.

"소혜 양을 놓아주십시오. 당신이 계약으로 묶어놓은 그 여인을 말입니다."

저도 모르게 턱에 힘이 들어갔다.

"당신 곁에서 그 여인을 떠나보내는 게 제일 안전하다는 뜻입니다. 물론 나에게 그 여인을 보내주면 더더욱 좋고."

욕망을 가감 없이 드러낸 학제가 경고성 짙은 눈빛으로 우건을 봤다. 시종일관 우위를 선점했다는 듯이 굴었던 태도의 이유가 '계약서'였다니. 어쩐지 제대로 한 방 먹었다는 생각에 헛웃음까지 나왔다.

처음 만난 순간부터 노골적으로 소혜에게 관심을 표하던 남자였다. 공식적으로 약혼자 행세를 하는 제 앞에서도 아랑곳하지 않고 그 속내를 드러내던. 그래서 더욱이 조심하고 있었는데….

'하필이면 계약서를 가져간 게 이 자식이었다니.'

호랑이에게 대문을 열어준 격이었다. 학제는 자기 수중에 들어온 계약서를 십분 활용할 계획인 듯했다.

"듣자 하니 타이로 소스케 대좌라는 사람이 신 선생과 소혜 양을 꽤나 주시한다던데."

학제는 부러 소혜의 이름을 힘줘 말했다. 그는 알고 있었던 것이다. 그 일을 걸고넘어지면 우건이 결코 제 말을 거스를 수 없으리라는 것을.

"이걸 타이로 대좌에게 넘기면 두 사람은 꽤나 곤란해지겠죠."

우건은 터질 것 같은 분노를 주먹 속에 꽉 움켜쥐었다.

'설마 타이로 대좌가 이자를 매수한 건가.'

확신할 수 없었지만 아예 가능성이 없는 이야기는 아니었다. 거센 눈동자가 달려들듯 학제를 노려봤다. 다른 무엇보다 소혜의 안전을 담보로 잡았다는 사실에 이성이 마비될 만큼 화가 일었다. 학제에게 화나는 만큼 스스로도 용서할 수 없었다. 애초에 계약서 자체는 소혜를 지키기 위한 수단이었는데, 그것 때문에 도리어 소혜가 위험으로 내몰린 꼴이 되고 말았으니.

"시간은 일주일 드리죠."

학제가 자리에서 일어나며 말했다.

"그 안에 소혜 양과의 관계를 정리한다면 이 계약서는 나도 조용히 묻도록 하겠습니다."

"그렇게 안 한다면?"

"당연히 세상에 밝혀야죠. 신우건이 자기 지위를 이용하여 백소혜와 거짓 연기를 하고 있다고. 그것도 폭탄 테러에 가담한, 범죄자를 지키기 위해."

나직이 뒤이은 그 말에 우건의 눈매가 날카로워졌다. 당장이라도 계약서를 향해 뻗어 나갈 것처럼 그의 손이 움찔거렸다. 꿈틀거리는 근육을 본 학제가 빙글 웃으며 계약서를 품에 넣었다.

"혹시나 싶어서 말씀드리는데, 지금 이 자리에서 계약서를 없앨 생각은 하지 않는 편이 좋을 겁니다. 내가 설마 그 정도도 대비하지 않았을까."

이 계약서가 없어도 그 내용을 증명할 방법이 따로 있다는 뜻이었다.

'만약을 대비하여 계약서를 미리 사진으로 찍어뒀으니.'

이곳으로 오기 전에 치밀하게 모든 걸 계획한 것이다. 적지 않은 비용이 들었지만 그렇게 할 가치가 충분한 계약서였다. 학제는 자기 승리를 예감했다. 계약서가 제 손에 있는 이상, 신우건이 할 수 있는 일은 아무것도 없었다.

'무릎 꿇고 빌게 하는 것도 좋을 듯하고.'

그래봤자 계약서를 돌려주진 않을 테지만. 학제의 눈가가 가늘게 늘어졌다. 하지만 그가 한 가지 간과한 게 있었다.

"…내가 왜 계약서를 빼앗을 거라고 생각하지?"

소혜를 향한 우건의 마음이 단순한 이타심만이 아니라는 것을.

"이 자리에서 죽여버리면 그만인데."

그의 소유욕을 이미 경험한 적이 있으면서 말이다. 학제의 얼굴이 흙빛에 가깝게 물들었다. 위험한 발언을 서슴없이 내뱉는 우건이 사뭇 낯설어서 잠시 당황하고 말았다. 통제를 벗어난 입꼬리가 가늘게 흔들렸다.

"궁지에 몰리니 눈앞에 보이는 게 없어지나 보네. 그런 말까지 하는 걸 보면."

"그냥 하는 말인지 아닌지는 당신이 원한다면 알게 될 겁니다."

한순간 뒤바뀐 판도에 뒷골이 싸하게 식었다. 조금 전까지 흔들리던 눈빛은 온데간데없이 우건은 도리어 그를 압박하고 있었다.

"부끄럽지도 않습니까? 당신의 동포들은 지금도 중국 각지에서 목숨을 바쳐 일본과 싸우고 있는데, 그런 일본에 손을 보태고 있다니."

그보다 약점을 더 깊게 찔러오자 학제는 얼굴근육까지 경직됐다. 저 말을 듣는 순간 어째서 어머니와 린진의 얼굴이 떠올랐을까. 양심 때문에? 아니면 저버린 어머니와의 약속 때문에? 어쩌면 조선과 중국의 운명이 다를 것이라고 자신할 수 없기 때문일지 모르겠다.

하지만 학제는 순간적으로 떠오른 생각을 필사적으로 외면했다. 바득, 이를 가는 소리가 소름 끼치게 허공을 울렸다.

"누구한테 훈계질이야. 망국의 백성 주제에…."

전에는 느낄 수 없었던 살기가 그 목소리에 고스란히 묻어났다. 그러나 찌를 듯한 살기에도 우건은 흔들림 없는 대나무처럼 말을 이었다.

"중국은 우리처럼 되지 않으리라고 생각합니까? 아니, 애초에 조국을 생각하는 마음이 당신의 가슴에 조금이라도 있긴 합니까?"

"닥쳐. 그 입 찢어버리기 전에."

평정심이 크게 흔들렸다. 어떤 상황에서도 판단력을 잃지 않던 학제가 우건의 말에 이성까지 잃을 정도로 크게 동요한 것이다. 조국, 그리고 자신의 정체성. 어릴 때부터 할아버지와 어머니 사이에서 늘 혼란을 겪었던 그에게 이 두 가지는 감히 건드려서는 안 될 역린과도 같았다. 우건은 눈에 띄게 흔들리는 학제를 똑바로 응시했다.

"나를 도발하고 건드리는 건 어떻게든 참아보겠습니다."

어차피 이 한 몸, 어떤 상황에 처해지든 상관없으니.

"하지만 백소혜는 안 돼."

대한의 독립과는 별개로, 처음으로 함께하고 싶다는 열망이 생긴 여인이기에. 내 마음에 처음으로 들어온 여인이기에. 그런 나에게 모든 것을 내걸 각오를 하는 여인이기에.

"그깟 계약서 한 장으로 우리를 어떻게 할 수 있다고 믿는 모양인데."

우건은 다리를 곧게 펴고는 학제를 내려다봤다.

"착각하지 마. 우리 관계를 끊을 수 있는 건 아무것도 없으니까."

우건은 그대로 학제를 뒤로한 채 교장실을 나가버렸다. 홀로 남은 학제의 호흡이 점점 들끓었다.

"건방진 자식⋯. 감히 내 앞에서 조국을 논해?"

낮게 으르렁대는 목소리에는 독기가 가득했다. 평정심이 위험하리만치 흔들리는 가운데, 학제는 자리를 박차고 일어났다. 좀처럼 갈무리되지 않는 감정은 그의 얼굴을 야차처럼 사납게 일그러뜨렸다.

"왕 사장님, 벌써 대화를 끝내셨⋯."

학제는 때마침 다가와 제 앞을 막은 교장을 맹렬하게 쳐다봤다. 눈빛만으로 숨통을 얼어붙게 만드는 그 얼굴에 교장은 흠칫하며 뒤로 물러났다. 교장이 계속 가로막고 있었다면 제 손이 그의 목을 틀어쥐었을 것이다. 교장을 차갑게 휙 지나친 학제는 그대로 송일고보를 벗어났다.

"후⋯."

학제는 지그시 눈을 감고 몇 번이고 심호흡하며 간신히 격앙된 감정을 가라앉혔다. 분노에 휩싸이기보다는 이성적으로 지금 상황을 판단하고 싶었다. 천천히 눈꺼풀을 밀어 올린 그는 평상시처럼 차가운 눈동자로 허공을 응시했다. 승기는 여전히 제 손안에 있다.

"어차피 네놈은 궁지에 몰린 쥐다, 신우건."

과연 일주일 뒤에도 그 건방진 낯짝을 똑바로 들 수 있을지, 두 눈 똑똑히 뜨고 지켜봐주지.

◆ ◆ ◆

빠르게 걸음을 옮기던 우건은 박물관에 도착하고 나서야 걸음을 멈췄다.

"하⋯."

뭉쳐 있던 숨이 뜨겁게 터져 나왔다. 끓듯이 날뛰는 감정을 가라앉히느라 머리가 지끈거렸다. 복잡하게 얽혀버린 상황에 무엇을 먼저 생각해야 할지 판단이 서지 않았다.

'소혜를 보내라니….'

절대로 받아들일 수 없는 요구였다. 만에 하나 학제가 계약서의 존재를 세상에 퍼트린다 하더라도 그자에게만큼은 결코 소혜를 보낼 수 없었다. 그건 절대 소혜를 위한 일이 아닐 테니까. 차라리 소혜를 그가 찾을 수 없을 만큼 먼 곳으로 피신시키는 편이 훨씬 나으리라.

'수습은 내가 하면 될 테니.'

설령 이 손에 피를 묻히게 되더라도. 우건은 이성을 차갑게 유지하며 연구실로 향했다. 소혜가 돌아오면 이 문제에 대해 진지하게 논의해보리라. 어쩌면… 일방적인 설득이 되겠지만.

그 시각.

"소혜 씨, 여기를 잘 딛고서 올라오세요!"

"웃, 네!"

소혜의 발이 세호가 가리킨 자리로 힘겹게 올라섰다. 세호와 재우를 따라 산으로 나비를 채집하러 왔는데, 하필 오르는 길이 꽤나 험했던 것이다. 경사가 가파른 데다가 울퉁불퉁한 돌도 여기저기 많이 박혀 있어서 발을 딛기가 힘들었고, 새벽 내내 얼었다가 갓 녹은 산길은 자잘한 모래와 진흙 때문에 발이 미끄러지기 십상이었다.

'차라리 연구실에서 자료나 정리하고 있을걸….'

오랜만에 밖으로 나와서 들떴던 기분은 온데간데없이, 한 발 한 발 겨우 산길을 오르는 소혜의 입에서는 거친 숨만 터져 나왔다. 세호가 소혜의 손을 잡아서 위로 끌어주며 말했다.

"이제 딱 10분만 더 올라가면 도착해요! 포기하지 말고 조금만 더 힘내세요."

"헉, 네에…."

근데 세호 씨, 그거 아시나요? 그 말은 조금 전에 재우 씨도 하셨어요….

10분이면 도착한다는 말은 산 타는 사람들의 공통적인 특징인 걸까. 세호와 재우는 소혜가 힘들어할 때마다 같은 말을 번갈아 하며 응원 아닌 응원을 했다. 차라리 각오라도 하도록 솔직하게 말해주지. 헛된 희망은 가뜩이나 한계에 달한 소혜의 체력을 더욱 바닥으로 끌어내렸다. 울상을 지은 소혜는 굵은 나무뿌리를 붙잡으며 한 걸음 더 올랐다.

그렇게 얼마나 더 올라갔을까. 마침내 도착한 곳은 계곡이 흐르는 깊은 산속이었다. 파랗게 돋아난 새순과 겨우내 얼었다가 다시 흐르기 시작한 계곡물이 봄을 알리고 있었다. 본격적으로 채집 준비를 마친 세호가 소혜와 재우에게 포충망과 채집통을 나눠줬다.

"돌아갈 시간이 되면 신호할 테니 여기서 다시 모입시다."

"네, 좋아요."

소혜는 포충망 손잡이를 꼭 쥔 채 제가 맡은 쪽으로 향했다. 군데군데 물기가 축축하여 내딛는 걸음이 조심스러웠다.

"어…."

그때, 소혜는 저도 모르게 소리를 냈다가 황급히 입을 다물었다. 비탈길을 따라 한참 나아간 끝에 드디어 나비를 발견한 것이다. 낙엽처럼 오돌토돌한 날개에는 화려한 무늬가 새겨져 있었고, 가장자리에 짙은 흑갈색 테두리도 보였다. 연구실에서 언뜻 본 적이 있는 나비였다.

소혜는 자세를 낮춘 뒤 숨죽여 천천히 나비에게 다가갔다. 파사삭, 풀더미를 밟는 소리에 놀랐는지 나비가 나무 위로 포르르 날아올랐다. 안타까움에 신음을 삼키며 조용히 기척을 죽였다. 잠시 후 주변이 안전해졌다고 느낀 건지 나비가 원래 있던 자리에 도로 내려앉았다.

'지금이 기회야.'

더욱 조심하며 걸음을 옮긴 후. 지근거리까지 다가간 소혜가 재빨리 팔을 뻗었다. 휙, 포충망이 포물선을 그리며 우거진 풀숲을 덮었다.

"잡았다!"

포충망 안에서 파드닥 날갯짓하는 나비를 보자 절로 탄성이 터져 나왔다. 산을 오르느라 고생한 보상을 받은 기분이었다. 소혜는 나비를 조심조심 채집통 안에 넣었다. 파드닥거리던 나비는 곧 체념했는지 조용히 날개를 접었다. 때마침 멀리서 돌아가자는 신호가 들려왔다.

"벌써 시간이 이렇게 됐구나."

정신없이 나비를 쫓노라면 시간 가는 줄 모르게 된다. 소혜는 나비가 든 채집통을 소중히 품에 안으며 집결지로 향했다. 그런데 계곡 줄기에 거의 다다랐을 때쯤.

"세호 씨, 재우… 아!"

먼저 도착한 동료들을 향해 손을 흔들던 순간, 발을 헛디딘 몸이 크게 휘청거렸다. 저를 향해 손을 뻗는 이들의 동작이 느리게 보인다. 붕 떠오른 몸, 허무하리만치 아찔한 감각, 그리고 뒤집힌 하늘.

"소혜 씨!"

소혜는 비명 한번 지르지 못하고 산길 아래로 떨어지고 말았다.

"윽…!"

어지럽게 뒤흔들리던 세상이 일순간 뚝 멈췄다. 찢긴 입술이 파르르 떨렸다. 숨을 쉬기가 어려워서 목 안에서는 끅끅거리는 괴로운 마찰음만 나왔고, 동시다발적으로 몸을 두들기는 엄청난 통증과 공포에 눈물이 고였다. 흐릿한 시야 너머로 애써 잡은 나비가 깨진 채집통을 빠져나와 날아가는 게 보였다. 손을 뻗어도 닿는 건 꺼끌꺼끌한 모래뿐이다. 이 순간, 무엇보다 절실하게 우건이 생각났다.

소혜는 흩어지는 의식 속에 떠오르는 얼굴을 붙잡으려고 입술을 움직였다. 그러나 아무것도 목소리가 되지 못했다. 고인 눈물이 끝내 눈가에서 떨어졌다.

'무서워요, 선생님…. 저 좀 구해주세요….'

결국 소혜는 정신을 잃고 말았다.

◆ ◆ ◆

주홍빛으로 물들었던 하늘이 점점 암흑으로 뒤덮이는 시간. 우건은 억지로 들여다보던 논문 원고에서 잠시 눈길을 거둬 창밖을 봤다. 이미 밤으로 물든 바깥은 연구실에서 새어 나오는 불빛으로 간신히 윤곽만 드러내고 있을 뿐이었다. 시간이 이렇게 되도록 소혜가 돌아오지 않은 것이다.

"애네는 나비 잡으러 가서 어디 딴 길로 샜나. 왜 이렇게 안 와?"

희욱도 뒤늦게 시간이 늦었음을 알아채고는 먼저 말을 꺼냈다. 불안한 예감이 가슴을 스쳤다.

"세호네는 원래 이렇게 늦게 돌아오나?"

"보통은 해가 떨어지기 전에 돌아오는데. 오늘은 좀 멀리 간 건가?"

"아뇨, 오늘 인천에 있는 만월산으로 간다고 했습니다. 지금쯤이면 경성에 도착했을 시간인데…."

석태의 말에 우건의 눈매가 일그러졌다. 사내놈들만 갔다면 밤이 늦어도 알아서 잘 돌아오겠거니 했겠지만, 소혜가 그 사이에 끼어 있으니 마음이 놓이지 않았다. 당장 나가서 소혜를 찾고 싶은 마음이 굴뚝같았다.

"조금만 더 기다려보지. 말도 없이 딴 길로 샐 녀석들은 아니니. 어쩌면 저녁을 먹느라 늦어질 수도 있으니까."

우건은 애써 마음을 가라앉히고 다시 억지로 논문에 시선을 고정했다. 하지만 머릿속은 이미 소혜에 대한 걱정으로 가득 차 있었다. 내일까지 마무리해야 하는 논문도 지금은 눈에 들어오지 않았다. 혹여 무슨 일이라도 생긴 건 아닐까. 소식 한 자락 들려오지 않으니 속이 타들었다. 가뜩이나 낮에 학제를 만나고 신경이 곤두선 터라 한시라도 빨리 그녀를 보고 싶었다. 일분일초가 진득하게 늘어져 발목을 잡고 있던 그때.

"선생님, 선생님!"

쾅! 부서질 듯 열린 문 너머로 재우가 나타났다. 하얗게 질린 얼굴이 황망함으로 가득했다.

"소혜 씨가… 소혜 씨가…."

달달 떠는 입술은 소혜의 이름만 반복할 뿐, 쉬이 다음 말을 내뱉지 못했다. 우건의 미간이 일시에 구겨졌다. 설마 하는 생각에 피가 거꾸로 솟아 견딜 수가 없었다.

"어디야?"

"예…?"

"어디냐고, 백소혜 있는 곳."

거친 목소리가 사납게 허공을 긁었다. 무슨 짓을 해서라도 소혜를 찾아올 생각이었다. 하지만 당연히 경찰서라고 생각했던 우건은 더욱 절망적인 상황에 직면하고 말았다.

"병원…. 경성제국대에 있는 병원요…."

순간적으로 묵직한 무언가가 머리 위로 떨어진 듯 눈앞이 아득했다. 시간이 멈춘 것처럼 몸이 움직여지지 않았다. 주변의 다른 모든 것이 사라지고 세상에 오직 저 혼자만 남겨진 기분. 억겁 같던 찰나의 시간이 흐르자 가슴에 불이라도 난 것처럼 몸이 바짝 타올랐다. 남은 생각은 오로지 소혜에게 가야겠다는 것뿐이었다.

"…뒷일 좀 부탁하지."

우건은 재우를 지나쳐 황급히 뛰어나갔다. 마무리하지 못한 논문은 아무래도 상관없었다. 당장 소혜의 상태를 확인하는 게 더 중요했다. 밖으로 나서자 서늘한 공기가 빠르게 그의 피부를 스쳐서 뒤로 멀어졌다. 심장이 터질 듯 박동하고 숨이 거칠게 차올랐지만 우건은 절대 발을 멈추지 않았다.

'조금만 기다려. 조금만, 조금만…!'

이토록 필사적으로 뛰어가는데도 너에게 닿지 못하는 이 순간이 미칠 듯 괴로웠다.

◆ ◆ ◆

우건은 병원에 들어서자마자 지나가던 간호사를 붙잡아 세웠다.

"환자를 찾으러 왔습니다. 이름은 백소혜고, 조금 전에 실족 사고로 들어왔다고 들었습니다."

"잠시만 기다려주세요."

간호사는 곧 소혜가 있는 곳으로 안내했다. 우건은 숨 돌릴 틈도 없이 곧장 걸음을 옮겼다. 사방에서 달라붙는 주인 모를 신음 소리가 그의 숨길을 더욱 조여왔다.

"여기입니다."

간호사가 가리킨 병실 앞에 검은 구두가 멈춰 섰다. 오르락내리락하는 가슴은 불안이 더해져 더욱 무거워졌다. 손잡이를 감싼 손바닥에서 축축한 긴장이 배어 나왔다. 우건은 작게 숨을 고르고서 문손잡이를 돌렸다.

병실 안으로 들어가자 지독한 소독약 냄새가 후각을 자극했다. 발밑이 진창같이 느껴졌다. 우건은 바닥에 들러붙은 발을 힘겹게 떼어내 앞으로 내디뎠다. 하얀 침대 위, 눈을 감은 채 누워 있는 소혜가 보였다.

"백…소혜."

그녀의 이름을 불러보지만 돌아오는 대답은 없었다. 미동도 없이 누워 있는 소혜는 얼핏 보면 깊은 잠에 빠진 것 같았다. 몸 곳곳에 난 상처들이 보이지 않았다면 분명 편히 잠들어 있다고 생각했을 것이다.

"백소혜."

우건은 흔들리는 목소리를 꾹 누르며 소혜를 한 번 더 불렀다. 그러나 이번에도 그녀는 아무 대답도 하지 않았다. 손을 잡자 거즈의 거친 표면이 닿았다. 엉겨 붙은 핏자국이 아프게 시야를 파고들었다. 시선을 돌리니 성한 데가 거의 없었다.

때마침 병실로 돌아온 세호가 우건을 보자마자 울먹였다.

"선생님…."

그도 재우와 마찬가지로 온 얼굴이 눈물범벅이었다. 차마 우건을 볼 낯이 없는지, 그가 고개를 푹 숙이며 어깨를 떨었다.

"제가 조금 더 살폈어야 했는데…. 제가 괜히 흩어지자고 해서…. 저 때문에, 흐윽….”

울음 속에 뭉개진 발음이 애처롭게 흔들렸다. 우건은 낮게 한숨을 내쉬며 소혜의 경과에 대해 물었다.

“지금 상태가 어떻다고?”

“다행히 큰 부상은 없고 생명에도 지장이 없다는데… 언제 깨어날지는 모른다고 합니다.”

언제 깨어날지 모른다고? 우건은 눈을 질끈 감았다. 수만 가지 생각이 벌 떼처럼 몰려들어 귀가 둔해지는 것 같았다.

“일단 알겠으니까 집으로 돌아가. 여기는 내가 지킬 테니.”

“네…. 정말 죄송합니다, 선생님.”

“…학교에서 보자.”

네 잘못이 아니라고 해줘야 하는데 차마 그 말이 나오지 않았다. 참담한 심정에 죄스러워하는 세호의 마음을 미처 헤아릴 여유조차 없었다. 병실 문이 닫히자 우건은 소혜를 잡은 손에 조금 더 힘을 줬다.

“너를… 보내서는 안 됐는데.”

소혜가 이렇게 된 게 전부 제 탓인 것만 같았다. 겨우 가라앉았던 숨이 더 거칠게 폐부를 팽창시켰다. 꾹 틀어막아도 터질 것 같은 울분 때문에 서 있기조차 힘들었다. 간신히 두 발로 딛고 버티던 몸이 서서히 바닥으로 허물어졌다. 차디찬 바닥에 무릎이 닿았지만 아무것도 느껴지지 않았다. 우건은 두 손으로 감싼 소혜의 손을 제 이마에 댔다. 작은 힘조차 느껴지지 않는 그 손이 그의 두려움을 증폭시켰다.

“일어나 봐, 백소혜.”

두려웠다. 너를 제외한 다른 생각은 아무것도 하지 못할 만큼 두려웠다. 또 하나의 소중한 사람을 떠나보내게 될까 봐. 지척에 두고도 지키지 못해 손쓸 도리 없이 무력하게 이별을 맞아야 할까 봐.

'그런 일은 이미 충분하거늘….'

기도하듯 소혜의 손을 맞잡은 그림자 위로 눈물이 떨어졌다. 짙게 번지는 회한이 소혜의 옷으로도 스며들었다. 넓은 어깨가 한순간 가늘게 떨려왔다.

이런 순간이 되고 나서야 깨닫는다. 나는 너를 떠나보낼 수 없음을. 차라리 함께 위험한 불속으로 들어갈지언정 도저히 이 손을 놓을 수 없음을.

"눈 좀 떠, 제발…."

어리석었던 나에게 기회를 줘. 네 마음을 내가 잡을 수 있게. 더 이상 후회하지 않을 수 있게.

◆ ◆ ◆

무겁게 짓누르는 눈꺼풀을 힘겹게 밀어 올렸다. 흐릿한 윤곽이 시야를 어지럽혀 머리가 핑 돌았다. 건조한 소독약 냄새가 코끝을 스쳤다.

'여기가 어디….'

소혜는 천천히 눈을 깜빡이며 의식을 깨웠다. 시력이 차츰 돌아오며 낯선 천장이 보였다.

'병원…?'

눈을 조금 더 돌리니 열두 시를 지난 시계도 보였다. 사방이 어두운 것으로 봐서 자정이 넘은 시각인 듯했다. 정신이 돌아오고 나니 타는 듯한 갈증에 목이 괴로웠다. 무의식중에 물을 찾으려고 고개를 돌린 순간, 소혜는 문득 손등 위로 느껴지는 이질감에 그대로 시선을 내렸다.

'선생님…?'

침대 옆, 우건이 제 손을 꼭 잡은 채 엎드려 있었다. 그제야 소혜는 산에서 사고를 당하고 의식을 잃었던 일이 생각났다. 함께 갔던 세호와 재우가 저를 구해준 모양이었다. 뒤늦은 안도감과 괜한 서러움이 밀려와 눈가가 시큰해졌다. 소혜는 눈을 지그시 감으며 울음을 참았다. 제 울음소리 때문에 우건이 깨면 그가 많이 놀라 할 것 같았다.

코를 훌쩍이며 감정을 가라앉힌 소혜는 다시 우건을 바라봤다. 밤새 제 병상을 지켰는지 그는 옷도 갈아입지 않은 채였다. 깊이 잠든 듯한데 그의 손에는 여전히 힘이 들어가 있다. 잠결에라도 행여 소혜의 손을 놓칠까 걱정했던 것이리라. 소혜는 조심스럽게 제 손을 돌려서 그의 손을 맞잡았다. 손바닥을 감싼 거즈 위로 따뜻한 온기가 고스란히 느껴졌다.

'예전에는 내가 선생님 곁을 지켰는데…'

그때와는 반대로 자신이 누워 있는 상황이 되고 나니 기분이 참 묘했다. 그때 굳게 감겼던 우건의 눈꺼풀 아래 검은 눈동자가 드러났다. 눈이 마주친 순간, 그는 잠결의 끄트머리에서 뛰쳐나온 사람처럼 벌떡 몸을 일으켰다. 소혜를 살피는 눈이 무척 다급했다.

"백소혜, 정신이 좀 들어?"

"네…."

막상 목소리를 내니 목이 따가웠다.

"선생님, 저 물 좀…."

"일어날 수 있겠어?"

소혜가 고개를 끄덕이자 우건이 등 뒤로 팔을 넣어 조심스럽게 앉혀줬다. 건네준 물을 마시고 나니 목이 한결 편안해졌다. 그때까지도 두 사람은 서로의 손을 꼭 맞잡고 있었다. 정신이 몽롱하여 감각이며 생각이며 모두 뭉툭하게 다가왔다. 소혜가 서로 연결돼 있는 손을 물끄러미 바라보자, 우건이 잡은 손에 조금 더 힘을 줬다.

"그래도 다행이다. 바로 깨어나서."

"저 얼마나 누워 있었어요?"

"반나절 정도."

소혜는 고개를 들어 우건을 봤다. 그의 목소리가 얼핏 물기 어린 듯 잠긴 까닭이었다. 언제나 검은 안개가 낀 것처럼 짙게만 보이던 그의 눈동자에 아주 깊은 감정 하나가 번져 있었다. 그의 눈동자를 바라보는 것만으로 그 감정이 짙게 느껴질 만큼.

"누워 있는 너를 가만히 보는데… 이대로 네가 깨어나지 않으면 어떻게 해야 하나, 별생각이 다 들더라."

애써 담담히 이어가려던 목소리가 떨리다가 끊어지기를 반복했다. 그 순간을 떠올리는 것만으로도 괴로운지 우건의 미간이 작게 구겨지기도 했다.

"이대로 나를 떠나는 건 아닐까."

그의 목소리에 괴로운 균열이 일었다.

"…아직 해야 할 말도 못 했는데."

울컥거리는 감정을 억누르려는지, 우건이 낮게 숨을 내쉬며 잠시 틈을 벌렸다. 소혜의 눈동자가 옅게 흔들렸다. 그가 하려는 말이 무엇인지 짐작이 가지 않아 마음이 불안해졌다. 무슨 말인지 궁금한 마음 반, 듣고 싶지 않은 마음 반이었다. 혹시나 자신을 거절하려는 걸까 봐. 순간 현기증이 일어 눈앞이 아득해졌다.

"백소혜."

"나… 안 들을래요."

소혜는 고개를 돌려 우건에게서 시선을 거뒀다.

"지금은 말씀하지 마세요."

꽉 잡은 손과는 반대로 눈동자는 불안감에 휩싸여 있었다. 잠시 놀란 눈을 하던 우건이 지그시 소혜를 바라봤다. 그녀가 무슨 생각을 하는지 안다는 눈빛이었다. 그가 달래듯 나지막한 목소리로 말했다.

"내가 무슨 말을 할 줄 알고?"

"모르겠어요…. 지금은 그냥 좀 더 쉬고 싶어요."

"후회할 텐데."

"안 할게요. 그러니까 나중에요."

사실 머리가 계속 어지러워 지금 무슨 말이 오가는지 따라가기도 힘들었다. 그저 우건의 거절을 조금이라도 더 미루고 싶을 뿐이었다.

"그래. 조금 더 자도록 해."

낮게 숨을 내보낸 우건이 이내 고개를 끄덕였다.

"옆에 계속 있을 테니까 걱정하지 말고."

우건은 소혜를 안듯이 하며 도로 자리에 눕혔다. 이불을 끌어와 덮어 준 그는 소혜의 머리에 손을 얹었다. 쓰다듬는 손길이 무척이나 부드럽고 따듯했다.

"한숨 푹 자고 일어나. 아무 걱정 말고."

나지막하게 흐르는 중저음 목소리와 따스한 손길 덕분인지, 아니면 기력이 많이 떨어진 탓인지. 이런 상황에서도 잠은 금세 몰려왔다. 끔뻑끔뻑, 느릿하게 오르내리기를 반복하던 소혜의 눈꺼풀이 이내 움직임을 멈췄다.

"계속 제 옆에 있어주셔야 해요…."

꿈결처럼 흘러나온 중얼거림이 이내 허공으로 흩어졌다. 가만가만 머리를 쓸어내리는 손길은 소혜가 완전히 잠에 빠져들 때까지 계속됐다.

이윽고 봉긋한 입술에서 숨소리가 고르게 새어 나왔다. 그 소리를 가까이 들으며 우건은 소혜를 제 눈동자에 담았다. 숨이 드나들 때마다 낮게 오르락내리락하는 가슴 위로 편안히 잠든 얼굴이 보였다. 우건은 맞잡은 소혜의 손을 들어 제 입술에 댄 채 속삭였다.

"불안하게 만들어서 미안해."

너무 기다리게 만든 탓에 저러는 것 같아서 더욱 미안해지는 우건이었다. 머리를 쓰다듬던 손이 얼굴로 내려와서 뺨을 감쌌다. 엄지로 부드럽게 문지르자 손끝에서 보드라운 살결이 밀려났다.

부디 오늘 밤 꿈속에서는 네가 편안하기를. 그리고 아침이 밝아왔을 때는 그동안 두려웠던 마음, 불안했던 마음이 모두 사라지기를. 늦게나마 너에게 달려가는 나의 마음을 받아주기를.

"잘 자."

우건은 온 마음을 다해 빌었다.

◆ ◆ ◆

다음 날, 소혜는 오후가 되자마자 바로 퇴원 수속을 밟았다. 발목을 살짝 삔 것 외에는 다행히 큰 이상이 없었다. 제법 높은 곳에서 굴렀는데도 푹신하게 풀 더미가 깔려 있어 충격이 완화됐던 덕분이었다. 의사는 천운이 도왔다고 했다. 앞으로 겪을 수 있는 후유증과 주의 사항에 대한 당부를 몇 번이나 듣고 나서야 소혜는 집으로 향할 수 있었다.

"걸을 수 있겠어?"

마침 주말이라 내내 곁을 지킨 우건이 걱정스럽게 물었다.

"네, 괜찮아요. 이 정도는 걸을 만해요."

하지만 자신만만했던 기세와 달리 첫걸음부터 쉽지 않았다. 울퉁불퉁한 돌길을 절뚝이며 걸어가려니 다친 발은 다친 발대로 아프고, 성한 발에는 그만큼 더 무리가 갔다. 이 속도로 집까지 가려면 반나절은 더 걸릴 것 같았다. 결국 이대로는 안 되겠다 싶었는지, 우건이 소혜 앞에 몸을 낮추며 앉았다.

"업혀. 다쳤는데 바로 걷는 건 아무래도 무리야."

"아뇨, 저는….."

"괜찮다고 하지 마. 어차피 너 걸어가게 안 할 거니까."

소혜가 괜찮다고 말하려던 찰나. 고개를 돌린 우건이 그녀의 말을 먼저 막았다.

"결국 업히게 될 거, 조금이라도 빨리 업히는 편이 서로에게 좋지 않겠어?"

우건의 말이 맞긴 했다. 그녀가 업힐 때까지 그는 저 자리에서 일어나지 않을 테니까. 거리에서 계속 실랑이를 벌일 일도 아닌 터라, 소혜는 쭈뼛거리다가 그의 넓은 등에 몸을 기댔다. 목에 팔을 두르자 우건이 가볍게 일어났다. 훅 높아진 눈높이에 소혜가 반사적으로 몸을 밀착시켰다. 주변을 지나가던 사람들이 힐긋힐긋 시선을 보태기 시작했지만, 신경이 온통 우건에게만 쏠려서 어차피 다른 것은 보이지도 않았다. 우건도 상관없다는 듯 단단하게 소혜를 지탱하며 걸음을 옮겼다.

"오랜만이네. 이렇게 업는 것도."

그 말에 작년 여름쯤, 형사에게 쫓기다가 함께 숨었던 일이 소혜의 머릿속에도 떠올랐다. 그때만 해도 우건과 이런 사이가 되리라고는 상상도 못 했는데. 거의 반년 사이에 뒤바뀐 관계가 새삼스럽게 느껴졌다.

집으로 가는 내내 두 사람 사이에는 이렇다 할 대화가 오가지 않았다. 그저 말없이 걷는 우건이 신경 쓰이면서도 소혜는 가만히 침묵을 지켰다. 그렇게 한참을 가서 집 근처에 이르렀을 때쯤.

"백소혜."

묵묵히 앞으로 걷기만 하던 우건이 나직이 그녀를 불렀다.

"앞으로 내 곁에 계속 있으면 이런 일을 또 당하게 될지도 몰라."

일정한 속도로 걷는 발걸음 소리 위로 낮고도 묵직한 목소리가 이어졌다.

"어쩌면 지금보다 더 크게 다칠지도 모르지."

"이번 일은 제 잘못으로 벌어진 단순한 사고였어요."

"그 사고가 전혀 다른 이유로 또 벌어지지 않을 거라는 보장이 없어."

소혜는 반박할 말이 없어서 입을 다물었다. 그가 무엇을 걱정하는지 알기에 무조건 그렇지 않을 거라는 말은 할 수 없었다. 어쩐지 좋은 말을 들을 것 같지가 않아서 저도 모르게 몸이 경직됐다.

"그래도 이렇게 계속 내 옆에 있을 건가?"

소혜의 눈빛이 작게 흔들렸다. 앞으로 나비 채집은 그만두라거나, 또다시 자신에 대한 마음을 접으라는 등의 말을 들을 줄 알았는데. 그가 뒤이은 말은 전혀 다른 것이었다. 아직 회복이 덜 된 걸까. 우건이 하는 말이 무슨 의미인지 제대로 파악되지 않았다. 소혜는 멍하니 그의 말을 곱씹어 보다가 이내 얼떨떨한 목소리로 대답했다.

"…당연하죠."

"지금보다 더 위험하고, 더 아프고, 더 괴로운 일이 생길 수도 있어."

"일어나지 않은 일을 미리 걱정하고 싶진 않지만, 설령 그렇다 해도 상관없어요."

소혜는 우건의 목에 두른 팔을 조금 더 조였다. 틈 없이 꼭 맞붙은 만큼 제 진심이 전해지길 바라며.

"선생님 옆이면 다 괜찮아요."

대문 앞에 도착한 우건이 발걸음을 멈췄다. 무언가를 생각하듯 잠시 그대로 서 있던 그는 천천히 소혜를 바닥에 내려줬다.

"나도 마찬가지야."

커다란 파도가 덮친 것 같은 기분. 소혜는 감당할 수 없을 만큼 벅차오르는 감정에 작게 입을 벌렸다. 우건이 몸을 돌려서 그녀를 마주 봤다.

"네 옆에 있으면 다 괜찮을 것 같다. 나도."

한 걸음 앞으로 다가온 그가 소혜의 몸을 끌어안았다. 그의 품에 안기는 순간까지도 실감이 나지 않아 소혜는 넋을 잃은 채 놀란 표정만 지었다. 이게 지금 무슨 상황이지? 나, 아직 꿈을 꾸는 건가? 그게 아니라면 정말로 선생님이….

"어디로도 안 보내, 너."

소혜의 눈이 크게 일렁였다. 진짜였다. 꿈이 아닌 현실. 우건이 팔을 느슨하게 풀고는 소혜의 얼굴을 내려다봤다. 가까이 마주한 우건의 얼굴에는 어느 때보다 확실한 감정이 드러나 있었다. 그도 나를 열망하고 있다는.

"내가 너, 끝까지 내 옆에 두고 지키겠다는 뜻이야."

이상하게 눈물이 나올 것 같았다. 믿기지가 않아서, 그런데도 믿고 싶어서, 이 순간을 간절히 붙잡고 싶어서. 소혜는 파도처럼 들썩이는 감정을 입술과 함께 꾹 맞물었다. 우건은 그런 소혜의 머리를 다정히 쓰다듬으며 말했다.

"먼저 들어가서 쉬고 있어."

"선생님은요?"

"처리해야 할 일이 좀 있어."

우건은 업혀 있느라 구겨진 소혜의 옷깃을 정리해줬다.

"금방 다녀올 테니 너무 걱정하지 말고."

고개를 숙인 그가 소혜의 이마에 입을 맞췄다. 어젯밤에는 그녀가 잠들어서 미처 전하지 못했던 그의 진짜 마음이었다. 입술을 뗀 우건은 애정 어린 눈빛으로 소혜를 바라보다가 이내 그녀를 놓아줬다. 그가 문을 두드리자 곧 순심이 나왔다.

"아이고, 아가씨! 몸은 좀 괜찮으십니꺼?"

"아… 네."

"내 참말로 두 분 때문에 제 명에 못 살겠습니다. 어쩌다 산에서 그렇게…."

간밤에 연락을 받고 많이 놀랐는지 순심이 눈물을 훔쳤다. 자라 보고 놀란 가슴 솥뚜껑 보고 놀란다고, 겨우 발만 조금 다쳤을 뿐이지만 우건의 부상을 겪은 지 몇 개월 지나지 않은 때라 순심은 더욱 놀랐던 모양이다.

"같이 들어가서 소혜가 편히 쉴 수 있게 좀 도와줘. 아직 걷는 걸 좀 불편해서."

"하모, 그래야지예. 얼른 들어오이소, 방 정리 싹 다 해놓았습니더."

우건에게서 소혜의 팔을 넘겨받은 순심이 그녀를 조심조심 부축했다. 순심과 함께 대문을 넘어선 소혜가 뒤돌아봤다.

"오래… 걸리는 일은 아니죠?"

우건은 자리에 그대로 선 채 그녀를 보며 말했다.

"잠시 후에 방으로 찾아가지."

그 말을 듣자 이 집에 처음 온 날이 떠올랐다. 앞으로의 일들을 같이 계확하기 위함이었던 그 말이. 그때는 오로지 살아남아야겠다는 생각뿐이었는데…. 소혜는 눈물진 눈을 예쁘게 휘며 고개를 끄덕였다.

"네. 기다리고 있을게요."

이제는 진심을 다한 밀어였다. 오직 그녀만을 위한.

끼이익, 쿵.

이윽고 대문이 닫혔다. 멀어지는 소혜의 발걸음 소리를 듣던 우건은 기척이 완전히 사라지고 나서야 발길을 돌렸다. 큰길로 나선 그는 곧장 인력거에 올라탔다. 목적지를 들은 차부는 재빨리 몸을 돌려서 바퀴를 굴렸다.

한참을 달린 끝에 멈춘 곳은 바로 대통상회 앞이었다. 바닥으로 내려선 발은 망설임 없이 건물 안으로 들어섰다. 일전에 봤던 비서가 우건을 먼저 발견하고는 앞을 막아섰다.

"무슨 일로 오셨습니까?"

"왕학제 사장을 만나러 왔습니다."

"따로 약속을 잡으셨습니까?"

"제가 찾아왔다고 전하면 알아서 들일 겁니다."

곧 비서가 어딘가로 사라졌다가 돌아왔다.

"들어오십시오."

우건은 비서가 안내하는 방으로 따라갔다. 문을 열고 들어가니 학제의 여유로운 웃음이 거슬리게 시야로 달라붙었다. 이윽고 비서가 나간 방에는 두 남자만 남게 됐다. 자리에서 일어난 학제가 양손을 주머니에 꽂은 채 우건 앞으로 걸어왔다.

"아직 약속한 일주일도 안 됐는데. 생각보다 이르게 결정을 내렸나 봅니다."

"피차 시간을 끌어서 좋을 것도 없지 않나 싶어서 말입니다."

"…이런. 재미없는 대답을 듣고 왔나 보네."

거칠 것 없는 우건의 태도에 학제가 표정을 싹 굳혔다.

"잡혀가는 게 두렵지 않나 봅니다."

"그보다 더 두려운 일을 경험해서."

그 말에 학제가 미간을 뒤틀었다.

"이제 와서 사랑이니 뭐니 하는 감정놀음으로 나를 설득할 생각이라면 잘못 선택한 건데."

"설득할 생각은 처음부터 없었습니다."

그럴 필요도 없고. 사나운 눈매가 위압적으로 학제를 내리눌렀다.

"애초에 그 계약서로 나를 협박하려는 것 자체가 실수였으니까."

학제는 미간을 일그러트리며 우건을 노려봤다. 더 이상 두 사람 사이에 예의는 필요 없었다.

"어쭙잖은 말로 흔들려고 하지 마. 이 일이 드러나면 타이로가 너희를 가만두겠어?"

"왜 그게 우리가 연인이 아니라는 증거라고 생각하지?"

"그야 이건 네가 소혜 양을 빼돌리기 위한…."

"단순히 우리 둘 사이에 지켜야 할 규칙을 적은 것뿐인데."

모로 기울인 고개가 학제를 비웃고 있었다. 우리가 작성한 계약서의 유일한 허점.

"거기 어디에 내가 소혜를 지키기 위해 '거짓으로 연인 행세를 한다'라고 적혀 있느냐 말이야."

우건은 그것을 노린 것이었다. 학제는 혼란스러운 머릿속을 뒤져서 계약서 내용을 상기했다. 거짓으로 연인 행세를 한다는 말이 없다니.

'계약에 대해 발설하지 않을 것, 신체적 접촉을 허락할 것…'

그리고 계약이 끝나면 서로의 곁에서 사라질 것. 단출하기 짝이 없는 조항들. 만일 우건과 소혜가 가짜 연인 행세를 하고 있다는 게 사실이라면 이 세 조항만큼 그것을 잘 증명할 수 있는 것도 없었다.

하지만 반대로 생각해보면 달랐다. 이 조항들만 가지고는 그들이 가짜 연인 행세를 하고 있다는 걸 증명할 수 없었다. 어디까지나 그만한 상황이 뒷받침돼야 증거가 되는 조항일 뿐. 그 말인즉, 다른 이유를 댄다면 얼마든지 빠져나갈 수 있다는 뜻이었다. 너무도 당연하게 둘의 관계가 거짓이라 생각하고 접근한 탓에 이런 허점이 있다는 걸 놓쳐버렸다.

'걸려들었군.'

눈에 띄게 동요하는 학제의 모습에 우건은 승기가 제 쪽으로 향했음을 깨달았다. 사실 그도 처음에는 계약서를 들켰다는 사실에만 얽매이느라 깊이 생각하지 못했다. 하지만 밤사이에 어떻게든 소혜를 지켜내겠다는 의지로 갖은 방법을 찾은 끝에 계약서에 허점이 있음을 발견한 것이다.

"이 이상 나와 소혜를 건드리려면 각오하는 편이 좋을 거야. 네가 쓴 수법은 나도 쓸 수 있으니까."

"너 이 자식…."

"나를 제대로 치려면 그렇게 시간을 주지 말았어야 했어. 그럼 네 계획대로 나는 어리석은 결정을 했을 테니까."

우건이 낮게 속삭였다. 일종의 경고이자 마지막으로 주는 기회였다.

"나는 우리 관계를 진짜로 만들었거든."

더 이상 제 앞을 가로막지 말라는.

"그깟 계약서가 없어도 절대로 깨지지 않을."

그 말을 끝으로 우건은 뒤돌아서 문으로 향했다. 마음 같아서는 이 자리에서 저놈을 바닥에 눌러놓고 싶었지만, 집에서 기다리고 있을 소혜가 걱정돼 더 지체할 수 없었다. 금방 돌아간다고 약속했으니까.

'저런 놈 때문에 아까운 시간을 허비할 필요는 없지.'

그런데 문손잡이를 잡은 순간, 우건의 등 뒤로 짐승의 낮은 울음처럼 들끓는 목소리가 들렸다.

"네놈이 자신하는 대로 이 계약서를 타이로 대좌에게 한번 보여주도록 하지."

그는 궁지에 몰린 것처럼 위태로웠다.

"그때도 네가 그렇게 여유로울 수 있을까?"

지익, 바닥을 긁는 구두 소리가 공기를 날카롭게 할퀴었다. 학제를 주시하는 우건의 눈동자에는 일말의 여지도 없었다.

"다 망가트리고 싶으면 그렇게 하든가."

소혜를 떠나보내는 것보다 더 두려운 건, 이제 우건에게 더 이상 없었다.

◆ ◆ ◆

소혜는 순심의 도움으로 옷을 갈아입고 방에서 시간을 보냈다. 이제 막 저녁노을이 번지기 시작하는 때라 잠은 오지 않았고, 일거리는 죄다 연구실에 두고 왔기에 할 일도 없었다. 무엇보다 가슴을 벅차도록 채운 감정 때문에 다른 건 아무것도 손에 잡히지 않았다. 소혜는 침대 위에 웅크리고 앉아서 멍하니 허공을 봤다. 가만있으니 습관처럼 또 우건이 떠올랐다.

'선생님이 나를…'

소혜는 우건의 입술이 닿았던 이마를 만져봤다. 그 따듯했던 온기가 아직 남아 있는 듯했다.

- 내가 너, 끝까지 내 옆에 두고 지키겠다는 뜻이야.

그 나직하고도 감미로운 목소리가 다시금 귓가에 울렸다. 간질거리는 가슴을 참을 수가 없었다. 소혜는 속으로 비명 같은 환호를 삼키며 발을 굴렀다.

"아야…."

그러다 저도 모르게 다친 발까지 구르고 말았지만 입가에 걸린 미소는 사라지지 않았다. 신우건이 나에게 왔다. 그 사실 하나만으로 소혜는 이미 모든 것을 이룬 기분이었다.

"빨리 오시면 좋겠다…."

소혜는 배시시 웃으며 제 무릎에 얼굴을 기댔다. 한껏 설렌 얼굴은 행복한 꿈결을 헤매듯 발그레했다. 보드라운 이불도, 따듯한 방 안의 공기도 우건이 제게 했던 고백보다 좋을 수는 없었다.

'그런데 더 힘들고 괴로워질 거라는 말은 무슨 뜻일까?'

단순히 이번과 같은 사고를 염려한 말이라기에는 다소 과한 감이 있었다.

'혹시… 독립운동 때문에….'

소혜는 천천히 허리를 바로 세웠다. 처음부터 짐작은 하고 있었다. 그가 남들과는 다른 길을 걷고 있다는 걸. 그가 다다르게 될 길 끝에는 기쁨보다 아픔이 더 많으리라는 걸. 그럼에도 불구하고 우건의 곁을 떠나겠다는 생각은 하지 못했다. 특별한 이유는 없었다. 이유 같은 건 생각할 겨를도 없이 그를 원하게 됐으니까.

'그러니까 이번에도 내 대답은 변함없어.'

그가 어떤 일을 하는 사람이든, 무엇을 바라는 사람이든, 소혜에게 신

우건은 존재 자체만으로 빛나고 소중한 사람이었다.

때마침 멀리서 대문 열리는 소리가 들렸다. 소혜는 밀려드는 생각을 지우고 얼른 몸을 일으켰다. 복잡한 생각 따위는 저만치 멀리 보내버리자.

'지금은 그냥 선생님만 생각하고 싶어.'

순심에게 혼자 마중하겠다고 전한 소혜가 절뚝이는 걸음으로 마당까지 나왔다. 우건이 이쪽을 향해 걸어오는 게 보였다. 소혜는 환하게 웃으며 그를 맞이했다.

"선생님!"

그녀를 발견한 우건도 닮은 미소로 화답했다.

"왜 나와 있어? 내가 방으로….."

소혜는 우건이 말을 마치기도 전에 그의 품에 폭 안겨들었다.

"선생님이 너무 보고 싶어서요."

코로 스며드는 우건의 짙은 체향이 온몸으로 빠르게 번져나갔다.

"제가 마당으로 나오면 좀 더 빨리 만날 수 있잖아요."

마당에서 방까지 그 짧은 거리도 멀게 느껴지던 그녀였다. 머리 위에서 낮고도 편안한 웃음소리가 들려왔다. 우건은 소혜가 자신의 품으로 파고드는 걸 허용했다. 등 뒤로 몸을 감싸 안는 단단한 팔이 안락하게 느껴졌다.

"나름 빨리 온다고 왔는데, 내가 너를 너무 오래 기다리게 했나 보군."

"괜찮아요. 이렇게 오셨잖아요. 그럼 됐어요."

소혜는 지그시 눈을 감으며 세상에 둘도 없는 울타리를 만끽했다. 세상 모든 것이 사라지고 단둘만 남은 것 같은 기분. 이 순간이 영원하길 바라는 건 너무 욕심일까. 차라리 이대로 시간이 멈춰버리면 좋겠다. 그리하여 우리 앞에 놓인 무수한 갈림길을 걷지 않을 수만 있다면. 지금처럼 이 고요한 길에만 머물 수 있다면.

'하지만 그럴 수 없을 테니….'

소혜는 고개를 들어 우건을 올려다봤다. 짙은 시선이 그녀에게로 애틋하게 쏟아지고 있었다.

"저 어디로 안 보낸다는 말, 꼭 지키셔야 해요."

"이제 네가 떠나고 싶다 해도 안 놓아줄 거니까 각오해."

소혜는 웃으며 작게 고개를 끄덕였다. 눈앞에 어떤 길이 펼쳐지더라도 전부 감내할 자신이 있었다. 이 남자가 내 전부니까. 그가 바라는 길이라면 그 길의 끝에 무엇이 있든 그녀도 함께 걸을 수 있을 만큼.

소혜를 가만히 눈에 담던 우건이 천천히 고개를 내렸다. 시선이 짙어짐에 따라 소혜도 자연스럽게 눈을 감았다. 그리고 이내 맞닿아오는 입술. 연한 꽃잎에 날아든 나비처럼 조심스럽게 입술에 내려앉은 온기는 여문 봄기운을 머금은 듯 따스했다. 소혜는 심장이 터질 듯 세차게 뛰어서 손끝으로 그의 옷자락을 붙들었다. 아기 새처럼 떠는 그녀를 조심히 달래던 우건이 작게 틈을 벌려 그 안으로 숨결처럼 밀려들었다. 예민한 살갗을 여리게 간질이는 움직임에 소혜는 온몸이 녹아내릴 것 같았다. 이제막 진짜 연인이 됐음을 한낱 숨으로 각인한다는 건 얼마나 신비롭고 숭고한 일인가. 파도처럼 덮쳐 오는 벅찬 마음에 절로 눈물이 고였다.

마지막 가쁜 숨결까지 부드럽게 베어 문 우건은 작게 쪽 소리를 내며 소혜를 놓아줬다. 물빛으로 아롱진 눈동자에 그의 얼굴이 한가득 담겼다. 그 어여쁜 얼굴을 우건은 마음껏 가슴에 새기며 진심을 다한 고백을 전했다.

"사랑한다, 백소혜."

"…저도요. 저도 사랑해요, 선생님."

눈물겹도록 소중한, 생명과도 같은 고백이었다.

· 9장 ·

위태롭게
흔들리는

늦저녁의 서늘한 공기가 피부를 스쳤다. 모두가 서둘러 바람을 피하는 길가, 학제는 그곳에 서서 한참이나 생각에 잠겨 있었다. 그의 앞을 스쳐 지나가는 사람들이 시야 밖으로 사라질 때도 그는 작은 미동조차 않았다. 툭, 툭, 그의 손에 들린 갈색 봉투가 손끝에 부딪칠 때마다 작게 소리를 낼 뿐이었다.

　얇은 봉투를 손가락으로 두드리기를 얼마간. 드디어 학제가 고민을 마친 듯 봉투를 품속에 넣었다. 바닥에서 떨어지지 않던 발이 이윽고 포드차에 올라탔다.

　"헌병대로 가지. 타이로 대좌님을 좀 뵈어야겠군."

　"예, 알겠습니다."

　학제는 싸늘하게 굳은 눈으로 전방을 응시했다. 소스케에게 이 일을 보고하기로 마음먹은 것이다. 제아무리 허점이 많은 계약서라 해도 괜찮았다. 의심이란 본래 아주 작은 씨앗만으로도 커다란 열매를 맺을 수 있으니까. 마지막까지 소혜 때문에 고민하긴 했지만, 잘하면 그녀는 제 손으로 빼낼 수 있을 것 같았다.

'송일 과학지 건을 꺼내어 신우건에게 집중시키면 덮어씌우는 건 시간 문제다.'

지난 며칠간 조사한 결과, 한열단이 주도한 사건의 날짜와 송일 과학지가 출간된 날짜 사이에 거의 일정한 간격이 있다는 걸 알아냈다. 여느 때보다 송일 과학지의 인쇄 부수가 많은 달에는 약 한 달 뒤에 특정한 사건이 일어나곤 했다. 불분명한 사건 몇 가지를 제외하고는 둘의 상관관계가 극명해 보였다.

다만 이걸로 원하는 결과를 얼마나 끌어낼 수 있을지가 변수였다. 소스케가 그의 요구를 무시하고 닥치는 대로 소혜까지 끌어들인다면 모든 계획이 물거품으로 돌아가는 것이나 마찬가지였으니. 가뜩이나 결정적인 소득 없이 주변만 배회하는 통에 그에 대한 소스케의 불신이 높아진 까닭이었다.

─부끄럽지도 않습니까? 당신의 동포들은 지금도 중국 각지에서 목숨 바쳐 일본과 싸우고 있는데.

문득 귓가에 우건의 목소리가 메아리쳤다. 바늘처럼 얇은 무언가가 심장을 관통한 듯 따끔한 느낌이 일었다. 머리가 지끈거리고 속이 울렁거려서 학제가 굳은 목소리로 말했다.

"세워. 여기서 내리지."

검은 포드가 길 위에 정차했다. 신경질적으로 문을 박차고 나온 학제가 긴 숨을 내뱉었다. 왜 하필 그 말이 지금 떠오른 것인지. 삽시간에 기분을 흩트리는 기억에 진득한 불쾌감이 치솟았다. 학제는 날뛰는 화를 잠재우기 위해 잠시 눈을 감았다.

'애초에 나에게 조국이라 불릴 만한 나라가 있던가.'

전쟁으로 시끄러워진 중국은 그의 조부에게 군수 용품으로 돈을 벌어다 줄 시장에 불과했다. 그리고 어머니의 나라인 조선은 보다시피 이 모양 이 꼴. 누가 내 동포이고, 누가 내 적이란 말인가. 어차피 소혜나 소스케나 그에겐 돈만 주고받으면 쉽게 엮이고 끊어질 인연일 뿐. 이제껏 모든 관계를 그렇게 생각해온 학제였다. 이제 와서 새삼스럽게 핏줄에 대해 생각할 이유가 없는 것이다.

머릿속을 차갑게 식힌 학제는 다시 걸음을 옮겼다. 헌병대에 도착한 그는 곧바로 소스케의 이름을 댔다. 미리 언질이 있었던 모양인지 제 이름을 밝히자 헌병이 어딘가로 그를 데려갔다.

"이게 누구야?"

긴 복도와 기분 나쁜 쇠 냄새를 지난 끝에 소스케가 그를 맞이했다. 어딘가 다녀온 모양인지 그는 사복 차림을 하고 있었다. 언뜻 셔츠에 핏자국처럼 묻어 있는 흔적을 무시하며 학제가 싱긋 입가를 늘였다.

"연락도 없이 찾아온 터라 못 뵈면 어쩌나 했는데, 다행히 계셨군요."

"오늘은 하루 종일 여기에 있었어. 미꾸라지 몇 마리를 잡았거든."

"미꾸라지요?"

"아, 자네에겐 보여줘도 괜찮으려나."

소스케는 잠시 부하들에게 무어라 말을 전하고는 따라오라며 고갯짓을 했다. 혹시 신우건에 대해 뭔가 다른 정보를 알아낸 건가. 학제는 별생각 없이 그의 뒤를 따랐다.

소스케가 학제를 데려간 곳은 헌병대에 따로 마련된 취조실이었다. 두꺼운 철제문을 열자 유난히 어둡고 습한 기운이 밀려 나와 몸을 휘감았다. 보이지 않는 불쾌한 감각에 저도 모르게 소름이 돋았다.

학제는 마른침을 삼키며 소스케를 뒤따라 들어갔다. 취조실 안에는 한 사내가 나무 의자에 묶인 채 축 늘어져 있었다. 물과 피와 땀 범벅인 옷이 그가 이곳에 와서 겪은 일들을 고스란히 보여줬다. 소스케의 옷에 튀어 있는 핏자국은 아마 이 사내의 피인 듯했다.

"간도 크게 경성역에서 폭탄을 받아 오는 걸 현장에서 체포했지."

"폭탄이라고요?"

"그래. 끝까지 단독 범행이라고는 하는데, 저놈을 좀 더 캐보면 그 뒤에 뭔가 더 나올지도 모르지."

학제는 걸음을 옮겨서 사내 앞으로 조금 더 다가갔다. 덥수룩하니 희 끗하게 센 머리는 푹 숙인 얼굴을 완전히 가리고 있었다. 고문에 지친 건 지, 아니면 일부러 얼굴을 숨기는 건지 알 수 없었다. 거칠게 내쉬는 숨만 이 그가 살아 있음을 알려줄 뿐이었다.

"이제 그만 버티고 말하지 그래."

"윽…!"

소스케가 학제를 지나쳐 사내의 머리채를 휘어잡았다. 가려져 있던 얼 굴이 온전히 드러나고, 드디어 사내와 눈이 마주친 그때. 학제는 순간적 으로 숨이 턱 막히는 것 같았다. 온갖 어지러운 생각이 몰려와 머릿속을 까맣게 만들었다가 이내 하얗게 사라졌다. 설마 하는 생각은 아주 자연스 럽게 확신으로 변했다.

'외삼촌….'

잡혀 온 이가 다름 아닌 그의 외삼촌이었던 것이다. 오랜 세월 험난한 길만 골라서 걸어온 탓에 얼굴이 많이 상했지만 한눈에 알아볼 수 있었 다. 어릴 적 어머니가 몰래 보여주셨던 사진 속 그 얼굴이 고스란히 남아 있는 까닭이었다. 거기에 어머니와 닮은 눈까지. 학제는 바르르 떨리는 손을 꽉 말아 쥐었다. 여기서 사내와의 관계가 드러나면 무슨 꼴을 당하게 될지 알 수 없었다.

사내 역시 눈을 뜬 순간부터 말없이 학제를 응시했다. 오랜 고문에도 눈빛만큼은 단단했다. 그 견고한 눈동자를 바라볼수록 학제는 짙은 긴장과 공포에 사로잡혀갔다. 혹시 저 사내도 뭔가를 알아챈 걸까. 아니다. 그는 자신의 존재를 알지 못할 것이다. 어머니가 중국에 온 이후로 가족과의 연락은 완전히 끊겼다고 했으니.

'그런데 왜 저렇게 날 쳐다보는 거야.'

한 치의 흔들림 없이 향해 오는 시선에 학제는 온몸이 옥죄는 것만 같았다. 더 이상 사내를 마주 볼 자신이 없어서 고개를 돌렸다. 두려웠다. 그가 이 끔찍한 곳으로 저까지 끌어들일까 봐. 그것을 느낀 걸까. 굳게 입을 다물고 있던 사내가 찢기고 상처 입은 입술을 열었다.

"나는 죽어서 사라지더라도… 남겨진 사람들만큼은 자유로운 땅에서 자유로운 국민으로서 살길 바랐다. 내 가족이, 내 자손이…."

"…."

"그리고 내 조카가."

조선어로 또박또박 흘러나오다가 마지막에 중국어로 던진 딱 한마디에 학제의 가슴이 세차게 쿵쿵 뛰었다. 사내도 아는 것이다. 눈앞에 있는 청년이 자기 조카라는 걸. 하나뿐인 여동생의 아들이라는 걸.

"뭐라는 거야. 일본어로 말하지 못해!"

"너희가 아무리 우리를 가두고 우리 입을 막아도, 너희는 절대 우리를 짓밟지 못할 것이다."

"일본어로 말하라고!"

소스케가 있는 힘껏 사내를 후려쳤다. 그 반동으로 사내가 의자째 바닥에 엎어져 나뒹굴었다. 머리를 크게 부딪힌 건지 사내의 입에서 괴로운 신음이 흘러나왔다. 허리춤에서 권총을 꺼낸 소스케가 장전하여 사내에게 조준했다.

"당장 배후를 말하지 않으면 너부터 죽여주마. 어차피 네놈이 없어도 취조할 놈들은 더 남아 있으니."

사내가 천천히 고개를 돌려서 반쯤 풀어진 눈을 들었다. 그 눈을 바라본 순간, 학제는 발밑이 덜컹 사라지는 기분이 들었다.

"대한 독립… 만세."

사내의 입에서 흘러나온 단어가 하나하나 그의 가슴에 꽂혔다.

"대한 독립 만세…. 대한 독립 만세…! 대한 독립 만세! 만세에!"

핏발 선 울분이 터져 나온 순간.

탕─!

귀를 찢는 파열음이 좁은 공간을 사납게 뒤흔들었다. 그 괴물 같은 소리 뒤로 사내의 외침은 더 이상 들리지 않았다.

학제는 천천히 고개를 내렸다. 양복 위로 검붉은 무언가가 진득하게 흩뿌려져 있었다. 조금 더 시선을 돌리니 발밑에 그보다 진한 자국이 웅덩이처럼 고여 있었다. 차마 고개를 들 자신이 없어서 그 죄의 웅덩이에 시선을 고정했다. 왜 이렇게 손이 떨리는 걸까. 아무리 외삼촌이라도 고작 오늘 처음 본 사람인데.

"타이로 대좌님."

총소리를 듣고 밖에 있던 헌병들이 달려왔다. 소스케는 소름 끼칠 만큼 평온한 얼굴로 그들에게 명령했다.

"저거 치워."

"예!"

헌병들이 빠르게 사내의 시신을 수습했다. 그 일련의 과정을 지켜보는 동안 여러 목소리가 심한 이명처럼 학제의 귀에 울려 퍼졌다.

 - 당신의 동포들은 지금도 중국 각지에서 목숨 바쳐 일본과 싸우고 있는데…

 - 자유로운 땅에서 자유로운 국민으로서 살길….

 - 사장님께서는 정말 좋으신 분 같아요. 좋은 사람인 척하는 게 아니라, 정말 좋은 사람.

어지럽게 휘몰아치는 폭풍의 끝, 그 끝에 다다른 단 하나의 목소리.

 - 꼭 좋은 사람이 될 거야, 우리 학제는.

"욱…!"

속에서 구역감이 울컥 치솟았다. 순간 눈앞이 흐릿해져 저도 모르게 뒷걸음질을 쳤다.

"후, 여기는 지저분해졌으니 다른 방으로 가서 편하게 얘기하지."

"아뇨…. 갑자기 급한 일이 생각나서."

"뭐?"

간신히 이성을 붙든 학제는 소스케의 제안을 거절했다. 이곳에 더 있다가는 정신이 어떻게 돼버릴 것 같았다.

"다음에. 다음에 뵙도록 하죠."

품속에 있는 봉투가 작은 소리라도 내어 그의 관심을 끌까, 학제는 고개만 까딱이고는 황급히 몸을 돌렸다. 도망치듯 그 자리를 벗어난 다리는 정처 없이 낯선 복도를 헤쳐 나갔다. 무언가 크게 어긋난 기분이었다. 그것도 그냥 지나쳐서는 안 될, 아주 중요한 무언가가.

도망치다시피 헌병대 건물을 뛰쳐나온 학제가 비틀거리며 담벼락을 짚었다. 끊임없이 속이 뒤틀리는 느낌에 눈앞이 어지러울 지경이었다. 바람에 모든 것이 씻겨나가도록 빠르게 그곳을 벗어났건만. 파열하던 총성과 비릿한 피 냄새는 여전히 제 옷자락을 붙들고 놓아주지 않았다. 사내, 아니, 외삼촌이었던 이의 마지막 모습이 끈질기게 제 발목을 붙잡았다. 그의 외침이, 울분에 찬 두 눈동자가, 난생처음 보는 조카를 향한 애틋한 마음이 전부 무거운 쇳덩이처럼 온몸에 달라붙어 밑으로, 밑으로 내리누르는 것 같았다.

"허억, 헉…."

숨통이 조인다. 내가 짓지 않은 죄의 무게가 어깨를 짓누른다. 학제는 무언가로부터 도망치려는 사람처럼 황망하게 집으로 향했다.

현관으로 들어가자 정씨와 놀고 있던 린진이 반갑게 웃었다. 그 얼굴 위로 끔찍한 장면이 덧씌워졌다. 학제는 인사 한마디 건네지 못한 채 몸을 휙 돌려서 린진을 지나쳤다. 등 뒤에서 고사리 같은 손으로 탁자를 두드리는 소리가 들렸지만 그는 끝내 돌아보지 않았다. 내내 의식하지 못했던, 아니. 잘 알면서도 외면해왔던 검고 진득한 그림자 같은 것이 저를 따라오는 것만 같아서. 그 검은 그림자가 린진에게까지 달라붙을 것 같아서. 학제는 방문을 닫고 오롯이 그만의 공간에 숨어버렸다.

"하아…."

깊게 한숨을 내쉬었지만 답답한 가슴은 좀처럼 풀릴 줄 몰랐다. 학제는 벽장에서 가장 도수 높은 술병을 꺼냈다. 그러곤 잔도 없이 곧장 입으로 들이부었다. 불처럼 뜨거운 것이 식도를 타고 내려가자 비로소 조금 숨쉬기가 편해졌다. 학제는 술병을 든 채 쓰러지듯 자리에 앉았다. 푹신한 가죽 소파에 파묻힌 몸은 젖은 솜처럼 무겁기만 했다. 연거푸 술을 들이켠 학제는 뜨거운 숨을 내뱉으며 고개를 뒤로 젖혔다.

눈앞에서 사람이 죽었다. 직접 목격한 건 처음이었지만, 누군가 죽는 다는 게 사실 새삼스러운 일은 아니었다. 사업에 방해되는 사람이 있으면 언제든 수단과 방법을 가리지 않고 치워버리라 명령하곤 했으니까. 그 명령으로 죽게 된 사람이 단 한 명도 없으리라고는 생각하지 않았다.

그런데 이번에는 이상하게 감정이 주체가 안 된다. 혈육이라서? 어머니가 그토록 그리워 마지않던 가족이라서? 글쎄. 아무리 생각해도 답은 당최 떠오르지를 않는다. 다만 우건의 목소리가 아직도 메아리처럼 귓가에 맴돌 뿐. 나의 동포. 나의 가족.

"대체 그까짓 게 뭐라고…."

학제는 괴롭게 중얼거리며 눈꺼풀을 내렸다. 눈을 감자 시커먼 어둠이 몸을 삼켜왔다. 어지럽게 소용돌이치는 잔상 속에서 떠오른 것은 어린 날의 단편적인 기억들이었다.

어린 시절, 사람들은 자신을 볼 때마다 모두가 입을 모아 할아버지를 닮았다고 했다. 또렷하고 시원시원한 이목구비와 총명한 머리, 어린 나이에도 불구하고 빠른 판단력과 청산유수 같은 말솜씨. 뛰어난 사업 감각은 처음 경영 수업을 받을 때부터 두각을 드러냈다. 후계자로 정해지고 나서는 더더욱 할아버지를 닮고 싶었다. 하지만 처음부터 그렇게 생각했던 건 아니었다.

- 도련님은 정말 큰어르신을 꼭 닮으신 것 같아요.

- 정말 할아버지만 닮았어?

- 네…?

- 어머니는 하나도 닮지 않은 거야?

어린 학제는 할아버지를 닮았다는 말을 들을 때마다 꼭 이런 질문을 하곤 했다. 엄하고 무서운 할아버지와 늘 무기력하여 아들에겐 관심도 없는 아버지보다, 온화하고 아름다우며 자신을 가장 아껴주는 어머니를 제일 좋아했기 때문이다.

어쩌다 한 번씩 어머니를 닮았다는 말을 들으면 총총 뛰어서 어머니 방으로 향했다. 어머니는 당신의 무릎에 아들을 누이고 작은 머리를 쓰다듬으면서 옛날이야기, 세상 곳곳의 신기한 이야기, 그리고 조선의 이야기를 해주셨다. 어머니가 살던 고향에 대해. 가고 싶으나 끝내 갈 수 없는 그리움에 대해. 아름다움도 한도 많은 슬픔의 땅에 대해. 그러면서 반드시 그 말미에는 입버릇처럼 같은 말을 되풀이하곤 했다.

－꼭 좋은 사람이 될 거야, 우리 학제는.

－좋은 사람은 어떤 사람인데요?

－좋은 사람은… 슬프고 어려운 사람을 도와주는 사람. 우리 아버지랑 오빠처럼.

－외할아버지랑 외삼촌?

－응. 우리 학제 외할아버지랑 외삼촌처럼.

당신의 아들이 커서 친할아버지처럼 논만 좇는 괴물이 아니라 독립투사였던 혈육처럼 되길 원하셨을까. 학제는 지금에서야 어머니의 말씀이 속속들이 떠오른다. 오랫동안 잊고 지냈던, 다 잊어버렸다고 외면해왔던 그 말들이. 외삼촌의 죽음을 눈앞에서 외면했다는 걸 알면 어머니는 뭐라고 하실까. 나를 비난하실까? 외삼촌을 왜 죽게 내버려뒀냐고. 외삼촌을 죽인 건 너도 마찬가지라고.

"내가 죽인 게 아니야… 내가 죽인 게 아니라고."

단숨에 술병을 반 이상 비운 학제가 흐릿하게 중얼거렸다. 술에 취해서일까. 말도 안 되는 줄 알면서도 머리는 제멋대로 생각의 가지를 뻗어나간다. 지금 하는 일이 정말 옳은 일이냐고 되물으며.

"하, 언제부터 그런 걸 신경 썼다고."

학제는 코웃음을 치며 술병을 꺾었다. 애초에 죄책감 따위는 가져서도 안 되고, 가질 필요도 없는 것이었다. 그는 마음을 다잡으며 애써 머릿속을 비우려 했다. 그러나 한번 고인 죄책감은 끈적거리는 진창이 돼 오히려 그의 발을 삼켜댔다. 끝없이, 끝없이 나락으로 떨어트리며.

똑똑. 그때 노크 소리와 함께 린진이 열린 문틈으로 빼꼼 고개를 내밀었다. 술로 혼탁해졌던 학제의 눈이 힘겹게 다시 초점을 찾았다.

"린진, 지금은 혼자 있고 싶은데."

학제는 최대한 술기운이 묻어나지 않게 힘줘 말했다. 그러나 린진은 그의 말을 듣지 않았다. 대신 안으로 들어와서 오라버니의 허리를 꼭 감싸 안았다. 작고, 여리고, 미약하나, 무엇보다 확실한 온기가 아이의 몸에서 전해졌다. 학제를 꼭 안았던 린진이 몸을 일으켜 작은 손을 빠르게 움직였다.

─오라버니가 하는 일은 다 옳아. 그렇지?

순간 가슴이 철렁했다. 학제가 사업 때문에 힘들어할 때마다 으레 린진이 해주던 말이 그에게 또 다른 족쇄로 다가온 탓이었다.

─그러니까 너무 힘들어하지 마. 나는 오라버니를 믿어.

작은 린진의 뒤로 또다시 핏빛이 드리운다. 이 아이에게 나는 얼마나 떳떳한 미래가 될 수 있단 말인가. 내가 헤집고 있는 이 땅이, 버리고 떠나온 고향의 땅이 린진에게 어떤 땅으로 남겨질지 갑자기 두려워졌다.

"린진…."

학제는 다시금 조여오는 가슴에 억지로 숨을 집어넣으며 린진을 끌어안았다. 이제껏 당연하게 생각하던 모든 것이 그 순간 일시에 금이 갔다. 믿음도, 신념도, 가치관도 전부. 위태롭게 흔들리는 그 좁은 땅 위에서 학제는 세상 누구도 없이 홀로 서 있는 듯한 기분이 들었다.

길을 잃어버린 것 같다. 아니, 처음부터 아예 길이 아닌 곳을 걸어왔던 것 같다. 무엇이 처음이고 무엇이 나중인가? 무엇이 옳고 무엇이 그른가? 전혀 판단이 서지 않는다. 그저 끝없는 무게로 어깨를 짓누르는 죄책감만 남을 뿐이었다.

◆ ◆ ◆

소혜는 작업이 끝난 그림들을 가지고 우건에게로 갔다.

"선생님, 여기요."

"고마워."

우건에게 그림들을 건네던 찰나, 두 사람의 손이 스쳤다. 살짝 맞닿았을 뿐인데도 예민하게 온몸으로 퍼지는 감삭에 소혜가 손가락을 움츠렸다. 맞닿은 손을 의식하는 건 그녀 혼자만이 아닌 듯, 우건 역시 짙은 시선으로 바라보고 있었다.

"그럼 남은 일도 힘내세요."

소혜는 두 뺨을 붉힌 채 얼른 제자리로 돌아갔다. 하루아침에 새삼스러운 기류를 뿜어대는 두 사람을 보며 연구실 조수들은 또 영문 모를 표정을 지을 수밖에 없었다.

"쟤네 뭐냐… 꼭 처음 만난 남녀처럼."

희욱이 중얼거리자 옆에 있던 세호도 작게 맞장구를 쳤다.

"그러게 말입니다. 모르는 사람이 보면 연인이 아니라 그냥 서로 좋아하는데 둘만 모르는 사이처럼 보이겠어요."

"어제 혼인한 신혼부부도 저렇게까지 부끄러워하진 않을 것 같습니다."

"이하 동문입니다."

그들이 수군거리거나 말거나. 소혜는 쿵쿵 뛰는 심장을 조용히 가라앉히며 우건과 맞닿았던 손을 꼭 말아 쥐었다. 다른 사람들의 눈에야 약혼까지 한 사이에 무슨 유난을 저리 떨까 싶겠지만, 이제 막 새로운 관계로 거듭난 두 사람에겐 모든 것이 새로웠다.

일상적이었던 손잡기는 물론이고 눈만 마주쳐도 괜스레 가슴이 뛰었다. 오히려 그동안 어떻게 그런 것들을 태연하게 해냈을까 신기하기까지 했다. 저 사람의 표정이, 나를 향한 눈빛이, 나에게 건네는 말이 모두 이전과 다르게 다가와서 더욱 부끄러운지도 모르겠다. 더 이상 연기가 아니니까. 지금 내가 느끼는 이 감정 그대로 저 남자도 느끼고 있을 테니까.

'게다가 선생님을 볼 때마다 자꾸 입맞춤했던 게 떠올라서…'

노을이 그림처럼 예쁘게 번지던 하늘 아래, 단단한 품에 안긴 채 입술에서 입술로 따스하게 주고받던 그 온기가 아직 생생한 탓이었다. 서로의 숨결을 나눈다는 것이 꼭 생을 나누는 일 같아서. 그의 삶에 비로소 온전한 한 발을 내디뎠다는 생각이 든 순간이었다.

그날의 입맞춤을 떠올리기 무섭게 또다시 얼굴이 확 달아올랐다. 소혜는 저도 모르게 속으로 비명을 지르며 양손으로 얼굴을 감쌌다. 발까지 동동 구를 뻔한 걸 안간힘으로 겨우 참았다. 소혜는 힐긋 눈을 들어 우건을 봤다. 햇살이 흘러들어 그의 옆모습을 어느 때보다 잘생기고 완벽해 보이도록 비추고 있었다. 살짝 찌푸린 미간마저 아름다워 보이는 남자. 저 남자가 바로 내 남자였다.

'나는 전생에 나라를 구한 게 분명해.'

입술이 절로 배시시 올라갔다. 넋 놓고 연인의 모습을 바라보던 그때.

딱!

"아!"

"침 흐르겠다, 침 흐르겠어."

난데없이 이마로 날아든 꿀밤에 소혜가 입술을 삐죽 내밀었다. 희욱은 그런 소혜를 향해 쯧쯧, 혀를 차며 작은 종이 한 장을 내밀었다.

"이게 뭐예요?"

"화신백화점 옆에 가면 정삼사진관이라고 있을 거다. 거기에 사진을 몇 장 맡겼으니 네가 가서 찾아와."

"아, 네!"

소혜가 종이를 받아 들고 일어나자 우건도 몸을 일으켰다.

"요 앞까지만 바래다주고 올게."

우건이 다가와서 소혜의 어깨를 감싸며 연구실을 나섰다. 전차를 타면 고작 15분 거리인데, 거기에 보내는 게 아쉬워 배웅까지 나간다니. 묘하게 같은 듯 달라진 우건 때문에 연구실 식구들은 또 한 번 의아한 눈을 데굴데굴 굴렸다.

우건은 이제껏 참아왔던 만큼 아낌없이 소혜에게 제 마음을 표현했다. 이전처럼 누군가에게 보이기 위한 행동이 아니었다. 이제는 정말로 제 진심을 가득 녹인 행동이었다. 그 미묘한 변화에 적응이 필요한 건 소혜도 마찬가지였다.

"금방… 다녀올 텐데요"

그녀는 홧홧해지는 목덜미를 느끼며 조그마한 목소리로 말했다. 어깨를 감싼 팔 안에서 가슴이 뻐근해졌다. 마치 그에게 처음 안긴 것처럼.

"알아."

우건은 천천히 걸음을 옮기며 소혜를 향해 시선을 내렸다.

"이렇게라도 같이 나가야 잠깐이라도 둘만 있을 수 있으니까."

꼭 연구실에 다른 조수들이 있는 게 불만스럽다는 듯 들렸다. 어쩐지 그와는 어울리지 않는 투정 같아서 소혜는 작게 미소를 지었다. 소혜에게서 웃음소리가 새어 나오자 우건이 한쪽 눈썹을 들썩였다.

"농담 아닌데."

"알아요. 그냥, 갑자기 모든 것이 낯설어진 기분이어서요."

우건과 가짜 연인으로 생활하는 동안에도 매일매일이 감사했지만, 사실 조금 익숙해진 면도 없지 않았다. 그와 같은 공간에 있는 것도, 손을 잡는 것도, 지금처럼 어깨동무나 드물게 포옹을 하는 것도. 그리고 한집에서 같이 나와서 그 집으로 같이 돌아가는 일까지도.

'전부 일상으로 녹아들어 이제는 별스럽지 않다고 생각했는데….'

서로 마음을 주고받았다는 사실 하나만으로 모든 일이 처음 겪는 듯 생경해졌다. 완전히 새로운 세상에 발을 내디딘 것처럼 말이다.

"그래서 싫은 건가?"

얼핏 조심스러워진 우건의 목소리에 소혜는 또 한 번 웃음을 터트렸다. 이 남자, 이렇게 귀여운 사람이었나.

"아니요. 절대요."

소혜의 눈매가 예쁘게 호선을 그렸다.

"과분한 선물을 받는 것 같아서 얼떨떨하긴 한데, 그래서 너무 행복해요."

선생님 덕분에요. 나직이 뒤이은 그 말에 우건의 눈빛이 짙어졌다. 제 덕분에 행복하다는 연인의 말이 색깔 진한 물감처럼 그의 가슴에 번졌다. 박물관을 나서기 직전, 잠시 걸음을 멈춘 우건이 소혜의 몸을 돌려서 제 품으로 끌어안았다. 틈 하나 없이 맞붙은 몸으로 그의 체향이 휘감겼다.

"조심해서 잘 다녀와."

우건이 소혜의 이마에 살포시 입을 맞췄다. 살결 위로 퍼지는 따듯한 숨결과 부드러운 입술의 감촉이 온몸을 녹일 것만 같았다.

"네. 얼른 다녀올게요."

몸이 절로 움츠러드는 필연적 긴장에 소혜가 어색하게 고개를 끄덕였다. 이내 아쉬운 듯 천천히 팔을 푼 우건이 미련을 꾹 눌러 담은 얼굴로 한 걸음 물러났다.

'아…. 그런 얼굴로 그런 표정을 지으면 반칙이잖아요….'

그저 근처로 잠깐 심부름을 가는 것뿐인데, 꼭 천 리 길을 보내는 얼굴이다. 발걸음이 무거워져 머뭇거리기를 잠시. 뭔가를 결심한 소혜가 도로 우건 앞으로 다가갔다. 넓은 어깨를 짚어 까치발을 드니, 서로의 입술이 맞닿는 건 순식간이었다. 쪽, 간지러운 소리를 남기고 그녀가 다시 밑으로 내려갔다. 소혜는 물빛이 차오른 쑥스러운 눈으로 우건을 올려다봤다.

"선생님도 연구 잘하고 계세요."

자신이 먼저 입술을 훔쳐놓고 붉게 달아오르는 얼굴이 귀여웠던 걸까. 우건은 듣기 좋은 웃음소리를 낮게 흘리며 그녀에게 한 번 더 입을 맞췄다. 물론 소혜가 방금 한 입맞춤보다는 더 깊고 진한 입맞춤이었다.

"오늘은 퇴근을 좀 일찍 하고 싶어지는군."

뜻을 알 수 없는 말에 소혜가 동그란 눈을 깜빡였다. 유려하게 말려 올라간 입술이 묘하게 퇴폐적인 빛을 머금고 있었다.

하지만 우건은 더 말하지 않고 얼른 가라며 소혜의 몸을 돌려세웠다. 괜히 이상한 생각이 들도록.

'퇴근을 왜 일찍…'

의아함을 품던 머릿속이 새하얘진다. 벅찬 생각을 감당하지 못하여 아예 사고 작용을 멈춰버린 것처럼. 소혜는 멍한 걸음으로 삐거덕거리며 교정을 빠져나갔다. 펑, 하고 얼굴이 달아오른 건 잠시 후의 일이었다.

화끈거리는 뺨을 손등으로 식히며 걸어가기를 한참. 전차를 타고 화신 백화점 근처에서 내렸는데, 어디선가 소란스러운 소리가 들려오기 시작했다. 소혜는 눈을 깜빡이며 소란이 벌어진 방향을 바라봤다.

"무슨 일이지?"

마침 사진관 근처라 소혜는 소리가 요란한 곳으로 다가갔다. 둥그렇게 둘러싼 인파 너머로 실랑이를 벌이는 두 사람이 있었다. 뒷모습만 보이는 신사 앞에 소혜도 얼굴을 익히 아는 포목점 주인이 서 있었다.

"에라이, 이 못돼처먹은 놈!"

포목점 주인은 신사에게 실밥과 자투리 천이 가득 담긴 바구니를 던졌다. 그 바람에 먼지가 풀썩 일어났다. 주변에 있던 사람들까지 뒷걸음질을 쳤지만, 신사는 팔로 얼굴을 가릴 뿐 그대로 자리를 지키며 말했다.

"이러면 사장님만 더 불리해질 텐데요."

"왕 사장님…?"

익숙한 목소리에 소혜가 인파 속으로 끼어들었다.

"네가 그러고도 사람이냐? 가만있다가 갑자기 가게를 빼라니!"

"저는 분명 고지했습니다. 오늘까지 대금을 갚지 않으면 가게를 빼겠다고요."

"그럼 내가 지금 고지를 받아놓고도 발뺌하고 있다, 이거야?"

"그렇게 생각할 수밖에 없죠."

"뭐야? 이 날강도!"

포목점 주인이 제 분을 못 이겨 학제에게 달려들었다.

"그래, 오늘 너 죽고 나 죽자!"

학제의 멱살을 움켜쥔 그가 주먹을 높이 들었다. 그야말로 일촉즉발의 상황.

"어…!"

머리로 생각을 할 새가 없었다. 소혜는 본능적으로 뛰어나가 둘 사이를 막아섰다.

"아저씨, 잠깐만요! 아저씨!"

간신히 포목점 주인의 다부진 손을 떼어낸 소혜가 학제 앞을 가로막았다.

"아저씨, 진정하세요. 무슨 일인지 모르겠지만 대화로 푸셔야죠."

"비켜요, 아가씨. 나 지금 눈에 보이는 거 없으니까!"

"분명 오해가 있을 거예요."

"오해는 무슨 오해!"

"아!"

포목점 주인이 앞을 가로막은 소혜를 우악스럽게 밀쳤다. 순식간에 중심을 잃은 소혜가 그대로 바닥에 넘어지고 말았다. 다시 포목점 주인이 달려들려던 찰나.

"아악!"

이번에는 학제가 그의 어깨를 움켜쥐었다. 뼈를 파고드는 아픔에 포목점 주인은 바닥에 주저앉으며 비명을 질렀다. 소혜가 넘어지자 이성을 상실한 학제가 제 힘을 조절하지도 않고 그를 내리누른 것이다. 가뜩이나 신경이 날카로웠던 터라 그의 인내심도 바닥을 친 상태였다.

미소 한 줌 없이 서늘하기만 한 표정. 저대로 뒀다가는 정말로 무슨 일이라도 치를 것 같았다. 다시 일어난 소혜가 황급히 학제의 팔을 붙잡았다.

"사장님, 그만하세요. 제발요!"

손안에서 아귀힘이 점점 빠지는 게 느껴졌다. 결국 학제는 밀치다시피 포목점 주인을 놓았다. 아픈 어깨를 움켜쥔 채 끙끙 신음만 흘리기를 잠시, 분이 풀리지 않은 포목점 주인은 아예 자리에 퍼질러 앉아서 큰소리로 외치기 시작했다.

"어이구, 이놈이 사람 죽인다! 사람 죽여!"

고래고래 큰소리를 치는 바람에 사람들이 더욱 몰려들었다.

"이 중국놈이 남의 땅에 들어와서 조선 사람을 괴롭히네!"

이방인이라는 말에 주변을 둘러쌌던 사람들의 눈빛이 사뭇 달라졌다. 마치 학제가 정말로 애먼 조선 사람에게 행패를 부린 것처럼 수군대기 시작한 것이다. 이제는 여론이 아예 학제를 비난하는 쪽으로 가닥을 잡았다. 그런데 최악의 상황으로 치닫기 직전.

"아이고! 여보, 그만해요!"

포목점에서 나온 안주인이 제 남편을 잡아끌며 말렸다.

"있었어요, 편지…."

작게 소곤거리는 아내의 말에 포목점 주인이 뚝 생떼를 그치고 두툼한 눈꺼풀을 끔뻑였다. 시뻘겋게 달아올랐던 얼굴이 한순간에 맹하게 풀어졌다.

"뭐라고…?"

"가게에 있었다고요, 왕 사장님이 보낸 편지…."

여주인이 품에서 종이 한 장을 꺼내어 그에게 슬쩍 보였다. 겉봉투에 학제의 이름자가 선명히 새겨진 편지였다. 편지의 등장에 학제를 욕하던 소리들이 쏙 들어갔다. 여주인은 학제를 향해 허리를 연신 굽실거렸다.

"죄송합니다, 사장님. 뭔가 착오가 있었던 듯한데, 최대한 빠르게 돈을 마련해 부치겠습니다. 그때까지 조금만 기다려주세요. 죄송합니다, 죄송합니다."

그러곤 제 남편을 우악스럽게 끌고 서둘러 포목점 안으로 들어갔다.

상황이 종료되고, 흥미가 식은 사람들은 곧 썰물처럼 빠져나갔다. 거리는 순식간에 한산해졌다.

그때까지 자리를 지키던 소혜가 어색한 침묵 속에서 힐긋 학제를 봤다. 그는 우두커니 선 채 어느 한 곳만 응시하고 있었다. 사실 무언가를 바라본다기보다는 깊은 생각에 잠겨서 눈동자의 초점이 없다는 표현이 더 어울렸다. 무슨 생각으로 이 사람을 편든 걸까. 가뜩이나 학제 때문에 난감했던 적도 있는데.

'물론 그건 솔직하게 말하지 않은 내 잘못이지만….'

느닷없이 학교로 찾아와 저 때문에 후원을 결정했다느니, 자주 만났다는 듯 말하는 통에 여간 난처했던 게 아니었다.

'차라리 그냥 지나칠 걸 그랬나.'

뒤늦게 후회했지만 이미 상황은 끝난 후였다. 학제는 여전히 동상이라도 된 듯 가만히 서 있었다. 시간이 지나도 그가 먼저 말을 걸 것 같진 않아서 소혜도 이만 발길을 돌리려 했다.

"…신우건 선생이 아무 말 않던가요?"

"네?"

난데없이 나온 우건의 이름에 소혜가 다시 뒤돌아봤다. 사실 우건의 이름보다 심각하리만치 기운이 없는 학제의 목소리 때문에 더 놀란 까닭도 있었다. 학제는 묘한 표정으로 그녀를 응시하고 있었다. 그의 눈은 너무 많은 색이 덧씌워져 오히려 까맣게 변해버린 것 같았다. 무슨 일이 있었던 걸까. 못 본 사이에 사람 자체가 달라진 것 같았다.

"어떤 말이요?"

되묻는 말에 그는 아무런 답도 하지 않았다. 대신 시선을 내려서 바닥을 향하고 있는 소혜의 손을 봤다.

"…손을 다쳤는데."

"다치셨어요?"

학제의 말을 잘못 이해한 소혜가 얼른 그의 손을 봤다. 작은 생채기 하나 없이 말끔하기만 하다. 고개를 갸웃거리니, 이내 학제가 그녀의 손목을 잡아서 손바닥을 보여줬다.

"저 말고, 소혜 양 말입니다."

"아…."

소혜는 뒤늦게 손바닥이 따끔거렸다. 아까 바닥에 넘어지면서 살짝 쓸린 모양이었다. 그래 봤자 손톱 크기의 작은 생채기였지만. 그런데도 학제는 엄청난 상처라도 보는 것처럼 꾹꾹 아픔을 눌러 담은 얼굴로 봤다.

"저는 괜찮아요, 사장님."

소혜의 말에도 학제는 손을 놓지 않았다. 그저 하염없이 그 상처를 눈에 담다가, 주머니에서 손수건 하나를 꺼내어 조심스럽게 소혜의 손바닥을 감싸줬다.

"이걸 이제야 돌려주네요."

일전에 학제가 다쳤을 때 그녀가 직접 둘러준 그 손수건이었다.

"너무 늦게 돌려줘 미안합니다."

단단히 매듭을 지은 손수건 끝에 노란빛으로 수놓은 '혜彗' 자가 보였다. 학제는 물끄러미 그 글자를 바라봤다. 늘 반짝여서 손에 쥐고 싶었던 별. 억지로라도 움켜쥐고 싶었던 별인데.

'이 혜는… 나에겐 작별의 혜였던 건가.'

그 글자를 엄지로 느리게 쓸어내린 학제가 소혜의 손을 놓았다.

"감사했습니다. 소혜 양에겐 이렇게 또 신세를 지네요."

"아니에요. 신세라고 생각하지 마세요. 정말 별거 아니에요."

한눈에 봐도 부담스러워하는 듯한 태도에 학제가 잠시 쓴웃음을 지었다. 하긴, 두 사람을 일부러 갈라놓기 위해 그녀를 곤란하게 했으니. 행여 다른 일까지는 모르더라도 저를 불편해할 만은 했다. 그러나 학제는 짐짓 모르는 척하며 상냥한 표정으로 물었다.

"어디 가시는 길입니까?"

"네. 사진관에요."

"다시 학교로 돌아가실 거라면 제가 모셔다드리죠."

소혜와의 시간을 조금 더 붙잡고 싶었다. 이렇게나마 이기적인 욕심을 부려보고 싶었다. 오늘이 지나면 더 이상 아무렇지 않게 그녀를 탐할 수가 없을 것 같아서. 이 여인을 제 옆에 둘 수 없음을 알아서. 애초부터 그럴 수 없었던 걸 이제야 깨달아서.

"아뇨. 저는 그냥 전차를 타면 돼요."

"부담은 갖지 말아주십시오. 그러잖아도 꼭 드려야 할 말씀이 있었는데, 따로 부르면 더 부담스러워하실 듯하여 이리 청하는 것이니. 다른 사람들의 눈에 띄지 않는 곳에 내려드릴 테니, 그것도 걱정하지 마십시오."

고민하던 소혜의 얼굴이 그제야 한결 편안해졌다. 역시나 저와 함께 있다는 게 우건의 귀에 들어갈까 걱정한 모양이다.

"그럼… 잠시만 기다려주세요. 곧 다녀올게요."

소혜는 꾸벅 인사하고 사진관으로 들어갔다. 멀어지는 뒷모습을 가만히 바라보던 학제는 사진관 문이 닫히자 먼저 차에 올라탔다. 그러곤 사진관 앞으로 차를 옮겨 세우고 그녀가 나오기를 기다렸다. 침묵으로 가라앉은 차 안은 숨이 막힐 듯 답답했다. 기다리는 시간이 끝없이 늘어지는 것 같았다. 그렇게 얼마나 시간이 흘렀을까.

"사장님."

잠시 후 갈색 봉투를 품에 안은 소혜가 차창을 두드렸다. 깊은 생각에 잠겨 있던 학제는 그제야 현실로 돌아왔다. 손수 문을 열어주자 소혜가 겸연쩍어하며 차에 올라탔다.

"출발하죠."

포드는 다소 거친 배기음을 터트리며 흙길을 헤쳐 나갔다. 차 안에는 바퀴 굴러가는 소리만 떠돌 뿐 누구도 먼저 입을 열지 않았다.

'대체 무슨 말씀을 하시려고….'

소혜는 조심스럽게 학제의 눈치를 살폈다. 평소 같았으면 벌써 이런저런 농담을 던지며 어색한 분위기를 몰아냈을 텐데. 오늘 학제는 한없이 가라앉아 심각해 보였다. 그 모습이 꼭 나쁜 일을 앞둔 사람처럼 보여서 괜스레 더 신경 쓰이고 걱정스러웠다. 침묵을 견디던 소혜가 결국 먼저 입을 열었다.

"저… 이번 주 월요일에는 교습을 못 했어요. 제가 다리를 다치는 바람에 움직일 수가 없어서."

고개를 모로 비튼 학제가 소혜와 눈을 마주쳤다. 그러다 나지막이 웃으며 다시 정면을 봤다.

"압니다. 이야기를 들어서."

"아… 그러시구나."

"왜 그렇게 안절부절못하는 얼굴이십니까? 내가 소혜 양을 잡아먹는 것도 아닌데."

학제가 뒤늦게 농담을 던졌지만 어쩐지 웃음이 나지 않았다. 그 말을 하는 얼굴이 결코 기분 좋아 보이지 않은 까닭이었다. 웃고 있는데도 전혀 웃는 것처럼 보이지가 않아서. 결국 오래지 않아 길게 늘어진 학제의 입꼬리가 서서히 아래로 처졌다. 이윽고 한숨인지 실소인지 모를 것을 작게 흘린 학제가 나지막한 목소리로 말했다.

"오래전에 내가 소혜 양에게 그런 말을 했었죠? 가끔 좋은 사람인 척하고 싶은 날이 있어서 그런 척을 한다고."

소혜는 잠자코 그의 말을 듣기만 했다. 대답을 바라고 시작한 이야기가 아닌 것 같았다. 지금은 묵묵히 들어주는 게 제가 해야 할 일인 것 같았다.

"그런 날이면 나는 끝없이 나 자신을 혐오하곤 합니다. 좋은 사람이고 싶은데, 정작 현실에서는 그럴 수가 없어서. 내가 아주 끔찍한 사람이라는 걸 너무 잘 알아서."

"하지만… 사장님은 실제로 좋은 일을 많이 하셨잖아요."

"전부 제 이익을 위해서였죠."

지금 학제는 소혜 앞에서 처음으로 자신의 솔직한 진심을 드러내는 중이었다. 사업에 도움이 될 만한 것들, 투자하여 일본의 우호적인 반응을 이끌어낼 만한 것들. 학제가 이 땅에서 손을 댄 것은 대체로 그런 것들이었다. 그로 인해 누군가 피눈물을 흘리게 된다는 걸 알면서도.

"그래서 사람들은 보통 나에게 좋은 사람이라 말하기보다는, 좋은 사람인 척하면서 자기 잇속 챙길 구실만 하는 야비한 놈이라 합니다."

결국 어머니의 바람과는 다르게 할아버지 같은 사람이 된 것이다. 내 혈육이었던 외삼촌까지… 저버리고.

"그런 나에게 소혜 양은 처음으로 좋은 사람이라 얘기해줬습니다."

좋은 척하는 게 아니라 정말로 좋은 사람이라고. 그 말이 나에게 얼마나 동아줄 같았는지 당신은 알까. 진흙탕처럼 더럽고 추한 나에게 유일하게 내려온 구원. 소혜의 말은 단순한 칭찬을 넘어서 학제에게 그런 의미였다. 내가 원하는 모습으로 나를 봐주는 사람. 나를 완성해줄 것 같은 단 한 사람.

"그래서 소혜 양을 원했던 것도 사실입니다."

소혜의 눈이 커다래졌다. 작게 벌어진 입은 예상치 못한 진심에 대꾸할 말을 찾지 못하고 덧없는 공기만 삼켰다. 저 얼굴을 마주하기 전부터 제 마음에 대한 그녀의 답은 알고 있었지만, 막상 눈으로 직접 보고 나니 가슴이 무너지는 건 어쩔 수 없었다.

"사장님, 저는…."

"말씀 안 하셔도 압니다."

그저 탐을 내는 것뿐이라 생각했는데.

"소혜 양은 이미 신우건 선생의 약혼녀이지 않습니까."

생각보다 더 많이 당신을 마음에 품고 있었나 보다, 내가. 어머니를 닮은 당신이, 그토록 욕심났던 당신이 내 옆이 아닌 곳에서 더 행복했으면 하는 마음이 드는 걸 보면.

"아무리 저라도 신 선생을 당해낼 순 없더군요."

설령 두 사람의 관계가 아직 거짓이래도 더 이상 할 수 있는 일은 없었다. 아니, 그보다는 모든 의지를 잃었다고 하는 편이 맞을 것이다. 최소한 그들의 마음은 진짜였고, 나는 그 틈을 파고들 자격조차 없으니.

"그래서 저는 이만 소혜 양과의 관계를 끝내고자 합니다."

소혜의 놀란 눈이 옅게 떨렸다.

"뭐, 거창하게 관계를 끝낸다고 말하기에도 참으로 얄팍한 사이였지만 말입니다."

어느새 포드는 송일고보 뒷길에 멈춰 서 있었다. 약속대로 사람이 거의 지나다니지 않는 길로 들어온 것이었다.

"린진의 그림 교습은 이만 끝내겠습니다."

"이렇게 갑자기요? 그럼 린진은요?"

"린진은 걱정하지 마십시오. 어려도 똑똑한 아이라 잘 얘기하면 크게 서운해하지 않을 겁니다."

"그래도 인사 정도는…."

"괜히 미련 남게 하지 말아주십시오, 소혜 양."

학제는 고요히 미소를 지으며 소혜를 만류했다. 갑작스런 이야기에 소혜는 심란하기만 했다. 학제는 연구실 후원은 앞으로도 계속할 것이라면서 그 문제는 걱정하지 말라고도 덧붙였다. 둘 사이에 끊어지는 건 오로지 사적인 영역뿐이었다.

"원래 맺고 끊기를 참 잘하는 성격인데, 이상하게 오늘은 좀 힘들군요."

학제의 입가에 허탈한 웃음이 쓰게 걸렸다.

"그리고… 혹시나 오늘 이후로 저에 대한 무슨 이야기를 들으신다면 말입니다."

그는 여전히 시선을 정면에 고정한 채 소혜에게 마지막 부탁을 했다.

"딱 한 번만, 저를 용서해주실 수 있겠습니까?"

마지막이 아니길 바라는 마지막. 그녀에게 원망을 들을 것이 이제 와서 두려워져, 비겁하게 이렇게나마 약속을 받아본다. 잘못한 일이 너무 많아서 전부 용서를 구하기는 힘들 것 같으니, 딱 하나만. 당신의 마음을 아프게 하는 것이라면 그게 무엇이든 딱 하나만.

"그게 무슨…."

"이제 그만 내리셔야 할 것 같습니다."

"네?"

학제가 눈짓으로 차창 밖을 가리켰다. 고개를 돌리니 저 멀리 우건이 보였다. 수업을 막 마치고 연구실로 돌아가는지 운동장을 가로질러 박물관으로 향하고 있었다.

"조심해서 가십시오."

걱정스러운 눈으로 학제를 보던 소혜는 결국 오래지 않아 차 문을 열고 내렸다. 왠지 모르게 괜한 여지를 남겨서는 안 될 것 같았다. 열린 차창 너머로 그녀 역시 마지막 인사를 건넸다.

"사장님도 조심해서 가세요."

소혜는 잠시 고민하다가 한마디 더 덧붙였다.

"그리고 용서해드릴게요. 사장님이 저에게 무슨 잘못을 하셨든."

학제가 슬며시 턱에 힘을 줬다. 가슴이 아릿하게 저려왔다. 그녀에게 지은 죄가 벌써 다 사해진 것처럼. 혹은 용서받기 위해 무슨 일을 해야 하는지, 이제 막 알게 된 것처럼.

"…역시 좋은 사람은 소혜 양이었습니다. 내가 아니라."

싱긋 눈웃음을 지은 학제가 곧바로 차를 출발시켰다. 돌아보고 싶은 고개를 억지로 고정했다. 더 이상의 마음은 욕심임을 너무 잘 아는 탓이었다. 학제는 지그시 눈을 감으며 작은 염원을 읊었다.

"소혜 양의 앞날에… 모쪼록 눈물보다는 평안이 조금 더 많기를."

우건의 옆에 있는 이상, 그녀가 가는 길도 평탄하진 않을 테니. 이제 나에게 남은 일은 뒤에서나마 당신을 돕는 일뿐이겠지. 그게 내가 당신에게, 그리고 내 혈육에게 용서받는 길일 테니.

◆ ◆ ◆

박물관 지하 1층. 드나드는 사람이 거의 없는 이곳에서 소혜는 말없이 우건의 이야기를 듣고 있었다.

"계약서를… 사장님이 알고 계셨다고요."

다소 충격적인 이야기에 그녀의 낯빛이 하얗게 변했다. 그러고 보니 일전에도 두 사람의 관계를 의심하던 학제였다. 그때는 항간에 떠도는 소문을 빌려서 떠보는 것이라고만 생각했는데. 학제는 계속 의심을 지우지 않고 두 사람을 지켜본 모양이었다.

'그런 사람을 이제껏 계속 좋은 사람이라고 생각했다니…. 내가 바보였지.'

소혜는 아득한 배신감에 머리가 어질해질 지경이었다. 하지만 학제가 계약서를 소스케에게 가져갔다면 지금쯤 뭔가 움직임이 있었을 텐데, 무슨 일이 일어나기는커녕 오히려 학제가 자신과의 관계를 끝내겠다고 나섰다.

"아무래도… 사장님이 결심을 바꾸신 것 같죠?"

"그럴 가능성이 크지. 너에게 그런 말까지 했다면."

소혜는 조금 전 학제에게서 들은 말들을 곰곰이 되짚었다. 좋은 사람이라 얘기해줘서 고마웠다는 말. 그래서 나를 원했다는 말.

'그럼 용서해달라고 하신 건… 계약서로 선생님을 협박한 일을 말씀하셨던 건가.'

그렇게 생각하면 이야기의 앞뒤가 얼추 들어맞았다. 린진의 그림 교습을 그만두게 한 것도 아마 죄책감 때문이었겠지. 우건과 그 사이에 있었던 일이 제 귀에 들어오는 건 시간문제였을 테니까. 그대로 계속 마주치는 건 그에게도 껄끄러운 일이었을 것이다. 갑자기 결심을 돌린 계기가 무엇인지는 알 수 없었지만, 한 가지 확실한 점은 그와 더 이상 사적으로는 엮일 일이 없으리라는 것이었다.

"서운한가?"

심란해하는 소혜를 보며 우건이 낮은 목소리로 물었다. 소혜는 당장 꺼낼 말을 찾지 못해 잠시 대답을 미뤘다. 서운한 건가, 이게. 어쩐지 여러 감정이 복잡하게 밀려들어 정확히 무슨 기분이라 콕 집어서 설명하기가 어려웠다. 늘 마음에 걸리던 문제가 저절로 해결된 듯 안도되다가도 그 밑으로 걱정을 비롯하여 배신감, 서운함 등 여러 복합적인 감정이 스며드는 까닭이었다. 같은 경성에서 지내다 보면 언젠가 한번은 마주칠 날이 올 텐데, 이상하게 영영 헤어진 것 같은 기분이 들기도 했다. 이걸 대체 무슨 감정이라 해야 할까. 꼭 친구 하나를 잃은 것 같은 기분….

"다른 남자 때문에 그런 표정 짓는 거, 보기 싫은데."

한참 생각에 잠겨 있던 그때, 우건이 소혜의 턱을 손끝으로 들어 그를 보게 만들었다. 그의 얼굴이 순식간에 코앞까지 다가왔다. 한순간 시선이 그에게 얽매여 다른 건 아무것도 볼 수 없었다. 소혜는 큰 눈을 깜빡이며 바짝 다가온 우건을 봤다. 긴장으로 마른 입술이 간신히 목소리를 냈다.

"서운한 건 아니에요. 그냥 너무 갑작스러워서…."

"그래도 그런 표정은 짓지 마. 질투 나니까."

우건은 눈빛으로 학제에 대한 생각을 전부 태워버릴 것처럼 깊게 들여다보고 있었다. 소혜는 오므린 손을 꼭 쥐며 말했다.

"조심…할게요."

지나치게 가까운 거리에 숨까지 전부 타들어갈 것 같았다. 제 여린 숨결이 우건의 입술에 닿는 게 느껴질 정도였다. 갑작스레 모든 신경을 휘어잡는 우건은 아무리 겪어도 면역이 생기지 않는다. 서로의 마음을 확인한 다음부터는 더더욱 그랬다. 예전에는 둘 사이에 선명한 선이 있어 어떤 상황에 놓이더라도 그 선을 넘을 수 없다는 걸 알았는데, 이제는 그 선마저 없어서. 언제든 서로의 영역으로 넘어갈 수 있어서.

"그래야지."

그런데도 이 남자는 참으로 넘어오지 않아서. 우건이 허리를 꼿꼿이 펴며 소혜를 놓았다. 짧은 순간 그의 손에 감싸였던 볼이 덴 듯 화끈거렸다.

'이러고… 끝?'

우건이 싱겁게 멀어지자 소혜는 어쩐지 맥이 빠졌다. 첫 입맞춤 이후로 우건은 왠지 전보다 더 조심하는 듯했다. 얼마든지 더 넘어올 수 있는데도 그는 끝까지 자기 자리를 지켰다. 오늘처럼 질투도 하고, 조금이라도 더 함께 시간을 보내고 싶어 하는 걸 보면 새로워진 관계를 후회하는건 아닌 것 같은데. 이유도 모른 채 이렇듯 애간장만 타니, 아예 제가 먼저대놓고 우건을 유혹하고 싶은 지경이다.

'…아니, 신성한 학교에서 무슨 생각이야. 정신 차려!'

도리도리 세차게 머리를 흔든 소혜는 음란하게 밀려드는 생각들을 애써 물리쳤다. 내가 이상한 건가. 아니면 목석같은 이 사내가 이상한 건가. 폭, 한숨을 내쉰 소혜는 우건을 따라 연구실로 함께 올라갔다. 고이다 만 열기가 애매하게 가슴을 괴롭혔다.

◆ ◆ ◆

달빛마저 구름에 가려 어둠에 잠긴 깊은 밤. 불빛 한 점 들지 않은 여관 방 문이 천천히 열렸다. 그 안에서 발을 내밀고 나온 사람은 다름 아닌 욱영이었다. 주위를 살피며 경계한 그는 발소리를 죽인 채 어딘가로 향했다.

한열단의 감시를 받은 지도 벌써 수개월이다. 그동안 죽은 듯 지내왔던 욱영은 감시가 잠시 느슨해진 시기를 틈타 다시 어둠을 달리고 있었다. 섣부르게 움직일 생각은 없었지만, 슬슬 활동 영역을 넓혀나갈 필요는 있었다. 그러지 않으면 언제 어디서 공격을 당할지 알 수 없으니까.

그는 빠르게 걸음을 옮겨서 미로처럼 구불구불한 골목으로 들어갔다. 한참을 이리저리 헤맨 끝에 마침내 도착한 곳은 어느 폐점된 가게 앞이었다. 커다란 유리창이 깨져서 을씨년스러운 가게 내부가 한눈에 들여다보이는 곳이었다. 욱영은 모자를 푹 눌러쓴 채 그곳에서 한동안 시간을 죽였다. 얼마간 시간이 흐른 후.

"욱영. 고욱영!"

숨죽인 목소리로 누군가 그를 부르며 다가왔다. 왜소한 몸집에 눈이 커다란 사내, 한열단의 부대장 중 하나인 최명조였다.

"대체 어떻게 된 일이야? 갑자기 연락을 보내서 놀랐잖아."

"내가 너를 불렀다는 거, 설마 다른 사람들한테 말하진 않았겠지?"

"네가 아무한테도 말하지 말고 몰래 나오라고 했잖아. 우리에게만 특별히 전달된 비밀 임무가 있다고."

비밀 임무. 긴장한 명조의 얼굴 위로 언뜻 호기심이 비쳤다. 나서기를 좋아하는 데다가 명예욕까지 있는 명조를 구슬리는 건 욱영에게 꽤나 쉬운 일이었다. 욱영은 고단한 척 마른세수를 하며 침전한 목소리로 말했다.

"일단 그 전에 해둬야 할 말이 있어."

"무슨 말?"

"지금 한열단에 떠도는 나에 대한 이야기 말이야."

욱영은 명조의 표정 변화를 유심히 살피며 화두를 던졌다.

"혹시 안형권에 대한 이야기 들었나?"

명조의 표정에 살짝 균열이 일었다. 전과는 다른 이유로 긴장이 스며든 얼굴.

'들었군.'

골치는 좀 아팠지만, 그래도 차라리 잘된 일인지 모른다. 중간에 알게 돼 계획이 틀어지는 것보다는 초장에 살살 구슬려 의심을 지워버리는 편이 나을 테니까. 욱영은 날카로운 눈매를 눌러 죽이며 조곤조곤한 말씨로 명조를 속이기 시작했다.

"사실 그 이야기는 내부의 상인을 속이기 위해 수장님께서 일부러 퍼트린 말이야."

"수, 수장님께서 일부러 퍼트리신 말이라고?"

"그래. 안형권 외에 또 다른 상인이 조직에 숨어 있다는 사실을 내가 알아냈거든."

"자, 잠깐! 생각 좀 정리하고⋯."

조직에 또 다른 밀정이 있다니? 명조는 머리가 복잡한지 인상을 찌푸리며 욱영의 말을 하나하나 되짚었다.

"그러니까 안형권 동지는 진짜 상인이 맞고, 그 동지 외에 또 다른 상인이 조직에 있다?"

"그래."

"그리고 일부러 네가 상인으로 의심받고 있다고 조직에 말을 퍼트렸다는 거지?"

"맞아."

"대체 왜?"

"내가 그 상인을 색출하는 임무를 맡았으니까. 내가 대신 의심받을수록 오히려 상대는 방심하게 될 거다. 아니었다면 내가 어떻게 지금까지 살아 있겠어? 벌써 처리됐겠지."

욱영의 말은 정말로 그럴싸했다. 빠르게 생각을 정리한 명조가 마무리 결론을 중얼거렸다.

"그리고 네가 맡은 그 임무를 나와 함께하는 거라고."

"역시 이해가 빠르군."

"하지만… 나는 여전히 믿기지 않아. 안형권 동지는 누구보다 활동에 적극적이었잖아."

"앞에서 열심히 하는 건 누가 못 해? 그런 애들이 뒤에서 움직이니까 더 위험한 거지."

욱영은 목소리를 한껏 낮춰 강조하듯이 말했다.

"내가 봤다고. 그 녀석이 몰래 형사를 만나는 걸."

그럴듯한 거짓말에 명조의 두 눈에서 차츰 의심이 거둬졌다. 욱영은 계획대로 흘러가는 대화에 희열을 느끼며 말을 이었다.

"이제부터 너와 내가 힘을 합쳐서 남은 상인을 찾아내야 해."

"하지만 너는 당분간 조직 활동에 참여할 수 없잖아. 이것도 눈속임인가?"

"그래. 하지만 상인 색출 임무 때문에 대외적으로 활동할 수 없는 건 맞아. 그러니 네가 필요한 거야. 너만큼 한열단에서 많은 정보를 아는 사람은 결코 없으니까."

띄워주는 말에 명조가 으쓱하는 빛을 띠었다.

'단순한 녀석.'

욱영은 속으로 미소를 삼키며 말끝을 흐렸다.

"앞으로 너를 통해 우리의 비밀 임무 지령을 받아야 할 듯싶은데…."

"아, 지령. 그렇지."

잠시 고민하는 듯하던 명조가 이내 고개를 끄덕였다.

"좋아. 송일 과학지는 내가 전달해주도록 하지."

송일 과학지? 욱영의 눈이 일순간 번뜩였다. 그거였구나. 신우건, 네가 이제껏 일제의 눈을 피했던 방법이.

"…고맙다. 역시 믿을 건 너밖에 없어."

욱영은 입꼬리를 서늘하게 말아 올리며 씨익 웃었다. 이제 내가 네 꼬리를 밟는 건 시간문제다.

◆ ◆ ◆

계절은 빠르게 흘러서 또다시 여름이 찾아왔다. 송일고보의 여름방학이 시작되자 우건도 본격적으로 채집을 다녔다. 그간 수업 때문에 조수들만 보내야 했던 그가 직접 나서기 시작한 것이다. 그 덕분에 나비 분포 지도와 개체 변이 연구도 순풍에 돛단 듯 빠르게 진전됐다.

연일 내리던 비 끝에 오랜만에 하늘이 맑게 갠 어느 날. 늘 채집 지역을 나눠 가던 이전과 달리, 이번에는 연구실 식구 모두가 함경남도에 있는 부전군으로 함께 떠나기로 했다. 그 일대가 채집지로 양호한 곳이라 짧은 기간에 집중적으로 채집하기 위해서였다. 소혜는 기차 차창 너머로 빠르게 지나가는 풍경을 신기한 눈으로 바라보며 말했다.

"선생님께선 함경도에 가보신 적 많으세요?"

"몇 번 있지. 거기에 은사님이 계셔서 이렇게 갈 때마다 신세를 지거든."

"그러시구나. 저는 북부 지방으로 가는 건 처음이에요."

"마음에 들 거야. 경성과는 또 다른 아름다움이 있는 땅이거든."

우건이 소혜의 흐트러진 머리카락을 귀에 걸어줬다. 부드러운 손길 끝에 머릿결이 단정히 정리됐다. 소혜는 배시시 미소를 머금으며 우건의 손에 기댔다. 그곳에서 또 어떤 나비를 만나게 될지 기대되는 동시에, 우건과 이토록 먼 지역까지 함께 여행한다는 사실이 마냥 설레기도 했다.

이른 아침부터 출발한 기차는 늦저녁이 돼서야 함흥에 도착했다. 미리 연락을 받고 나온 우건의 은사인 구 선생이 그들을 마중 나왔다. 지긋한 나이에 비해 눈빛이 살아 있고 묵직한 무게감이 느껴지는 사람이었다.

"어서 오게, 신 선생. 오랜만일세."

"그간 잘 지내셨습니까, 선생님."

"그럼. 먼 곳까지 오느라 고생했네. 어서 집으로 가세나."

구 선생은 멀리서 온 이들을 위해 기꺼이 자기 집을 내줬다. 아담한 초가집은 혼자 살기에는 넓어 보였지만, 이처럼 멀리서 손님들이 자주 와서 묵고 간다는 걸 염려하면 딱 알맞은 크기였다.

"남는 방은 두 개뿐인데…"

손님들을 쭉 둘러보던 구 선생의 눈이 이윽고 소혜에게 닿았다.

"아가씨는 이쪽으로. 나머지는 저쪽 방을 쓰게."

소혜와 우건이 약혼한 사이든 아니든, 옛사람의 눈에 혼인 전 합방은 가당치도 않은가 보다. 그 덕분에 한 방에 장정 다섯이 우르르 구겨 들어가게 됐지만, 구 선생의 형형한 눈빛 앞에서 누구 하나 불만을 표시할 수 없었다. 결국 소혜도 홀로 외떨어진 방으로 들어갈 수밖에 없었다. 구 선생은 손수 방문을 열어주고 소혜의 짐까지 안으로 들여놓았다.

"여름이라지만 여기가 북쪽인 데다가 지대가 높아서 밤에는 좀 쌀쌀해. 곧 군불을 지필 테니 저녁을 먹고 나면 따듯할 게야."

구 선생은 사뭇 따듯한 어조로 소혜에게 말했다. 조금 전의 그 엄한 빛은 온데간데없었다. 다른 사람을 마주한 듯한 착각까지 들었다.

"감사해요, 어르신."

"감사는 무슨."

그런 소혜를 흐뭇한 얼굴로 보며 구 선생이 혼잣말처럼 중얼거렸다.

"내 생전에 신 선생이 장가가는 걸 볼 줄은 몰랐는데…. 허허, 대단한 아가씨구려."

'장가'라는 단어에 소혜의 뺨이 붉게 물들었다. 약혼은 어디까지나 계약으로 인해 퍼트린 소문일 뿐. 이제 막 진짜 연인이 된 두 사람에게 약혼이니 혼인이니 하는 건 여전히 먼 세상의 이야기였다.

"아직 혼인은 확실치 않은데…."

"신 선생이 여인을 곁에 뒀다면 그것만으로도 끝까지 책임지겠다는 뜻일 게야. 한번 정한 뜻은 절대로 꺾지 않거든."

끝까지 책임진다. 그 말이 소혜의 가슴에 깊이 뿌리를 내려 순식간에 벅찬 꽃을 피워냈다. 구 선생은 소혜의 손을 맞잡으며 말했다.

"우리 신 선생 좀 잘 부탁허이. 곁에 아무도 두려 하지 않아서 외로운 사람이야."

"네. 그럴게요."

"싹싹한 아가씨라 마음이 놓이는구면."

인자하게 미소를 띤 구 선생이 먼저 자리에서 일어났다. 마치 손녀를 대하듯 하는 그의 태도에 소혜는 따뜻한 기분이 들었다.

◆ ◆ ◆

저녁을 다 먹고 났을 때는 완전히 깜깜한 밤이 내려앉은 뒤였다.

"내일 일찍 움직인다고 했으니 어서들 들어가 쉬게."

방 안으로 들어가려던 구 선생이 갑자기 걸음을 멈추고 휙 돌아봤다. 단단한 눈동자가 향한 곳은 우건의 얼굴이었다.

"이 대청 넘어갈 생각은 꿈도 꾸지 말거라."

구 선생의 낮고도 단단한 엄포가 떨어졌다. 가만있다가 꾸지람을 들은 우건은 그답지 않게 당황한 표정을 지으며 떠밀리듯 네, 하는 대답을 내놓았다. 구 선생이 사라진 자리로 다른 조수들의 키득거리는 놀림이 우건을 에워쌌다.

"쓸데없는 소리 하지 말고 다들 들어가서 자자고. 내일 일찍부터 부지런히 움직여야 하니."

우건은 행여 조수들의 놀림이 소혜에게도 닿을세라 서둘러 사내놈들을 데리고 방으로 들어가버렸다.

밤은 깊어지고, 곧 풀벌레 울음소리가 천지를 메웠다. 홀로 방으로 들어온 소혜는 펼쳐둔 이불에 누워서 멍하니 천장만 봤다. 음… 잠이 안 오는군.

"아니, 뭐. 특별히 뭘 바란 건 아닌데, 이게 맞는 건 아는데…. 그래도 저 방이 너무 좁지 않으려나. 여기 나 혼자 자기에는 엄청 넓은데. 군불을 땐게 맞나? 되게 서늘한데…."

중얼중얼 흘러나오는 목소리가 쓸쓸히 방 안을 메운다. 한 사람쯤 이쪽으로 넘어오면 좋겠다. 저들 중 하나, 그러니까 선생님이라든가… 신선생님이라든가… 신우건이라든가….

"에잇, 몰라!"

소혜가 벌떡 자리에서 일어났다. 잠자리가 포근하면 무얼 하나. 신경은 온통 저쪽 건넛방에 쏠려서 돌아올 줄 모르는데. 아무리 누워 있어도 잠은커녕 졸음조차 오지 않는다. 이대로 있다가는 뜬눈으로 밤을 지새울 지경이었다.

닫힌 문을 뚱하게 쳐다보던 소혜가 이윽고 몸을 일으켰다. 조심스럽게 문고리를 잡아당기자 창호지를 발라놓은 문이 끼익하며 열렸다. 소혜는 발끝을 들고 살금살금 대청으로 나왔다. 이왕 잠도 안 오는데, 바람이나 좀 쐬다가 들어갈 요량이었다. 하늘을 올려다보니 흑청으로 뒤덮인 바탕에 쏟아질듯 별이 수놓여 있었다. 아까는 시끌벅적한 분위기에 쏠려서 미처 보지 못한 광경이었다.

"와…."

소혜는 작게 감탄을 내뱉으며 대청 끝에 걸터앉았다. 가만히 보고 있자니 꼭 별로 휩싸인 세상에 혼자 남겨진 기분이었다.

"선생님하고 같이 보면 더 좋을 텐데…."

문 열리는 소리가 한 번 더 들린 건 바로 그때였다. 옆을 돌아보자 거짓말처럼 우건이 그곳에 서 있었다. 놀란 소혜가 반사적으로 구 선생이 자는 방을 쳐다봤다. 뒤이어 같은 곳을 보고 있던 우건과 눈을 마주했을 때.

"픕."

두 사람은 누가 먼저랄 것도 없이 웃음을 터트렸다.

"왜 나와 있어?"

"어르신께서 저더러는 대청을 넘지 말라는 말씀을 안 하셔서요."

"구 선생님께서 안일하셨네. 이런 아이인 줄 모르시고."

"그럼 선생님은요?"

"나는… 넘어가진 않고, 대청에만 있으려고."

결국 둘 다 같은 생각이었다. 살포시 예쁘게 웃는 소혜 옆으로 우건이 다가와 앉았다. 한 뼘 정도의 거리를 두고 은밀하게 주고받는 온기가 찬 기 스민 소혜의 어깨를 데웠다. 소혜는 더 가까이 자리를 옮겨서 아예 그 의 넓은 어깨에 머리를 기댔다.

"간절히 바라면 정말 이뤄지나 봐요. 조금 전까지 선생님이랑 같이 저 별을 보면 좋겠다고 생각했는데."

힐긋 옆을 내려다본 우건이 그녀의 어깨를 감싸 안았다.

"우리 둘이 같은 생각을 해서 금방 이뤄졌나 보군."

두 사람의 손이 서로 교차돼 얽혔다. 바람은 선선했고 주위는 고요했다. 아까는 이 넓은 공간에 홀로 남겨진 것 같았는데, 이제는 우건과 단둘이 남 겨진 것 같다. 이 순간이 견딜 수 없이 행복한 건 우건도 마찬가지였다.

"밖으로 나오기를 잘했네. 이렇게 예쁜 것도 보고."

"그렇죠?"

다만 우건은 무수히 펼쳐진 은하수가 아니라 소혜를 눈에 담고 있을 뿐이었다.

"일하러 온 게 아니라 여행을 온 것 같다. 너랑 있으니까."

"저희 나중에 진짜 여행 가요. 나비 채집 말고… 그냥 선생님하고 저 단 둘이서만."

소혜는 얼굴이 붉게 달아오르면서도 꿋꿋이 말을 이었다. 부끄러운 마 음에 어깨가 솔직하게 움츠러들었다. 그 여린 몸을 바라보던 우건이 낮게 웃음소리를 흘렸다.

"좋아. 꼭 가도록 하지. 우리 둘만."

빛이 아닌 것을 보며 눈부시다고 생각한 것은, 소혜가 처음이었다.

◆ ◆ ◆

다음 날. 새벽같이 채집 준비를 마친 그들은 다시 배를 타고 한대리로 출발했다. 고동 소리와 함께 배가 파도를 가르며 앞으로 나아갔다. 어느 정도 들썩임이 가라앉자 소혜는 뱃머리로 나가서 드넓게 펼쳐진 바다를 봤다.

"와아…!"

꼭두새벽에 일어났는데도 새파란 바다를 보니 피곤이 싹 가시는 것 같았다. 어느새 뱃머리로 나온 세호도 하늘과 푸르게 연결돼 있는 바다를 감상했다.

"아무래도 구 선생님께서 괜한 걱정을 하신 것 같습니다. 이런 날씨에 우천을 염려하시다니요."

"그러게 말입니다. 구름 한 점 보이지 않는걸요."

같이 따라 나온 다른 조수들도 쾌청한 하늘을 만끽했다. 소혜가 보기에도 하늘은 비를 쏟을 것처럼 보이지 않았다. 오히려 한없이 맑아서 눈이 부실 정도였다. 배 밑으로 시원하게 솟구치는 파도, 이른 여름의 더위를 식혀주는 바람, 그리고 이따금 배를 따라오는 하얀 갈매기가 괜스레 마음을 들뜨게 했다. 조수들은 갈매기가 많이 날아오는 뱃전으로 옮겨 가고, 혼자 남은 소혜만 물결 이는 바다를 구경했다. 파도에 부딪쳐 산산이 부서지는 햇살이 꼭 어제 본 별들 같았다.

"그래도 가는 길이 맑아서 다행이네."

언제 다가왔는지 우건이 제 옆에 섰다. 소혜는 그에게 가까이 붙어 서며 다시 바다로 고개를 돌렸다.

"바다가 너무 예뻐요. 이렇게 예쁜 풍경은 처음 보는 것 같아요."

꿈결처럼 흐르는 목소리가 바람과 함께 저만치 멀어졌다. 홀린 듯 바다를 내려다보던 소혜는 문득 아무 말도 없는 우건을 바라봤다. 그는 거울처럼 하늘을 가득 품은 바다를 보고 있었다. 바람이 제멋대로 머리카락을 날리며 장난쳐도 한없이 평온한 얼굴이었다. 바람에 휘감긴 모습이, 무언가를 집중해서 바라보는 모습이 바다보다 더 아름다웠다. 그런데 이렇게 오래도록 쳐다보는데도 어째 이쪽으로는 눈길 한 번 주지 않는다.

'이 정도면 내가 쳐다보는 걸 아실 법도 한데.'

일부러 이쪽을 쳐다보지 않는 것도 같다. 그것이 조금 섭섭해 소혜는 아랫입술을 삐죽 내밀며 바다로 시선을 던졌다. 끝없이 파도치는 바다도 소혜의 소심한 질투까지 집어삼키진 못했다. 나만 애타는 것 같다. 내가 더 좋아하는 것 같고. 그때 뱃전의 현장을 잡고 있는 그녀의 손등 위로 우건의 손이 겹쳐졌다.

"아까는 나만 계속 쳐다보더니, 이제 또 바다만 보네."

나직이 흘러드는 말에 소혜가 불퉁한 얼굴로 말했다.

"아무리 쳐다봐도 선생님께서 저를 안 봐주셔서요."

솔직하게 드러낸 심술에 우건이 작게 실소를 흘렸다.

"그래서 서운했나?"

"네. 서운했어요."

"나는 계속 보고 있었는데."

"언제요?"

"네가 한창 바다에 빠져 있을 때."

소혜는 자신이 배에 올라타자마자 바다부터 구경했던 게 떠올랐다. 그때 우건은 계속 그녀를 보고 있었나 보다.

"바다를 보는 네가 너무 예뻐서. 그런 네가 보는 바다는 얼마나 예쁠까 나도 좀 봤던 것뿐이야."

예쁘다는 말이 달콤한 설탕처럼 녹아서 귓가에 눌어붙었다.

"그리고 내가 다른 곳을 보고 있을 때 네가 나를 보는 시선이 좋아서."

우건의 부드러운 목소리가 소혜의 귀를 간지럽혔다. 조금 전에 서운했던 마음을 단숨에 씻어주는 말이었다. 우건이 파도 소리에 젖은 귀 뒤로 바람에 엉킨 머리카락을 달콤하게 넘겨줬다. 부러 눈을 가늘게 뜨고 그를 흘기던 눈매가 녹진하게 풀렸다. 얼굴이 붉어지는 건 우건 앞에서 당연한 수순이었다.

"예쁜 아기를 보면 울리고 싶어지는 마음이 뭔지 알 것 같네."

시원하게만 느껴지던 바닷바람이 일시에 그의 손안에서 끈적하게 변하여 제 목덜미로 달라붙었다. 소혜는 뜨겁게 달아오르는 목덜미를 느끼며 기어드는 목소리로 말했다.

"울리기보다는… 웃게 해주시면 좋을 것 같은데."

우건이 소혜의 이마에 짧게 입을 맞추고는 어깨를 감싸 안았다.

"알고 싶어. 네가 무엇에 웃는지, 무엇에 행복해하는지."

"전부 솔직하게 보여드릴게요. 그러니까 선생님도 감추지 말고 알려주세요."

무엇을 원하시는지, 무엇이 당신을 충만하게 하는지. 내가 그것을 전부 다 채워드릴 테니.

◆ ◆ ◆

　한대리에 도착하자마자 본격적인 채집이 시작됐다. 그들은 연화산 줄기로 이어지는 다섯 개의 연꽃 같은 봉우리를 낀 채 앞으로 향하며 나비를 잡았다. 이곳을 지나면서 알게 된 점은 이 일대가 나비 서식지로서 특이한 양상을 띠고 있다는 사실이었다.

　"아무래도 여기에는 봄형과 여름형이 함께 살고 있는 것 같다."

　우건이 잡은 나비들을 소혜와 조수들에게 보여줬다. 원래 지금 시기는 봄형 나비가 들어가기 시작하면서 여름형 나비가 번데기 껍질을 탈피하고 밖으로 나올 준비를 할 때다. 하지만 최근 함흥 일대에 닥친 가뭄으로 습도가 낮아지고 기온이 올라가면서, 변태 과정을 이르게 끝낸 여름형 나비가 활동하기 시작한 것이다. 게다가 개성이나 경성에서는 보기 힘든 함경어리표범나비까지 보였다. 지천에 널린 다종의 접류에 포충망이 여기저기서 빠르게 포물선을 그렸다. 하지만 지대가 워낙 넓은 데다가 서식하는 나비까지 많아서 여러 명이 한곳에만 집중하는 게 아까웠다.

　"아무래도 서로 찢어져서 나비를 잡는 것이 좋겠군."

　"그럼 둘씩 짝지어서 다니기로 할까요?"

　세호의 말에 우건이 고개를 끄덕였다. 일정한 시간이 되면 세호가 신호를 주기로 하고, 그들은 각자 맡은 방향으로 흩어졌다. 우건과 소혜는 당연히 한 조였다. 두 사람은 비슷하게 궤도를 그리는 나비를 쫓기 위해 산으로 향했다.

　그런데 오후를 막 넘길 때쯤. 처음에는 소남산 부근으로 구름이 한두 조각씩 넘어오기 시작하더니 이내 그들이 있는 방향으로 몰려들기 시작했다. 아주 천천히, 그러나 일정한 방향으로 하늘을 덮은 구름들은 곧 품은 색까지 짙게 변해갔다. 어느 순간부터는 마른 장작에 불이 옮겨붙듯 구름들이 빠른 속도로 몸집을 불렸다. 그 바람에 채집자들은 미리 대비할 겨를조차 없었다.

"뭐야, 언제 이렇게 구름이 깔렸어?"

희욱이 공기 중에 가득한 물 냄새를 맡고는 세호에게 말했다.

"야, 봉세호. 우리 슬슬 정리해야 할 것 같은데."

"벌써 말입니까?"

나비와 고요한 신경전을 벌이던 세호가 뒤이어 고개를 들었다.

"이런. 구 선생님의 말씀이 정말 맞았나 봅니다."

작게 탄식을 흘린 그가 주변을 향해 큰소리로 철수를 알렸다. 그나마 근처에 있던 석태와 재우가 곧 알겠다는 신호를 보냈다. 하지만 우건과 소혜는 어디로 갔는지 그림자도 보이지 않았다. 희욱이 곤란한 듯 머리를 쓸어 넘겼다.

"어떡하지? 더 찾아보다가 내려가야 하나?"

"아래쪽으로 내려가면 부락 하나가 나옵니다. 신 선생님께서도 올해 초에 저와 함께 가신 적이 있어서 길을 아실 테니, 비가 온다면 곧장 그리로 내려오실 겁니다."

"길이 엇갈릴 확률은?"

"혹여 저 산으로 가셨다면…."

세호는 조금 전 소혜와 우건이 오른 산을 바라봤다.

"저기에 포수들이 버린 오두막이 하나 있긴 한데, 워낙 오래되고 외진 곳이라 웬만하면 부락으로 내려오시겠지요."

짧은 대화를 나누는 사이에 벌써 먹구름이 머리 위까지 들이닥쳤다.

잠시만 지체해도 옷은 물론이고 애써 잡은 나비들까지 전부 젖어서 못쓰게 될 것 같았다.

"어쩔 수 없지. 우리끼리라도 먼저 가자."

"예."

희욱과 세호는 나머지 두 사람과 함께 먼저 부락으로 향하기로 했다.

그 시각. 제법 깊은 산속으로 들어간 소혜는 하늘에 구름이 드리우는지도 모른 채 나비를 계속 쫓았다. 우건도 함께였기에 주위를 잘 살피지 않은 까닭도 있었다.

"어…?"

머리 위로 톡, 하고 떨어진 무언가에 소혜가 하늘을 봤다. 하늘이 어두워 보이는 게 우거진 수풀 탓인가, 고개를 갸웃거리는 사이. 삼송나무의 가늘고 빽빽한 잎 사이로 물방울이 또 한 번 그녀의 뺨 위에 떨어졌다.

"선생님, 비가 오려는 것 같아요!"

그제야 우건도 나비에게서 눈을 떼고 하늘을 봤다. 성긴 틈 사이로 구름 낀 하늘이 보였다. 어디선가 토도독 울리는 빗방울 소리가 심상치 않았다.

"일단 밑으로 내려가자."

"네. 얼른 정리하고…."

그런데 그때였다.

"아!"

일순간 발목을 쿡 찌르는 엄청난 통증에 소혜가 비명을 지르며 넘어지고 말았다. 놀란 우건이 황급히 그녀가 있는 곳으로 뛰어왔다.

"무슨 일이야!"

"발밑에 뭐가…."

소혜가 괴로운 표정으로 발목을 움켜쥐며 앞을 봤다. 조금 전까지 그녀가 서 있던 자리에 가느다란 흙빛 뱀이 위협적으로 이빨을 드러내고 있었다. 우건은 서둘러 긴 나뭇가지를 들고 뱀을 멀리 밀어냈다. 몇 번 소름 끼치는 소리를 내던 뱀은 나뭇가지가 재차 제 앞을 가로막자 머리를 돌려서 어딘가로 사라졌다.

"괜찮아?"

자세를 낮춘 우건이 소혜의 발목을 살폈다. 하얀 살결 위에 제법 깊은 잇자국 두 개가 선명하게 찍혀 있었다. 뱀이 무는 순간 발을 뗀 탓에 가로로 길게 긁힌 상처도 있었다. 상처 위로 흐르는 붉은 피에 소혜가 잔뜩 겁을 먹었다.

"저, 설마 독사에 물린 건…."

"독사는 확실히 아니었어. 걱정하지 마."

우건은 울먹이는 소혜를 안아서 다독이며 한 손으로 가방을 살폈다. 상처를 묶을 만한 게 보이지 않자 결국 자신이 입고 있던 셔츠를 벗었다. 셔츠를 가로로 길게 찢어서 발목을 동여매자 소혜가 통증 때문에 미간을 좁혔다.

"일어날 수 있겠어?"

"네…."

소혜가 우건의 부축을 받으며 일어났다. 하지만 다리를 다 펴기도 전에 몸이 휘청거렸다. 놀라 넘어지면서 발까지 접질린 것이다. 우건은 그녀의 허리를 단단히 끌어안으며 고민했다.

'이 상태로는 저 아래에 있는 부락까지 갈 수가 없는데.'

어느새 빗줄기는 굵어져 지면을 적시고 있었다. 이대로라면 땅이 금세 짓물러서 산을 내려가기도 힘들어질 것이다. 섣불리 움직이기에는 위험한 상황. 잠깐의 고민 끝에 우건은 두 사람 몫의 짐을 한쪽 어깨에 짊어지고 다른 팔로 소혜를 부축했다. 근육으로 단단하게 짜인 그의 맨몸 위로 빗방울이 떨어져 잘게 부서졌다.

"꽉 잡아. 최대한 빠르게 갈 거니까 힘들면 얘기하고."

"어디로 가시게요?"

"여기 위로 계속 올라가면 오두막이 하나 있어. 그곳에서 잠시 비를 피하지."

두 사람은 세차게 퍼붓는 비를 피하기 위해 나머지 일행이 내려간 길과 반대로 올라가기 시작했다. 몇 번이나 발밑이 미끄러질 뻔한 것을 견디며 오르기를 한참. 마침내 눈앞에 우건이 말한 작은 오두막이 나타났다. 통나무를 얼기설기 엮어 만든 조잡한 오두막이었지만 비를 피하기에는 충분했다.

끼익, 문을 열자 통나무의 마찰음과 함께 어둑한 내부가 드러났다. 다행히 최근까지 누군가 머물렀는지 안이 잘 정리돼 있었다.

"잠깐 여기 있어."

소혜를 잠시 벽에 기대게 한 우건이 서둘러 오두막 안을 정리했다. 아무리 사용한 흔적이 있다 하더라도 사냥꾼들이 투박하게 쓴 탓에 제법 먼지가 많았다. 대충 앉을 만한 자리를 마련하고서 뒤를 돌아보니, 소혜가 비에 젖은 몸을 애처롭게 떨고 있었다.

"얼른 불을 피울게. 조금만 참으면 곧 따뜻해질 거야."

"네."

그나마 깨끗한 자리에 소혜를 앉힌 뒤, 우건은 도로 밖으로 나갔다. 군불을 지필 아궁이에 부싯돌로 빠르게 불을 피워 올리고 덜 젖은 나뭇가지와 솔방울을 최대한 던져 넣었다. 곧 장작이 타오르며 오두막을 데우기 시작했다.

바닥이 데워지기까지는 꽤 오랜 시간이 걸리는 터라, 두 사람은 일단 냉골처럼 차가운 바닥에 앉아 있을 수밖에 없었다. 한여름이어도 젖은 옷을 그대로 입고 있자니 체온이 점점 떨어졌다.

"선생님께선 안 추우…."

무심코 말을 건네려던 소혜가 숨을 집어삼키며 굳었다. 우건의 벗은 상체 때문이었다. 제 상처를 동여매느라 셔츠를 벗었으니 맨몸인 게 당연하거늘. 그 사실을 전혀 생각하지 못한 순간에 인지하고 나니 저도 모르게 당황하고 말았다. 굴곡진 근육에 맺힌 빗방울들이 희미한 빛을 반사하며 더욱 묘한 광경을 연출했다. 뒤늦게 고개를 숙였지만 이미 그의 벗은 몸이 망막에 각인된 뒤였다.

아래로 내린 시선은 곧 우건과 별반 차이 없는 상태인 제 몸을 발견했다. 얇은 셔츠는 비에 흠뻑 젖어서 입으나 마나 한 것이 된 지 오래. 훤히 드러난 몸에 귀까지 붉어진 소혜는 무릎을 끌어안아 조금이나마 제 몸을 가리려 애썼다. 하필이면 천가방 안까지 전부 젖어버려 갈아입을 옷도 없는 상황이었다. 어색한 분위기가 공기에 녹아들어 숨을 쉴수록 몸이 경직되는 것 같았다.

"죄송해요. 저 때문에…."

숨죽여 나온 목소리에 우건이 등을 돌려 앉았다.

"상관없어. 네가 안전한 게 더 중요하니까."

천천히 시선을 들자 넓게 벌어진 등이 보였다. 단단히 조각된 몸에 새겨진 흉터들이 소혜의 눈을 어지럽혔다. 고요히 자리를 지키려는 그 뒷모습을 그녀는 한동안 말없이 바라봤다.

비는 쉬이 그치지 않았고, 훈기는 무척이나 더디게 올라왔다. 자신 때문에 옷도 걸치지 못한 채 이런 외진 산속까지 들어왔는데, 저리 혼자서 한기를 견디게 내버려둘 수는 없었다. 조심히 자리에서 일어난 소혜가 절 뚝이며 다가가 우건 옆에 앉았다. 어깨에 기대니 뺨에 닿은 그의 맨살이 뜨겁게 느껴졌다.

"같이 있어야… 조금 더 따듯하잖아요."

체향이라는 것은 비에 씻기면 더욱 짙어지는 모양이다. 말마디를 내뱉 는 만큼 들이쉬는 숨을 따라 우건의 체향이 짙게 풍겨왔다. 가슴을 가득 채 우는 그 아찔한 향기에 소혜는 점점 심장박동이 빨라지는 걸 느꼈다. 두근, 두근, 두근. 고요한 내부로 제 심장 소리가 크게 울려 퍼지는 것 같았다.

선생님은 아무렇지도 않으실까. 아니면 나와 같은 소리를 듣고 계실까. 소혜는 용기를 내어 고개를 들었다. 까맣게 짙어진 우건의 눈동자가 어느 순간 오롯이 그녀를 향하고 있었다. 방을 채우는 열기보다 그 눈 속에 고 인 열기가 더욱 강렬하게 느껴졌다. 소혜의 시선이 그의 눈빛에 사로잡혀 깊게 얽혔다. 벗어날 수도 없고, 벗어나고 싶지도 않은 열망이 서서히 가 슴에 차올랐다. 달리기를 한 것도 아닌데 숨이 찬다. 예민한 살갗을 야릇 하게 훑는 기분에 소혜는 저도 모르게 마른침을 삼켰다.

바닥을 짚은 우건이 조금씩 상체를 기울여왔다. 시야가 온통 그로 가 득해지면서 찾아온 어둠. 곧 입술 위로 맞닿은 온기에 소혜가 자연스럽게 눈을 감았다. 지그시 온기를 나누고 그가 다시 멀어졌다. 눈꺼풀을 밀어 올리자 바로 앞에서 자신을 응시하는 눈동자가 보였다. 나를 원하고 있는 눈동자가, 지독하게 나를 원하는 욕망이.

이번에는 소혜가 고개를 들어 그에게 입을 맞췄다. 조금 전 입맞춤처 럼 가볍게 닿았다가 떨어지려던 순간, 우건이 그녀가 멀어지지 못하게 허 리를 감싸며 입술을 베어 물듯 삼켰다. 처음 나눴던 입맞춤과는 다르게 조금 더 깊고 본능적인 행위였다. 마치 소혜가 내뱉는 작은 숨결까지 모두 삼켜버릴 것처럼. 아랫입술을 긁는 잇새가 무척이나 자극적이었다. 끈적이는 마찰음이 야릇하게 귓가를 적셨다. 온몸이 열기로 채워지는 것 같아 호흡이 점점 가빠졌다.

"하아…."

끝도 없이 몰아붙일 것 같던 우건이 약간의 틈을 벌렸다. 소혜는 거칠게 숨을 몰아쉬며 붉어진 눈시울로 그를 봤다. 우건의 얼굴에는 조금 전까지 보이지 않던 망설임이 비쳤다.

"이대로 계속 가면 참지 못할 것 같은데."

낮게 잠긴 목소리가 목청을 긁으며 새어 나왔다. 더 듣지 않아도 무엇을 뜻하는지 알 것 같았다. 그가 무엇을 걱정하는지도.

"싫으면 말해. 여기서 그만둘 거니까."

감당 못 할 열기가 몸 안에 가득 차서 폭발할 것만 같았다. 이 열기를 가라앉힐 수 있는 건 오로지 우건뿐임을 소혜는 잘 알았다. 언제나 선을 긋고 그 선을 넘어오지 않던 그였기에.

"예쁜 아기를 울리고 싶은 마음이라면서요…."

소혜는 기꺼이 그의 손을 잡고 선 너머로 이끌었다.

"울려줘요. 선생님이… 나를 울게 만들어줬으면 좋겠어요."

"웃는 게 더 좋다고 했던 것 같은데."

"너무 행복해서 울기도 하잖아요."

선생님의 품에 안기는 게 지금 제가 가장 원하는 일이에요.

"저도 원하는 걸 말씀드렸으니, 이제 선생님께서 원하는 걸 보여주세요."

그럼 나는 기꺼이 내 모든 것을 당신에게 맡길 테니. 속삭이듯 흘린 유혹에 우건이 다시 고요한 파도처럼 밀려왔다. 파도는 곧 거대한 불길이돼 그녀를 삼켜가기 시작했다.

우건은 소혜의 입술을 가르며 들어왔다. 정신없이 헤집고 파고드는 감각에 소혜는 의식이 혼미할 지경이었다. 휘몰아치는 열기가 입에서 입으로 넘어와 점점 몸속을 가득 채웠다. 가슴이 뜨거워서 진득한 신열이 피어오르는 듯했다. 소혜의 뺨을 감쌌던 손이 목덜미를 따라 밑으로 내려갔다.

톡, 톡, 톡. 하나씩 단추가 풀릴 때마다 젖은 셔츠가 벌어지며 조금씩, 조금씩 그 틈을 내보였다. 서늘한 공기가 피부에 맞닿자 오소소 소름이 돋았다. 그 소름 위로 커다란 손이 다정히 쓸고 지나갔다. 이윽고 셔츠가 마른 바닥으로 축축한 흔적을 남기며 떨어졌다.

소혜의 몸이 천천히 바닥에 뉘어졌다. 더 이상 몸이 춥지 않은 게 바닥을 덥힌 온돌 때문인지, 아니면 불처럼 저를 삼켜오는 우건 때문인지 알 수가 없었다. 우건의 몸에서 흘러내린 물방울이 그녀에게로 스며들었다. 그때까지 소혜의 입술을 집요하게 탐미하던 우건은 물방울의 궤도를 따라 서서히 아래로 미끄러져 내려갔다. 목덜미 위로 생경하고도 뜨거운 침범이 이뤄졌다. 입술은 곧 쇄골을 넘어 영역을 넓혔다.

살갗을 쓸어 올리는 뜨거운 온기에 근육이 나른하게 풀리다가도 다시 바짝 조였다. 가슴을 가리고 있던 천의 매듭은 사나운 잇새에서 허무하게 풀어졌다. 천을 입으로 물어서 끌러내는 우건의 모습은 지독히도 퇴폐적이었다. 마침내 두 사람의 몸을 가리는 건 아무것도 없게 됐다.

"읏…."

우건이 심장이 뛰는 부근으로 숨결을 불어넣었을 때, 소혜는 보이지 않는 무언가 몸을 관통하는 기분이 들었다. 저도 모르게 터져 나온 낯선 숨결에 황급히 아랫입술을 꾹 깨물었다. 하지만 제 의지에 반하는 소리는 자꾸만 입안에서 끈적하게 고여갔다. 아예 손으로 입을 틀어막아도 목을 긁는 소리는 멈출 줄 몰랐다. 그게 터질 듯한 가슴을 그나마 식히는 유일한 방법인 양 그저 끊임없이 입 밖으로 흘러나올 뿐이었다. 우건이 필사적으로 버티는 손목을 그러쥐었다.

"솔직하게 다 보여주기로 하지 않았나."

검게 응집된 눈동자가 일말의 두려움마저 삼키며 그녀를 덮쳐 왔다.

"네 소리, 하나도 빠짐없이 다 듣고 싶은데."

열기로 낮게 갈라진 목소리가 몸을 더욱 저릿하게 만들었다. 촉, 습기 가득한 소리가 맥박 뛰는 손목에 눅진하게 붙었다가 떨어졌다. 손목에 입술을 맞댄 채 위를 올려다보는 눈빛은 꼭 오랫동안 굶은 맹수 같았다. 갈급하면서도 섣부르지 않게, 속도를 조절하면서도 절대로 상대를 놓치지 않으려는 맹수.

"참지 마. 어차피 도망칠 곳은 없으니까."

귓가에 뜨거운 숨을 불어넣은 우건이 소혜의 손을 제 어깨에 올렸다. 손바닥에 닿은 몸이 타들듯 뜨거웠다. 마치 그녀를 원하는 욕망의 농도를 열기로 표현한 것처럼.

"…네. 그럴게요."

소혜는 그가 이끄는 대로 망설임 없이 따라갔다. 사실 정신이 몽롱하여 이성을 제어하기도 힘들었다. 사람의 몸에 이토록 많은 감각이 있었던가. 난생처음 느껴보는 새로운 감촉들을 소혜는 감히 무어라 정의할 수조차 없었다.

곧 새하얀 살결 위로 붉은 나비가 하나둘 날개를 펼치기 시작했다. 꽃의 짙은 향과 화려한 색에 현혹된 나비들이 죄 몰려든 것 같은 모양새였다. 소혜의 가는 손가락 사이로 우건의 머릿결이 감겨들었다. 이미 한계치까지 차오른 열화는 그녀의 모든 신경을 휘어잡고 놓아주지 않았다. 감당하기 힘들 만큼 벅찬 자극에 눈앞이 어지러웠다. 그의 입술과 손이 지나간 곳마다 미끈한 무언가가 번들거렸다.

"아름다워, 너."

견디기 힘든 건 우건도 다르지 않았다. 그에겐 소혜 자체가 꽃인 듯, 나비인 듯, 혹은 저를 영원히 삼켜버릴 나락인 듯했다.

"진짜 미쳐버릴 것 같아…."

너무 빠르게 밀어붙였다가 그녀가 놀라서 도망칠까 봐 최대한 억누르고 있었지만, 우건은 점점 인내심이 끝에 다다르는 걸 느꼈다. 안달이 났다. 더 깊은 곳까지, 더 은밀한 곳까지 도달하고 싶었다. 사랑하는 여인을 안고 싶은 남자의 본능적인 열망이었다. 농밀한 마찰음 위로 본능을 괴롭게 억제하는 한숨이 덧씌워졌다.

"선생님…."

소혜도 마찬가지인지 어느새 맑게 고인 눈물이 붉은 눈가에 아롱져 반짝이고 있었다. 어깨를 짚은 손이 바르작 떨려온다. 무엇을 원하는지도 모른 채 제게 애원해온다. 이 열기 좀 어떻게 해달라고. 이 타는 듯한 갈증 좀 해소해달라고.

"선생님이라고 부르지 마."

우건은 벌을 주듯 소혜의 입술을 물었다가 놓아줬다. 상체를 들어 올리자 잔뜩 흐트러진 눈동자가 연약한 움직임으로 그를 쫓아온다.

"이름으로 불러."

거부할 수 없는 명령에 소혜가 부풀어 오른 입술로 그의 이름을 발음했다.

"우건… 씨."

이번에 맞닿은 입술은 상이었다.

"한 번 더."

"우건 씨."

"듣기 좋다."

"우건 씨…."

그를 부르는 목소리가 애처롭게 흔들렸다. 더 이상 애태우지 말라고 가만둬도 더욱더 깊은 곳으로 열기가 번져나가 몸이 뒤틀리는 까닭이었다.

미지를 앞둔 소혜는 두려워하는 것 같기도, 혹은 열락에 휩싸여 들뜬 것 같기도 했다. 그래도 끝까지 그녀를 배려하고 싶어서 우건은 가장 조심스럽고도 다정히 대했다. 놀라지 않도록, 겁먹지 않도록. 그녀가 사랑받는다는 느낌에 푹 젖어들 수 있게 아낌없이 퍼부어주고 싶었다.

두 사람의 입술이 다시 빈틈없이 맞물렸다. 여린 몸도 긴장으로 다시 경직됐다. 우건은 마지막까지 조심스러운 손길로 어루만지며 그녀에게 짙은 열기를 채워 넣었다.

곧 소혜가 숨을 크게 터트리며 눈을 질끈 감았다. 아찔한 나락이 머리부터 발끝까지 죄다 삼키는 것 같았다. 온몸이 부서지는 동시에 흐물흐물하게 녹아내렸다. 무엇인가 몸 안에서 흘러넘치다가 이내 터져버려 다시 비워지고, 또 어느 순간 가득 차오르기를 반복했다.

눈을 감을 때마다 눈가에 가득 맺혀 있던 눈물이 관자놀이를 타고 흘러내려 귓바퀴에 고였다. 행복해서 울게 해달라는 말을 우건은 착실히 지키고 있었다. 달아오른 숨이 빗방울 대신 땀으로 젖은 몸에 달라붙었다.

이내 주변의 모든 것이 사라지고 소혜의 세상에는 오직 신우건만 남았다. 나의 유일한 사랑. 나의 유일한 안식처. 정처 없이 뒤흔들리는 세상 속, 소혜는 심연으로 떨어지지 않기 위해 우건의 팔을 꼭 붙잡았다. 이미 그의 품에 갇혀서 어디로도 갈 수 없는데도 자꾸만 그에게 매달리게 됐다. 우건은 소혜에게서 흘러나오는 반응을 하나라도 놓치지 않으려 애쓰며 그녀를 더 깊은 곳으로 이끌었다.

"우건 씨…."

"응, 소혜야."

다정하게 제 이름을 부르는 그의 목소리가 소혜의 머릿속까지 젖게 만든다. 쾌락에 잠식된 목소리가 애틋하게 가슴을 데운다.

"소혜야."

그게 너무도 간절하고 탐이 나서, 소혜는 우건의 얼굴을 끌어당겨 그가 내뱉은 이름을 들이마셨다. 달뜬 숨들이 섞여서 더욱 농밀한 소리를 만들어냈다.

"사랑해."

목소리를 빌려 나온 우건의 진심이 소혜를 듬뿍 적셨다. 소혜도 온 마음을 다해 그의 진심에 화답했다.

"저도요…. 저도 사랑해요."

나만 애태우는 것이 아니었다. 나만 더 좋아하는 것이 아니었다. 이 남자도 나 못지않게 애타고 있었고, 내 마음을 훨씬 뛰어넘을 만큼 나를 원하고 있었다. 오로지 나로 가득한 눈동자가, 주체 못 할 숨이, 입술이, 손길이, 그의 모든 것이 그 사실을 여실히 증명했다. 뻐근하리만치 가슴을 가득 채운 행복감에 소혜의 눈가가 다시금 촉촉해졌다. 지금 이 눈물은 분명 지고의 행복에 도달해 어린 것이었다.

두 사람은 다시 깊게 서로의 숨결을 찾아들었다. 소혜의 눈앞에서 여러 번 빛이 터졌지만 우건은 멈출 줄을 몰랐다. 그렇게 오두막을 가득 채운 열기는 끝없이 짙어져만 갔다.

◆ ◆ ◆

머리카락을 다정히 쓸어내리는 손길에 아득히 느껴지던 감각이 서서
히 선명해졌다. 눈꺼풀을 힘겹게 들어 올리자 우건이 모로 누운 채 이쪽
을 바라보고 있는 모습이 보였다. 어디서 찾았는지 얇은 담요가 그들의
몸에 덮여 있었다.

"깼어?"

"네…."

무의식중에 대답한 소혜가 미간을 찡그렸다. 감기라도 걸린 것처럼 목
이 따끔한 탓이었다.

'목이 왜…?'

까끌까끌 잠긴 목이 의아하기도 잠시. 조금 전 이 자리에서 일어났던
일들이 환한 조명을 받듯이 펑펑 떠올랐다. 처음에는 손길 하나에도 소혜
가 놀랄까 조심하던 우건이었건만. 결국 그도 환락에 취해 그녀를 끝까지
몰아붙이고 말았던 것이다. 견디지 못할 만큼 힘들었지만 밀과처럼 달콤
하기도 했으니. 소혜는 끝까지 우건을 밀어내지 않았다. 이 순간이 마지
막이더라도 우건을 전부 받아내고 싶었다. 사랑하는 남자니까. 그토록 원
해 마지않던 남자니까. 그 덕분에 절정을 맛보기가 무섭게 잠에 빠져든
소혜였다.

"몸은 좀 괜찮아?"

제가 저지른 잘못을 모르지 않는 터라, 우건이 걱정스럽게 소혜를 살
피며 물었다. 소혜는 여전히 물먹은 솜처럼 축 늘어지는 몸을 느끼며 고
개를 끄덕였다.

"그런데 저는 산과는 정말 인연이 없나 봐요."

"왜?"

"산에 올 때마다 다치니까요. 저번에도 그랬고, 이번에도 그렇고…."

그때도 딱 발목만 다쳤는데. 이쯤 되면 산 채집은 영 자신과 맞지 않는 것 같다. 그러자 우건이 소혜의 이마에 쪽, 입을 맞추며 말했다.

"네가 다친 건 마음이 아프지만, 그래도 끝까지 나쁘기만 한 건 아닌 것 같은데."

나지막이 귓가를 적시는 목소리에 소혜가 얼굴을 붉혔다. 그러고 보니 두 번 다 다친 이후로 우건과 급격히 가까워지긴 했다. 처음에는 마음을 통하였고, 그다음에는 몸을 통하였고, 둘 다 우연이겠지만, 어쨌든 산이 맺어준 결과임에는 틀림없었다. 우건을 얻는 대가로 겨우 발목만 다쳤으니 차라리 다행이라 생각해야 하나. 소혜는 그런 싱거운 생각을 하며 바깥으로 귀를 기울였다.

"비는 아직도 와요?"

"조금씩 그치는 것 같아."

"그럼 비가 그치면 바로 출발해요. 다들 걱정하겠어요."

"그 발로 어떻게 가려고."

"조금만 쉬면 괜찮아질 거예요. 지금도 많이 좋아졌어요."

말은 그렇게 했지만 사실 소혜도 잘 내려갈 수 있을지 자신하지 못했다. 다친 발은 문제도 아니었다. 우건에게 혹사 아닌 혹사를 당한 터라 허리 아래로 힘이 들어가지 않았던 것이다. 정말 말 그대로 딱 파김치가 된 기분. 이 상태로는 평지를 걷는 것조차 힘들 것 같았다.

하지만 말도 없이 사라졌으니 다들 애타게 그들을 기다리고 있으리라. 무엇보다 우건과 나눈 일을 그들이 눈치챌까 봐 부끄럽기도 했다.

'약혼한 사이라고는 하지만…. 그래도 이런 건 선생님과 나만의 비밀로 남기고 싶어.'

소혜는 몸을 꾸물꾸물 움직여서 우건의 품에 폭 안겼다. 그의 가슴에 이마를 대자 세찬 박동이 느껴졌다. 두근두근, 제 것과 같은 속도로 뛰고 있는 심장 소리가 기분 좋게 들려왔다. 이대로 그의 고동 소리를 들으며 다시 잠들고 싶은 마음이 굴뚝같았다.

하지만 바깥의 빗소리는 어느새 사라져 있었다. 게다가 저녁 어스름도 빠르게 산을 오르고 있었다. 시간을 더 지체했다가는 밤이 찾아와서 이곳에 아예 발이 묶일 수도 있었다. 깊은 산속이라 호랑이나 다른 산짐승들의 습격을 무시할 수도 없었다. 결국 두 사람은 날이 완전히 저물기 전에 산을 내려가기로 했다.

"잠시만 기다려. 옷이 말랐는지 보고 올 테니."

담요로 소혜를 돌돌 말아준 우건이 젖은 옷가지를 널어둔 곳으로 향했다. 아무것도 입지 않은 그의 등 위로 짐승의 그것처럼 근육이 유려하게 움직임을 달리했다. 사납게 저를 집어삼키던 움직임과는 새삼 다른 결이었다. 그 대조적인 모양이 오히려 색정적인 자극을 상기시켜 소혜는 새삼스럽게 또 얼굴이 붉어지고 말았다. 옷가지를 가지고 돌아온 우건이 달아오른 그녀의 얼굴을 보고 걱정스럽게 살폈다.

"왜 이렇게 얼굴이 빨갛지. 설마 열이 나는 건가? 조금 뜨거운 것도 같은데…."

그가 한쪽 무릎을 꿇고 이마를 짚으니, 잘 짜인 근육이 더욱 자세히 보였다. 저 몸에 그토록 시달리고도 소혜의 시선은 제 의지에 반하며 그의 몸을 빨아들이기 바빴다. 내가 이렇게 음란한 사람이었나. 그런 제 자신이 낯설어서 소혜는 빨갛게 달아오른 얼굴로 부끄럼 가득한 목소리를 냈다.

"…다 선생님 책임이에요."

이마를 짚던 손이 잠시 멈칫했다. 그 손 때문에 얼굴이 더욱 화끈거려 소혜는 결국 두 무릎 사이에 얼굴을 파묻어 감췄다.

"계속 아까 생각이 나서…."

수줍어하는 목소리가 끝내 바닥으로 기어들었다. 제가 한 말이지만 참으로 낯간지러웠다. 우건이 자신을 이상한 여자로 봐도 어쩔 수 없었다. 서로에게 전부 내보이기로 약속했으니까. 해서 소혜는 자신이 지금 느끼는 것, 머릿속에 떠오르는 것을 숨김없이 털어놓았다. 그래야 서로가 무엇을 원하는지, 어디를 바라보고 있는지 더 정확히 알 수 있을 테니까.

하지만 고의라고는 전혀 없는 그 도발에 괴로워지는 건 오직 우건뿐이었다. 곧 소혜의 머리 위로 한숨인지 실소인지 모를 것이 작게 터져 나왔다.

"너는 정말…."

뒤이어 앓는 듯한 신음이 작게 흘러나오는 걸 보니 아무래도 한숨이었던 듯싶다. 어깨 위로 약간 서늘하다 싶게 마른 옷이 걸쳐졌다.

"부탁이니 자극하지 마. 오늘 여기서 아예 못 나가게 할지도 모르니까."

한순간 그의 목소리에 짙게 스치는 열감에 소혜는 꼴깍 마른침을 삼켰다. 그냥 하는 말이 아니라는 건 제 어깨를 느릿하게 문지르는 손가락만 봐도 알 수 있었다.

"얼른 옷 입어. 나는 나가 있을 테니까."

미련처럼 손을 거둔 우건이 자기 옷을 챙겨서 오두막 밖으로 나갔다. 소혜가 편히 옷을 입도록 자리를 비켜주기 위함이었다. 사실 제가 입으라고 건넨 옷을 다시 빼앗아 던져버릴까 봐 그 자리를 피한 것도 있었지만….

'이럴 때는 솔직한 것도 독이군.'

차라리 원하는 만큼 중독되고 싶은데 그럴 수도 없는 독. 함께 사랑을 나눴던 잔상을 떨치기 힘든 건 우건 또한 같았다.

그런데 막 옷을 다 입고 짐을 챙길 무렵.

"신 선생님! 소혜 씨!"

멀지 않은 곳에서 그들을 찾는 소리가 들려왔다. 한참이 지나도 부락으로 내려오지 않으니 조수들이 그들을 찾으러 직접 올라온 모양이다. 조금만 늑장을 부렸다면 민망한 꼴을 보일 뻔했다는 생각에 절로 등골이 서늘해졌다.

"우리도 이만 나가지."

"네."

문을 열기 직전, 잠시 걸음을 멈춘 우건이 소혜에게로 시선을 돌렸다.

"책임은 너도 같이 져야 돼. 몸이 자꾸 반응하는 건 나도 마찬가지거든."

나지막하게 흘러나온 목소리가 소혜의 귓가를 나직이 훑었다.

"네가 상상하는 것 이상으로 나는 너에게만 반응해."

그것도 매번 참기 힘들 만큼. 우건은 옷으로 가려져 보이지 않는 곳, 그곳에 자신이 새겨놓은 흔적들을 시선으로 하나하나 쓸어내렸다.

"그러니까 혹시 몸이 힘든 날이면 숨기지 말고 꼭 말해. 앞으로는 잘 못 참을 것 같으니까."

그로서는 경고의 뜻으로 말한 것이었으나, 소혜에겐 세상에서 가장 뿌리치기 어려운 위험한 유혹이었다.

◆ ◆ ◆

연구진은 함경에서 출발하는 마지막 기차를 타고 경성역에 도착했다. 새벽 동이 막 트는 하늘이 어슴푸레 밝아왔다.

"고생 많았어. 다들 들어가서 쉬도록 해."

인사를 나눈 조수들은 피곤한 얼굴을 한 채 각자의 방향으로 돌아갔다. 우건도 돌아서서 소혜의 짐을 대신 들었다.

"우리도 이만 가지."

"네."

소혜는 졸린 눈을 끔뻑였다. 기차가 불편하여 잠을 제대로 자기 어려웠을뿐더러, 어제 우건에게 시달린 여파가 아직 가시지 않은 터라 온몸이 아우성을 지르고 있었다. 게다가 아직 발목도 성하지 않아서 여러모로 체력이 바닥난 상태였다. 소혜의 몸 상태를 헤아린 우건이 곧장 인력거를 잡았다. 바퀴가 덜컹거릴 때마다 아랫배가 욱신욱신 아파와서 소혜는 얼른 집에 도착하기만을 빌었다.

그런데 집 근처에 다다랐을 무렵. 멀리 대문 앞에서 웬 사내 하나가 서성이는 모습이 보였다. 낯선 사내의 인영에 우건이 미간을 좁혔다. 우건의 손에 갑자기 힘이 들어가자 소혜가 걱정스러운 얼굴로 물었다.

"왜 그러세요?"

"누가 나를 찾아온 모양이군."

"선생님을요? 이 아침에요?"

소혜가 자세히 보려고 상체를 기울이자, 우건이 위험하다는 이유로 그녀를 다시 인력거 등받이에 기대게 했다.

"아마 연구와 관련해 찾아온 기자일 거야. 먼저 집으로 들어가 있어. 나는 저자를 돌려보내고 따라갈 테니."

"안으로 들어가서 이야기 나누시지 않고요?"

"나중에 연구실로 부를까 해서."

"아, 그게 낫겠네요. 오늘은 선생님도 피곤하실 테니."

소혜는 낯선 방문자를 대수롭지 않게 생각했다. 이렇게 이른 아침부터 찾아온 게 조금 유난스럽긴 했지만, 예전에도 기고문이니, 특집이니 하는 이유로 찾아오는 기자들이 제법 있었기에 새삼스럽지는 않았다.

마침내 인력거가 집 앞에 멈추자 우건이 소혜를 데리고 내려섰다. 말끔하게 차려입은 사내는 옆에 있는 소혜를 힐긋 보더니 이내 표정을 가다듬고는 그들에게 다가왔다.

"혹시 신우건 선생 되십니까?"

"그렇습니다만. 누구십니까?"

사내는 꾸벅 허리를 숙이며 자신을 모 신문사에서 나온 기자라고 소개했다. 우건이 말한 대로였다. 아마 이번에도 나비 연구와 관련해서 인터뷰를 요청하러 온 듯싶었다.

"선생님께 급히 드릴 말씀이 있어서 실례를 무릅쓰고 여기까지 찾아왔습니다. 아주 잠깐이면 되니 시간을 내주실 수 있겠습니까?"

"잠시만 기다리십시오. 금방 다시 나오겠습니다."

"감사합니다."

우건은 소혜와 함께 집으로 들어가서 짐을 들여놓았다.

"먼저 쉬고 있어."

"네."

입술에 짧게 입을 맞추자 소혜가 뺨을 붉히며 미소를 띠었다. 그 얼굴을 눈에 담은 우건이 곧 대문 밖으로 나왔다. 단단히 대문을 닫자 두 사람 주위로 사뭇 묘한 긴장이 흘렀다. 우건은 가라앉은 음성으로 기자라던 사내에게 물었다.

"어떻게 됐습니까?"

앞뒤 맥락 없이 불쑥 던진 말. 그러나 뜻을 알 수 없는 물음에도 사내는 우건이 원하는 답을 정확하게 건넸다.

"변전소에서 필요한 것을 전부 구해서 제작을 시작했습니다."

은밀히 낮춘 목소리는 우건에게 닿자마자 빠르게 흩어졌다. 이 말 한마디를 전달하기 위해 새벽부터 달려온 그였다. 남들이 들어서는 절대 안 되는 내용이었기에 두 남자는 신경을 잔뜩 곤두세운 채 대화를 나눴다. 중요한 정보인 만큼 신중하고, 또 신중해야만 했다.

"남은 기간은?"

"앞으로 일주일 정도면 완성될 것 같습니다."

"그때 지정된 장소로 가면 되겠습니까?"

"예. 준비를 마치면 저희 측에서 먼저 연락드리겠습니다."

"알겠습니다. 조금만 더 수고해주십시오."

말을 마친 사내가 꾸벅 허리를 숙이고는 곧장 몸을 돌렸다. 사내가 사라지고 나서도 우건은 자리에 우두커니 선 채 움직이지 않았다. 굳게 다물어진 입속에서는 조금 전에 들은 내용이 몇 번이고 곱씹어졌다.

조만간 또 한 번의 거사가 치러질 예정이었다. 이번 거사는 폭탄을 사용한 무력 항쟁이었다. 상하이 등지에서 비밀리에 유지되던 폭탄 제조 학습소에서 동지 하나가 기술을 배워 왔더랬다. 거기에다가 수색 변전소에 직접 인부로 취업하기까지 하여 최근에 폭탄을 제조하는 데 필요한 물품들을 몰래 빼돌리는 데 성공한 것이다. 이번 거사가 다른 때보다 특히 위험한 만큼 모든 준비에 최대한 만전을 기해야 했다.

무엇보다 언제 어디서 변수가 튀어나올지 모르기에 더욱 조심해야 했다. 자신이 던져놓은 미끼를 욱영이 물었다는 소식이 전해졌으니. 이제부터는 아주 사소한 방심도 곧 죽음으로 연결될 것이다.

'만만하게 당하기만 할 수는 없지.'

우건은 굳은 눈으로 허공을 바라보다가 이내 대문을 안으로 들어갔다.

잠시 후, 적막으로 휘감긴 텅 빈 골목. 그 위로 단발의 그림자가 슬며시 새겨졌다. 한동안 우건이 사라진 방향을 주시하던 그것은 곧 자취를 감췄다. 다 타든 담배꽁초만이 그곳에 사람이 있었음을 알려줄 뿐이었다.

◆ ◆ ◆

오후쯤 느지막이 눈을 뜬 소혜가 부스스 자리에서 일어났다. 잠시만 누워 있는다는 게 그만 깊은 잠에 빠지고 말았다.

"선생님은 들어오셨나?"

소혜는 아직 졸음이 가시지 않은 눈을 비비며 땅에 발을 디뎠다. 무게를 싣자 시큰거리는 통증이 발목을 타고 올라왔다.

"아직 다 안 나았나…. 조금 괜찮아진 것 같더니."

느리게 발목을 돌리며 살펴보니 살짝 부어 있었다. 처음에는 뱀에 물린 상처 때문인가 싶었는데, 상처 부위와 조금 떨어진 데가 부은 걸 보니 아무래도 접질려서 생긴 부종 같았다. 한참 발목을 살피는데 문득 노크 소리가 들려왔다.

"들어가도 되나?"

문틈으로 들려온 건 우건의 목소리였다.

"네, 선생님. 들어오세요."

곧 우건이 방문을 열고 들어왔다. 얼른 발을 내리고 싱긋 웃던 소혜가 돌연 아, 하는 소리를 내며 황급히 얼굴을 숨겼다. 영문을 모르는 우건은 의아한 표정을 지을 수밖에.

"왜 그래?"

"그게, 제가 지금 막 자고 일어나서…."

잠깐 잔 것도 아니고 완전히 푹 자고 일어난지라, 행여 얼굴이 붓거나 눈곱이 꼈을까 걱정이 된 것이다. 그 마음을 아는지 모르는지. 우건은 야속하게도 방을 나가주는 대신 소혜에게 거침없이 다가왔다. 그러곤 침대 옆에 나란히 앉아 그녀를 가까이서 바라봤다.

"자고 일어난 얼굴 처음 보는 것도 아닌데."

그 말에 소혜의 목덜미가 화르르 달아올랐다. 사실 한집에서 살다 보니 아침에 일어나자마자 방 앞에서 마주치기도 부지기수였던 것이다. 하지만 그때는 아무 사이도 아니었고, 지금은 진짜 연인 사이이지 않은가.

'무엇보다 어제 막 사랑을 나눈…'

그 생각에 얼굴이 주체할 수 없이 달아올랐다. 보일 것, 안 보일 것 다 보인 사이에 뭐가 부끄럽겠느냐마는, 그래서 더더욱 어여쁜 모습만 보이고 싶은 게 여인의 마음이었다. 그러나 이번에도 우건은 모른 척 넘어가는 대신 소혜의 얼굴을 들어서 제 쪽을 향하도록 했다. 그러곤 더없이 다정한 목소리로 말했다.

"괜찮아. 어떤 모습이든 다 예뻐."

부끄러움에 붉어진 눈이 느리게 깜빡였다. 그 눈 위로 부드럽게 호선을 그린 입술이 새겨졌다. 손으로 감싼 뺨을 소중히 문지른 우건이 시선을 밑으로 내렸다. 눈길이 닿은 곳은 소혜의 다친 발이었다.

"발은 아직 아픈 건가?"

"아… 네, 조금요."

조금 전 발목을 살피고 있던 소혜를 본 모양이었다.

"잠깐만 기다려."

"어디 가세요?"

"치료할 것 좀 찾으러. 작은 염좌라도 방치하면 만성으로 변해."

잠시 후에 돌아온 우건의 손에는 작은 그릇과 얇은 면포가 담긴 목반이 들려 있었다. 그릇 안에는 정체를 알 수 없는 하얀 반죽이 조금 되다 싶게 담겨 있었다. 우건이 다가오자 달큼하면서 쌉싸름한 생강 냄새가 은은하게 퍼졌다.

"그게 뭐예요?"

"발목을 다쳤을 때 붙이면 좋은 거."

우건은 소혜의 발아래에 한쪽 무릎을 꿇고 앉았다. 발목을 감싸는 손길에 간지러운 기분이 살금살금 가슴으로 기어들었다. 소혜의 발을 제 무릎에 올려놓은 우건은 하얀 덩어리를 떼어내어 손으로 뭉쳤다. 그렇게 뭉친 반죽을 부은 발목에 붙이니, 그 부위에만 바람이 부는 듯 시원했다. 우건은 그 위로 정성스럽게 면포를 감았다.

"감자와 생강을 갈아서 밀가루로 반죽해 환부에 붙이면 부기도 빨리 빠지고 통증도 가라앉아. 알아두면 요긴할 거야."

"이런 것도 학교에서 배우는 책에 나오나요?"

"아니. 어릴 적에 내가 다치면 어머니께서 종종 이렇게 해주셨어."

우건에게서 어머니 이야기는 처음 듣는 것이었다. 1년이 넘도록 이 집에 사는 동안 그의 어머니가 찾아온 적도 없었고, 서로 연통을 주고받는 일 또한 본 적이 없었다.

'혹시 가족 모두와 사이가 안 좋으신 걸까…'

아버지조차 우연히 뵙게 돼서 겨우 알았을 정도이니. 소혜는 그가 하는 양을 지켜보다가 조심스럽게 물었다.

"선생님의 어머니께서는… 어떤 분이세요?"

면포의 매듭을 맺는 손에 미약하게 힘이 들어갔다. 그 매듭을 엄지로 느리게 쓸어내린 우건은 면포에 감긴 소혜의 발을 천천히 바닥에 내렸다.

"내가 아는 사람 중에서 아버지 다음으로 가장 강인하신 분."

흘러나온 목소리는 한없이 담담했다.

"살면서 단 한 번도 내 앞에서 어머니가 우시는 걸 본 적이 없었어. 죽은 형의 시신을 찾지도 못하고 돌아온 날조차 어머니는 우시지 않았지."

죽은 형이라는 말에 소혜의 눈썹이 미세하게 떨렸다. 형이 죽었다는 사실보다 어머니께서 눈물을 보이시지 않았다는 이야기가 가슴을 더 아프게 파고들었다.

"다음 날 아침에 어머니 눈이 부어 있는 걸 보고 아무도 모르게 혼자 우셨다는 걸 알았지. 물론 그것도 그날이 처음이자 마지막이었지만."

"그럼 지금은…."

"지금도 여전하셔. 그 이후로 오늘까지도 절대 누구 앞에서 눈물을 보이시지 않는 분이야."

그래서였구나. 오래전에 당신이 형 이야기를 꺼냈을 때 그토록 슬픈 얼굴을 했던 이유가.

'시신조차 찾지 못할 상황이었다면, 분명 심각한 일이 있었다는 뜻일 텐데…'

소혜의 눈빛이 덩달아 흐려졌다. 그 모습을 본 우건이 뜻 없이 입가를 늘였다.

"이미 오래전 일이야. 마음 쓸 것 없어."

"…가족의 일이 어디 오래됐다고 남의 일처럼 사라지던가요."

쓸쓸히 내뱉은 말은 저를 두고 하는 말이기도 했다. 저 홀로 경성에 남겨둔 채 사라진 아버지는 소혜에게 평생 지울 수 없는 상처이자 혼자서 풀 수 없는 문제 같은 것이었다. 살아는 계시는지, 살아 계신다면 대체 어디에서 무슨 일을 하시는지. 일전에 경림 때문에 설마설마하는 짐작이 하나 생겨버려 아버지에 대한 생각이 더욱 복잡해진 그녀였다.

"가족이라서… 상처를 더 드러내지 못하는 것일지도 몰라요."

가족은 내가 아파하는 모습에 더 아파할 사람들이니까. 진짜 이유가 어떻든 제 아버지가 모든 걸 숨기고 떠나신 것도, 우건의 어머니가 끝까지 눈물을 삼키신 것도 전부 그러한 이유 때문일 것이다. 가족이니까. 가족이라서.

소혜는 팔을 뻗어서 우건을 끌어안았다. 말 잘 듣는 아이처럼 그는 순순히 소혜의 어깨에 머리를 기댔다.

"그래도 선생님만큼은 저에게 솔직히 다 보여주셨으면 좋겠어요."

아무리 슬퍼도, 아무리 상처받아도 내가 당신의 버팀목이 될 수 있게.

'그리고… 내가 조금 더 당신에 대해 알 수 있게.'

가까워졌다고 생각한 순간, 문득 돌아보면 처음 만난 그날처럼 우건과의 거리가 느껴질 때가 가끔 있었다. 내가 아는 것이 과연 이 남자의 전부일지. 내가 알지 못하는 이유로 내가 알아서는 안 되는 곳에서 홀로 고통을 감내하고 있는 건 아닐지. 궁금해도 감히 물어볼 수 없어서 답답했다. 그리고 여전히 두려웠다. 언젠가 또 그날처럼 우건이 크게 다쳐서 돌아올까 봐. 아니, 이다음에는 영영 돌아오지 못할까 봐. 할 수만 있다면 그가 가는 길을 함께 걷고 싶었으나, 소혜는 그 마음조차 쉬이 전할 길이 없어 홀로 애만 태웠다. 그 불안을 알지 못하는 우건은 그녀의 품에 안긴 채 미소만 지을 뿐이었다.

"네가 나에게 얼마나 의지가 되는지 모르는 모양이야. 그런 말을 하는 걸 보면."

"제가요?"

"그래."

우건이 고개를 들어 짙은 시선으로 소혜를 바라봤다. 예전에는 한없이 깊고 어둡기만 해서 그의 눈동자를 들여다보면 오히려 마음이 저릿해지곤 했는데. 이제는 이 안에 소혜, 그녀의 얼굴이 가득 들어차 있었다. 우건은 그녀의 허리에 팔을 두르며 가까이 제 몸을 포개었다. 훅 가까워진 거리에 소혜가 작게 숨을 집어삼켰다. 새하얀 볼 위로 붉은 홍조가 피어올랐다. 그 홍조를 우건이 시선으로 어루만지며 진심을 담아서 속삭였다.

"너는 나를 살게 하고 있어."

언제나 죽음을 생각하던 나에게, 나 하나 제물로 삼아서 독립의 길을 넓힐 수 있다면 그것으로 족하다고 생각하던 나에게, 너는 처음으로 미래를 그리게 해줬으니까. 그 길을 내 발로 직접 걷고 싶게 만들었으니까. 바로 너와 함께.

"이제는 네가 없으면 내가 무너질 거야."

가슴으로 흘러드는 뜨거운 음성에 소혜는 어쩐지 뭉클해졌다. 저 역시 이 남자가 없으면 무너지는 건 마찬가지이기에. 그래서 이 남자가 끌어안은 위험이 무엇인지 더더욱 알고 싶은 것이었다. 그 위험을 함께 나눠 이 남자의 고통을 덜어주고 싶어서.

"고마워요…. 그렇게 생각해주셔서."

두 시선이 얽혀들어 점점 농도 짙은 점성을 띠었다. 가까이, 더 가까이. 더는 닿을 수 없는 이 짧은 거리마저 안타까워 그들은 그렇게 서로를 찾아 들어갔다. 지그시 눈을 감은 어둠 속에서는 오로지 입술로 느끼는 감각만이 빛이고 지표였다. 그렇게 우건과 소혜는 아무도 침범할 수 없는 둘만의 공간으로 숨어들었다.

그들에게 곧 거대한 폭풍이 찾아오리라는 건 아무도 알지 못한 채.

◆ ◆ ◆

함경에 다녀왔다는 게 벌써 까마득해질 만큼 시간은 빠르게 흘렀다. 만개했던 여름이 채 지기도 전에 찾아온 새벽 서리는 시절이 좋지 않음을 뜻한다더니. 백로를 앞두고 찾아온 서리에 한숨짓는 건 비단 농사꾼만이 아니었다.

송일고보 연구실도 연일 과중한 업무에 시달렸다. 기존에 잡아놓은 나비만 해도 워낙 많았던 데다가, 방학 동안 학생들이 보낸 나비까지 더하니 접류별로 정리하는 데만 꼬박 일주일이 걸렸다.

오늘도 밤늦게 퇴근할 것을 각오하며 열심히 나비를 분류하던 중, 이제 겨우 노을이 스멀스멀 머리를 들고 있는데 뜻밖의 퇴근령이 떨어졌다.

"오늘은 이만 정리하지."

"벌써요?"

평소보다 일찍 정리를 고하는 우건에게 소혜가 놀란 눈을 깜빡였다.

이제 겨우 접류만 분류했을 뿐, 날개의 길이나 문양 등 측정하고 기록해야 할 것이 아직 산더미였다. 하지만 쌓인 일거리를 앞에 두고도 우건은 결국 하얀 가운을 벗었다.

"오늘 만나기로 한 학회 동료가 있어서. 남은 작업은 내일 하도록 하지."

"앗, 다행입니다. 저도 산악부 학생들과 갈 곳을 미리 답사해야 하는데, 오늘 가야겠습니다."

"이 저녁에요?"

"근처만 휘휘 둘러볼 생각입니다."

방싯 웃은 세호가 재빠르게 가방을 들었다. 뒤이어 희욱까지 웬일로 안 남고 자리를 정리했다.

"피곤하다."

굵고 짧은 이유만 남기고 말이다. 이쯤 되니 나머지 두 조수도 슬금슬금 눈치를 보며 일어났다. 이때가 아니면 언제 또 일찍 집에 들어가서 따듯한 저녁밥을 먹겠느냐 싶은 얼굴들이었다. 모두가 퇴근하는 분위기여서 소혜도 그만 일어날 수밖에 없었다.

"그럼 먼저 가보겠습니다."

"조심해서 들어가십시오, 선생님."

"내일 보자."

조수들은 하나둘 먼저 인사를 하며 연구실을 빠져나갔다. 소혜가 준비를 다 마칠 때까지 기다려주던 우건은 그녀와 함께 박물관을 나섰다. 정문에서부터는 서로 길이 갈렸다.

"오늘 많이 늦으세요?"

"밤늦게야 돌아갈 듯싶어. 기다리지 말고 먼저 자."

"알겠어요. 선생님도 조심해서 다녀오세요."

"걱정하지 말고."

소혜의 이마에 짧게 입을 맞춘 우건이 그녀를 먼저 돌려세웠다. 생긋 웃으며 뒤돌아보던 그녀가 곧 앞으로 걸음을 뗐다.

우건은 멀어지는 소혜를 우두커니 서서 지켜봤다. 눈에 맺힌 윤곽이 작아질수록 그의 입가에 그려진 미소도 옅어졌다. 마침내 시야에서 소혜가 완전히 사라지자 우건도 몸을 돌렸다. 그의 얼굴에 조금 전과 같은 미소는 전혀 남아 있지 않았다. 남은 건 오로지 굳은 눈빛과 시린 표정뿐. 빠르게 걸음을 옮기는 모습은 같은 학회 동료를 만나러 간다기에는 미심쩍을 만큼 심각해 보였다.

삭막한 구두 소리가 매섭게 허공을 갈랐다. 한낮의 열기가 식지 않은 거리는 어둠마저 무거웠다. 곧이어 그 너머로 우건이 완전히 사라졌다. 거사에 쓰일 폭탄을 그가 직접 받기 위해서였다.

◆ ◆ ◆

잠시 걸음을 멈춘 소혜가 뒤를 돌아봤다. 두 사람이 헤어졌던 길목에는 아무도 보이지 않았다. 우건도 벌써 약속 장소로 향한 듯 빠르게 사라지고 없었다. 아무도 없는 학교 앞을 물끄러미 바라보던 소혜가 고개를 갸웃거렸다.

"오늘따라 왜 이렇게 기분이 이상하지…."

아까부터 계속해서 가슴이 묵직하고 답답했다. 손바닥으로 가슴을 쓸어내려도 먹구름처럼 웅크린 감정은 쉬이 가라앉지 않았다. 꼭 나쁜 일을 앞둔 것처럼.

"설마…."

소혜는 다시 우건이 사라진 자리로 시선을 던졌다. 문득 머릿속을 스치는 끔찍한 기억에 온몸이 서늘해졌다. 그러나 그의 그림자 한 자락 남지 않은 텅 빈 거리는 그저 침묵만 지킬 뿐이었다.

"…그래, 괜한 걱정이겠지."

소혜는 밀려오는 걱정을 애써 떨치며 억지로 발걸음을 뗐다. 집에 들어가서 따뜻하게 밥을 먹고, 씻고, 한숨 푹 자고 일어나면 여느 때처럼 우건이 아침을 열어줄 것이다. 늘 그랬던 것처럼, 아무 일도 없었다는 듯이.

그런데 소혜가 집 근처에 다다를 무렵이었다.

"소혜 양!"

저를 부르는 익숙한 목소리에 고개를 돌리니, 저 멀리 정씨가 손을 흔들고 있었다. 소혜는 반가운 마음에 한달음에 다가갔다.

"정씨 아주머니!"

"길이 엇갈리면 어쩌나 걱정했는데, 마침 이렇게 딱 마주치네요."

"저를 만나러 오신 거예요?"

정씨가 멋쩍게 웃다가 이내 한숨을 폭 내쉬었다.

"실은… 린진 아가씨가 요즘 통 밥을 안 드셔서요."

"린진이요? 혹시 어디가 아픈 건가요?"

"그게 아니라… 아무래도 소혜 양을 못 만나서 그러신 것 같아요."

"네?"

소혜가 눈을 동그랗게 떴다. 정씨는 아예 푸념하듯 말을 이었다.

"소혜 양이 그림 교습을 그만뒀다는 이야기를 듣고서 얼마나 많이 우셨는지 몰라요. 사장님께서 잘 설명해주셨지만 아직 나이가 어리니까 갑작스레 받아들이기는 힘드셨던 모양이에요. 짧은 기간이었어도 워낙 소혜 양을 좋아하고 따르셨으니…."

소혜가 탄식처럼 한숨을 내쉬었다. 역시나 걱정했던 대로였다. 아무리 생각이 깊다곤 해도 아이는 아이였던 것이다. 미안한 마음에 저도 모르게 눈물이 나올 것 같았다. 정씨는 소혜의 눈치를 살피며 조심스럽게 부탁했다.

"그래서 말인데… 혹시 소혜 양, 지금 시간 괜찮으면 저희 아가씨를 좀 만나러 가주시면 안 될까요? 아주 잠깐이라도 괜찮아요."

"왜 안 되겠어요? 그러잖아도 저도 계속 마음에 걸렸는데…."

선뜻 정씨를 따라나서려던 소혜가 문득 멈칫하며 물었다.

"혹시 집에… 왕 사장님께서도 계시나요?"

"아, 사장님께서는 요즘 많이 바쁘셔서 집에 거의 안 들어오세요. 오늘도 회사에서 주무신다고 하셨고요. 혹시 인사를 하고 싶으신 거라면 따로 연락을 드려볼까요?"

"아뇨! 괜찮아요. 사장님께는 제가 나중에 말씀드릴게요."

불편한 대면을 하고 싶은 마음은 없었다. 우건이 싫어할 상황을 몰래 만들기는 더더욱 싫었고, 소혜는 린진만 만나고 돌아올 생각으로 정씨와 함께 길을 나섰다.

현관 안으로 들어서자 익숙한 듯 새삼스러운 학제의 집 안 풍경이 그녀를 반겼다. 저 멀리 린진이 제 몸만 한 인형을 끌어안은 채 소파에 웅크려 있는 모습이 보였다. 소혜는 환하게 웃으며 아이를 불렀다.

"린진!"

생각지도 못한 재회에 놀란 걸까. 소혜를 발견한 린진이 눈을 크게 뜨더니 곧 와앙, 울음을 터트리며 달려와 안겼다. 소리도 잘 못 내는 입으로 끅끅, 서러움을 쏟아내니 그만 소혜도 눈시울을 붉힐 수밖에.

"미안해, 미안해. 그래도 마지막 인사는 했어야 하는데…."

시큰해지는 코를 훌쩍이며 사과를 건넸다. 대강 말뜻을 짐작한 건지 린진이 흐느끼면서도 작게 도리질을 쳤다. 소혜는 들썩이는 아이의 등을 꼭 끌어안아 토닥였다. 작은 몸이 그새 더 앙상해진 듯했다. 손등으로 아무렇게나 눈물을 닦아낸 린진이 정 씨를 향해 작은 손을 꼼질꼼질 움직였다. 그 손짓을 본 정씨가 곤란한 얼굴로 그 뜻을 전했다.

"소혜 양. 괜찮다면 저녁 식사까지 함께해주실 수 있을까요…? 정말 미안해요."

계속 부탁에 부탁을 거듭하려니 정씨도 민망한 모양이었다. 소혜는 잠시 고민하듯 시계를 봤다. 시간도 딱 저녁때인 데다가 린진이 저 때문에 밥을 못 먹었다고 하니, 곧바로 거절하기가 어려웠다. 어차피 학제도 집에 들어오지 않는다고 했고, 우건도 밤늦게야 돌아온다고 했으니.

'그래. 저녁까지만 먹고 돌아가자.'

소혜는 린진을 안아 들며 자리에서 일어났다.

"그럼 염치 불고하고 식사까지 부탁드릴게요. 괜히 아주머니께 실례를 끼치는 건 아닐지 모르겠네요."

"실례라뇨. 조금이라도 더 있어주시면 제가 감사하죠."

두 사람의 대화를 어림짐작한 린진이 방긋방긋 웃으며 허공에 발을 놀렸다. 이어서 소혜를 놓칠세라 그녀의 목을 꼭 끌어안고 온몸을 밀착해왔다. 눈꼬리 위로 하얗게 말라붙은 눈물과 제 딴에는 힘껏 두른 팔이 가여워서 소혜는 토닥토닥 작은 등을 자꾸만 다독였다.

저녁밥이 준비되는 동안 필담으로 한참 이야기를 주고받던 중. 린진이 커다란 눈을 깜빡이며 주저하다가 무언가를 썼다.

– 오라버니가 미워서 오지 않았던 거야?

놀란 소혜가 그 아래에 답문을 달았다.

-그런 거 절대 아니야. 정말로 학교 일이 많이 바빠졌어.

-오라버니가 요즘 많이 슬퍼해.

소혜의 눈동자가 옅게 굳어졌다.

-오라버니는 항상 마음으로 울어. 나는 그거 다 볼 수 있어.

정말로 학제에게 무슨 일이 있었던 걸까. 마지막으로 만난 날 그의 말과 행동도 그렇고, 지금 린진에게서 들은 이야기도 그렇고. 어쩐지 그에게 좋지 않은 일이 생긴 것 같아서 괜히 신경이 쓰였다. 하지만 그와의 관계는 모두 끝내기로 하지 않았던가. 먼저 선을 그은 것도 학제였고.

-오라버니를 너무 미워하지 말아줘. 불쌍한 사람이야.

소혜는 마음 한구석이 무거워지는 것을 느꼈다. 이제 가까이해서는 안 될 사람이기에 미워하고 말고는 아무런 상관이 없었다. 우건에게 저지른 잘못들이 있다지만 그건 당사자가 덮기로 한 일이었다. 그런데도 이렇게 복잡하고 미묘한 감정이 드는 건 어쩌면 불길한 예감 때문일지도 모르겠다. 훗날 용서해달라던 잘못이 어쩌면 그녀를 위한 것이 아닐까 하는. 그럴 리 없다는 건 제가 더 잘 알고 있는데도 이상하게 그런 생각이 들었다.

-응. 그럴게.

그날 봤던 학제의 눈빛이 꼭 그런 뜻을 품은 것 같아서.

◆ ◆ ◆

깊은 밤, 회중시계로 시간을 확인한 우건이 손에 쥐고 있던 종이를 구졌다. 곧 담뱃불이 옮겨붙은 종이는 금세 불덩이가 돼 바닥에 떨어졌다. 그러곤 오래지 않아 희뿌연 연기로 끝내 바스러져 재가 됐다. 이제 폭탄 전문가와 접선할 암구호는 그의 머릿속에만 남게 된 셈이었다. 곁에서 그 모습을 지켜보던 희욱과 세호가 동시에 모자로 얼굴을 가렸다. 마찬가지로 검은 모자를 푹 눌러쓴 우건이 낮은 목소리로 말했다.

"준비됐나?"

희욱과 세호가 서로 시선을 주고받으며 고개를 끄덕였다. 세 사람은 곧 약속된 장소로 향하기 시작했다.

네온사인의 근대색으로 화려한 남촌과 달리 가난한 조선인이 많이 사는 북촌은 딴 세상처럼 어둡고 남루했다. 막힌 하수구에서는 악취가 올라와 절로 인상이 찌푸려졌고, 밤길을 도는 순사들은 무엇이든 하나라도 걸리면 단단히 혼쭐낼 요량으로 눈을 부라렸다. 세 사람도 몇 번이나 곤봉에 어깨가 밀렸는지 모른다. 그때마다 우건의 신분을 앞세워 지나가기를 한참. 드디어 오래된 고서점 하나가 그들의 눈에 들어왔다. 그 앞에 서 있던 사내들은 다가오는 인기척에 몸을 경직시키며 이쪽을 주시했다. 우건의 집까지 찾아왔던 사내도 무리 중에 있었다. 그중에서 가장 체구가 큰 사내가 우건에게 문어를 말했다.

"어제도 만났습니까?"

"내일은 아직 멀었습니다."

우건이 낮은 목소리로 미리 숙지한 답어를 말했다. 곧 안도의 한숨과 함께 사내들이 가방 세 개를 앞으로 내밀었다.

"뒤를 부탁드립니다."

"걱정 마십시오."

곧 가방을 건넨 사내들이 뿔뿔이 흩어져 사라졌다. 저들의 역할은 제

조한 폭탄을 무사히 전달하는 것. 이제부터는 온전히 이쪽의 소임이었다.

우건은 손안에 묵직이 들리는 검은 가방을 내려다봤다. 일전에 욱영을 속이기 위해 꾸몄던 가짜 가방과는 다른, 진짜 폭탄이 든 가방이었다. 나머지 두 사람도 가방이 지닌 무게가 상당한지 사뭇 긴장한 얼굴이었다.

"꼭 무사히 다시 만나지."

"조심해라."

"곧 따라가겠습니다."

만일의 상황을 대비하여 세 사람은 각자 다른 길을 통해 목적지로 향하기로 했다. 폭탄을 숨길 장소는 평춘관 지하. 본래 등잔 밑이 어둡다고, 인파로 주위가 복잡한 데다가 보안도 확실해서 폭탄을 숨기기에 제격이었다.

우건은 떨리는 숨을 허공에 내뱉은 뒤 걸음에 속도를 더했다. 그는 밀정이 붙었을 경우를 대비해 최대한 미행을 따돌릴 수 있는 길로 빙 돌아가는 중이었다. 어중간한 밤 시간이라 완전한 적막도, 완전한 소란도 아니었지만, 오히려 그 때문에 적들의 눈을 교란하기 쉬웠다.

이대로 무사히 폭탄만 옮겨놓으면 오늘의 임무는 끝나리라. 이번만큼은 아무 탈 없이 임무를 완수하고 소혜에게 돌아가야 했다. 서로의 상처를 다 보이기로 했으나, 나는 네 안전을 위하여 내 상처를 온전히 보일 수가 없으므로, 내 상처를 알게 되면 너도 위험해질 것이기에. 그러니 절대로 내 고통을, 내가 짊어진 짐을 모르게 해야 하는 것이다.

'그것 또한 내가 너를 지키는 방법이니.'

가방을 쥔 손에 묵직한 힘이 실렸다. 우건은 뒤따라오는 소리가 없는지 조심하며 어둠으로, 어둠으로 걸어 나갔다. 북촌을 무사히 빠져나온 그는 미리 정박해둔 나룻배를 타고 남촌으로 넘어왔다. 이제 조금만 더 가면 평춘관이 나올 것이다. 그곳에 이 가방을 두기만 하면 훗일은 거사에 참여하는 동지가 맡을 터였다. 그런데 그때였다.

탕―!

어디선가 귀를 찢는 총성이 날카롭게 울렸다. 우건은 황급히 몸을 숨기며 신경을 곤두세웠다.

탕, 탕!

다시금 멀리서 총성이 울렸다. 설마 하는 생각이 전부 스치기도 전에 누군가의 비명이 들려왔다.

"아악―! 선생님!"

인접한 골목에서 터져 나온 것은 불행하게도 세호의 목소리였다.

"얼른 가십시오! 얼른요!"

가슴이 쿵쾅거렸다. 눈앞이 새하얘지다가 까무룩 어두워지기를 반복했다. 떨리는 손에서 땀이 배어 나와 가방 손잡이가 금방 축축해졌다.

―형, 허엉…!

어디선가 절규가 공기를 가르고 폭탄이 터지는 소리가 귀청을 때렸다. 허구의 진동에 몸이 휘청거리기까지 했다. 숨통이 막히는 기분에 우건은 거칠게 숨을 몰아쉬었다. 고민하고 있을 시간이 없었다. 저들이 이쪽까지 발견하기 전에 서둘러 폭탄을 숨겨야 한다.

하지만 발은 움직이지 않았고, 온 신경은 세호가 있는 곳에 묶여 있었다. 이대로 세호가 잡힌다면 답은 둘 중 하나였다. 한열단이 위험해지거나, 혹은 세호가 자결하여 저 자리의 모든 증인을 없애거나. 어느 쪽이든 최악의 수였다.

"…이번에는 혼자만 도망치지 않아."

우건은 온 힘을 다하여 세호가 있는 골목으로 향했다. 여차하면 자기 폭탄을 던져서라도 그를 구해 올 생각이었다. 폭탄은 다시 만들면 되지만 사람의 목숨은 잃으면 되찾을 길이 없으니. 다행히 오래지 않아 멀리서 세호가 보였다. 그는 축 늘어진 채 일군에게 에워싸여 질질 끌려가고 있었다. 복면으로 얼굴을 가린 우건은 지체할 것 없이 그들에게 총구를 겨눴다.

탕─!

터져 나온 불꽃에 세호를 결박하고 있던 사내 하나가 힘없이 쓰러졌다. 다른 일군들과 그사이에 몰려온 순사들이 일제히 이쪽을 향해 총을 쏴댔다. 승산이 거의 없는 싸움이었지만 한 발도 물러날 수 없었다. 우건은 침착하게 벽 뒤에 숨어서 한 명 한 명 빠르게 제압해나갔다. 이대로만 간다면 세호를 무사히 구출해서 같이 도망칠 수 있을 것 같았다. 그러나 끝내 무모한 도전이었던 걸까.

"으…!"

아슬아슬하게 손을 피한 총알이 대신 총을 맞혀서 떨어트렸다. 서둘러 총을 주우려 했으나 적이 한발 빨랐다. 재빨리 달려온 일군이 총을 저만치 걷어차버린 것이다.

"젠장…."

결국 이렇게 끝인가. 출구가 보이지 않는 절망 위로 일군이 사악한 얼굴이 들이민 그때.

탕─!

어디선가 또 다른 일격이 날아와서 일군의 몸을 쓰러트렸다. 설마 희욱까지 온 걸까. 그 순간 고개를 돌린 우건은 숨이 멎는 듯했다.

"…네가, 대체 왜."

그곳에는 새파랗게 질린 얼굴로 주저앉은 소혜가 있었다. 연기가 새어 나오는 총은 그녀의 손에 들려 있었다.

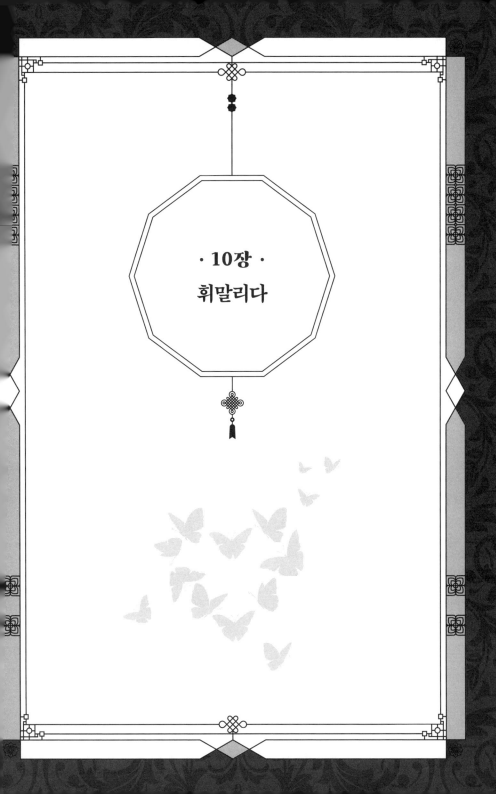

· 10장 ·

휘말리다

사건이 벌어지기 한 시간 전.

　벽에 걸린 괘종시계를 보던 소혜는 제 품에 안겨 있는 린진에게로 시선을 내렸다. 저녁밥까지 먹고 함께 놀아주기까지 했건만. 아이는 졸음이 덕지덕지 붙은 눈을 끔뻑끔뻑하면서도 고사리 같은 손으로 소혜의 옷자락을 꼭 움켜쥐고 있었다. 행여 잠든 사이에 소혜가 떠나버릴까 놓지 않는 듯했다. 그 마음이 안쓰러웠지만 더 이상 시간을 지체할 수는 없었다. 소혜는 필담을 나누던 종이 위에 새 글씨를 썼다.

　- 린진, 나는 이제 가봐야 해.

　그 종이를 보여주자 금방이라도 감길 듯하던 눈이 화들짝 놀라서 동그랗게 떠졌다. 금세 맑고 투명한 눈물이 촉촉이 차올라 아이의 눈가를 적셨다. 그러나 마냥 떼쓰면 안 된다는 걸 아는 걸까. 린진은 울먹이느라 입술을 씰룩거리면서도 엉금엉금 소혜의 품에서 내려왔다.

　- 다음에 안 바쁠 때 또 놀러 와줄 거야?

　울음을 참듯 꾹꾹 눌러쓴 글씨. 이 와중에 제 바쁜 사정까지 헤아리는 순수한 마음에 괜스레 가슴이 아려왔다. 소혜는 눈물이 그렁그렁 맺힌 린진의 눈가를 닦아주며 웃어 보였다. 마지막이 아니라는 뜻이었다.

－응. 린진 보러 올게.

－약속이야. 꼭 보러 와.

몇 번이고 약속하고 나서야 린진은 그러잡은 옷자락을 놓았다. 소혜는 잘 떨어지지 않는 발걸음을 떼어서 학제의 집을 나왔다. 서로의 모습이 보이지 않을 때까지 린진에게 손을 흔들어주느라 팔이 다 뻐근할 정도였다.

"후…."

낮게 숨을 내쉰 소혜는 서둘러 걸음을 옮겼다. 이미 밤이 깊어서 서두르지 않으면 안 될 것 같았다.

그런데 막 동네로 접어들었을 무렵.

탕, 탕－!

허공을 찢는 매서운 파열음이 연달아 울렸다. 저도 모르게 놀라서 걸음을 멈췄다. 방금 전의 총성이 환청이기라도 한 양, 주위는 금세 사무치는 적막에 휩싸였다.

"잘못… 들었겠지."

소혜는 몸을 끌어안듯이 움츠리며 황급히 집이 있는 방향으로 걸었다. 얼마 지나지 않아 순사와 무장한 군경들이 그녀를 스치며 어딘가로 달려갔다. 겁먹은 소혜는 고개를 푹 숙인 채 그들을 모른 척했다. 괜히 눈을 마주쳤다가는 작년과 같은 일을 겪을지도 모른다는 두려움 때문이었다. 그런데 그 순간.

"아악－! 선생님!"

어디선가 묵직한 절규가 들려왔다. 우뚝 멈춰 선 소혜가 그쪽으로 시선을 돌렸다. 익숙한 목소리, 그리고 선생님. 분명 흔한 호칭이다. 누구나

부를 수 있고 누구에게나 붙일 수 있는, 그런 흔한 호칭. 남자들이 소리치는 목소리도 거기서 거기가 아닌가. 그런데 왜 이렇게 가슴이 뛸까. 불안정하게 가슴을 두드리는 거센 고동에 손까지 떨려왔다.

'아니야…. 아닐 거야.'

소혜는 불길하게 밀려드는 예감을 애써 무시하며 다시 발걸음을 뗐다.

"선생님!"

그러나 또 한 번의 부르짖음이 들린 순간, 부상당한 우건의 모습이 섬광처럼 번쩍 눈앞을 스쳤다. 핏빛으로 물들어 침대에 누워 있던 그 모습이.

더 이상 모른 척 외면할 수가 없었다. 눈을 질끈 감은 소혜는 결국 조금 전 일군들이 향했던 곳으로 달려가기 시작했다. 뒷일을 생각할 겨를은 없었다. 오로지 그곳에 우건이 있는지 없는지 확인해야겠다는 생각뿐이었다. 우건에 대한 걱정 앞에서 그녀는 한없이 무모해질 수밖에 없었다. 위험은 그다음의 일이었다.

쉼 없이 내달린 탓에 숨이 턱 끝까지 차올랐다. 세상을 끊어낼 듯 연달아 울리는 총성에 몸이 제멋대로 움찔거렸다. 코끝을 매캐하게 스치는 화약 냄새 때문에 가슴이 더욱 답답했다.

'더 가까이 가면 안 될 것 같은데….'

지금이라도 집으로 돌아가고 싶었다. 비릿하게 코끝을 찌르는 이 냄새 때문에 구역질이 날 것 같았다. 하지만 저곳에 우건이 없다는 걸 확인하지 못하면 그가 돌아올 때까지 제 속이 먼저 까맣게 타버려 죽을지도 모른다.

소혜는 어느 건물 외벽에 몸을 숨기고 조심스럽게 그 너머를 살폈다. 바닥에 아무렇게나 널브러진 사람들 너머로 두 무리가 대치하고 있는 것이 보였다. 제복을 입은 일군들과 맞은편에서 홀로 고전을 벌이는 한 남자. 남자는 아슬아슬하게 총알을 피하면서 귀신같이 일군들을 명중시켰다. 소혜는 눈가를 좁히며 남자의 얼굴을 보려고 애썼다.

'어두워서 잘 안 보여.'

거리가 먼 데다가 깊숙이 눌러쓴 모자로 얼굴을 가리고 있어서 더욱 보이지 않았다. 남자가 엄청난 실력으로 하나하나 적들을 쓰러트리던 그때. 그의 총이 튕기듯 날아가며 남자가 손을 움켜쥐었다. 그 순간 벗겨진 모자. 그리고 모자 아래로 드러난 눈빛에 소혜는 발밑이 꺼지는 듯 아찔해졌다.

"선생님…!"

우건이었던 것이다. 순간 귀에서 아무 소리도 들리지 않았다. 식은땀이 온몸을 적셔서 서늘해졌다. 눈앞이 빙빙 돌아서 세상이 뒤집어지는 것 같았다. 그 와중에 주저앉은 우건에게로 천천히 다가서는 일군의 모습만은 똑똑히 눈에 들어왔다.

"선생님…. 선생님!"

그를 향해 뛰어나간 건 소혜 자신의 의지가 아니었다. 거의 본능에 가까운 행동이었다. 그녀의 눈에 총을 쥔 채 쓰러진 일군이 보였다. 어떤 생각을 하기도 전에 그 총으로 손이 먼저 뻗어 나갔고, 앞뒤 대책도 없이 앞으로 총을 겨눴다. 뒤늦게 인기척을 느낀 일군이 소혜를 향해 몸을 튼 순간.

탕―!

소름 끼치는 고요. 멈춰버린 시간. 총이 발사되는 반동을 못 이기고 바닥에 주저앉은 소혜가 바들바들 몸을 떨었다. 제 앞에서 사람이 쓰러졌다. 그것도 자신이 쏜 총에 맞아서. 손에 쥔 총의 뜨거운 열기가 땅을 적시는 저 핏물의 온도처럼 느껴졌다. 사람을 죽였다. 내가, 사람을.

"…네가, 대체 왜."

"서… 선생님…."

우건의 흔들리는 눈동자를 본 순간 눈물이 왈칵 터졌다. 어서 빨리 우건을 데리고 여기를 빠져나가야 하는데, 바보같이 몸이 말을 듣지 않는다. 온갖 시끄러운 생각과 혼잡하게 엉킨 감정이 몸을 짓눌러서 바닥으로 파묻히는 것만 같았다. 아지랑이처럼 일렁이는 시야 너머로 달려오는 일군들이 느리게 보였다. 억겁처럼 늘어지는 시간 속에서 모든 걸 체념하려던 순간.

탕, 탕탕!

기적처럼 어디선가 새로운 총성이 들리더니 곧 일군들이 빠르게 쓰러지기 시작했다. 사방에서 날아드는 총알에 일군은 우왕좌왕하며 속수무책으로 당했다. 그 틈으로 달려나와 소혜를 일으키는 한 여인.

"일어나, 어서!"

다름 아닌 경림이었다.

"어, 언니…?"

예전보다 얼굴이 많이 상하긴 했지만, 굳고 단단한 눈빛이며 오밀조밀한 이목구비는 한눈에 알아볼 수 있었다. 뒤이어 다른 사내 두엇이 달려와 우건과 세호를 엄호했다.

"꾸물거릴 시간 없어. 빨리 일어나!"

"네, 네…."

경림이 고갯짓하자 사내들도 고개를 끄덕이고는 함께 움직였다. 미리 퇴로를 확보해놓았는지 다행히도 앞을 가로막는 이는 아무도 없었다. 다른 일군들이 재빨리 뒤쫓으려 했으나 사방에서 날아드는 총탄에 모두 우왕좌왕할 뿐이었다. 아수라장이 된 현장을 뒤로한 채 우건네 무리는 빠르게 사라졌다.

그렇게 모두가 사라진 후. 거리에 아직 남아 있는 이가 있었으니.

"…."

총을 거둔 학제가 천천히 앞으로 걸어 나왔다. 주위를 살피며 숨이 붙은 일군이 더 있는지 확인한 그는 총을 원래 주인에게 돌려줬다. 그 역시 학제의 칼에 찔려서 숨을 거둔 지 오래였지만.

'결국… 이렇게 휘말리게 되는군.'

옷을 갈아입기 위해 집에 잠시 들렀다가 소혜와 길이 엇갈렸다는 걸 알았다. 그저 인사를 하고 싶어서, 그 얼굴을 한 번만 더 보고 싶어서, 더 이상 다가가서는 안 된다는 이성의 목소리를 배반하고 그녀를 뒤쫓았더랬다. 그 결과가 바로 이것이었다.

"저쪽이다! 서둘러!"

멀리서 묵직한 군화 소리가 들려왔다. 또 한 무리의 지원군들이 몰려오는 모양이다. 학제는 검은색 중절모를 깊이 눌러쓰며 연기처럼 자리를 벗어났다. 격전을 목격한 건 우연이었지만, 그들과 한배에 올라탄 건 온전히 그의 의지였다.

어쩌면 운명이었을지도 모르겠다. 외삼촌을 지키지 못한 죄를, 어머니를 방치한 죄를, 그리고 분수에 맞지 않게 그녀, 소혜를 탐하려 한 죄를.

'이렇게나마 속죄하라는… 하늘이 준 운명.'

◆ ◆ ◆

가까스로 현장을 피한 그들은 버려진 폐가에 잠시 몸을 숨겼다. 바깥 동정을 살피던 경림이 우건을 향해 물었다.

"최종 목적지는 어디죠?"

"왜 우리를 도와주는 거요? 거기에는 어떻게 알고 온 거고?"

우건은 잔뜩 경계하는 눈빛으로 경림을 봤다. 가뜩이나 현장에 소혜가 나타나서 혼란스러운데 뒤이어 나타난 낯선 여인이 작전에 대해 알고 있다는 듯 말하니, 자연히 경계가 됐던 것이다. 경림은 눈을 가늘게 뜨며 그의 의심을 덜 만한 답변을 내놓았다.

"1938년 9월 2일 사이토 노부요시 대좌 척살. 그때 투입된 임정 단원 주경림이 바로 나예요."

우건의 눈매가 딱딱하게 굳었다. 소혜가 소스케의 눈에 띄게 됐던 그 사건. 그때 제 손으로 보낸 주경림이 바로 저 여인이었던 것이다.

"내 얼굴은 모른다 쳐도 저 둘까지 설마 모른다고 하진 않겠죠."

경림이 앞에 있던 사내 둘을 턱짓으로 가리켰다. 그들은 모두 한열단 간부급 단원으로 우건도 잘 아는 사람들이었다. 쉬이 다음 말을 꺼내지 못하는 그를 응시하며 경림이 다시 말을 이었다.

"궁금한 게 많은 건 이해하지만, 일단 무사히 여기를 빠져나가는 것부터 생각하죠. 우리 모두 목숨을 걸고 거기까지 간 거니까. 미적거려서 괜히 다 개죽음당하게 만들지 말아요."

경림의 거친 말씨에 분위기가 한층 험악해졌다. 우건은 날카로운 눈매로 경림을 쳐다봤다. 여전히 의구심은 남아 있었지만, 일단은 그녀의 말대로 무사히 목적지까지 가는 일이 가장 중요했다. 다친 세호도 그렇거니와, 무엇보다 이 일과는 전혀 상관없는 소혜가 함께 있었으니. 우건은 짧은 고민 끝에 결국 입을 열었다.

"평춘관 지하 비밀방. 그곳에서 다른 동지와 집결하기로 했소."

"역시 그곳이 제일 안전하긴 하죠. 그럼 길은?"

우건은 먼지 쌓인 바닥에 지도를 그려가며 안전하게 평춘관까지 갈 수 있는 길을 설명했다. 그러면서도 소혜의 손을 꼭 잡아주는 걸 잊지 않았다. 창백하게 질린 얼굴만큼이나 차갑게 식은 그녀의 손이 사시나무처럼 떨고 있었다. 그 두려움을 조금이나마 제 손안에 가두며 우건은 설명을 이어나갔다.

"이 골목 바로 뒤에 평춘관으로 통하는 또 다른 쪽문이 있소. 드나드는 이가 거의 없는 곳이니, 거기를 통해 평춘관으로 들어가는 게 좋을 거요."

"좋아요. 바로 출발하죠."

경림과 사내들이 곧장 자리에서 일어났다. 그때까지도 소혜는 상황이 어떻게 돌아가는지 파악하지 못했다. 너무 많은 정보가 한꺼번에 머리로 밀려들어 온통 뒤죽박죽이었다.

"일어나. 다시 출발해야 하니까."

장전된 총을 능숙하게 확인한 경림이 소혜를 일으키려 했다. 그러나 겁에 질린 몸은 쉽사리 다시 일어나지 못했다. 다리에 힘이 풀려서 억지로 힘을 줘도 금세 풀려버리고 말았다.

"죄송해요. 일어나야 하는데 다리가…"

소혜는 경림에게 잡힌 손을 덜덜 떨며 눈을 질끈 감았다. 제 손에서 터져 나오던 불꽃과 그 불꽃에 쓰러지던 사람의 형체가 아직도 눈앞에 생생했다. 그 일을 또 겪을지도 모른다고 생각하니 몸이 굳은 듯 움직여지지 않았다. 다시 돌아온 경림과 총을 들고 있는 우건, 그리고 사람을 죽인 나. 한꺼번에 들이닥친 여러 상황에 머리 또한 사고를 멈춘 지 오래였다. 급한 마음은 몸을 점점 굳게 만들었고, 좀처럼 말을 듣지 않는 몸 때문에 마음이 더욱 혼돈에 빠져드는 악순환이 계속됐다.

"소혜야. 백소혜."

우건이 황망해하는 소혜의 얼굴을 감싸 올렸다. 그와 눈이 마주치자 공포로 갈피를 잃었던 눈동자가 간신히 초점을 잡았다. 뺨에 닿은 익숙한 온기에 마지막 이성 한 줌이 돌아왔다.

"걱정 말고 앞만 봐. 너는 어떻게든 내가 지킬 거니까."

"선생님. 지금 이게 대체… 흑."

"설명은 나중에. 지금은 무사히 여기를 빠져나가는 것만 생각하자. 반드시 그렇게 되게 할게. 약속해."

우건이 낮은 목소리로 소혜를 안심시켰다. 턱을 덜덜 떨며 흐느끼던 그녀는 울음을 꾹 삼키며 고개를 끄덕였다. 어떻게 우건을 구했는데. 괜히 짐이 돼 그를 다시 위험에 빠트리고 싶지 않았다. 소혜는 우건의 부축을 받아서 겨우 바닥을 딛고 일어섰다. 꼭 맞잡은 우건의 손이 그나마 저를 버티게 하고 있었다.

무슨 정신으로 어둠 속을 달렸는지 모르겠다. 정신을 차렸을 때는 화려한 불빛과 시끌벅적한 소리가 저 멀리서 아득히 그녀를 반기고 있었다. 제 몸에 달라붙은 비릿하고도 알싸한 냄새와는 너무도 대조적이었다. 평춘관 쪽문에 도착하자 우건은 잠시 기다리라는 말과 함께 안으로 먼저 들어갔다. 그늘이 허락하는 곳까지만 걸음을 옮긴 그는 마침 입구에서 손님을 맞이하는 석구를 불렀다.

"지배인."

속삭이듯 부르니 예민한 석구가 흠칫 놀랐다가 빠르게 표정을 갈무리했다. 다른 종업원에게 손님을 인계한 그는 이내 아무렇지 않게 이쪽으로 다가왔다. 좌우를 빠르게 훑어본 석구가 목소리를 죽였다.

"여기 열쇠요. 희욱 님도 조금 전에 도착하셔서 기다리고 계십니다."

"수고했네. 그리고 지금 당장 곽 선생님 좀 불러줄 수 있겠나."

"누가 다치셨습니까?"

우건이 뒤쪽을 눈짓으로 가리켰다. 석구는 한숨을 삼키며 낮은 목소리로 빠르게 말했다.

"오시면 말씀드리겠습니다. 방 하나를 비워둘 테니 그쪽에서 치료를 받으십시오."

"고맙네."

석구가 곽 선생을 부르기 위해 재빨리 돌아갔다. 우건은 일행을 데리고 남들의 눈을 피해 평춘관 지하로 향했다. 끝없이 이어진 계단을 따라 내려가 불조차 들어오지 않는 통로를 걷길 한참. 열쇠를 돌려서 굳게 닫힌 문을 열자 마침내 평춘관 지하에 숨겨진 비밀방이 드러났다. 그중 한 방에서 초조하게 기다리던 희욱이 인기척을 듣고서 문을 벌컥 열었다.

"대체 왜 이렇게 늦었…."

버럭 화부터 내며 뛰쳐나온 희욱은 시야에 들어온 낯선 얼굴들에 그대로 얼음이 됐다.

"뭐, 뭐야, 이 사람들은? 너, 넌 또 왜 여기에 있는 건데!"

뒤이어 우건의 뒤에 있던 소혜를 발견하고 그의 낯빛이 더욱 파리해졌다.

"이게 다 뭐냐, 우건? 봉세호는 왜 저러고, 백소혜랑 저 여자는 뭔데? 설마 전부 다 들켜버린 건…!"

"우선 들어가. 안에서 이야기하지."

우건은 소혜와 사람들을 데리고 비밀방으로 들어갔다. 문이 닫히자 방 안에는 무서운 정적이 흘렀다. 하지만 그들 가운데 누구 하나 선뜻 입을 열지 못했다. 그만큼 이 상황이 말도 안 되게 심각하다는 뜻이었다. 아슬아슬하게 폭탄을 운반하는 데에는 성공했지만, 이번 일로 당분간 일제의 감시가 말도 안 되게 강화될 것이다. 그만큼 다음 거사가 실패할 확률이 높아지는 터.

더욱 심각한 건 일반인인 소혜가 이 일에 휘말렸다는 것이다. 이것은 비단 우건만의 걱정이 아니었다. 자칫 조직의 안위와도 연결될 수 있는 중대한 사안이었다. 날카로운 시선들이 오갔고, 침묵은 공기 중을 부유하며 점점 무게를 더해갔다. 그 숨 막히는 시간을 소혜는 안간힘으로 버텨 내고 있었다.

'이제 나는 어떻게 되는 걸까….'

저 검은 가방은 또 무엇이고, 우건은 왜 일군과 싸우고 있었던 걸까. 답을 알 길 없는 물음들이 자꾸만 머릿속을 가득 메운다. 그럴수록 소혜는 더욱 혼란스럽고 두려워질 뿐이었다. 건드리면 터질 것 같은 긴장감이 팽팽한 가운데. 오랜 침묵 사이로 누군가의 목소리가 흘러들었다.

"역시 핏줄은 어디 가지 않는 건가…."

뜻 모를 경림의 말에 모두의 시선이 쏠렸다. 벽에 기댄 채 생각에 잠겨 있던 경림이 이내 고개를 들었다. 그녀의 눈길이 향한 곳은 바로 소혜였다.

"호원 아저씨…. 네 아버지도 이렇게 시작하셨다고 했는데."

잠긴 목소리가 뱉어낸 아버지의 이름에 소혜의 눈동자가 거세게 흔들렸다.

"그게… 무슨 말씀이에요? 제 아버지도 이렇게 시작하셨다니요?"

소혜의 입에서 금방이라도 부서질 듯한 목소리가 흘러나왔다.

"제 아버지가… 설마 정말로…."

말을 하다 말고 입술을 꾹 다물었다. 순간 일련의 파편들이 스치며 하나로 맞물렸기 때문이다.

—사실이니까 말하는 거야. 넌 나와는 달라.

아버지를 잘 안다는 듯이 건네던 경림의 말.

—네 아버지는 너를 판 게 아니야. 지키려고 한 거야.

그와 꼭 같은 말을 하던 만석. 그저 그런 짐작으로는 결코 할 수 없는 말들이었다.

"역시 언니는 저희 아버지를 아시는 거죠. 그런 거죠?"

소혜가 대답을 재촉하듯 경림의 팔을 붙잡았다. 미간을 좁힌 채 그 손을 바라보던 경림이 작게 한숨을 내쉬었다.

"그래, 맞아. 알고 있었어, 네 아버지."

머리를 얻어맞았다는 표현이 딱 이럴 때 쓰이는 걸까. 아찔한 기분에 소혜는 저도 모르게 헛숨을 터트리고 말았다. 설마설마하는 생각이 사라지기도 전에 모든 것이 짜 맞춘 듯 들어맞았다.

"독립운동을… 하셨던 거군요. 저희 아버지가…"

침묵은 곧 긍정이었다. 경림의 팔을 잡고 있던 소혜의 손이 서서히 아래로 떨어졌다.

줄곧 아버지를 원망했다. 어머니가 돌아가신 이후에 주야장천 밖으로만 돌아다니시던 아버지였다. 도박으로 생긴 빚 때문에 두 부녀가 야밤에 몰래 짐을 싸서 연고도 없는 타지로 도망치는 일도 부지기수였다. 모던 카페에 홀로 남겨지게 됐을 때는 결국 이렇게 딸까지 팔아버리시는구나, 하며 체념했더랬다.

그랬던 아버지가 도박 때문이 아니라 나라의 독립을 위해 싸우느라 그러셨던 거라니. 소혜는 눈앞이 핑 도는 듯해 눈을 질끈 감아버렸다. 의문을 가져보지 않은 것은 아니었다. 어쩌면 아버지가 도박이 아니라 다른 이유 때문에 그리하셨을지도 모른다고. 하지만 그럴 리 없다며 애써 부정해버린 생각이었다. 그녀가 감당하기에는 너무 큰 진실이었기에. 지금 마주한 상황들을 온전히 받아들이기가 힘든 것처럼.

"그리고 네 아버지가 마지막 임무를 수행하신 것도 바로 이 단체에서였지."

소혜의 세상이 또 한 번 흔들렸다. 마지막 임무. 그 짧은 단어가 목을 틀어막은 듯 숨이 막혀왔다. 부정하듯 고개를 잘게 흔들던 소혜는 곧 두 손으로 입을 틀어막았다. 억눌린 흐느낌이 그 사이를 힘겹게 비집고 나왔다.

"거짓말이라고 해주세요…."

소혜는 애원하듯이 고개를 저으며 말했다.

"거짓말이죠? 그런 거 아니죠?"

그러나 진실은 언제나 잔인한 법. 경림은 끝내 듣기 좋은 말 대신 소혜가 마주해야 할 진실을 들려주기로 결정했다.

"돌아가셨어. 5년 전 상해 남경로에서."

가만히 이야기를 듣고 있던 우건이 손끝을 움찔했다. 5년 전, 한열단이 다른 몇몇 무장 항일 단체와 손잡고 계획했던 남경로 거사. 일본 육군 준장이 남경로에 위치한 호텔에서 며칠간 묵기로 했다는 정보를 입수하여 기습하기로 한 작전이었다. 양측 모두 엄청난 사상자를 남겼지만, 결과적으로는 준장을 놓쳐서 실패로 끝나고 만 거사였다. 그리고 우건과 학준의 사이가 돌이킬 수 없을 만큼 뒤틀어지게 된 것도 그날 때문이었다. 형을 잃어버린 게 바로 그곳이었으니까. 우건은 믿을 수 없다는 표정으로 경림에게 되물었다.

"남경로 거사에서… 소혜의 아버지가 돌아가셨단 말이오?"

"그래요."

조금 전과 달리 평정을 유지하지 못한 주먹이 가늘게 떨렸다. 충격이 가시지 않은 그의 눈동자가 갈피를 잃고 잠시 허공을 떠돌았다.

'백호원. 그 이름이 왜 낯설지 않나 했는데….'

그때 거사를 함께 계획하던 이들 중 하나가 바로 소혜의 아버지였던 것이다. 온갖 생각이 엎치락뒤치락하며 어지럽게 꼬였다. 악몽처럼 그의 뒤를 따라다니던 검은 죄책감이 몸집을 불리는 순간이었다.

"그러니 소혜 너도…."

"그만. 거기까지 하시오."

우건이 경림의 말허리를 잘랐다.

"이 아이도 진실을 알 필요가 있어요."

"그만하라 했소."

날카로운 눈빛이 경림에게 날아들었다. 그는 지금 경고하는 것이었다. 더 이상 그날 일에 대해 발설하지 말라는.

"더 알아봤자 소혜에게 좋을 것 없소."

그러나 그 시선을 오롯이 받으면서도 경림은 물러서지 않았다.

"나는 지금 소혜에게 기회를 주고 있는 거예요."

"대체 무슨 기회?"

"저 아이가 어느 길로 갈지 스스로 선택할 기회."

경림의 시선이 다시 소혜에게로 향했다.

"현장을 봤고, 총을 잡았고, 우리 존재를 알았어요. 심지어 한열단의 은 신처인 이곳 지하 비밀방까지 내려왔죠. 이제 소혜는 더 이상 이전과 같은 삶을 살 수 없어요. 나와 호원 아저씨가 그랬던 것처럼."

시린 적막이 흘렀다. 다시금 이목을 받게 된 소혜는 그저 겁에 질린 눈으로 그들을 마주할 수밖에 없었다. 폭풍처럼 들이닥친 모든 것이 이제껏 제가 알아왔고 믿어왔던 것들을 송두리째 날려버린 기분이었다.

"저는…."

소혜는 떨리는 눈으로 제 앞에 있는 이들을 바라봤다. 낯모르는 두 사내와 경림, 부상당한 세호, 희욱. 그리고… 우건.

우건이 총을 맞고 돌아왔던 날, 사실 그때부터 모든 것을 짐작하고는 있었다. 저 남자가 가려는 길은 나와는 다른 길이라고. 끝내 목적지에 다다를 수 없을지도 모르는 길을 그가 걷고 있다고.

그때는 막연히 때가 되면 그와 같은 길을 걸으리라 생각했는데. 막상 그 현장을 직접 보고 나니 선뜻 입이 떨어지지 않았다. 핏빛으로 낭자한 거리 위에 숨이 끊긴 사람들, 그 뒤로 끊임없이 밀려오고 또 밀려오던 일군들. 우건이 서 있는 길에는 오늘 같은 일이 무수하리라.

"저는⋯."

이제 나는 어디로 가야 하지? 무엇을 해야 하지? 또 무엇을 버리고 어디로 도망쳐서 숨어야 하는 거지? 소혜는 도무지 진정되지 않는 두 손을 꼭 마주 잡았다. 제 대답을 기다리는 시선들이 무겁게 가슴을 짓눌렀다. 혼란과 두려움으로 눈물이 차올라서 시야를 차단했다. 눈앞의 모든 것이 희뿌옇게 변해서 저를 덮치는 하얀 덩어리로 변하는 것만 같다. 뚝뚝 흘러내리는 굵은 눈물에 볼이며 옷이 빠르게 젖어갔다. 더 이상 견딜 수 없도록 숨이 차오르던 그때.

"그만."

갑자기 시야가 어두워지며 단단한 무언가가 얼굴에 맞닿았다. 우건이 소혜를 끌어당겨 제 품에 안은 것이다. 그는 소혜에게 쏟아지는 시선을 전부 차단하려는 듯 그녀의 머리를 단단히 감싼 채 놓아주지 않았다. 아프게 뛰는 심장이 그녀의 귓가에 울렸다.

"지금 여기서 우리가 정할 수 있는 일은 아무것도 없소."

"소혜에게서 선택권까지 빼앗겠다는 건가요? 일을 이 지경으로 만들어놓고?"

"조직의 일이오. 기회를 줄지 말지는 수장님께서 판단하실 몫이지. 당신이나 나의 몫이 아니라는 뜻이오. 소혜에게도 받아들일 시간이 필요할 테고."

우건은 소혜를 끌어안은 팔에 조금 더 힘을 줬다. 이 순간에도 그녀는 제 품속에서 여린 새처럼 바르르 떨고 있었다. 가슴 한가운데가 그녀의 눈물로 뜨겁게 젖다가 서늘하게 번졌다. 제 눈가에서는 그저 마른 기운만 느껴지는데, 이상하게도 가슴은 울음을 토해내는 듯 찢어지게 아팠다. 서럽게 흐느끼는 소혜의 울음이 나에게도 번졌는가. 우건은 폐부가 눈물로 차오르는 듯한 고통을 이겨내며 소혜의 울음을 받아냈다. 잊으려 했으나 끝내 벗어나지 못한 그날의 기억. 그 참담한 사건은 비단 우건, 그에게만 상처를 남긴 게 아니었다.

　'결국… 너와 나는 이리도 지독하게 얽혀 있었구나.'

　상상도 못 했던 이 잔인한 인연은 대체 누구의 업이란 말인가. 아무것도 모르는 이 여인은 죄가 없으니, 그 자리에 있었음에도 사람들을 지키지 못한 나의 업인가. 아니면 거사의 성패에 휘둘려서 성급한 판단을 내렸던 내 아버지의 업인가. 답을 알 수 없으니 까맣게 썩어드는 건 결국 제 가슴이다. 과거를 돌이킬 수도, 그렇다고 그 일로 인해 망가진 소혜의 지난날을 보상할 수도 없는 지금.

　"미안하다… 미안해, 소혜야."

　그저 할 수 있는 일은 끊임없이 제 잘못을 비는 것뿐이었다. 동지를 지키지 못해서. 그로 인해 혼자 남겨진 너를 너무 뒤늦게 찾아내어.

◆ ◆ ◆

　눈꺼풀을 밀어 올리자 따끔한 통증이 느껴졌다. 잘 떠지지 않는 눈을 몇 번 깜빡이자 낯선 천장이 보였다. 소혜는 곧 그곳이 평춘관에서 하룻밤 손님을 위해 제공하는 방이라는 걸 떠올렸다. 제자리만 맴돌던 대화가 경림의 퇴장으로 끝난 후, 동틀 때까지 고민을 거듭하느라 밤을 지새웠는데 우건이 잠깐 자리를 비운 사이에 저도 모르게 잠이 든 모양이다.

소혜는 무거운 몸을 일으켜 앉았다. 창문 너머로 비치는 햇살을 보니 날이 밝은 지는 꽤 된 것 같았다.

"하….."

정신이 차츰 맑아지자 떠올리기 싫은 기억들이 한꺼번에 들이닥쳤다. 공포와 후회, 두려움과 혼란. 그리고 원망과 분노. 누구를 향해야 하는지 모르는 화살들은 날아갈 곳을 잃고 제 가슴만 쿡쿡 찔러댔다.

그럼에도 불구하고 그녀는 돌이킬 수 없는 결정을 내렸다. 앞으로 무척이나 괴로워질 것이다. 훗날 몇 번이고 이날의 선택을 후회할지도 모른다. 하지만 어쩔 수 없었다. 두려웠기에. 무서웠기에.

'그럴 바에는 차라리… 놓아버리는 게 나을 테니까.'

소혜는 다시 뜨거워지는 눈시울을 끌어안은 무릎 위에 꾹 눌렀다. 그때 방문 너머로 인기척이 다가와 문을 두드렸다.

"소혜야, 일어났어?"

우건의 목소리였다. 그의 목소리를 듣자 애써 참은 울음이 다시 목을 타고 올라왔다. 그에게 전해야 할 자신의 답이 너무도 버겁게 느껴졌다.

"…네."

억지로 목청을 가다듬고 말소리를 내었지만 그 끝이 떨리고 말았다. 문이 열리고 우건의 얼굴이 보이자 결국 어찌해볼 새도 없이 눈물이 뚝 떨어졌다.

그 모습을 본 우건은 착잡한 얼굴로 그녀 곁에 앉았다. 앞으로 내밀어진 팔에 소혜는 스며들듯 그의 품으로 기댔다. 가냘픈 어깨가 애처롭게 떨렸다. 우건은 가슴에 무언가 박힌 듯 심히 괴로웠다.

잠시 마음을 추스른 소혜가 제일 먼저 떠오른 질문을 했다.

"경림 언니는요…?"

"다른 방에 있어."

"세호 씨는….."

"곽 선생에게 보였어. 다행히 몸은 괜찮다더라. 희욱도 옆에서 함께 지켜보고 있고."

그제야 안도의 한숨이 한 줄기 새어 나왔다. 소혜는 잠시 눈을 감고서 널뛰는 감정을 추슬렀다. 그 상태로 두 사람은 한동안 아무 말도 하지 않았다. 무슨 말을 해야 좋을까. 머릿속에서 질문은 쏟아지는데 그에 맞는 답이 쉽지 않으니, 두 사람 다 벙어리 냉가슴만 앓을 뿐이었다. 전날의 일을 꺼내는 것조차 서로에겐 아픔이었다.

그렇게 안타까운 시간이 흐른 후. 결국 우건이 다시 소혜를 자리에 누였다.

"조금 더 쉬는 게 좋겠다. 많이 놀라서 잠도 제대로 못 잤을 테니."

턱 밑까지 이불을 덮어준 우건이 자리에서 일어나려던 찰나.

"저… 결정했어요."

멀어지는 손을 소혜가 붙잡았다. 밤새 고민했던 그 선택을 그에게 전해야 할 때였다. 두 번 다시 돌이킬 수 없는 선택을.

"저, 선생님과 함께할래요."

가슴을 철렁이게 하는 그 말에 우건의 눈동자가 굳어졌다. 멀어지는 그를 붙잡고자 다급히 뱉은 말이 아니었다.

"선생님께서 가시려는 그 길, 저도 같이 데려가주세요."

오랫동안 고민하고, 또 고민하고. 그렇게 수백수천 번을 휩쓸린 끝에 내린 확고한 결정이었다. 몸을 일으킨 소혜가 힘을 실어서 말을 이었다.

"저도 할 수 있어요."

두려웠다. 하염없이 그를 기다리게 될 밤들이. 무서웠다. 두 손을 놓고 그를 잃게 될 상황이. 그래서 소혜는 아예 놓아버리기로 했다. 이전의 안온했던 삶을, 눈으로 보고도 이 나라의 현실을 애써 외면했던 나약함을, 그리고 아버지를 향한 원망을.

"아버지가 그렇게 되셨다는 거… 알면서도 가만있을 수는 없어요."

잠시 말문이 막혀서 얼어붙었던 우건이 이내 미간을 좁혔다.

"그건 안 돼."

"어째서요?"

"너무 위험해."

"이미 저는 충분히 위험해졌어요."

"그저 휘말린 것과 그 안으로 뛰어드는 것은 전혀 다른 문제야."

"선생님께서 계시잖아요."

"네가 이곳에 발을 들이는 순간 나조차 너를 지킬 수가 없다고!"

높아진 언성이 작은 방을 울렸다. 우건의 얼굴에 일순 분노가 서렸다. 소혜를 향한 것이 아니었다. 저 스스로를 향한 것이었다. 죽음을 문턱에 둔 상황에서 소혜가 나타났을 때, 그녀가 뭣도 모르고 총을 쐈다가 그 자리에 주저앉았을 때, 그런 그녀를 향해 일군들의 수십 총구가 향했을 때. 우건은 그 짧은 순간 제 자신을 얼마나 저주하고 원망했는지 모른다. 그때를 다시 상기하는 것만으로도 눈앞이 아찔하여 미쳐버릴 만큼.

"살아서 끝까지 나아갈 수 있다는 보장이 없는 길이다. 그런 곳에 내가 너를 어떻게…!"

우건이 북받친 감정을 꾹 억눌렀다. 손으로 얼굴을 쓸어내려도 제 나약함은 온전히 가려지지 않았다. 그것을 소혜에게 들킬까 봐 두려워 그만 몸을 돌렸다.

"살아서… 가면 되잖아요."

그 몸을 이번에도 소혜가 또 한 번 붙잡는다.

"왜 죽는 것만 생각해요…? 살아서 도달할 것을 생각해야지요."

그 달콤하고도 잔혹한 이상에 우건의 손이 힘없이 떨어졌다. 눈꺼풀 아래로 드러난 눈동자에는 끝없는 한과 두려움이 박혀 있었다. 모두가 살 아서 해방된 조국을 보자고 입을 모으지만, 실은 다들 알고 있었다. 우리 는 그저 해방으로 가는 길에 놓이는 발판에 불과하다는 것을. 싸움은 끝 이 없고, 일제의 패악은 나날이 극심해진다는 것을.

그런데도 이 싸움을 끝낼 수 없는 이유는 내 가족이, 내 후세가, 내가 사랑하는 모든 사람이 이 고통에서 벗어나길 바라는 마음이니까. 설령 내 가 함께하지 못하더라도.

"이런 길에… 내가 어떻게 너더러 함께하자고 해."

나를 희생해서라도 편히 살도록 지키고 싶은 사람이 너인데. 이 길을 가장 몰랐으면 하는 사람이 너인데. 그런 너에게, 내가 어찌.

"그거 되게 이기적인 생각인 거 아시죠."

돌아보니 소혜가 원망 어린 눈으로 그를 쳐다보고 있었다. 울음 섞인 목소리가 비수처럼 그의 가슴에 날아들었다.

"선생님이 없는 세상이라면 저는 살아도 죽느니만 못해요. 그런데 어 떻게 저를 두고 떠나실 생각을 하세요…?"

소혜에겐 더 이상 피할 곳이 없었다.

"제가 없으면 무너진다고 하셨잖아요. 저는 왜 그렇지 않을 거라고 생 각하시는데요…."

이미 그녀가 서 있는 곳은 벼랑 끝. 여기서 더 이상 물러날 곳도 없으니.

"저희 아버지가 끝내 다다르지 못한 그곳에, 제가 아버지를 대신해서 발을 내딛고 싶어요. 살아서. 선생님과 함께요."

설령 절벽 밑으로 뛰어내릴지언정 소혜는 우건과 함께 가는 길을 택하고 싶었다.

"그러니 함께 가요. 그렇게 하게 해주세요, 제발…."

그게 이제부터 제가 사는 길이 될 테니까. 아무리 우건이라도 제 선택을 꺾을 수 없었다. 그때였다.

"역시 강단은 있네."

고개를 돌리니 팔짱을 낀 경림이 문에 기대서서 두 사람을 보고 있었다.

"엿들어서 미안한데, 말소리가 너무 크게 들려서."

"…함부로 끼어들지 마시오. 우리 둘의 일이니."

"이게 왜 두 사람만의 일이죠? 어떻게 보면 나 때문에 시작된 일인데. 조직도 끼어 있고."

경림이 앞으로 걸어와서 자세를 낮추고는 소혜와 눈을 맞췄다. 굳고 단단한 두 눈동자에 언뜻 소혜를 아끼는 마음이 스쳤다.

"소혜가 죽는 게 두렵다고 했죠."

경림은 소혜를 응시한 채 우건에게 말했다.

"그럼 죽지 않는 방법을 가르쳐주면 돼요."

"저 혼자 도망가라고 하지 마세요, 언니. 저는 절대 아무 데도 안 갈 거니까."

"누가 널 놓아줘? 이미 한배를 탔는데."

경림이 품에서 제 총을 꺼내어 소혜의 손에 올려놓았다.

"육혈포 놓는 법, 알려줄게."

"네…?"

"이 분야에서는 나만 한 사람이 없거든."

이걸로 쏴서는 안 되는 사람까지 쏴봐서. 쓸쓸히 붙인 말은 곧 우건의 사나운 목소리에 묻혔다.

"지금 소혜한테 뭘 하려는 거야?"

경림은 그런 우건을 갚잖다는 듯 쳐다봤다.

"스스로 살아남는 법을 알려주겠다고. 당신이 그토록 지키고 싶어 하는 이 아이한테."

그러곤 소혜의 손등을 감싸 쥐고서 그 총을 함께 잡았다. 아무리 생각해도 이제 호원의 마지막 바람을 이루는 방법은 이것밖에 없는 것 같다. 소혜를 끝까지 지키는 방법. 그녀를 살게 하는 방법. 경림은 소혜에게 가장 이상적인 선택지를 보여줬다.

"이걸로 너 자신도 지키고, 네가 사랑하는 남자도 지켜."

이 나라도 함께 구하고.

"네 말대로, 같이 살아서."

소혜는 제 손안에 쥐어진 총을 떨리는 눈으로 바라봤다. 천천히 손가락을 움직여서 짐승의 발톱 같은 방아쇠에 검지를 걸었다. 처음 이것을 잡아당겼을 때만 해도 제 자신이 야차라도 된 것 같았는데, 지금은 뜻 모를 뜨거움이 울컥 치솟아 가슴을 달궜다. 꼭 아버지의 손을 잡은 것 같았다.

"살아. 너희 둘 다."

경림의 목소리가 간절히 두 사람에게 향했다.

"우리 조선인이 끝까지 살아야 이 나라도 있는 거야."

◆ ◆ ◆

펼쳐진 서류의 하단에 만년필로 매끄러운 서명이 남겨졌다. 학준은 진한 잉크가 스며드는 결재 서류를 다시 비서에게 건넸다.

"그래. 지금 지하에 다들 와 있다고?"

"예, 그렇습니다."

굳건한 입술 사이로 한숨이 흘러나왔다. 이미 사건에 대한 보고는 받은 뒤였다. 지난번 폭탄 거사에서 천운으로 살아 도망친 동지와 일제에 들통난 폭탄의 존재, 그리고 거기에 휩쓸린 제 아들의 약혼녀까지.

'결국 그 아이가… 우건의 정체를 알았다는 말이지.'

제가 우려했던 것보다 훨씬 최악의 상황으로 치달은 것 같아서 학준은 머리가 지끈거렸다. 비서에게 이만 나가보라고 손짓한 후 그는 홀로 생각에 잠겼다. 주름진 이마를 쓸어 올린 두꺼운 손마디에서는 혼잡한 고민들이 고스란히 드러났다.

이번 일은 또 어떻게 해결해야 할까. 단순히 멀리 보내는 것만으로는 위험하다. 그렇다고 같은 조선인, 그것도 우건의 약혼녀라는 여인을 무고하게 해하는 건 말도 안 되는 일이었다. 관계가 깊은 만큼 선택의 폭도 더 좁을 수밖에 없었다. 깊은 한숨을 내쉬며 지그시 눈을 감은 찰나. 똑똑, 문을 두드리는 소리가 그를 상념에서 벗어나게 했다. 뒤이은 목소리는 우건의 것이었다.

"저 왔습니다. 들어가도 되겠습니까?"

올 것이 왔구나. 그리 생각한 학준이 허락을 내렸다. 이윽고 열린 문 너머로 드러난 아들의 얼굴. 상황이 이렇게 된 까닭인지, 아버지를 대면한 표정은 여느 때보다 심각해 보였다. 평소라면 학준이 불러도 갖은 이유를 대며 자리를 피하던 아들이었건만. 오늘은 직접 제 발로 이곳까지 찾아온 것이다. 굳이 듣지 않아도 이번 사건과 소혜에 대해 말하러 왔음을 알 수 있었다.

학준은 낮게 숨을 내쉬며 바로 자리에서 일어났다. 머뭇거릴 여유 따위는 없었다. 소혜를 멀리 보내야 하는 상황이라면 그에 따른 준비도 철저해야 했으니까.

"앉아라. 그러잖아도 너희가 왔다는 이야기를 듣고 부르려 했는데."

우건은 걸음을 옮겨서 학준과 마주 앉았다. 제 발로 찾아왔어도 이 자리가 괴로운 건 여전한지, 우건은 단 한 번도 아버지를 향해 고개를 들지 않았다. 곧 두 사람 앞으로 뜨거운 차가 놓였다. 둘만 남은 공간에는 예전과 같지만 묘하게 다른 침묵이 바닥으로 내려앉았다. 찻잔 위로 범람하던 김이 서서히 옅어질 때쯤.

"소혜에 대해서는 보고받으셨으리라 압니다."

우건이 침묵을 깨고 먼저 입을 열었다. 여전히 시선은 아래를 향한 채였다.

"그래. 다 들었다."

학준은 그 시선을 체념하며 대답했다.

"네가 여기에 왔다는 건 그에 대한 해결책도 전부 마련했다는 뜻이겠지."

"예. 그렇습니다."

내내 바닥에 꽂혀 있던 시선이 비로소 아버지에게 향했다.

"소혜를 새 단원으로 들이고자 합니다."

예기치 못한 답변에 학준의 얼굴근육이 딱딱하게 굳었다. 일그러트린 미간에는 전에 없던 노기까지 서렸다.

"입단이 어디 장난인 줄 아느냐?"

"충분히 고민하고 내린 결정입니다."

"말도 안 된다! 고작 현장에 휘말렸다고 입단시켜?"

"소혜가 먼저 제안한 일입니다."

"이 일이 어디 원한다고 아무나 할 수 있는 일이더냐!"

"5년 전 남경로 의거."

학준의 눈동자가 일순 뻣뻣하게 경직했다. 그들 부자 사이에서 금기어나 마찬가지인 남경로 의거. 그날의 악몽에 갇혀 아버지까지 피하는 주제에, 그의 입으로 직접 내뱉은 것이다. 그러나 뒤이어 나온 이름은 조금 의외의 것이었다.

"그때 저희와 함께 거사를 도모했던 백호원 동지를 기억하십니까."

"백호원? 백호원….'"

과거를 뒤적이는 학준의 눈매가 가늘어졌다.

"그래, 기억난다. 김구 선생께서 사격에 뛰어난 자라며 보내주신 요원이었지."

한열단은 오래전부터 임시정부와 손잡고 여러 의거에 뛰어들었다. 필요하다면 서로 단원까지 지원하면서 말이다. 일전의 경림이 그런 사례였고, 호원도 같은 맥락이었다. 왜소한 체구에 깡마른 몸, 어떤 상황에서도 수더분한 성격이던 사내. 하지만 결단력과 행동력만큼은 어떤 장수 못지않게 강단이 있어서 아직도 기억에 남아 있는 단원이었다. 비록 일군과 충돌하는 과정에서 안타깝게 유명을 달리하고 말았지만. 한데 지금 그자의 이름이 왜 나온단 말인가. 의문은 힘겹게 뒤이은 우건의 말로 해소됐다.

"그분이 바로 소혜의 아버지셨습니다."

"…뭐?"

속에서 무언가 쩡하는 소리를 내며 깨지는 것 같았다. 거사 가운데 죽은 동지의 딸이 그 아이였다니. 이 기막힌 우연에 학준은 할 말을 잃고 허공만 바라봤다. 믿기 힘든 현실에 헛숨까지 새어 나왔다. 남경로 거사, 그들에겐 참으로 질긴 악몽 같은 날이었다. 하늘도 무심하시지.

'어찌 이런 인연으로 내 아들을….'

학준은 참담한 눈으로 우건을 바라봤다. 금기시된 그날의 일을 꺼내면서까지 연인을 입단시키려는 아들의 얼굴은 사뭇 결연해 보였다. 이미 모든 각오를 마쳤다는 듯. 아니, 그조차 이 선택을 막을 수 없었다는 듯.

"후회하지 않겠느냐?"

그런 아들의 얼굴을 지그시 바라보던 학준이 무거운 음성으로 물었다.

"거사 앞에서 연정 따위는 그저 바람 앞의 등불과도 같다. 그래도 기어이 그 아이를 이 길에 들이겠느냐?"

아들의 눈동자가 올곧게 자신에게로 향했다.

"…후회할 겁니다."

분명 물기 하나 없이 마른 눈동자였다. 하지만 학준은 그 속에서 걷잡을 수 없이 범람하는 피눈물을 본 듯한 착각이 일었다. 감정 없는 목소리는 퍼석하고 윤기 없는 아비의 가슴에 대못으로 박혔다.

"그럼에도 그 여인의 뜻이 강건하기에 저는 막지 않을 겁니다. 제가 할 수 있는 일은 그 여인이 원하는 방향으로 날아갈 수 있도록 길을 터주는 것뿐이고, 그것만이 제가 그 여인에게 할 수 있는 유일한 사죄니까요."

학준은 잠시 일자로 굳게 입을 다문 채 아들을 바라봤다. 그녀가 원하는 방향으로 날아갈 수 있도록 길을 터준다. 참으로 우건다운 대답이었다. 묵직하게 침음을 흘린 학준이 잠시 눈을 감았다. 어떤 심정으로 내린 결론인지는 굳이 묻지 않아도 헤아릴 수 있었다. 게다가 이렇게까지 말을 꺼낸 이상, 우건은 원하는 결과를 얻을 때까지 저를 설득하려 들 터였다.

굳게 감았던 눈꺼풀을 밀어 올린 학준은 애초에 하나밖에 주어지지 않았던 답을 입에 올렸다.

"네 뜻대로 하거라."

"감사합니다."

우건은 고개만 한 번 숙이고 자리에서 일어났다. 제가 원하는 결과를 얻자마자 곧바로 떠나려는 게 야속하기만 했다. 평소라면 이대로 아들의 뒷모습을 바라보며 홀로 서운함을 삭였을 텐데. 오랜만에 그들 사이에 거론된 그날의 일이 어울리지 않게 감성을 자극하기라도 한 것일까. 학준이 아들의 등 뒤로 낮은 음성을 던졌다.

"언제쯤 이 아비를 향한 원망을 그치겠느냐?"

한열단 수장의 목소리가 아니라 한 아비의 목소리를.

"네가 그날 형을 잃은 것과 같이 나는 아들을 잃었다."

우뚝 멈춰 선 뒷모습이 바짝 경직됐다. 세게 말아 쥔 주먹은 하얗게 질리도록 단단해졌다. 휘몰아치는 감정에 흩어지려는 이성을 붙잡기 위한 안간힘이었다.

"그 아들을 스스로 버린 사람이 누구입니까?"

우건은 턱에 힘을 줘 한마디 한마디 간신히 내뱉었다.

"제게서 형을 빼앗아 간 사람은 또 누구입니까?"

"우건아."

"형이 다친 단원들을 구하겠다고 그 안에 들어갔을 때, 폭탄을 터트린 건 바로 아버지셨습니다."

무서운 침묵이 맴돌았다. 우건은 기어이 학준의 가슴에 크고 두꺼운 칼을 꽂아 넣는다. 그 반대편 날이 바로 자기 가슴을 향해 있는 줄 알면서도.

"어쩔 수 없는 일이었다. 더 지체했다가는 너는 물론이고 다른 동지들까지 전부 그 자리에서 죽을 뻔한…."

"그럼 그때와 똑같은 일이 벌어진다면."

우건이 뒤돌아서 학준을 봤다. 붉어진 눈자위가 지독한 원망을 담고 있었다.

"아버지는 저 또한 버리시겠군요. 어쩔 수 없다면서."

"너 그게 무슨…!"

"이만 가보겠습니다. 쉬십시오."

우건은 그대로 다시 등을 돌리더니 방을 나가버렸다. 굳게 닫힌 문 너머로 구두 소리가 빠르게 멀어졌다. 허탈한 숨을 내쉰 학준은 일그러진 얼굴을 손으로 쓸어내렸다. 간장이 끊어지는 아픔이 온몸을 뒤흔들었다.

"나라고… 어디 편한 날들이었겠느냐."

손바닥을 거둔 눈동자에는 차마 감추지 못한 회한과 서러움이 어려 있었다. 남경로 의거는 처음이자 마지막으로 세 부자가 함께 참여한 거사였다. 짧지만 치열했던 전투. 얻은 것보다 잃은 것이 너무도 많았던, 상처뿐인 영광이었다. 눈을 감자 그날의 끔찍한 참상이 악몽처럼 또다시 떠올랐다.

◆ ◆ ◆

펑! 콰과광, 쾅!

예상치 못한 폭발에 학준이 뒤돌아봤다. 밤하늘을 밝히는 불더미와 무너지는 건물 잔해가 마치 지옥의 파편처럼 보였다.

1차 폭탄이 너무 빨리 터진 게 화근이었다. 그 폭발로 인해 많은 동지가 목숨을 잃거나 다쳐서 호텔에 갇혔다. 2차 폭탄을 터트리려고 밖에서 대기 중이던 학준은 망연자실한 얼굴로 너덜난 호텔을 바라볼 수밖에 없었다. 저 멀리서 호텔을 빠져나오는 그림자 하나가 보였다. 둘째 아들 우건이었다.

– 네 형은? 우진이는 어디 가고 너 혼자 나와!

학준은 아연실색한 얼굴로 우건을 다그쳤다. 온몸에 크고 작은 상처를 입은 채 절뚝거리며 나온 우건이 울부짖으며 대답했다.

– 저 안에 아직 동지들이 남아 있다고, 살아남은 사람만이라도 데리고 나오겠다며 다시 들어갔어요!

– 제기랄!

쓸데없이 온화한 성정이 결국 화를 불러일으켰다고 생각했다. 당장 들어가서 우진을 끌고 나오고 싶었으나, 이미 호텔 입구는 몰려온 일군으로 가로막혀 있었다. 학준은 날아오는 총알을 피해서 우건을 데리고 자리를 벗어났다. 시간을 더 끌면 이곳 지상까지 저들에게 빼앗길 것이 분명했다. 그렇게 되면 지금 근처에 자리한 동지들은 물론이고, 이번 거사에 직간접적으로 참여한 다른 수십의 단원들까지 모조리 위험에 처할지도 모르는 상황이었다.

오장육부가 뒤틀리는 것 같았다. 신물이 올라오며 구역질이 날 것 같았다. 그러나 달리 방도가 없다. 이제 결단을 내려야 했다. 학준은 결국 품에서 폭탄을 꺼냈다.

– 우진은 몸이 날래고 명석하니, 지금쯤이면 분명 다른 통로를 통해 호텔을 빠져나갔을 것이다.

학준은 진실로 그렇게 믿었다. 거사 직전까지 호텔 구조도를 닳도록 외우던 우진이었다. 아무리 동지를 아낀다 해도 거사를 망칠 만큼 무모한 녀석은 아니니, 지금쯤 저 반대편 어딘가에서 몸을 숨기고 있을 게 분명했다. 하지만 이런 생각을 모르는 우건은 폭탄을 든 아버지의 모습에 대경실색했다.

- 아버지, 안 돼요. 조금만 더 기다려주세요!

- 언제까지 기다리기만 할 셈이냐. 더 늦으면 저놈들을 다 놓치고 남은 동지들까지 모두 죽어!

- 안 돼요, 아버지. 아직 저 안에 형이…! 아버지, 아버지이!

절규를 뒤로한 폭탄이 포물선을 그리며 날아갔다. 곧이어 무시무시한 굉음과 함께 호텔은 억수도 끌 수 없을 것 같은 화염에 휩싸였다. 천지를 가르는 검은 연기, 불길도 태우지 못한 비명 소리. 아비지옥이 펼쳐진다면 딱 이런 광경일 것 같은 그 순간에, 학준은 망연자실한 얼굴로 불타오르는 건물을 바라봤다.

거대한 폭발이 일어났다. 제가 던진 폭탄이 호텔에 채 닿기도 전에.

- 우진아…. 우진아…! 우진아!!

우진이 이번 거사 중에 또 다른 폭탄을 예비용으로 지니고 있었다는 건, 오로지 수장인 학준만이 아는 비밀이었다.

◆ ◆ ◆

차마 누구에게도 그 사실을 말할 수 없었다. 우진이 폭탄을 가지고 있었다 하여, 자신이 폭탄을 던진 사실이 없어지는 것은 아니었으니까. 그저 썩어 문드러지는 가슴에 아들의 마지막 결정을 묻은 채 모든 원망의 화살을 전부 제 쪽으로 향하도록 할 뿐이었다. 그게 제가 품은 죄책감을 채찍질하는 방법이었기에. 그리고 남은 아들, 우건만큼은 우진과 달리 스스로를 희생시키지 않길 바라는 마음이기에.

생을 구걸하면 안 되는 길에서 아들의 목숨만큼은 보전하고자 하니. 이만큼 역설적인 수장이 또 있으랴.

"그래도 너 하나만큼은… 끝까지 살아남아주길 바랐단 말이다."

학준은 꺼낼 수도, 전할 수도 없는 마음을 오늘도 혼자 속으로 삼켜야 했다.

◆ ◆ ◆

도망치듯 학준에게서 멀어지던 발이 서서히 자리에 멈췄다.

"하…"

낮게 숨을 몰아쉬던 우건은 곧 벽에 기대서서 길게 한숨을 내쉬었다. 결국 고개를 젖히고 질끈 눈을 감았다. 머리가 깨질 듯 통증이 파고든다. 발밑에서 스멀스멀 밀려오는 어두운 감정에 가슴이 답답해진다. 억지로 심호흡해봐도 호흡은 전혀 나아지지 않았다. 어느새 얼굴은 식은땀으로 뒤덮였다.

죽도록 도망치고 싶었던 그날의 기억이 연기처럼 피어올랐다. 떨쳐내려 해도 그것은 진득한 진창처럼 온몸에 달라붙었다. 마른침을 삼키는 목울대가 괴롭게 울렁였다. 검고 커다란 구멍에 빠져들어 나락으로 한없이 떨어지는 듯하던 그때.

"선생님. …선생님!"

단 하나의 목소리가 한 줄기 빛처럼 우건을 현실로 불러들였다. 눈을 뜨자 소혜의 걱정 어린 얼굴이 보였다.

"괜찮으세요? 어디 안 좋으신 거예요?"

제 얼굴을 살피는 그 모습을 보자 가슴을 압박하던 갑갑함이 조금이나마 흐려졌다. 우건은 안절부절못하는 소혜의 손을 잡았다. 그녀와 함께 시원한 바람을 맞으면 조금 숨통이 트일 것 같았다.

"잠깐 바람 좀 쐬고 싶은데."

"네. 나가요, 저희."

소혜가 망설임 없이 고개를 끄덕였다. 우건이 소혜를 데려간 곳은 평춘관 뒷마당에 위치한 연못이었다. 우거진 나무가 장막처럼 그 둘레에 심어져 있어 고즈넉하고도 비밀스러운 분위기를 자아내는 곳이었다.

두 사람은 연못가에 놓인 나무 벤치에 나란히 앉았다. 연꽃잎이 몇 없는 잔잔한 물결 위로 노을이 별빛처럼 부서져 반짝이고 있었다. 바람 한 점 없는 연못은 너무나 고요하여 오히려 귀가 먹먹해질 정도였다. 그 고요가 비현실적으로 밀려와 어제의 일이 꼭 꿈처럼 아득하게 느껴졌다. 한동안 말없이 호수를 바라보던 우건이 나지막한 어조로 입을 열었다.

"수장님께서 네가 입단하는 걸 허락하셨다. 곧 입단식을 할 거야."

"입단식이라면…."

"너도 정식으로 한열단 단원이 되는 거지."

소혜의 눈동자가 잘게 떨렸다. 무슨 일로 제 곁을 잠시 비웠나 했더니, 제 입단을 두고 결정을 내리느라 그랬던 모양이다.

"그럼… 이제 본격적으로 경림 언니에게 총 쏘는 법을 배우겠네요."

소혜는 제 두 손을 펼쳐서 물끄러미 바라봤다. 막상 독립 단체에 소속

된다고 생각하니 책임감과 두려움이 동시에 막중하게 다가왔다. 긴장으로 움츠러드는 손을 우건이 부드럽게 감싸 쥐었다.

"소혜야."

"네, 선생님."

"정말 후회하지 않겠어? 그 결정."

지그시 바라보는 눈동자에는 여전히 걱정이 깊게 배어 있었다. 할 수만 있다면 지금이라도 그녀를 안전한 곳으로 멀리 보내고 싶어 하는 눈치였다.

"나는 이 길을 걸으며 수많은 사람을 잃었다."

탁하게 갈라진 목소리가 애처롭게 흘러나왔다.

"생사를 함께했던 동지들도, 그리고… 내 형도."

죽음으로써, 망명으로써, 그리고 배신으로써. 전부 잃고 말았다. 그저 자유를 원했을 뿐인데. 이 땅의 국민으로서 우리 의지로 결정하고 우리 힘으로 나라를 일궈나갈 수 있는 기본적인 권리를 원했을 뿐인데. 그것을 갈망한 대가는 이리도 혹독하고 지독했다. 그리하여 우건에게 이 조국은 애증과도 같아, 한없이 저주하며 증오하다가도 끝내 가엾고 안타까워 돌아볼 수밖에 없는 것이었다.

"나는 너 또한 그리 잃어버리게 될까 봐 두렵다."

우건은 기도하듯 모은 두 손에 얼굴을 묻었다. 그의 옆모습에 채 감추지 못한 두려움이 고스란히 드러났다. 그 모습을 지그시 바라보던 소혜는 그의 얼굴을 감싸서 제게로 향하게 했다.

"우리 너무 나중 일은 생각하지 말아요. 딱 지금만 봐요. 선생님과 제가 이렇게 눈을 마주하고 있는, 딱 지금만."

그렇게 마주한 시선이 서로에게 얽혀들었다. 사실 앞으로의 일들이 무섭지 않다고 한다면 거짓말일 것이다. 당장 어제만 해도 일군들 앞에서 다리에 힘까지 빠지던 제가 아니었던가. 하지만 사람이란 참으로 복잡하고도 강인한 존재여서 뜻이 생기면 반드시 그 길로 나아가고야 마는 것이다.

"이 일로 네 인생은 송두리째 바뀌게 될 거야. 일상이 뒤집힐 거고."

"그럼 그게 제 일상이 되겠죠."

나는 이후에도 여전히 당신과 함께할 것이다. 함께 나비를 연구할 것이고, 일상을 공유할 것이며, 퇴근 후에는 나란히 집으로 돌아갈 것이다. 그리고 당신과 사랑을 나누겠지. 그런 나의 일상에 그저 걸음 하나가 더 해지는 것뿐이다. 조금 아플 수도 있는 그런 걸음이.

"설령 그 끝이 제가 원하는 결말이 아니더라도, 저는 이 선택을 후회하지 않을 거예요."

우건의 얼굴을 어루만지는 손끝이 호수에 반사된 빛으로 물들었다.

"이제 이 길 말고는 제가 갈 수 있는 길이 없거든요."

이 길이 내가 사랑하는 사람들을 내 손으로 지킬 수 있는, 그리고 마지막까지 우건과 함께 걸을 수 있는 유일한 길일 테니. 싱긋 웃어 보인 소혜가 천천히 우건의 품에 기댔다. 자연스레 저를 감싸 안는 팔에 가슴이 먹먹해지리만치 푹 젖어들었다. 너무도 평화로워 오히려 비현실적으로 느껴지는 지금이었다.

◆ ◆ ◆

평춘관 지하에 위치한 비밀방 중 하나의 문이 열렸다. 주황빛 전구가 내부를 환히 밝히자 엄숙한 공기가 가득 들어찼다. 곧 나무 탁자에 종이와 만년필이 놓였고, 이내 그 뒤에 커다란 태극기가 걸렸다.

소혜는 잠시 그 앞에 서서 태극기의 웅장함에 사로잡혔다. 벽을 뒤덮고도 남을 만한 천에 그려진 태극의 문양과 서로 다른 검은 선들이 제 몸을 덮쳐 올 듯 거대하게 느껴졌다. 과연 압도당할 위용이었다. 문양들의 뜻을 알지는 못해도 괜스레 가슴이 뜨거워졌다.

그런데 이리 큰 태극기는 분명 처음 보는 것 같건만. 이상하게 낯설지가 않았다. 언젠가 꼭 한번 봤던 것만 같은 기분.

―소혜야, 이게 바로 태극기란다. 우리나라 대한의 상징이야.

불현듯 아득한 기억 저편에서 잊고 있던 편린이 떠올랐다. 기억 속에서 선명하게 들려오는 누군가의 목소리.

―이거 하나만 가슴에 새기고 있어. 저런 야만적인 일장기 말고….

옷으로 꽁꽁 싸맨 희한한 짐가방 속, 누런 천 위에 새겨져 있던 조화로운 문양. 고사리 같은 제 손에 그 천의 끄트머리를 쥐여 주며 가슴 깊이 새기라던….

'아버지.'

홀린 듯 태극기를 바라보던 눈시울이 금세 붉어졌다. 태극기 위로 어쩐지 아버지의 얼굴이 아른거리는 것만 같았다.

"준비됐어?"

어느새 우건이 다가와서 곁에 섰다. 앞을 보니 희욱과 세호, 그리고 경림이 준비를 마치고 그녀를 기다리고 있었다. 모두 소혜의 한열단 입단을 위해 증인이 돼줄 사람들이었다. 동시에 앞으로 생사를 함께할 동지들이기도 했다.

"네. 준비됐어요."

물결처럼 밀려든 감정을 고요히 억누르며 소혜는 고개를 끄덕였다.

"그럼 시작하도록 하지."

소혜는 나무 탁자로 걸어갔다. 의자에 앉아서 만년필을 든 그녀는 준비된 종이 위에 한열단 가입 선언서를 작성했다.

> 나는 오늘로써 한열단의 일원이 되고자 하니, 조국의 자유와 독립, 무한한 영광을 위하여 뜻을 이룰 때까지 몸과 마음을 바쳐 싸울 것을 굳게 맹세하노라.

붉은 인주를 손에 가득 묻혀서 남은 여백에 수인까지 찍었다. 증인이 돼주기로 한 우건과 경림, 희욱과 세호도 소혜의 수인을 중심으로 네 귀퉁이에 자신들의 지장을 새겼다. 마치 그 모양이 태극기와도 같았다.

선언서를 든 소혜는 다른 한 손에 경림에게서 받은 총을 쥐고 앞을 향해 섰다. 뒷배경에는 커다란 태극기가 그녀를 지키듯 든든하게 자리했다.

"찍겠습니다. 하나, 둘!"

펑 하며 조명 터지는 소리와 함께 사진이 찍혔다. 잠시간 이어진 침묵 속, 그들은 각자의 새삼스러운 기분에 휩싸인 채 소혜를 바라봤다. 새로운 동지가 합류하면 으레 차오르곤 하는 뜨거운 열의였다. 그 가운데 우건만이 조금 다른 시선으로 소혜를 지켜보고 있었다. 소혜의 길고 하얀 손에 들린 총은 마치 오랫동안 잡아온 것처럼 자연스러웠다.

'저런 것도 부모의 영향을 받는다던가.'

명사수였던 호원의 모습이 소혜의 뒤로 비치는 것만 같았다. 목이 타는 듯한 갈증이 일어 우건은 마른침을 삼켰다. 심경은 복잡했으나 온전히 내색할 수는 없었다. 그리하여 그는 자신을 향해 맑게 웃는 소혜에게 화답하듯 눈을 맞춰줄 뿐이었다.

기억할지 모르겠다. 네가 이 길에 들어선 순간, 나는 너를 지킬 수 없다고 했던 말을. 그 말이 무슨 뜻인지 알게 됐을 때에도 너는 여전히 나에게 사랑한다고 말할 수 있을까. 지금처럼 그 어여쁜 눈망울 속에 나를 담을 수 있을까. 답을 얻을 수 없는 물음은 새까만 총구가 돼 제 가슴을 겨눈다. 두려움에 그것을 외면한다. 그 총구 속에서 무엇이 날아올지 알 수가 없어서.

"이로써 백소혜를 우리 한열단의 새로운 단원으로 인정하는 바입니다."

우건이 입단식의 끝을 알리는 선언을 내뱉었다. 그게 꼭 사망 선고처럼 느껴져서 우건은 저도 모르게 턱에 힘을 줬다. 이제부터 나의 역할은 너를 언제 죽음의 땅으로 보낼지 고민하는 것이 됐으니.

◆ ◆ ◆

늦은 밤. 집으로 돌아온 소혜는 오늘 하루에 일어난 일들을 곱씹어봤다. 한열단 입단식이 끝나기까지 채 10분이나 걸렸을까. 그 짧은 순간으로 자신의 삶이 송두리째 바뀌게 된다는 사실이 아직은 실감 나지 않았다. 그저 눈앞에 놓인 총이 오늘 있었던 일을 증명할 뿐이었다.

"이게… 앞으로 내 물건이라는 거지."

소혜는 책상 위에 올려놓은 총을 천천히 쥐어봤다. 손안에 차갑게 감기는 쇠의 감촉. 그게 소름 끼칠 만큼 가슴을 서늘하게 얼리는 동시에 뜨겁게 달궜다. 방아쇠를 당겼을 때의 충격이 다시금 떠올랐다. 그 뒤로 폐부를 가득 채우던 비릿한 냄새도.

"…괜찮아. 앞으로는 익숙해져야 해."

그 또한 자신이 감내하고 이겨내야 할 몫이었다. 스스로 선택한 길이니까.

"왜 그러고 있어. 쉬지 않고."

"선생님."

어깨를 감싼 손길과 함께 총을 잡은 손 위로도 커다란 온기가 덮어왔다. 뒤에서 소혜를 안다시피 한 우건이 짙은 눈으로 그녀가 쥔 총을 바라봤다.

"안 피곤해?"

"생각이 좀 많아져서요."

소혜는 조금 전까지 머릿속을 괴롭히던 생각을 뒤로하며 멋쩍게 웃었다.

"이런 걸 보고 있으니 생각이 많아지지."

우건이 그녀의 손에서 부드럽게 총을 거둬 책상에 올려놓았다. 낮게 타이르는 목소리에는 나무람 대신 다정함이 가득했다. 조용히 웃음을 흘린 소혜가 그러네요, 하고 작게 대꾸했다.

"잠들 때까지 옆에 있어줄까?"

그녀가 심란할 걸 알고서 찾아온 모양이다. 우건의 배려가 새삼 고마워서 소혜는 고개를 끄덕였다.

"네. 같이 있어주세요."

"그래. 가서 눕자."

소혜를 의자에서 일으킨 우건이 침대로 이끌었다. 그가 이불을 들어 올리자 그녀가 누울 정도의 공간이 생겨났다. 푹신한 침대에 몸을 누이자 곧 부드러운 이불이 감겨들었다. 의자를 끌어와 제 옆에 앉는 우건을 보며 소혜가 물었다.

"선생님은 안 피곤하세요?"

"나도 여러모로 생각이 많아서."

허벅지에 팔꿈치를 괴어 상체를 기울인 우건이 소혜의 이마 위로 흐트러진 머릿결을 정리해줬다. 이마를 간질이는 손가락을 따라 살갗의 신경이 예민하게 일어났다.

"네 얼굴 보면서 좀 쉬려고."

귓가로 흘러내린 목소리는 베개와 머리 사이에 촉촉이 고였다. 우건의 목소리가 그대로 열기가 돼 목덜미에 고이는 기분이었다. 잘게 요동치는 심장을 느끼며 소혜는 우건을 올려다봤다. 그의 얼굴 역시 자신과 마찬가지로 복잡해 보였다. 다른 곳을 향한 시선 속에도 여러 생각이 얽혀 있었다.

"아직도 제가 걱정되세요?"

소혜의 머리를 쓰다듬던 우건의 손이 멈췄다. 대답을 미루는 입안에서는 차마 꺼낼 수 없는 단어들이 눅진하게 엉겨들고 있었다. 애써 입가를 늘인 우건은 다시 천천히 손을 움직이며 그중 농도가 옅은 단어만 입 밖으로 꺼냈다.

"걱정을 안 하는 게 더 이상하지 않을까?"

어떻게 말할 수 있을까. 언젠가 내 손으로 너를 사지에 보내야 한다는 말을. 마지막까지 그녀를 만류한 이유가 바로 이것이었음을.

"네가 가려는 길이 어떤 길인지 누구보다 잘 아니까."

우건은 그렇게 생각하는 것만으로도 발밑이 아찔해지고 눈앞이 캄캄해졌다. 하여 모래를 삼킨 듯 까끌해지는 목울대를 억지로 움직여 나머지 말을 삼켰다. 그 속을 알 수가 없으니, 소혜는 그저 그가 지닌 걱정이 얼마나 깊은지만 어렴풋이 예감할 뿐이었다.

"네가 언젠가 나를 원망하게 될까 봐, 나는 그게 두렵다."

두렵다고 말하는 목소리마저 깊은 수심으로 가라앉은 듯 무거웠다. 이런 목소리를 들으려고 그런 선택을 한 게 아닌데. 공연히 그를 더 괴롭게 만든 것 같아 소혜는 마음이 무거웠다.

"선생님, 저 봐봐요."

소혜는 우건의 손을 맞잡았다. 그러곤 여전히 두려움에 잠식된 그의 눈을 깊이 들여다봤다.

"제가 했던 말, 잊지 않으셨죠?"

우리의 일상은 달라지지 않을 거라는 말. 나는 계속 당신 곁에 있을 거라는 말.

"그 말, 저 꼭 지킬 거예요. 경림 언니한테 훈련도 열심히 받을 거고, 연구실 생활도 절대 게을리하지 않을 거예요."

소혜는 남은 손을 뻗어서 그의 뺨을 감쌌다. 엄지로 조심스럽게 문지르자 우건의 눈빛이 짙게 물들었다. 길게 뻗은 눈썹이 그의 눈동자 위로 그늘을 만들었다.

"선생님은 저를 지키지 못할지도 모른다고 하셨지만, 저는 알아요. 설령 그렇더라도 저는 끝까지 안전하리라는 거. 저 생각보다 되게 강하거든요."

그늘을 닮은, 그녀를 향한 애절함인 듯도 했다.

"달리기도 빠르고."

장난스럽게 속삭인 소혜가 손끝으로 그 애절함을 훑어갔다.

"그러니 지금은 걱정 말고 다른 걸 해주세요."

"말해봐. 뭐든 해줄 테니."

소혜는 부드럽게 입술을 늘이며 말했다.

"키소^{kiso} 해주세요."

우건의 눈빛이 옅게 흔들렸다. 당돌한 말을 내뱉고도 소혜는 아이처럼 천진한 눈웃음을 지었다.

"저 에스페란토 공부도 이렇게 틈틈이 계속하고 있었다고요."

틈새에 끼워 넣은 귀여운 생색에 우건도 그만 실소를 터트렸다. 소혜는 아예 그의 목에 팔을 둘러서 제게로 끌어당겼다. 못 이기는 척 순순히 침대 위로 넘어온 우건의 몸이 순식간에 소혜의 몸 위로 긴 그림자를 드리웠다. 그림자만으로도 벌써부터 그의 무게에 안온하게 눌리는 기분이었다.

"착하네. 상 받을 자격이 충분해."

소혜의 진심 어린 위안이 통한 걸까. 어느새 우건의 두 눈에는 근심 대신 소혜를 갈망하는 열기가 피어오르고 있었다.

"얼마나 원하는지도 말해봐. 다 맞춰줄 테니까."

애태우듯 입술 위로 진득하게 눌어붙는 음성에 소혜가 뜨거운 숨을 내쉬었다. 팔에 힘을 줘도 더 가까이 다가오지 않는 그의 어깨에 한층 애가 탔다.

"같이… 아침까지 있고 싶어요."

우건의 눈동자에 어린 묘한 이채가 단단하게 조여졌다.

"적절한 대답이야."

그제야 우건이 상체를 내려서 단숨에 소혜의 입술을 머금었다. 소혜가 내뱉는 달뜬 숨을 모조리 삼키며 우건은 끈질기게 그녀의 반응을 이끌어 냈다. 숨결을 불어넣고, 깊이 파고들고, 짙게 새겨 넣었다. 그 과정에서 조금 전의 심려는 열기에 모두 녹아 사라졌다. 무르녹은 숨소리만이 모든 신경을 사로잡을 뿐이었다. 순식간에 그의 몸에 갇힌 소혜는 차오르는 울음을 삼키며 우건의 목을 끌어안았다.

"저 절대 놓지 마세요, 선생님…."

그리고 그의 귓바퀴에 아찔한 숨을 불어넣었다. 농밀한 자극은 흥분을 끌어올려 우건의 근육을 더욱 사납게 만들었다.

"도망치고 싶다고 해도 이제는 절대 안 놓아줘."

몸이 부서져라 소혜를 안으면서 우건은 탁해진 목소리로 그녀의 몸을 적셨다.

"사랑해, 백소혜."

"선생님…."

"네가 생각하는 것보다 훨씬 더, 내가 널 사랑하고 있어."

진심이 담뿍 담긴 고백에 소혜가 물빛 어린 눈으로 미소를 지었다. 그녀는 오롯이 제 얼굴로 가득한 우건의 눈을 오래도록 바라봤다.

나를 바라보는 당신의 눈에는 언제나 지금처럼 연심만 가득했으면 좋겠다. 괴로울 만큼 아픈 걱정은 슬픔이 닥쳤을 때 품어도 늦지 않을 테니.

◆ ◆ ◆

검은 포드 차가 헌병대 앞에 멈춰 섰다. 시끄러운 엔진 소리가 꺼지자 운전 기사가 빠르게 돌아 나와 뒷좌석의 문을 열었다. 이윽고 그 안에서 매끄러운 구두가 나와 땅을 밟았다. 모자를 고쳐 쓴 학제는 검게 물든 눈동자로 헌병대 건물을 바라봤다. 계절은 변했으나 뼈에 사무치게 시린 저 건물만큼은 잊히지 않는 악몽처럼 그대로였다. 낭자한 피의 잔상과 눈조차 감지 못한 삼촌의 마지막 얼굴도.

"다녀오지."

"예, 사장님."

학제는 발걸음을 옮겨 건물 안으로 향했다. 소스케의 이름을 대자 헌병이 어느 방으로 그를 안내했다. 밝게 전등을 켰는데도 유난히 어둡게 느껴지는 복도를 걷길 한참. 이윽고 방문 앞에 두 발이 멈췄다.

"타이로 소스케 대좌. 말씀하셨던 손님이…."

헌병의 말이 채 끝나기도 전에 삐걱거리는 소리와 함께 문이 열렸다. 문틈으로 불쑥 고개를 내민 소스케의 사나운 눈총이 두 사람을 훑다가 학제의 얼굴에 박혔다. 역겨운 담배 냄새가 그 뒤를 따라 달려들었다.

'담배 연기도 주인을 닮는다던가.'

학제는 미간이 구겨지려는 걸 참으며 억지로 입가를 늘였다.

"오랜만에 찾아뵙습니다. 그간 잘 지내셨습니까?"

"들어와."

그는 외마디 명령만 남기고 몸을 홱 돌렸다. 아무래도 기분이 좋을 때 찾아온 건 아닌 모양이다.

'대화가 좀 재미없게 흘러가겠군.'

학제는 소스케를 따라 방 안으로 들어갔다. 그는 책상 위를 어지럽게 뒤덮고 있는 서류들을 힐끔 눈으로 훑고는 접객용 탁자 앞에 앉았다.

"오늘은 또 어떤 모습을 보여주려고 여기까지 찾아왔나?"

곧 소스케가 새로운 담배를 꺼내 물며 그의 앞에 자리했다.

"뭐, 지난번에 꽁지 빠지게 도망가는 모습도 재미있긴 했는데."

비식거리는 입꼬리가 싸늘하게 가슴을 훑었다. 또다시 그때의 참상이 떠올라 학제는 강한 구역감을 느꼈다. 이번에는 표정을 관리하기가 제법 어려웠다. 굳어가는 학제의 얼굴을 보며 소스케가 코웃음을 쳤다.

"왜, 막상 사람이 죽는 걸 눈앞에서 보니 이 일이 무서워졌나? 그럼 안 되지! 이제껏 네가 죽인 사람만 기십이 될 텐데 말이야."

얼굴로 훅 끼치는 담배 연기에 학제의 낯빛이 조금 더 흑색으로 변했다. 새삼스레 지난 과오들이 제 몸을 뭉개는 듯했다. 하지만 이미 돌이킬 수 없는 과거였다. 그것을 지울 수는 없어도, 이 이상 더해지는 것만은 막아야 했기에.

"…승산 없는 게임에는 흥미가 사라져서요."

눈빛을 굳힌 학제가 들고 온 가방을 탁자 위에 올렸다. 묵직해 보이는 무게에 소스케가 한쪽 눈썹을 들썩였다.

"뭐야, 이건?"

"돌려드리러 왔습니다."

"뭘."

소스케의 목소리에 사나운 기색이 깃들었다. 꿰뚫을 듯한 눈초리로 학제를 쏘아보던 소스케가 가방을 열었다. 열린 지퍼 너머로 보인 것은 얼핏 봐도 엄청난 액수의 돈이었다. 이번에는 소스케의 얼굴이 꿈틀거리다 확 구겨졌다.

"지금 상당히 불쾌한 예감이 내 머리를 스쳤는데 말이야."

"유감스럽지만 아마 맞을 겁니다, 그 예감."

화살처럼 날아든 시선에 학제는 숨통이 조이는 듯했다. 이제껏 할아버지를 제외하고는 어떤 상대를 마주하더라도 이토록 긴장된 적은 없었거늘. 소스케 앞에서는 제아무리 처세술에 능한 학제라 해도 몸의 일부가 삐걱거리는 기분이었다. 묵직한 무언가 온몸을 짓누르는 것처럼. 학제는 숨통을 조이는 중압감을 이겨내며 말을 이었다.

"대좌께 부탁받았던 일을 이제 그만두려고 합니다."

"뭐?"

"아무리 집을 뒤지고 주변을 캐봐도 신우건 그 작자에게서는 아무것도 나오지 않더군요. 누군가 일부러 그를 시샘하여 모함하려 한 건 아닐까 싶을 정도로요."

마른침을 삼킨 학제는 사뭇 정중한 태도로 굳어지려는 입술을 움직였다.

"제가 개입했는데도 나오는 게 없다면, 그는 정말로 결백한 게 맞을 겁니다. 그래서 받았던 돈에 시세에 맞게 이자를 쳐서…."

쾅!

탁자를 내려친 사나운 파열음이 학제의 말허리를 잘랐다. 먹잇감을 노려보는 맹수처럼 형형하게 눈을 부라리던 소스케가 자리에서 벌떡 일어났다. 총구가 학제의 이마를 짓누른 건 정말 한순간의 일이었다.

"그만두고 싶다고 했나? 그럼 이 자리에서 죽든가."

이를 드러내며 낮게 으르렁거린 소스케가 총을 장전했다.

"네 외삼촌처럼."

철컥. 소름 끼치게 울린 쇳소리가 학제의 고막을 핥았다. 온몸의 피가 빠르게 식어서 발밑으로 빠져나가는 것 같았다. 둔기로 얻어맞은 듯 굳어버린 학제를 보며 소스케는 비릿한 조소를 흘렸다.

"사업을 위해서라면 친구도 죽여버린다는 놈이 고작 조선인 하나 죽는 걸 눈앞에서 봤다고 헐레벌떡 도망가는 꼴이 좀 이상했지."

소스케는 무릎을 접어서 천천히 몸을 낮췄다. 탁자에 앉아서 눈높이를 맞춰오는 짐승의 눈동자에 학제는 숨까지 막히는 것 같았다.

"그래서 한번 알아봤더니, 세상에 이럴 수가. 네놈 어미가 그 죽은 조선인의 동생이었다네?"

소스케는 마치 연극을 하는 것처럼 과장된 어투로 말했다. 킬킬거리며 낮게 쏟아지는 웃음소리는 악랄 그 자체였다.

학제는 어금니에 꽉 힘을 주며 치솟는 분노를 필사적으로 억눌렀다. 그날 그렇게 수상한 행동을 하고 떠났을 때부터 이런 상황을 염두에 뒀어야 했는데. 명백한 제 실수였다. 학제는 싸하게 가시는 핏기를 느끼며 억지로 평정심을 그러쥐었다. 휩쓸리면 모든 것이 끝장이다.

"그럼 저도 이 자리에서 죽이실 겁니까? 제 외삼촌처럼?"

덜덜 떨며 묻는 학제의 모습에 소스케가 코웃음을 쳤다. 조금 전만 해도 당당하게 돈을 내밀던 녀석의 눈동자에는 전에 없던 겁까지 어려 있었다.

"글쎄."

느릿하게 고개를 모로 비튼 소스케는 사나운 이를 드러내며 아슬아슬한 미소를 지었다.

"그거야 네가 앞으로 가져오는 결과물에 따라 다르겠지. 다시 최선을 다해 나를 돕겠다면 지금 이 자리에서 네 목숨을 거두는 건 보류하고, 사실 넌 여전히 쓸 만한 데가 많거든."

추잡하게 목숨을 구걸하란 뜻이었다. 다른 사람이었다면 차라리 이 자리에서 죽이라 외치고 싶을 만큼 치욕스러운 순간. 하지만 학제는 무슨 생각인지 덜덜 몸을 떨기만 할 뿐 쉽게 입을 열지 못했다. 허벅지에 올려둔 두 주먹도 가늘게 떨려왔다. 분노 때문인가. 혹은 공포 때문인가.

"아니면 그냥 여기서 죽을 생각인가? 너희가 흔히 말하는 신념을 위해서?"

소스케는 그 약하디약한 모습을 흥미롭게 훑으며 물었다. 터질 듯 부풀어 오른 긴장의 끝.

"…너희들이라뇨?"

학제가 억울하다는 듯 눈을 일그러트리며 말했다.

"제가, 제가 잠시 생각이 짧았습니다."

그의 입에서 나온 말은 전혀 예상 밖의, 아니. 어쩌면 소스케에겐 아주 뻔한 것이었다.

"뒤에서 시키기만 해봤지, 사실 눈앞에서 사람이 죽는 걸 직접 보는 건 처음이라서…. 그래서 머리가 잠시 어떻게 됐나 봅니다. 사, 살려주십시오. 그 사람이 제 외삼촌이라는 것도 그날 이후에 우연찮게 알았던 겁니다. 정말입니다. 믿어주십시오!"

횡설수설 튀어나온 사죄에 소스케가 눈을 가늘게 떴다. 바닥에 엎드린 학제는 정말로 두려움에 휩싸인 사람처럼 어깨를 가늘게 떨었다. 소스케가 쉽사리 대답하지 않자 그는 아예 두 손까지 모아 싹싹 비비며 간절히 빌었다.

"시, 신우건 그자에 대해서도 앞으로는 수단과 방법을 가리지 않고 더 깊이 파보겠습니다. 시키시는 일은 뭐든지 다 하겠습니다. 그러니 제발 목숨만은…"

들이닥친 총구 앞에서는 그 역시 보잘것없는 인간이었던가.

'대통상회의 주인이라 불리는 천하의 왕학제가 이리 비굴해지다니.'

묘하게 짜릿한 감각이 전신을 휩쓸었다. 소스케는 바닥에 이마가 닿도록 엎드린 학제를 내려다보며 만족스러운 듯 입술을 늘였다. 본래가 박쥐 같은 놈이라 하여 애초에 별로 신뢰하지도 않던 놈이었다. 새삼스레 배신감을 느낄 일이 아니라는 뜻이었다. 쓸데없는 상황을 만들어서 제 심기를 건드린 건 여전히 짜증이 났지만, 이 정도면 다시 기회를 줘도 괜찮을 것 같았다.

'그래도 이 녀석 덕분에 한열단 잔챙이들이나마 좀 더 잡아들일 수 있었으니.'

소스케는 학제에게 겨눴던 총을 다시 거뒀다.

"좋아. 방금 들은 이야기는 없던 일로 해주지."

"가, 감사합니다. 정말로 감사합니다!"

학제는 십년감수했다는 얼굴로 식은땀까지 흘리며 허리를 굽실거렸다. 별 볼 일 없다는 눈초리로 그를 훑어본 소스케는 이만 나가보라는 듯 무성의하게 손을 내저었다.

"이 돈도 들고 가. 꼴도 보기 싫으니까."

"가, 감사합니다. 아니, 죄송합니다."

가져왔던 가방을 다시 주섬주섬 챙겨 든 학제는 마지막까지 비굴한 몸짓으로 소스케의 방을 뛰쳐나왔다. 그러곤 식겁한 얼굴로 허둥지둥 복도를 빠져나왔다. 그는 헌병대 건물을 빠져나올 때까지 굽혔던 등을 펴지 않았다. 그리고 마침내 건물에서 멀리 벗어났을 때쯤.

"후⋯."

천천히 속도를 줄여 자리에 멈춰 선 학제가 나지막한 숨과 함께 허리를 일자로 폈다. 꼿꼿하게 고개를 든 학제는 흐트러진 머리를 다시 쓸어 올렸다. 지그시 감았다가 뜬 눈에는 조금 전과 같은 두려움이나 비굴함은 온데간데없었다. 대신 유리 조각처럼 날카로운 서슬만이 빛나고 있을 뿐이었다.

"처음 연기하는 것도 아닌데⋯. 기분 참 더럽네."

나직이 욕을 곱씹은 학제는 구겨진 모자를 고쳐 썼다. 진창에서 원하는 것을 얻으려면 내 몸도 기꺼이 더럽혀야 한다. 할아버지께서 버릇처럼 하시던 말씀이었다. 덕분에 때에 따라 자신이 목적한 바를 이루기 위해 모욕을 감수하는 건 학제에게는 일도 아닌 것이었다. 스스로 생각해도 비굴의 극치였던 제 연기에 헛웃음이 나왔다.

학제는 슬쩍 고개만 틀어서 주변의 기척을 살폈다. 다행히 뒤를 밟히진 않은 듯했다. 하지만 아직 긴장을 풀기엔 일렀다. 저래 봬도 헌병대의 대좌까지 오른 인물이다. 그만두고 싶다고 찾아왔던 자를 아무 의심 없이 그냥 돌려보내진 않을 터. 앞으로 온갖 의심을 하며 감시를 붙일 테니, 한동안은 얌전히 꼭두각시 노릇을 해줄 수밖에 없었다. 울타리 안에 쥐를 들인 대가를 톡톡히 치를 때까지.

"병신. 돈이라도 받지."

뒤통수 치는 값은 주려고 했는데.

"뭐, 받기 싫다는데 아까운 돈을 허공에 뿌릴 수는 없으니까."

학제는 묵직한 돈 가방을 고쳐 쥐며 차에 올랐다. 그 뒤로 따라붙는 불신 가득한 소스케의 시선은 충분히 예상 가능한 것이었다.

◆ ◆ ◆

요화는 제 앞으로 지나가는 차를 놀란 눈으로 지켜봤다. 뒷자리에 올라타던 익숙한 얼굴의 사내.

'왕학제 사장…'

저자가 이곳에는 왜? 떠오른 의문 뒤로 문득 술자리에서 소스케가 학제에 관한 이야기를 종종 꺼내던 게 떠올랐다. 특별한 말은 하지 않았지만 학제에 대하여 얘기할 때면 소스케는 항상 웃고 있었다. 간혹 사람이 너무 신중하다느니, 생각만큼 배포가 크지 않다느니 험담하면서도 그 끝은 항상 좋게 마무리 짓곤 했다.

'설마…'

가늘어진 눈가 너머로 먼지바람을 일으키던 차가 사라졌다. 한동안 그 자리를 노려보던 요화는 이내 고개를 돌려서 앞을 봤다. 헌병대, 그토록 증오해 마지않던 남자가 있는 이곳으로 그녀 스스로 걸음을 했다. 오늘 아침, 새 단원의 입단 소식을 들은 뒤 내린 결심이었다.

낮게 숨을 고른 요화는 가는 발목을 앞으로 내밀었다. 그러나 서너 걸음 내딛다 말고 이내 발이 멈췄다. 한숨처럼 깊게 내뱉는 숨결에 희미한 술내가 번졌다. 맨 정신으로는 도저히 견딜 수 없어서 권번을 나서기 직전에 들이켰던 술이었다.

요화는 작은 손가방을 든 손에 꾹 힘을 줬다. 정말 이래도 괜찮은 걸까. 저곳에 발을 들이는 순간, 두 번 다시 돌이킬 수 없는 강을 건너게 되는 것이다. 아무리 우건과는 상관없는 정보를 흘릴 생각이라지만, 그것만으로도 자신은 조직을, 그리고 우건을 배신하는 것과 마찬가지였다.

'하지만 나 역시 배신당한 건 똑같은데….'

여전히 제가 아닌 다른 여인을 바라보고, 그런 여인을 조직의 일원으로까지 끌어들인 우건을 용납하기가 힘들었다. 평생을 그 남자만 바라보며 살아왔는데. 그런 자신에게 조금의 미안함도 가지지 않는 그가 야속하고 미웠다.

'그래. 이건 다 오라버니가 자초한….'

그때였다. 저 멀리 육중한 철문이 묵직한 소리를 내며 아귀를 벌렸다. 그 너머에서 빠져나온 것은 그녀도 익히 알고 있는 소스케의 차였다. 흠칫 놀란 요화가 허둥지둥 몸을 숨겼다. 가슴이 쿵쾅거려서 세상이 흔들리는 듯했다. 위장에 고여 있던 독한 술이 일순간 전부 증발해버렸다. 머릿속에 가득했던 분노도 증발한 술과 함께 사라졌다.

"내가 지금 무슨…."

이성이 돌아오자 요화는 제가 얼마나 끔찍한 실수를 할 뻔했는지 깨달았다. 덜덜 떨리던 손이 이내 꽉 쥐어졌다.

'역시 이건 아니야. 난 할 수 없어.'

결국 스스로 감당하지 못할 끔찍한 일이라는 걸 직시한 요화가 황급히 몸을 돌렸다. 그러나 그 어리석은 한 번의 발걸음은 족쇄처럼 그녀를 놓아주지 않았으니.

"그래서, 낮에 나를 찾아오려 했던 이유는?"

그날 밤, 어김없이 송화관에서 요화를 곁에 묶어둔 소스케가 다짜고짜 던진 말이었다.

"이제야 좀 뭔가를 말할 생각이 든 건가?"

술을 따르던 요화의 손이 멈칫했다. 곧 술잔을 가득 채운 그녀는 애서 아무렇지 않은 척 표정을 꾸몄다. 생전 술 따위 따를 일이 없던 그녀에게 처음으로 굴욕적인 술병을 들게 한 이 남자가 이제는 나락의 구렁텅이로 떠밀려 하고 있었다.

"제가 낮에 대좌를 찾아갔다뇨? 다른 이와 착각하신 게 아닐는지요."

간드러지는 목소리가 흥겨운 가락 밑으로 잔잔히 깔렸다. 그러나 유혹적인 맵시에도 소스케는 눈 하나 깜짝 안 했다.

"네가 그 시각에 경성 권번을 나왔다는 건 이미 네 몸종 계집에게서 확인했고."

요화의 입꼬리가 딱딱하게 굳었다. 그 동요를 놓치지 않은 소스케가 뱀의 그것과 같은 목소리로 말했다.

"아무리 멀어도 내가 네년 얼굴을 못 알아볼까."

몇 년을 가지고 싶어서 이리 애태우는데. 소스케가 손끝으로 요화의 턱을 들어 그를 보게 만들었다. 흔들리는 눈동자에는 채 갈무리하지 못한 갈등의 금이 새겨져 있었다. 그 틈을 더 벌리려는 듯 소스케는 부러 집요하게 그녀의 시선을 쫓아다녔다.

"뭐든 말해봐. 알고 있는 게 많잖아. 응?"

"이러지 마시어요. 드릴 말씀이 없으니 민망합… 읏."

그를 거부하기 무섭게 뒷머리가 바짝 당겨졌다. 요화의 머리채를 휘어

잡은 소스케가 그녀의 고개를 홱 뒤로 꺾었다. 다시 시작된 소스케의 횡포에 한방에 있던 다른 손님은 물론 기생들까지 기함하며 어쩔 줄 몰랐다. 여기서 나서면 곧 죽음인지라, 누구도 요화를 돕지 못했다.

"다들 나가. 어서!"

호된 호통에 사람들이 부랴부랴 앞을 다퉈 방을 나섰다. 탁, 문이 닫히는 것을 보며 요화는 울분을 삼켰다. 그래. 이런 추악한 꼴, 차라리 아무에게도 보이지 않고 홀로 삭이는 편이 나았다. 귓가에 소스케의 입술이 가까이 다가와서 더러운 숨결을 묻혔다.

"솔직히 너도 이제 지쳤잖아. 네가 아무리 갈망하면 무얼 하느냐고."

그 더러운 숨결이 요화의 가슴 깊숙이 파고들어 기분 나쁜 씨앗을 퍼트렸다.

"그 자식은 네년 따위 보지도 않고 다른 계집을 제 약혼녀랍시고 옆에 끼고 있는데."

이미 일전에 단호히 거절했으나, 그사이에 새로 생긴 틈을 짐승 같은 촉의 소스케가 놓칠 리 없었다.

"한열단 놈들은 참 신출귀몰해. 가끔은 내가 정말 실체를 쫓고 있는 게 맞는지 의심스러워진단 말이지."

"윽…."

소스케는 우악스럽게 잡은 머리채를 더욱 꽉 그러쥐었다. 그러면서도 다른 손으로는 요화의 얼굴을 보석 다루듯 소중히 쓰다듬었다.

"눈앞에 아른아른하는데도 손을 뻗으면 허깨비처럼 달아나 자취를 감추거든."

그 손길이 꼭 벌레처럼 징그럽게 느껴졌다. 요화는 입술 속살을 깨물며 치솟는 구역감을 참아내야만 했다. 소스케가 요화의 뺨을 감쌌다. 그러곤 귀에 바짝 입술을 붙여 은밀한 제안을 건넸다.

"그런데 녀석들을 허깨비로 만들어주던 안개가 사라진다면, 과연 어떻게 될까?"

소스케는 마치 신파극에 오른 배우처럼 목소리의 높낮이를 달리했다.

"녀석들에 대해 아주 조그마한 것이라도 말해준다면 네 소원을 들어주지."

잠시 고민하던 그가 좋은 생각이 났다는 듯 입가를 길게 늘였다.

"네가 그토록 원해 마지않는 신우건. 그 남자 옆에 있는 계집을 떨어트려줄까?"

뽑힐 듯 아픈 머리와 대비되게 부드러이 감싸인 얼굴.

"어때?"

그 상반된 감각이 꼭 그녀에게 주어진 선택지 같았다. 요화는 어느 때보다 강렬한 갈등 속에서 갈피를 잡지 못했다. 소리도 없이 다가온 덫이 그녀의 발밑에서 아가리를 벌렸다.

"이 정도면 네게도 꽤나 큰 상일 것 같은데."

머리채를 잡힌 고통에 정신이 팔려서, 얼굴을 어루만지던 손이 어느새 제 목을 감싸 쥔 줄도 모른 채.

잠시 후, 요화는 도망치듯 방을 나왔다. 다리가 후들거려 제대로 몸을 지탱하고 서 있기가 어려웠다.

"하…."

끝내 힘이 풀린 다리가 휘청거렸다. 그녀는 벽을 짚어 간신히 바닥에 주저앉는 것만 면했다. 저 방에서 나눴던 모든 말이 벌레처럼 제 몸을 갉아먹는 것만 같았다.

숨을 고르던 요화는 무의식중에 고개를 옆으로 틀었다. 우연히 때가 맞은 것인지, 아니면 이제껏 열려 있다가 그녀의 시선을 피하려 한 것인지, 열려 있던 문 하나가 작은 소리를 내며 닫혔다. 그 좁은 문틈으로 보였던, 어쩐지 낯설지 않은 얼굴. 뚫어져라 쳐다보는 요화의 시선에도 한번 닫힌 문은 다시 열리지 않았다.

그러나 워낙 이런저런 사람들이 드나드는 곳이다. 낯익은 얼굴 한둘쯤 보는 일은 요화에게 대수롭지 않은 것이었다. 무엇보다 지금은 다른 일을 깊이 생각할 경황이 남아 있지 않았다. 요화는 비틀거리며 바람을 쐴 생각으로 복도를 빠져나갔다. 한열단이 거사를 계획하고 있음을 아주 조금, 교묘하게 흘렸던 방금 전의 제 모습을 잊어버리기 위해.

◆ ◆ ◆

탕―!

허공을 가르는 파열음에 밤새들이 후드득 하늘로 날아올랐다. 메아리 치듯 멀어지는 공명이 오래도록 숲을 울렸다.

"하…."

팔을 앞으로 뻗고 서 있던 소혜가 뭉친 숨을 한꺼번에 토해냈다. 이번에도 반동을 버티려 억지로 힘을 준 탓에 어깨가 뻐근하게 저려왔다. 하지만 혼신을 다한 몸과 달리 결과물은 엉망이었다. 나무토막 열 개 중에 단 한 개도 뒤로 넘어가지 않은 것이다.

"이거 봐. 또 꼬리에 제대로 손을 안 갖다 붙였지."

옆에서 지켜보던 경림이 소혜의 손등을 탁탁 쳤다. 흐트러진 자세를 고쳐주는 건 그녀의 몫이었다.

"이러니까 자꾸 쏠 때마다 총이 손을 벗어나서 뜨는 거 아니야."

"죄송해요…."

소혜는 풀죽은 얼굴로 총을 다시 손에 꼭 맞게 쥐었다. 아무리 제대로 쥐어도 팔을 뽑을 듯 뒤흔드는 반동과 두려움에 저도 모르게 아귀힘이 풀리고 만다. 귀가 멀어버릴 만큼 엄청난 소리와 눈앞에서 번쩍번쩍 터지는 불꽃도 아직 겁나기는 마찬가지였다.

"네 무기를 무서워하지 마. 망설이는 순간 그 총구가 향하는 곳은 적이 아니라 너일 테니까."

입단식을 치른 뒤 일주일째. 소혜는 매일 밤마다 경성에서 조금 떨어진 깊은 산까지 올라와 경림과 함께 사격을 연습했다.

"자세 똑바로! 팔 내려갔잖아!"

"네, 넵!"

이미 한계치까지 체력 훈련을 한 것으로도 모자라 곧바로 총을 잡게 하니, 사격 자세가 제대로 나올 리 있나. 하지만 소혜가 실수할 때마다 경림은 매섭게 호통을 쳤다. 처음에는 그럴 수도 있다느니, 조금 더 연습하면 괜찮아진다느니 하는 위로를 건네줄 법도 하건만. 다정함이라고는 눈곱만치도 찾아볼 수 없는 호랑이 선생 앞에서 소혜는 눈물 콧물 쏙 빼며 총을 잡을 수밖에 없었다.

"다시!"

"네!"

탕, 탕!

다시금 연이어 울려 퍼지는 총성에 귓속이 먹먹하니 아득해졌다. 그렇게 3개월이 흘렀다.

"하아, 하…."

눈이 소복하게 쌓인 밤의 산속. 그 정상에서 소혜는 끊임없이 근육을 단련하기 위한 운동들을 했다. 한겨울, 그것도 밤중인데도 땀이 비 오듯 쏟아졌지만 소혜는 일련의 과정을 모두 막힘없이 소화했다.

이윽고 체력 단련을 마친 후, 사격 자세를 잡은 소혜가 총을 쥐고 표적을 향해 섰다. 나란히 늘어선 나무토막들을 집중하여 바라보길 잠시.

탕, 탕─!

그녀가 그러쥔 총에서 연달아 불꽃이 터져 나왔다. 열 번의 총성이 멀리 날아가는 새들과 함께 메아리로 흩어졌다. 천천히 팔을 내린 소혜가 경림을 향해 씨익 웃었다. 바위 위에 세워둔 나무토막은 총 열 개.

"이제 좀 봐줄 만하죠, 저?"

그중 남은 토막은 단 하나도 없었다.

· 11장 ·

아군이 된 적,
적군이 된 아군

"오늘은 이쯤에서 그만하지."

때마침 바스락거리며 낙엽을 밟는 소리가 훈련장으로 들려왔다. 고개를 돌리니 우건이 우거진 수풀을 헤치며 이쪽을 향해 오고 있었다. 이제 집에 돌아갈 시간이 됐다는 뜻이다.

"선생님, 저 오늘은 열 발 다 맞혔어요! 저것 보세요!"

소혜는 환하게 웃으며 아무것도 남아 있지 않은 바위 위를 가리켰다. 뿌듯한 마음과 비례하여 그녀의 검지가 쭉 뻗어 나가 있었다. 그런 소혜가 귀여워서 우건은 함께 눈가를 늘이며 고개를 끄덕였다.

"잘했네. 정말 일취월장이야."

"일취월장은 무슨? 3개월 만에 처음으로 열 개를 다 맞힌 건데."

경림의 못마땅한 투에 소혜가 아랫입술을 삐죽였다. 칭찬이라고는 예나 지금이나 박한 그녀였다. 차라리 모던 카페에 있을 때는 곧잘 그녀의 춤을 잘 따라가서 혼이라도 덜 났지. 난생처음 잡아보는 총을 고작 몇 개월 만에 능숙하게 다루려니 요즘에는 매일매일이 고난의 연속이었다.

"손 관리 잘하고. 내일은 훈련 강도를 더 높일 테니 단단히 각오해."

거기다가 이제는 훈련 강도까지 상향한다니! 손바닥에 얼얼한 기운이 채 가시기도 전에 들려온 청천벽력 같은 통보에 소혜의 눈이 울상을 지었다.

"벌써 난이도를 높여요?"

"벌써라니? 여기까지 도달하는 데 3개월이나 걸렸으면 너 늦어도 한참 늦은 거야. 네가 지금 여기 놀러 온 줄 알아?"

"아, 아뇨. 저는 그냥 물어본 것뿐이에요. 추임새, 뭐 그런 거처럼…. 얼쑤."

소혜는 되지도 않는 변명을 했다가 따가운 눈총만 받고 다시 입을 다물었다. 앓는 소리를 조금 했다고 저리도 서슬 퍼렇게 나온다. 호랑이가 나타나도 이보다는 무섭지 않을 텐데. 엄살이라곤 눈곱만큼도 봐주지 않는 경림에 소혜는 풀죽은 입술을 오물거리며 얼마나 더 호되게 굴려질지 걱정했다.

"나 먼저 간다. 내일 늦지 말고."

그러거나 말거나, 경림은 제 짐만 재빠르게 챙겨서 먼저 산을 내려갔다. 같이 가자고 해도 그녀는 질색하는 얼굴을 하며 기어이 혼자 하산했다.

"연인들 붙어 있는 꼴 보기 싫다."

옆에서 애정 행각 하는 걸 자기가 왜 봐야 하느냐는 이유에서였다. 하지만 고된 훈련에 지친 소혜가 이 순간만이라도 우건에게 편히 기댈 수 있도록 자리를 피해주는 것임을 모르는 사람은 없었다. 물론 소혜도 긴 하루의 끝에서야 겨우 맛보는 이 달콤한 시간을 좋아했고 말이다.

"오늘도 고생 많았어."

강도 높은 훈련으로 혹사당한 손을 우건이 커다란 손으로 감쌌다. 예전보다 손이 많이 상해서일까. 소혜의 손을 느릿느릿 주무르며 살피는 눈빛이 어쩐지 어두웠다. 그 때문에 이런 고생을 한다고 생각하는 듯했다.

"선생님 또 그런 표정 지으신다."

부러 샐쭉하니 눈을 흘기니, 우건이 희미하게 입가를 늘였다. 소혜는 그의 손을 꼭 맞잡으며 애교를 부렸다.

"저희도 얼른 내려가요. 빨리 집에 가서 쉬고 싶어요."

싱긋 웃어 보이는 입꼬리에 비로소 굳어 있던 그의 눈매가 부드럽게 풀렸다.

"그래. 내려가자."

우건은 소혜의 짐을 대신 어깨에 멨다. 이제 이 정도의 짐은 아무것도 아니라며 손을 뻗어도 그는 한사코 짐을 내주지 않았다. 이렇게라도 그녀의 노고를 조금이나마 덜어주고 싶은 마음이었다.

두 사람은 나란히 산을 내려와서 미리 대기시킨 인력거에 올랐다. 지난 3개월 동안 소혜는 연구실 생활과 독한 훈련을 병행하고 있었다. 하루쯤은 쉬고 싶다고 투정부릴 법도 하건만. 그녀는 용케 이 힘든 시간을 견뎌내고 있었다. 하루 빨리 다른 단원들만큼 실력을 갖춰 함께 거사에 나서고 싶은 의지가 큰 까닭이었다.

"아, 차라리 선생님하고 훈련하고 싶다."

소혜는 지친 머리를 우건의 어깨에 기댔다. 그 말에 머리 위로 듣기 좋은 웃음소리가 들려왔다.

"왜, 내가 지도를 맡으면 조금 덜 힘들 것 같아서?"

"아뇨."

"대답이 너무 빨리 나오는데. '네'를 잘못 말한 거지?"

"아ㅡ뇨."

두 번째에도 똑같이, 도리어 더 또박또박하게 아니라고 발음하는 소혜에게 우건이 눈썹을 삐딱하게 들썩였다.

"솔직히 선생님께서 가르쳐주시는 게 경림 언니보다 더 무서울 것 같아요."

"어째서?"

"제가 평소 선생님의 모습을 모를까 봐서요?"

소혜는 새초롬하니 우건을 올려다봤다. 그 눈빛이 장난이 아닌 진심이라 말하는 듯해서 우건은 작게 헛웃음을 흘렸다.

"내가 설마 너한테까지 엄하게 굴까."

"치, 말씀만 그렇게 하시는 거 누가 모를 줄 알고요?"

엊그제만 해도 그랬다. 늦은 밤까지 이어진 훈련 때문에 피로가 너무 쌓인 나머지, 나비를 분류할 때 잠깐 졸아서 실수를 했더랬다. 그 실수 한 번으로 우건에게 붙잡혀서 나비 분류에 대한 기초 상식부터 표본을 다루는 방법까지 거의 강의 수준으로 들었던 것이다. 한없이 다정한 목소리에 그렇지 못한 내용이랄까. 물론 다른 조수들이 혼나는 것에 비하면 그저 앞으로는 조심하라고 다정히 타이르는 수준에 불과했다. 하지만 어디까지나 다른 조수들에 '비해서' 그런 거지, 객관적으로 따지자면 이 역시도 무시무시하기는 마찬가지였다.

"세상에서 공과 사를 제일 확실하게 구분하는 사람 딱 한 명만 고르라면 저한테는 선생님이에요."

게다가 총이란 모름지기 생명과 직결되는 무기다. 까딱 잘못해도 큰 실수로 이어질 수 있으므로, 차라리 엄하게 교육받는 것이 나중을 생각해서도 좋긴 했다. 하지만 연인에게 공사 구분 없이 엄하게 굴려지나, 유하게 적당히 훈련받다가 나중에 후회하나, 어느 쪽이든 좋지 않은 건 매한가지일 것 같았다. 그저 우건을 좀 더 보고 싶은 마음에 말을 흘렸던 소혜는 한숨을 폭 내쉬며 현재에 만족하기로 했다.

"다시 생각해보니 그냥 경림 언니한테 배우는 편이 낫겠어요."

"좀 서운한데."

"서운하셔도 어쩔 수 없어요. 대신에…."

돌연 씨익 웃은 소혜가 우건에게 팔짱을 끼며 꼭 붙었다.

"끝나고 나서는 이렇게 선생님 얼굴을 보면서 쉬잖아요. 저는 이게 훨씬 좋아요."

이제는 강아지처럼 제 머리까지 비비적거리며 배시시 웃는다. 아까까지만 해도 공사가 너무 확실한 사람이라느니, 경림보다 더 무서울 것 같다느니 하던 소혜가 갑자기 아양을 부리니. 가만있다가 애교 기습을 당한 우건은 속수무책으로 무장해제가 될 수밖에 없었다. 때마침 인력거가 집 앞에 멈춰 섰다.

"그럼 집에 들어가서 본격적으로 제대로 쉬어야지."

음? 본격적으로 쉬어? 소혜가 동그란 눈을 깜빡이는 사이, 차부에게 거마비를 치른 우건이 먼저 내려서 소혜가 탄 쪽으로 돌아왔다.

"내려와."

내민 손을 잡고 소혜가 바닥을 딛자, 우건이 숙녀를 에스코트하는 신사처럼 부드럽게 이끌었다. 그는 방 앞까지 소혜를 데려다줬다.

"순심에게 미리 말해놓았으니 욕실에 가면 목욕물이 준비돼 있을 거야. 바로 씻어."

"제가 해도 되는데…. 아주머니께 내일 감사하다고 말씀드려야겠어요."

"피곤하잖아."

뺨을 톡톡 두드린 우건이 상체를 낮춰 그녀와 눈높이를 같이했다.

"나는 네 방에서 기다리고 있을 테니, 얼른 씻고 와."

"제 방에서요? 왜요?"

슬그머니 다가온 그가 귀에 대고 속삭였다.

"상을 줘야지. 하루 종일 고생했으니."

귓가에 은근하게 흘리는 목소리에 소혜의 얼굴이 화르르 달아올랐다. 탁, 방문이 닫히자 별의별 생각이 벌 떼처럼 윙윙 달려들었다.

'가, 갑자기 무슨 상을 주신다고….'

그러고 보니 요즘에는 아침 일찍 학교에 나갔다가 새벽이 돼서야 집으로 돌아오는 터라, 그와 함께 밤을 지낸 지도 한참 오래전 일이 돼버렸다.

'헉, 설마.'

문득 떠오른 훗훗한 상상에 소혜의 어깨가 바짝 경직됐다.

"아까 땀을 많이 흘려서 냄새 많이 날 텐데."

소혜는 이리저리 팔에 코를 대며 킁킁거렸다. 이럴 줄 알았으면 인력거에서 조금 덜 안겨들 걸 그랬다.

"무슨 옷으로 갈아입지? 단아한 옷? 청초한 옷? 아냐, 요염한 옷!"

소혜는 '요염, 요염'을 중얼거리며 재빨리 옷장을 뒤적였다. 하지만 잠잘 때 입는 옷에 어디 '단아'나 '청초'나 '요염'이 따로 있겠는가. 결국 소혜는 잠옷들 중에서 그나마 옷감이 제일 얇고 길이가 짧은 것을 골라서 욕실로 향했다. 뜨끈한 물에 몸을 담그니 절로 녹아내릴 것 같았다. 저도 모르게 눈을 감으며 기분 좋은 나른함에 휩싸이기도 잠시.

"이럴 시간이 없어. 얼른 씻자!"

우건이 기다리는데 어찌 한가롭게 목욕을 하겠는가. 소혜는 피곤함도 잊은 채 황급히 씻고 옷을 갈아입었다.

하지만 막상 2층에 올라와서는 방 앞에서 한참을 서성거렸다. 제 방인데도 안에 우건이 있다고 생각하니 선뜻 들어가기가 어려웠다. 그래서 소심하게 문을 두드리니, 오래지 않아 우건이 문을 열어줬다.

"들어와."

수려하게 그려진 미소에 가슴이 콩닥콩닥 뛰어올랐다. 소혜는 꼴깍 마른침을 삼키고는 우건을 따라 제 방으로 들어갔다.

"자, 이리로."

등에 따뜻하게 맞닿은 손이 침대로 안내했다. 잠시도 지체하고 싶지 않다는 뜻일까. 소혜는 목덜미가 뜨끈하게 달아오르는 걸 느끼며 얌전히 침대에 앉았다. 오랜만이라 그런지 가까이 다가오는 우건을 마주 보기가 차마 부끄러웠다. 소혜는 이 순간을 견디기 힘들어 고개를 숙이고 눈을 감았다. 곧 감은 눈 너머로 제게 드리우는 그림자와 사락사락하는 옷자락 소리가 느껴졌다.

'오늘은 선생님 마음대로 다 하세요…!'

허벅지 위에 올린 두 손을 꼭 말아 쥐며 우건이 다가오기를 기다리는데….

찰박.

'음?'

익숙한 물소리와 함께 발바닥에서 발목으로 따뜻한 기운이 올라왔다. 슬그머니 눈을 뜨니 우건이 제 앞에 꿇어앉아서 그녀의 발을 대야에 담그고 있었다.

"이… 이게 뭐예요?"

"이렇게 하면 피로가 빨리 풀린다기에."

우건은 따뜻한 물에 담근 소혜의 발바닥을 꾹꾹 눌러주기까지 했다. 발을 타고 전신으로 시원함이 퍼져나가자 소혜는 어쩐지 민망한 기분이 들었다. 힐긋 시선을 든 우건은 발갛게 달아오른 소혜의 얼굴을 보고는 피식 웃음을 흘렸다.

"무슨 생각을 했길래 얼굴이 그리 빨개져?"

"아, 아무 생각도 안 했는데요."

"그럼 눈은 왜 감았고?"

할 말이 없었다. 소혜는 밀려드는 민망함에 눈을 빠르게 깜빡이며 시선을 돌렸다. 그 모습에 우건의 미소가 한층 짙어졌다.

"아서, 베개에 머리만 닿으면 잠들 애 데리고 이상한 짓은 안 하니까."

그 말에 어김없이 얼굴로 피가 더 몰리는 소혜였다.

'치, 내가 누우면 바로 곯아떨어질지 안 그럴지 어떻게 아시고.'

입술을 삐죽 내밀었지만, 사실 소혜도 우건의 말이 틀리지 않음을 알고 있었다. 따뜻한 물에 온몸을 푹 담그고 나온 데다가 지금은 산을 쏘다니느라 고생한 발까지 조물조물 지압을 받고 있으니, 이대로 잠든다 해도 이상하지 않을 것 같았다. 깜빡 내려간 눈꺼풀 역시 점점 올라오는 속도가 느려지고 있었다.

소혜는 온몸으로 퍼지는 나른함을 느끼며 우건이 하는 양을 가만히 지켜봤다. 몽글몽글 피어오르는 몽롱한 기운이 졸음 가득한 입술로 몰려들었다.

"처음 만났을 때는… 선생님하고 이렇게 될 줄은 정말 상상도 못 했어요."

소혜가 작은 목소리로 가만가만 이야기를 이어나갔다.

"선생님, 그거 아세요? 저 사실은 처음 만났을 때부터 선생님을 좋아했어요."

1년이 지나고서야 솔직하게 전하는 그날의 마음이었다.

"세호 씨한테 끌려가던 저를 붙잡아준 선생님이 얼마나 멋지고 잘생겨 보이던지…. 그날 이후로 공연 때마다 손님들 사이에서 선생님만 찾았어요."

찰랑이는 물빛을 담던 우건의 눈동자가 고요해졌다.

"그러다 두 번째로 다시 만났을 때는….'

그 잔잔한 빛이 미소가 돼 소혜의 입술에도 스며들었다.

"아, 나는 이 사람한테서 못 벗어나겠구나. 그런 생각이 들었어요.'

지금 생각해보면 참으로 기이한 인연이 아닐 수 없다. 모던 카페에서 스치듯 만나서 우연히 순사에게 쫓기는 그와 함께 밤의 골목에 숨어들고, 또 보고 싶어 제멋대로 약속도 없이 찾아간 학교에서 다시 마주치고. 우연이 세 번 겹치면 필연이라던가. 그때부터 우리는 이리될 운명이었나 보다. 아니, 어쩌면 우리가 서로를 알기 훨씬 이전부터 서로의 운명에 얽혀 들기 시작했을지도.

"그렇게 선생님이… 제 세상을 전부 바꿔놓으셨어요.'

말없이 발을 주물러주던 우건이 서서히 손의 움직임을 멈췄다. 잠시간 아무 말도 않던 그가 이내 고개를 들어 소혜를 바라봤다. 그의 입가에는 씁쓸한 미소가 맺혀 있었다.

"나는 너를 피하기에 급급했는데.'

"어째서요?'

"두려웠거든. 네가 자꾸 나를 살고 싶게 만들어서.'

나는 살고 싶어하면 안 되는 인간이라 생각하던 때에, 너는 구원처럼 나에게 찾아온 것이었다.

"지금은 그리 만들어줘서 무척이나 감사하고 있지만.'

우건이 소혜의 발에 남은 물기를 수건으로 정성껏 닦아냈다. 그러곤 여전히 무릎을 꿇은 상태로 그녀를 올려다봤다.

"소혜야.'

나지막이 가라앉은 목소리. 소혜의 눈매가 도로 동그랗게 돌아왔다. 무슨 심각한 이야기를 하시려는 걸까. 괜스레 긴장하여 그의 목소리에 더욱 귀를 기울였다.

"언젠가 이 땅에 자유가 돌아오면, 그래서 우리가 나비처럼 자유로워지면."

어느새 꼭 맞잡은 손은 간절히 그녀를 붙잡은 모양새였다.

"그때는 나와 정말로 혼인해줄 수 있을까?"

유리 같은 눈망울이 크게 일렁였다.

"내 아내가 돼줄 수 있을까?"

언제나 죽음을 곁에 두던 그가, 그리하여 함께 있어도 늘 한 발짝 멀리서 있던 그가 처음으로 미래를 약속해온다. 먼 훗날, 그의 미래에도 함께하자고. 그때까지 꼭 살자고.

"할 수만 있다면 지금이라도 너와 혼인식을 올리고 싶지만, 그러기에는 온전한 나의 곁이 아직은 너에게 많이 위험해서."

애절하게 전해지는 진심이 심장을 따뜻하게 물들였다. 붉게 달아오른 우건의 눈시울에 소혜는 눈물을 참으려고 입술을 꾹 깨물었다.

"그저 말뿐인 멋없는 청혼이지만… 그리하겠다고 약속해줄 수 있을까?"

벅차오르는 감동을 몇 번이고 삼킨 소혜가 우건의 목을 끌어안았다.

"그럼요."

이것만으로도 충분했다. 당신이 스스로를 쉽게 희생하려 하지 않겠다고 약속해주는 것만으로도, 나에게 미래를 약속해주는 것만으로도 나는 이미 충분했다.

"그때 우리, 꼭 진짜 부부가 돼요."

어느새 감청으로 물든 하늘은 아침이 머지않았음을 알리고 있었다. 그러나 내일은 모처럼 연구실 문을 열지 않는 일요일이다. 두 사람은 출근 걱정도 잊고서 서로를 꼭 껴안은 채 포근한 잠에 빠져들었다.

야심한 새벽. 난데없이 대문을 두드리는 소리에 자케우치 형사가 짜증을 내며 일어났다.

"대체 누구야?"

벌컥 대문을 열자 한 사내의 인영이 보였다. 어둠 속에서 천천히 걸어 나온 손님의 얼굴 위로 시린 달빛이 흘러내렸다.

"…리오 상?"

"오랜만입니다, 자케우치 형사님."

비릿하게 웃은 리오 상, 욱영이 그의 집 마당으로 걸어 들어왔다. 자케우치는 얼굴을 일그러트리며 삿대질을 했다.

"너 이 자식, 나를 그렇게 물 먹여놓고 무슨 낯짝으로 이리 찾아와! 네가 갑자기 종적을 감추는 바람에 내가 얼마나 난감했는지 알아?"

"진정하십시오. 그때 일을 만회하고자 이리 찾아온 것이니."

욱영은 날렵하게 찢어진 눈으로 그를 응시하며 말을 이었다.

"제가 아주 큰 건을 잡아 왔다, 이 말입니다."

그가 품속에서 송일 과학지를 꺼냈다. 펼쳐진 부분은 어느 학생의 에스페란토 기고문. 명조에게서 전해 들은 한열단의 지령이 적힌 페이지였다.

"이번에 한열단의 비밀 작전을 알아냈습니다."

"…비밀 작전?"

"예. 바로 이게 열쇠였지요."

앞으로 내밀어진 과학지에는 군데군데 펜으로 동그라미가 쳐져 있었다. 그는 명조가 설명한 대로 고스란히 자케우치에게 전달했다. 가만히 듣고 있던 자케우치는 썩은 내를 맡은 하이에나처럼 눈을 반짝였다.

"틀림없는 사실이겠지?"

"당연한 말씀을. 쓸 만한 녀석에게서 받은 확실한 정보입니다."

욱영은 과학지를 다시 제 품에 숨기며 말했다.

"이번 작전이 성공하면 제게 약속하신 자리를 주셔야 합니다."

"성공만 한다면야, 그깟 경부보 자리쯤 상부에 말씀드려서 얼마든지 너에게 줄 수 있지. 단…."

자케우치가 형형한 눈을 부라리며 욱영을 주시했다.

"이번에도 실패할 시에는 넌 그날로 죽은 목숨이다."

"명심하죠. 물론 그럴 일은 없겠지만."

조만간 좋은 소식을 가져오겠다는 말을 남기곤 욱영이 자케우치의 집을 나왔다. 벌써 훈장을 받은 것처럼 마음이 들떴다.

'멍청한 최명조. 내가 그 녀석 덕을 보는 날이 다 오는군.'

그런데 자케우치의 집을 벗어난 지 얼마 안 됐을 때였다.

"고욱영!"

우레같이 터진 목소리에 욱영이 놀라 뒤돌아봤다. 살벌한 기세로 총을 겨눈 누군가에 반사적으로 두 팔이 먼저 올라갔다.

"…최명조?"

"역시 네놈은 뼛속까지 더러운 놈이었구나."

분에 서린 목소리가 현실을 일깨웠다.

'제기랄. 뒤를 밟혔구나.'

욱영은 겨눠진 총구 앞에서 마른침을 삼키며 이성을 되찾았다. 까딱 잘못했다가는 이 자리에서 개죽음을 당할 판이었다.

"이봐, 명조. 지금 뭔가 오해가 있는가 본데…."

"오해는 개뿔. 방금 일본 형사의 집에서 나오는 걸 내 두 눈으로 똑똑히 봤는데!"

명조가 그를 향해 다가오며 총을 장전했다. 일촉즉발의 상황. 욱영은 뒷걸음질을 치는 대신 정말로 억울하다는 얼굴을 했다.

"내 이야기를 좀 들어봐."

"들을 게 뭐가 있어!"

"내가 지금 저곳에 왜 들어갔다가 나왔는지 얘기를 들으면 다 이해될 거야. 후회하지 말고 제발 한 번이라도 들어줘."

"너 이 자식…."

"그러니까 조금만 진정하고…."

조곤조곤한 목소리로 긴장을 누르기도 잠시.

탕, 탕!

순식간에 허공으로 총성이 터져 나왔다. 시간이 멈춘 듯 미동이 없던 두 사내. 그리고 쓰러진 사람은….

"커헉!"

불행히도 명조였다.

"최명조, 왜 너에게만 총이 있을 거라고 생각했어?"

욱영은 한쪽 입꼬리를 말아 올리며 쓰러진 명조에게 다가갔다. 명조가 힘을 쥐어짜서 총을 든 팔을 들어 올리려 했으나, 그마저도 욱영의 발길질에 날아가고 말았다. 욱영은 총으로 내뻗으려는 명조의 손등을 짓밟으며 기분 나쁜 웃음을 킬킬 흘렸다.

"어리석은 놈. 차라리 끝까지 멍청하기라도 했으면 목숨은 구했을 것을."

"어리석은 건… 너다."

명조는 피 묻은 입술을 비틀며 욱영을 노려봤다.

"전부 다 미끼였다. 나도, 송일 과학지도, 그 안에 있는 가짜 지령도."

"…뭐?"

"너는 또 한 번 함정에 걸려든 거라고."

가짜 지령이라는 말에 욱영의 얼굴이 싸하게 굳었다. 그런 욱영에게 명조는 보란 듯이 웃어 보였다.

"너는 이제 끝이야. 내가 죽었다는 건 네가 곧 밀정이라는 뜻이거든."

한 서린 입술 끝에 맺힌 건 적을 향한 마지막 비웃음이었다.

"이 변절자 새끼야."

욱영의 표정이 매섭게 굳었다.

"제기랄!"

주위를 황급히 살핀 그는 재빨리 발길을 돌렸다. 헐레벌떡 도망치는 그의 등 뒤로 매서운 총소리가 따라왔다.

"악!"

오른쪽 다리를 스치는 끔찍한 고통에 그의 몸이 비틀렸다. 그러나 살고 싶다는 추악한 본능이 억지로 다리를 움직여 어둠 속으로 빠르게 숨어들었다. 하지만 이제 그가 마음 편히 발붙일 만한 곳은 더 이상 이 땅 어디에도 없으리라. 힘겹게 숨을 내뱉던 명조가 짓씹듯 저주를 퍼부었다.

"너는… 반드시 죗값을 치를 것이야."

내가 죽어서 영으로, 혼으로 너를 끝까지 쫓아갈 테니까. 사라지는 욱영을 향해 뻗어 나갔던 명조의 총이 끝내 바닥으로 떨어졌다. 차가운 바닥 위에서 그의 눈꺼풀이 무겁게 내려앉았다.

♦ ♦ ♦

홋카이도 대학에서 열리는 일본동물학회 학술대회가 코앞으로 다가왔다. 이를 대비하기 위하여 송일고보 연구실은 어느 때보다 바쁜 나날을 보냈다. 그간 정신없는 날들이 휘몰아쳤지만, 그 와중에도 다치다 마스케 교수의 비판에 완벽하게 대응하기 위해 열성을 다하고 있는 그들이었다.

처음 목표한 나비 분포 지도와 변이 곡선 그래프도 완전히 막바지에 이르렀다. 이전부터 차곡차곡 쌓아온 연구 자료들이 큰 몫을 했지만, 그래도 1년 안에 이것들을 모두 정리했다는 건 가히 대단한 업적이라 할 만했다.

"선생님, 여기 말씀하신 논문이요."

"고마워."

우건은 수년 전 논문에 썼던 자료까지 참고해가며 이번 학술대회에서 발표할 내용을 보완했다. 상대는 다치다 마스케 교수. 그는 일본의 동물·곤충학회에서는 타의 추종을 불허할 만큼 막강한 권위를 가지고 있는 교수였다. 그의 측근인 다른 학자들도 눈에 불을 켜고서 자신의 연구 결과를 주시할 게 분명했다. 작은 틈이라도 내보이면 바로 낭패를 볼 것이기에, 우건은 마지막의 마지막까지 긴장의 끈을 놓지 않기로 했다.

물론 모든 일이 순항 중인 건 아니었다.

"고욱영 그 자식과 최명조 형, 둘 다 행방불명이란다."

한숨처럼 담배 연기를 내뿜은 희욱이 짓씹듯 말을 내뱉었다.

"그러게 내가 뭐랬냐. 그 자리에서 바로 죽이자고 했잖아! 결국 손 놓고 가만있다가 이렇게…! 젠장."

희욱이 울컥 치솟은 감정을 꾹 삼키다가 끝내 욕을 뇌까렸다. 비난을 들어야 할 사람은 우건이 아님을 알면서도 이 상황이 참담하고 허망하여 견딜 수 없었다. 명조의 신변에 문제가 생겼다는 사실은 곧 욱영이 밀정임을 증명하는 것이었다. 게다가 모든 것을 알게 된 욱영이 꼬리를 자르고 도망쳤으니, 당장 그놈을 처단할 방법조차 불투명해졌다. 희욱이 생각하기에는 명조의 노력만 헛수고로 돌아간 셈이었다.

"이제 어떡할 거냐?"

우건은 담배가 제 손에서 회색 연기로 타드는 걸 말없이 응시하기만 했다. 모두 계획하에 이뤄진 일이었다. 명조도 죽음을 각오하고 욱영의 감시책으로 지원한 것이었다. 계획대로 욱영은 미끼를 물었고, 정말로 명조를 이용하려 들기까지 했다. 그리고 동시에 사라진 두 사람.

'명조 형은 자신이 위험해져도 상관없다고 했지만…'

아무리 예상 범위의 결과라고 해도 상황이 최악으로 치달았다는 건 결코 좋은 소식이 아니었다. 지그시 눈을 감은 우건은 차마 한숨을 내쉴 수도 없어서 그것을 속으로만 삼켰다. 폐부에 고인 숨에는 스스로를 향한 호된 질책과 동지에 대한 깊은 죄책감이 녹아 있었다.

그러나 당장 죄의식에만 얽매여 있기에는 처리해야 할 일이 너무 많았다. 다시 눈꺼풀을 밀어 올린 우건이 낮게 읊조렸다.

"배신자가 도망칠 곳은 이제 없을 거다."

명조의 노력이 물거품으로 사라지지 않도록, 그가 마련해준 기회를 십분 활용하는 것.

"명조 형이 흘린 지령의 내용은 우리가 저쪽을 치기 위한 함정이거든."

"…뭐?"

"고욱영은 이중 스파이로 몰려 양쪽에서 쫓기는 신세가 될 거라는 뜻이야."

명조가 바라는 것도 바로 그것이리라. 우건은 타다 만 담배를 그대로 꺼버렸다.

'부디 무사히 살아 있기를….'

지금 피워 올린 연기는 애도가 아닌 염원이었다. 연기는 조용히 하늘로 올라가서 자취를 감췄다. 우건은 먼 하늘로 사라진 제 염원을 보며 답답한 숨을 길게 내쉬었다. 이제 그의 염원은 하늘에 달린 것이었다.

◆ ◆ ◆

같은 시각.

"하…."

전혀 다른 공간에서 같은 한숨 소리가 스며들었다. 대통상회 사장실, 바로 학제의 방에서였다. 학제는 한 손으로 턱을 괸 채 톡톡 손끝으로 책상을 두드렸다. 어디도 응시하지 않는 두 눈은 여러 생각으로 복잡하게 얽혀 있었다. 무언가 골치 아픈 일이 생긴 듯 구겨진 미간이 한껏 불만족스러웠다.

"…그래."

이리저리 시선을 배회하던 학제가 드디어 자리에서 일어났다.

"살면서 재미있는 일만 할 수는 없는 거겠지."

의미심장한 혼잣말을 흘린 그가 곧 회사를 나섰다. 차에 올라탄 학제가 낮은 목소리로 말했다.

"송일고보로 가지."

"예."

그러곤 한동안 걸음하지 않던 곳을 목적지로 불렀다. 검은 차가 매끄럽게 도로를 달리는 동안, 차창 너머로 스치는 풍경을 바라보는 두 눈동자는 한없이 무감했다. 오늘의 걸음은 이익을 위한 것이 아니었다. 그렇다고 누군가에게 약점이 잡힌 걸음도 아니었다. 그런데도 왜 그곳으로 향하는가. 이 물음에 대해 학제는 뚜렷한 답을 내놓지 못했다.

사실을 설명하자면 며칠 전 '그날'의 일도 저답지 않은 행동이기는 했다. 지금 제집의 손님방에 누워 있는 바로 그 사내. 신우건을 뒤쫓으면서 몇 번 얼굴을 봤던 사내였다. 우연히 발견했지만 그를 거두는 데에는 망설임이 없었다.

"이런 게 반항심이라는 건가."

나직이 중얼거린 그는 피식 조소를 머금었다. 틈날 때마다 타이로 소스케에게 물 먹일 생각을 하다 보니 이런 짓까지 하게 되는 모양이다.

"뭐, 오랜만에 진짜 좋은 사람이 되는 것도 나쁘진 않지."

학제는 뒷자리에 깊이 몸을 파묻으며 입꼬리를 말아 올렸다.

'이왕 가는 거… 예전처럼 우연히라도 그녀를 보게 되면 더 좋고.'

좋은 사람이 된 내 모습을 가장 보여주고 싶은 사람이니까.

◆ ◆ ◆

커다란 상자를 든 소혜가 박물관 밖으로 나섰다. 실수로 기름을 쏟는 바람에 끈적끈적한 유분을 가득 머금게 된 톱밥들이 상자 안에 가득 들어 있었다. 아깝지만 망가진 톱밥으로는 박제를 만들 수 없으므로 결국 전부 버리기로 했다.

"여기다 놓아두면 누가 가져간다고 했는데. 정말 그냥 두기만 해도 되려나?"

소혜는 정문 근처에 상자를 내려놓고 두리번거렸다. 괜히 잘못 알아들어서 착오가 생기는 건 아닐까 하는 마음에 서성거리던 그때. 낯익은 포드 차 한 대가 송일고보 앞에 멈춰 섰다.

"어…."

곧 차 문이 열리며 검은 구두가 바닥에 내려섰다. 소혜가 굳은 듯 발을 멈췄다. 탁, 등 뒤로 차 문을 닫은 학제도 그녀를 발견하고는 잠시 그대로 멈췄다. 묘한 침묵이 바람을 타고 그들 사이를 지나갔다. 학제의 얼굴에 뜻 모를 빛이 아른거리길 잠시.

"오랜만이군요, 소혜 양."

그는 아무 일도 없었던 것처럼 싱긋 입가를 늘이며 먼저 다가왔다. 저를 향해 다가오는 학제에게 소혜는 긴장한 표정을 감추지 못했다. 계약서 사건을 알게 된 이후로 만나는 건 처음이었기에, 그를 어떤 식으로 대해야 할지 알 수가 없는 까닭이었다.

"그간 잘 지내셨습니까?"

"아… 네."

"전에 린진 때문에 저희 집으로 오셨다는 이야기는 들었습니다."

그 표정을 분명 읽었을 텐데. 학제는 마치 아무것도 모르는 사람처럼 웃으며 소혜에게 계속 말을 건넸다.

"폐를 끼친 건 아닐지 많이 걱정했습니다. 제가 먼저 그런 말을 해놓고…."

관계를 끊자고 했던 말을 떠올린 걸까. 학제는 진심으로 미안한 듯 씁쓸한 미소를 지었다. 그 미소에 어쩔 줄 모르던 소혜가 얼떨결에 고개를 저었다.

"아니에요. 저도 린진이 계속 걱정되기도 했고… 그 덕분에 함께 저녁도 먹었는걸요. 미안해하지 않으셔도 돼요."

"그랬다면 다행입니다."

학제의 얼굴에서 조금이나마 흐릿한 기운이 가셨다. 문득 다른 곳으로 시선을 옮긴 그가 팔을 뻗었다. 머리 위로 다가온 손에 어깨를 움츠린 찰나, 다시 천천히 멀어진 손끝에는 작은 톱밥이 있었다.

"일이 많이 바쁜가 봅니다."

멀리 손을 털어낸 학제가 부드럽게 웃어 보였다. 그 미소를 보니 괜스레 옛날 생각이 나서 기분이 묘해졌다. 한때는 정말 좋은 친구라고 생각했는데. 소혜는 뭉글하게 피어오르는 감정을 애써 외면하며 그에게 물었다.

"그런데 학교에는 무슨 일로…."

"아, 신우건 선생에게 잠깐 볼일이 있어서요."

우건의 이름이 나오자 소혜의 표정 위로 다시금 경계심이 스며들었다. 또 무슨 일을 벌이려고 여기까지 찾아왔나, 그리 생각하는 눈빛이었다. 자업자득이니 이 정도는 감내할 수밖에. 학제는 한번 더 쓴웃음을 삼키며 얼른 말을 뒤이었다.

"지원금 때문에 절차상 형식적으로 처리해야 할 일이 있습니다. 서류에 서명만 받으면 되는 간단한 일이니, 오래 걸리지는 않을 겁니다."

변명처럼 제가 찾아온 목적을 둘러대니 그제야 소혜가 안심하는 빛을 보였다. 새삼 그녀와 제 사이에 놓인 벽이 얼마나 두꺼워졌는지 실감이 났다. 목 안으로 쓰디쓴 침이 넘어가는 걸 느끼면서도 학제는 머금은 미소를 유지했다. 그녀에게 가장 보이고 싶던 모습으로 왔건만. 이제 그 모습을 알아줄 사람은 아무도 없었다.

'나는 오늘 좋은 사람으로 여기에 온 건데.'

소혜에게 그 말을 하고 싶은 걸 꾹 참으며 학제는 마지막까지 그녀를 배려하기로 했다.

"제가 먼저 들어갈까요, 아니면 소혜 양이 먼저 들어가시겠습니까?"

"네?"

"연구실로 말입니다."

그가 눈짓으로 박물관 쪽을 가리켰다.

"함께 들어가는 모습이 별로 좋아 보이진 않을 텐데."

"아…."

그 말에 소혜가 곤란한 눈으로 그의 시선을 따라갔다. 학제를 만났다는 당혹감에 다시 연구실로 돌아갈 일을 생각하지 못한 것이다. 먼저 들어가자니 제 표정이 어색할 것 같고, 뒤늦게 들어가자니 모르는 척하기가 힘들 것 같고. 게다가 이러나저러나 셋이서 대면하게 되는 상황은 마찬가지였다. 그럴 바에 차라리 학제가 나올 때까지 자리를 피하는 편이 나을 것 같았다.

"저는 그냥 들어가지 않을게요. 편히 볼일 보시고 나오세요."

편히. 그 짧은 두 글자가 학제의 가슴에 날카로운 유리처럼 박혔다. 찌르는 듯한 통증을 삼키며 학제가 싱긋 입가에 호선을 그렸다.

"좋은 생각입니다."

오늘따라 그녀 앞에서 미소를 짓는 게 무척이나 힘들었다.

"날이 제법 춥습니다. 밖에서 기다리지 마시고 따뜻한 곳에 들어가 계세요. 저는 10분이면 나올 테니."

"걱정 감사합니다."

길지도, 짧지도 않은 답변에 마음이 더욱 공허해졌다. 조금 더 시간을 붙잡고 싶었지만 이제는 정말 소혜에게서 멀어져야 할 때였다. 발갛게 물든 그녀의 귀 끝이 아까부터 시선을 끌던 차였다.

"그럼 이만."

학제는 정중히 고개를 숙이고는 먼저 박물관으로 향했다. 멀어지는 학제를 흐린 눈으로 바라보던 소혜도 머지않아 걸음을 옮겼다. 시간이 충분히 지날 때까지 지하 박물실에서 기다릴 생각이었다.

그렇게 모두가 사라진 송일고보 앞.

"역시…."

길목에 서 있던 요화는 아무도 남아 있지 않은 정문 앞을 뚫어져라 바라봤다. 구겨진 미간 밑으로 매서운 눈동자가 박혀 있었다.

◆ ◆ ◆

조수들이 모두 자리를 피하고 없는 연구실 안. 책상 하나를 가운데 두고서 우건과 학제가 서로 마주 앉아 있었다. 금방 일어설 것이라며 차까지 사양한 학제는 우건 앞으로 서류를 내밀었다.

"아무래도 회삿돈을 쓰다 보니 이런 쓸데없는 절차가 간혹 필요하답니다."

신사처럼 생글거리는 낯이 우건은 영 달갑지 않았다. 혹시 교묘하게 서류를 조작하여 저를 함정에 빠트리려는 건 아닐까. 우건은 그가 내민 서류를 꼼꼼히 읽어봤다.

"충분히 살펴보십시오. 뭐, 그래 봤자 별다른 내용도 없겠지만."

학제는 여유롭게 웃으며 몸을 뒤로 젖혔다. 그의 말대로 서류에는 이상하게 여길 만한 조항이 하나도 없었다. 정말로 연구 지원금을 계속 받기 위한 형식적인 중간 절차에 불과했다. 우건은 서류에서 시선을 들어 학제를 봤다.

"사람을 보내지 그랬습니까. 굳이 바쁜 시간 낼 것 없이."

고작 이런 일로 연구실까지 직접 찾아온 저의가 무엇이냐고 묻는 것이었다. 학제는 굴러다니는 펜 하나를 집어 들어서 우건 쪽으로 내밀었다.

"예전부터 말했잖습니까. 신 선생이 하는 일에 나는 아주 관심이 많다고."

찡긋 콧잔등을 찡그리는 모양새에 우건의 눈매가 더욱 굳었다. 그는 서늘한 눈으로 학제를 주시하다가 펜을 빼앗듯 받아 들었다. 빠르게 서명을 마친 그는 다시 서류를 건넸다. 학제는 무성의하게 우건이 서명한 자리들만 쓱 확인하고 서류를 도로 가방에 넣었다. 겨우 이것 때문에 조수들까지 내보낸 건가. 미심쩍은 생각에 그의 행동을 지켜보던 찰나.

"내가 얼마 전에 길을 걷다가 무언가를 주웠는데 말입니다. 자세히 보니 나보다는 신 선생에게 더 필요할 것 같더군요."

학제의 입에서 의미심장한 말이 흘러나왔다.

"어떻습니까. 받겠습니까?"

창문 하나 열리지 않은 곳에서 차가운 기운이 피부를 스쳤다. 뜻을 짐작하기 어려운 묘연한 말에 우건이 미간을 비틀었다.

"무슨 말입니까?"

"말 그대로입니다."

학제가 표정을 굳히며 말했다.

"당신에게 중요한 무언가를, 내가 우연히 주워서 보관 중이라고."

중요한 무언가를 우연히 주워서 보관하고 있다? 대체 무슨 뜻으로 그렇게 말하는 것인지 도무지 알 수가 없었다. 우건이 여전히 갈피를 잡지 못하자, 학제가 눈빛을 한층 수축시키며 나직이 말을 이었다.

"얼마 전에 사람 하나를 잃어버렸을 텐데."

둔기로 얻어맞은 듯 우건의 눈동자가 굳었다. 폭우처럼 쏟아지는 생각에 심장이 세차게 뛰어올랐다. 그는 흐트러지는 이성을 주먹 안에 간신히 쥐어 잡고서 목에 힘을 줬다.

"대체 뭘 알고 있는 거야."

사납게 목을 긁으며 나온 경고성 짙은 목소리. 그 물음에도 학제는 유한 웃음을 잃지 않으며 어깨를 으쓱였다.

"글쎄. 당신의 적군과 아군? 내가 이번에 주운 건 당신의 아군인 듯하고."

심장이 한 번 더 아찔하게 바닥을 쳤다. 함정일지도 모른다. 일전에 이미 계약서로 협박을 했던 학제가 아닌가. 이번에도 어떤 계략으로 저를 함정에 빠트리려 할지 모른다.

하지만 만일 그가 정말로 명조를 보호하고 있다면? 위험을 감수하고서라도 확인해야 했다. 그 외에 따로 확인해야 할 것들도 있고 이자가 어디부터 어디까지 알고 있는지.

"어디입니까? 받으러 갈 수 있는 곳이."

그리고 무슨 생각으로 나를 도우려 하는 것인지.

◆ ◆ ◆

방 안으로 들어선 우건이 천천히 걸음을 내디뎠다. 침대에 누운 사내는 명조가 분명했다.

"…어쩌다 이리된 겁니까?"

"나도 자세한 내막은 모릅니다. 아까도 말했다시피 정말 우연히 발견한 것이라."

명조가 발견된 곳은 일본인 형사의 집 근처라 했다. 형사의 이름을 들은 우건은 끓어오르는 분노를 간신히 삭였다. 자케우치 형사. 일전에 욱영과 여러 번 접선한 것으로 알려진 자였다. 욱영이 밀정이었음을 더욱 명백히 알려주는 장소였다.

"일단 필요한 처치는 다 했는데, 내상이 깊어서 조금 더 지켜봐야 한다더군요."

"이대로 죽을 수도 있다는 뜻입니까?"

"뭐, 그거야 하늘만 아는 일이겠지."

그래도 천만다행히 급소는 피했단다. 명조를 우건이 원하는 장소로 옮겨주겠노라면서 학제가 어디든 얘기하라고 말했다. 여전히 그 속에 든 생각은 알 수 없었지만, 적어도 이 일을 가지고 제게 위해를 가하려는 건 아닌 듯했다. 우건은 학제의 표정이나 눈빛을 하나하나 뜯어보며 물었다.

"내 지인인 걸 알면서 구한 겁니까?"

두 남자의 시선이 허공에서 부딪쳤다. 우건의 날카로운 눈매가 마음에 들지 않는다는 듯 학제는 짐짓 서운한 표정을 내비쳤다.

"동료를 구해준 은인에게 이래도 되는 겁니까?"

"물었습니다. 알면서 구한 거냐고."

"그랬다면?"

"대체 왜?"

"적의 적은 나의 아군이라 하지 않습니까."

학제가 고개를 모로 비틀었다. 시시각각 변하던 표정이 이번에는 가장 솔직한 내면을 드러냈다.

"당신의 적이 안타깝게도 나의 적이 되었거든요."

두 눈동자 속에 담긴 학제의 감정은 순간적으로 우건의 가슴까지 섬뜩해지게 만들었다. 극한의 살의. 끝을 알 수 없는 분노. 한계의 한계까지 집약된 감정이 그 안에 들어 있었던 것이다. 순식간에 그 소름 끼치는 감정을 갈무리한 학제가 다시 싱긋 웃었다.

"그러니 우리 둘 다 목적한 바를 이룰 때까지 잠깐 임시 동맹을 맺기로 하죠."

"내가 당신을 어떻게 믿고?"

"믿고 안 믿고는 그쪽 몫이고."

"이 일로 나한테 원하는 게 있는 건가?"

"원하는 거라…."

우건의 말을 되새긴 학제가 말꼬리를 흐렸다. 검은 눈동자에 새겨진 빛이 언뜻 일렁였다. 짧은 침묵 후에 피식 실소가 새어 나왔다.

"…내가 원하는 건 당신이 절대 안 줄 것 같아서."

입꼬리가 올라갔는데도 어쩐지 웃는 것처럼 보이지 않았다.

"그냥 당신이 나에게 빚 한 번 진 걸로 하죠. 나중에 요긴하게 써줄 테니."

학제답지 않은 나약함이 찰나에 스쳤음을 우건은 두 눈으로 봐 알 수 있었다.

◆ ◆ ◆

　　빠르게 달리던 인력거가 평춘관 앞에 멈췄다. 앞을 가린 차양막이 사라지자 붉은 뾰족구두가 땅에 내려섰다. 인력거에서 내린 요화는 눈빛을 굳히며 평춘관을 바라봤다. 앞을 향한 시선에는 조용한 분노와 지독한 독기, 그리고 드디어 기회를 잡았다는 흥분이 낮게 도사리고 있었다.

　　본디 우건을 만나러 간 걸음이었다. 자꾸만 소스케의 같잖은 말장난에 현혹되는 스스로가 혐오스러워, 우건에게 사실대로 말하고 저를 좀 잡아 달라고 애원할 생각으로 찾아갔던 것이다. 그렇게 하면 그가 한번쯤은 제게 아쉬운 소리를 하지 않을까 하여. 비참하더라도 그 한마디라도 붙잡아 볼까 하여.

　　그런데 학교에서 예상치 못하게 학제와 소혜가 나란히 마주 서서 대화를 나누고 있는 게 아닌가. 거리가 먼 탓에 무슨 내용인지는 알 수 없었다. 다만 자연스럽게 소혜의 머리를 만지는 행동 하며, 그녀를 향한 학제의 표정에서 무언가 심상찮은 분위기를 읽었을 뿐이다. 불과 며칠 전에 헌병대에서 나오는 학제를 봤던 요화다. 소스케의 말을 안 들었다면 모를까. 이미 그 입에서 학제에 대한 이야기를 수없이 들었던 터라, 소스케와 학제 사이의 긴밀한 관계를 의심하지 않을 수가 없었다.

　　그런 학제를 소혜가, 그것도 우건이 없는 자리에서 단둘이 만나고 있으니 요화의 속이 편할 리가. 가뜩이나 우건을 빼앗겼다고 생각하던 와중에 한열단으로서는 가장 주의해야 할 인물과 소혜가 접촉을 하였으니, 이때다 싶어서 학준을 찾아온 것이었다. 이 기회로 그 계집을 치워버릴 수 있겠다는 생각에.

요화는 자신이 본 상황을 최대한 자극적으로 짜깁기할 요량으로 평춘관에 들어갔다. 아직 한낮의 태양을 받고 있는 평춘관 내부는 간밤의 화려함을 잊은 듯 그저 고요하기만 했다. 밤사이에 다녀간 손님들이 남긴 흔적을 지우고 새로이 들일 손님들을 위한 공간을 만드느라 직원들이 분주히 돌아다니고 있었다. 그 사이를 또각거리는 뾰족구두가 거침없이 가로질렀다. 얼음처럼 차가운 표정과 쌩하니 지나는 발걸음에 직원들은 인사 한마디 붙일 수도 없었다. 지배인인 석구가 외부 일정으로 잠시 출타 중인 탓에 평춘관을 마음대로 활보하는 요화를 막을 사람은 아무도 없었다.

이윽고 요화가 도달한 곳은 사장실 앞이었다. 똑똑, 문을 두드리자 안에서 학준의 목소리가 들렸다.

"들어와."

요화는 손잡이를 잡아 돌리며 두꺼운 문을 밀었다. 처음에는 별 감흥 없이 이쪽으로 향했던 눈동자가 서서히 어두운 빛으로 물들었다.

'달갑잖은 시선을 보내는 건 어찌 부자가 저리 똑같은지.'

요화는 가뜩이나 불편한 심기에 더해지는 원망을 억누르며 학준의 앞으로 걸어갔다. 사장실 안으로 '오리지나루 향수'의 냄새가 짙게 차올랐다.

"연락도 없이 찾아뵈서 죄송합니다. 급히 드릴 말씀이 있어서요."

학준이 보고 있던 결재 서류를 덮었다. 그러곤 그녀에게 자리도 권하지 않은 채 물었다.

"무슨 일이기에 이리 불쑥 찾아왔느냐?"

다그치는 말은 아니었지만 그리 반기는 눈치도 아니었다. 본론만 전하고 빠르게 나가라는 뜻이었다. 기생이 손님도 없는 요릿집에 찾아와서 사장과 독대한다는 건 그리 좋게 보일 일이 아니었으니. 그 뜻을 알면서도 요화는 선뜻 입을 열지 않았다. 말이 중구난방으로 튀어나와 언성이 높아질 것을 가까스로 참는 중이었다.

"대통상회 왕학제 사장."

한참을 고른 말끝에 이곳을 찾은 이유를 밝혔다.

"그자가 타이로 대좌와 만나는 것을 봤습니다."

직접 본 것은 아니었지만, 여러 정황으로 미루어 볼 때 충분히 가능성 높은 일이었기에 확신을 가지고 말했다.

"평상시에도 타이로 대좌는 그자에 관하여 수시로 말하곤 했습니다. 그때는 단순히 중국에서 온 사장을 왜 자주 언급하나 했는데⋯. 아무래도 둘 사이에 모종의 관계가 있는 듯합니다."

일부러 헌병대 앞에서 그를 봤다는 사실은 빼놓았다. 그가 헌병대에서 나오는 모습을 봤다고 말하려면 그곳에 자신은 왜 갔는지 설명해야 했기 때문이다. 둘러댈 거짓은 많았지만 괜히 의심을 살 필요는 없었다. 요화는 지체 없이 진짜 본론을 꺼냈다.

"그런데 오늘 낮에 왕학제 사장과 백소혜가 따로 만나는 걸 봤어요."

나란히 붙어 나온 두 이름에 학준의 눈가가 구겨졌다. 요화는 제가 의도한 대로 반응하는 학준을 보며 말을 이었다.

"두 사람, 아주 다정해 보이더군요. 스스럼없이 서로를 대할 만큼요."

그것도 약혼자가 있는 학교 앞에서. 요화는 부러 자극적으로 들릴 부분들만 골라내어 입에 올렸다.

"타이로 대좌와 친밀하게 지내는 남자를 가까이하다니. 무언가 석연찮지 않습니까? 그 계집을 단원으로 들이신 걸 다시 재고하셔야 할 듯합니다."

잠시 묵직한 정적이 흘렀다. 말없이 듣기만 하던 학준은 침음을 깊이 내뱉었다. 무슨 생각을 하는지 그의 얼굴이 사뭇 그늘져 있었다. 아마 제 이야기에 혼란스러운 것이겠지. 기껏 들인 단원이 헌병대 대좌의 끄나풀일지 모르는 인물과 가까운 사이라고 하니 당연히 걱정될 수밖에. 의심의 씨앗을 뿌렸으니 이제 제가 할 일은 끝났다. 그 씨앗이 뿌리를 내리고 싹을 틔울 때까지 가만히 기다리면 되는 것이다.

"요화야."

"예, 수장님."

"타이로 소스케를 계속 손님으로 받는 이유가 무엇이냐?"

"그야 그자에게서 정보를 얻기 위해서지요."

분명 그렇게 생각했다.

"그럼 그자가 너를 의심하고 구슬리려 드는데도 계속 받았던 이유가 무엇이냐?"

학준의 이 말을 듣기 전까지는. 요화의 얼굴에서 핏기가 빠르게 사라졌다.

"그게 무슨⋯."

"요화야."

묵직이 가라앉은 목소리가 방 안의 공기까지 한꺼번에 내리눌렀다. 매서운 불안감이 숨통을 죄어왔다.

"우리는 마음을 지켜도 죽고, 지키지 않아도 죽는다. 하지만 마음을 지키지 않은 대가로 당하는 죽음은⋯."

요화에게로 향한 시선이 흔들림 없이 그녀의 가슴을 꿰뚫었다.

"어떤 죽음보다 수치스러울 것이다."

요화의 눈동자가 크게 흔들렸다. 남은 한 줌의 핏기마저 가신 얼굴은 백지장처럼 하얗게 질려 있었다. 설마, 설마, 설마. 무수한 생각이 거대한 흙더미처럼 덮쳐서 그녀를 짓눌렀다.

"오…오해이십니다. 저는 아무것도 말하지 않았어요!"

"너를 의심하진 않는다. 다만 경고를 하고 있을 뿐."

그때 갑자기 사장실의 문이 열리며 한 사내가 들어왔다.

"헉…!"

사내의 얼굴을 확인한 요화는 숨을 집어삼키며 저도 모르게 뒷걸음질을 쳤다. 소스케에게 두 번째 제안을 받았던 날, 복도에서 봤던 옆방 손님이 바로 저 사내였던 것이다. 온몸에 오한이 드는 듯해 저도 모르게 손목을 꽉 쥐었다. 학준이 그런 요화의 행동을 하나하나 눈에 담으며 입을 열었다.

"명석한 아이니까 내 말을 잘 알아들었으리라 믿는다."

학준은 다시 서류가 쌓인 책상으로 시선을 내렸다.

"이만 나가보거라."

한번 내려간 시선은 두 번 다시 올라오지 않았다. 어디까지 알고 있는 걸까. 무엇까지 본 걸까. 헌병대에 찾아간 것부터? 아니면 송화관에서 말한 것부터? 내가… 무엇을 탐하고 있는지까지? 꽉 잡은 손안에서 떨림이 멈추지 않았다. 이곳에 계속 있다가는 침묵의 화살이 제 목을 꿰뚫을 것만 같았다.

요화는 도망치듯 평춘관을 빠져나왔다. 빠르게 주위를 둘러보는 눈동자에 제대로 된 초점이라고는 보이지 않았다. 언제 어디서 감시가 붙을지 모른다. 어쩌면 말은 저렇게 했어도 이미 제거령을 내렸을지도 모른다.

"아니야…. 나는 아니야. 어쩔 수 없었어…! 그러려고 그런 게 아니라고!"

요화는 미친 사람처럼 길거리를 내달렸다. 지옥은 이제부터 시작이었다.

$$\blacklozenge \ \blacklozenge \ \blacklozenge$$

"헉, 허억… 헉!"

달마저 자취를 감춘 깊은 밤. 욱영은 심장이 터질 듯 차오른 숨을 헐떡거리며 산속을 헤매고 있었다. 그는 명조의 총에 맞아 불구가 된 한쪽 다리를 연신 절뚝거리며 가파른 산을 올랐다. 어디로 가야 하는지도, 지금 제가 어느 방향으로 향하는지도 알지 못했다. 그저 어떻게든 제 뒤를 쫓는 죽음의 그림자로부터 허겁지겁 달아날 뿐이었다. 그러나 인간의 힘으로 벗어나기에는 역부족이었을까.

"헉…!"

욱영은 숨을 집어삼키며 자리에 주저앉고 말았다. 심연보다 더 어두운 수십 정의 총구가 사방에서 드러난 것이다. 일군의 총인지, 아니면 한열단의 총인지 알 수가 없었다. 총구는 서서히 원을 좁혀가며 그를 압박했다.

"오지 마…. 멈춰, 저리 가!"

밤 그늘에 가려진 얼굴이 서서히 드러났다. 제게 총구를 겨눈 이는 다름 아닌 자케우치 형사였다.

"혀, 형사님. 잠깐만…!"

아니, 자세히 보니 형권이다. 아니다. 그럴 리 없다. 형권은 제 손으로 직접 죽이지 않았는가. 다시 보니 타이로 소스케다. 벅벅 눈을 비비니 이번에는 우건이 된다. 우건은 우진이 되고, 우진은 희욱이 되고, 희욱은 세호가 된다. 또 눈을 감았다가 뜨니 형권이 됐던 사내는,

"…욱조야."

마지막으로 제 동생이 됐다. 한열단을 처음으로 배신했던 날, 제 손으

로 죽여버린 동생이.

"미, 미안하다. 내가 잘못했어. 살고 싶어서 그랬어. 죽는 게 너무 두려워서, 살고 싶어서…! 나는 어쩔 수 없었다고!"

욱영은 사죄인지 핑계인지 모를 말을 두서없이 내뱉으며 뒷걸음질했다. 그러나 곧 등을 찌르는 쇠의 감촉에 펄쩍 뛰며 뒤돌아섰다. 그의 얼굴이 창백하게 질렸다. 어디를 돌아봐도 욱조의 얼굴이 아닌 이가 없다. 어디를 돌아봐도 빠져나갈 틈이 보이지 않는다.

"아, 안 돼. 저리 가! 살려줘!"

괴성을 지르며 팔을 허우적거리던 그때.

탕—!

마치 하나의 총처럼 동시다발적으로 울린 총성이 흑암으로 뒤덮인 산을 흔들었다.

"…."

누구의 이름을 부르는지 모를 입술이 초라하게 달싹거렸다. 뒤늦게 회한이 밀려든 눈에서 눈물이 떨어졌다. 하지만 용서를 구하기에는 이미 너무도 늦어버린 때였다. 풀썩, 죄인의 몸이 그대로 땅에 쓰러졌다. 산조차 거부한 더러운 몸은 누구의 손길도 닿지 못할 곳으로 영영 굴러떨어지고 말았다.

◆ ◆ ◆

창경원 벚꽃들이 서서히 꽃망울을 부풀리기 시작했다. 서늘한 바람 사이로 햇살이 따스하게 스며들자 겨우내 잠자던 생명들도 새로운 태동으로 지상을 향해 고개를 내밀었다. 그 위로 창씨개명을 반대하는 무리들의 목소리가 높아질 무렵. 우건과 소혜, 그리고 송일고보 연구진들은 홋카이도 대학에서 열리는 일본동물학회 학술대회에 참여하기 위해 홋카이도 땅을 밟았다. 아름다운 자연이 드넓게 펼쳐졌지만 이상하게도 음울한 기운을 지울 수 없었다. 이곳에 강제로 끌려온 조선인 징용자들에 대해 소혜도 알게 된 까닭이었다.

사실 우건이 이곳을 목적지로 선택한 것은 단순히 학술대회 때문만이 아니었다. 홋카이도로 강제징용을 당한 사람들을 구하는 것, 그게 학술대회라는 표면적 명분 뒤에 숨겨진 또 다른 목적이었던 것이다. 홋카이도로 강제징용된 조선인은 셀 수 없을 정도로 많았다. 탄광뿐만 아니라 벌목장, 철강 공장, 군수 기지 등 전쟁에 필요한 모든 군수 자원을 충당하기 위해 일본은 조선인들을 강제로 끌어가서 노역을 시켰다. 살인적인 노동시간과 열악한 환경, 그리고 짐승보다 못한 학대와 가혹한 폭행으로 조선인 노동자들은 매일을 지옥같이 보내고 있었다. 대신 저축해준다는 허울 좋은 구실로 임금도 지급하지 않은 채 말이다.

그들을 전부 구할 수만 있다면 좋겠지만, 기실 현실적으로 힘든 일이었다. 그래서 우건은 우선 한열단으로 어렵게 구조 요청을 보내온 세이지 탄광부터 해방하기로 결정했다. 날짜는 학술대회가 열리고 난 이틀 뒤. 마침 그날이 탄광 근로 감독관들의 교대일이었기에 어수선한 틈을 타서 강제징용된 조선인들을 구출할 계획이었다. 남은 시간은 단 일주일. 그 짧은 기간 동안 학술대회를 비롯하여 징용자 구출을 위한 준비까지 마쳐야 했다.

밤낮을 가리지 않고 만전을 기하는 우건 옆에서 그와 함께 구출 작전에 따라나서기로 한 소혜와 희욱, 그리고 세호도 온 힘을 보탰다. 물론 한 열단과 전혀 연관이 없는 석태와 재우 몰래 구출 작전의 계획을 짜느라 진땀을 뺀 적이 한두 번이 아니었다. 잘 숨긴다고 했는데도 어쩔 수 없이 한정된 공간이라, 한번씩 그들의 눈에 암호로 짠 작전 계획표가 보일 때 면 그렇게 등골이 서늘할 수가 없었다.

너무 바빠서 끼니를 거르기도 다반사였지만, 그만큼 몰두했기에 그들 은 배고프거나 힘든 줄도 몰랐다. 그 때문에 홋카이도에 머무는 동안 통 째로 빌린 여관은 경성에서 가져온 나비 표본들과 학술대회를 위한 자료 들, 그리고 석태와 재우의 눈에는 평범한 논문 자료처럼 보일 암호 계획 표 등으로 언제나 발 디딜 틈이 없었다. 여관 주인조차 여관방에 들어오 려면 미리 허락을 받아야만 했다.

그렇게 시간은 흘러 드디어 학술대회를 하루 앞둔 밤이 됐다. 이불을 덮은 채 한참 뒤척이던 소혜는 결국 이부자리에서 일어나고 말았다.

"하… 왜 이렇게 잠이 안 오지."

늘 녹초가 되도록 움직이고 연구해도 밤이 되면 쉽게 잠이 오지 않았 다. 특히나 내일은 그토록 고대하던 학술대회가 열리는 날이니 더욱 생각 이 많아질 수밖에. 거기다 첫 임무까지 맡게 된 까닭에 걱정이 이만저만 이 아니었다. 며칠 내리 긴장한 데다가 힘든 여정을 이어온 탓인지 근육 통을 동반한 몸살기마저 슬슬 올라오고 있었다. 이래저래 몸 상태가 별로 좋지 않았다.

우건을 위해 옆에 미리 깔아둔 이부자리는 여전히 텅 비어 있었다. 옆 방도 조용한 걸 보니 조류학 학술대회를 보러 간다던 희욱과 세호네도 아 직 숙소로 돌아오지도 않은 모양이다. 이대로 누워 있으면 괜히 머리만 복잡해질 것 같았다. 하여 결국 자리에서 일어난 소혜는 잠깐 바람이라도 쐬고자 했다. 조심스럽게 방문을 열고 나오니 누군가 여관의 좁은 앞마당에 먼저 나와서 하늘을 보고 있었다. 익숙한 뒷모습에 소혜가 동그란 눈을 깜박였다.

"선생님?"

우두커니 서서 밤하늘을 올려다보던 우건이 그녀의 목소리에 뒤를 돌아봤다. 그의 얼굴 위로 달빛이 시리게 쏟아졌다. 뚜렷한 이목구비의 굴곡을 따라 음영이 짙게 드리워져 유난히 고독해 보였다. 소혜는 걸음을 옮겨서 우건의 옆으로 다가갔다.

"왜 여기에 계세요? 들어오시지 않고."

"아직 할 일이 남아 있는데, 좀 피곤해서 잠이라도 깰 겸."

우건이 소혜의 어깨를 끌어안으며 그녀의 얼굴을 살폈다.

"안색이 좋지 않은데. 어디 아픈 건가?"

"긴장을 너무 많이 했나 봐요. 몸살이 좀 오려는 것 같아요."

그 말에 우건이 걱정 가득한 눈으로 소혜를 바라봤다.

"의사라도 불러야 하는 거 아니야?"

"그냥 한숨 푹 자고 나면 나아질 거예요."

그래도 우건의 걱정이 사라지지 않자, 소혜가 옅게 미소를 지으며 그를 안심시켰다.

"정말 괜찮아요. 잠깐만 있다가 방에 들어갈 테니까, 지금은 제가 춥지 않게 꼭 안아주세요."

마침 둘 말고는 아무도 없는 터라. 소혜는 여전히 걱정을 풀지 않는 우건의 품속으로 애교스럽게 파고들었다.

"…정말 고집 있는 건 알아줘야 해."

우건은 못 이기는 척 그녀를 제 품에 꼭 안았다. 재킷 속으로 폭 들어온 그녀에게서 정말로 미약한 열기가 느껴졌다. 작은 움직임에도 근육통이 느껴지는지 엷게 구긴 미간에 불편함이 스쳤다. 마음 같아서는 여관 주인을 깨워서 근방의 의사라도 부르고 싶었으나, 소혜는 끝까지 괜찮다며 이렇게 있는 편이 훨씬 좋다고 했다.

"마당으로 나오지 말고 방으로 갈 걸 그랬네. 그럼 이렇게 바로 기운이 날 것을."

귓가에 다정히 속삭이는 우건의 목소리가 무척 감미로웠다. 그러나 그리 말하는 두 눈에는 채 갈무리되지 못한 어둠이 남아 있었다. 조금 전 소혜가 품은 두려움과 같은 것이었다. 그도 걱정이 많이 되는 걸까. 늘 의연하게 대처하는 모습만 봤던 터라 그 어둠이 더욱 안타까웠다.

"그래서 제가 이렇게 나왔잖아요. 선생님께 기운을 드리려고."

"이리 아픈 몸으로?"

"그냥 조금 피곤한 상태라고 해주세요."

그러나 제가 해줄 수 있는 건 그 어둠을 못 본 척 그에게 웃어주는 정도뿐이었다. 일개 단원인 저도 이럴진대, 모든 상황을 진두지휘하고 책임져야 하는 우건은 오죽할까. 그가 짊어진 짐의 무게가 어렴풋이 느껴져 소혜는 마음이 더욱 무거워졌다. 서로를 꼭 끌어안은 두 사람은 말없이 홋카이도의 밤하늘을 바라봤다.

'작년 여름에는 함경도에서 이렇게 하늘을 봤는데.'

그때도 무수하게 흩어진 소금 같은 별과 휘영청 밝은 달을 봤었다. 하지만 똑같이 하늘을 올려다보는 이곳은 그때 딛고 서 있던 땅과는 전혀 달랐다. 지금도 애타게 구원의 손길을 기다리고 있을 사람들에겐 이곳이 지옥 그 자체일 터. 이토록 같은 하늘인데 이토록 다른 땅이라니. 새삼스레 만감이 교차하여 소혜는 말갛게 반짝이는 별에도 마음이 저렸다. 우건 역시 같은 생각을 하고 있었던 걸까.

"어느 땅에서 봐도 같은 하늘인 것처럼, 어느 하늘에서 봐도 같은 땅이라면 참으로 좋을 텐데."

나직이 흘러나온 목소리가 잔잔하게 땅으로 가라앉았다. 어두운 군청색 밤하늘을 바라보는 그의 두 눈에는 아무런 빛도 보이지 않았다. 저 하늘이 그의 눈에서 밝은 빛을 모조리 앗아 간 것만 같았다. 소혜가 잡은 손에 힘을 줬다.

"너무 걱정하지 마세요. 선생님은 잘하실 테니까."

"나 역시 나를 믿는다."

우건의 목소리가 한층 어두워졌다.

"저 하늘도 내 편일지 그게 늘 두려울 뿐."

울부짖는 이들의 절규가 닿기에 저 하늘은 너무나 멀어서, 어떨 때는 버림받았다는 생각까지 들 정도였다. 그래서 우건은 하늘을 올려다볼 때마다 묻곤 했다. 어찌하여 우리 민족의 부르짖음을 들어주지 않느냐고. 우리는 이렇게 평생 고통받아야만 하는 운명이냐고.

"하늘이 우리 편이니까 선생님과 저희를 이 땅으로 보내셨겠죠."

하늘이 아닌 땅에서 들려온 대답. 우건이 하늘에서 소혜에게로 시선을 옮겼다.

"조선인이 명명한 조선 나비들을 세계에 알리고, 이곳에서 힘들어하는 조선인들을 다시 고향으로 돌려보내라고."

민족을 구하라고. 고통으로 신음하는 이들을 구하라고.

"저는 그럴 만한 힘이 선생님에게 있다고 믿어요."

소혜는 목소리에 진심을 꾹꾹 눌러 담았다.

"만약 하늘이 선생님 편이 아니라면, 제가 끝까지 선생님 편이 돼드릴게요. 비록 하늘에 비하면 저는 별 볼 일 없는 사람이지만…."

뒤늦게 소혜가 너무 과했나 싶어서 얼굴을 붉혔다. 아직 추운 홋카이도에 피어난 첫 벚꽃처럼 하얀 얼굴 위로 발그레 고운 빛깔이 물들었다. 우건이 입가를 늘였다.

"하늘보다 든든한 편이 여기에 있었군."

동그란 이마에 입을 맞추자 불그스름한 꽃이 더욱 만개했다. 그 어여쁜 얼굴을 바라보며 우건은 소란스러운 속이 조금은 잠잠해지는 걸 느꼈다. 거사를 앞두면 언제나 이렇게 마음이 어지럽고 불안정했다. 직접 나설 때도, 그러지 않을 때도 거사의 결과를 장담하지 못하기에 늘 괴로웠다. 죽음보다 더 두려운 건 언제나 거사를 성공시키지 못했을 때 자신을 덮치는 좌절과 죄책감이었다.

"제가 선생님의 가장 큰 편이 돼드릴게요."

하지만 이번만큼은 아주 두렵진 않았다. 나를 가장 믿어주는 여인이 내 곁에 있기에. 하늘보다 더 큰 편이 내 곁에 있기에.

"그렇지. 네가 나의 가장 큰 편이다."

소혜를 제 품에 가둔 우건은 눈을 감은 채 그녀가 전해주는 안온한 순간을 느꼈다. 날뛰던 불안이 그녀 덕분에 서서히 안정을 되찾아갔다.

하지만 홋카이도는 아직 날이 추웠다. 그러잖아도 상태가 썩 좋지 않은 소혜의 몸이 쌀쌀한 밤공기에 슬쩍 떨리자, 우건이 그녀를 안았던 팔에 힘을 풀었다. 이마를 짚어보니 그 사이 열이 조금 더 오른 듯했다.

"안 되겠다. 이만 들어가서 자. 이러다가 정말 탈이 나겠어."

"선생님은요?"

"나도 남은 일 마저 마치고 곧 들어가지."

"너무 무리하시지 말고요."

"걱정하지 마. 괜찮으니까."

"안 괜찮은데 자꾸 괜찮다고 하시니까 걱정되는 거예요."

뽀로통하게 입술을 내민 소혜가 우건을 향해 새끼손가락을 내밀었다.

"저랑 약속해요. 얼른 마무리하고 제 옆으로 오겠다고."

곧게 뻗은 하얀 손가락을 보고 우건이 작게 웃음을 흘렸다.

"얼른요."

소혜가 재촉하듯 손을 흔드니, 우건이 못 이기는 척 제 손가락을 걸었다. 그제야 그녀가 눈꼬리를 예쁘게 휘며 환하게 웃었다.

"약속했으니 걱정 말고 들어가서 먼저 자."

"네. 그럴게요."

우건은 소혜의 하얀 복사꽃 같은 뺨을 부드럽게 쓰다듬고서 먼저 방으로 들여보냈다. 다시금 고요해진 사위. 홀로 마당에 남은 우건은 폐부 가득히 숨을 들이마셨다가 낮게 흘려보냈다. 내내 음울하던 공기가 잠시 다녀간 소혜로 인해 상쾌해진 것 같았다. 몇 번 더 호흡을 가다듬은 우건이 곧 몸을 돌렸다.

"약속을 하였으니, 지키기 위해 노력해야지."

입가에 미소를 지으며 다시 방으로 돌아가려던 찰나.

"거, 안주언 선생 계시오?"

뜻밖에 들려온 말은 바로 조선어였다. 이역만리 타지에서 들려온 조선어는 분명한 목소리로 안주언이라는 사람을 찾고 있었다. 안주언은 정체가 탄로 날 경우를 대비하여 세이지 탄광 노동자에게 알려준 우건의 가짜 이름이었다. 혹여나 동명이인이 있을 상황을 생각하여 잠시 기척을 죽이자, 사내가 더욱 다급하게 속삭였다.

"세이지 탄광에서 왔소이다. 제발 좀 나와주시오."

우건의 몸이 경직됐다. 계획 수립의 마무리를 위해 세이지 탄광에서 사람이 오기로 한 날짜는 본래 내일이었다. 무언가 좋지 않은 예감이 온 몸을 휘감았다.

"무슨 일이십니까?"

대문을 열고 나가니 한눈에 보기에도 심각할 정도로 깡마른 사내가 우건의 손을 덥석 붙잡았다.

"당신이 안주언 선생이시오?"

"그렇습니다만."

"큰일 났소, 안 선생. 탄광이 심상찮소. 제발 우리 좀 살려주시오…!"

마지막 동아줄을 붙잡은 양 두 손이 절박했다. 금방이라도 울 것 같은 얼굴은 더할 수 없이 절망스러워 보였다.

"진정하고 천천히 말씀하십시오. 대체 무슨 일이 벌어진 겁니까?"

"원래 근로 감독관이 교대하는 날은 사흘 뒤인데, 갑자기 새 교대자들이 지금 오고 있다고 하오."

"날짜가 바뀐 겁니까?"

"그런 것 같소. 거기다 탄광의 상황도 아슬아슬한지라…."

위급한 건 바뀐 근무 교대일 뿐만이 아니었다. 사내의 말에 따르면 지금 탄광은 언제 무너져도 이상하지 않을 정도였다. 갱도에는 바닷물이 흘러넘치고 내벽에도 금이 가서 물이 새고 있다는 것이다. 바다와 너무 인접하게 갱도를 파놓은 탓에 생긴 문제였다. 하지만 일본인 감독관들은 아무 문제도 없다면서 되레 조선인 노동자들을 더욱 핍박하고 있다고 했다. 심지어 어제는 공포에 질린 조선인이 탄광에서 탈출을 강행했다가 붙잡혀서 끔찍하게 얻어맞고 결국 숨이 끊어졌단다.

"내가 제대로 봤다면 탄광이 수몰되는 건 이제 시간문제요. 이대로라면 우리는 다 수장돼 죽소. 제발 오늘 밤에 가서 우리 동포들 좀 구해주시오!"

애원하는 사내의 얼굴 위로 굵은 눈물이 흘러내렸다. 이대로 홀로 도망칠 수도 있었지만, 그는 탄광에 남아 있는 동료들을 살리기 위해 위험을 감수하고 우건을 데리러 온 것이었다.

우건은 심각한 얼굴로 뒤돌아봤다. 희욱과 세호는 언제 돌아올지 알 수 없고, 소혜는 몸이 좋지 않아서 함께 가면 더 위험해질지 모른다. 그러나 지금이 아니면 완전히 때를 놓치게 된다. 그야말로 사면초가인 상황. 잠시 고심하던 우건이 이내 결연한 눈으로 사내를 쳐다봤다.

"잠시만 기다리십시오. 곧 채비하겠습니다."

결국 혼자서 세이지 탄광에 가기로 결심한 것이다. 시간이 촉박하긴 했지만, 계획대로만 임무를 완수한다면 학회가 시작되기 전에 돌아올 수 있을 것 같았다.

만일을 대비해 총과 탄창까지 챙긴 우건이 복면으로 얼굴을 가리고 나왔다. 두 사람은 어둠을 가르며 재빠르게 세이지 탄광으로 향했다.

◆ ◆ ◆

"저기가 숙소요."

우거진 수풀에 숨은 사내가 멀리 보이는 울타리를 손으로 가리켰다. 한눈에 봐도 성인 남성 키의 두 배를 훌쩍 넘는 높이의 울타리였다. 사내는 그 안에 조선인 노동자들이 감금되다시피 생활하는 숙소가 있다고 했다.

"그리고 저 뒤쪽으로 쭉 나아가면 탄광이 나온다오."

"지금도 탄광에서 일하고 있는 겁니까?"

"그렇소. 밤에도 교대로 일을 시키기 때문에 지금 갱도에만 백여 명이 있을 거요."

백여 명. 결코 적지 않은 수였다. 혼자서 일본인들의 눈을 피해 그 많은 노동자를 탈출시킬 수 있을까. 탄광을 탈출하더라도 조선으로 돌아가는 배편에는 사흘 뒤에나 오를 수 있다. 그때까지 탈출한 조선인들이 무사히 숨어 있을 만한 곳도 마땅치 않았다. 비관적인 생각이 쏟아지듯 밀려왔다.

'하지만 지금은 일단 움직여야 할 때다.'

뒷일도 이곳을 먼저 빠져나와야 도모할 수 있는 것이니. 우건은 사내를 따라 숙소로 향했다.

"제가 먼저 가서 길을 터놓을 테니, 신호를 드리면 숙소 안에 있는 사람들을 대피시켜 주십시오."

"그러겠소."

근로 감독관의 교대 시간에는 숙소 내 노동자에 대한 감시가 느슨해진다. 덕분에 우건은 숙소 앞 몇 안 되는 감독관들을 손쉽게 처리할 수 있었다. 신호를 받은 사내는 빠르게 숙소 안으로 들어가서 동료들을 깨웠다. 잠에 취해 비몽사몽간인 사람들은 난데없이 떨어진 대피령에 얼떨떨했다. 그러나 사건의 전말을 듣고는 모두가 사내의 인도를 따라 신속하게 노동자 숙소를 빠져나왔다.

"여기를 나가면 피할 곳은 있는 겁니까?"

"이 넓은 땅에 숨을 곳 하나 없겠소? 배가 뜨기 전까지 재량껏 숨어야지."

"그럼 먼저 대피하십시오. 저는 탄광에 있는 사람들과 함께 뒤따르겠습니다."

"혼자 가신다는 말씀이오?"

"저들을 모두 통솔할 수 있는 사람은 당신뿐이지 않습니까."

"탄광 길이 어차피 설치된 철로만 따라가면 되는 거라 어렵지 않긴 한데, 혼자서 그 사람들을 어찌 다…."

사내가 사뭇 걱정스런 눈으로 탄광이 있는 방향을 봤다. 하지만 머뭇거리기에는 감독관들의 근무 교대 시간이 여유롭지 않았다. 인수인계를 마친 감독관들이 나오기라도 한다면 탈출 계획은 전부 수포로 돌아갈 터. 사내는 짧은 고민 끝에 고개를 끄덕였다.

"알겠소. 그럼 뒤를 부탁하오."

"걱정 마십시오."

"부디 내 동료들과 함께 무사히 돌아오시오."

그는 부탁에 부탁을 거듭하고서 숙소에서 나온 동료들을 데리고 서둘러 떠나갔다. 마지막 한 사람까지 시야에서 안전하게 사라지는 걸 확인한 우건은 곧장 탄광으로 향했다. 세이지 탄광이 무너지기까지 겨우 몇 시간밖에 남지 않은 때였다.

우건은 몸을 숨기고 탄광 앞을 자세히 살폈다. 입구를 지키고 있는 감독관은 두 명. 가지고 있는 총알을 머릿속으로 헤아린 우건은 신중하게 그들을 겨냥했다.

탕, 탕!

"윽…!"

연달아 쏜 총은 한 치의 오차 없이 정확히 급소를 관통했다. 반격 한번 해보지 못한 그들은 모두 그 자리에서 쓰러졌다. 총성이 울렸으니 곧 처소에서 교대를 위해 인수인계하던 감독관들이 몰려올 터였다. 그 전에 서둘러 노동자들을 데리고 나와야 했다.

우건은 곧장 탄광 안으로 들어갔다. 갱도를 따라 내려갈수록 무더운 열기가 솟구쳤고, 빛 한 점 들어오지 않아 제가 옳은 방향으로 가고 있는 지조차 가늠이 안 됐다. 그저 쭉 이어진 탄차의 철로에만 의지하여 앞으로 나아갈 뿐이었다.

게다가 깊숙이 들어갈수록 갱도의 높이가 낮아져 온전히 허리를 펴고 걷기도 힘들 지경이었다. 어느 순간부터는 바짓단이 젖을 만큼 바닷물이 고이기 시작했다. 탄광의 상태가 그만큼 심상치 않다는 뜻이었다.

그렇게 얼마나 내려갔을까. 땀이 비 오듯 쏟아져서 셔츠며 바지며 전부 젖어들었을 즈음. 드디어 멀리서 인기척이 들려왔다. 둔탁하게 쾅쾅거리는 쇠 마찰음과 몇 남지 않은 일본 감독관의 호통 소리가 갱도를 울리며 여기까지 전달됐다. 우건은 발소리를 죽이며 그곳으로 빠르게 다가갔다.

이윽고 저 멀리 희미한 불빛과 함께 사람들이 보였다. 타는 듯한 열기에 벌거벗다시피 한 깡마른 사람들이 감독관의 호통을 들으며 석탄을 캐고 있었다.

"그거 조심해서 건드리라고 했잖아!"

"아악!"

감독관이 어느 노동자를 향해 긴 몽둥이를 마구잡이로 휘두르기 시작했다. 50도에 육박하는 열기로 최소한의 옷만 걸친 조선인의 몸은 거칠게 깎은 나무 몽둥이 아래 속절없이 쓰러질 수밖에 없었다.

"너희도 처맞고 싶어? 빨리 안 움직여!"

공포로 얼어붙은 다른 노동자들에게까지 몽둥이가 날아가려던 순간.

탕!

갑자기 고막을 찢는 듯한 소리와 함께 감독관이 그대로 쓰러졌다. 난데없이 터져 나온 파열음에 귀를 틀어막았던 조선인들이 숨을 집어삼키며 앞을 봤다. 쓰러진 감독관 뒤로 긴 다리가 드러났다.

"안심하십시오. 저는 여러분을 구하기 위해 온 조선인입니다."

우건의 등장에 노동자들은 처음에 믿기지 않는다는 얼굴을 했다. 다들 내가 지금 헛소리를 들었나 하는 표정이었다. 우건은 탄광으로 저를 안내했던 사내의 이름을 대면서 오래전부터 이 구출을 계획해왔음을 밝혔다. 듣는 이들 가운데에는 이제 겨우 열두 살이나 넘겼을까 싶은 어린아이도 있었다. 우건은 끓어오르는 분노를 누르며 그들을 향해 외쳤다.

"서두르십시오! 곧 다른 감독관들이 소리를 듣고 이곳으로 올 것입니다."

"그, 그런데 이런 일을 벌이면⋯."

"다들 힘을 합쳐서 싸우십시오!"

우건은 겁에 질린 노동자들을 향해 힘 있게 말했다.

"싸우고 투쟁해야 합니다. 우리 조선인들이 가만히 당하고 있지만 않는다는 것을 저들에게 보여 주십시오!"

노동자들이 서로 눈짓을 주고받았다. 검댕으로 뒤덮인 얼굴 위, 어둠과 열기로 죽어 있던 눈동자에 투쟁의 빛이 하나둘 타올랐다. 제일 먼저 결심을 마친 노동자가 제 곡괭이를 높이 쳐들었다.

"좋소. 우리 다 같이 싸웁시다!"

그의 선창에 다른 조선인들도 투지를 다지며 동참했다.

"그럽시다! 싸워서 이곳을 나갑시다!"

"살아서 나갑시다!"

한 사람의 목소리가 두 사람의 목소리를 불러내고, 두 사람의 목소리가 다섯 사람의 목소리를 불러내고, 다섯 사람의 목소리는 이내 신호탄처럼 터져서 수십 명의 목소리를 불러냈다. 탈출에 대한 열망이 없던 힘까지 끌어올린 것일까. 조금 전까지만 해도 힘겹게 곡괭이를 들었던 그들은 의지를 불태우며 탄광 입구를 향해 전진하기 시작했다.

"싸우자!"

그들의 목소리가 메아리치며 깊은 갱도까지 파고들었다.

"저는 안쪽에 있는 분들까지 모시고 나가겠습니다. 최대한 멀리 도망치십시오."

"고맙소. 이 은혜, 죽어서도 잊지 않겠소!"

그들은 곧장 입구를 향해 우르르 몰려나갔다. 우건은 다시 발길을 돌려 더 깊숙한 곳으로 들어갔다. 그러곤 안쪽을 향해 있는 힘껏 소리치기 시작했다.

"다들 밖으로 나오십시오!"

메아리친 음성이 갱도를 거세게 뒤흔들었다. 단순한 외침만으로는 부족할 것 같아 사내에게 들었던 말을 토대로 그들을 이끌어냈다.

"곧 탄광이 무너질지도 모릅니다! 다들 밖으로 나와서 싸우십시오! 조선인의 힘을 보여주십시오!"

그러자 멀리서 두두두 하는 울림이 들려오더니, 곧 먼지를 일으키는 소란과 함께 사람들이 보이기 시작했다. 앞서 외친 동료들의 메아리가 그들에게도 닿았던 모양이다.

"와아아! 싸우자!"

그들은 모두 함성을 내지르며 우건이 있는 방향으로 달려 나왔다. 두엇의 일본인 감독관들이 끝까지 뒤따라와 노동자들을 붙잡으려 했지만, 곧 우건의 일격에 저지되고 말았다.

쿠궁….

그때였다. 하늘이 울리는 듯 낮고도 묵직한 소리가 들리더니 바닥에서 엄청난 떨림이 느껴졌다. 아니, 바닥이 아니라 공기 자체가 진동하는 느낌이었다. 직감적으로 알 수 있었다. 곧 탄광이 무너지리라는 것을. 서둘러야 한다. 그러지 않으면 저는 물론이고 이곳에 남은 사람들이 모조리 깊은 바닷속에 갇혀버릴지도 모른다.

멀어지는 노동자들의 뒷모습을 지켜보던 우건은 낮게 심호흡을 하며 정신을 다잡았다. 땀을 너무 많이 흘렸는지 목이 타는 듯 갈증이 심해지고 속이 메스꺼웠다. 이대로 돌아 나가고 싶은 마음이 절실했으나, 그는 마지막 힘을 짜내어 더욱 깊은 곳으로 향했다.

"젠장, 대체 뭐야!"

바깥쪽 소란을 들었는지 감독관 하나가 먼저 빠져나오다가 우건을 맞닥뜨렸다. 재빨리 총구를 겨눠 방아쇠를 당겼다.

"어디를!"

그러나 민첩하게 피한 감독관이 우건에게 달려들었다.

"네놈이 노동자들을 선동한 주범이냐?"

격투 실력이 상당한 우건이었지만 상대방도 만만치 않았다. 서로를 벽으로 밀치고 주먹이 오가는 사이, 원인을 알 수 없는 깊은 울림은 점차 심해졌다. 그렇게 몇 번의 격전 끝.

"윽…!"

감독관이 우건의 몸을 쓰러트린 뒤 올라타서 목을 졸랐다. 덩치가 장대한 데다가 압박하는 힘이 무지막지했다. 이미 탈수와 며칠간의 철야 등으로 체력이 많이 떨어진 상태라, 우건은 겨우 필사적으로 버텨낼 뿐이었다.

"감히 조선인 주제에! 죽어!"

감독관이 팔에 더욱 무게를 실으며 우건을 짓눌렀다. 숨통이 막혀서 점점 정신이 혼미해졌다. 시야가 흐릿해지며 몸의 감각도 희미해지던 찰나.

"이야아악!"

픽! 둔탁한 소리와 함께 몸을 짓누르던 무게가 사라졌다. 옆으로 쓰러진 감독관 뒤로 땀범벅이 된 조선인 노동자들이 우르르 몰려와 있었다.

"괜찮슈?"

감독관에게 커다란 돌을 냅다 내려쳤던 노동자가 새까만 손을 내밀었다.

"하아… 감사합니다."

"감사는 지덜이 할 말이유. 얼른 일어나 함께 가슈. 나올 사람은 인자 우덜이 마지막잉께."

뒤에서도 감사 인사가 쏟아져 나왔다. 우건은 그의 손을 잡고 일어나 고개를 끄덕였다.

"갑시다. 고향으로."

그들은 다 함께 갱도를 오르기 시작했다. 갱도의 깊이가 상당한 탓에 걸어도 걸어도 끝이 없었다. 그래도 다들 고향으로 돌아간다는 생각만으로 힘이 나는지 서로서로 끌고 당기며 열심히 탄광 입구를 향해 나아갔다.

그렇게 얼마나 걸었을까. 마침내 저 멀리 작은 불빛이 보이기 시작했다. 입구에서 새어 들어오는 빛 같았다.

"살았다, 살았어!"

우건과 노동자들은 더욱 힘내어 그 빛을 향해 다가갔다. 이제 저곳으로 나가기만 하면 모두 끝이리라. 모두가 환희에 차던 그때.

쿠구구구궁…!

갑자기 갱도가 무섭게 흔들리기 시작하더니 어디선가 거대한 폭음이 몰려오기 시작했다. 머리 위로 무수히 떨어지는 흙과 돌, 서 있기 힘들 정도로 뒤흔들리는 땅, 매캐하게 피어오르는 연기.

"으, 으아악!"

그리고 누군가의 비명을 신호로 우건의 시야가 까맣게 뒤덮이고 말았다. 수몰된 탄광. 바다가 결국 모두를 집어삼키고 만 것이다.

◆ ◆ ◆

여관은 아침부터 발칵 뒤집혔다. 밤사이 감쪽같이 사라져 돌아오지 않는 우건 때문이었다.

"신우건 이 자식은 대체 어디를 간 거야!"

희욱이 신경질적으로 머리를 쓸어 올리며 화를 냈다. 처음에는 잠깐 아침 산책을 나간 것인가 했는데 한 시간이 지나고 두 시간이 지나도록 그는 돌아오지 않았다. 이제 곧 홋카이도 대학으로 떠날 시각이 임박해지는데도 말이다.

"분명 마무리만 하시고 곧 주무신댔는데…."

우건을 마지막으로 봤던 소혜는 까맣게 타드는 가슴을 부여잡았다. 어젯밤 마당에서 함께 바람을 쐴 때만 해도 우건은 아무 이야기가 없었다. 희욱과 세호의 말로는 학회에서 돌아왔을 즈음인 새벽부터 보이지 않았다고 했다. 그 말인즉, 이미 그 전에 우건이 여관을 나서서 어딘가로 갔다는 뜻이었다.

하지만 연구실로 사용한 방은 그가 마지막으로 자료 정리를 하던 상태 그대로일 뿐 따로 챙겨 나간 것도 없었다. 사라진 것은 오로지 그의 몫으로 가져온 총 한 자루. 어디를 다녀오겠다고 남겨놓은 쪽지조차 없었다. 남은 사람들은 그가 하늘로 솟았는지, 땅으로 꺼졌는지 막막할 수밖에 없었다.

'대체 어디로 가신 거예요, 선생님….'

소혜는 금방이라도 터질 것 같은 울음을 꾹꾹 삼켰다. 사라진 총 때문일까. 불안이 자꾸만 발목을 휘어잡아 심장이 철렁하기를 반복했다. 그가 이곳 홋카이도에서 총을 들고 나설 상황은 딱 하나, 바로 세이지 탄광밖에 없기 때문이었다.

'설마…'

불길한 예감이 소혜의 머리를 스쳤다. 애써 부정해도 진실을 확인할수 없는 불투명한 상황이 그녀의 숨통을 더욱 조여왔다. 때마침 열리는 문에 모두가 고개를 돌렸다. 하지만 그 문으로 들어온 이는 안타깝게도 우건이 아닌 재우와 석태였다. 희욱이 맥 빠진 목소리로 물었다.

"찾아봤나?"

"동네를 샅샅이 다 돌아다녔지만 어디에도 안 계십니다…"

"봤다는 사람도 없고요."

그 말에 다시금 한숨들이 터져 나왔다. 학술대회가 시작될 시각은 점점 다가오지, 우건은 사라졌지. 진퇴양난의 상황에 모두들 어찌할 바를 몰랐다. 이대로라면 학술대회에 늦어 발표 자격을 박탈당할지도 모른다.

시간을 확인한 소혜가 아랫입술을 꾹 깨물었다. 1년이 넘는 기간 동안 우건이 온 힘을 다해서 준비한 날이었다. 우건뿐만 아니라 이 자리에 있는 모두가 갖은 고생을 감내하며 연구에 몰입해왔다. 조선의 나비까지 빼앗으려는 일본에 대항하기 위하여. 조선의 나비만큼은 온전히 조선의 것으로 남기기 위하여. 그런 중요한 날을 우건이 무책임하게 저버릴 리 없었다. 절대로.

"…저희라도 먼저 출발해요."

소혜의 발언에 모두가 놀라서 눈을 크게 떴다.

"무슨 말이야? 신우건 없이 우리가 어떻게 학회에 가?"

"선생님은 분명 돌아오실 거예요. 이대로 학술대회를 포기할 수는 없어요."

어차피 순서는 미루면 그만. 이대로 완전히 기권할 수는 없기에 소혜는 먼저 홋카이도 대학으로 가는 편을 선택하기로 한 것이다. 미치도록 불안했다. 울고 싶을 만큼 무서웠다. 하지만 소혜는 이번에도 한 번 더 우건을 믿기로 했다. 다시 돌아올 것이라고. 아무 일도 없었던 것처럼 기적같이 내가 있는 곳으로 와줄 것이라고.

'얼른 마무리하고 내게로 오겠다고 어제 약속했으니까…'

눈을 질끈 감았다 뜬 소혜가 이내 자리에서 일어났다. 그러곤 여전히 갈피를 잡지 못하고 서 있는 조수들을 뒤로한 채 흩어진 연구 자료들을 홀로 챙기기 시작했다. 소혜가 하는 양을 지켜보던 희욱도 결국 함께 거들었다.

"개자식, 이번 일 다 끝나면 진짜 가만 안 둘 테다."

낮게 뇌까리는 욕은 불안을 떨쳐내기 위한 수단에 불과했다. 학술대회에 필요한 자료들을 모두 갈무리한 그들은 여관 주인에게 말을 남긴 뒤, 결국 우건 없이 먼저 출발했다. 행여나 우건이 이제라도 등장하진 않을까, 기차에 오르면서도 소혜의 고개는 수없이 돌아갔다. 그러나 불행히도 목적지에 도착할 때까지 우건은 나타나지 않았다.

그들은 주최 측에 사정하여 발표 순서를 겨우 마지막으로 미루고 학술대회가 열리는 강연장으로 들어갔다. 거대한 아치형의 강연장 안에는 벌써 수백 명이 모여 있었다. 전 세계에서 명망 있는 학자들은 전부 모인다더니. 과연 미국과 영국, 독일, 중국, 그리고 러시아에 이르기까지 각국의 국기가 곳곳에 놓여 있었다. 그 가운데 송일고보 연구진은 일장기가 놓인 자리에 앉았다. 조선인을 위한 자리는 이곳 어디에도 따로 마련돼 있지 않은 까닭이었다.

"흠, 흐음!"

그때 불쾌한 헛기침 소리와 함께 그들 앞으로 한 무리의 학자들이 우르르 몰려왔다. 다치다 마스케를 비롯한 그의 측근들이었다. 거드름을 피우며 자리에 앉은 다치다 교수는 쭉 찢어진 눈을 얄상스럽게 뜨며 그들을 노려봤다.

"동종이명을 말살하네, 조선의 나비를 지키네 하면서 건방지게 떠들던 놈은 막상 증명해야 할 날이 되니까 무서워서 도망친 건가?"

다치다가 비아냥거리자 다른 일본 학자들이 덩달아 비웃었다.

"그러게 말입니다. 중요한 우두머리는 안 보이고 조무래기들만 모여 앉아 있으니…."

"호기롭게 떠들다가 결국 안 될 것 같으니, 조수들만 보내놓고 홀랑 내뺀 게 아니겠습니까."

기분 나쁜 웃음소리가 터져 나왔다.

"저 호로 잡것들이…!"

발끈하려는 재우를 희욱이 가만히 눌러 앉혔다.

"가만있어. 소란 피워봤자 좋을 것 없다."

이곳에서 그들의 행동이 우건에게 어떤 식으로 돌아가게 될지 잘 알기에, 그들 중 성격이 가장 불같은 희욱도 참고 있는 것이었다.

"개 짖는 소리라고 생각해. 개소리에 일일이 반응할 필요 없어."

결국 재우도 씩씩거리며 화를 억누를 수밖에 없었다. 조선어로 대화를 나눈다며 다치다 무리가 시비를 걸어오던 찰나. 때마침 학술대회를 시작하겠다는 안내 방송으로 소란은 일단락됐다.

"지금부터 제7회 홋카이도 대학 일본동물학회 학술대회를 시작하겠습니다."

곧 각 나라의 학자들이 순서대로 자신들의 연구 결과를 발표하기 시작했다. 하지만 소혜는 어떤 발표에도 제대로 집중하지 못했다. 그저 닫힌 문만 시도 때도 없이 쳐다보며 우건이 오기만을 기다릴 뿐이었다. 제 입으로 우건 없이 오자고 했지만, 그녀라고 어찌 태연하게 자리를 지킬 수 있을까. 마음 같아서는 당장 자리를 박차고 뛰쳐나가 어디로든 우건을 찾아가고 싶었다. 일분일초가 흐를 때마다 피가 바짝바짝 마르는 것 같았다. 한 발표가 끝나고, 다음 발표가 시작되고, 또 그다음 발표가 끝날 때까지 열리지 않는 문을 쳐다보며 소혜는 빌고 또 빌었다. 제발 우건이 무사히 돌아오게 해달라고. 그에게 아무 일도 일어나지 않게 해달라고.

그러나 시간은 야박하게 흘렀고, 결국 우건 없이 송일고보의 차례까지 오고야 말았다.

"다음은 경성송일고등보통학교에서 온 신우건 박사님의 발표가 있겠습니다."

사회자의 안내에 사위가 고요해졌다. 아무리 기다려도 단상으로 나오는 사람이 없자 장내는 곧 술렁거렸다.

"신우건 박사님? 어디에 계십니까?"

당황한 사회자가 재차 우건을 찾았다. 소혜는 눈앞이 아찔했다. 이대로 모든 게 물거품이 되고 마는 걸까. 우건에게 정말 무슨 일이 생기고 만 걸까.

"신우건 박사님, 없으십니까?"

안간힘으로 버티고 버티던 눈물이 결국 그녀의 눈가로 범람하고야 만다. 턱 끝에서 뚝뚝 떨어지는 눈물 때문에 시야마저 흐릿해졌다.

"이대로 나오시지 않는다면, 이번 학술대회는 여기서 마치겠습니다."

"저, 그게 사실….."

자리에서 벌떡 일어난 소혜가 말끝을 흐리며 입술을 꾹 깨물었다. 조금이라도 더 시간을 벌기 위함이었다. 하지만 언짢게 쏟아지는 눈길 속에서 그녀가 할 수 있는 건 아무것도 없었다. 절망의 끝에 서 있던 바로 그때.

"잠깐만요!"

벌컥 열린 문과 함께 다급한 목소리가 뛰어들었다. 갑자기 등장한 누군가에 모두가 놀란 눈으로 시선을 모았다. 그의 얼굴을 확인한 소혜는 터져 나오는 울음을 두 손으로 틀어막았다.

"선생님…."

무슨 일이 있었던 건지, 우건은 머리부터 발끝까지 전부 흐트러진 채 숨을 헐떡이고 있었다. 한숨처럼 깊이 숨을 고른 우건이 단상 위로 뚜벅뚜벅 걸어갔다. 사회자에게 목례를 하며 자리를 이어받은 그는 앞에 앉은 사람들을 쭉 훑어봤다. 그러다 울고 있는 소혜와 눈이 마주치자 입 모양으로 말을 전했다.

'울지 마.'

돌아온다고 했잖아. 왈칵 눈물을 쏟는 소혜에게 싱긋 웃어 보인 우건이 다시 앞을 봤다.

"늦어서 죄송합니다."

그러곤 청중을 향해 유창한 영어 실력으로 자신을 소개했다.

"조선의 송일고등보통학교에서 온 나비 박사, 신우건입니다."

우건의 등장에 장내가 또 한 번 술렁였다. 늦게 등장한 것으로도 모자라 겉모습이 완전히 엉망이었기 때문이었다. 머리칼은 흐트러져 아무렇게나 넘긴 상태였고, 얼굴과 손등에는 생채기를 비롯한 상처들이 보였다. 급하게 달려오느라 땀에 젖은 셔츠에도 이유 모를 흔적들이 거뭇하게 잔뜩 묻어 있었다. 희미하게 풍기는 비릿한 바다 냄새도 단정치 못한 용모에 한몫했다. 도무지 학술대회에 참여하는 학자로는 보이지 않는 행색에 여기저기서 눈살을 찌푸리는 이들도 있었다.

"연구 발표를 하겠다는 자가 늦은 걸로도 모자라 돼지우리에서 뒹굴고 온 모양새라니. 오늘 모인 학자들을 기만하는 것이 아니면 무엇이겠습니까?"

어김없이 다치다 교수가 날카로운 힐난을 던졌다.

"맞습니다. 저런 자는 이곳에 참석할 자격조차 없습니다."

다치다 교수의 측근인 다른 일본인 학자들도 모두 동조하며 비난을 터트렸다. 심지어 우건이 자신을 소개할 때 조선에서 왔다고 얘기한 것에 대해 다들 쌍심지를 켜고 있었다. 우건은 들뜬 옷매무새를 잡아당겨 주름을 펴고는 말문을 열었다.

"우선 단정치 못한 차림새로 이 자리에 서게 된 점은 양해를 부탁드립니다. 이곳으로 오면서 예기치 못한 사고를 당하여 미처 수습할 새가 없었습니다."

예기치 못한 사고라니. 우건의 말에 소혜의 눈이 떨렸다. 정말로 혼자서 탄광에 다녀온 걸까. 그의 몸 곳곳에 묻은 검댕으로 미루어 설마 하는 생각들이 점점 확신이 됐다.

하지만 우건의 해명에도 일본인 학자들은 계속해서 장내 분위기를 흐려놓았다. 이대로 있다간 발표권마저 박탈하려 들지도 모른다. 소혜는 또 한 방울 떨어지는 눈물을 황급히 닦으며 주위를 둘러봤다. 그런 소혜에게 희욱이 그의 재킷과 여관에서 챙겨 온 연구 자료를 건넸다.

"가서 전해주고 와."

"…감사합니다, 선배."

재킷과 연구 자료를 받아 든 소혜가 몸을 낮춰 앞으로 나갔다.

"선생님, 이거라도 걸치세요."

소혜가 우건의 어깨에 재킷을 덮어주자, 두 사람을 바라보는 눈들이 묘하게 빛났다. 아마 재작년부터 경성을 뒤흔든 두 사람의 스캔들을 그들 역시 들은 까닭이리라.

"고마워."

그러나 우건은 쏟아지는 시선에도 개의치 않고 제 어깨에 닿은 소혜의 손을 다정히 다독였다. 그 손등 위에 새겨진 상처들을 가까이서 보자 소혜의 눈가에 또 한 번 눈물이 고였다. 하지만 지금은 사적인 감정보다는 공적인 일을 우선해야 할 때였다. 소혜는 아랫입술을 꾹 깨물며 감정을 억눌렀다.

"발표 잘하세요."

작게 속삭인 소혜가 다시 자리로 돌아갔다. 재킷 단추를 단정히 채운 우건은 곧 진지한 표정으로 지난 몇 년간 진행해온 연구 내용을 발표하기 시작했다. 안정적이고 힘 있는 목소리와 자신감 넘치는 눈빛. 그는 한순간에 청중들의 눈과 귀를 모두 사로잡았다. 그가 조금 전에 급하게 뛰어왔다는 사실조차 잊힐 정도로 침착하고도 완벽한 발표였다.

우건이 새로이 발견한 신종에 많은 학자들이 눈을 빛냈다. 특히 조선 전역을 아우르는 분포종에 대해 얘기할 때는 입이 떡 벌어지게 방대한 양의 자료에 헛웃음까지 터트리는 이들도 있었다. 나비에 대한 우건의 집념과 열의가 확실히 드러나는 순간이었다.

그리고 드디어 이번 학술대회의 최대 쟁점이라 할 수 있는 주제가 우건의 입에서 나왔다.

"그리고 저는 오늘 이 자리에서, 타국 학자들이 우리 조선 나비를 잘못 이해하여 동종이명의 오류를 범한 데 대해 확실히 소명하고자 합니다."

우건의 말이 끝나기 무섭게 일본인 학자들이 대놓고 불편한 기색을 드러냈다. 그가 언급한 동종이명들이 대부분 다치다 교수가 발표한 학명이었던 것이다. 오류라며 쭉 나열돼 있는 학명의 끝에 심심찮게 그의 이름이 등장하니, 이쯤이면 국제적 망신도 이런 망신이 없었다. 수많은 사람이 모인 자리에서 제 연구 업적을 송두리째 부정당한 것이다. 자존심이 드세고 권위 의식에 찌든 다치다 교수가 가만있을 리 없었다. 결국 화를 참지 못한 다치다 교수가 우건을 향해 호통을 쳤다.

"대체 무슨 근거로 그딴 망발을 하는 거야!"

우건은 다치다 교수의 감정적인 대응에도 흔들리지 않고 차분히 제 말을 이어나갔다.

"다치다 마스케 교수가 신아종이라고 발표한 네점붉은굴뚝나비를 예로 들겠습니다."

그는 돌돌 말린 커다란 종이 몇 장을 펼쳐서 벽에 붙였다. 종이 위에는 소혜가 그린 나비 그림들과 함께 각 나비를 설명한 글귀가 영어와 에스페란토로 나란히 적혀 있었다.

"다치다 교수는 네점붉은굴뚝나비의 앞날개 길이가 일반적인 굴뚝나비보다 2센티미터가량 더 길며, 뱀눈 무늬도 다른 모양을 하고 있기 때문에 굴뚝나빗과의 또 다른 신아종이라고 발표했습니다."

"그리했지. 내가 발견한 네점붉은굴뚝나비는 분명 일반적인 굴뚝나비들과 확연히 달랐으니까."

"하지만 여기에 표시된 곡선 그래프를 보십시오."

학자들이 일제히 눈을 가늘게 뜨거나 상체를 기울이면서 우건이 가리킨 그래프를 주목했다. 개중에는 아예 단상까지 나와서 자세히 살피기도 했다. 그것은 우건이 이제껏 채집한 굴뚝나비를 일일이 측정하여 앞날개 길이와 뱀눈 무늬의 변이를 기록해놓은 그래프였다. 산 모양과 같은 곡선 형태는 그만큼 다양한 굴뚝나비의 특징을 증명했다.

"같은 접류의 수많은 개체를 측정하다 보면 이처럼 단 하나의 정점을 찍게 됩니다."

우건은 손끝으로 그래프에 나타난 곡선의 제일 상단을 짚었다.

"그리고 그 정점을 기준으로 연속성을 지닌 변이 현상이 이렇게 나타나죠."

양쪽으로 하강하는 선을 따라 그의 손끝도 곡선을 그렸다.

"연구한 개체 수가 적으면 정점에 있는 개체와 그렇지 않은 개체의 차이가 뚜렷하여 그 둘이 전혀 다른 개체처럼 보이겠지만, 연구한 개체 수가 많으면 이 둘 사이에 무수히 많은 변이가 있음을 확인할 수 있습니다."

우건은 정확히 다치다 교수를 직시했다.

"결코 협소한 차이로 그것을 아종이라 명명할 수 없는 것입니다."

'협소한'이라는 말에 다치다 교수가 얼굴을 시뻘겋게 물들이며 외쳤다.

"하, 하지만 겨우 자네가 연구한 나비 몇 마리로 그것들이 서로 연결된 분포인지 어떻게 아나? 그저 우연히 끼워 맞춰진 것일지도 모르잖은가!"

제 권위를 지키기 위한 마지막 추악한 발악이었다. 그런 다치다 교수를 우건이 똑바로 응시하며 정확한 발음으로 대답했다.

"10만. 제가 이 결과를 도출해내기 위해 만진 굴뚝나비가 자그마치 10만 마리입니다."

그 말에 곳곳에서 탄성이 터져 나왔다. 10만 마리. 결코 알량한 자존심 따위로 반박할 수 있는 수가 아니었다. 단 한 가지 접류를 10만 마리나 연구했다는, 듣도 보도 못한 괴팍한 연구 방법에 모두가 혀를 내둘렀다. 조금 전까지 분노로 터질 듯 부풀었던 다치다 교수의 얼굴이 이번에는 수치와 부끄러움으로 쪼그라들었다. 겨우 스무 마리도 보지 않은 제 연구 결과가 한없이 초라해지는 순간이었다.

"모든 분류학과 측정학은 개체 수의 싸움입니다. 혹자는 날개 길이를 재고 무늬 수를 세는 것은 어린아이도 할 수 있는 아주 쉬운 방법이라고 합니다."

우건은 앞에 앉은 학자들을 하나하나 바라보며 힘을 실어 말했다.

"하지만 그것을 실천하는 사람들은 오로지 나비에 온 생을 바칠 각오가 돼 있는 우리 학자들밖에 없습니다. 측정한 나비가 많으면 많을수록 우리 연구는 더욱 확실한 결과로 역사에 자리매김할 수 있을 것입니다."

누구도 감히 부정할 수 없도록 결과에 확신이 있는, 본인의 연구에 목숨을 걸 수 있을 만큼 자신 있는 자만이 할 수 있는 말이었다. 우건은 더 이상 반박하지 못하는 다치다 교수를 쳐다보다가 이내 발표를 끝맺었다.

"이상입니다."

침묵으로 사위가 고요해지기를 잠시. 한 학자가 박수를 치기 시작하더니 곧이어 불길이 번지듯 수많은 학자가 우건을 향해 박수갈채를 보내기 시작했다. 우레 같은 박수 소리에 다치다 무리는 당황한 듯 서로 눈치만 살폈다. 심지어 몇몇 일본인 학자마저 우건에게 지지와 응원을 보내고 있었다. 모두가 다치다의 편은 아니라는 뜻이었다. 이런 분위기만으로도 우건의 압승이었다.

"그럼 이상으로 학술대회를 마치겠습니다."

폐회를 알리는 사회자의 말이 떨어지기 무섭게 다치다 교수가 벌떡 자리에서 일어났다. 그는 창피와 분노로 얼굴을 붉히며 쌩하니 강연장을 나가 버렸다. 그의 측근들도 허둥지둥 자리를 정리하고 뒤따를 수밖에 없었다.

"하아…."

비로소 긴장이 풀린 소혜는 깊이 한숨을 내쉬며 어깨를 축 늘어트렸다. 몸에 얼마나 힘을 주고 있었는지 온몸이 뻐근하여 다시 몸살이 날 것 같은 기분이었다.

'아차, 이럴 때가 아니지.'

소혜는 얼른 자리에서 일어나 우건에게 다가가려 했다. 하지만 우건이 많은 학자에게 둘러싸인 탓에 곁으로 다가가기가 힘들었다. 그가 발표한 연구 내용에 감동한 학자들이 더 자세히 듣고 싶다며 한꺼번에 몰려든 탓이었다. 얼마나 다쳤는지 그의 상태를 빨리 살피고 싶은데. 무슨 일이 있었는지, 혹시 위험에 처한 건 아닌지 묻고 싶은데. 거대한 체구로 제 앞을 견고하게 가로막은 학자들 때문에 소혜는 발만 동동 구를 수밖에 없었다.

그때 사람들 사이로 우건과 눈이 마주쳤다. 멀리서 제게 다가오지도 못하고 끙끙거리는 소혜의 모습을 발견하자 우건이 단숨에 눈빛을 굳혔다. 학자로서 체면을 지켜야 한다는 생각도 울상이 된 소혜 앞에서는 무용지물일 뿐이었다.

"죄송합니다. 잠시 실례하겠습니다."

학자들에게 일일이 고개를 숙이며 사과한 우건이 소혜를 향해 다가가기 시작했다. 이윽고 사람들 틈을 헤집고 나온 그가 소혜를 품에 안았다.

"선생님…."

"미안해. 너무 오래 기다리게 해서."

교차한 팔 안에서 소혜의 어깨가 가늘게 떨려왔다. 그녀를 부드럽게 다독인 우건이 곧 학자들에게 말했다.

"오늘 발표한 내용은 올해 상반기 안으로 정리하여 『제피루스Zephyrus』에 전문 실을 예정입니다. 추가 질문은 그 이후에 편지로 받도록 하겠습니다. 감사합니다."

학자들을 향해 정중히 인사한 우건이 소혜를 데리고 밖으로 나갔다. 학술대회가 끝난 뒤 만찬도 준비돼 있었지만 차마 그런 곳에 참석할 상태도, 기분도 아니었다. 한참 걷기만 하던 우건이 서서히 걸음을 멈췄다. 그

때까지 말없이 옆에서 걷던 소혜가 비로소 입을 열었다.

"대체 어디 계셨던 거예요?"

첫마디를 떼자마자 목이 메어서 목소리 끝이 흔들렸다. 소혜는 자꾸만 희뿌옇게 변하는 시야를 손등으로 닦아내며 우건을 봤다. 희욱의 재킷으로 겨우 가린 셔츠는 가까이서 보니 훨씬 더 너절했다. 얼굴 곳곳에도 미처 보지 못한 생채기가 여럿 나 있었다.

"얼굴은 또 왜…."

소혜는 차라리 눈을 질끈 감아버렸다. 턱 끝에서 서럽게 뚝뚝 떨어지는 눈물방울이 애처롭기 그지없었다. 우건은 조심스러운 손길로 소혜의 눈물을 닦아줬다.

"미안해. 곧 돌아가겠다고 하고서는 이렇게 늦어서."

그 말에 눈물샘이 완전히 고장나고 말았다. 꾹 참았던 눈물은 한번 터지자 걷잡을 수 없이 흘러내렸다. 소혜가 어린아이처럼 엉엉 울자 우건은 그녀를 끌어안고 진정될 때까지 다독였다. 등으로 번지는 익숙한 온기에 소혜는 비로소 조금씩 안도가 됐다.

"야, 신우건!"

그때 뒤따라 나온 희욱이 씩씩거리며 달려왔다.

"너 이 자식, 대체 무슨 짓을 벌인 거야! 너 때문에 우리가 얼마나 식겁했는지 알아?"

고래고래 욕하면서도 희욱의 눈은 연신 우건의 상태를 살폈다. 그 역시 우건에 대한 걱정으로 피가 마르도록 가슴을 졸인 것이다. 우건은 재우와 석태를 힐긋 보고는 그럴싸한 거짓말을 지어냈다.

"다들 걱정시켜서 미안하다. 어젯밤에 절벽 근처로 잠깐 산책을 나갔다가, 그만 발을 헛디뎌서 바다에 빠지는 바람에 돌아오는 데 시간이 좀 걸렸어.”

“바다에 빠지셨다고요? 몸은, 몸은 괜찮으신 겁니까?”

“다행히 인심 좋은 마을 사람 덕분에 목숨은 구했다.”

“하…. 정말 천만다행입니다. 저희는 진짜로 선생님께서 안 돌아오시는 줄 알고….”

깜빡 속아 넘어간 재우와 석태가 가슴을 쓸며 안도의 한숨을 내쉬었다. 하지만 나머지 세 사람은 모두 거짓말임을 알고 있었다. 우건의 옷을 더럽힌 검은 물질과 비릿하게 풍기는 바다 냄새. 그들이 이틀 뒤에 잠입하기로 한 세이지 탄광 말고는 이런 흔적을 묻히고 올 곳이 흔치 않았기 때문이다. 우건의 눈이 소혜와 희욱, 세호에게 차례로 가닿았다.

“산책은 다시 안 가도 될 것 같아.”

그 말에 세 사람 모두 놀란 표정을 지었다. 우건이 말하고자 하는 의미를 간파한 것이다. 간밤에 혼자 탄광으로 가서 강제징용자들을 전부 구출하다니. 계획에 어긋나는 행동을 한 그가 의외였지만 분명 그럴 만한 이유가 있었을 것이다. 다들 물어보고 싶은 게 한두 가지가 아니었다.

하지만 지금은 우건을 쉬게 하는 것이 우선이었다. 희욱이 주위를 살피곤 누그러진 목소리로 말했다.

“우선 숙소로 돌아가자. 이 녀석, 이 몰골로 여기에 계속 있다가는 진짜로 괴짜 박사라고 소문나겠어.”

“그편이 좋겠습니다. 상처도 좀 봐야 할 것 같고요.”

세호도 동의하자 소혜도 울음 섞인 숨을 그제야 가라앉혔다. 그들의 말대로 지금은 우건의 몸 상태를 살피는 일이 급선무였다. 무사히 돌아왔으니 일단은 그것만으로 충분했다. 소혜는 흐르는 눈물을 연신 닦아내며 마음을 진정시키려 애썼다. 채 닦이지 않은 눈물은 우건이 마저 훔쳐냈다.

"고생했어."

그의 손끝에서 하얀 뺨이 촉촉이 밀려났다.

"이만 돌아갈까? 잠을 거의 못 잤더니 많이 피곤한데."

우건이 눈을 지그시 감았다가 뜨면서 귀엽게 투정하듯 말했다. 낮게 갈라진 목소리에는 피로가 가득 담겨 있었지만, 그것을 내뱉은 입술에는 소혜의 기분을 풀어주기 위한 미소가 은은하게 스며들어 있었다. 예기치 못한 우건의 애교에 저도 모르게 실소를 흘린 소혜가 그를 흘겨봤다.

"진짜… 걱정은 있는 대로 다 시켜놓고."

그러나 그도 잠시. 소혜도 곧 애정이 가득한 눈으로 우건을 담았다. 말간 눈동자에 비친 그의 모습은 어느 때보다 편안해 보였다.

"가요. 이제 다 끝났으니까, 가서 원 없이 푹 쉬어요. 우리."

고단했던 어제는 잠시 잊고, 우건은 가장 사랑하는 여인의 품에 안겨서 오래도록 쉬고 싶었다. 가장 안온한 안식처로 돌아왔으니까.

◆ ◆ ◆

"건배!"

허공에서 여러 잔이 부딪쳤다. 우건과 소혜, 그리고 조수들은 다음 날 저녁이 돼서야 뒤늦은 뒤풀이를 열 수 있었다. 드디어 큰 산을 넘었다는 안도감에 긴장이 풀려서 모두가 하루를 온전히 잠으로 보낸 까닭이었다. 비루 한 잔을 단숨에 꿀꺽 비운 세호가 몸을 부르르 떨며 말했다.

"크! 저는 아직도 선생님께서 들어오시던 장면만 생각하면 온몸에 막

전율이 입니다."

"저도요! 진짜 무슨 소설 속 한 장면 같았습니다."

"어떻게 귀신같이 딱 그 순간에 들어오셨습니까? 정말 대단하십니다."

재우와 석태도 쌍둥이같이 고개를 끄덕이며 맞장구를 쳤다. 이제 정말 끝이구나 싶었던 그때, 기적처럼 우건이 들어오던 그 짜릿함이란. 흡사 조선 땅에서 일본이 물러갔다는 말을 들은 것만큼 엄청난 순간이었다.

"저는 하마터면 학회라는 것도 잊고 환호성을 지를 뻔했습니다."

"저도요. 어우, 지금도 그때를 생각하면 막 소리를 지르고 싶어서, 막!"

석태가 개구쟁이처럼 온몸으로 오두방정을 떨었다. 정작 그 이야기의 주인공인 우건은 그저 멋쩍게 웃기만 할 뿐이었다. 이 자리에선 석태와 재우 때문에 할 수 있는 이야기가 한정적이라 최대한 말을 아끼는 것이었다. 그런 우건 대신에 조수들은 전날의 이야기를 안주 삼아서 실컷 떠들어댔다. 희욱과 세호 역시 탄광에 대해서는 아무 언급도 하지 않았다. 소혜 혼자서만 우건의 몸 곳곳에 난 상처가 속상했던 터라, 홀로 속앓이를 하며 둘만 남게 될 때까지 기다릴 수밖에 없었다.

게다가 우건의 극적인 등장 외에도 그들을 놀라게 할 이야기는 또 있었다.

"영국왕립아시아학회요?"

"그래. 그곳에서 조선 접류에 대한 책을 함께 내고 싶다는군."

그 말에 모두가 입을 다물지 못했다. 영국왕립아시아학회는 아시아 지역의 문화와 학문 등을 연구하는 영국 단체로 이미 조선의 건축, 도자기, 생활상을 비롯해 다양한 내용을 다룬 바 있었다. 그런 단체의 요청을 받아서 우건이 단독으로, 그것도 조선에 분포하는 나비들의 총목록을 정리하기로 했다는 것이다.

"하하! 이거, 산 넘어 또 산이군요."

분명 엄청난 일거리가 쏟아질 텐데도 조수들은 전혀 개의치 않았다. 오히려 이런 작업을 맡게 돼 영광이라는 얼굴들이었다. 그 일도 잘 마무리한다면 조선의 나비를 지금보다 더욱 널리 알릴 수 있으리라.

그렇게 유쾌한 술자리가 이어지기를 한참. 얼큰하게 취한 그들은 바람이나 쐬자며 다 함께 술집 밖으로 나왔다. 조수 넷은 일렬로 죽 어깨동무를 한 채 밤하늘에 닿도록 큰소리로 노래를 불렀다.

"아리랑 넘는 길 몇 만 리던가. 가면은 오지도 못하는가요. 아리아리 얼싸 스리스리 얼싸, 아리랑 고개는 님 가신 고개…."

이역만리 타국에서 구슬프게 부르는 조선 노래. 경찰한테 걸리면 고초를 면하지 못하겠지만, 오늘 같은 날은 위험을 무릅쓰고서라도 조선어로 조선 노래를 부르고 싶었다. 다행히 오늘만큼은 밤의 어둠이 그들의 노래까지 안전하게 숨겨주려는 모양이다.

보란 듯이 신명 나게 노래를 부르는 조수들 뒤로, 우건과 소혜는 나란히 손을 잡은 채 천천히 걸었다. 이리 여유롭게 함께 걸어본 지가 언제였던가. 마지막 기억이 까마득하게만 느껴져서 소혜는 새삼 이 순간이 소중해졌다. 앞서 걷는 남자들의 신명 나는 가락 덕분인지 침울한 마음도 많이 편안해졌다. 소혜가 갑자기 잡은 손에 힘을 꼭 주자 우건이 한쪽 눈썹을 들썩였다.

"왜?"

"그냥요. 선생님이랑 이렇게 걷고 있다는 게 너무 좋아서요."

배시시 웃는 소혜를 바라보며 우건의 눈빛이 서서히 짙어졌다. 슬쩍 앞의 동정을 살핀 우건이 그녀의 귓가에 입술을 붙여서 낮은 목소리를 흘렸다.

"저 녀석들 따돌리고 우리 둘만 있을까?"

"네?"

"어차피 취해서 우리가 있는지 없는지도 신경 안 쓸 것 같은데."

우건이 입꼬리를 아찔하게 말아 올리며 그녀의 대답을 기다렸다. 그 짓궂으면서도 농염한 입술에 소혜는 저도 모르게 꿀꺽, 마른침을 삼켰다. 아, 이 눈빛을 보고 어떻게 거절할 수 있을까. 그녀도 이 순간 가장 원하는 일인데. 작게 고개를 끄덕이니, 손가락 사이사이로 제 손을 밀어 넣은 우건이 슬그머니 발길을 돌려 다른 길로 향했다. 그러곤 서둘러 그녀를 데리고 조수들에게서 멀어졌다. 아마 저들은 여관에 도착할 때까지도 두 사람이 사라졌다는 걸 모를 것이다.

곧 두 사람은 마을 어귀로 보이는 한적한 길로 들어섰다. 보폭을 맞추는 검은 구두 옆으로 단화를 신은 작은 발이 편안히 따라왔다. 맞잡은 손의 온기를 느끼며 한참을 조용히 걷던 소혜가 비로소 입을 열었다.

"어제 어떻게 된 일인지, 이제 얘기해주세요."

가만히 소혜를 바라보던 우건은 낮게 숨을 고르며 제게 일어난 일들을 말하기 시작했다. 여관에 찾아온 세이지 탄광 노동자와 그에게 전해 들은 탄광의 급박한 상황, 그리고 탄광에서 사람들을 대피시키는 도중에 탄광이 수몰되고 말았던 과정까지 모두 말이다. 다행히 탄광 입구가 멀지 않았던 데다가, 앞서 나갔던 노동자들이 그 굉음을 듣고 돌아와 무너진 입구를 파내준 덕에 무사히 빠져나올 수 있었다. 그들이 아니었다면 우건은 꼼짝없이 바다에 휩쓸렸을 것이다.

탄광이 붕괴됐다는 이야기에 소혜는 얼굴이 새하얘질 정도로 놀랐다. 곧 그녀는 심각한 눈빛으로 우건의 몸을 살피기 시작했다.

"지금이라도 의사한테 제대로 보이고 진료받아야 하는 거 아니에요?"

"괜찮아. 그 정도까지는 아니야."

"괜찮다니요! 탄광이 무너졌다면 돌덩어리들도 같이 떨어졌을 텐데,

선생님도 모르게 다친 데가 있을지도 모르잖아요."

우건이라면 아파도 괜찮다고 거짓말할 가능성이 충분했다. 소혜는 아예 그가 거짓말도 할 수 없도록 어깨나 가슴 등 여기저기를 손으로 누르기 시작했다.

"여기는 어때요? 제가 누르면 아프지 않아요? 여기는요?"

우건의 몸 곳곳을 짚어보는 손길은 진지했지만, 정작 그것을 받는 입장에서는 어쩐지 묘한 자극이 됐다. 우건도 처음 몇 번은 괜찮다며 말로만 말렸다. 하지만 소혜가 의사처럼 손으로 촉진을 계속하자, 잠잠했던 근육 사이로 피가 빠르게 돌아서 점차 팽창했다. 결국 참지 못한 우건이 제 몸을 마구 돌아다니는 두 손목을 단숨에 그러쥐었다.

"아…."

"아무래도 확인이 아니라 다른 목적이 있는 것 같은데."

상체를 숙인 우건이 소혜의 얼굴 바로 앞까지 다가갔다.

"나를 자극하고 싶은 거라면 지금 당장 숙소로 돌아가도 되고."

한순간에 두 팔을 결박당한 소혜가 놀라서 입술만 뻐끔거렸다. 우건의 눈동자는 언제부터인지 밤하늘을 품은 듯 짙게 물들어 있었다. 그 속에 일렁이는 것이 제 손목을 그러쥔 손의 온도만큼 뜨거웠다. 정말 우건의 몸이 괜찮은지 확인하고 싶은 마음밖에 없었던 터라, 예기치 못하게 마주한 야심이 당황스럽기만 했다. 얼굴이 홧홧해진 소혜가 황급히 고개를 저었다.

"아, 아뇨. 저는 그런 뜻이 아니라…."

"그런 뜻이 아니라면 더 잔인한데."

가늘어진 눈매 사이로 비치는 욕망이 한층 깊어졌다. 고개를 숙인 만큼 음영이 진 얼굴은 퇴폐적인 기운을 물씬 풍겼다. 주위는 어둡고 다른 인기척도 없는 지금, 길에 늘어선 가로수마저 어둠보다 더 깊이 그들을 숨겨주려는 듯 크고 넓은 그늘을 드리우고 있었다. 우건은 소혜를 제 품속에 가둔 그대로 그 그늘에 숨어들었다. 소혜는 순식간에 커다란 나무등치와 우건 사이에 갇히고 말았다.

"지금이라도 가지면 안 되나, 그런 뜻."

귓가로 흘러내린 음성의 열기가 목을 타고 흘러내려 폐부를 가득 채웠다.

"나는 이미 가졌는데."

그의 목소리는 어둠 속에서 한층 농밀해지나 보다. 조금 전과는 비교도 할 수 없을 만큼 청각이 예민해진 것을 보면.

"아니면 너도 가질 수 있게 내가 노력해야 하나?"

낮게 갈라지는 야릇한 목소리가 섬세하게 고막을 간지럽혔다. 아찔하게 번지는 감촉에 소혜가 어깨를 움츠렸다. 어느덧 그녀의 몸도 달아오르고 있었다.

"저는…."

빠르게 차오른 숨을 어찌하지 못하고 얕게 내뱉으니, 우건이 천천히 고개를 숙여서 그 숨을 핥듯이 앗아 갔다. 입술 위로 촉촉이 남겨진 흔적에 소혜가 떨리는 눈동자로 우건을 봤다. 허리 아래에 얽힌 다리가 대답을 재촉하고 있었다. 아랫입술을 꾹 깨문 소혜가 천천히 입술을 벌렸다.

"이미… 가졌어요."

습기를 가득 머금으며 흘러나온 목소리가 한 번 더 우건의 가슴을 뜨겁게 덥혔다. 곧 소혜의 눈을 손수 가려준 우건이 그녀에게 입을 맞췄다. 편안히 제게 안길 수 있도록 목뒤를 받친 채 주무르자, 말랑하고 도톰한 입술이 옅은 숨결을 내뱉으며 길을 허락했다. 우건은 어렵지 않게 그 안으로 파고들어 자유롭게 유영했다.

작게 내뱉는 숨까지 모조리 삼킬 것처럼 헤집는 우건 때문에 소혜는 정신이 몽롱해지는 것 같았다. 끈적한 마찰음이 고요한 어둠을 타고 크게 들려왔다. 우건이 고개를 비틀 때마다 소혜는 빈틈없이 가둬진 몸을 바르작거렸다. 그가 주는 작은 자극에도 몸이 크게 반응했다. 언제 어디서 다른 사람이 나타날지 모른다는 긴장 때문에 더욱 예민해진 탓도 있었다. 벅차오른 숨으로 발이 휘청거릴 때마다 우건이 단단히 허리를 끌어안으며 그녀를 지탱했다. 덕분에 입술이 붉게 부풀어 오를 때까지 그에게서 벗어나지 못한 소혜였다.

맞닿았던 입술은 한참 만에야 틈을 벌리며 떨어졌다. 꼭 감고 있던 눈꺼풀을 밀어 올리자 잔뜩 흐트러진 눈빛의 우건이 보였다. 그는 여전히 해소되지 않은 갈증을 소혜에게서 앗아 온 물과 함께 삼켰다. 그의 손끝이 느릿하게 입술을 쓸자 불에 덴 듯 화끈거렸다.

그때 우건의 머리 위로 떨어진 탐스러운 눈송이가 소혜의 시선을 끌어당겼다.

"어, 눈이…."

자세히 보니 눈송이를 닮은 분홍빛 벚꽃잎이었다.

"와, 선생님. 이거 보세요."

소혜가 가리킨 곳에는 벚꽃을 탐스럽게 피운 벚나무가 있었다. 아직 날이 추워 다른 벚꽃은 이제 겨우 꽃망울을 올렸는데, 두 사람이 기댄 나무만 때 이른 벚꽃을 활짝 피우고 있었던 것이다. 소혜가 화사하게 웃음꽃을 피웠다.

"경성에서도 벚꽃 구경을 못 해서 아쉬웠는데. 여기서 꽃놀이를 다 하네요."

손바닥을 내밀자 둥실둥실 바람을 타고 꽃잎 한 장이 가볍게 내려앉았다. 소혜는 신기한 듯 꽃잎을 내려다보다가 문득 무언가 생각나서 두 손을 꼭 맞잡고 눈을 감았다. 그러곤 한참 있다가 눈을 뜨며 우건을 향해 꽃 잎을 내보였다.

"그거 아세요? 떨어지는 꽃잎을 잡아서 소원을 빌면 그 소원이 이뤄진 다는 거."

"글쎄. 처음 듣는 이야기인데."

"이거 예전에 『삼천리』잡지에서도 나왔던 얘긴데! 정말 한 번도 못 들 어보셨어요?"

"너한테 듣는 게 처음이야."

우건은 어린아이처럼 미신을 믿는 소혜를 귀엽다는 듯 쳐다보며 물었다.

"그래서 소원이 뭔데?"

이깟 꽃잎이 들어줄 소원이라면 저도 충분히 들어줄 수 있을 것 같았 다. 그 말에 소혜가 동그랗게 떴던 눈을 예쁘게 휘었다. 꽃잎을 닮은 분홍 빛이 그녀의 두 뺨에도 피어났다.

"선생님이랑 앞으로도 지금처럼 오래오래 행복하게 사랑하는 거요."

그보다 조금 더 어여쁜 빛을 띤 입술이 참으로 사랑스러운 말을 내뱉 었다. 새삼 묘한 감정이 가슴속에서 피어났다. 우건은 옅게 미소를 지으 며 소혜의 머리를 쓰다듬었다.

"고마워. 그 소중한 소원, 나를 위해 써줘서."

머릿결을 부드럽게 가로지르는 손길에 소혜가 말갛게 웃었다. 두 사람 의 입술이 다시 서로를 찾아들었다. 흩날리는 꽃비 아래. 누구도 침범할 수 없는 그들만의 영역에서 우건과 소혜는 오래도록 서로의 온기와 향기 에 흠뻑 젖어들었다.

◆ ◆ ◆

조선총독부가 창씨개명을 직접 강요하기 시작했다. 1940년 2월부터 유명인들을 앞세워 본격적으로 실시했으나 참여율이 미비했던 탓에, 공공 기관이며 길거리며 가릴 것 없이 곳곳에 창씨개명을 홍보하는 선전물이 돌아다녔다. 법원에서도 직접 공문을 내리는가 하면, 창씨개명을 하지 않을 시에 무수히 뒤따르는 불이익을 강조하며 협박하기까지 했다. 창씨개명에 저항하는 사람들은 불령선인不逞鮮人으로 낙인찍혀 감시와 감찰의 대상이 될 거라는 말도 돌았다.

소문은 곧 현실로 드러났다. 학생들도 학교의 압박 때문에 어쩔 수 없이 창씨개명계를 내야만 했다. 꿋꿋이 버티던 학생은 창씨개명계를 낼 때까지 수업을 금지당하여 학교에서 쫓겨나기까지 했다. 게다가 창씨개명을 거부하면 본인만 힘들어지는 게 아니었다. 창씨개명을 하지 않으면 그나마 있지도 않은 권리와 혜택까지도 전부 박탈당하는 데다가. 자신의 가족과 조직에까지 피해가 돌아갔다. 결국 모두들 울며 겨자 먹기로 접수대에 나아갈 수밖에 없었다.

물론 모두가 순순히 응한 것은 아니었다. '미치노미야 히로히토미친놈이야 히로히토' 등 천황이나 총독을 욕하는 이름으로 올리는가 하면, '이노쿠소 구라에개똥 먹어라'나 파자破字를 이용하여 세로로 읽으면 '젠장'이라는 뜻이 되는 '구로다 규이치'를 적어내는 사람도 있었다. 모두 반려당하거나 심하게는 경찰서까지 끌려갔지만, 그렇다고 호락호락하게 제 뜻을 굽히진 않았다.

그리고 이 같은 어둠은 송일고보에도 어김없이 드리워졌다.

"창씨개명을 안 하면 교직원도 제명 처리를 한다니. 이게 말이 돼? 이 개 같은 것들!"

희욱이 창씨개명 전단지를 찢으며 분통을 터트렸다. 연구실에 있는 조수들도 모두 송일고보 직원이기 때문에 이 같은 규제에서 벗어날 수가 없었던 것이다.

"그렇지… 말이 안 되지, 이건."

우건은 손에 들린 창씨개명 전단지를 시린 눈으로 응시했다. 거기에 적힌 내용을 몇 번이고 읽었지만, 그의 눈에는 이 땅에서 조선의 이름을 남김없이 말살하겠다는 뜻으로밖에 읽히지 않았다. 조선 땅에서 조선 사람이 조선의 이름을 사용하지 못한다니. 이처럼 치욕스럽고 비참한 일이 또 어디 있겠는가.

"저희 이제 어떻게 하면 좋아요…."

소혜의 걱정 어린 목소리가 연구실의 무거운 분위기를 더욱 침체하게 만들었다. 한동안 굳은 듯 미동이 없던 우건이 천천히 고개를 들었다.

"맞서야지. 저들이 내 이름을 빼앗지 못하도록."

두 눈 속에는 전에 없던 결단이 깊게 박혀 있었다.

◆ ◆ ◆

며칠 후, 우건과 함께 학교에서 돌아온 소혜는 현관 앞에 다른 구두가 있는 것을 발견했다. 어쩐지 낯설지 않은 구두. 순심이 난처한 얼굴로 우건의 눈치를 살폈다.

"그게… 대감마님께서….”

평소보다 더 어쩔 줄 모르는 순심의 표정. 집안 분위기도 작은 유리 조각들이 떠다니듯 날카롭기만 했다. 혹시 무슨 일이라도 있는 걸까. 힐긋 우건의 표정을 살피니 그는 어느 정도 예상한 일이라는 듯 의연한 얼굴을 하고 있었다. 조금은 굳은 결심이 엿보이기도 했다. 눈을 한 번 감았다가 뜨는 것으로 제 감정을 갈무리한 우건이 소혜를 향해 말했다.

"먼저 방에 올라가 있어. 아버지와 잠시 둘이 나눌 말이 있으니.”

그래도 그의 두 눈 속에는 채 닦이지 못한 어두운 빛이 남아 있었다. 하지만 소혜도 이번만큼은 그와 함께 있겠다고 말할 수 없었다. 가족이 아닌 사람으로서 차마 끼어들 문제가 아님을 직감적으로 깨달은 것이다.

"네. 그럼 저는 나중에 인사드릴게요.”

"그래.”

소혜는 마지막까지 걱정 어린 시선으로 그를 바라보다가 먼저 등을 돌렸다. 그녀가 방으로 들어갈 때까지 기다리던 우건도 곧 사랑방으로 향했다. 한 걸음 한 걸음 나아갈수록 무거운 공기가 더욱 농축돼 제 몸을 밀어내는 것만 같았다. 낮게 한숨을 내쉰 우건은 곧 닫힌 방문에 대고 말했다.

"저 왔습니다.”

"들어오거라.”

언제나 비어 있던 사랑방에서 학준의 목소리가 들렸다. 방문을 열자 여는 때보다 사나운 눈동자가 우건에게 달려들었다. 당장이라도 고함을 터트릴 듯한 비난의 눈초리를 받으면서 그는 아버지 앞에 꿇어앉았다. 학준이 어떤 말을 하든 전부 듣겠다는 태도였다. 그 태도에 더욱 눈에 불이 인 학준은 끓어오르는 감정을 억누르지 못하고 첫마디를 뗐다.

"호적 분리라니! 이게 가당키나 한 말이냐?”

묵직이 떨어진 목소리에는 힐난의 뜻이 가득 담겨 있었다. 그의 손에는 전날 우건이 보낸 편지가 들려 있었다. 창씨개명을 피하면 모두에게 해가 돌아가니, 자신을 호적에서 내보내달라는 청이 담긴 편지였다. 호적 분리. 말이 쉬워서 행정적인 문제이지, 달리 말하면 부자의 연을 끊겠다는 것이나 마찬가지였다. 우건은 숙인 목뒤로 무겁게 떨어지는 그 단어를 괴롭게 되새기며 입을 열었다.

"창씨개명을 하지 않으면 가족에게까지 해가 가는 걸 아시지 않습니까."

"아무리 그래도 그렇지, 어찌 호적에서 나갈 생각을 해!"

학준의 입에서 또 한 번 매서운 호통이 떨어졌다. 평범한 부자지간이 아니라는 건 학준도 인정하는 사실이었다. 우진이 죽은 뒤로 우건은 내내 자신을 원망했고, 저 역시 아들의 감정을 헤아리기에는 감당해야 할 책임의 무게와 압박이 너무도 고됐다. 외면의 대가는 단절이었고, 그렇게 오랜 기간 남보다 못한 사이로 지내왔다.

그러나 호적은 달랐다. 호적 분리는 가족이라는 증거, 우건과 학준이 연결돼 있는 그 유일한 증거가 사라지게 되는 것이다. 학준은 강경했다.

"호적 분리는 절대 안 될 말이다."

"그럼 아버지까지 대놓고 저들의 의심을 받으시겠다는 말씀이십니까?"

"고개를 숙이는 척 허를 찌르는 방법도 있지 않느냐!"

그 말인즉 창씨개명을 한 상태로 항일을 하자는 뜻이었다. 그러나 그것이야말로 우건으로서는 용납할 수 없는 방법이었다.

"지키고 싶습니다. 조선인으로서 허락된 제 이름을, 아버지께서 저와 형에게 나란히 주신 이 이름을 말입니다."

사실 이 결정을 누구보다 피하고 싶었던 건 바로 우건 자신이었다. 그러나 현실이, 저 잔악무도한 일본이 그를 절벽 끝으로 내몰았다.

"죽어도 버릴 수가 없어서… 이렇게나마 지키고자 합니다."

오래전부터 고민해왔다. 창씨개명을 하지 않으면 일은 물론이고 기본적인 생활조차 힘들어지는데, 거기에 더하여 가족과 친지에게까지 죄를 묻겠다고 한다. 끝까지 저항하면서도 가족을 지킬 수 있는 방법은 결국 자신이 호적에서 나가는 길뿐이었다. 우건은 시선을 여전히 바닥에 고정하고서 또 하나의 고백을 했다.

"어차피 거사에 나서기 시작하면 저는 언제든 이곳을 떠나야 할 겁니다. 당연히 교사 노릇도 더 이상 하지 못하겠지요."

이제부터는 뒤편에 숨지 않고 적극적으로 거사에 나서기로 결심한 것이다.

"저들과 맞서 싸우는 마당에, 어찌 치욕스러운 이름을 가지고 있겠습니까."

"…정녕 네가 직접 거사에 참여하겠다는 말이냐?"

"예."

이 또한 아버지의 가슴에 대못을 박는 일임을 우건은 모르지 않았다. 이제껏 그를 송일 과학자라는 방패 뒤에 숨긴 이가 바로 학준이었으니까.

그는 맏아들을 격전지에서 잃었다. 남은 건 이제 둘째 아들인 우건뿐. 남은 아들만큼은 지키고 싶었기에 그의 명석한 두뇌와 빠른 판단력을 구실로 삼아 참모로 묶어두고 지켜왔던 것이다. 그런데도 죽음의 문턱을 숱하게 오가며 위험에 처하곤 했거늘. 그런 아들이 이제는 직접 사지로 걸어가겠다고 한다. 가족으로 묶인 울타리를 박차고 나가면서까지.

"더 이상 숨어만 있고 싶지 않습니다."

우건은 끝내 이 결정을 무를 수가 없었다. 이제는 스스로를 비겁하게 생각하며 증오하고 싶지 않았다.

"하지만 제가 창씨개명을 하지 않는다면 저들은 제일 먼저 송일고보와 평춘관으로 손을 뻗을 겁니다."

직장과 가족의 사업은 좋은 미끼가 될 터. 우건이 끝까지 창씨개명을 거부한다면 평춘관이 문을 닫는 건 시간문제였다. 하지만 평춘관은 한열단의 은신처이자 무수한 거사가 이뤄지는 곳이다. 그런 구심점이 사라진다면 한열단은 이전처럼 군건한 결속력을 유지하지 못할 것이다.

"평춘관은 끝까지 지키십시오. 그래야 한열단이 흩어지지 않을 테니까."

우건은 그것만이 최선이라고 생각했다. 그러나 학준의 입에서는 전혀 예상치 못한 외침이 터져 나왔다.

"아들을 저버리면서까지 그깟 게 다 무어란 말이냐!"

공기를 뒤흔드는 절규에 우건의 얼굴근육이 경직됐다. 고개를 들자 학준이 심히 괴로운 표정을 짓고 있었다. 눈앞에 앉은 사람이 제 아버지가 맞나 싶을 만큼 우건의 눈에는 낯선 얼굴이었다. 학준은 다부지게 쥔 주먹을 미세하게 떨면서 힘겹게 말을 이어나갔다.

"너희를 지키지는 못할망정 이렇게 다 떠나보낼 거라면… 대체 이 길 끝에 나에게 남는 건 무엇이란 말이냐?"

우건의 눈동자가 크게 흔들렸다. 언제나 호랑이처럼 맹렬하기만 하던 학준의 눈시울이 붉게 물들어 있었다. 단 한 번도 본 적이 없는 아버지의 나약한 모습. 언제나 철옹성처럼 군건하게만 보이던 아버지가 난생처음으로 무너진 것이다. 다른 사람도 아닌 아들의 앞에서. 우건은 막다른 길이라도 마주한 것처럼 눈앞이 캄캄해졌다. 무엇을 견디고 있는 것인지 학준의 주먹이 하얗게 질려 있었다. 그는 목에 잔뜩 힘을 준 채 말했다.

"지금처럼 각자 지내도 좋다."

그 고통스러운 목소리에 우건은 제 목이 찢어지는 것 같은 통증을 느졌다.

"나를 계속 원망해도 좋다. 네 형을… 내가 그리 만들었다고 계속 원망
해도 좋다."

이제껏 무언가 잘못 생각했음을 직감적으로 깨달았다. 아버지가 독립
앞에서 가족 따윈 쉽게 저버리는 냉혈한이 아니었음을. 학준의 눈에 아른
거리는 한을 보고 만 우건은 온몸이 무너지는 듯한 충격에 휩싸였다.

"대신 부자의 연은…."

울컥 치솟는 감정을 가까스로 삼킨 학준이 다시 말을 이었다.

"네 손으로 끊지 않으면 안 되겠느냐?"

탄광이 무너지던 그때보다 더 발밑이 아찔했다면. 이것은 또 다른 원
망일까. 아니면 지독한 후회일까. 우건은 아버지와 마찬가지로 폭발하는
감정을 억누르기 위해 턱에 힘을 줬다. 정리되지 못한 생각들이 어지럽게
뒤엉켜 바위처럼 무겁게 내려앉았다.

학준의 눈에서는 기어이 뜨거운 눈물이 흘렀다. 산성이 무너진들 이보
다 허망하고, 사대문이 허물어진들 이보다 애석할까. 우건은 너무 높고
견고하여 감히 넘을 생각도 않던 벽에 빠르게 금이 가는 걸 목도하는 기
분이었다. 무언가 가슴을 꽉 막은 것처럼 답답했다. 차라리 속 시원하게
쏟아내고 싶었다. 긴 시간 고이고 또 고여서 곪아버리고 만 이 울음을.

"…압니다. 아버지도 힘드셨다는 것을."

그러나 어찌 드러낼 수 있을까.

"저보다, 아니. 제가 상상할 수도 없을 만큼 괴로워하셨다는 것을."

아버지조차 5년 동안 참아오신 것을, 내가 어찌.

"제가 나약한 탓이었습니다. 아버지를 뵈면 자꾸 그날이 떠올라서, 그
끔찍한 소리와 냄새가 다시 느껴져서."

우건은 고개를 숙이며 그동안 묵혀온 진심을 어색하게 내뱉었다. 억지로 틀어쥐고 막았던 눈물샘에서 기어코 죄스러움이 스며들었다.

"형을 혼자 그곳에 두고 온 제가 참을 수 없이 증오스러워서….'

시야가 온통 흐릿해졌다. 성숙하지 못했던 그때의 마음에서 한 발짝도 벗어나지 못한 채, 학준을 원망의 대상으로만 삼았던 걸 후회했다. 사실은 우건도 알고 있었던 것이다. 학준이 던진 폭탄이 닿기도 전에 호텔이 화염에 휩싸였다는 것을.

"죄송합니다….'

우건의 죄책감 어린 눈물이 날렵한 턱 끝에 맺혔다가 떨어졌다. 학준의 얼굴에도 그와 같은 눈물이 흐르고 있었다. 불효자라고 자책하는 아들을 바라보며 아비는 이번에도 간장이 끊어질 듯 비통했다.

"나 또한… 그 일을 덮고서 너에게 앞만 보라고 강요했으니. 전부 내 잘못이다.'

다 쉬어서 떨리는 목소리가 우건을 더욱 울컥하게 만들었다. 처음부터 서로를 원망하고 다그치는 대신, 이렇게 서로의 상처를 보듬었더라면 아까운 세월을 허비하지 않았을 텐데. 두 부자의 시선에 짙은 설움이 동시에 어렸다. 우건은 희미하게 갈라지는 목소리를 애써 다잡았다.

"어찌 호적에서 나간다고 제가 아버지의 아들이 아니겠습니까? 제 몸속에 아버지의 피가 흐르는 걸 매일같이 느끼는데.'

그들 사이에 한동안 비통한 침묵이 흘렀다. 지키기 위해서는 떠나야 하는 이 잔혹한 현실이 버겁게만 느껴졌다.

하지만 우건은 믿고 싶었다. 언젠가 이 원통한 현실도 결국 과거가 되리라고. 삶과 죽음의 경계에 서 있지 않고도, 피를 나눈 가족과 생이별하지 않고도 온전히 내 나라 국민으로서의 권리를 누릴 때가 오리라고.

"나라를 되찾고, 다시 아버지께 돌아오겠습니다."

학준을 바라보는 눈동자에는 더 이상 이전 같은 원망이 보이지 않았다. 언제나 분노와 슬픔으로 응어리지던 목소리에도 새로운 힘과 의지가 실렸다.

"그때까지 기다려주십시오."

해묵은 감정이 녹아서 사라지니 학준을 봐도 괴로움은 희미했다. 그것은 학준 역시 마찬가지인지라.

"…그래."

지그시 눈을 내리감아 감정을 갈무리한 학준이 우건을 바라봤다. 한 번도 다정하게 말해주지 못했던, 그러나 언제나 마음속 깊이 품고 있었던 진심.

"늘 그랬듯… 잘해내고 돌아오리라, 믿고 있으마."

학준은 오랫동안 홀로 간직해온 그 진심을 어색하게나마 아들에게 전했다. 참으로 오래 돌고 돌아서 간신히 이뤄진 부자의 화합이었다.

◆ ◆ ◆

학준은 연신 뒤돌아보다가 차를 타고 떠났다. 대문 밖에서 학준을 배웅한 뒤, 차가 완전히 시야에서 사라지자 소혜가 비로소 우건을 봤다. 우건은 두 눈을 붉게 물들인 채 복잡한 표정을 짓고 있었다.

"저희도 이제 들어가요, 선생님."

소혜는 그런 우건의 팔을 부드럽게 감싸며 집 안으로 이끌었다. 그러나 우건의 발은 서너 걸음을 채 걷지 못하고 자리에 멈춰 섰다.

"한 번도… 헤아리려 한 적이 없었다."

아프게 흔들리는 그 목소리에 소혜도 걸음을 멈추고 가만히 우건의 말을 들어줬다.

"내가 아무리 괴롭고 힘들었어도, 감히 아버지보다 더하진 않았을 텐데…."

겨우 마른 듯했던 눈물이 또 그의 눈가에 가득 고였다. 소혜까지 코끝이 찡해졌다. 우건에게 직접 들은 적은 없지만, 여기저기서 흘러든 말로 지나간 일을 대충 짐작하고는 있었다. 함께 나갔던 작전에서 형을 잃고 그 일로 학준과의 사이도 틀어지게 됐다고. 그 작전이 제 아버지께서 유명을 달리한 남경로 의거였다는 것도. 같은 상처를 가지고 있기에 지금 우건의 마음이 어떨지 조금은 이해할 수 있는 소혜였다.

"어찌 그렇게 철없이 굴었는지…."

터지려는 울음을 참기 위해 하얗게 질리도록 말아 쥔 주먹이 더욱 애처롭게 보였다. 제 앞에서조차 마음껏 울지 못하는 모습에 소혜는 가슴이 저려왔다. 잔잔히 울음을 삼킨 소혜가 우건의 목을 끌어안았다. 그러곤 어린아이를 달래듯 조곤조곤한 목소리로 말했다.

"괜찮아요, 울어도 돼. 마음껏 눈물을 흘려도 돼요, 내가 다 받아줄게요."

그 말에 감정이 북받친 걸까. 파고들듯 소혜를 그러안은 우건이 그녀의 어깨에 얼굴을 묻었다. 억지로 꾹꾹 눌러 담은 울음이 서툴게 새어 나왔다. 얼마나 오래 참아온 설움일까. 얼마나 오래 감춰온 아픔일까. 도저히 헤아릴 길이 없어서 소혜는 그저 말없이 그의 눈물을 받아낼 뿐이었다.

"괜찮아요, 이제라도 알았으니 된 거예요. 아버님도 다 이해해주실 거예요."

소혜는 이제껏 홀로 견뎌야 했을 우건이 너무도 안타까워, 그의 고통이 다 쏟아져 나올 때까지 긴 시간을 함께해줬다.

◆ ◆ ◆

며칠 후.

"자, 찍겠습니다. 하나, 둘, 셋!"

펑 하는 소리와 함께 조명이 밝은 불빛을 터트렸다. 나비 표본을 보관한 상자들 옆에 우건과 소혜, 그리고 조수들이 모두 서 있었다. 나비 표본을 모두 정리하기 전에 마지막으로 찍은 기념사진이었다. 창씨개명을 거부했다는 이유로 결국 우건에게 해고령이 떨어졌던 것이다. 교장은 끝까지 우건을 붙잡고자 설득하였으나, 이미 결심이 확고했던 우건은 끝내 학교를 그만두기로 했다. 그리하여 오늘 연구실을 정리하고자 지금까지 모아둔 표본들을 모두 불태우기로 한 것이다.

사진을 찍고 난 다음에도 우건은 한동안 표본 상자들을 보며 자리에서 움직이지 못했다. 열정과 소망을 바쳐 모아온 나비였다. 그에겐 나비가 삶임과 동시에 끊을 수 없는 업이었고, 애국이었으며, 꿈 그 자체였다. 하나하나에 쉬이 저버릴 수 없는 추억과 희망이 담겨 있거늘. 그것을 오늘 제 손으로 전부 불태워야만 하는 것이다. 그 심정을 누가 감히 헤아릴 수 있을까. 하여 소혜와 조수들은 그가 마음을 정리할 때까지 묵묵히 기다려줬다.

상자 위에 쌓인 작은 먼지마저 몇 번이고 쓸어내리던 우건이 이윽고 낮게 한숨을 내쉬었다. 곧 그가 조수들을 향해 말했다.

"이제 가자."

"예, 선생님."

그들은 나비 표본 상자를 가지고 송일고보 뒷마당에 있는 소각장으로 향했다. 이윽고 검은 연기가 하늘로 짙게 피어올랐다. 그간 우건이 연구하던 나비 60만 마리는 차례로 불길 속에 타들어갔다.

그의 인생을 송두리째 휘어잡았던 나비들이 불길 속으로 사라지는 걸 지켜보며 우건은 말없이 지난날을 회고했다. 저 나비들로 인해 기쁨과 슬픔을 모두 맛봤던 날들이 주마등처럼 스쳐 지나갔다. 이제는 연기가 돼 드넓은 하늘로 맘껏 날아오르는 그것들을 가슴 깊이 묻으며, 우건은 조용히 혼잣말을 했다.

"우리도 저것들처럼 높이 날 수 있는 존재였다면…."

그리하여 이런 서러운 핍박 따위 받지 않고, 이름에건 무엇에건 얽매이지 않고.

"저 드높은 하늘을 마음껏 훨훨 날아다녔다면 좋았을 텐데."

쓸쓸히 흩어지는 목소리에 소혜가 그의 옆으로 다가와 손을 잡았다. 새삼 만감이 교차하는 마음을 다시 다잡아주는 손이었다.

"꼭 나라를 되찾아서, 우리는 우리 이름으로 하늘을 날면 되죠."

우리는 우리 이름으로. 그렇다. 우리는 이름을 버리러 가는 게 아니라 이름을 되찾으러 가는 것이니까. 우건과 소혜는 서로의 손을 꼭 맞잡았다. 연구는 잠시 중단되겠지만, 나비를 향한 열정은 결코 끝나지 않을 것이다. 우건은 소혜와 함께 하늘을 바라보며 깊이 다짐했다.

훗날 꼭 다시 돌아와서 나비를 연구하리라. 나의 땅, 나의 조국, 조선의 나비 학자라는 이름을 당당히 내걸며.

＊ ＊ ＊

　송일고보 연구실을 폐쇄한 후 제법 긴 시간이 흘렀다. 그사이에 소학교는 일제의 칙령으로 인해 국민학교가 됐다. 조선인을 어릴 때부터 황국신민으로 세뇌하여 전쟁에 동원하기 위해서였다. 또한 진주만 기습 공격을 기점으로 미국도 일본에 전쟁을 선포했다. 바야흐로 대동아전쟁의 시작이었다.

　그렇게 격변의 한 해를 보내는 동안, 소혜의 일상은 나비 연구를 벗어나 한열단 임무를 중심으로 돌아가기 시작했다. 이제는 실력도 제법 늘어 굵직한 거사에 참여하기도 했고, 이따금 그녀보다 늦게 들어온 단원들을 가르치기도 했다.

　"자세는 조금 더 낮추고, 좋아요. 목표물이 완전히 쓰러질 때까지 절대 눈을 떼지 마세요."

　신입들 사이에서 그녀는 실력 좋은 교관으로 통했다. 시간이 남으면 에스페란토를 익히거나 책을 읽는 등 공부도 꾸준히 했다. 독립은 무장으로만 하는 것이 아니요, 지식으로도 함께 해야 한다는 우건의 뜻 때문이었다.

　가끔은 창씨개명을 이유로 경찰들이 찾아오기도 했다. 그들의 횡포가 나날이 심해지니 아예 대문을 걸어 잠그고 아무도 없는 척하는 날도 있었다. 이대로 영영 조선이라는 이름을 잃어버리게 되는 건 아닐까. 우리가 걷는 길에 정녕 끝이 있긴 한 걸까. 어떤 날에는 심리적인 압박이 너무 심하여 괴롭기도 했다.

　그럴 때마다 소혜는 눈을 감고 어린 시절 아버지의 모습을 떠올렸다. 언제나 자상하셨던 아버지. 떠나는 순간에도 딸이 평온한 길만 걷길 바라셨던 아버지. 비록 아버지가 바라는 안전한 삶과는 멀어졌지만, 당신이 못다 이룬 독립의 소망을 꼭 대신 이루겠다는 일념으로 소혜는 마음을 다잡곤 했다.

오늘도 에스페란토 책장을 넘기다 말고 눈을 감은 채 있기를 잠시. 눈꺼풀을 밀어 올린 소혜가 낮게 숨을 내쉬었다. 가슴이 꽉 막힌 듯 답답했는데 아버지를 떠올리고 나니 그나마 진정이 됐다. 차라리 고되게 몸을 움직이면 아무 생각도 안 들 텐데, 대부분의 시간을 집에서만 보내려니 잡생각이 더욱 많아지는 요즘이었다.

"잠시 바람이라도 쐐야겠다."

소혜는 환기라도 시킬 겸 창가로 다가갔다. 어느덧 새해가 시작되고 겨울도 끝자락만 남겨둔 이때. 헐벗은 나무 그림자가 앙상하게 드리워진 마당에서는 하인들이 눈을 쓸고 있었다. 예년과 다를 것 없는 겨울 풍경이건만. 해가 갈수록 왠지 모르게 서럽게 느껴졌다.

똑똑, 방문을 두드리는 소리에 뒤돌아보니 우건이 서 있었다.

"선생님."

소혜는 얼른 가라앉은 감정을 지우며 그에게 웃어 보였다.

"뭐 하고 있었어?"

"그냥 창밖을 좀 보고 있었어요. 눈이 제법 왔어요."

가까이 다가온 우건이 짙은 눈빛으로 소혜를 바라봤다. 나름 아무렇지 않은 척하려고 웃었는데, 그의 눈에는 웃음 뒤에 감춘 걱정들이 다 보이나 보다.

"또 혼자 안 좋은 생각 하고 있었네."

단번에 속마음을 들킨 소혜가 멋쩍게 웃으며 고개를 내렸다. 우건이 걱정하지 않도록 그의 앞에서는 늘 의연한 모습만 보이고 싶은데, 번번이 이렇게 들키고 만다. 물론 소혜가 제 감정을 절제하지 못한 탓은 아니었다. 우건이 그녀의 사소한 부분까지 관찰하고 세심히 들여다본 덕분에 알수 있는 것이었다.

"그냥 습관처럼 드는 걱정일 뿐이에요. 염려하지 마세요."

"습관처럼 걱정한다는 게 제일 걱정스러운데, 나는."

"그렇게 심각한 건 아니에요."

"괜찮은지, 안 괜찮은지는 자세히 보면 다 알고."

우건이 상체를 숙여 소혜를 깊이 들여다봤다. 마치 그 안에 남아 있는 잔걱정까지 모조리 지우고 싶다는 듯. 어느 순간 창틀을 짚은 우건의 팔사이로 소혜의 몸이 갇혔다. 숨결이 닿을 만큼 그의 얼굴이 가까워지면 심장은 어김없이 뛴다. 시국은 여전히 절망스럽고 미래에 대한 걱정도 분명한데, 이상하게 이 남자 앞에서는 그 모든 게 허상처럼 느껴진다. 마치 전혀 다른 세상에 온 것처럼. 소혜는 목덜미가 홧홧해지는 걸 느끼며 그의 시선이 고이는 입술을 움직였다.

"그런데 무슨 일로 오셨어요?"

그 물음에 우건의 눈빛이 천천히 침전했다. 그는 여전히 제 팔 안에 소혜를 가둔 채 한참 말을 고르다가 겨우 첫마디를 뗐다.

"거사 날짜가 정해졌어."

우건은 가져온 송일 과학지를 소혜에게 건넸다. 소혜는 그 안에서 우건이 다른 이름으로 기고한 글을 봤다. 그리고 눈에 띈 단어 하나, 'Papilio'. 한열단에서 가장 위험한 거사를 뜻하는 이 단어가 드디어 송일 과학지에 실린 것이다.

"조선총독부에 폭탄을 투척할 거야."

진중한 목소리에 담긴 무게가 사뭇 강렬하게 다가왔다. 우건과 희욱,

세호가 함께 폭탄을 옮기다가 일군과 맞닥트리게 돼 그동안 보류했던 의거를 드디어 시행하는 것이다.

"거사에 참여할 단원도 정해졌는데…."

목소리에서 주저함이 엿보였다. 그가 이 말을 굳이 꺼내는 이유를 소혜는 어렵지 않게 알 수 있었다. 이미 송일 과학지에 모든 것이 적혀 있었으니까.

"저도… 가야 하는군요."

우건의 얼굴이 한층 어둡게 변했다. 다른 사람도 아닌 제 연인에게 함께 사지에 나가자고 말해야 하는 자신을 비관하고 있는 듯했다. 하필 제 비뽑기로 정한 것이라 우건조차 바꿀 수 없는 결과였다.

어쩐지 최근 들어 그의 안색이 눈에 띄게 나빠졌더라니. 이 결과를 미리 알고 있어서 그랬나 보다. 소혜는 한 발짝 다가가 우건의 얼굴을 감쌌다. 혼자서 그 괴로움을 감당했을 그가 안쓰러우면서도, 여전히 무슨 짐이든 혼자만 지려는 그가 야속하게 느껴졌다.

"그런 표정은 짓지 말라니까요."

그래서 마음에도 없는 탓을 우건에게 하고 말았다.

"제가 택한 일이잖아요."

그를 타이르는 목소리에는 안타까움도 가득했다. 자신이 거사에 참여할 때마다 이리도 힘들어하니, 그런 우건을 보는 소혜의 마음은 더욱 아프고 답답해질 뿐이었다. 소혜는 어린아이를 달래듯 부드럽게 말했다.

"우리 이번에도 잘해낼 거잖아요. 그렇죠?"

다정히 어르는 말투에 우건의 눈동자가 눅진히 녹았다. 우건은 팔을 끌어당겨 소혜를 감싸 안았다. 품에 맞춘 듯 꼭 맞게 들어오는 작은 몸에서 따스한 체온이 느껴졌다.

"…그럴 수 있도록 최선을 다해야지."

우건은 소혜의 목덜미에 얼굴을 묻고 숨을 깊이 들이마셨다. 불안으로 날뛰던 가슴이 익숙한 체향에 차츰 진정됐다. 작전을 세울 때는 항상 한 열단 참모로서 이성적으로 생각하려 한다. 그래야 사사로운 감정에 휩쓸리지 않고 명철한 판단으로 작전을 짤 수 있기 때문이다.

하지만 소혜가 임무를 맡으면 어떻게든 말리고 싶은 것이 솔직한 심정이었다. 사랑하는 여인이 위험에 처하게 될 걸 알고도 어떤 사내가 태평하게 있을 수 있을까. 제 목숨을 바쳐서라도 그녀만은 안전하게 지키고 싶은 게 당연하거늘.

그러나 소혜도 우건 못지않게 강한 책임감을 지닌 여인이었다. 그녀는 어떤 임무든 행하는 데 주저함이 없었다. 그녀가 궂은일도 마다하지 않고 늘 먼저 나서주니, 우건은 언제나 고마움과 아찔함 사이를 줄타기하는 기분이었다. 그래서 이번에도 잘해낼 것이라는 그녀의 말을 굳게 믿고 싶었다. 아무 일 없이, 여느 때처럼 무사히 돌아올 수 있을 것이라고. 그녀를 온전히 지킬 수 있을 것이라고. 우건은 필사적으로 그 다짐을 붙잡았다.

"우리 선생님, 그동안 몰랐는데 되게 어린아이 같은 면이 있으시네."

장난스럽게 도발하는 소혜의 말에 우건이 실소했다. 침체한 공기를 한순간 띄우는 그녀가 사랑스러우면서도, 그 도발을 그냥 넘기고 싶진 않았다.

"어린애 취급을 받을 만큼 부족하진 않았던 것 같은데."

우건의 손이 은밀하게 소혜를 휘어 감았다. 아찔하게 허리를 쓸어내리는 손길에 소혜가 매혹적으로 입가를 늘였다. 그 입술을 단숨에 삼키려던 찰나.

"오늘 저녁에 약속 있으시다면서요. 이럴 시간 없어요."

쪽, 짧게 입을 맞춘 그녀가 매끄럽게 우건의 품에서 벗어났다. 허전해진 품이 아쉬워서 진득한 눈길로 계속 바라봐도 소혜는 좀처럼 넘어오지 않았다.

"밥은 순심 아주머니랑 잘 챙겨 먹고 있을 테니까, 어서 다녀오세요."

"…최대한 빨리 다녀와야겠네."

한시라도 소혜를 혼자 두고 싶지 않았지만, 나비 학자로서 아직 마무리 짓지 못한 일이 많았기에 어쩔 수 없었다.

'무엇보다 오늘은 꼭 찾아와야 할 물건도 있고.'

우건은 소혜의 뺨을 감싸고 가볍게 입맞춤했다.

"편히 쉬고 있어. 금방 다녀올 테니까."

"네. 선생님도 조심해서 다녀오세요."

몇 번이고 아쉬움이 남는 손길로 소혜를 쓰다듬은 우건이 곧 돌아섰다. 혼자가 되자마자 그의 얼굴 위로 새삼 그답지 않은 긴장이 가득 들어찼다. 위험을 감지한 긴장은 아니었다. 어딘지 모르게 낯선 느낌이 나는 긴장이었다. 이를테면 조금은 간지러운 기색이 느껴지는 긴장 말이다.

◆ ◆ ◆

"나에게 이 일을 맡겨주어 고맙네, 신 선생."

파주에서 온 박 교수가 진심으로 고마워했다. 우건은 겸허히 고개를 숙였다.

"부디 제 자료가 교수님에게 작게나마 도움이 되길 바랍니다."

"작은 도움이라니. 이 정도의 자료를 모으려면 내 남은 평생을 다 바쳐도 힘들 텐데."

거사에 임하는 동안 잠시 나비 연구를 중단해야 하는 우건을 대신하여, 때마침 비슷한 주제로 연구하던 박 교수가 그의 연구를 이어받기로 한 것이다. 학자로서 피땀 흘려 구축한 연구 자료를 남에게 넘긴다는 건 무척 어려운 일이었다. 그러나 우건은 자신의 명예나 업적보다는 연구 자체가 완성되기를 더 원했기에, 망설임 없이 박 교수에게 그것들을 일임한 것이다. 물론 박 교수도 파렴치한 사람은 아닌 터라, 만일 우건이 돌아오기 전에 그 연구를 완성해도 공동의 이름으로 결과를 발표하겠다고 약속했다. 박 교수는 우건의 손을 꼭 잡으며 말했다.

"갑작스레 생긴 중한 일이 뭔지는 모르겠지만, 부디 그 일이 끝나면 나와 함께 이 연구를 이어나가세."

"저도 바라는 바입니다."

만족스럽게 웃던 박 교수가 무언가 생각난 듯 가방을 뒤졌다.

"참, 이걸 깜빡할 뻔했군."

가방 속에서 나온 것은 손바닥만 한 상자였다.

"파주에서 가장 유명한 세공사가 만든 것일세."

상자를 받은 우건이 열어서 그 안을 봤다. 똑같은 디자인에 크기만 다른 반지 두 개가 나란히 들어 있었다. 얇은 금빛 고리에 소혜의 눈을 닮은 맑고 영롱한 보석이 나비 모양으로 세공돼 박혀 있었다. 자신이 생각했던 모양과 꼭 같은 느낌. 소혜의 길고 하얀 손가락에 아주 잘 어울릴 것 같았다. 새삼스러운 눈으로 반지를 바라보는 우건을 보며 박 교수가 놀리듯 은근하게 말했다.

"그 친구가 자네 편지를 보고는 꽤나 대단한 양반이라고 전해달라더군. 그처럼 세밀한 세공은 처음이라면서 말이야."

"제가 혹시 무리한 부탁을 드렸던 겁니까?"

"그런 건 아닐세. 그 친구도 작업하면서 아주 재미있어했어."

박 교수가 주름진 눈을 온화하게 휘었다.

"미리 축하하네."

"감사합니다."

기차 시각에 맞춰 박 교수를 경성역까지 배웅한 뒤, 우건은 품속에 넣었던 상자를 꺼내어 봤다.

"후…."

긴장이 다시 밀려들어 낮게 심호흡을 했다. 그러다 문득 깨달은 제 모습에 작은 실소가 터져 나왔다. 낮에만 해도 거사에 대한 걱정으로 한껏 침울해 있었는데, 지금은 소혜에게 반지를 줄 생각으로 긴장하는 모습이라니. 함께한 지 몇 해가 지났는데도 소혜의 일에 이리도 일희일비하는 자신이었다.

그래도 지금만큼은 좋은 일만 생각하고 싶었다. 지금은 내 앞에서 환하게 웃어줄 소혜만 생각하기로.

"…좋아해주면 좋겠는데."

입꼬리를 말아 올린 그가 상자를 다시 품속에 넣었다. 기분 좋은 긴장감으로 발걸음이 점점 빨라졌다.

◆ ◆ ◆

저녁 식사를 마친 소혜는 홀로 거실 소파에 앉아 있었다. 그런데 우건이 외출하기 전에 있었던 일을 가만히 되짚자니, 문득 걱정스러운 마음이 스멀스멀 피어올랐다.

"선생님… 이번에도 많이 걱정하시는 것 같았는데."

며칠 내내 어두워 보이던 그의 얼굴이 눈앞에 아른거렸다.

"…그런 표정을 짓지 말라는 말은 역시 하는 게 아니었나."

생각해보니 집을 나설 때도 우건은 표정이 별로 좋지 않았다. 혹시 제 말에 상처를 받은 건 아닐까. 위험한 일인 줄 뻔히 알면서 걱정하지 말라니. 입장을 바꿔 생각해도 서운할 만한 말이었다.

"그냥 괜찮다는 말만 해줄걸…."

뒤늦게 밀려드는 후회로 눈썹이 폭 내려앉았다. 생각을 곱씹을수록 미안한 마음만 더욱 커졌다. 때마침 대문 열리는 소리가 희미하게 들려왔다.

"선생님 오셨나 보다."

소혜는 벌떡 자리에서 일어나 현관으로 쪼르르 달려갔다. 곧이어 현관문이 열리며 그토록 기다리던 우건이 나타났다.

"다녀오셨어요, 선생님."

안으로 들어오기 무섭게 소혜가 품에 안겨들자, 우건이 당황한 표정을 지었다.

"왜 그래? 무슨 일 있었어?"

그가 없는 사이에 소혜가 어떤 생각을 했는지 알지 못하니, 지금의 행동이 다소 당황스러울 수밖에. 우물쭈물하던 소혜는 우건의 가슴에 얼굴을 폭 묻었다.

"그냥요. 잠깐 떨어져 있어도 선생님이 너무 보고 싶어서…."

소혜는 소심하다고 놀림을 받을까 봐 사과 대신 그리움만 전했다. 미안한 마음만큼 그를 보고 싶었던 것도 사실이니까.

그런데 어째 제가 안을수록 우건의 몸이 뻣뻣하게 굳어진다. 고개를 드니 그의 표정도 어딘가 부자연스러웠다.

'설마 정말 화나셨던 건가?'

조금만 더 들여다보면 화난 게 아니라는 걸 알 수 있을 텐데, 괜스레 다른 마음이 쓰여서 소혜의 생각이 그쪽으로 먼저 나아갔다.

"일단 옷부터 좀 갈아입고…"

우건이 그녀의 어깨를 잡아 제 품에서 떨어트리려 했다. 그러자 더욱 불안해진 소혜가 눈망울을 흐리며 그의 옷자락을 꼭 쥐었다.

"죄송해요, 선생님."

"…뭐가?"

이번에는 난데없는 사과에 우건의 미간이 슬쩍 어긋난다. 완전히 의기소침해진 소혜가 울상이 된 얼굴로 말했다.

"아까 제가 그런 표정 짓지 말라고 해서 지금 화나신 거잖아요…"

"…뭐?"

그 말에 우건이 한쪽 눈썹을 들썩였다. 이내 소혜가 무슨 말을 하는지 이해하고는 그가 한숨인지 실소인지 모를 것을 낮게 내뱉었다. 그 짧은 숨결에 소혜의 심장도 함께 철렁 내려앉았다.

"…따라와 봐."

우건은 바로 서운함을 토로하는 대신 소혜의 손목을 잡고 방으로 데려갔다. 그가 뭐라고 말하든 받아들이리라. 소혜가 그리 생각하며 고개를 푹 숙인 그때. 우건이 낮은 음성으로 말했다.

"손, 잠시만 줘볼래?"

"손…요?"

의아함에 고개를 갸웃거렸다. 무슨 일인지 우건은 사뭇 진지한 표정이었다.

"그래. 왼손."

어찌 된 영문인지 몰라 소혜는 일단 그가 시키는 대로 왼손을 내밀었다. 그러자 우건이 품속에서 조그마한 상자 하나를 꺼냈다. 겉보기에는 너무 작고 평범해서 그 안에 뭐가 들어 있는지 짐작하기가 어려웠다. 이윽고 상자 속에서 무언가를 꺼낸 우건이 소혜의 손을 잡았다. 곧 그의 손끝이 동그란 무언가를 그녀의 약지에 밀어 넣었다. 작게 반짝이는 그것은 맞춘 듯 꼭 들어맞는 반지였다.

"갑자기 왜 반지를…."

생각지도 못한 선물에 소혜가 속눈썹을 잘게 떨었다.

"지난번에 말로만 청혼한 게 계속 마음에 걸려서. 오늘 제대로 하려고."

곧 우건이 그녀 앞에 한쪽 무릎을 꿇었다.

"그때는 독립한 뒤라고 말했지만, 이제는 내가 그렇게 오래 기다리기는 힘들 것 같다."

지그시 바라보는 시선에는 전보다 더한 긴장과 그녀를 향한 애틋함이 선명히 드러나 있었다.

"이번 작전이 끝나면 정식으로 혼인하자, 소혜야."

그저 뜬구름처럼 막연한 약속이 아니었다. 먼 훗날을 기대해야 하는 약속도 아니었다. 이번 임무만 무사히 끝내고 나면 정말로 그의 아내가 될 수 있는 것이었다.

"저는 그것도 모르고… 선생님한테 안 좋은 소리만 하고…."

소혜는 새어 나오는 울음을 꾹 참으려고 아랫입술을 깨물었다. 안도와 감동이 한데 뭉쳐서 눈물로 고였다. 그런 소혜의 손을 느리게 쓰다듬은 우건이 입가를 늘였다.

"그래서, 네 답은?"

우건이 들고 있던 상자를 내밀었다. 그 안에는 아직 주인을 찾지 못한 반지가 남아 있었다.

"그때도 말했지만…."

소혜는 훌쩍거리며 그 반지를 집었다. 그러곤 우건이 제게 끼워준 것처럼 그의 왼손 약지에 반지를 끼웠다.

"선생님과 함께한다면 저는 뭐든 다 좋아요."

참으로 맹목적이고도 순수한 대답이다. 그만큼 소혜답기도 했고. 몸을 일으킨 우건이 소혜의 허리를 감싸서 제게 가까이 붙었다. 긴장이 사라진 만큼 그의 두 눈에 열기가 차올랐다.

"사랑해, 소혜야."

머리를 쓰다듬는 손길에 소혜는 기쁨이 가득 녹아든 눈물을 흘렸다.

"저도요. 저도 사랑해요."

곧 두 사람의 입술이 한 치의 틈 없이 맞물렸다. 서로의 손에서 꼭 같은 모양의 반지들이 한없이 밝게 빛났다.

· 12장 ·

당신에겐
마지막까지
좋은 사람이고
싶어서

평춘관 지하 비밀방. 그곳에 우건과 소혜, 희욱, 세호, 그리고 경림이 모여서 거사에 대해 논의하고 있었다. 공교롭게도 우건을 제외한 네 사람은 모두 제비뽑기로 뽑힌 것이었다. 기이한 우연이라고 입을 모으면서도 그들은 곧 진지하게 거사를 준비하기 시작했다.

　"사흘 뒤에 총독의 부인과 딸이 잠시 경성으로 들어와 조선총독부를 방문하게 될 거야."

　책상 위로 경성 지도가 넓게 펼쳐졌다. 우건은 거사 당일의 이동 경로를 손으로 짚어가며 그들에게 계획을 설명했다. 조선총독부 안으로 직접 들어가서 폭탄을 설치할 사람은 우건과 세호였고, 나머지 세 사람은 교란 및 엄호를 맡기로 했다.

　"특히 이날은 부인과 딸이 방문하는 만큼 헌병대와 일군이 더 많이 배치될 거야."

　"그럼 날을 잘못 잡은 것 아닙니까?"

　적들이 잔뜩 포진한다는 이야기에 세호가 겁먹은 눈으로 물었다.

"그러잖아도 저희 모두 경성에서 잔뼈가 굵은 터라 얼굴이 알려졌지 않습니까."

"만일을 대비해 신분증은 미리 위조해놓았다. 물론 분장도 겸해야겠지만."

우건이 품속에서 미리 준비한 위조 신분증들을 건넸다. 변장 목록이 적힌 종이도 함께였다. 여성인 소혜와 경림은 남장까지 해야 했다.

"적의 수는 많지만, 달리 보면 일망타진하기에 좋은 기회다."

"하지만 저희 다섯만 시가전을 벌이기에는 너무 위험합니다."

"우리가 왜 다섯뿐이야?"

입술을 비죽인 희욱이 턱짓으로 한구석에 놓인 나무 상자를 가리켰다.

"저기 일당백 친구들이 있는데."

가로세로 한 자 크기의 상자에는 폭탄 세 개가 들어 있었다. 제대로만 터진다면 단 한 개만으로도 조선총독부 건물을 무너트릴 정도였다. 하지만 위력이 엄청난 만큼 불발 등의 변수가 생길 가능성도 높기에 각별한 주의가 필요했다. 희욱은 턱을 괸 채 심드렁하게 말했다.

"저것들이 전부 불발이 아니길 빌어야지."

"거사 앞두고 참 좋은 말씀만 골라 하신다."

경림이 희욱의 말을 어김없이 비꽜다. 그 도발에 제대로 걸린 희욱은 눈을 사납게 뜨며 응수했다.

"좋은 말씀 안 하는 그 입은 좀 다물지 그래."

"쓰라고 있는 입을 왜 다물어?"

"오냐. 그 안 다물어지는 입, 내가 다물게 해주랴?"

"나한테 손대지 말랬지."

경림과 희욱 사이에 파지직 불꽃이 튀겼다. 불같은 성격에 툭툭 던지는 말투까지 비슷하니, 두 사람은 만날 때마다 꼭 한번씩 저렇게 티격태

격하곤 했다.

"에휴…."

처음에는 말리던 소혜도 이제는 으레 그러려니 하며 모른 척했다. 저러다가도 자기들끼리 한순간에 팽 토라져서 소강 상태로 돌아서기 때문이다. 이번에도 유치하게 이어지는 말싸움에 나머지 세 사람은 절레절레 고개를 저으며 작전에 대한 이야기를 마저 나눴다.

"그럼 도주는 어떻게 해요?"

"내가 1차 폭탄을 총독 집무실과 중앙 강당에 설치할 거야. 그다음에 세호가 우편물을 배달하는 척 들어와서 2차 폭탄에 불을 붙이고, 내가 설치한 폭탄과 함께 터트릴 거다."

그사이에 나머지 세 사람은 후발로 기습하여 일군과 헌병대를 교란해야 한다. 세호와 우건이 무사히 빠져나올 때까지 시간을 버는 것이다.

"이후 사직동에 있는 '요시다'라는 음식점에서 옷을 갈아입은 뒤에 각자 다른 시각의 경의선을 타고 도주."

우건의 손끝이 매끄럽게 올라가서 한반도 위에 있는 만주를 짚었다.

"모두 살아서, 만주에서 집결한다."

작전대로만 진행된다면 완벽한 계획이었다. 헌병과 일군의 수가 평소보다 상당히 늘어난다는 게 여전히 위험해 보이긴 했으나 그들을 제대로 교란하기만 한다면 그 사이로 비집고 나오는 데에는 큰 무리가 없을 것 같다. 소혜는 다시 한번 우건이 표시한 곳들을 되짚으며 고개를 끄덕였다.

"좋아요. 거사 직전까지 주변 지리를 충분히 파악하고 준비해야겠네요."

남은 시간은 사흘. 그 안에 만반의 준비를 해둬야 했다. 어쩌면 그들이 조선에서 펼칠 마지막 거사가 될지도 모르니.

◆ ◆ ◆

　드디어 결전의 날이 찾아왔다. 이른 새벽부터 남모르게 평춘관 지하로 모인 다섯 사람은 곧 거사를 위한 분장에 들어갔다. 여자들은 따로 마련된 방에서 옷을 갈아입었다. 소혜는 조금이라도 의심받을 가능성을 줄이기 위해 일부러 옷을 두껍게 껴입었다. 오랜만에 하는 남장에 괜스레 어색한 기분이 들었다.

　'꼭 옛날로 돌아간 것 같다.'

　새삼스러운 기분을 느끼며 긴 머리를 모자에 숨겼다. 그런데 그새 머리카락이 제법 자랐는지 모자가 불룩하게 솟아올랐다. 어쩔 수 없이 머리를 잘라야 하는 것이다.

　"이 정도로 자르면 되려나."

　소혜는 손으로 가늠하다가 이내 머리카락을 가위로 싹뚝 잘라냈다. 머리카락 뭉치가 툭 떨어지자 시원함과 아쉬움이 동시에 밀려들었다.

　'머리카락은 또 금방 기니까.'

　짧아진 머리칼을 한데 묶어서 틀어 올리니, 다행히도 이번에는 모자 속에 티 나지 않게 들어갔다. 얼굴 곳곳에는 주근깨처럼 보이는 점도 찍었다. 그마저도 부족해 검댕까지 칠하니, 제법 구두닦이 소년 같은 태가 났다. 소혜는 작은 분첩을 들고 이리저리 얼굴을 살피다가 경림에게 물었다.

　"언니, 저 이 정도면 괜찮을까요?"

　"허…."

　소혜와 마찬가지로 남장하던 경림이 소혜의 모습을 보고는 헛웃음을 쳤다.

"너 아주 거지라 해도 되겠다."

경림이 다가와서 소매로 소혜의 얼굴을 조금 닦아줬다.

"너무 과하면 오히려 더 눈길을 끌어. 적당히 해."

그러면서도 제 소매에 쓸리는 살갗이 아플까, 닦아내는 손길이 조심스러웠다. 소혜는 멋쩍게 웃으며 가만히 그녀가 고쳐주는 대로 있었다. 어느 정도 소혜의 얼굴을 매만져주던 경림의 눈에 반지가 들어왔다. 물끄러미 그것을 바라보던 그녀가 사뭇 낮은 목소리로 말했다.

"소혜야."

"네, 언니."

"…그간 정말 고생 많았다."

마지막 같은 인사에 소혜의 눈동자가 떨렸다. 문득 떠오르는 모던 카페에서의 기억. 저릿하게 아파오는 가슴에 소혜가 짐짓 원망스런 표정을 했다.

"불안하게 또 그런 말씀은 하지 마세요."

"인사는 언제 마지막으로 나누게 될지 모르는 거니까."

"이번에는 절대로 언니 혼자 위험하게 두지 않을 거예요."

소혜는 제 얼굴을 쓰다듬는 경림의 손을 굳게 맞잡았다.

"언니가 그러셨잖아요. 꼭 살라고. 조선인이 끝까지 살아야 이 나라도 있는 거라고."

소혜는 울컥하는 마음을 억눌렀다. 그때처럼 경림이 또 무모하게 목숨을 버릴까 봐 무서웠다. 아버지를 추억하고 생사의 위험을 넘나들며 같은 목표를 향하여 함께 달리는 사이, 모던 카페에서와는 비교도 할 수 없을 만큼 그녀가 더욱 소중해졌던 것이다. 소혜에게 경림은 이제 친언니나 마찬가지였다.

"그러니까 언니도 꼭 사세요. 살아서 우리 같이 만주로 가요."

경림은 가만히 소혜를 바라봤다. 아무것도 모르는 어린애 같을 때가 엊그제인 것 같은데. 그 어리디어린 아이가 어느새 이렇게 자라서 제 걱정을 한다. 아직도 마음은 여리기만 해서 말 한마디에도 이렇게 눈시울을 붉히지만. 경림은 아프지 않게 소혜의 볼을 죽 잡아 늘이며 부러 짓궂게 말했다.

"울지 마. 거사 전에 울면 재수 없어."

"언니가 괜히 이상한 말씀을 하시니까 그렇죠."

"나는 그냥 고생했다고밖에 안 했다."

제 걱정으로 이렇게 눈물짓는 마음이 무척 고마웠다. 경림은 엷게 미소를 지으며 소혜의 눈물을 마저 닦아줬다.

"그래, 살자. 같이 살아서 꼭 해방된 이 땅을 보자."

그제야 배시시 웃는 모습을 보니, 경림은 이 아이가 정말로 제 동생이면 참으로 좋겠다는 생각을 해본다. 거사가 끝나면 의자매를 맺자고 말해볼까. 소혜가 옆에 있으니 마음이 편해져 이런 실없는 생각도 떠오른다. 언제나 같은 마음이었지만, 이번 거사만큼은 유독 살아서 성공하고 싶었다. 모두가 무사히 임무를 마치고 만주에서 만날 수 있기를.

"준비 끝났으면 나가자. 다들 기다리겠다."

"네, 언니."

경림은 처음으로 그리 빌어봤다.

딱, 딱, 딱.

조선총독부 청사 앞마당. 그곳으로 길을 두드리는 지팡이와 함께 새하얀 도포를 입은 긴 다리가 들어섰다. 한껏 눌러쓴 삿갓 아래로는 회색빛 수염을 가지런히 기른 턱이 보였다. 이윽고 자리에 멈춰 선 노인이 천천히 고개를 들었다. 노인의 정체는 바로 변장한 우건이었다. 최대한 나이가 들어 보이도록 주름까지 그려 넣어, 가까이서 자세히 보지 않으면 젊은 청년이라는 걸 전혀 알아채지 못할 정도였다. 그러나 단단한 의지가 서린 형형한 눈빛만큼은 분장으로도 가릴 수 없었다.

우건은 고개를 조금 더 들어서 조선총독부를 바라봤다. 총독부 청사의 드넓은 앞마당에는 오늘도 많은 사람으로 붐비고 있었다. 광화문을 훼손하고 근정전을 가로막은 주제에 후안무치하게 앞마당을 넓게 펼친 모양을 보고 있자니, 어김없이 분노가 차올랐다.

'억압의 상징인 저 건물을 오늘 기필코 폭파하리라.'

마음속 깊이 다짐한 우건이 고개를 돌렸다. 저 멀리서 집배원으로 분장한 세호가 자전거를 타며 들어오고 있었다. 희욱은 평범한 학생처럼 꾸미고서 주변을 어슬렁거렸다. 경림 역시 저기 어딘가에서 때를 기다리고 있을 터였다. 저들의 목숨이 모두 제 손에 달려 있다고 생각하니 바랑에 든 폭탄이 새삼 무겁게 느껴졌다.

우건은 잠시 눈을 감았다. 묵직한 감정의 파도가 몸을 덮쳐서 심연으로 끌고 들어가는 것 같았다. 나의 목적, 나의 업, 나의 소명, 책임, 열망….
그 모든 것이 한데 뭉쳐져 어지러운 잔상을 만들어낼 즈음, 그는 낮게 숨을 내쉬며 천천히 눈꺼풀을 밀어 올렸다. 그리고 고개를 들자 시야에 들어오는 단 한 사람. 소혜, 그녀가 이쪽을 바라보고 있었다.

아무리 두툼한 옷과 모자로 꽁꽁 감춰도 우건은 쉽게 그녀를 찾을 수 있었다. 마치 흐릿한 밤하늘에 홀로 빛나는 별처럼 수많은 군중 속에서도 소혜의 존재가 뚜렷한 까닭이었다. 올곧게 저를 향하는 눈동자를 바라보니 소용돌이치던 감정이 잠잠히 가라앉았다. 흔들리던 마음이 곧게 중심의 닻을 내리며 사명으로 다시 단단해졌다. 저 여인을 위하여 이 모든 과업을 행한다 해도 과언이 아닐 만큼.

'다녀올게.'

눈빛으로 전한 말에 화답하듯 소혜가 고개를 끄덕였다. 곧이어 우건이 작전을 실행하겠다는 뜻으로 땅을 지팡이로 두 번 두드린 뒤, 청사를 향해 걸음을 옮기기 시작했다. 그에 따라 나머지 사람들도 각자의 위치로 흩어지기 시작했다. 소혜도 모자로 얼굴을 푹 가리고는 어딘가로 모습을 감췄다. 그녀가 사라지는 모습을 마지막까지 바라보던 우건은 다시 앞으로 시선을 돌리며 걸었다. 그는 길게 늘어뜨린 소매 속에서 습관처럼 약지에 낀 반지를 문질렀다. 부디 무사히 임무를 마치고 돌아와 너에게 다시 말할 수 있기를.

"미나미 지로 총독 각하를 뵈러 왔습니다."

사랑한다고.

"내가 바로 각하께서 찾으시는 도사외다."

나와 앞으로 남은 평생을 함께하자고, 꼭 말할 수 있기를.

결재 서류를 덮은 학제가 짧게 한숨을 내쉬며 마른세수를 했다. 요 며칠 무리하게 일했더니 피로가 한꺼번에 밀려왔다. 옆에서 지켜보던 비서가 나지막이 말했다.

"잠시 쉬시는 게 어떻겠습니까."

"됐어. 이 정도는 괜찮아. 아직 마무리하지 못한 일도 많은데 쉴 새가 어디 있나."

학제는 뜨거운 커피를 부탁하고는 다시 서류에 집중했다. 중국으로 돌아갈 날이 얼마 남지 않았다. 조선에서 벌인 사업을 모두 정리하기로 결정한 것이다. 다만 완전한 철수는 아니었다. 대부분의 사업은 중국에서 이어가지만, 다른 몇몇 사업은 믿을 만한 조선인에게 경영권을 양도하기로 했다.

게다가 수입의 일부는 안전한 경로를 통하여 우건의 집으로 전달되도록 조치했다. 독립에 필요한 자금을 그가 대기로 결심한 것이다. 중국에 돌아가서도 사업 수익의 일부는 할아버지 몰래 중국군에 보낼 계획이었다.

'그토록 철저한 사업가였던 내가 이리 애국지사가 될 줄이야.'

학제의 입가에 자조 섞인 쓴웃음이 번졌다. 그런 결정을 내리기까지 수많은 고민이 따랐다. 과연 이렇게 하는 것이 제게 무슨 이득이 될까. 이렇게 해봤자 돌아오는 감사 인사조차 없을진대. 아무리 생각해도 허공에 돈을 뿌리는 일밖에 되지 않았다. 사업가의 눈으로 보면 분명히 그러했다.

그러나 학제에게 다른 선택이란 없었다. 이렇게나마 지난 과오에 대한 죗값을 치를 수만 있다면, 그깟 돈은 얼마든 아깝지 않았다. 기회만 주어진다면 무엇으로든 그 값을 치를 생각이었다. 설령 돈보다 더한 것일지라도.

"이제 출발해볼까."

어느덧 거래처와 만나기로 한 시각이 다가왔다. 학제는 처리한 서류들을 담당 직원에게 넘기고는 비서와 함께 차에 올랐다. 차는 매끄럽게 바퀴를 굴려서 금세 종로 거리로 접어들었다. 형식적인 절차와 불필요한 미소가 오갔다. 연달아 반복적으로 이어지는 일정들로 피곤이 짙게 몰려왔다.

잠시 환기라도 할 겸 학제는 차창을 열고 바깥을 봤다. 평소보다 유난히 푸르른 하늘 덕분에 잠시나마 여유를 누릴 무렵. 그 아래에 우뚝 솟은 조선총독부 청사가 불쾌하게 시선을 사로잡았다. 유난히 많은 일군을 둔 건물은 오늘도 하늘 높은 줄 모르고 몰염치한 머리를 빳빳이 들고 있었다. 싸늘한 시선으로 건물을 응시하던 학제가 나지막이 중얼거렸다.

"저게 남의 나라 터를 멋대로 침범하여 대문까지 앗았다지."

"예?"

"저 건물 말이야. 조선총독부 청사."

남의 대문을 떡하니 가로막고서 마당은 또 어쩌나 넓게 지었는지. 저것을 볼 때마다 침략자 주제에 참으로 뻔뻔스러운 건물이라는 생각이 들었다. 과연 일본이 조선을 침략한 이유가 여실히 드러나는 건물이었다. 그런 생각으로 중국까지 건드린 것이겠지. 이 조선이라는 땅을 입구로 삼아 더 넓은 마당까지 차지하려고.

'건물 하나까지 저리도 고약하게 지으니.'

가뜩이나 예민한 신경을 건물 따위가 거스르니 기분이 심히 나빠졌다. 아예 안 보는 편이 나을 듯하여 고개를 돌리려던 그때였다. 학제는 고개를 돌리다 말고 홀린 듯 다시 창밖을 봤다. 구겨졌던 눈가가 일시에 누군가를 보고 커다래졌다.

'백소혜….'

저 멀리 보이는 소년의 얼굴에서 소혜가 보인 것이다. 낯선 옷차림에 이상한 분칠까지 하고 있었지만 이상하게도 그녀라는 확신이 들었다.

오랫동안 그리움에 시달리다 보니 제가 정녕 미쳐버린 걸까. 이런 길거리에서, 더군다나 저렇게 이상한 몰골의 소년을 보고서 소혜라고 생각하다니. 1년이 넘도록 지우지 못한 잔상이었다. 송일고보 연구실까지 문을 닫아서 그녀에 대한 소식조차 들을 길이 없었다. 아무리 잊으려 해도 잊히지가 않아서 이 또한 죗값이려니 견뎌오던 마음이었다. 가끔은 너무 괴로워서 그녀를 만났던 일들이 전부 꿈은 아니었을까, 그런 말도 안 되는 생각을 하기도 했다.

그런데 그런 소혜가 거짓말처럼 제 앞에 다시 나타난 것이다.

"잠깐 멈춰."

학제는 황급히 차를 멈춰 세웠다. 잠깐이라도 좋다. 그녀에게 마지막 인사만이라도 전하고 싶었다. 이제 중국으로 돌아가면 두 번 다시 보지 못할 테니.

"어디로 갔지? 분명 이 근처에 있었는데…."

차에서 내린 학제가 낮게 숨을 몰아쉬며 주위를 두리번거렸다. 조금 전까지 그녀가 있던 자리에는 낯선 사내들만 옹기종기 모여 있을 뿐이었다.

"거참. 구두 좀 닦아달랬더니 쌩하니 가버리고."

"아서, 말도 못 하는 걸 보니 벙어리인 것 같던데."

학제는 사내들의 말을 뒤로하고 다시 소혜를 찾았다. 그렇게 한참을 둘러보던 중, 드디어 사라졌던 소혜가 다시 시야에 나타났다. 너무 억눌렸던 마음이 일시에 터져 나오면 이리도 괴로운 걸까.

"소혜…."

선뜻 다가서지 못하고 그녀의 이름만 애틋하게 불러보던 찰나.

쾅!

고막을 찢는 듯 매서운 굉음에 학제가 주저앉듯 몸을 웅크렸다. 소리가 난 곳을 쳐다보니 건물 외벽을 타고 검은 연기가 치솟고 있었다.

"한열단…."

직감적으로 그들의 이름이 떠올랐다. 하필이면 오늘 이 자리에서 저들이 움직인 것이다. 황망하여 주위를 살피니 저 멀리 소혜가 건물로 뛰어드는 게 보였다. 그녀가 향하는 곳에는 이미 일군과 헌병대가 잔뜩 몰려들고 있었다.

"젠장!"

머리가 생각하기도 전에 몸이 먼저 그녀를 따라 움직였다. 거스를 수 없는 운명에 끌려가는 길이었다.

◆ ◆ ◆

30분 전.

도사라고 자신을 소개하고 총독의 인장이 새겨진 편지까지 꺼내니, 우건은 어렵지 않게 총독이 있는 방으로 안내받을 수 있었다. 그는 삿갓을 조금 더 밑으로 내려서 얼굴을 가리고는 다시 걸음을 옮겼다.

최근 입수한 정보에 따르면 총독의 사위가 대동아전쟁 중에 실종됐다고 한다. 하나밖에 없는 딸이 사라진 남편 때문에 식음까지 전폐하니, 총독은 결국 용하다는 무당이나 도인까지 수소문하기 시작했다. 내선일체라는 알랑한 말로 조선을 뒤흔들고서 제 사위 하나 사라졌다고 저리 전전 궁긍하는 것이다. 저로 인해 수많은 조선인은 부모를, 남편과 아들을, 아내와 딸을, 심지어 자기 자신조차 잃어버리고 말았는데. 남의 염병이 내 고뿔만 못한 악독한 행태였다. 그리하여 총독이 도인들에게 보낸 편지 중 하나를 어렵사리 손에 넣어서 우건이 거짓 도사 행세를 하게 된 것이다.

우건은 긴 복도를 걸으면서 건물 구조를 세심하게 살폈다. 머릿속으로 수없이 되풀이했던 도주로를 다시 한번 머리에 새기는 사이, 드디어 총독 집무실이 자리한 층에 도달했다.

"가방을 주고 팔은 양옆으로 벌려."

집무실 앞을 지키던 두 헌병이 우건의 몸과 가방을 수색하기 시작했다. 우건의 몸 구석구석을 짚어봤으나 나오는 것은 없었다. 그런데 옆에서 묵직한 회색 바랑을 든 헌병의 눈빛이 일순 달라졌다. 손끝에 딱딱한 무언가가 만져진 것이다. 그는 우악스럽게 가방을 열어젖혔다.

"…이게 뭐야?"

하지만 안에는 아이 머리만 한 목탁과 시주용으로 보이는 독특한 모양의 사발만 있을 뿐, 수상한 물건은 보이지 않았다. 도인이 어찌하여 스님이나 가지고 다닐 법한 물건들을 가지고 다니는지는 알 수 없었으나, 그렇다고 딱히 문제 삼을 만한 것은 아니었다. 바랑을 들여다보다가 서로 눈짓을 주고받은 헌병들이 다시 우건에게 돌려줬다.

이윽고 집무실 문이 열린 순간.

"…저 노인은 또 뭡니까?"

귓가로 꽂히는 낯익은 음성에 이번에는 우건의 가슴이 싸늘해졌다. 성긴 삿갓 너머로 총독 내외와 그들의 딸.

"저 말고 또 다른 손님이 있으신 모양이군요."

그리고 타이로 소스케의 얼굴이 보였다. 오후 늦게 있을 열병식에만 잠깐 참석하기로 했던 소스케가 벌써 총독의 방에 와 있었던 것이다.

'저자가 여기에 왜⋯.'

아무래도 정보가 잘못됐거나 계획보다 일찍 방문한 듯했다. 일단은 이 상황을 자연스럽게 넘어가는 것이 우선이었다. 우건은 뻐근하게 조여드는 긴장을 억누르며 노인처럼 쉰 목소리를 꾸며내어 태연하게 첫마디를 뗐다.

"사위를 찾는다고 하지 않았소. 그 위치를 알아봐드리고자 찾아왔소."

"아⋯!"

우건의 말에 침울한 표정으로 앉아 있던 딸이 단번에 관심을 보이며 눈을 빛냈다. 그 옆에 있던 부인까지 잔뜩 상기한 얼굴로 자세까지 바로 했다. 그러나 총독은 이런 상황을 소스케에게 보였다는 사실이 부끄러운 모양인지, 헛기침을 하면서 눈치껏 소스케를 내보냈다.

"그럼 오늘 하루 잘 부탁함세. 이만 나가봐도 좋네."

"⋯예. 그러지요."

그때까지 우건에게 의미심장한 시선을 박아두던 소스케가 자리에서 일어났다. 총독에게 예를 갖춰 인사한 그는 천천히 입구로 걸어왔다. 우건은 소스케가 그대로 나갈 수 있도록 몸을 비켜섰다. 두 사람의 어깨가 막 엇갈리던 그때.

"조선인인가?"

발걸음을 우뚝 멈춘 소스케가 서늘한 목소리로 물었다. 무언가 이상한 낌새를 느낀 걸까. 보이는 것은 그저 낡고 커다란 삿갓과 그 밑으로 늘어 트린 수염뿐일 텐데. 삿갓을 헤집을 기세로 뚫어져라 노려보는 눈빛이 우 건에게 다 느껴질 정도였다.

"어쩐지 낯익은 느낌이 드는데."

우건은 최대한 미동하지 않으며 목소리를 더욱 낮췄다.

"이 땅에 터를 잡은 지는 오래됐소."

"나는 지금 국적이 어디냐고 물었다."

"나에겐 부모가 없으니 조국 또한 중요치 않소."

두루뭉술한 답변에 소스케의 눈매가 한층 사나워졌다.

"그 말은 즉 위대한 천황 폐하의 신민도 아니라는 뜻이겠다?"

분위기가 삽시간에 험악해졌다. 소스케는 당장이라도 삿갓을 젖힐 것처럼 팔을 들어 올렸다. 그의 손끝이 우건의 삿갓에 닿으려던 찰나.

"아버지, 빨리…."

소스케의 등 뒤에서 총독의 딸이 재촉하는 목소리가 들려왔다. 한시라도 빨리 남편의 생사를 확인하고 싶은 그녀에겐 우건을 놓아주지 않는 소스케가 방해자로만 보일 뿐이었다. 소스케도 그 채근을 들었을 터. 불청객 취급을 받으면서까지 버티고 있을 상황은 아니었다. 심기 불편한 숨을 낮게 내뱉은 그는 이내 집무실 밖으로 나가버렸다.

쿵, 등 뒤로 낮게 닫히는 문소리를 들으면서 우건은 사뭇 눈빛을 굳혔다. 머뭇거릴 시간 따위는 없었다.

"저를 찾으셨다고 들었습니다."

"어서 들어오게."

총독은 체면을 위해 초조함만 겨우 감추며 그를 맞이했다. 제게 다가오는 이가 어떤 생각을 품고서 여기까지 왔는지는 감히 상상도 못 한 채.

"사위를 찾으신다고요."

내딛는 걸음마다 목탁과 사발이 등 뒤에서 묵직하게 맞닿았다.

"제가 그 행방을 알려드리겠습니다."

우건은 그것들의 존재를 여실히 느끼며 삿갓 아래로 날 선 눈빛을 드러냈다.

◆ ◆ ◆

"전쟁터에서 실종됐으면 이미 죽었다고 생각해야지. 뭐 그런 일로 점쟁이를 불러서 우리 위신을 떨어트려?"

총독실에서 멀어지던 소스케가 욕을 뇌까리며 이를 바득 갈았다. 중요한 이야기가 끊긴 것도 짜증이 나는데 그 이유가 겨우 점쟁이 때문이라니. 천한 점쟁이 하나 때문에 쫓겨났다고 생각하니 심사가 몹시 뒤틀렸다.

"어디서 선무당 같은 놈을 불러서…."

무엇보다 예감이 좋지 않았다. 도인 특유의 묘한 기운 때문인지는 몰라도 어딘가 꺼림칙한 느낌이 제 뒷덜미에 달라붙어 떨어지지 않았던 것이다. 마치 중요한 무언가를 놓친 듯한 기분. 닫힌 문을 노려보던 소스케는 헌병에게 괜한 화살을 돌렸다.

"내가 나오기 전까지 아무도 들이지 말라고 했을 텐데. 감히 저깟 잡놈을 허락도 없이 들여보내?"

짐승 같은 눈빛을 마주한 헌병은 마른침을 꿀꺽 삼키며 몸을 굳혔다.

"총독 각하의 인장이 찍힌 편지를 가지고 있었습니다. 각하께서 급히 찾으시는 분 같아서 어쩔 수 없이 들여보냈습니다. 죄송합니다!"

"수상한 점은 없는지 제대로 확인한 것 맞아?"

"예! 가방 안에도 목탁과 사발 그릇밖에 없었습니다."

목탁과 사발이라. 헌병의 말대로 수상한 데라고는 전혀 없이 초라한 행색이었다. 그런데도 소스케는 구겨진 미간을 펴지 못했다.

'왜 저놈이 자꾸 거슬리지?'

얼굴을 확인하지 못한 탓일까. 단순히 그런 이유 때문이라기보다는 더욱 복잡한 본능적인 감이었다. 저대로 둬서는 안 될 것 같다는.

"저, 타이로 대좌님."

"뭐야?"

"사실… 조금 이상한 점이 있었습니다."

이상한 점? 소스케의 군홧발이 우뚝 멈춰 섰다. 날카로운 시선이 얼굴에 박히자 헌병이 잔뜩 긴장하며 말을 이었다.

"목탁이 일반적인 크기보다 크고 무게도 꽤 나갔습니다."

"그러고 보니 사발도 모양이 조금 특이하긴 했습니다."

다른 헌병이 말을 보탰다. 무언가를 담을 수 있을까 싶을 정도로 바닥이 상당히 두꺼웠다고.

"지금 생각해보니 평범한 사발은 아닌 것 같았…."

소스케의 눈가가 단숨에 구겨졌다. 심상찮은 생각이 가슴을 뚫고 지나갔다.

"그걸 왜 이제 말해!"

"죄송합니다!"

헌병의 뺨을 사정없이 내리친 소스케가 다시 뒤돌아서 집무실로 달리기 시작했다. 막 집무실 앞에 도착하여 문손잡이를 잡은 순간.

쾅!

엄청난 폭발에 문이 부서지며 소스케의 몸이 날아가 벽에 부딪혔다.

"윽…! 콜록, 콜록!"

자욱한 연기와 엄청난 통증에 숨을 쉬는 것조차 쉽지 않았다. 연신 괴로운 기침을 쏟아내던 소스케가 팔로 입을 가린 채 간신히 자리에서 일어났다. 서둘러 집무실로 들어가니 내부는 온통 엉망진창이 돼 있었다. 온갖 집기며 장식품이며 죄다 부서졌고, 옆방과 맞닿은 내벽도 무너져 내렸다. 그 한가운데에 보이는, 산산이 부서져 불에 그슬린 나뭇조각들. 얼추 그 모양으로 보아 헌병들이 말한 목탁의 잔해가 분명했다.

"젠장…!"

옆방은 더욱 참혹했다. 아무래도 양쪽 방에 모두 폭탄을 설치했던 모양이다. 소스케의 눈에 활짝 열린 창문이 보였다. 그 너머를 내다보자 저 멀리 도망가는 사내가 보였다. 조금 전의 그 도인이었다.

"저놈을 잡아!"

소스케가 도인의 뒤를 가리키며 소리쳤다. 그러나 곧 달려가던 헌병과 일군들이 하나둘 쓰러지기 시작했다. 어느 방향인지 가늠하기 힘들 만큼 사방에서 날아오는 총알에 일군들은 속수무책으로 당할 수밖에 없었다.

"제기랄!"

욕을 뇌까린 소스케가 곧장 창문에서 뛰어내려 도인을 바짝 뒤쫓았다.

'선생님!'

소혜는 소스케의 타깃이 돼버린 우건을 도우려 했다. 하지만 사방에서 밀려드는 적이 너무 많아서 그에게 당장 갈 수가 없었다.

탕, 탕!

그나마 우건을 뒤쫓는 일군들을 향해 총을 쏘아 제 쪽으로 유인하는 것이 최선이었다. 갑작스런 기습에 모두가 우왕좌왕하며 갈피를 잡지 못했다. 하지만 역시 훈련된 군인이라, 빠르게 포위망을 좁혀오는 탓에 소혜네 역시 고전할 수밖에 없었다. 소혜와 경림은 거세게 몰아치는 일군의 공격 속에서 점점 밀려났다. 선택의 여지가 없었다. 두 사람은 결국 총독부 건물로 피해 들어갈 수밖에 없었다.

건물 안은 폭발로 인해 아수라장이었다. 소혜와 경림은 반파된 건물을 아슬아슬하게 가로지르며 뒤따라오는 일군들을 저격해 따돌렸다. 계단을 타고 위층을 향해 올라갔다. 하지만 그렇게 올라갈수록 그들이 피할 곳은 점점 없어졌다. 더 이상 이어지지 않는 계단과 막다른 복도가 그것을 증명했다. 이대로라면 적들에게 잡히는 건 시간문제.

"이제 어디로…."

소혜가 어찌할 줄 모르고 멈춰 섰다. 그러자 뒤에서 따라오던 경림이 갑자기 몸을 틀더니 일군과 정면으로 맞서기 시작하는 게 아닌가.

"언니!"

"반대편 계단으로 내려가서 창문으로든 어디로든 일단 빠져나가. 빨리!"

경림이 제 품에 있는 폭탄을 꺼냈다. 남은 폭탄 하나는 그녀의 손에 있었던 것이다. 경림은 몰려오는 적들을 향해 망설임 없이 폭탄을 던졌다.

콰광!

매캐한 연기구름이 자욱하게 일어나며 일군과 독립투사들 사이에 거대한 장막을 드리웠다. 이제 겨우 벗어났다 싶은 마음에 경림과 함께 도망가려고 그녀를 불렀다. 아니, 부르려고 했다.

"경….."

탕―!

먹먹한 귀를 뚫고 들려온 총성에 경림의 몸이 튕기듯 흔들렸다. 뒤이어 날아온 총알에 경림이 또 한 번 몸을 비틀었다. 단 한 사람을 맞히려고 사정없이 날아든 총알은 무자비하게 그녀를 뒤흔들었다. 소혜의 눈에는 시간이 늘어지는 것처럼 그 모든 게 느릿느릿 움직였다. 지독한 이명과 함께 아무것도 들리지 않는 귀. 시야에 가득 번지는 피. 그리고 온갖 감정을 가득 담은 채 굳어가는 경림의 얼굴. 경림이 괴로운 듯 얼굴을 일그러트리며 힘겹게 입술을 움직였다.

"빨리 가… 얼른…."

목소리조차 제대로 나오지 않는 입으로, 필사적으로 전하는 마지막 한마디. 그 처참한 광경에 압도당한 소혜는 비명조차 지르지 못하고 그대로 굳어 있을 수밖에 없었다. 안간힘으로 버티던 경림이 결국 쓰러졌다. 눈조차 감지 못한 그녀 뒤로 연기를 뚫고 밀려드는 일군들이 보였다.

눈앞이 캄캄해질 만큼 아찔한 절망이 덮쳐왔다. 그 뒤로 주체할 수 없는 슬픔과 분노가 터져 나왔다. 희뿌옇게 눈앞을 가리는 게 연기인지 눈물인지 알 수 없었다.

"경림 언니!"

소혜가 악을 지르며 그들을 향해 달려들려던 그때.

"읍!"

갑자기 누군가 뒤에서 소혜를 끌어안고 입을 틀어막았다. 저항할 새도 없이 그녀를 끌어간 누군가는 근처에 있는 사무실로 들어가 문을 잠갔다. 저를 해하려는 적인가 싶어서 소혜가 몸부림을 쳤다.

"으읍!"

"조용히 하십시오."

그리고 그녀를 진정시킨 목소리는 놀랍게도 학제였다.

"조용히 하겠다고 약속하면 놓아드리겠습니다."

학제가 낮고도 빠른 목소리로 말했다. 이 남자가 어떻게 여기에 있는지, 또 무슨 이유로 자신을 결박하고 있는지는 생각할 여력이 없었다. 온 신경이 오로지 바깥에 쓰러져 있는 경림에게 쏠려 있는 탓이었다. 소혜가 눈물이 그렁그렁한 눈으로 계속 몸부림치자 학제가 그녀를 안은 팔에 더욱 힘을 주며 속삭였다.

"동료가 자신과 맞바꾸어 구해준 목숨을 함부로 할 생각 하지 마십시오."

굳은 목소리가 전한 말이 소혜의 이성을 붙들었다. 동료가 구해준 목숨. 경림이 자신을 희생하면서까지 구하고자 한 것은 바로 소혜, 그녀 자신이었다.

"흐… 흐읍."

소혜의 입을 막은 학제의 손 위로 서러운 눈물이 쏟아졌다. 인정하고 싶지 않은 사실은 너무도 끔찍하게 그녀의 가슴을 파고들었다. 소혜가 더 이상 저항할 의지를 보이지 않자 학제도 서서히 팔에 힘을 풀었다.

"좋아요."

학제는 형식적인 미소를 옅게 지으며 소혜를 놓았다. 잔혹한 현실에 처하여 고통스러워하는 그녀가 안쓰러워 애가 탔다. 할 수만 있다면 제 품에 안아서 저 눈물이 모두 마를 때까지 그녀를 달래주고 싶었다.

그러나 지금은 일분일초가 급박한 상황이었다. 소혜를 살리는 것이 우선이었기에 학제는 그녀를 끌어안고 싶은 걸 참으며 엄중하게 말을 이었다.

"잘 들어요, 소혜 양. 정신을 똑바로 차려야 이곳에서 벗어날 수 있습니다."

"여기서… 대체 어떻게 빠져나간단 말이에요?"

"제가 하라는 대로만 하십시오. 그럼 됩니다."

그는 소혜의 머리에서 빠르게 모자를 벗겨냈다. 그러곤 구두닦이 소년의 투박한 외투 대신 근처에 쓰러져 있던 귀부인의 긴 코트를 입혀줬다. 면사포가 드리워진 클로시에 구두까지 전부 갈아 신기고 나니 영락없이 가녀린 소녀처럼 보였다.

"지금부터 소혜 양은 무고하게 이 사건에 휘말린 사람입니다."

학제는 자신이 쓰고 온 모자 대신 소혜의 모자를 썼다. 입고 왔던 재킷 역시 벗어 던지고 소혜의 작은 외투에 억지로 몸을 욱여넣었다.

"그리고 내가 이 사건의 주범이 되는 겁니다."

소혜의 눈동자가 크게 떨렸다. 그가 무슨 말을 하는지 정확히 파악되지 않아 혼란스러워하는 듯했다. 학제는 그런 소혜를 향해 진심으로 편안한 미소를 지어 보였다.

"대체 사장님이 왜…?"

"일본 사람이 조선 사람을 이리 못살게 구니, 조선 사람을 돕는 외국인도 있어야지요."

당신에겐 마지막까지 좋은 사람이고 싶어서.

"그래야 사람 사는 세상이지."

비록 내 욕심으로 당신에게 씻을 수 없는 죄를 지었지만 마지막에는, 이 마지막만큼은 당신에게 좋은 사람이고 싶어서.

"당신을 인질로 잡은 것처럼 꾸밀 테니, 내가 놓아주는 척하면 재빨리 안전한 곳으로 피하십시오."

"그럼 사장님은요?"

학제가 입가를 조금 더 길게 늘였다.

"나는 오늘이 지나면 중국으로 돌아갈 겁니다. 그러니 소혜 양은 오늘 이후로 나를 찾지도, 생각하지도 마십시오."

나를 잊고, 당신은 당신의 길로 계속 나아가십시오. 나는 끝내 함께 걸을 수 없는 그 길로. 당신이 그토록 열망하는, 이 나라가 독립을 맞이하는 그 찬란한 길로.

"나는 중국으로 돌아가면 아주 바쁜 나날들을 보낼 예정이라…"

당신이 사랑하는 그 남자와 함께.

"아마 금방, 소혜 양을 잊게 될 거 같거든요."

나는 저 먼 곳에서 당신이 행복하게 웃는 모습을 지켜볼 테니. 그것이면 충분하니.

학제는 벗어놓은 재킷 속에서 사진 한 장을 꺼냈다. 오래전에 소스케에게서 받았던 호원의 사진이었다. 자기 죄를 잊지 않기 위해, 언젠가 소혜에게 돌려줄 날을 기대하며 부적처럼 품고 다니던 물건. 이제는 마땅한 주인에게 돌려줘야 할 때였다.

"이건 내가 소혜 양에게 주는 마지막 이별 선물입니다."

비록 수형 기록표에 있던 것이라 좋은 모습은 아니었지만, 이것만으로도 소혜에겐 소중한 사진이 될 터였다. 예상대로 호원의 사진을 받아 든 소혜의 눈동자가 세차게 떨려왔다. 마를 새 없는 그녀의 눈가를 학제는 고요히 닦아주기만 했다.

설명해주고 싶은 게 많았지만 시간이 없었다. 학제는 여타의 말 대신 소혜의 손에서 총을 가져갔다.

"소혜 양의 이별 선물은 이것으로 받겠습니다."

쾅, 쾅, 쾅!

밖에서 부술 듯 문을 두드리는 소리가 들렸다. 일군들이 여기까지 들이닥친 모양이다. 학제는 소혜에게 씌운 클로시를 깊이 눌러줬다. 이제 헤어질 시간이다.

"소혜 양, 꼭 무사히 도망치셔야 합니다."

"안 돼요. 차라리 그냥 같이…!"

"말했잖습니까."

학제의 입가에 더할 수 없이 부드러운 미소가 걸렸다.

"나는 내 조국으로 돌아갈 거라고."

그 미소에 비로소 정신을 차린 소혜가 그를 말리려던 찰나, 학제는 어찌할 틈조차 주지 않고 소혜를 돌려세웠다. 때마침 부서진 문으로 일군들이 들이닥쳤다.

"움직이면 이 여인을 쏠 것이다."

소혜를 뒤에서 끌어안은 학제가 그녀의 관자놀이에 총을 겨눴다.

"이 영애가 죽으면 네놈들도 무사하지 못할 테지."

언뜻 귀한 영애처럼 보이는 소혜의 머리에 총구가 닿아 있자 일군들도 당황하여 멈칫했다. 학제의 말 때문에 고위직의 딸일지도 모른다고 깜빡 속은 것이다. 일군들이 제 뜻대로 움직이자 학제가 천천히 소혜를 데리고 사무실 밖으로 향했다. 마지막까지 긴장을 놓지 않으며 반대쪽 문으로 나온 학제가 소혜의 귓가에 바짝 입술을 붙였다. 그녀에게만 들릴 마지막 작별 인사.

"여기서부터는 소혜 양 혼자 가셔야 합니다."

끝내 전할 수 없는 마지막 한마디.

"부디… 몸조심하시기를."

당신을 마음 깊이 원했다는, 내 일생 단 하나의 진심.

"가십시오."

학제가 소혜의 몸을 밀치듯 놓아줬다. 그녀를 향해 총을 계속 겨누고 있으니 일군들도 쉽게 학제를 저격하지 못했다. 소혜는 휘몰아치는 감정을 애써 억누르듯 아랫입술을 꾹 깨물었다. 모자 아래로 드러난 그녀의 두 눈동자에서 쉴 새 없이 눈물이 흘러내렸다. 미안함인 듯, 고마움인 듯, 혹은 마지막 인사인 듯. 그렇게 갈등하듯 한참을 머뭇거리던 소혜는 결국 뒤돌아 멀리 달아났다.

나비처럼 멀리 날아가는 뒷모습이 학제의 망막에 시리도록 남았다. 지독하리만치 온몸을 휘감는 쓸쓸함. 처연하리만치 찢어지는 가슴. 그나마 소혜의 볼을 흥건하게 적시던 눈물이 유일한 위안이 될 뿐이다.

"…울어줘서 고맙네."

물기 어린 눈가에 진심으로 행복한 미소가 떠올랐다. 이내 소혜를 향해 있던 총구가 학제의 머리로 향했다. 자신을 생포하려고 달려오는 일군들의 모습이 느릿하게 보였다. 그들 위로 수많은 기억이 주마등처럼 스쳐 지나갔다. 언제나 두려웠던 할아버지, 무기력한 아버지, 유폐되신 어머니, 회사, 일, 제가 거둔 직원들… 그리고 소혜. 백소혜, 평생을 다해도 내가 가질 수 없을 그 여인. 손을 뻗어도 닿을 수 없는, 나비처럼 아스라이 멀어지는 모습을 바라볼 수밖에 없는 그 여인.

그다음으로 가장 미련이 남는 것은….

'미안하다, 린진.'

혼자 남게 될 그 아이가 뒤늦게 생각나 가슴에 사무쳤다. 이제 와 돌이킬 수 없는 결정에 그제야 눈물이 흘렀다. 후회라기보다는 그저 미안함. 한없이 안타까운 미안함. 지금으로서는 정씨가 알아서 린진을 중국으로 무사히 보내주길 바랄 수밖에 없었다. 책임감이 강한 여자니까 분명 그리 해주리라 믿었다.

'내 인생의 마지막 장면은 무척이나 화려할 줄 알았는데.'

뭐… 이것도 화려하다면 화려한 마지막인가. 학제는 싱겁게 실소를 치며 방아쇠에 손을 걸었다. 그의 턱에 매달려 있던 눈물이 뚝, 바닥을 향해 떨어지는 순간.

"아, 재밌었다."

이 빌어먹을 세상.

탕—!

"…!"

허공을 찢는 총성에 소혜가 뒤를 돌아봤다. 한참을 도망쳐 나온 탓에 가로막힌 담벼락 너머로는 아무것도 보이지 않았다. 그러나 경림의 마지막 모습과 학제의 뒷모습이 자꾸만 눈앞에서 되풀이되고 있었다. 견디기 버거운 죄책감과 슬픔이 가슴을 옥죄었다.

"흐… 흐윽…."

온몸이 떨리고 눈물이 눈앞을 가로막았다. 지금이라도 저곳으로 돌아가서 그들의 시신만이라도 수습하고 싶었다.

─동료가 자신과 맞바꾸어 구해준 목숨을 함부로 할 생각 하지 마십시오.

그러나 돌아서려던 어깨를 학제의 목소리가 다시 붙잡았다. 그들이 스스로 희생하면서 구하고자 한 목숨을 헛되이 쓰지 말라며. 자신들의 몫까지 부디 소중하게 살아달라며. 소혜에겐 선택의 여지가 없었다. 서둘러 만주로 넘어가지 않으면 두 사람의 희생이 모두 물거품이 될 것이다. 끝까지 살아남는 것만이 그들에게 은혜를 갚을 수 있는 방법이었다.

무엇보다 지금은 한시라도 빨리 우건이 무사한 것을 확인하고 싶었다. 이 순간에도 끊임없이 그가 걱정돼 가슴이 무너져 내릴 것만 같았다.

"미안해요…. 미안해요, 정말…."

소혜는 괴롭게 울음을 토해내며 다시 발걸음을 재촉했다.

◆ ◆ ◆

우건은 쉬지 않고 빠른 속도로 달렸다. 세호가 설치한 폭탄이 예상보다 조금 빨리 터져서 꼬리를 밟히고 말았다. 맹수의 직감을 가진 소스케가 일찍이 이상한 낌새를 눈치챈 탓도 있었다.

"거기 서!"

끈질기게 따라붙는 소스케 때문에 시가지에서는 난데없는 추격전이 벌어졌다. 우건은 죄 없는 사람들이 다치는 것을 최대한 줄이려고 빗발치는 총알을 피해 산길을 오르기 시작했다. 어느새 추적추적 내리는 비 때문에 발밑이 질척거렸지만, 끝까지 포기하지 않고 앞을 향해서만 내달렸다.

그러나 소스케도 지치지 않고 악착같이 그의 뒤를 쫓았다. 이제는 새롭게 지원된 일군까지 가세하여 그를 뒤쫓기 시작했다. 쫓고 쫓기는 아슬아슬한 거리가 계속 유지됐다.

탕!

또 한 번 날아온 총알이 이번에는 삿갓을 맞혔다. 삿갓이 떨어지면서 우건의 얼굴이 드러나고 말았다.

"신우건, 역시 네놈이었어!"

우건의 정체를 확인한 소스케가 더욱 눈에 불을 켜며 추격했다. 따돌리기조차 힘겨울 만큼 적수가 어마어마하게 불어났다.

'젠장!'

우건은 쫓아오는 일군들을 총 하나로 쓰러트리며 간신히 버텼다. 그러나 점점 맹렬해지는 공격으로 우건도 차츰 열세에 몰리게 됐다. 빗물도 그의 진로를 방해하기는 마찬가지였다. 산속으로 깊이 들어갈수록 체력과 총알은 떨어져갔다. 희망보다 절망이 짙어질 무렵, 하필이면 산길마저 끊기며 눈앞에 절벽이 드러났다.

"하아, 하…!"

우뚝 멈춰 선 우건은 깎아지른 듯한 절벽 아래를 내려다봤다. 끝없는 수직의 절벽이 죽음의 아가리를 넓게 벌리고 있는 것 같았다.

"네놈도 궁지에 몰릴 때가 다 있군, 신우건."

뒤돌아보니 그새 뒤따라온 소스케가 비릿하게 입술을 비틀며 다가왔다. 철컥, 그를 향해 총을 겨눴으나 애석하게도 남은 총알은 없었다. 엎친데 덮친 격으로 일군 수십 명이 장총을 든 채 포위망을 좁혀왔다. 말 그대로 독 안에 든 쥐 신세. 더 이상 피할 곳도, 물러설 곳도 없었다.

우건은 굳은 눈빛으로 소스케를 마주 봤다. 이제 남은 선택은 단 하나.

"왜 내가 궁지에 몰렸다고 생각하나?"

"더 이상 도망칠 데가 없어진 순간에도 끝까지 오만을 부리는군그래."

미안하다, 소혜야. 다녀오겠다던 약속… 지키러 가야 하는데.

"글쎄. 그냥 오만이기만 할까."

조금 멀리 돌아가게 될 것 같다. 우건의 고개가 등 뒤에 있는 절벽으로 향했다. 비에 젖은 발꿈치가 한 뼘 더 절벽으로 물러섰다.

"도망칠 곳이 왜 없다고 생각하지?"

견딜 만한 두려움과 견디지 못할 슬픔이 동시에 가슴으로 파고들었다. 소혜, 그녀가 눈앞에 아른거려서. 마지막으로 그녀에게 인사 한마디 전하지 못하는 것이 사무치게 아쉬워서. 한 번 더 사랑한다고 말해주지 못한 것이 사무치게 서러워서.

"네놈 손아귀에만 잡히지 않으면 되는데."

그런데도… 이 길을 걷지 않을 수가 없어서.

"너 이 자식! 당장 멈추지 못해?!"

소스케가 싸하게 얼굴을 굳혔다. 신우건을 생포해야 한다는 명령이 그의 다리를 움직이게 했다. 그러나 무슨 수를 써도 우건을 잡기에는 이미 너무 먼 거리.

"대한 독립…."

탕!

우건을 멈추게 하려고 누군가 총을 쐈다. 하지만 그 반동이 도리어 그를 절벽으로 더 내몰고 말았다.

"…만세!"

우건은 온 힘을 다해 그 간절한 염원을 외치고서 허공으로 몸을 던졌다. 방금 전까지 제 앞에 펼쳐졌던 잔혹한 세상이 사라지고, 어둑한 구름으로 뒤덮인 하늘만이 시야를 온통 점령했다.

지금 내디딘 걸음을 후회하지 않는다. 나는 이곳에서 죽어 사라지더라도 또 다른 내가 몇 번이고 너희를 찾아가 처단할 테니. 나는 또 한 걸음만큼 독립의 길을 넓힌 것만으로 이 순간을 영광스럽게 여길 것이다.

다만 나의 유일한 미련은, 너를 위험한 이 땅에 홀로 남겨두는 것이니.

"소혜야…."

마른 입술에서 애틋한 이름 하나가 새어 나왔다. 쏟아지는 빗물이 그 이름과 함께 눈물처럼 그의 뺨을 적셨다. 빗물이 이토록 차갑게 느껴지는 건 그의 마음이 애통함으로 들끓는 까닭이리라. 이토록 불운한 시대에 이토록 애처로운 사랑을 간직하고 만 까닭이리라.

"백소혜…."

불러도 차마 닿지 못할 이 이름마저 서러운 빗물에 녹아 사라진다. 내 소식이 네 귀에 끝내 닿지 않기를 바라면서도 내 걱정으로 밤잠 못 이룰 네가 걱정돼 견딜 수가 없다. 홀로 남겨진 네가 행여 잘못되기라도 할까 봐 견딜 수가 없다. 할 수만 있다면 나비가 돼 너에게 날아가고픈 마음이다. 그렇게라도 너를 보고픈 마음이다.

"…사랑한다."

우건은 저리도록 아픈 고백을 머금고서 눈을 감았다. 부디 다음 생에는 그토록 바라는 나비가 돼 네 주변을 훨훨 날아다니기를. 다른 무엇에도 얽매이지 않고 오로지 네게만 얽매이기를.

곧 모든 세상이 암흑으로 변했다.

◆ ◆ ◆

요시다 음식점에 도착한 소혜는 준비된 옷으로 갈아입고 다른 신분증을 건네받았다. 음식점 주인의 말로는 앞서 두 남자가 먼저 옷과 위조 신분증을 받아 갔다고 했다. 일말의 기대를 품었던 소혜는 그들의 인상착의를 듣고서 실망할 수밖에 없었다.

'아니야…. 선생님께서 제일 마지막 열차를 타시기로 했잖아. 아직 시간은 많아. 안전한 곳에서 잘 숨어 계실 거야.'

소혜는 자꾸만 터져 나오려는 울음을 애써 삼키며 그리 생각했다. 이미 경림과 학제의 죽음만으로 충분히 위태로웠기에, 우건이 살아 있다는 믿음이라도 가져야 이 순간을 버틸 수 있었다.

"감사합니다."

"조심히 가시오."

마지막까지 걱정해주는 주인과 헤어져 음식점을 나왔다. 이미 거리에서는 조선총독부 기습 폭파 사건으로 헌병과 일군이 길목을 막고 사람들을 하나하나 조사하고 있었다.

"한 줄로 똑바로 서!"

소혜는 혼란스러운 감정을 억누르고 고분고분 그들의 말을 따랐다. 다행히 완전히 다른 모습으로 변장한 데다가 위조 신분증까지 지닌 덕에 누구도 그녀가 폭발 현장에 있던 사람이란 걸 알지 못했다. 백소혜라는 사실도 알아채지 못했다. 무사히 검문을 통과한 소혜는 곧장 경의선 열차에 올랐다.

"하아…."

열차에 오르자 조금이나마 긴장이 풀어졌다. 그러나 곧이어 불안과 걱정이 차올라 한시도 마음을 놓을 수 없었다.

'제발, 선생님….'

불안을 이겨내려고 깨물었던 아랫입술에서 비릿한 맛이 번졌다. 어찌나 세게 깨물었는지 그만 상처가 난 것이다. 하지만 어떤 통증도 먹구름처럼 가슴속에 가득 들어찬 두려움을 덮지 못했다. 더불어 경림과 학제를 잃은 충격까지 그녀의 정신을 뒤흔들고 있었다.

혹시 이 모든 일이 꿈은 아닐까. 잠깐 눈을 감았다 뜨면 아무 일 없다는 듯이 모두가 웃고 있지 않을까. 하지만 쉴 새 없이 흐르는 눈물을 닦아내며 간절히 빌고 또 빌어도 끔찍한 악몽은 끝나지 않았다. 오히려 어느 때보다 선명한 현실임을 자각할 뿐이었다. 경성에서 멀어질수록 불길한 상상이 더욱 몸집을 불렸다.

'만일 선생님께 무슨 일이 생긴 거라면….'

불현듯 떠오른 생각에 온몸이 덜덜 떨렸다. 소혜는 세차게 고개를 흔들며 거대한 파도처럼 덮치는 걱정들을 떨쳐냈다.

'아니야. 내일 아침까지는 꼭 오실 거야. 반드시 꼭…'

소혜는 무의식중에 계속 아랫입술을 물어뜯으며 괴로운 시간을 버텨
냈다.

◆ ◆ ◆

무슨 정신으로 열차를 타고 만주 신징新京까지 갔는지 기억이 나지 않
았다. 정신을 차리니 거사를 끝내고 모이기로 했던 작은 찻집의 간판이
눈앞에 보였다. 원래 계획대로라면 지금 이 안에는 경림이 있어야 한다.
그러나 일말의 희망조차 불가능해진 현실. 꾹 참았던 눈물이 걷잡을 수
없이 흘러내리기 시작했다. 소혜는 비틀거리며 닫힌 문으로 다가갔다.

똑똑.

힘없이 문을 두드렸으나 돌아오는 기척은 없었다.

똑똑.

떨리는 주먹에 조금 더 힘을 줘 문을 두드렸다.

"저예요…. 소혜."

이미 다 쉬어버린 목을 억지로 짜내어 말했다. 그러자 낮은 발소리가
들리더니 이내 조심스럽게 문이 열렸다.

"소혜 씨!"

등 뒤로 총을 숨기고 있던 세호가 주위를 살피고는 얼른 소혜를 안으
로 들였다. 소혜는 축축이 젖은 눈으로 안을 둘러봤다. 예상대로 세호와

희욱 두 사람이 전부였다.

세 사람은 잠시 아무 말 없이 서로를 바라보기만 했다. 굳이 말로 하지 않아도 소혜의 눈물에 어떤 뜻이 담겨 있는지 다 알게 된 것이다.

"…고생했다."

희욱은 조용히 다가와서 사지를 힘겹게 벗어난 소혜를 위로했다. 작전 중에 동료를 잃는 일은 피할 수 없는 필연의 과정. 그러나 몇 번을 겪어도 결코 적응할 수 없는 아픔이었다.

"흐…흐윽, 아… 으, 흐흑."

소혜는 끝내 참지 못하고 자리에 주저앉아 울음을 쏟아냈다. 애원하듯 손에 꼭 쥔 반지조차 이 순간에는 슬픔을 배가할 뿐이었다. 어서 빨리 우건이 와주면 좋겠는데. 그래서 나를 안고 달래주면 좋겠는데. 고생했다고, 많이 힘들었겠다고, 같이 이겨내자고, 그리 말해주면 좋겠는데. 어찌하여 이리 오지 않는 것인지.

"선생님…!"

밤이 지나고 또 아침이 밝아왔지만, 우건은 끝내 그녀가 있는 곳으로 돌아오지 않았다.

◆ ◆ ◆

하루가 지났을 때는 우건이 열차를 놓쳤을 거라고 생각했다. 너무 멀리까지 도망가는 바람에 열차 시각을 맞추지 못했을 거라고. 이틀이 지났을 때는 수사망을 피하기 위해 어딘가에 숨어 있을 거라고 생각했다. 그는 워낙 얼굴이 알려졌으니 웬만한 분장으로도 돌아다니기 어렵겠지. 사흘이 지났을 때는 어디 한 곳을 다쳐서 치료하는 중일 거라고, 나흘이 지났을 때는 부상 정도가 좀 더 심한가 보다고, 일주일이 지났을 때는 어떤 피치 못할 사정이 있을 거라고. 그렇게 억지로, 억지로 희망을 붙잡으며 열흘이라는 시간을 버텼다.

그러나 아무리 시간이 흘러도 우건은 그들이 있는 곳으로 돌아오지 않았다. 살아 있다면 분명 어떤 식으로든 소식을 전했을 텐데, 짧은 연통조차 오지 않았다. 소혜는 소식조차 전하지 않는 그를 원망하다가도, 지금이라도 제발 돌아와달라며 그에게 닿지 않는 목소리로 애원하곤 했다. 울다가 지쳐 쓰러지면 새로운 아침이 다가왔고, 우건이 제 곁에 없다는 잔인한 현실이 날카로운 창처럼 가슴을 찔렀다.

"선생님…."

소혜는 오늘도 습관처럼 반지를 문지르며 열리지 않는 문만 쳐다봤다. 거의 며칠을 제대로 먹지도 못한 탓에 얼굴은 볼품없이 야위었고, 너무 많은 눈물이 흐르다가 마르기를 거듭한 까닭에 눈가에서 생기라고는 조금도 찾아볼 수 없었다.

이토록 숨 막히는 시간이 또 있을까. 이토록 간장을 끊는 시간이 또 있을까. 시간의 흐름조차 무감각해져 끝없는 지옥에 빠진 것만 같았다. 어떤 소식이라도 전해 들을 수 있기를. 아니, 차라리 평생토록 아무 소식도 들려오지 않기를. 하루에도 수십수백 번을 오가는 생각 속에서 소혜의 가슴은 까맣게 타들기만 했다. 경림과 학제의 죽음으로 인한 충격은 추스를 새도 없었다.

영혼이 죽는다는 게 이런 걸까. 차라리 모든 것을 끝낸다면 조금은 편해질까. 그녀의 눈시울이 또다시 붉게 물들었다.

"소혜 씨…. 오늘은 뭐라도 좀 먹어요."

세호가 다가와서 묽은 미음 그릇을 건넸다. 며칠째 물만 겨우 마시고 음식물은 도통 먹으려 들지 않으니, 저러다가 소혜까지 어떻게 될까 봐 걱정됐던 것이다.

"…감사합니다."

하지만 소혜는 받아 든 그릇을 멍하니 보기만 할 뿐 입에 대지 않았다. 뭔가를 먹기만 하면 전부 게워내는 까닭이었다. 하루 만에 가까운 사람을 셋이나 잃은 데다가 그중 한 명은 목숨과도 같았던 연인이니. 몸이 음식을 거부하는 건 어찌 보면 당연한 일이었다. 그녀를 보다 못한 희욱이 버럭 화를 냈다.

"야, 너만 동료를 잃었어? 이런 일을 겪을 각오도 안 하고 이 길에 뛰어든 거야? 네가 그럴수록 남은 사람들만 더 힘들어진다는 거 몰라?"

"형님, 그만하십시오. 소혜 씨도 마음 추스를 시간이 있어야지요."

세호가 말렸지만 희욱의 타박은 멈추지 않았다.

"언제까지 마음만 추스를 건데? 나라 다 먹힐 때까지? 동료들이 다 죽을 때까지? 네가 그러고 있다고 죽은 사람들이 살아 돌아오는 줄 알아?!"

비수 같은 말들이 사납게 소혜의 가슴을 할퀴었다. 안다. 이미 죽은 사람은 돌아오지 않는다는 것. 내가 이러고 있으면 함께하는 동료들까지 의지가 꺾인다는 것.

"안 죽었어요…."

그래도 온 가슴이 자꾸만 무너져서 도저히 견뎌내기가 힘들었다. 마른 듯했던 눈가로 어김없이 눈물이 새어 나왔다.

"우리 선생님은 안 죽었다고요…!"

겨우 한두 모금 마신 물까지 전부 눈물로 흘려보낼 생각인지, 굵은 눈물방울이 수없이 손등을 적셨다.

"어, 소혜 씨!"

결국 버티지 못한 소혜의 몸이 휘청거려 세호가 겨우 부축했다.

"젠장!"

그 모습을 본 희욱은 결국 자리를 박차고 나가버렸다. 두 사람 사이에서 어쩔 줄 모르고 섰던 세호는 소혜를 다시 자리에 앉히고서 묵직한 한숨으로 이야기를 꺼냈다.

"소혜 씨가 좀 이해해주세요…. 희욱 형님의 속도 지금 말이 아닐 테니."

겉으로는 어떻게든 참는 듯 보여도 그 역시 20년 지기 친구를 하루아침에 잃은 사람이다. 희욱도 결코 의연할 수가 없는 상황인 것이다. 말로 다 설명하지 못할 그 마음들을 알기에 소혜도 희욱을 원망하지 않았다. 그저 그가 한 말만 부정하고 싶을 뿐. 견딜 수 없이 괴로운 현실에 소혜는 오래도록 울음을 멈추지 못했다.

◆ ◆ ◆

서소문정 골목. 조선으로 이주해 온 중국인들이 침투력 좋은 개미처럼 그들만의 터를 지은 이곳은 흡사 중국의 한 지역처럼 보이곤 했다. 호떡집과 청요릿집이 즐비한 길목. 그 맞은편에 미로처럼 구불구불 들어가는 뒷골목은 중국인들이 남들의 눈을 피해 몰래 파놓은 음지였다. 바로 밀매음굴을 비롯한 아편굴이 여기에 숱하게 포진해 있었다. 현실의 벽에 부딪혀서, 혹은 처음부터 복잡한 세상일에는 관심이 없어서 비척비척 이곳 서소문정 뒷골목으로 몰려든 사람들은 아편과 매음에 취해 하루하루를 헛되이 버리고 있었다.

그러나 모두가 매음이나 아편만을 위해 이곳으로 숨어드는 건 아니었다. 아편이 매캐하게 피워 올리는 연기와 어둑한 조명으로 음산한 방 안. 한 여인이 구석에서 잔뜩 웅크린 채 지나가는 사람들을 연신 곁눈질로 훔쳐보고 있었다. 피골이 상접할 만큼 많이 상하긴 했으나 한때 고왔던 태가 남아 있는 얼굴. 바로 요화였다. 동료들을 배신했다는 죄책감과 언제 어디서 피살당할지 모른다는 두려움에 모든 것을 버리고 이곳 아편굴로 숨어든 것이다.

그러나 이곳에서도 요화는 마음 편히 지낼 수 없었다. 그녀는 매일같이 악몽에 시달렸다. 동료들에게 쫓기다가 죽임을 당하거나, 결국 소스케에게 끌려가서 평생 벗어나지 못하는 꿈들이었다.

그중에서 가장 최악의 악몽은 바로 우건이 눈앞에서 죽는 꿈이었다. 어떻게든 그만은 살리려고 온몸으로 끌어안았으나, 마치 손가락 사이로 빠져나가는 모래처럼 멀어진 우건이 모진 고문을 당하다가 끝내 죽어버리는 그런 악몽. 한평생 우건만 바라본 요화에게 그보다 더한 악몽이 또 있을까. 아마 없을 것이다.

날마다 끔찍한 괴로움으로 몸부림치던 그녀는 아편으로까지 손을 뻗었다. 그러나 그마저도 그녀의 고통을 지워주진 못했다. 정신이 흐릿한 가운데서도 죄책감은 끊임없이 그녀의 가슴을 짓눌렀다. 제가 한 짓이 얼마나 큰 죄였는지, 그로 인해 어떤 참혹한 결과를 초래했는지 절실히 깨닫게 할 뿐이었다.

후회가 마음과 정신을 갉아먹은 탓일까. 경성 최고의 기생이라 칭송받던 요화는 이제 어디에도 없게 됐다. 비싸고 화려한 옷감은 그사이에 해지고 더러워졌으며, 잘 손질돼 있던 머리도 헝클어져 지저분해진 지 오래였다. 얼굴은 뭇 아편쟁이들 못지않게 비쩍 말라서 해쓱하고 푸석푸석했다. 이제 그녀에게 남은 건 병든 몸뿐이었다.

"얼마 전에 조선총독부가 폭파됐다던데."

그때 업주로 보이는 중국인 남자 두 명의 대화가 요화의 신경을 사로잡았다.

"거기에 가담한 조선인들은 전부 체포됐나?"

"몇 명은 죽고, 몇 명은 도망쳤다더군."

"조선인들은 지치지도 않아. 그 정도 했으면 포기할 때도 됐는데."

"좀 끈질겨야지. 이번에도 그들의 소행인 것 같더만."

"누구?"

"그 어디더라. 단체 이름이… 아, 한열단."

한열단이라는 말에 요화의 몸이 사시나무처럼 떨리기 시작했다. 공포, 두려움, 회한, 환멸, 자기혐오. 이제는 그 이름만 들어도 온갖 부정적인 감정이 해일처럼 덮쳐왔다. 그들의 대화는 거기서 그치지 않았다.

"그러고 보니 이번 일에 가담한 사람들 중에는 그 학자도 있다던데. 왜, 그… 나비 같은 곤충이나 벌레를 연구랍시고 한다던 사람."

나비 연구. 그 말에 동공이 풀려 있던 요화의 눈동자가 시리게 굳었다.

'우건… 오라버니.'

덜덜 턱을 떨던 요화는 순간 이성을 잃고 중국인 남자를 붙들었다.

"그 사람, 그 사람은 어떻게 됐대요?"

"뭐, 뭐야? 이 여자는!"

"도망쳤대요? 아니면 붙잡혔대요? 어떻게 됐는데요!"

"이거 놔!"

남자는 화들짝 놀라서 요화의 손을 뿌리쳤다. 안 그래도 제정신 아닌 사람이 많은 아편굴인데, 웬 여자가 귀신 같은 몰골로 달려드니 당연히 놀랄 수밖에. 그러나 요화는 더욱 악착같이 남자를 붙잡으며 필사적으로 물었다.

"그 학자라는 사람은 어떻게 됐어요? 살았죠? 살아서 잘 도망친 것 맞죠? 그렇죠?"

"그걸 왜 나한테 물어!"

"우리 오라버니 어떻게 됐냐고!"

요화가 고함을 내지르자 중국인들이 서로 눈짓을 주고받았다. 어눌한 발음으로 미루어 중국인은 아닌 것 같았고, 딱 봐도 한때 모던 걸이니 신여성이니 하는 이름으로 불리다가 나락까지 떨어진 조선인 여자 같았다. 게다가 조선총독부 폭파 사건에 연루된 사람을 오라버니라고 일컫다니. 두 남자 사이에 오가는 시선의 빛이 의미심장해졌다.

"글쎄. 듣기로는 일군에게 쫓기다가 인왕산 절벽에서 떨어졌다던데."

"절벽…이라고요?"

남자를 붙들고 있던 팔에 스르륵 힘이 빠졌다. 허망하게 풀어진 눈동자에는 전보다 더 깊은 상실과 절망이 찾아들었다. 다시 손이 주체할 수 없이 떨려왔다. 언제나 악몽으로 저를 괴롭히던 '만약'이 현실이 돼서 제 숨통을 조였다.

"아… 안 되는데…. 안 되는데, 그럼 안 되는데…."

요화는 미친 사람처럼 중얼거리며 위태로운 걸음을 옮겼다. 자기 죄로 인해 우건이 그리됐다는 생각이 사무치게 그녀를 괴롭혔다.

나는 그저 오라버니가 늘 눈길을 두는 나비가 되고 싶었을 뿐인데. 그의 손끝이 닿는 곳에 얌전히 앉아 귀여움을 받고 싶었을 뿐인데.

"마지막에는 내게도 기회를 줘야지, 마지막에는…. 이렇게 가버리면 안 되잖아…."

앙상하게 마른 두 발이 비척거리며 향한 곳은 아편굴 입구였다. 정처 없는 발길로라도 우건을 찾아 나서고 싶었다.

요화를 마지막까지 지켜보던 두 남자가 다시 서로를 마주 봤다. 묘한 눈빛을 보이다가 고개를 끄덕인 그들은 곧바로 전화기를 들었다. 은밀한 목소리는 수화기 너머를 향해 조금 전에 아편굴 밖으로 나간 여인에 대해 소상히 전했다.

이 사실을 알 리 없는 요화는 신발도 신지 않은 발로 거리를 헤맸다. 해괴한 몰골에 시선이 몰려들었지만 아무래도 상관없었다. 그저 마지막 남은 힘을 짜내어 우건을 찾고 싶은 마음뿐이었다. 요화는 잘 걷지도 못하는 발을 움직여 무작정 발길 닿는 대로 걸었다. 하지만 몇 날 며칠 제대로 먹지도 못한 몸이 온전히 버틸 리가. 그녀의 앙상한 몸은 몇 걸음 걷지 못하고 바닥에 쓰러졌다. 하지만 요화는 벽을 긁다시피 짚고 일어나 다시 앞을 향해 걸었다.

"오라버니…. 제발 사과할 기회라도…. 제발…."

그때였다. 희뿌옇게 변한 시야 너머로 누군가를 업은 채 빠르게 달려가는 사내가 보였다. 눈앞이 온통 눈물로 뒤덮여 자세히 보이진 않았지만, 업힌 남자는 분명 검은 옷을 입은 채 축 늘어져 있었다.

"오라버니…. 우건 오라버니…!"

설마 우건일까. 누군가 그를 구한 걸까. 서둘러 뒤쫓아 가서 확인하고 싶었다. 차오르는 눈물 때문에 남자의 형상이 아지랑이처럼 흐려졌다. 요화는 매병에 걸린 사람처럼 허공을 허우적거리며 비틀거리는 걸음으로 남자가 사라진 방향을 쫓았다. 그러나 이번에도 그녀는 제대로 나아갈 수 없었다.

"아…"

난데없이 제 앞을 가로막는 황색 무리에 요화가 초점 없는 눈을 들었다. 눈꺼풀을 깜빡이자 눈물이 씻기며 비로소 눈앞이 선명해졌다. 길목을 점령한 무수한 일군.

"너도 결국 이리되는군."

그리고 꿈에서도 잊지 못했던, 아니. 잊을 수 없었던 끔찍한 목소리.

"타이로 소스케…!"

요화의 두 눈에 핏발이 섰다. 사라진 허상 뒤로 괴물 같은 현실이 들이닥치자 그녀는 이성을 완전히 놓고 말았다.

"너 때문에 모든 것이 망가졌어. 너 때문에, 네 자식이 나를 그리 만들어서…!"

분을 참지 못한 요화가 소스케에게 달려든 건 한순간.

탕─!

그녀의 몸 위로 붉은빛이 번진 건 그보다 더 짧은 찰나.

"말은 똑바로 해야지. 선택은 네가 한 거야."

그제야 요화는 깨달았다. 그의 나비가 되고자 했으나 나는 끝내 구름이었다는 걸. 나비의 날개를 적시고 그의 발길을 적시는 구름. 그에겐 그저 방해만 되는, 그런 구름.

요화의 눈가에 맺혔던 눈물이 무겁게 흘러내렸다. 그녀를 향해 총을 겨눴던 소스케가 천천히 팔을 내렸다. 바닥에 쓰러진 요화를 무감한 눈으로 바라보던 소스케가 이내 냉정하게 뒤돌았다. 망가진 장난감에는 더 이상 흥미가 없다는 듯.

"끌고 와."

"예!"

우르르 몰려든 일군들이 요화의 몸을 우악스럽게 끌고 갔다. 그날 이후로 요화에 대한 소문은 경성에서 완전히 사라지게 됐다.

◆ ◆ ◆

모두에게 악몽 같던 날들이 지난 후. 소혜는 지독한 슬픔에서 비로소 벗어났다. 그리고 바보처럼 울기만 하는 대신 다시 총을 잡았다. 희욱의 말대로 동료와 연인과 가족까지 잃어가면서 걸어야 하는 것이 독립으로 가는 길이라. 우건의 복수를 위해서라도, 그리고 죽은 경림과 학제를 위해서라도 이대로 주저앉아 있을 수 없었다. 애도할 틈조차 없을 만큼 시국이 최악으로 치닫고 있었기에.

만주에서 몸을 숨기고 있던 세 사람은 우선 연락책을 통해 평춘관으로 소식을 전했다. 이미 경성을 비롯한 주변 일대는 조선총독부 폭파 사건의 주동자들을 잡기 위해 혈안이 돼 있다고 했다. 우건의 소식은 저쪽에서조차 감감무소식이었다. 학준은 이미 아들의 생사를 알아보길 포기한 듯싶었다. 들려오는 소문에 의하면 그날 우건은 인왕산 절벽에서 뛰어내렸고, 그 이후로 시신조차 찾지 못했다고 한다. 제아무리 일제가 조선의 호랑이를 말살했다 해도 호랑이의 산인지라. 행여 천 리 낭떠러지에서 천운으로 살아났더라도 산짐승에게 해를 당했을 가능성이 높았다.

마지막까지 희망을 놓지 않던 소혜도 시간이 지나면서 차츰 체념할 수밖에 없었다. 아무리 기다려도 우건은 돌아오지 않는다. 부정할 수 없는 그 생각이 그녀를 단념시킨 것이다. 생사조차 모르는 그를 붙여잡고 있느라 다른 무수한 것을 포기할 수는 없었다.

'선생님도… 그걸 바라시진 않을 테니까.'

왼손 약지에 낀 반지를 감싸 쥔 오른손에 힘이 꾹 들어갔다. 학제에게 받은 아버지 사진과 이 청혼 반지만이 지옥 같은 시간을 견디게 해주는 유일한 힘이었다.

"소혜 씨, 이만 가죠."

세호의 목소리에 소혜는 지그시 감았던 눈을 천천히 떴다. 눈꺼풀이 쓸고 간 눈동자 위에 더 이상 나약함은 남아 있지 않았다. 무엇으로도 꺾지 못할 굳은 의지만 단단히 박혀 있을 뿐이었다. 떠난 이들의 몫까지 제가 다 짊어지고 앞으로 나아가야 하므로. 세호와 희욱을 차례로 바라본 소혜가 총이 든 짐가방을 들었다.

"네. 가요."

대업을 못다 이루고 떠난 동료들을 위해. 저를 지키다가 끝내 목숨을 잃게 된 이들을 위해. 그리고… 어딘가에서 저를 지켜볼 우건을 위해.

"돌아가죠. 경성으로."

다가오는 천황절, 소혜는 남은 생을 다 바쳐서 마지막 거사를 치를 예정이었다.

•　•　•

　경성에서 제일 먼저 그들을 반긴 건 바로 만석이었다. 하얗게 센 머리로 경성역 안에서 초조하게 기다리던 그는 소혜를 발견하자마자 눈시울부터 붉혔다.

　"…오랜만이다."

　짧은 인사말조차 가늘게 떨리는 것으로 보아, 그가 연락을 받은 뒤로 소혜를 기다리면서 얼마나 마음을 졸였는지 여실히 느껴졌다. 몇 년 사이에 급격히 늙어버린 모습에 소혜는 코끝이 찡했다. 하지만 곧장 만석에게 다가갈 수 있는 건 아니었다.

　"소지품을 검사하겠습니다."

　수배령이야 분장으로 따돌린다지만, 조선총독부 폭파 사건 이래로 기차역과 거리마다 검문검색과 소지품 검사가 더욱 강화됐던 것이다. 무기를 숨기기 위해 이중, 삼중으로 가방을 제작하긴 했으나, 저들이 마음먹고 샅샅이 헤친다면 못 찾아낼 것도 없을 터였다.

　검색대와 가까워질수록 세 사람의 긴장도 높아져만 갔다. 최대한 걸음을 미적거렸지만 결국 차례는 다가왔다. 어쩔 수 없이 소혜가 가방을 검색대에 올려놓은 그때.

　"만고쿠 상."

　어디선가 검은 제복을 입은 경찰 하나가 나타나서 만석에게 다가왔다.

　"아… 다구치 경부님."

　능글맞게 웃는 경부를 향해 만석이 어색하게 웃어 보였다. 소혜 앞에서 일본 이름으로 불렸다는 사실에 그조차 놀란 듯했다.

"이 시간에 여기는 어쩐 일인가? 가게 문을 닫고 어디 여행이라도 가는 건가?"

만석은 잠시 마른침을 삼키고는 천연스럽게 거짓말을 했다.

"예전에 함께 일했던 아이들인데, 다시 경성에서 일자리를 찾는다기에 제가 직접 마중을 나왔습니다."

"예전이라면 모던 카페를 운영할 때?"

"아… 예. 그렇습니다."

"흐음."

경부가 낮게 콧숨을 내쉬며 소혜와 나머지 두 사람을 쳐다봤다. 날카로운 눈동자가 샅샅이 뒤지듯 세 사람을 훑었다. 독사 같은 눈동자가 유일한 여인인 소혜의 얼굴에 박혀들었다. 찰나의 긴장이 스친 순간.

"만고쿠 상의 손님이라면 내가 특별히 더 신경 써야겠지."

이내 경부가 자신의 신분증을 내보이며 세 사람을 소지품 검사 대열에서 제외시켰다.

"이 세 사람은 내가 보증하니 검열에서 빼주시오."

"예."

순사들이 세 사람의 짐을 검사하려다가 이내 돌려줬다.

"…감사합니다, 경부님."

"감사까지야. 다음 주중으로 가게에 한번 들를 생각이니 그때나 잘 부탁함세."

"예. 그러겠습니다."

"내 다른 술집은 별로인데, 만고쿠 상네 가게만큼은 이상하게 정이 간단 말이지. 거기만 가면 술맛이 좋아져. 하하하!"

"그리 생각해주시니 감사합니다."

"그럼 다음에 봅세."

"살펴 가십시오."

경부는 끝까지 만석에게 살갑게 대하다가 자리를 떠났다. 그를 향해 허리를 숙였던 만석은 곧 소혜의 눈치를 보며 쭈뼛쭈뼛 몸을 일으켜 세웠다. 차마 들지 못한 고개에는 부끄러움이 가득했다.

"네 앞에서 이런 모습을 보이니…. 내 면목이 없구나."

만석은 가게를 유지하기 위하여 일찍이 창씨개명을 한 상태였다. 먹고 살려면 어쩔 수 없이 이름을 바꾸고 저들에게 고개를 조아려야 했을 것이다. 힘없는 조선인들에겐 그것만이 살 길이었을 테니. 만석의 입장도 이해가 안 가는 건 아니었기에 소혜는 가볍게 고개만 저을 뿐이었다.

"우선 여기부터 벗어나요."

"그래. 그러자꾸나."

만석은 세 사람을 데리고 자신의 가게로 향했다. 긴 여행길에 지친 이들이 편히 쉴 수 있게 휴업판까지 내걸었다. 소혜를 제외한 나머지 두 사람과는 초면이나 다름없는 사이였지만, 소혜의 동지라는 사실만으로 극진히 대접했다. 오랜만에 찾아와서 폐만 끼친다는 생각에 소혜가 흐릿한 표정을 지었다.

"이렇게 신세만 져서 죄송해요."

"그런 소리 말아라. 네가 나에게 어디 그냥 직원이었느냐?"

만석이 힐긋 소혜를 보고는 다시 흐트러진 방을 치웠다. 오랜 벗이 남기고 간 딸이라는 점도 있지만, 혼자 적적하게 생활하던 만석에게 소혜는 남다른 아이였다. 어느 순간부터 그 역시 그녀를 친딸처럼 여기게 된 것이다. 돌아오지 못할 친구를 대신하여 이 아이가 행복하게 살 수 있도록 돕는 것이 제게 남은 소명이라고 생각할 정도였으니. 이 정도 수고야 소혜의 얼굴을 다시 본 것만으로 기쁨이라 여기는 그였다.

"여기에 있는 동안만이라도 편히 지내거라."

"감사해요, 사장님. 이 은혜는 언제가 됐든 꼭 갚을게요."

"무사히 살아남아만 다오. 나한테는 그게… 은혜 갚는 길이다."

울컥하는 마음에 잠시 말을 잇지 못하던 만석은 이만 쉬라며 자리를 비켰다. 만석이 한 말로 가슴이 더욱 저려오는 이유는….

"죄송해요…. 사장님."

아마도 유일하게 지킬 수 없는 약속이기 때문일지도 모르겠다. 이미 소혜에겐 삶을 붙잡고 있는 나날이 고통 그 자체였기에.

◆ ◆ ◆

만석의 가게에서 사나흘 동향을 살핀 그들은 곧장 평춘관으로 이동했다. 거리마다 검문검색이 이뤄져 이동조차 쉽지 않았지만, 다행히 다구치 경부와 연이 있는 만석의 도움으로 위험한 검문은 피할 수 있었다.

"여기서부터는 저희가 따로 갈게요."

평춘관이 지척인 길목에서 소혜가 걸음을 멈췄다. 만석이 함께할 수 있는 곳은 여기까지였다. 소혜는 마지막으로 만석과 포옹을 나눴다.

"정말 감사했어요, 사장님."

"모쪼록 무탈하거라."

담담히 소혜의 어깨를 두드린 만석은 서둘러 들어가라며 손을 내저었다. 시간을 끌어봐야 피차 애꿎은 미련만 남을 뿐이라. 험한 길을 가는 아이 앞에서 짐이 되고 싶지 않은 까닭이었다. 오늘 나눈 작별 인사가 정말 마지막 인사가 될지도 모른다는 생각에, 퍼석하게 마른 눈가로 번지는 눈물을 만석은 서둘러 닦았다.

"사장님도 건강하세요."

소혜도 그 눈물을 봤으나 끝내 모른 척했다. 꾸벅 허리를 숙인 그녀는 떨어지지 않는 발길을 억지로 돌렸다. 가까스로 추스른 마음을 괜스레 들쑤시고 싶지 않은 까닭이었다.

미리 언질을 받았는지 평춘관으로 들어가자마자 지배인 석구가 곧바로 세 사람을 알아봤다.

"이쪽으로 오십시오."

주위를 살핀 그는 일반 손님을 대하듯 그들을 안내했다. 이윽고 다다른 곳은 사장실 앞이었다. 닫힌 문만 봤는데도 새삼스레 가슴이 세차게 뛰었다. 소혜는 어지러운 마음을 억누르며 안으로 들어갔다. 걸음을 들이자마자 보이는 학준의 얼굴. 그도 지난 수십 일간 마음고생이 심했는지 마지막으로 봤을 때보다 많이 늙어 있었다.

학준을 만난다면 최대한 차분하게 그를 대면하려고 했다. 작전 중에 동지를 잃는 일은 무수히 일어나기에. 아들을 잃은 아버지 앞에서는 감히 제 슬픔을 드러내서는 안 된다고 생각했기에. 제 슬픔은 그저 마음속에 깊이 눌러 담고자 했다.

하지만 어찌 담담할 수 있을까. 다른 사람도 아닌 우건의 아버지인데. 우건을 가장 많이 닮은 사람인데.

"…죄송합니다."

학준의 얼굴에서 보이는 우건의 모습에 소혜는 그만 고개를 숙일 수밖에 없었다. 저도 모르게 죄송하다는 말이 앞섰다. 왈칵 차오른 눈물이 금세 흘러내려 발치로 떨어졌다. 말로 다하지 못하는 온갖 감정이 휘몰아쳐 숨을 콱 막는 것만 같았다. 희욱과 세호도 같은 심정이었다. 죄스러워하는 그들의 마음을 학준은 충분히 이해하고 있었다. 그는 조용히 걸어 나와서 말없이 소혜의 어깨를 다독이기만 했다. 소혜는 안간힘으로 울음을 삼키며 마음을 추슬렀다. 그것만이 우건을 잃은 두 사람이 할 수 있는 최선이었다.

조금 진정되고 나서는 그동안 있었던 일들을 소상히 보고했다.

"그래…. 너희 셋만 만주로 넘어가 있었다고."

한참을 말없이 듣던 학준은 오랜 침묵이 이어지고 나서야 입을 열었다.

"너희가 경성에 다시 돌아온 이유는 알고 있겠지?"

조금 전과는 다른 침묵이 바닥에 가라앉았다. 서로 시선을 주고받은 세 사람이 고개를 끄덕였다.

"이제 얼마 후면 천황절을 기념하여 경성 곳곳이 떠들썩해질 것이다."

학준은 책상 위로 종이 몇 장을 올려 그들에게 건넸다. 그 종이에는 몇몇 사람의 사진과 함께 그들의 신원이 자세히 적혀 있었다.

"모두 임무 중에 잡혀 들어가 복역하고 있는 단원들이지."

"그럼 이번 임무는 이들을 구해내는 것입니까?"

세호의 물음에 학준이 굳은 눈빛으로 고개를 끄덕였다.

"열병식 이후에 천황절을 축하한답시고 파고다공원에서 공개 처형식을 한다더군."

서늘한 감각이 등을 타고 흘러내려 온몸으로 퍼져나갔다. 천황절을 기념하여 독립운동가들을 전부 공개적으로 처형한다니. 심지어 처형식을 거행한다는 파고다공원은 1919년에 독립선언서가 낭독되고 대규모 만세 시위가 일어난 역사적 공간이 아니던가. 한낱 공원에서 열병식에 처형

식까지 거행한다니, 이것이 명시하는 바는 지독하리만큼 분명했다. 파고
다공원은 조선 사람들에게 고작 공원이기만 한 게 아니므로. 그처럼 상징
적인 장소에서 독립운동가들의 처형을 보임으로써 독립을 향한 의지를
무참히 꺾고야 말겠다는, 작은 희망조차 남기지 않겠다는, 참으로 잔혹한
행사가 아닐 수 없었다.

"이런 때일수록 끝까지 싸워서 저들에게 보여줘야 한다."

학준은 거센 분노로 집약된 눈빛을 자제하며 말을 이었다.

"독립을 향한 우리 민족의 강한 열망은 절대 꺾이지 않는다는 것을."

저들이 우리를 억압하여 군림하려 들수록 더욱더 강경한 결사의 항전
의지를 보여야 하는 것이다. 우리는 절대로 그들 밑에서 고개를 조아리지
않으리라는. 자주적인 대한의 국민으로서 존재하길 원한다는.

"너희가 꼭 그것을 보여줬으면 한다."

그때까지 아무 말도 않던 소혜가 처음으로 입을 열었다.

"…타이로 소스케. 그놈도 그곳에 오나요?"

그 이름을 입에 올리는 것만으로도 소혜는 견딜 수 없는 분노를 느꼈
다. 조선총독부 폭파 사건을 다루는 신문 기사에서 소스케의 이름을 봤을
때는 정말이지 피가 거꾸로 솟는 것 같았다. 분명 그놈이 마지막까지 우
건을 뒤쫓다가 그에게 위해를 가했을 터. 우건을 쫓아가던 그놈을 저지하
지 못한 게 천추의 한으로 남았다.

"분명 그러할 테지."

소스케를 향한 학준의 분노도 소혜 못지않았다. 아니 그녀보다 더하면
더했지 결코 덜하지 않았다.

"소혜, 네가 이번 거사에서 반드시 이뤄야 할 목표는 바로 그놈이다. 반
드시 그놈을 죽여야 한다."

소혜는 끓어오르는 분을 삼키며 조용히 고개를 끄덕였다. 기필코 이번 거사에서 그놈의 목숨을 끊고 말리라. 그동안 너무 오래 돌아왔다. 이제는 확실한 매듭을 짓고 싶었다. 이 끈질긴 악연에 대하여.

◆ ◆ ◆

깊은 밤. 소혜는 홀로 밖으로 나와서 평춘관 뒷마당으로 향했다. 발길이 멈춘 곳은 그녀의 한열단 입단식 전날 밤에 우건과 함께 거닐었던 연못이었다. 이곳만큼은 세월도 비켜 간 듯 꼭 같은 풍경이었다.

시끌벅적한 소리가 멀어지자 마음이 조금이나마 차분해졌다. 천천히 걸음을 옮긴 소혜는 연못가에 덩그러니 놓인 벤치에 앉았다. 이 벤치가 이리도 넓었던가. 빈자리를 쓸어내리는 손길을 따라 짙은 쓸쓸함이 밀려왔다. 작게 한숨을 내쉰 소혜는 고개를 들어 하늘을 바라봤다. 새까만 밤하늘에는 별 하나 떠 있지 않았고, 어렴풋하게 뜬 달마저 짙은 구름에 가려져 희미한 빛으로만 남아 있었다.

한때는 저 하늘에서 희망을 본 날들이 있었다. 이 시기만 지나면 괜찮아질 거라고. 이제 곧 독립을 맞이할 수 있을 거라고. 숱한 시련과 어려움을 겪으면서도 그런 희망을 가지던 때가 있었다. 우건과 함께 저 하늘을 바라보던 때가.

이제 그때의 희망 가득했던 의지는 전부 사라지고 없었다. 제가 살아 숨 쉬는 생에는 독립의 날이 영영 오지 않을 수도 있겠다는 생각마저 들었다. 그런데도 이 걸음을 멈추지 못하는 건 단 하나 때문이었다. 나의 아버지가, 나의 동지가, 나의 연인이 바라던 꿈이 이 길 끝에 있으며, 나의 위태로운 걸음이 끝나더라도 그 뒤를 또 다른 나의 동지가 이어서 밟으리라는 걸 믿어 의심치 않기에. 그리고 이 길만이… 우건과의 유일한 연결고리기에.

소혜는 가슴이 먹먹해져 시선을 내렸다. 꼭 맞잡은 손끝에는 어김없이 반지가 닿아 있었다. 그 거사만 끝나면 함께 혼인식을 올리기로 했는데.

"그런 말이라도 하시지 말지…."

약조만 남겨둔 우건이 야속하면서도, 그렇게 떠나버린 그 또한 얼마나 서러웠을까 싶어서 차라리 눈을 감아버렸다. 캄캄해진 어둠 속에서 문득 한 가지 생각이 떠올랐다. 다시 드러난 눈동자에는 슬픔이 더 깊이 가라앉아 있었다.

"위령제조차… 지내주지 못했네."

우건을 비롯하여 경림도, 학제도 모두 그날 목숨을 잃었다. 세 사람 다 폭도로 낙인찍혀 제대로 된 장사는커녕 시신조차 수습되지 못했을 터. 소혜는 힘없는 다리를 억지로 움직였다. 평춘관으로 돌아가서 석구에게 향을 부탁하니, 오래지 않아 그가 가느다란 향 다발과 성냥을 건네줬다. 그녀의 의도를 짐작한 석구가 조심스럽게 물었다.

"함께 오신 분들을 불러드릴까요?"

"…아뇨. 괜찮아요."

소혜는 기운 없이 미소를 지으며 고개를 저었다. 이 시간만큼은 혼자 오롯이 그들을 위로하고 싶었다. 다른 두 사람은 몰라도, 세호와 희욱에게 학제는 그리 위로하고 싶지 않은 인물일지도 모르니.

다시 연못가로 돌아온 소혜가 성냥에 불을 붙여 향과 맞댔다. 곧 연기가 피어오르는 향을 아무것도 없는 맨땅에 꽂았다. 빨간 불꽃으로 반짝이

다가 스러지는 것이 꼭 학제를 닮은 향이었다.

곧이어 두 번째 향을 피웠다. 어찌 학제의 향보다 이리 연기가 가늘고 쓸쓸해 보이는지. 한평생 외로웠을 경림이 떠올라서 제 가슴이 텅 비워진 듯 허망했다.

"내가… 꼭 기억할게요."

내가 눈을 감는 순간까지, 아니. 눈을 감아서 당신들과 같은 혼이 돼서도 기억할게요.

"내 살에 새기고 내 뼈에 새겨서라도."

절대 잊지 않을게요. 당신들, 이대로 잊히도록 두지 않을게.

소혜는 마지막으로 또 하나의 향을 피우려 했다. 문득 언젠가 우건의 품에서 맡았던 희미한 담배 냄새가 떠올랐다. 담배를 잘 피우지도 않으면서 연기만 피워서 몸에 묻혀 오던 그 냄새. 향 대신이라던 그의 담배가.

그래서였을까. 당신에게서 나는 담배 냄새는 하나도 지독하지 않고 오히려 아련하게만 느껴지던 것이. 떠나보낸 이들을 향한 당신의 위로여서. 그네들을 향한 당신의 슬픔이어서.

"하…."

성냥불을 향해 다가가던 향이 이내 멈칫했다. 지금까지 돌아오지 않는 걸 보면 그 또한 먼 곳으로 떠난 것일 텐데.

"이건 정말이지 싫다…."

어째서 나는 아직까지 당신의 죽음을 받아들이지 못하는지.

"흐윽…."

소혜가 숨을 쉬는 것조차 괴로워하니 가슴이 억지로 공기를 빨아들였다. 목 안이 찢어지는 듯한 아픔에 눈앞이 뿌옇게 흐려졌다. 차마 피우지 못한 향을 든 손이 바르르 애처롭게 떨렸다. 그녀는 눈가에 그렁그렁 맺

힘껏 눈물을 삼키려고 고개를 들었다. 스르르 볼을 타고 흐르는 눈물에 어두운 하늘이 쏟아질 듯 다가왔다. 울음을 참느라 쉬어버린 목소리가 힘겹게 새어 나왔다.

"죄송해요…."

그 가운데 홀로 모습을 드러낸 별 하나.

"저는 선생님을 도저히 못 보내겠어요…."

그 별이 마치 자신을 내려다보는 것 같아서, 소혜는 오래도록 그 자리를 벗어나지 못하고 일렁이는 별빛만 좇았다.

◆ ◆ ◆

아침부터 파고다공원 근처는 인산인해를 이뤘다. 모두가 이 잔인한 행사를 두 눈으로 똑똑히 보고 후대에 남기기 위해 한과 분이 서린 얼굴로 몰려들고 있었다.

그 가운데로 검은 양식 드레스를 입고 역시 검은 베일이 길게 드리워진 모자를 쓴 여인이 천천히 걸어 나왔다. 그녀는 마치 오늘 이 자리에서 형장의 이슬로 사라질 사람들을 애도하는 양 온몸을 검은색으로 두르고 있었다. 왠지 모르게 기이하고도 엄숙한 분위기를 자아내는 묘한 여인. 그녀가 지나갈 때마다 사람들은 홀린 듯 길을 비켜줬다. 인파 속으로 천천히 녹아든 여인은 촘촘한 베일 속에서 눈을 빛냈다.

'이곳이구나. 오늘 거사 현장이.'

여인, 소혜는 눈동자만 움직이며 주변을 둘러봤다. 일반인이 워낙 많은 탓에 자칫 잘못했다가는 무고한 희생을 대거 치를지도 모른다. 그녀는 만일의 상황을 대비하여 주변 지형과 작전 내용을 수없이 머릿속으로 되뇌었다. 저 멀리 오늘 거사에 함께 참여한 세호와 희욱을 비롯하여 몇몇 단원이 그녀와 마찬가지로 주변을 신중히 탐색하고 있었다.

그렇게 파고다공원에 배치된 헌병과 일군의 위치를 살피며 한참을 걷던 중. 일순 소혜의 시선이 날카로워졌다. 타이로 소스케, 그가 천황절 행사가 진행될 팔각정 근처를 살피고 있던 것이다. 소혜는 당장이라도 저놈을 향해 뛰어들고 싶은 충동을 간신히 잠재웠다. 대신 넓게 부풀려진 치마 속, 다리에 고정하여 숨긴 총을 확인했다.

'오늘 거사에서 기필코 저놈을 처단하고 말리라.'

소혜는 맹렬한 눈빛으로 소스케를 죽일 듯 노려봤다. 그 서슬 퍼런 살기를 느낀 것일까. 소스케가 동물 같은 직감으로 이곳을 쳐다본 찰나.

"미스 파필리아."

청안의 서양인이 부르는 목소리에 그녀가 뒤돌았다. 두 사람은 가족인 듯, 혹은 부부인 듯 다정히 붙어서 다시 인파 속으로 사라졌다.

두 사람을 뚫어져라 쳐다보던 소스케는 뜨거운 숨을 낮게 내뱉었다. 묘하게 꺼림칙한 기분이 온몸을 휘감았다. 소스케는 한동안 여인이 사라진 자리를 바라보다가 부하에게 명령했다.

"조금이라도 수상하다 싶은 사람은 무조건 검문하고 신원 조회를 확실히 해. 아무나 들어올 수 있게 개방한 만큼 언제 어디서 폭도들이 날뛸지 모르니까."

"예! 알겠습니다."

소스케는 다시 사나운 눈매를 들었다. 이미 여인은 어딘가로 사라져 그림자조차 보이지 않았고, 다른 수상한 기척은 아직까지 느껴지지 않았다. 소스케는 단상 밑에 몰려들 사람들을 내려다봤다. 제 발아래에서 아무것도 모르는 얼굴로 고개만 빼꼼빼꼼 내미는 조선인들이 한심하고 우매하게 느껴졌다. 소스케는 코웃음을 치며 그들을 마음껏 비웃었다.

그리고 이들 중에는 분명 대의랍시고 찾아온 놈들도 있겠지. 이를테면 한열단, 그 쥐새끼 같은 것들.

'어디 마음껏 날뛰어봐.'

네놈들도 오늘 이 자리에서 전부 죽여줄 테니까. 소스케는 동공을 바짝 조이며 맹수 같은 눈으로 사람들을 샅샅이 살폈다. 오늘만큼은 그도 이 질긴 악연을 끊어낼 생각이었다.

◆ ◆ ◆

천황절 행사는 오후가 돼서야 시작됐다. 우렁찬 군악대 소리와 함께 사열 종대의 군인들이 발맞춰 걸어 나왔다. 마치 자로 잰 듯이 줄을 맞춘 군인들이 한 몸인 것처럼 딱딱 움직이니, 몰려든 사람들은 저들이 얼마나 극악무도한 놈들인지 잠시 잊은 채 넋을 놓고 구경했다. 더러는 경성 악대를 그리워하며 향수에 젖는 사람들도 있었다.

사람들이 밀집하면 그만큼 움직이기는 어렵지만, 반대로 몸을 숨기기는 쉬울 터. 소혜는 최대한 피신하기에 적합한 자리를 찾아다녔다. 처형식이 시작되는 건 저녁 즈음이라 했으니 그때까지 최대한 좋은 위치를 선점해야 했다. 이따금 소스케의 얼굴이 시야에 걸릴 때면 신경 하나하나가 전부 저릿해질 만큼 분노가 치솟았다.

'아니야. 개인적인 복수에 너무 치중되면 안 돼.'

소혜는 잠시 눈을 감고 널뛰는 감정을 가라앉혔다. 소스케는 오늘 이 자리에서 반드시 처단해야 할 인물. 하지만 그렇다고 너무 감정에 휘둘려 행동하면 대업을 전부 그르칠 위험도 있었다. 침착하자. 이성적으로 생각하자. 소혜는 그렇게 스스로를 다잡으며 시간이 흐르기를 기다렸다.

이윽고 길었던 천황절 개막식과 각종 행사, 그리고 열병식이 끝났다. 하늘을 서서히 붉은색으로 물들이는 노을과 함께 파고다공원에는 지금까지와는 전혀 다른 서늘한 기운이 감돌았다. 낮게 술렁이는 사람들의 머리 위로 파고들듯 날카로운 목소리가 울려 퍼졌다.

"지금부터 대일본제국에 반기를 들어 질서를 어지럽힌 폭도들을 처형하겠다!"

마이크를 타고 흘러나온 목소리가 파고다공원 전체에 울려 퍼졌다. 처형이라는 잔혹한 단어가 사람들의 웅성거림으로 뒤덮여갈 무렵. 곧이어 서른 명 남짓이 일군에게 끌려서 차례로 광장에 들어왔다. 독립을 위해 무장투쟁을 하다가 투옥된 이들도 있었지만, 단순히 사람들에게 조선어와 조선의 역사를 가르쳤다는 죄목으로 끌려온 이들도 있었다. 하의만 겨우 입은 채 상체가 고스란히 드러난 그들의 몸은 오랫동안 아무것도 먹지 못한 듯 잔뜩 말라 있었다. 피골이 상접한 몸 위로 무수히 새겨진 상처는 죄다 악랄한 고문의 흔적이었다. 더러는 제대로 걷지도 못해 바닥에 질질 끌리다시피 들어오는 이들도 있었다. 차마 눈을 뜨고 보기 힘들 만큼 참혹한 몰골에 사람들은 탄식과 곡소리를 냈다.

소혜도 간신히 알아본 몇몇 동지의 처참한 모습에 가슴이 찢기는 듯했다. 불과 얼마 전까지만 해도 함께 생사를 넘나들던 동지들이었건만. 고작 몇 개월 만에 동지들의 얼굴을 알아보기도 힘들 만큼 고문했다는 사실에 치가 떨렸다. 그들 하나하나의 얼굴 위로 학제와 경림, 그리고 우건이 스쳐 갔다.

'…용서 못 해. 절대로 용서하지 않아.'

소혜는 파르르 떨리는 손을 말아 쥐었다. 손바닥을 파고드는 손톱의 날카로움이 선연하게 느껴졌다. 끌려온 사람들은 군중 앞에 강제로 무릎이 꿇렸다. 그들은 곧 다가올 죽음에 대한 공포로 심하게 떨기도 했고, 마지막까지 의연하게 일군들을 노려보며 기개를 꺾지 않기도 했다. 누가 됐든 조국을 위해 제 한 몸 아끼지 않은 이들이다. 어느 한 사람도 일군의 손에 죽도록 내버려둘 수 없었다. 소혜는 눈을 돌려서 다른 단원들을 찾았다. 모두들 곳곳에 숨은 채 거사의 신호탄이 울리기만을 기다리고 있었다.

"위치로!"

정렬하고 있던 일군들이 기다란 장총을 들고서 무릎을 꿇은 사람들의 등 뒤로 가서 섰다. 숨죽인 적막 사이로 긴장이 감도는 가운데.

"사격 준비!"

철컥!

일렬로 나란히 선 일군들이 동시에 총을 장전했다. 방아쇠에 손가락이 걸리고, 온몸을 짓누르는 듯한 침묵이 공기 중을 배회했다. 마침내 마지막 명령을 위해 지휘관이 입을 연 그때.

탕!

명령을 벗어난 총성이 허공을 갈랐다. 그와 함께 쓰러진 것은 다름 아닌 지휘관의 몸이었다.

"까아아악!"

광장은 한순간에 아수라장이 됐다. 곳곳에 숨어 있던 한열단 단원들이 신호에 맞춰 현장을 덮친 것이다. 사람들은 황급히 그 자리를 떠나기 시작했고, 한열단과 일군은 치열한 접전을 벌이기 시작했다.

탕, 탕, 탕!

빗발치는 총성 속에서 소혜는 쏜살같이 피하며 사형수들을 구출했다.

"빨리 도망가세요, 어서!"

몸을 휘감은 포승줄을 풀어주자 그들도 서둘러 자리를 벗어났다. 하지만 이런 상황을 미리 예견하고 대비한 일군도 만만치 않았다. 소란이 일기가 무섭게 모든 출입구를 막은 그들은 달려오는 조선인들을 향해 무차별적으로 총탄을 퍼부었다. 일군이 공원을 전부 둘러싸고 도주로 자체를 차단한 것이다. 여러 곳에서 날아드는 총칼에 무고한 조선인들까지 속수무책으로 목숨을 잃을 수밖에 없었다. 파고다공원은 순식간에 핏빛으로 물들었다.

"젠장, 처음부터 다 날려버렸어야 했는데…!"

나무 뒤로 몸을 숨긴 희욱이 품에서 소형 폭탄을 꺼냈다. 이미 그의 반대쪽 팔은 총상으로 인해 피가 소매를 적시고 있었다.

"다 뒤져라, 이 새끼들아!"

입으로 안전핀을 뽑은 그가 팔각정을 향해 그것을 던졌다.

"폭탄이다! 다들 피해!"

일군이 일제히 머리를 감싸며 수그렸다. 그러나 아무리 시간이 지나도 폭발음은커녕 작은 파열음조차 들리지 않았다. 하필 희욱이 던진 폭탄이 불발탄이었던 것이다. 기세 좋게 날아간 폭탄은 팔각정 기둥에 맞고 맥없이 떨어져 굴러갔다. 터지지 않은 폭탄은 다시 일군을 벌 떼처럼 일어나게 만들었다.

"젠장!"

희욱은 곧장 품에서 또 다른 폭탄을 꺼냈다. 사실 이것이 그들이 가진 마지막 폭탄이었다. 폭탄을 그러쥔 그의 손이 간절하게 떨렸다. 중얼거리는 목소리가 절실하게 허공으로 흩어졌다.

"앞으로 재수 없는 말 같은 거 절대 안 할 테니까, 이건 터지게 해줘라. 제발!"

닿지 않을 부탁을 전한 뒤, 희욱은 일군이 포진해 있는 방향으로 그것을 던졌다. 다시 포물선을 그리며 날아간 폭탄. 그리고….

쾅!

이번에는 제대로 굉음을 터트린 폭탄이 그 일대를 쑥대밭으로 만들었다.

"저쪽이야! 다들 저쪽으로 도망가!"

일말의 틈이 생기자 사람들이 우르르 그쪽으로 몰려들었다.

"쏘지 마, 나라고! 쏘지 말라니까!"

개중에는 천황절 행사에 참석하러 온 고위 인사들도 있었기에 일군은 쉽게 반격할 수 없었다. 그때를 틈타서 한열단 단원들은 일군에게 역공을 가했다. 당황한 일군이 우왕좌왕하는 사이.

"젠장, 어디로 도망간 거야!"

소혜는 눈앞에서 사라진 소스케를 찾기 위해 인파를 종횡무진 가로질렀다. 거추장스러운 드레스는 이미 아랫단을 찢어버린 지 오래였다. 치맛단을 망토처럼 휘날리며 그녀는 사라진 소스케를 찾아다녔다. 그런데 하필 그때.

쾅!

예기치 못한 폭발음과 함께 소혜의 몸이 튕기듯 날아가고 말았다. 희욱이 던진 첫 번째 폭탄이 뒤늦게 폭발한 것이다.

"으…."

바닥에 쓰러진 소혜는 힘겹게 팔을 세우며 몸을 일으켰다. 몸을 움직일 때마다 살갗을 에는 듯한 통증이 일었다. 희뿌연 먼지구름에 연신 기침을 터트리며 고개를 들었다.

"타이로… 소스케…."

멀지 않은 곳에 저처럼 쓰러져 있는 소스케가 보였다. 괴로운 듯 인상을 구기며 일어나던 그가 이내 거짓말처럼 소혜와 눈이 마주쳤다. 폭발로 베일이 벗겨진 얼굴이 선명하게 그의 망막에 맺혔다.

"백소혜, 역시 저 계집년이…!"

한눈에 소혜를 알아본 소스케는 부서질 듯한 몸을 일으키며 그녀가 있는 쪽을 가리켰다.

"저기에 폭도가 있다! 저년을 잡아!"

소혜는 재빨리 일어나서 도망치기 시작했다. 뒤돌아보니 소스케도 그녀의 뒤를 쫓고 있었다. 다른 일군들을 따돌리고 그만 유인하는 게 쉽지 않을 테지만, 소혜는 기꺼이 자신을 미끼로 하여 소스케를 끌어낼 생각이었다. 다행히 그녀의 생각을 알아챈 다른 동료들이 자연스레 엄호를 맡아줬다.

부하들이 옆에서 하나둘 쓰러지면서 소스케는 점점 열세로 몰렸다. 쫓고 쫓기는 추격전 속에서 두 사람 다 적지 않은 부상을 입었다.

탕!

소혜는 쫓기면서도 소스케를 노리는 것을 멈추지 않았다.

"윽!"

그녀의 손끝에서 터진 불빛에 소스케가 몸을 뒤틀었다. 불에 덴 듯 뜨겁게 번지는 피에 그가 팔을 붙들며 골목으로 숨었다.

"제기랄…!"

소스케는 분한 듯 욕을 뇌까리며 주위를 둘러봤다. 그러나 텅 빈 골목에 남아 있는 사람은 아무도 없었다. 함께 추격하던 부하들이 전부 죽어 버린 것이다. 이 상태로는 계속 뒤쫓아봤자 자신만 불리해질 뿐이다. 이미 체력은 바닥까지 떨어졌고, 불발탄이 예기치 못하게 폭발한 여파로 몸 또한 성하지 않았다.

탕!

그가 숨은 담벼락으로 위협하듯 총알이 튕겨져 나갔다. 소스케는 몸을 한껏 움츠린 채 반대쪽으로 달아났다. 핏발 선 눈은 왕좌에 있다가 서열에서 밀려나 부상당한 맹수와도 같았다. 겨우 저런 계집 하나 제대로 잡지 못해서 이 꼴이 났다는 게 미치도록 자존심 상했다.

그러나 이제는 도망치는 것조차 몸이 따라주지 않았다. 소스케는 자꾸만 주저앉으려는 다리를 안간힘으로 움직이며 한 발짝 한 발짝 힘겹게 나아갔다. 난생처음으로 죽을지도 모른다는 공포감이 그를 엄습했다.

"안 돼…. 고작 이런 곳에서 개죽음당할 수는 없어! 내가 어떻게 여기까지 올라왔는데!"

소스케는 벽에 매달리듯 손으로 짚어가며 필사적으로 소혜로부터 멀어지려 했다. 그러나 겨우 여기서 그를 놓칠 소혜가 아니었다.

"하아, 하…."

이미 소혜도 체력이 한계에 다다르기는 마찬가지였다. 거친 숨소리가 어지럽게 귓가를 헤집었다. 무감각해진 다리는 차라리 질질 끈다는 표현이 맞을 만큼 절뚝거렸고, 정신은 금방이라도 까무룩 흐려질 듯 희미했다.

"후…."

이를 악물어도 신음이 새어 나오는 건 막을 수 없었다. 그런데도 소혜는 멈추지 않았다. 아니, 멈출 수 없었다.

'임무를 완수할 때까지… 절대 멈춰서는 안 돼.'

이번 거사에서 자신이 맡은 최종 임무는 바로 소스케를 처단하는 일이니까. 민족의 원수를, 내 연인의 원수를.

그때 멀리서 일정하지 못한 속도로 달아나는 발소리가 들렸다.

"아무리 도망쳐도 너는 절대 나를 벗어나지 못해."

소혜는 비릿하게 피 내음이 번지는 입술을 꾹 깨물며 마지막 힘을 짜냈다. 마침내 저 멀리 붉은 벽돌담을 짚어가며 추잡하게 도망가는 소스케가 보였다.

"멈춰!"

소혜의 고함에 소스케가 화들짝 놀라며 뒤돌아봤다. 헌병대 대좌까지 올라간 인간이 죽음 앞에서는 저리 비루하게 도망친다는 사실이 우습고도 혐오스러웠다. 고작 저런 인간 때문에 내 소중한 사람들이 목숨을 잃었다. 소혜는 분을 참지 못하고 오른손에 들린 마우저 권총을 꼭 쥐었다. 욱신거리는 통증이 느껴지며 뜨거운 것이 왈칵 팔을 타고 총을 적셨다.

"크윽… 젠장! 이 끈질긴 자식들!"

소혜가 한 발짝 더 다가서니 소스케는 야차같이 비틀린 얼굴을 더욱 구겼다.

"멈춰! 더 다가오면 쏴버릴 테다!"

소스케가 총을 겨누며 마지막 발악을 했다.

"하찮은 조선인 계집년이! 감히 나를 이렇게 만들고도 네년이 무사할 것 같아?"

"곧 죽을 주제에 말이 많아."

"으아아악, 닥쳐!"

소스케가 마구잡이로 총을 쏴댔다. 그러나 제대로 조준조차 하지 못한 탓에 총알은 전부 비껴가고 말았다. 찰칵, 찰칵. 결국 총알을 남발한 소스케의 총에서는 빈 탄창 소리만 났다. 이제 놈의 질긴 목숨도 여기서 끝이 었다.

"타이로 소스케."

소혜는 천천히 팔을 들어 목표물을 향해 총을 조준했다.

"조선 민족의 이름으로, 그리고 네 손에 죽어간 나의 수많은 동지와…."

그의 이름으로.

"너를 처단한다."

"으, 으아아악!"

소혜는 끝까지 도망치려는 소스케를 향해 망설임 없이 방아쇠를 당겼다.

탕! 탕! 탕!

총구 끝에서 세 번의 섬광이 번쩍였다.

"…."

소스케는 마지막까지 악에 받친 눈으로 그녀를 노려보다가 끝내 쓰러졌다. 쓰러진 소스케를 응시하는 소혜의 얼굴은 한없이 무감정하기만 했다. 아니, 어쩌면 너무 많은 감정이 한꺼번에 밀려와서 어떤 표정도 지을 수 없는 걸지도 모르겠다. 여러 색깔이 섞이면 결국 검은색이 되는 것처럼.

귀를 찢는 총성이 사라진 자리에는 먹먹한 적막만 남았다. 세상 모든 것이 사라진 것만 같은 지독하리만치 허망한 슬픔.

"임무… 완료."

모든 것을 잃어버린 여인의 음성이 그 가운데 쓸쓸히 흩어졌다.

· 13장 ·

자유로이,
더 자유로이

소혜는 텅 빈 허공을 바라보다가 이내 천천히 팔을 떨궜다. 감각이 사라진 손끝에서 비로소 힘이 빠졌다. 총이 둔탁한 소리를 내며 땅으로 떨어졌다.

　툭, 투둑. 눈물이 흘러내렸다. 한 방울씩 흘러내리던 눈물은 이내 비처럼 쏟아져 내려 볼과 옷, 그리고 땅을 적셨다. 온갖 생각과 감정이 파도처럼 덮쳐서 머리를 캄캄하게 만들었다. 지금 제가 무엇 때문에 우는지, 무슨 감정이 제 가슴을 이리 헤집는지 소혜는 알 수 없었다. 안도감 같기도 했고, 막막함 같기도 했다. 후련함 같기도 했고, 처참함 같기도 했다. 끝없는 허무와 그보다 더한 절망이 온 공기에 가득 들어찬 것만 같았다.

　"하, 흐윽…."

　울음이 목구멍을 틀어막아 가슴이 심히 답답해졌다. 몸속을 쥐어짜는 듯한 아픔에 소혜가 숨을 헐떡였다. 비틀거리는 다리에 간신히 힘을 주고 가슴을 두드렸다. 한두 번 가지고는 답답함이 풀리지 않아 사정없이 내리쳤다. 이 감당 못 할 슬픔을 어떻게 해야 할지 몰라서. 이렇게라도 안 하면 보이지 않는 무언가에 깔려 죽어버릴 것만 같아서.

"흐윽… 으….."

가슴이 얼얼해지도록 두드리던 소혜는 다 해진 앞섶을 그러쥐고는 서서히 몸을 웅크렸다. 입술은 속 시원히 울음소리조차 내뱉지 못하고 파르르 떨리기만 했다.

이토록 쉬운 일을 이제야 끝냈다. 조금만 더 빨리 저자를 죽였더라면. 조금만 더 빨리, 우건이 그리되기 전에 죽였더라면… 그는 지금도 내 곁에 있었을 텐데.

"선생님…."

꽉 막힌 듯했던 목에서 괴로운 신음이 새어 나왔다. 돌아올 수 없는 이를 부르고 있다는 사실에 온 세상이 무너지는 것만 같았다. 완전히 몸이 허물어진 소혜는 바닥에 엎드린 채 울음을 토해냈다.

감은 눈꺼풀 너머로 우건의 얼굴이 더욱 선명히 떠올랐다. 소혜는 마치 눈앞에 그가 있는 것처럼 팔을 뻗었다. 허공을 헤집는 손이 그에게 닿을 듯 닿지 않을 듯 애처롭게 떨렸다. 약지에 낀 반지만이 흐린 달빛과 그녀의 눈물을 삼키고 반짝일 뿐이었다.

"다 끝났으니까…. 흐윽, 이제 와주면 안 돼요?"

아지랑이처럼 아른거리는 우건을 향해 애원해본다. 돌아와달라고. 더 이상 기다리게 하지 말라고. 우건이 저를 품에 안고 머리를 쓰다듬어주던 다정한 순간들이 주마등처럼 스쳤다. 경성의 불빛 아래 춤추던 그날. 봄밤, 꽃비 아래 입맞춤하던 그날. 그리고 당신이 나에게 사랑한다 말하던 그날….

"나 좀 데리러 와줘요. 제발…."

눈물이 바다를 이루면 당신이 그곳에서 돌아올까. 내 울음이 하늘에 닿으면 당신이 그곳에서 돌아올까. 하지만 아무리 간절히 부탁해도 허상은 그 자리에 붙박인 듯 움직이지 않는다. 그를 향해 아무리 팔을 허우적거려도 닿는 건 시린 바람뿐.

"나한테… 이러면 안 되는 거잖아요…."

원망조차 그 바람에 실려서 흔적도 없이 사라진다. 결국 떨어진 눈물 한 방울에 우건의 모습이 허상처럼 사라졌다.

"흐윽…."

소혜는 차라리 눈을 질끈 감아버렸다. 당신을 처음 만난 그 순간으로 사무치게 돌아가고 싶었다. 나를 향해 미소 짓던 그 얼굴을 쓰다듬고 싶었다. 따스한 입술에 입을 맞추고, 단단한 품에 안겨서 모진 괴로움일랑 전부 잊고 싶었다.

그리고 알려주고 싶었다. 버텼노라고. 도망치고 싶을 만큼 두려운 순간에도 끝까지 싸웠노라고. 당신에게 향하려는 발걸음을 수없이 돌려서 끝내 이 길을 걸었노라고.

"근데… 당신은 이제 들을 수 없잖아. 들어주지 않을 거잖아…."

시간이 지날수록 뚜렷해지는 건, 당신은 끝내 돌아오지 않으리라는 현실뿐이었다. 아무것도 할 수 있는 게 없어서 그저 울기만 했다. 그러다가 울음마저 슬픔에 먹혀서 더 이상 나오지 않았다.

그렇게 얼마나 시간이 지났을까. 멀리서 들려오는 투박한 땅울림이 청각을 곤두세웠다. 어느덧 어둠이 가신 하늘 끄트머리에서 새벽 동이 밝아오고 있었다. 그리고 점점 가까워지는 묵직한 진동.

"샅샅이 살펴봐! 분명 이 근처 어딘가에 계실 것이다!"

날카로운 목소리는 타이로 소스케를 찾는 일군이었다. 소혜는 벽을 짚고 일어났다. 서둘러 이곳을 벗어나지 않으면 저들의 손에 붙잡힐 것이다.

"아…."

그러나 간신히 일으켜 세운 몸은 그대로 다시 주저앉고 말았다. 모든 기력을 소진한 까닭에 더 이상 달아날 힘도 남아 있지 않았다. 소혜는 저 멀리에서 진군해 오는 황색 무리를 바라봤다. 지금 저들의 손에 붙잡힌다면 두 번 다시 자유로이 이 땅을 밟을 수는 없겠지. 아마 모진 고문을 받다가 아무도 모르는 곳에서 쓸쓸히 생을 마감하게 될지도 모르겠다.

"저기 누군가 있는 것 같습니다!"

때마침 그녀를 발견한 듯 빨라지는 걸음 소리가 들렸다. 이제는 아무래도 좋았다. 맡은 임무를 무사히 잘 마쳤으니 남은 미련은 없었다.

'그냥, 차라리 이대로….'

소혜는 체념한 듯 눈을 감았다. 그리고 마침내 발소리가 가까워졌을 즈음.

"…!"

갑자기 누군가 뒤에서 입을 막으며 소혜의 몸을 가뿐하게 들었다. 그러곤 순식간에 그녀를 데리고 구석진 곳으로 숨었다.

"읍…!"

발버둥을 쳤지만 그 손아귀에서 벗어나기는 역부족이었다. 본능적으로 벗어나야겠다는 생각에 몸싸움을 벌이려던 찰나, 거짓말처럼 귓가로 낮게 흘러드는 목소리.

"…소혜야."

축축이 젖은 눈동자가 세차게 떨렸다. 소혜는 얼어붙기라도 한 것처럼 그대로 멈췄다. 달콤한 독처럼 퍼지는 감미로운 목소리. 그것을 듣는 순간 심장이 튀어나올 듯 세차게 뛰었다. 잔뜩 흐트러진 호흡이 가슴을 매섭게 할퀴었다. 땅이 일렁이는 것처럼 머리가 어지러웠고, 몸은 진짜 독이라도 퍼진 것처럼 딱딱하게 굳어버려 손가락 하나도 꼼짝할 수가 없었다.

"소혜야…."

소혜는 돌아보지 않았다. 아니, 돌아볼 수 없었다. 단순한 착각이면 어떡하지. 작게 속삭인 목소리에 헛된 기대를 한 거라면 어떡하지. 사내들 목소리야 다 거기서 거기일 텐데, 다른 사람을 착각한 것이라면 어떡하지. 그럼 나는 정말 못 견딜 것 같은데.

'하지만… 이 목소리를 어떻게 착각해.'

가늘게 떨리는 몸에 조금 더 짙은 체온이 느껴졌다. 소혜를 끌어안고 있던 팔에도 더욱 힘이 들어갔다.

"너무 늦어서… 미안하다."

"흑…."

얼굴의 반을 가린 손등 위로 소혜의 눈물이 흘러내렸다.

'착각…일 리가 없잖아. 이렇게 따스한 체온이, 이렇게 짙은 체온이. 전부 착각일 리가 없잖아….'

눈물은 쉴 새 없이 흘러내려 마른손을 적셨다. 소혜는 팔을 들어서 제 몸을 감싼 손을 잡았다. 겹쳐 잡은 손에는 그녀가 낀 것과 꼭 같은 반지가 끼워져 있었다. 손에 확실하게 만져지는 생생한 감촉. 제 몸을 휘감은 익숙한 체온과 체향. 꿈이 아니었다. 상상도 아니었다.

그런데 하필 이때 한계에 달한 손끝에서 자꾸만 감각이 멀어졌다.

"선…생님, 가시면 안 돼요…."

소혜는 저를 감싸 안은 팔에 매달리듯 필사적으로 그를 붙잡았다. 이제야 겨우 만났는데. 이제야 겨우 그가 돌아왔는데. 몸에 점점 힘이 빠지며 말을 듣지 않는다. 눈앞이 점점 흐려진다. 몸이 결국 버티지 못하고 이대로 쓰러지나 보다.

설마 꿈인 걸까. 그래서 꿈에서 깨어나 현실로 돌아가는 중인 걸까. 아, 차라리 꿈이라면 이대로 깨어나지 않기를. 영영 이 지독하리만치 달콤한 악몽에 갇힌 채 억겁의 시간 동안 벗어나지 못하기를. 그리 숨을 거두게 되기를.

"우건 씨…."

소혜는 간절히 빌고 또 빌며 그렇게 눈을 감고 말했다.

◆ ◆ ◆

가구라고는 단출한 농 하나밖에 없는 허름하고 낡은 방. 펼쳐진 요 위에는 소혜가 길게 누워 잠들어 있었다. 의식이 없는지 고르게 오르내리는 가슴으로 숨만 겨우 붙어 있음을 알 수 있었다. 방 안으로나 밖으로나 소혜의 숨소리 외에 별다른 기척은 들리지 않았다. 그저 바람만 간간이 찾아와서 쪼그라든 창호지를 흔들 뿐이었다.

"하아, 아…."

악몽을 꾸는지 소혜의 미간이 구겨졌다. 고개를 가로저으며 달아나려 했지만 몸에 갇힌 정신은 검은 그림자와 점점 더 가까워질 뿐이다. 이마 위로 식은땀이 송골송골 맺혔다. 탁한 신음이 점점 깊어지던 그때. 그녀의 이마 위로 누군가의 손이 얹어졌다. 땀에 들러붙은 머리카락을 부드럽게 넘겨주는 손길에 구겨진 미간이 서서히 편안해졌다. 새근새근 고르게 흘러나오는 숨결 위로 따스한 체온 하나가 흔적을 남기고 멀어졌다. 꿈결 같기도 했고, 기억 속 한 장면 같기도 했다.

"…."

잠에서 깨어난 소혜는 천천히 감았던 눈꺼풀을 들어 올렸다. 아직도 정신이 몽롱하여 시야가 흐릿했다. 이윽고 눈앞이 차츰 선명해지자 낯선 천장이 보였다.

"헉."

소혜는 숨을 집어삼키며 벌떡 상체를 일으켰다. 그녀의 움직임에 누렇게 뜬 벽지 위로 촛불이 일렁이는 그림자가 새겨졌다. 황급히 주변을 둘러봐도 죄다 낯선 풍경뿐이다. 소혜는 떨리는 눈으로 어둠이 새겨진 창호지를 바라봤다.

"밤인가… 얼마나 시간이 지난 거지?"

자신이 정신을 잃은 사이에 무슨 일이 있었는지 가늠해보려 해도, 당장 알 수 있는 건 지금이 칠흑같이 어두운 밤중이라는 사실뿐이었다.

"아…."

깨질 듯 지끈거리는 머릿속으로 마지막 기억들이 범람하듯 들이쳤다. 소혜는 아픈 머리를 감싸며 제게 일어난 일들을 하나하나 되짚었다. 그러다 문득 떠오른 장면에 흠칫 어깨를 떨었다. 모든 것을 포기하고 체념하던 순간에 자신을 데리고 도망쳤던 그 남자. 소혜의 눈이 커다래졌다.

"선생님… 선생님!"

소혜는 미친 사람처럼 허겁지겁 자리에서 일어나 밖으로 나갔다. 산속에 지어진 초가집인지 낮은 볏짚 담벼락 너머로 우거진 수풀이 보였다. 소혜는 신발도 신지 않고 우건을 찾으러 넓지 않은 초가집과 마당을 뛰어다녔다. 아예 담벼락 밖으로 나서서 초가집 근처를 헤매기도 했다. 그러나 집 안에도, 그 주변에도 누군가 있었다는 흔적만 보일 뿐. 우건은 어디에서도 보이지 않았다.

"선생님….”

힘겹게 숨을 몰아쉬던 소혜가 이내 자리에 웅크려 앉았다. 급하게 뛰쳐나오느라 신발도 신지 못한 발이 여기저기에 긁혀 생채기와 흙먼지로 지저분해졌다. 투둑. 굵은 눈물방울이 더러워진 발등 위로 떨어졌다.

결국 다 꿈이었나 보다. 내 간절한 바람이 만들어낸 헛된 망상이었나 보다. 간신히 붙잡고 있던 마지막 한 줄기 희망마저 손가락 틈새로 빠져나갔다.

"흐으윽….”

서러운 울음소리가 애처롭게 산길을 흔들었다. 소혜는 무릎을 세워 얼굴을 묻은 채 어린아이처럼 엉엉 목 놓아 울었다. 누가 자신을 이곳으로 데려왔는지는 더 이상 중요하지 않았다. 우건이 아니라면 다른 건 아무래도 다 소용없었다.

"그냥 거기에 버려두지, 왜 구했어요…. 선생님도 없는데 이제 나더러 어떡하라고, 어떻게 살라고!”

얼굴도 모르는 은인에게 원망을 쏟던 그때.

"그냥 나도 거기서… 윽!”

절규하듯 외치던 목소리가 일시에 멈췄다. 웅크린 몸을 끌어안은 단단한 몸.

"내 약혼녀는 여전히 성격이 급한 여인이군.”

그리고 귓가에 흘러드는 따스한 목소리. 눈가에 다시 투명한 액체가 차올랐다. 소혜는 눈을 질끈 감아 눈물을 떨구고는 자신을 끌어안은 어깨를 짚었다. 천천히 힘줘 밀어내자 넓은 어깨가 순순히 뒤로 밀려났다. 그리고 드디어 시야에 들어온 건, 다름 아닌 우건의 얼굴이었다.

"선생님…. 정말 선생님 맞아요?”

소혜는 파르르 떨리는 팔을 뻗었다. 손끝에 그의 얼굴이 닿았다. 조금은 거칠어진, 곳곳에 상처가 남아 있는 뺨을 조심스럽게 쓰다듬었다. 너무도 생생하게 느껴지는 감촉이었다.

그런데도 여전히 실감이 나지 않아서 소혜는 그의 어깨며 팔이며 몸을 전부 만져봤다. 아무리 만져도 정신이 몽롱해지지 않는다. 금방이라도 꿈에서 깰 듯 시야가 흐려지지도 않는다. 현실이었다. 절대로 부정할 수 없는 현실.

"선생님…!"

소혜는 그제야 마음 놓고 우건의 품에 안겨들었다. 그때까지 소혜가 하는 대로 가만히 있어주던 우건은 제 품으로 달려든 그녀를 꼭 안았다. 몇 개월 사이, 눈에 띄게 야윈 그녀의 몸에 우건의 눈빛이 어두워졌다. 가슴을 흠뻑 적시는 눈물도 그의 마음을 무겁게 했다. 미안한 것을 세자면 두 손을 다 합쳐도 모자라서, 우건은 그저 안은 팔에 조금 더 힘을 줬다.

"이리 울게 만들어서… 미안하다."

나직한 목소리가 서러운 마음을 더욱 다정히 풀어줬다. 그에 감정이 북받친 소혜가 우건의 품을 더욱 파고들었다.

"저는 정말로 꿈인 줄 알고… 다른 사람인 것 같아서, 흐윽. 저 혼자 또 착각한 걸까 봐…."

울음으로 뭉개진 말들이 횡설수설 앞다퉈 나왔다. 우건은 그런 소혜가 마음껏 울음을 쏟아낼 수 있도록 가만가만 등을 다독였다. 그러곤 귓가에 입술을 가까이 붙인 채 끊임없이 말해줬다.

"꿈이 아니야."

"흐윽…."

"돌아온 거 맞아."

나 신우건이, 나의 유일한 연인이자 약혼녀인 너 백소혜에게로.

"너무 오래 기다리게 해서 미안해."

소혜는 아직 갈무리되지 못한 울음을 가늘게 흘리며 고개를 들었다. 몇 번이나 그의 얼굴을 쓰다듬고 눈에 담아도 여전히 우건은 그대로였다.

"진짜 선생님이네…."

조금 전까지 세상이 떠나가라 울던 입가에 비로소 옅은 미소가 번졌다.

"진짜 우리 선생님이다…."

수도꼭지를 틀어놓은 듯 떨어지는 눈물과 반대로 입은 점점 환하게 웃었다. 우스운 얼굴이 됐을 거라는 걱정은 떨어진 눈물과 함께 잊었다.

"그만 울고."

그런 소혜의 모습에 함께 미소를 지은 우건이 엄지로 그녀의 볼을 닦아줬다. 밀려나는 눈물길 위로 새로운 눈물이 흘러서 또 길을 냈지만, 그건 제가 다시 닦아주면 될 일이다. 앞으로 영원히, 그녀의 곁에 있으면서.

"고마워. 잘 버텨줘서."

아랫입술을 꾹 깨물며 한차례 울음을 삼킨 소혜가 울먹이며 대답했다.

"저도 고마워요…. 무사히 돌아와줘서 정말 고마워요…."

두 눈동자는 조금이라도 서로를 더 담으려고 눈조차 깜빡이지 않았다. 한참이나 그렇게 바라보던 두 사람은 누가 먼저랄 것도 없이 서로의 입술을 찾아들었다. 뜨겁게 뒤섞이는 건 그동안 닿지 못했던 그리움과 사랑이었다. 긴긴밤을 지나 마침내 맞이한 아침처럼 그들은 오래도록 서로의 체온을 느꼈다.

◆ ◆ ◆

　짧은 잠에서 깨어난 소혜는 말똥말똥한 눈으로 연신 우건의 얼굴만 쳐다봤다. 얇은 창호지에 스며든 한낮의 햇살이 그의 얼굴 위로 물처럼 흘러내리고 있었다. 꿈이면 어쩌나. 깨어나서 그가 보이지 않으면 어쩌나. 그런 생각에 잠조차 깊게 들지 못하고 깨어난 그녀였다.

　다행히 눈앞에서 우건이 편안히 눈을 감은 채 잠들어 있었다. 소혜는 그가 깨지 않도록 조심조심 고쳐 누워 잠든 우건을 눈에 담았다. 새삼 그가 없던 지난 몇 개월이 아득하게만 느껴졌다. 야윈 얼굴과 몸 곳곳에 난 크고 작은 상처들이 그가 지난 몇 개월간 사라져 있었다는 걸 증명할 뿐이었다. 평소보다 조금 긴 임무를 마치고 돌아온 것 같기도 했다.

　'이런 걸 기적이라고 하는구나.'

　정말 기적이라는 말로밖에 표현할 수 없는 순간이었다. 물끄러미 잠든 우건을 바라보던 소혜는 손끝으로 그의 얼굴 윤곽을 따라갔다. 흐트러진 머리카락 밑으로 반듯하게 펼쳐진 이마와 짙은 눈썹, 풍성한 속눈썹이 그늘을 드리운 긴 눈매와 그 아래로 이어지는 높고도 곧은 콧날, 그리고 유려한 선으로 이뤄진 붉은빛 입술. 몇 번을 그리고 만져도 어김없이 우건이었다. 이 사람이 다시 제 곁으로 돌아왔다는 사실이 너무 감사하고 행복하면서도 여전히 마음 한구석에는 불안이 남아 있는 소혜였다.

　"설마 이번에도 꿈은 아니겠지…."

　이렇게까지 확인했는데도 꿈이라면, 진짜로 하늘을 상대로 싸움이라도 걸어야 하는 것 아닐까. 허무맹랑한 생각까지 하며 시무룩한 표정을 짓던 그때.

"그럼 평생 깨지 말자. 같이."

잠에서 깬 건지 우건이 나른하게 풀린 눈을 떠 그녀를 바라봤다.

"아… 저 때문에 깨셨어요?"

"아까부터 깨어 있었어. 네 손길이 좋아서 그냥 눈 감고 있었을 뿐이지."

우건은 소혜를 끌어당겨 다시 제 품에 가뒀다. 그러곤 이불을 끌어당겨 어깨를 완전히 감쌌다. 보드라운 감촉과 따스한 체온이 더욱 적나라하게 그 안으로 고여들었다.

"잘 잤어?"

낮게 갈라진 목소리가 귓가를 간질였다. 뒤엉킨 뒷머리를 쓸어내리는 손길도 다정했다. 소혜는 새삼스레 부끄러워져 홧홧해진 얼굴을 끄덕였다.

"근데 잠들면 선생님께서 또 사라질 것만 같아서…"

꼼지락거리며 작게 새어 나온 말은 그녀가 지난 수 개월간 품고 있던 두려움을 여실히 드러내는 것이었다. 꿈에서 깨어나면 맞닥뜨리던 잔혹한 현실, 그 속에서 마주해야만 했던 무력한 자신. 그게 얼마나 두렵고 애달픈 일인지 우건도 모르지 않았다. 우건은 눈빛을 가라앉히며 소혜를 안은 팔에 힘을 줬다.

"눈을 뜬 이후로 단 하루도, 아니. 단 한시도 이 순간을 꿈꾸지 않은 날이 없었어."

생사의 갈림길에서 숱한 날을 보내는 동안, 온몸이 부서질 듯 고통스러운 가운데 우건이 끝까지 버틸 수 있었던 건 바로 소혜 때문이었다. 어떻게든 살아서 그녀에게 돌아가야만 했기에. 홀로 가시밭길을 걷고 있을 그녀를 지켜줘야만 했기에. 우건은 오로지 제 몸을 회복하는 데만 전념할 수밖에 없었다. 소혜는 우건의 턱에 난 상처를 걱정 어린 눈길로 쓰다듬다가 물었다.

"그런데 그날은 정말 어떻게 되신 거예요? 소문에는 타이로 소스케와 대치하다가 절벽에서 떨어지셨다고…."

그날 일을 꺼내는 것만으로도 아찔한지, 소혜가 입술을 꾹 깨물었다. 우건은 잇새에 아프게 물린 입술을 엄지로 조심스럽게 빼냈다.

"운이 좋았어."

"운이요?"

"그래."

그날은 정말 천운이 따랐다고밖에 할 수 없었다. 깎아지른 듯한 절벽에서 떨어질 때는 사실 우건도 끝이라고 생각했다. 그런데 절벽 중간에 가지를 뻗은 소나무와 그 밑에 푹신하게 깔린 낙엽 덕분에 천만다행으로 목숨을 건졌던 것이다. 거기다 때마침 근처를 지나던 사냥꾼이 그를 발견하고 이 오두막으로 데려오기까지 했으니. 처음부터 끝까지 하늘이 도운 격이었다.

다만 유일하게 운이 따르지 않은 건 바로 부상 정도였다. 처음 눈을 뜬 며칠은 아예 기억조차 없을 정도로 몸 상태가 심각했다. 그 때문에 정신을 차리는 데만 제법 오랜 시간이 걸렸고, 정신을 차리고 나서도 한동안 거동은 하지 못했다. 사냥꾼의 살뜰한 보살핌이 아니었다면 심각한 후유증이 남았을지도 모를 일이다.

"다행히 사냥꾼은 아무것도 묻지 않더군. 내가 누구인지, 어쩌다가 다쳤는지."

어쩌면 그는 직감적으로 알고 있었을지도 모르겠다. 이따금 초가집 근처에서 수상한 기척이 느껴지면 그가 먼저 경계하곤 했으니 말이다. 하긴, 경성 바닥에 자신을 찾는 수배지가 파다하게 퍼졌을 테니 한 번이라도 봤다면 모를 수가 없었겠지.

돌이켜보면 참으로 감사한 일이었다. 피가 섞인 가족들도 서로를 밀고 하는 시국이거늘. 생판 모르는 남을, 그것도 일군이 찾는다는 남자를 데려다가 그토록 오랜 기간을 보살폈으니. 생명의 은인이라는 말로도 부족할 정도였다.

몇 번이고 감사 인사를 전해도 충분하지 않겠지만, 아쉽게도 사냥꾼은 현재 이곳에 없었다. 이 초가집은 사냥을 하러 올 때만 쓰는 곳이라, 우건이 어느 정도 건강을 회복하자 사냥꾼은 외곽에 있다는 본가로 떠나버렸다. 그래서 오랜 시간이 걸리더라도 언젠가는 반드시 이 은혜를 갚으리라고 다짐한 우건이었다.

"그 덕택에 이렇게 너도 다시 만났으니."

우건은 제 품에 얌전히 안겨 있는 소혜를 지그시 바라봤다. 못 본 사이에 수척해진 건 그녀도 마찬가지였다. 얼굴을 감싸면 손바닥에 말랑하게 닿던 뺨은 핼쑥하리만치 살이 빠져 있었다. 많이 힘들었겠지. 제가 죽었다고 생각한 세상에서 혼자 버텨내느라 지독하게 괴로웠을 것이다. 그 지옥 같은 시간을 잘 이겨내준 소혜가 고마우면서도 미안했다. 내 곁에 있지 않았다면 평생 몰랐을 아픔일 텐데. 모든 게 공연히 이 길로 소혜를 끌고 들어온 제 탓인 것 같았다. 소혜의 아픔을 헤아릴수록 가슴이 미어져 우건은 저도 모르게 턱에 힘이 들어갔다.

그런 우건의 생각을 알아챈 걸까. 소혜는 사뭇 어두워진 우건의 눈을 제 손으로 덮었다.

"그런 얼굴 하지 마세요. 이제 다 지난 일이잖아요."

서로 괴로운 시간을 보낸 건 마찬가지였다. 우건 혼자서 죄책감을 짊어지는 건 소혜도 원하지 않았다.

"이렇게 돌아오셨으면 됐어요. 저는 이걸로 충분해요."

소혜가 손을 거두자 한결 편안해진 눈빛이 그녀를 응시했다. 지나간 마음까지 전부 보듬어주는 그녀가 고맙고도 사랑스러웠다. 우건은 천천히 고개를 내려 그녀의 입술에 조심히 입을 맞췄다. 빈틈없이 맞물린 두 입술 사이로 다시 애틋한 마음들이 전해졌다. 지난 몇 달간 만나지 못해 애태웠던 감정들은 며칠을 새워도 다 전하지 못할 것이다.

우건은 끈적한 마찰음까지 입안으로 삼키며 소혜의 입술을 놓아줬다. 촉촉이 젖은 눈망울이 아직 사그라지지 못한 그의 욕망을 자극하고 있었다. 그러나 아직 온전히 회복되지 않은 소혜를 시달리게 할 수는 없는 터라, 우건은 빠르게 몰리는 피를 애써 무시하며 그녀의 머리를 가만가만 쓰다듬었다.

"이제 경성에서 우리가 할 일은 다 끝났어."

"할 일이 다 끝났다니요?"

"같이 미국으로 건너가자."

우건을 마주한 소혜의 눈동자가 옅게 흔들렸다. 조선총독부를 폭파하여 조선의 독립 의지를 보였고, 오랜 원수인 소스케까지 죽였다. 그래도 조선은 여전히 일본의 손아귀에서 벗어나지 못한 상태였다. 또한 소스케가 사라진 자리에는 또 다른 소스케가 들어앉아서 우리 민족을 억압할 것이었다. 그러니 이대로 조선을 떠나자는 건 소혜의 귀에 이제 포기하자는 말로 들릴 수밖에. 하지만 소혜의 오해와 달리 미국에서도 조선을 도울 방법은 얼마든지 있었다.

"우리는 그곳으로 넘어가서 회보를 창간하고 군자금을 마련하는 데 힘을 보탤 거야."

세계 각국에 조선의 독립 의지를 보여주기에는 미국만큼 좋은 곳이 없었다. 게다가 조선총독부 폭파 의거에 가담한 이들은 이미 조선 전역에 수배지가 붙었다. 이번 천황절 의거로 소혜는 더욱 위험인물로 낙인찍힌 상태. 어느 이유로나 두 사람 다 조선에서의 활동은 더 이상 불가했다.

"미국에서는 우리가 할 수 있는 일들이 많이 남아 있어."

물론 그곳 생활도 결코 편하지는 않을 것이다. 조국에서 멀어진 만큼 본질을 흐려서 제 잇속을 챙기려 드는 이도 분명 있을 테고, 이방인을 향한 시선 또한 당연히 호락호락하지 않을 것이다. 하지만 그 모든 것을 감수하고서라도 우건은 자신이 쓰일 수 있을 때까지는 이 길을 걷고 싶었다. 그게 제가 죽음의 문턱에서 살아 돌아온, 하늘이 저를 다시 살린 이유라고 생각했다.

"정말 그곳에서도 저희가 할 수 있는 일이 있나요?"

"분명 그럴 거야."

소혜는 얕게 호흡하다가 곧 눈빛을 굳혔다. 처음부터 오래 고민할 문제는 아니었다. 길이 있는 곳이라면. 그리고 우건이 있는 곳이라면.

"…좋아요. 같이 가요, 미국."

그곳이 세상 끝이라 할지라도 소혜는 함께하기로 약속했으니까.

◆ ◆ ◆

학준은 천천히 앞으로 걸어 나왔다.

"…아버지."

죽은 줄로만 알았던 아들이, 두 번 다시 못 볼 줄로만 알았던 아들이 살아서 다시 돌아왔음을 믿지 못하는 얼굴이었다. 한 걸음 한 걸음, 앞으로 내딛는 걸음에는 반가움보다 두려움이 앞섰다. 학준도 숱한 꿈과 허상 속에서 반복되는 슬픔을 끝없이 느꼈기에, 닿으면 사라질 것 같은 우건의 모습에 차마 다가서지 못하고 망설이는 것이었다.

그런 아버지의 망설임은 우건에게도 사뭇 낯선 것이라. 그는 선뜻 다가오지 못하는 아버지를 대신하여 제가 먼저 다가섰다.

"저 돌아왔습니다."

퍼석하게 말라 있던 주름진 눈가에 붉은 기가 맴돌았다. 무언가를 말하려던 입술이 이내 꾹 다물어졌다. 학준은 그대로 아들을 끌어안았다. 힘껏 안아도 사라지지 않는 아들의 형체에 학준은 그제야 비로소 한 줄기 눈물을 흘렸다. 오랫동안 홀로 삼켜야 했던 회한이 눈물에 녹아 흐른 것이었다.

"고맙다. 고맙다, 우건아…."

흔들리는 목소리에는 진심으로 안도하는 마음이 어려 있었다. 어색하게 머뭇거리던 우건이 학준의 등을 마주 안았다. 그도 눈물이 어른거리는 걸 참느라 몇 번이고 숨을 내쉬어야 했다. 뒤에서 지켜보던 소혜가 몰래 눈물을 훔쳤다.

"그래, 그간 어디에서 지낸 것이냐?"

우건은 조선총독부를 폭파한 거사 이후에 제게 일어난 일을 모두 말했다. 학준은 말없이 듣다가 간간이 긴장 어린 숨을 내뱉으며 눈을 질끈 감았다.

"그래서 소혜와 함께 부부의 연을 맺고 미국으로 건너가려 합니다."

긴 이야기 끝에 나온 그들의 미래. 그 앞에 펼쳐진 길이 순탄치 않을 것임을 학준은 누구보다 잘 알고 있었다. 천천히 눈꺼풀을 들어 올린 학준이 낮게 숨을 뱉으며 나란히 앉은 우건과 소혜를 번갈아 봤다. 두 사람이 왼손 약지에 꼭 같은 모양으로 끼운 반지가 그의 시선을 끌었다. 제가 감히 반대할 수 있는 사이라고는 생각하지 않았다. 긴 시간 동안 변함없이 아들의 옆자리를 지켜준 소혜가 고맙기도 했다.

"너희 뜻이 그러하다면, 그리하는 게 맞겠지."

학준은 무언가를 생각하는 듯 가만히 앉아 있다가, 이윽고 자리에서 일어나 책상 서랍에서 두툼한 봉투 하나를 꺼내왔다. 그는 그것을 우건 앞으로 내밀었다.

"받거라."

의아한 눈으로 학준을 쳐다보던 우건이 봉투를 받아 들었다. 봉투 안에는 두 사람이 미국으로 건너가서 어느 정도 터를 잡을 수 있을 만한 액수가 들어 있었다. 당황한 얼굴로 바라보는 우건에게 학준은 나직한 목소리로 말했다.

"소혜를 처음 봤을 때부터, 언젠가 너희가 혼인한다면 그 정도는 주어야겠다 싶어서 따로 모아둔 돈이다."

처음부터 소혜를 제 아들의 짝으로 생각했다는 뜻이었다. 학준이 그런 생각을 하고 있는 줄은 전혀 예상하지 못했기에 소혜는 괜스레 눈시울이 붉어졌다. 학준은 그런 두 사람을 따스한 시선으로 바라봤다. 언제나 과거에 갇혀서 자신과는 평행선을 달릴 줄로만 알았던 아들. 그런 아들이 이제는 과거의 아픔을 딛고서 어엿한 가장이 되겠다고 말하니, 그것만으로도 여한이 없을 만큼 감사해지는 학준이었다. 다만 이번에 조국을 떠나면 언제 다시 만날 수 있을지 기약하기 어려워지겠지만.

"독립된 조국에서… 다시 만나자꾸나."

부디 그날이 너무 멀지 않기를 간절히 비는 수밖에. 학준은 착잡한 생각을 속으로 삼킨 채 두 사람을 바라봤다. 벌써 어엿한 부부처럼 보이는 모습에 한결 마음이 편안해졌다. 학준은 소혜를 향해 설핏 미소를 지으며 말했다.

"떠나기 전에 함께 식사라도 하자꾸나. 네 시모 될 사람의 얼굴은 알아야 할 것 아니냐."

조촐하게나마 언약식이라도 올리자는 뜻이었다. 그 말에 작게 입을 벌렸던 소혜가 곧 고개를 끄덕였다.

"네. 날짜 말씀해주시면 그리할게요."

"따로 부르고 싶은 사람이 있으면 알려다오. 내가 사람을 보내어 데려와줄 터이니."

소혜에게 남은 가족이 없음을 아는 까닭이었다. 모름지기 이것도 혼인식인데 소혜 편에 서줄 사람이 하나쯤은 있어야 할 것 아닌가. 우건과 시선을 주고받은 소혜가 곧 네, 하고 작게 대답했다. 머릿속에 떠오르는 사람이 하나 있었다.

◆ ◆ ◆

평춘관 지하 비밀방. 소혜와 우건이 서로 마주 본 채 고개를 숙였다. 요즘 유행한다는 화려한 웨딩드레스와 근사한 턱시도는 아니었지만, 그래도 나름대로 하얀 치마에 단정한 검은 양복을 갖춰 입었다.

두 사람은 이내 작은 방에 모인 사람들을 향해 돌아섰다. 팔짱을 낀 채 내심 뿌듯한 얼굴을 하고 있는 희욱과 그 옆에서 누구보다 방실거리는 세호가 보였다. 소녀처럼 환히 웃다가도 소혜와 눈이 마주칠 때마다 눈물을 찍어내는 순심도 함께했다. 고작 셋이었지만 소혜에겐 누구보다 소중한 하객들이었다.

우건 앞으로는 근엄한 얼굴로 앉아 있는 학준과 처음 만나는 홍 여사가 보였다. 차가워 보이지만 고아한 기품과 멋이 느껴지는 부인이었다. 눈을 마주친 소혜가 긴장한 얼굴로 살짝 고개를 숙이자, 홍 여사가 부드럽게 웃으며 느리게 눈을 깜빡여줬다. 우건의 말대로 심지가 곧고 강인한 분이시지만 속마음은 따듯하신 것 같았다. 이윽고 소혜의 눈이 제 앞에 앉아 있는 사람에게로 향했다.

'사장님…'

만석이 벅차오르는 감정을 억누르며 눈물을 훔치고 있었다. 모던 카페에 있을 때부터 아버지처럼 저를 보살피고 아껴주던 만석이었으므로 저 자리에 꼭 모시고 싶었다. 소혜는 덩달아 차오르는 눈물을 얼른 손등으로 훔치고는 만석에게 환히 웃어 보였다. 마주 웃어주는 만석의 얼굴 위로 어쩐지 호원이 비치는 것만 같았다.

'저 잘 살게요, 아버지. 하늘에서 계속 지켜봐주세요.'

먼 훗날, 아버지를 다시 만날 그날에 잘했다, 잘 싸웠다, 그리 칭찬받을 수 있기를. 또 한 번 흘러내리는 눈물이 우건의 손끝에서 사라졌다. 소혜는 코를 훌쩍이며 그에게만 들릴 목소리로 말했다.

"죄송해요. 좋은 날인데 자꾸 울어서…"

"괜찮아. 울어도 예뻐서 자꾸 쳐다보게 된다."

그저 달래려고만 한 말이 아님을 알기에 소혜가 작게 웃음을 터트렸다.

"자, 이제 두 분은 앞에 서주세요."

세호가 사진기의 암막 커튼을 뒤집어썼다. 나란히 선 우건과 소혜 뒤로 벽을 뒤덮을 만한 태극기가 커다랗게 걸렸다. 혼인식마저 오로지 나라를 위한다는 마음이었다.

"찍겠습니다. 하나, 둘, 셋!"

마주 보며 미소를 나눈 두 사람이 앞을 봤다. 그러곤 한목소리로 함께 외쳤다.

"대한민국 만세!"

◆ ◆ ◆

어두운 밤, 미국 로스앤젤레스. 각진 주택들이 늘어선 그곳으로 검은 세단 한 대가 들어섰다. 포장된 도로를 달리는 차가 헤드라이트를 비추는 곳마다 조선과는 전혀 다른 풍경이 펼쳐졌다. 깔끔한 외관의 건물들이 일정한 간격을 두고 늘어선 모습은 마치 성냥갑을 죽 놓아둔 것 같기도 했다.

'고요하다…'

소혜는 차창 너머로 펼쳐진 광경을 바라보며 묘한 긴장에 사로잡혔다. 만주로 넘어갔을 때도 이처럼 낯설진 않았는데. 지구 반대편이라는 생각 때문일까. 새삼 조국을 떠나서 아주 먼 곳으로 왔다는 게 실감 났다.

'이렇게 먼 타지에서… 과연 조국을 위한 일들을 잘해낼 수 있을까.'

위험에서는 한 발 벗어났을지언정, 그만큼 제가 할 수 있는 일과도 멀어졌을까 봐 마음이 무거웠다. 제 안위만 살피자고 도망친 건 아닐까 하는 죄책감도 들었다. 답답한 마음에 낮은 한숨을 흘린 그때. 손등을 덮어오는 따스함에 소혜가 고개를 들어서 옆을 봤다. 곁에 앉은 우건이 어둠보다 더욱 짙은 눈으로 그녀를 바라보고 있었다. 아마 저도 모르게 심란한 표정을 하고 있었나 보다. 소혜는 애써 입가를 늘이며 괜찮은 척했다.

"그냥, 낯선 타국에 오니까 조금 긴장돼서요."

"걱정하지 마. 나도 있고, 이곳에 우리를 도와주실 분도 많으니까."

우건의 말에 운전석에 앉아 있던 청안의 서양 사내가 어설픈 조선말로 맞장구를 쳤다.

"맞습니다. 두 사람 도울 사람, 여기 많습니다. 이 근처 전부 코리안입니다."

천황절 거사 때 한열단을 함께 도왔던 사내인 제레미였다. 소혜는 백미러로 미소를 보내오는 제레미에게 고맙다는 눈인사를 전하고는 다시 우건을 봤다. 그래, 이 남자가 내 옆에 있는데 새삼 다른 걸 걱정할 필요는 없었다.

한참 달리던 세단은 제퍼슨 대로에 위치한 어느 다세대 주택 앞에 멈춰 섰다.

"도착했습니다."

"데려다줘서 감사해요, 제레미."

"당신들을 도울 수 있어서 영광이었습니다."

트렁크에서 짐을 내려준 제레미가 소혜와 우건을 번갈아 보며 말했다.

"당신들의 앞길에 신의 가호가 가득하기를."

그는 진심으로 두 사람의 행운을 빌어줬다. 세단이 멀어지는 모습을 바라보던 그들은 이내 주택으로 걸음을 옮겼다.

"신우건 동지?"

구리로 만들어진 초인종을 누르자, 곧 주택 안에서 나이가 지긋해 보이는 사내가 나왔다. 일찍이 미국으로 건너와 독립운동을 이어가고 있는 한열단 단원이었다.

"오랜만에 뵙습니다, 곽성 동지."

"먼 길 오느라 고생했소."

곽성은 반갑게 두 사람을 맞으며 안으로 들였다.

"나누고픈 말은 많지만, 오늘은 밤이 늦었으니 일단 쉬도록 하오."

"감사합니다."

곽성은 두 사람을 데리고 꼭대기 층으로 올라갔다. 열쇠로 문을 열자 꼭 조선에서 숱하게 봤던 다방, 혹은 싸구려 호텔 방처럼 생긴 집이 모습을 보였다. 곽성은 문을 열어주고도 겸연쩍은 얼굴을 했다.

"마음 같아서는 좋은 방을 내주고 싶은데, 이곳도 사정이 여의치 않아서…."

"아닙니다. 잘 곳을 주시는 것만으로도 충분히 감사합니다."

"저, 여기 신발은 어디에…."

소혜가 반쯤 신발을 벗은 채 두리번거리자 곽성이 웃으며 고개를 저었다.

"여기서는 집 안에서도 신발을 신고 돌아다닌다오."

"신발을 신고요?"

눈을 동그랗게 뜬 소혜는 부끄러운 듯 얼른 신발을 도로 신었다. 그런 소혜를 곽성이 귀여운 조카 보듯 하며 인사를 건넸다.

"그럼 편히 쉬시오."

"예. 내일 다시 인사드리겠습니다."

곧 곽성이 나가고, 두 사람은 찬찬히 집 안을 둘러봤다. 조선에서 살던 집과 비교하자면 겨우 방 한 칸밖에 안 되는 좁은 공간이었다. 벽에는 미세하게 금이 간 흔적이 여기저기에 있었고, 바람이 불 때마다 창문이 흔들려서 을씨년스러운 소리를 내기도 했다.

그래도 그 외에는 깨끗하고 아늑한 집이었다. 그릇 같은 세간은 전부 새것이었고, 먼지 하나 없이 깨끗하게 청소돼 있었다. 두 사람이 온다는 소식에 곽성이 꽤나 신경을 쓴 듯했다. 소혜는 연고 하나 없는 이역만리 타지에서 이렇게 쉽게 둘만의 보금자리를 얻었다는 것이 감사하게 느껴졌다.

"다행이에요. 말도 잘 안 통하는 곳에서 어떻게 살아야 하나, 사실 많이 걱정했는데…."

부끄러운 목소리로 웃으며 고백하니, 우건이 그런 소혜를 끌어당겨 감싸 안았다. 끌어안은 팔이 어쩐지 남다른 의미로 다가왔다.

"선생님…?"

"고생했어. 여기까지 오느라."

아마 우건이 '여기까지'라고 말한 데에는 무수한 의미가 들어 있을 것이다. 괜스레 가슴이 뭉클해져 소혜도 마주 그를 안았다.

"선생님께서도 고생 많으셨어요. 아무것도 모르는 저를 여기까지 데리고 오시느라."

돌이켜보면 무수한 시행착오의 연속이었다. 모든 것이 낯설었고, 모든 것이 새로웠고, 모든 것이 위험했다. 그런데도 소혜가 무탈하게 여기까지 올 수 있었던 건 분명 우건 덕분이었다. 그가 없었다면 애초에 이 길 위에 올라서지도 못했으리라. 지금 지닌 신념과 열망도 모두 그가 선물해준 것이니. 소혜는 넓은 어깨에 얼굴을 묻은 채 조용한 목소리를 흘려보냈다.

"지금 생각해보면, 선생님을 만나기 전까지 제 삶은 전부 무채색이었어요."

행복은 나와 먼 것이라고 생각하던 때가 있었다. 그저 오늘 하루를 굶지 않고 보내는 것만으로도 다행으로 여겨야 했던, 때때로 남모르게 눈물도 지어야 했던. 스스로 생각해도 참으로 기구한 운명이라 밝은 빛 하나 없이, 고운 색 하나 없이 그렇게 시들어갈 줄 알았다.

"그런데 선생님을 만난 이후로 그런 제 삶에 처음으로 색이라는 게 입혀졌어요."

우건은 알까. 그의 앞에 설 때마다, 그의 눈길을 받을 때마다 형형색색 고운 빛깔의 날개가 돋아나던 제 마음을. 보드라운 바람을 타고 팔랑팔랑 자유로이 날던 제 심장을.

"선생님을 만나지 않았더라면 제가 어떻게 이처럼 위대한 일을 도모할 수 있었겠어요."

그저 들꽃 같았던 내가 당신을 만나서 어떤 꽃보다 화려하고 뜨거운 불꽃이 됐다. 어떻게 보면 소혜는 우건을 만나 다시 태어났다고 해도 과언이 아니었다.

"저에겐 애국이 바로 선생님이었어요. 조국을 지키는 것이 선생님을 지키는 것이었고, 선생님을 사랑하는 것이 조국을 사랑하는 것이었어요."

고개를 들자 밤하늘처럼 검은 눈동자가 그녀를 가득 담고 있었다. 우건은 고단한 여행길에도 다채로운 생기를 잃지 않는 그 어여쁜 얼굴을 조심스럽게 손에 담았다.

"나 또한 마찬가지였다."

어찌 우건이라고 다른 마음일까. 하루하루 죄책감 속에서 죽음을 갈망하던 그에게 삶에 대한 의지를 일깨워준 여인이 바로 소혜이거늘. 언제 죽어도 상관없던 제 목숨을 다시 삶으로 끌어준 여인이거늘. 그러니 소혜를 사랑한 순간부터 그의 삶은 온전히 그녀의 것이었다.

"나에겐 네가 곧 나의 삶이었다."

소혜의 눈가에 투명한 기쁨이 차올랐다. 나를 살게 한 사람이 나로 인하여 살아가고 있다니. 아, 이보다 더 절실한 고백이 또 있을까. 그러고 보면 두 사람은 서로가 서로에게 삶의 이유가 돼준 셈이었다. 소혜는 배시시 미소를 머금었다.

"앞으로도 잘 부탁드려요, 선생님."

"나 또한 잘 부탁하지."

소혜의 뺨을 간지럽게 쓰다듬던 우건이 한쪽 눈썹을 들썩였다.

"그런데 언제까지 그렇게 부를 생각이지?"

"네?"

무엇을 묻는지 몰라서 소혜가 고개를 갸웃거렸다. 그러다 이내 허리를 뭉근하게 쓸어내리는 손길에 그가 무엇을 말하고 싶은지 깨달았다.

"이제 우리도 어엿한 진짜 부부인데."

귓가에 나직이 속삭이는 목소리에는 여느 때보다 짙은 열기가 녹아 있었다. 소혜는 부끄러워 어깨를 움츠렸다. '우건 씨'라는 호칭도 입에 잘 붙지 않아서 몇 번 부르지 못한 그녀였다. 벌써 가슴이 간질거려 저도 모르게 기침이 나올 것만 같았다.

'하지만… 이제 혼인도 했으니까.'

발갛게 뺨을 물들인 소혜가 우건을 올려다봤다.

"그… 음….."

한눈에 보기에도 쑥스러워하는 그녀의 모습에 우건은 웃음을 참으며 잠자코 기다려줬다. 봉긋한 입술이 뻐끔거릴 때마다 심장이 한 박자씩 빨라지는 기분이었다. 당장이라도 저 입술을 삼키고 싶어서. 실은 혼인식을 올린 후 초야를 치를 새도 없이 곧바로 미국으로 건너온 탓에 부부로서는 아직 제대로 된 밤을 지내지도 못한 두 사람이었다. 이미 서로 정을 통했다고는 해도 엄연히 그 의미가 남다른지라. 우건은 성급하게 움찔거리는 근육을 느긋하게 잠재우며 입가를 늘였다.

"어서 불러봐."

열기 띤 음성으로 귓가에 속삭이니, 소혜의 어깨가 바르작거리며 미약한 떨림을 드러냈다. 옅게 새어 나오는 숨소리는 사뭇 달라진 공기를 의식한 탓이리라. 총을 들고 적진을 종횡무진하는 여인이 남편을 부르지 못해 이리 안절부절못하는 모습이라니. 이토록 귀엽고 사랑스러운 여인이 제 아내가 됐다는 생각에 우건은 가슴이 뻐근하리만치 행복감이 밀려왔다. 살짝 구겨진 미간에 재촉하듯 입을 맞췄다. 그러자 옷깃을 그러쥔 소혜가 간신히 입을 열었다.

"여…보."

여리게 잠긴 목소리가 수줍은 단어를 내뱉었다. 어쩐지 그녀를 놀리고 싶어서 우건은 못 들은 척 시치미를 뗐다.

"소리가 작아서 잘 안 들렸어. 다시 말해줘."

지그시 응시하니 소혜가 조금 더 얼굴을 붉힌다. 그러곤 한 번 더 입술을 움직였다.

"여보…."

쪽, 동그랗게 말려진 어여쁜 입술에 입을 맞췄다. 짙게 쏟아내는 시선에 동그란 눈동자가 어렴풋이 감긴다. 조금 더 장난치고 싶은 마음도 있었지만, 소혜나 저나 달아오른 몸을 견디기에는 인내심이 얕은 이들이었다.

우건은 소혜를 번쩍 안아 올려서 침대로 향했다. 그녀의 가벼운 무게에 오래된 스프링이 삐걱거리며 예민한 소리를 냈다. 소혜 위로 어두운 그림자를 덧씌운 우건이 입꼬리를 말아 올렸다.

"소리는 좀 조심해야겠네."

"무슨 소리를…."

그 퇴폐적인 미소에 소혜가 무어라 항변하려던 찰나. 곧 눈을 감겨주는 손바닥과 함께 작은 숨결마저 우건의 입으로 삼켜졌다. 언제나 같은 체온, 언제나 같은 체향. 그러나 이전과는 모든 것이 다르게 느껴졌다. 두 사람은 어깨에 짊어진 짐을 전부 내려놓은 채, 오롯이 서로가 주는 안온함에 파묻혀 깊은 열락에 빠져들었다.

◆ ◆ ◆

처음 걱정했던 것과 달리 두 사람은 빠르게 미국 생활에 적응했다. 집을 내준 곽성 외에도 일찍이 이곳에 터를 잡고 살아온 많은 조선인이 그들을 도와준 덕분이었다.

소혜는 대부분의 시간을 이웃 주민인 에이더 강의 집에서 보냈다. 제퍼슨 대로에서 가장 큰 집에 사는 에이더 강은 일주일에 서너 번씩 아이들에게 조선말을 가르치는 수업을 열곤 했다. 그런데 소혜가 한때 우건의 연구실에서 나비 그림을 그렸다는 이야기를 듣고서 아이들을 위한 그림 수업을 부탁한 것이다. 소혜의 그림 수업은 아이들에게 좋은 놀이 시간이 됐다.

우건은 대한인국민회에서 회보 발간을 도왔다. 얼마 전까지 생생하게 겪었던 조선의 현황을 공유하며 타지에 있는 동포들에게 독립 의식을 불어넣고 끝까지 함께 싸워줄 것을 부탁했다. 간간이 에스페란토를 보급하는 데도 힘을 썼다.

오랫동안 미뤄왔던 나비 연구도 다시 시작했다. 하버드대 비교동물학박물관장인 브레이든 박사가 우연히 우건의 미국 망명 소식을 듣고 연락을 보낸 것이다. 송일고보 교사 시절부터 막역하게 교류하던 사이였기에,

그는 우건이 어려움 없이 나비 연구를 재개할 수 있도록 돕겠노라고 적극적으로 나섰다. 덕분에 우건은 그토록 바라던 나비를 다시 만질 수 있게 됐다.

소혜와 우건은 생활비로 쓰기에도 빠듯한 돈을 벌었지만, 그중 상당액을 독립 자금으로 사용해달라며 다달이 한열단에 부쳤다. 전쟁이 길어질수록 조선 민족의 독립 의지는 꺾여갔지만, 그럴수록 그들은 더욱 독립을 부르짖었다. 해 뜨기 직전이 가장 어두운 만큼 더욱 힘내야 한다고.

그리고 1945년 8월 15일. 그 뜨겁도록 간절한 열망이 드디어 하늘을 움직이게 했다.

◆ ◆ ◆

그날은 우건의 연구 자료 정리를 돕느라, 소혜는 자정이 훌쩍 넘어서야 겨우 잠자리에 들었다. 한참 단잠을 자고 있는데 문득 바스락거리는 소리가 들렸다. 천천히 눈을 뜨자 눈앞에 낯익은 천장이 보였다. 어린 시절에 아침마다 숱하게 봤던 낡은 초가집 풍경이었다.

"…깼니?"

그리고 들려온 그리운 음성.

"아버지이…."

어린 소혜는 졸린 눈을 끔벅이며 상체를 일으켰다. 귀밑으로 똑 자른 단발이 마구 뻗쳐 볼을 간지럽혔다. 소혜는 엉금엉금 기어가서 아버지의 품에 작은 몸을 안겼다.

"하하, 이 녀석."

포근하게 저를 감싸 안는 팔과 은근하게 풍겨오는 화한 냄새는 분명 아버지의 것이었다. 호원은 잠이 덜 깬 어린 딸을 안고 등을 다독이며 놀리듯 말했다.

"우리 소혜, 이렇게 어리광이 많아 언제나 커서 시집갈까."

아버지의 어깨 너머로 책상 위에 놓인 물감 상자가 보였다. 오랜만에 집에 돌아오신 아버지가 새로 사 오신 물감이었다. 소혜는 호원의 품을 조금 더 파고들며 배시시 웃었다.

"평생 안 크고 아버지랑 살지, 뭐."

"예끼, 그럼 안 되지."

딸의 순진한 소리에 호원이 너털웃음을 지었다.

"너는 네 남편이랑 천년만년 살아야지. 그래야지, 우리 예쁜 딸."

문득 낮게 가라앉은 목소리에 소혜가 고개를 들었다. 아버지는 난생처음 보는 얼굴로 저를 내려다보고 계셨다. 울음을 참는 표정 같기도 했고, 미소를 짓는 표정 같기도 했다. 미안한 표정 같기도 했고, 자랑스러워하는 표정 같기도 했다. 무어라 딱 형용할 수 없는 감정이 아버지의 눈에 가득 담겨 있었다. 말로 표현되지 않는 아릿함이 소혜의 가슴으로 번져왔다.

"정말 고생했다… 내 딸."

담담한 아버지의 위로에 왈칵 눈물이 나왔다. 왜 이렇게 슬픈 걸까. 그저 고생했다고 한마디 들은 것뿐인데 이상하게 아버지가 곧 떠나실지도 모른다는 불안감이 엄습했다. 소혜는 호원의 소매를 붙잡으며 고개를 내저었다.

"아버지이… 가지 마. 가지 마요, 아버지."

"산 사람은 살아야지."

"아버지이… 흑."

"어디 보자, 우리 딸."

딸의 머리를 다정히 쓰다듬은 호원이 그녀의 얼굴을 두 손으로 감쌌다. 가득 차오른 눈물을 눈꺼풀로 밀어낸 그는 눈동자 가득히 딸의 얼굴을 담았다.

"예쁘고 씩씩하게 잘 컸네, 우리 딸."

"아버지….."

"잘했다. 잘 싸웠어. 네가 무척이나 자랑스럽다."

"흐윽….."

"고마워. 고마워, 소혜야."

아버지는 고맙다는 말을 하시는데 어째서 미안하다는 말처럼 들리는 건지. 소혜는 필사적으로 아버지의 팔을 붙잡았다. 그러나 조금 전까지 아늑하게 부녀를 품어주던 방은 빠르게 허물어지기 시작했다. 곧 이질적인 감각이 몸으로 스며들었다.

"아버지, 흐윽….."

목에서 아프게 새어 나온 목소리에 잠이 달아났다. 어린 시절의 누렇게 뜬 벽지는 사라지고 미국 집의 회벽이 눈에 들어왔다. 그래도 꿈의 여운이 가시지 않아 소혜는 숨죽여 눈물만 흘렸다. 낮은 흐느낌에 깬 우건이 얼른 그녀를 품에 안았다.

"왜 그래, 소혜야. 무슨 일이야. 갑자기 왜 울어."

"꿈을 꿨는데… 아버지가, 아버지가 나오셔서요."

한 번도 꿈에 나온 적 없는 아버지였다. 묘한 기분이 들어 소혜는 쉽게 진정되지 않았다. 서럽게 들썩이는 어깨에 우건은 말없이 그녀를 끌어안고 다독여줬다. 결국 소혜는 동틀 때까지 울고 나서야 겨우 마음을 추스를 수 있었다.

그런데 놀라운 건 아버지의 꿈만이 아니었다.

"우건 동지, 우건 동지!"

이른 아침부터 급하게 문을 두드리는 곽성의 목소리에 우건과 소혜가 서로를 마주 봤다. 그들은 서둘러 겉옷을 챙겨 입고 나갔다. 곽성이 전한 소식은 뜻밖의 것이었다.

"일본이 종전을 선언했소."

"…예?"

"드디어 우리가 일본으로부터 해방이 되었단 말이오! 독립, 독립이오!"

때마침 거짓말처럼 "대한민국 만세!"를 외치는 소리가 아득히 들려왔다. 그 소리는 곧 메아리가 돼 산불처럼 이 집 저 집을 넘나들었다. 온 지역을 들썩일 만큼 우렁차게 터져 나오는 기쁨에 짙은 먹먹함이 밀려들었다.

예상치도 못한 행운에 얼떨떨해하기도 잠시. 곧 우건과 소혜도 곽성을 따라 거리로 나섰다. 물결치는 태극기, 기뻐서 환호하며 눈물을 흘리는 동포들. 울컥 가슴을 치는 뜨거운 감동에 우건과 소혜도 함께 목소리를 보탰다.

"대한민국 만세!"

목이 터져라 불러도 아깝지 않았던 독립. 온 생을 다 바쳐도 좋을 것 같았던 바로 그 독립.

"대한민국 만세!"

그토록 염원하던 독립이 드디어 그들에게 찾아온 역사적인 순간이었다.

◆ ◆ ◆

타닥, 타다다닥….

깊은 밤. 빛 한 점 새어 나오지 않는 집 안에서 숨죽인 타자기 소리가 이어졌다. 바로 우건이 이불을 뒤집어쓴 채 타자기를 치는 소리였다.

1950년 6월 25일. 북한의 예고 없는 남침으로 한국은 또 한 번 어지러운 폭풍 속에 휘말리게 됐다. 도처에서 끊임없는 피난 행렬이 이어졌고, 총탄과 비명이 온 땅을 뒤덮었다. 우건은 차마 서울을 벗어나지 못했다. 해방 이후에 나비를 다시 연구하기 시작하면서 그동안 모아놓은 표본과 자료가 모두 그곳에 있었기 때문이다. 이런 난세에도 나비를 향한 열망은 사그라지지 않아서, 그는 한여름에도 밤이건 낮이건 두터운 담요나 이불을 뒤집어쓴 채 땀을 흘리며 타자기를 쳤다. 타자기 소리를 무전 소리로 오인받을까 봐 소리를 숨기기 위해서였다.

"아부지."

앙증맞은 말소리가 들리자 우건이 타자를 멈추고 고개를 돌렸다. 올해 네 살이 된 딸 혜정이 방문 너머로 고개를 빼꼼 들이밀고 있었다.

"혜정아."

조금 전까지 심각한 얼굴로 있던 우건이 환하게 웃으며 혜정을 향해 팔을 벌렸다. 혜정이 토실토실한 다리로 달려와 한달음에 안겨들었다.

"아부지. 연구는 언제 끝나세요?"

"이제 조금만 더 하면 끝나."

"다 끝나면 엄마랑 혜정이랑 같이 놀러 가요?"

우건은 눈에 넣어도 아프지 않을 혜정의 얼굴을 다정하게 쓸어주며 고개를 끄덕였다.

"그럼. 연구 다 끝나면 혜정이랑 엄마랑 같이 들 보러, 꽃 보러 놀러 가지."

"우와, 신난다!"

한창 바깥이 어수선한 데다가 아버지는 매양 바빠서 같이 놀아줄 시간조차 없으니. 상상만으로도 좋아서 발을 마구 흔드는 혜정이었다.

"어머, 혜정아. 아버지 바쁘시다니까."

소혜가 우건의 방으로 들어온 혜정을 뒤늦게 발견하고서 얼른 안아 들었다.

"으앙, 아부지랑 있을 거예요."

"쉿, 아버지 연구 방해하면 안 된다고 했죠?"

"괜찮아. 잠시 쉬지. 혜정이랑도 놀아줄 겸."

우건이 웃으며 팔을 뻗었다. 소혜는 잠시 고민하다가 다시 그에게 혜정을 넘겨줬다. 혜정은 그제야 방싯방싯 웃으며 우건의 어깨에 작은 머리를 폭 기댔다. 소혜는 다정한 부녀를 따스한 시선으로 바라보다가, 이내 우건의 이마에 송골송골 맺힌 땀을 보고는 눈빛이 흐려졌다.

"얼른 전쟁이 끝나야 할 텐데…."

땀에 달라붙은 머리카락을 떼어내는 손길에 안타까움이 묻어났다. 우건은 소혜의 손을 잡으며 낮은 목소리로 말했다.

"곧 괜찮아지겠지. 우리는 우리 일을 묵묵히 하고 있으면 금방 지나갈 거야."

"그러길 바라야지요."

"혜정이도요!"

"그래. 우리 혜정이도 같이 기도하자."

세 가족은 서로의 온기를 나누며 어두운 밤을 보냈다.

하지만 우건의 바람과는 달리 전쟁은 쉽사리 끝나지 않았다. 언제 서울이 쑥대밭으로 변할지 모르는 가운데, 우건은 결국 오랜 고민 끝에 소혜와 혜정을 먼저 피난길에 보내기로 결심했다. 제 욕심 때문에 사랑하는 가족까지 위험에 빠트릴 수는 없었다.

　　"당신과 혜정이는 먼저 부산으로 내려가. 세호가 2년 전에 그곳에서 자리를 잡았다고 하니, 연락하면 바로 거처를 마련해줄 거야."

　　행여 옆방에서 자고 있는 혜정이 깰까 봐 최대한 죽인 목소리에는 오랫동안 고민한 흔적이 짙게 남아 있었다.

　　"그럼 당신은요?"

　　"나는… 연구 자료를 전부 정리한 후에 뒤따라갈게."

　　청천벽력 같은 우건의 말에 소혜가 하얗게 질린 얼굴을 했다. 몇 번이고 우건의 생각을 되물은 소혜는 가당치도 않은 말이라며 세차게 고개를 저었다.

　　"그럴 수는 없어요. 당신이 서울에 남아 있는데 어떻게 저희만 떠나요?"

　　"이러다가는 모두가 잘못될 수 있어."

　　"당신도 같이 가면 되잖아요."

　　우건의 침묵 끝에는 어김없이 나비 표본들이 매달려 있었다. 광복한 이후로 지난 수년간 전국 각지를 떠돌며 간신히 다시 모아온 그의 자산이었다. 나라의 해방을 이뤘으니 이제 학자로서의 남은 소명을 이루겠다며 온 힘을 다해 일궈온 연구 업적인 것이다.

　　소혜는 이 순간에도 나비를 포기하지 못하는 우건이 야속했다. 하지만 동시에 이 말을 꺼내기까지 우건도 얼마나 많은 번뇌를 거쳤을까 생각하니 가슴이 미어졌다.

"어떻게 저더러 또다시 생이별을 겪으라고 하시는 거예요. 나랑 혜정이, 당신 없으면 어떻게 살라고…."

소혜는 눈물을 뚝뚝 흘리며 그 자리에 주저앉았다. 숱한 생사의 고비를 넘기면서 단 한 번도 혼자 살아남겠다고 생각한 적이 없었다. 처음 독립의 길에 올랐을 때도, 무수한 위험에 처했을 때도, 심지어 우건이 죽었다고 생각했을 때도 그녀의 머릿속에는 단 한 가지 생각뿐이었다. 살아서도 죽어서도 그와 함께하겠다고. 내 대업이 끝나는 순간, 그게 삶의 길이든 죽음의 길이든 우건과 함께하겠다고. 그러니 이번이라고 어찌 다를까.

"당신더러 연구를 포기하라고 하진 않을게요. 당신이 나비를 다시 만지기 위해 얼마나 모진 길을 돌아왔는지 잘 아니까."

목숨과도 맞바꿀 수 있다고 했던 자료들이다. 그걸 어떻게 하루아침에 버리라고 쉽게 말할 수 있을까. 소혜는 애통한 얼굴로 우건의 손을 꼭 붙잡았다.

"대신 나랑 혜정이를 따로 보낼 생각만 하지 마세요."

"여보."

"두 번 다시 당신과 떨어지고 싶지 않단 말이에요…."

소혜에겐 이미 한 번 우건을 떠나보낸 아픔이 있었다. 아무리 죽음이 눈앞까지 닥쳐 온대도 결코 그의 곁을 떠날 수는 없었다. 숨이 다하는 날까지 그와 함께하리라 다짐한 삶이다. 그걸 모르는 바가 아니었기에 우건도 억지로 그녀에게 딸만 데리고 떠나라고 강요할 수 없었다. 이러지도 저러지도 못하는 진퇴양난의 상황이었다. 우건은 몸을 낮춰 주저앉은 소혜를 일으켰다. 손수 닦아준 그녀의 눈물이 가시가 돼 그의 가슴을 찔렀다.

"일단 상황을 좀 더 지켜보자. 미안해, 그런 말을 해서."

그제야 소혜는 울음을 멈추고 고개를 끄덕였다. 한 아이의 엄마가 돼서도 여전히 마음 여린 아내였다. 저 하나만 믿고서 이제까지 모든 고난을 함께 겪어온 여인이건만. 그런 아내를 울게 했다는 생각에 우건은 스스로 비참해질 뿐이었다.

그러나 이번만큼은 정녕 하늘도 그들의 바람을 외면하려는 걸까. 전쟁은 나날이 악화되기만 했다. 우건은 더 이상 미적거릴 수 없었다. 이대로 버티다가는 정말로 온 가족이 돌아올 수 없는 강을 건너게 될지도 모를 일. 온갖 방법을 다 떠올렸지만 선택의 여지는 없었다.

그날도 늦은 밤까지 논문에 매달리던 우건은 끝내 마침표를 찍지 못하고 자리에서 일어났다. 소혜와 혜정이 나란히 잠든 모습을 확인한 우건은 조용히 대문을 닫고 집을 나섰다. 그의 손에는 커다란 기름통이 들려 있었다. 어둠을 헤쳐 나가는 걸음에는 비장함이 서렸다.

마침내 그의 발길이 닿은 곳은 국립 과학관 앞이었다. 2층으로 된 이 건물은 우건을 위해 수많은 곤충 표본과 연구 자료의 보관처로 쓰이고 있었다.

"이게 남아 있으면… 나는 결코 서울을 벗어날 수 없을 거야."

그는 족쇄처럼 자신을 붙드는 미련을 제 손으로 끊어낼 생각이었다. 우두커니 선 채 목석처럼 굳어 있기를 한참. 곧 결심을 마친 우건이 빠르게 건물 주위로 기름을 붓기 시작했다. 이윽고 성냥갑에서 성냥개비 하나를 꺼낸 손이 바르르 떨렸다.

"소혜와 혜정이를 위해서야. 두 사람보다 더 중요한 건 세상에 없어."

한때는 제 인생을 바치고 싶었던 나비도, 평생을 다해 쌓아온 연구 자료도 소혜와 혜정, 나의 사랑스러운 가족보다 우위에 있을 수는 없었다. 우건은 가차 없이 성냥에 불을 붙여서 던졌다.

화르르!

낡은 건물에 기름까지 먹으니, 화마는 금세 무시무시한 기세로 몸집을 불려 모든 것을 태웠다. 두 주먹을 꾹 쥔 채 턱에 힘을 준 우건은 밤새 나비 10만 마리가 불타는 걸 지켜봤다. 비통한 마음은 이루 말할 수 없었으나, 가족을 위한 결단이니 후회되진 않았다. 결국 재만 남은 흔적 속에서 우건이 유일하게 가져온 건 불에 타서 어그러진 표본 상자의 유리 파편한 조각뿐이었다.

"새벽부터 안 보이셔서 걱정했어요"

우건이 집으로 돌아오자 소혜가 안도의 한숨을 내쉬며 끌어안았다. 잠에서 일찍 깨어서 그를 찾았던 모양이다. 그는 말없이 그녀를 마주 안았다. 그의 몸에서 탄내가 잔뜩 풍겨 오자 소혜가 의아한 얼굴을 들었다.

"무슨 일… 있었어요?"

걱정스레 물어오는 소혜를 향해 우건은 담담히 입가를 늘였다. 이 얼굴을 보니 더욱 확실히 깨달을 수 있었다.

"같이 내려가자. 부산으로."

내 삶에 이 여인보다 중요한 건 결코 있을 수 없다는 것을. 이 여인과 내 딸을 지키기 위해서는, 그깟 나비쯤 백 번이고 천 번이고 태워버릴 수 있다는 것을.

◆ ◆ ◆

1953년 7월 27일. 3년이나 이어진 한국전쟁은 오랜 휴전회담 끝에 마침내 막을 내렸다.

그러나 전쟁이 할퀴고 간 상처는 땅과 사람 모두에게 남고 말았다. 피를 나눈 가족은 잔인한 철책에 가로막혀 생이별을 겪었다. 아버지와 남편과 아들, 어머니와 아내와 딸을 잃은 이들의 애통한 울음소리가 온 땅을 뒤덮었다. 좁은 땅덩어리를 전부 전쟁터로 만들어버린 까닭에 생활 터전은 물론 도로며 시설물이며 가릴 것 없이 모조리 황폐화됐다. 종전이 아닌 휴전 협정을 맺은 까닭에 언제 다시 전쟁이 일어날지 모른다는 불안감도 늘 도사렸다.

그러나 폐허가 된 땅에도 꽃은 피어나니. 어디선가 노란 멧노랑나비 한 마리가 날아들었다. 마당에 서 있던 소혜가 우건을 보며 환하게 웃었다.

"나비예요."

"그러게."

우건도 반가운 손님을 눈에 담았다.

"우와아, 나비!"

우건의 손을 잡고 있던 혜정이 까르르 웃으며 나비를 향해 뛰어갔다. 소혜 옆으로 다가온 우건이 그녀의 어깨를 감싸며 나직한 목소리로 말했다.

"이 땅에 다시 왕성하게 꽃이 피려나 보군."

나비는 날개 가득히 햇살을 머금으며 높은 하늘로 날아올랐다. 우건의 어깨에 머리를 기댄 채 나비를 바라보던 소혜가 천천히 눈을 감았다. 여름날의 시원한 바람 한 줄기가 온몸을 휘감았다.

소혜는 천천히 눈꺼풀을 들어 올렸다. 아주 오랜 꿈을 꾼 것 같은 기분이 들었다. 아련하고 애틋하며, 또 가슴 한구석이 먹먹해지는 그런 꿈을 말이다. 하지만 가만가만 기억을 되짚어도 무슨 꿈을 꿨는지 기억나지 않았다. 요 근래에 종종 있는 일이었다.

"…이제 일어나야지."

홀로 맞이한 아침이 하루 이틀도 아니건만. 공연히 또 쓸쓸한 기분이 밀려와서 마음이 공허해졌다. 낮은 숨을 내쉬며 자리에서 일어난 소혜는 흐트러진 머리를 매만졌다. 잿빛으로 바랜 짧은 머리는 손끝에서 단정히 쓸어내려졌다.

소혜는 침대를 정리하고 거실로 나왔다. 고요한 적막 속, 벽에 걸린 조그마한 나비 액자 위로 햇살이 부서져 흘러내리고 있었다.

"이것도 참 오래됐네."

부산으로 피난을 갔을 적에 우건이 만들었던 나비 표본이니, 벌써 수십 년도 더 된 물건이었다. 가만히 서서 잔잔한 감정이 깃든 눈길로 그것을 바라보던 소혜는 곧 부엌으로 향했다. 작은 방울토마토를 씻어서 아침 식사로 대신한 그녀는 느릿하게 나갈 채비를 했다.

집 밖으로 나오니 옹글게 여문 여름 햇볕이 따사로이 내리쬐고 있었다. 손바닥으로 부신 눈을 가린 소혜는 느릿한 걸음을 옮겨서 대문을 나섰다.

"엄마!"

반가운 목소리에 고개를 드니, 혜정이 남편의 차에서 내려 팔을 흔들고 있었다. 그토록 조그마하던 녀석이 벌써 저렇게 자라서 시집을 갔더랬다.

"할머니!"

그 앞으로 손자 해찬이 우다다 뛰어왔다.

"아이고, 넘어질라."

"히, 할머니 보고 싶었어요!"

앞니 하나가 쏙 빠진 입으로 헤헤 웃은 해찬이 고개를 갸우뚱 기울이며 물었다.

"할아버지는요?"

소혜는 해찬의 동그란 머리통을 주름진 손으로 느리게 쓰다듬었다.

"이제 뵈러 가야지. 할아버지."

옅게 미소를 지은 소혜가 해찬의 손을 꼭 잡고 차에 올라탔다. 익숙한 시골 동네를 벗어나 고속 도로에 접어드는 동안, 소혜는 근황을 묻는 혜정의 질문에 간단히 대답하며 차창만 바라봤다. 오랜만에 향하는 서울이라 그런지 괜스레 기분이 묘해졌다.

요즘은 세상 바뀌는 게 참으로 순식간이어서, 얼마 전까지만 해도 논밭이었던 자리에 빌딩이니 공원이니 하는 것들이 빠르게 들어서고 있었다. 옛것이 사라져서 아쉬운 건 비단 추억 때문만이 아니었다. 건물이 올라가는 속도만큼 이 땅을 지키기 위해 불꽃처럼 스러진 이들이 빠르게 잊힐까 봐 걱정스러운 것이었다.

"엄마, 또 옛날 생각 해요?"

"생각해야지. 잊어버리지 않도록. 내가 기억해줘야 하니까."

"엄마 혼자만 기억하는 거 아니에요. 우리도 다 같이 기억하는걸."

"저도 기억해요!"

해찬이 팔을 번쩍 들며 씩씩하게 외치자, 소혜도 한결 가벼운 마음으로 고개를 끄덕였다.

"그래. 우리 해찬이는 이 나라를 지켜주신 분들을 절대 잊으면 안 된다."

"네, 할머니!"

"참, 엄마. 아버지한테 가기 전에 꽃집 먼저 들릴까?"

"그래, 그러자꾸나."

"꽃다발은 제가 살래요! 할아버지한테 꽃다발 드리려고 용돈도 모았어요!"

"하하, 그래. 우리 해찬이가 꽃다발 사드리면 할아버지가 더 좋아하시겠다."

차는 잠시 꽃집 앞에 멈춰 섰다. 곧 혜정과 해찬이 풍성한 꽃다발을 들고 나왔다. 향기 짙은 꽃다발을 보니 우건에게 더욱 빨리 가고 싶어졌다.

"자, 이제 할아버지 뵈러 가자."

"네, 할머니!"

소혜는 해찬의 손을 꼭 잡고 어딘가로 향했다. 아름답게 조경된 가로수 길을 지나 커다란 건물 안으로 발길들이 이어졌다. 그리고 열어젖힌 문 너머에는….

"그럼 지금부터 한국대학교 산업곤충학과 신우건 교수님의 정년 퇴임식 및 명예교수 임명식을 시작하겠습니다."

거대한 강당의 모습에 소혜는 작게 입을 벌리며 감탄했다. 우건의 퇴임식을 축하하기 위해 수많은 사람들이 자리를 채우고 있었다.

"우리 진짜 아슬아슬하게 왔다. 엄마, 얼른 앉으세요."

"그래."

우렁찬 박수 소리를 들으며 소혜와 가족들이 자리에 앉았다. 곧 사회자의 호명에 우건이 단정한 모습으로 단상에 올라갔다. 나이가 들어도 남편은 여전히 멋진 모습이었다. 소혜처럼 머리가 하얗게 세고 주름도 늘었지만, 그녀의 눈에는 여전히 젊은 시절의 잘생긴 얼굴 그대로였다. 소혜는 입가에 절로 미소가 감도는 걸 느끼며 그를 향해 진심으로 축하의 박수를 보냈다.

"할아버지, 여기 꽃다발이요! 제가 용돈 모아서 샀어요!"

"고맙다, 해찬아. 할아버지가 오래오래 간직할게."

해찬의 머리를 정겹게 쓰다듬은 우건이 이내 소혜에게로 눈길을 돌렸다. 마무리 단계에 접어든 연구에 온전히 몰두하느라 요 며칠 내리 집을 비운 게 퍽 미안한 얼굴이었다. 그는 딸 내외와 손자가 보는 것도 개의치 않고 축하를 위해 먼 길을 와준 아내를 꼭 끌어안았다.

"일주일이 꼭 1년 같았어."

"매일 전화도 했잖아요."

"목소리 들으니까 더 보고 싶더군."

그 모습을 옆에서 지켜보던 혜정이 제 남편과 눈빛을 주고받았다. 그러곤 장난기 가득한 목소리로 말했다.

"저희는 캠퍼스나 구경할게요. 엄마랑 아버지도 오랜만에 데이트 좀 하세요! 가자, 해찬아!"

"응!"

그러더니 말릴 새도 없이 남편과 해찬을 데리고 저만치 가버리는 게 아닌가. 소혜가 돌아오라고 외치려던 찰나.

"나도 당신과 둘이서만 시간을 보내고 싶은데."

우건이 손을 내밀며 그녀의 눈길을 사로잡았다.

"같이 걸을까? 오랜만에."

소혜는 못 말린다는 듯 작게 실소를 터트리며 그의 손 위로 제 손을 포갰다. 수십 년의 세월을 함께 보냈어도 이 따스한 온기에 여전히 가슴이 설렌다고 하면 누가 믿어나 줄까. 하지만 사실인 것을.

"고생했어요, 여보."

"당신이 나 때문에 더 고생했지."

우건과 소혜는 나란히 손을 잡은 채 싱그러운 여름이 태동하는 길을 걸었다. 노년의 부부가 수놓는 걸음 뒤로 아름다운 날개를 지닌 나비가 힘차게 날갯짓하며 날아다녔다.

자유로이, 더욱 자유로이. 이 땅, 대한민국에서 오늘을 살아가는 우리처럼.

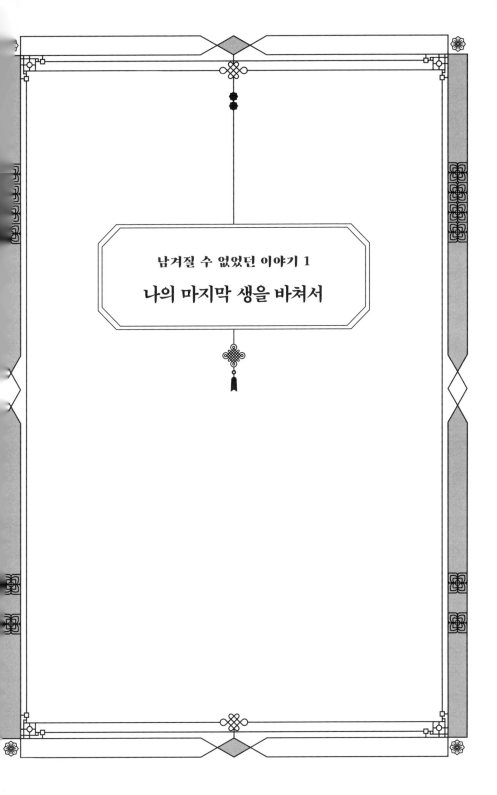

남겨질 수 없었던 이야기 1

나의 마지막 생을 바쳐서

풍경이 산들바람에 흔들려서 은은한 소리를 퍼트렸다. 마치 잔잔한 호면에 아주 희미하게 퍼지는 파문처럼 동그랗게 퍼져나가는 소리를 어린 학제는 가만히 눈을 감은 채 듣고 있었다. 꼭 별과 별이 부딪치는 듯한, 혹은 아득한 물속으로 뛰어드는 듯한 소리였다. 얼마 전 말없이 집을 나가셨던 아버지가 열흘 만에 돌아오며 가져오신 풍경이었다. 아버지는 어디에 다녀오셨는지, 또 무엇 때문에 며칠씩 집을 비우셨는지 아무 말씀도 해주시지 않았다.

그래도 별로 이상하다고 생각하진 않았다. 아버지는 원래 말수가 극히 적으셨고, 가족들과는 더욱 대화하지 않으셨으며, 이번처럼 별말 없이 집을 비우시는 일이 더러 있었으니. 물론 이렇게 오래도록 나가 계신 것은 처음이었지만, 역시나 오래 생각할 거리는 아니었다. 할아버지가 화를 내시지 않았으니까.

이 집에서는 할아버지가 화를 내시느냐, 혹은 좋아하시느냐, 그도 아니면 아무 반응도 보이지 않으시느냐로 대소사가 나뉘었다. 철저히 할아버지의 기분에 따라 집안 분위기가 들쑥날쑥했다. 그리고 요 며칠 동안은 할아버지의 호통이 들리지 않았다. 참으로 다행스러운 일이었다. 할아버지가 기분이 좋으셔야 집안의 삼엄한 분위기도 풀리고, 그래야 어머니를 향한 감시도 조금 누그러들기 때문이었다.

바람이 멎었는지 풍경 소리가 더 이상 들리지 않았다. 천천히 눈을 뜬 학제는 다시 들고 있던 잡지로 시선을 내렸다. 반쯤 남은 페이지는 그대로 읽지 않고 덮어버렸다. 표지에 『신세기』라고 적힌 글자에 학제가 미간을 구겼다. 개인의 완벽한 자유라느니, 지배 권력이 없는 평등한 사회라느니, 그러면서도 경제적으로 모두가 풍족하게 사는 세상이라느니 하는 말들이 어른들의 머릿속에서 나왔다니. 어린 자신이 읽어도 너무 허무맹랑한 이야기라서 유치하기 짝이 없었다. 재화는 계급을 만들고, 계급은 권력을 만들고, 권력은 결국 차등을 만들어서 재화를 독차지하고 싶어 하기 마련이다. 애초에 풍족과 평등은 공존할 수 없는 문제가 아닌가.

"아버지는 어디서 이런 걸 가져오셔서…."

할아버지가 귀에 딱지가 앉도록 말씀하신 이야기를 아버지는 여전히 거부하시는 모양이다. 그러니 이런 요상한 책을 가져오신 거겠지. 할아버지가 보셨다가는 또 집안이 발칵 뒤집어질 것 같았다. 학제는 잡지를 다시 보이지 않는 곳에 잘 숨겨두고서 아버지의 방을 나왔다.

다시 바람이 부는지 풍경이 살랑살랑 흔들리며 고운 소리를 냈다. 책은 별로였지만 저 풍경만큼은 마음에 들었다. 학제는 바람이 멈출 때까지 그 자리에 서서 풍경 소리를 듣다가 이내 걸음을 옮겼다.

할아버지와 아버지가 모두 출근하신 집 안은 평화 그 자체였다. 호통 소리도 들리지 않고, 눈치를 보느라 살얼음판을 걸을 일도 없다. 이 순간 학제를 가로막을 수 있는 사람은 아무도 없었다. 어머니의 방에 가서 실컷 놀 수 있다는 뜻이었다. 거기까지 생각한 학제는 신이 나서 얼른 어머니가 계신 곳으로 향했다.

"도련님, 이 방으로는…."

"유모만 비밀로 하면 되잖아."

곤란해하던 유모가 이윽고 주위 눈치를 살피고서는 슬그머니 길을 비켰다. 조선인 며느리를 언제나 못마땅하게 여기신 할아버지가 모자의 만남까지 쉬이 허락하지 않으셨던 까닭이다. 이때가 아니면 언제 모정을 느낄까. 하여 유모는 학제의 발이 향하는 방향을 짐짓 모른 척해줬다.

"어머니!"

미닫이문을 활짝 열어젖히자 어머니가 환히 웃으며 그를 반겼다. 학제는 한달음에 달려가서 어머니의 품에 안겼다. 폐부 가득히 차오르는 아늑하고도 포근한 냄새에 학제는 기분 좋게 웃었다. 아무리 대통상회의 차기 후계자래도 아직은 어머니의 품이 절실한 어린아이일 뿐이었다.

"우리 아들, 할아버지가 주신 책은 다 읽은 거야?"

"그런 건 벌써 다 읽었죠."

"우리 아들 정말 똑똑하네. 그 어려운 책들을 이렇게 빨리 읽고."

"다 유치해요. 더 어려운 책을 주셨으면 좋겠어요."

가만가만 머리를 쓰다듬어주는 어머니의 다정한 손길이 기분 좋았다. 고개를 들자 어머니의 따스한 눈동자가 보였다. 마치 한여름의 밤하늘을 품은 듯 깊고도 아름다운 눈동자였다. 학제는 아예 어머니의 무릎을 베고 누워서 여느 또래 아이들처럼 옛날이야기를 해달라고 졸랐다. 그러면 어머니는 음, 하고 나지막한 음성을 흘리시다가 곧 어린 아들이 흥미를 가질 법한 이야기들을 풀어내셨다. 어떤 책에 있는 이야기보다 훨씬 유용하고 가치 있는, 어쩌면 가장 비현실적이지만 학제가 가장 원하는 이야기였다.

"그곳이 내가 여기로 오기 전까지 살았던 조선이야."

슬펐으나 아름다웠다. 아름다웠으나 처연했다. 처연했으나 숭고했다. 학제는 어머니를 다시 고향으로 보내드리고 싶었다. 단 한번만이라도 그 땅을 다시 밟게 해드리고 싶었다. 그래서 어머니의 이야기가 끝날 즈음에는 항상 같은 다짐을 되새겼다.

"제가 얼른 어른이 돼서 어머니를 고향으로 모셔 갈게요. 어른이 되면 할아버지 회사도 물려받고, 지금보다 힘도 더 세질 테니까 어머니를 조선으로 보내드릴 수 있어요."

그때 봤던 어머니의 눈빛은 어떤 뜻이었을까. 대견함이었을까. 아니면 현실을 알지 못하는 치기 어린 아들의 원대한 포부를 귀여워한 것이었을까. 그도 아니면 처절하리만치 현실을 알고 있는 허망함이었을까.

"꼭 좋은 사람이 될 거야. 우리 학제는."

어머니는 학제의 다짐을 듣고 나면 꼭 그렇게 말씀하시곤 했다. 주문처럼. 바람처럼. 이룰 수 없는 헛된 희망이 되지 않도록.

"좋은 사람은 어떤 사람인데요?"

"좋은 사람은… 슬프고 어려운 사람을 도와주는 사람. 우리 아버지랑 오빠처럼."

"외할아버지랑 외삼촌?"

"응. 우리 학제 외할아버지랑 외삼촌처럼."

"그럼 외할아버지랑 외삼촌은 엄청엄청 좋은 분들이시네요."

"그럼 엄청 좋은 분들이시지. 당신들이 사랑하는 것을 위해서 목숨도 아끼지 않는 분들이시니까."

"무엇을 사랑하시는데요?"

학제가 두 눈을 말똥말똥하게 뜨며 물었다. 어머니는 부드럽게 웃으시며 학제의 머리를 가만가만 쓰다듬었다.

"조선."

조선. 어머니가 언제나 그리워하시던 가깝고도 머나먼 고향. 학제는 단한번도 가본 적이 없었으나 제가 나고 자란 중국보다 더 익숙한 땅이었다. 아마도 어머니에게서 조선에 대한 이야기를 숱하게 들어왔기 때문이리라.

"사랑하면 목숨도 아끼지 않게 되는 거예요?"

"모두가 그렇진 않아. 목숨을 걸고 사랑한다는 건 생각보다 훨씬 어려운 일이거든."

"저는 어머니를 제 목숨보다 더 사랑해요!"

어머니가 싱긋 미소를 지으셨다. 분명 웃는 얼굴인데 왠지 모르게 어머니의 얼굴이 슬퍼 보인다는 생각이 들었다. 당장 눈물이 흘러도 이상하지 않을 만큼. 어린 학제가 이해하기에는 조금 어려운 미소였다. 순진하게 눈을 깜빡이는 아들을 어머니는 다시 꼭 끌어안으셨다.

"학제야. 우리 착한 아들."

"네, 어머니."

"언젠가 이 어미만큼 너에게 그런 생각이 들게 하는 존재가 생기거든, 온 힘을 다해서 꼭 지켜내렴."

"외할아버지랑 외삼촌처럼 목숨을 다해서?"

"…함께 살 수 없다면 그렇게 해서라도."

어머니만큼 사랑하는 사람이 생긴다느니, 그 사람을 목숨 다해 지키라느니, 이 역시 학제가 이해하기에는 어머니의 미소만큼 어려운 말이었다. 어머니는 그런 학제를 향해 이야기의 끝을 알리듯 입술 위에 길게 검지를 세우셨다. 학제도 배시시 웃으며 어머니를 따라 검지를 입술에 붙였다.

외할아버지와 외삼촌에 대한 이야기는 아무도 모르는 둘만의 비밀이었다. 어머니는 슬프고 어려운 사람들을 도와주기 위해서는 큰 위험을 감수해야 한다면서, 두 사람이 안전할 수 있도록 비밀을 지켜줘야 한다고 하셨다.

그래서 평생 둘만의 비밀로 남을 줄 알았다. 외할아버지가 일본군의 손에 돌아가시고 외삼촌의 수배령이 중국 하얼빈에 전해지기 전까지는.

"지금이 얼마나 중요한 때인데 이딴 일에 휘말려서는!"

일본과 중요한 외교 중이시던 할아버지에겐 아주 성가신 일이 아닐 수 없었을 것이다.

"젠장, 언제 미끼로 쓸지 모르니 함부로 죽일 수도 없고…. 당장 저년을 가둬버려!"

할아버지의 엄청난 호통이 멀리 있는 학제의 방까지 뒤흔들었다. 물건들이 쉴 새 없이 깨지는 소리와 함께 누군가의 비명이 들렸다. 이대로 가만있을 수는 없었다. 단 한 번도 할아버지에게 대든 적이 없던 학제는 곧장 달려가서 할아버지의 발에 매달렸다.

"할아버지, 안 돼요! 어머니를 놓아주세요, 벌하지 말아주세요!"

"이게 어디서 어른들 일에 참견이야!"

"아악!"

할아버지의 발길질 한 번에 학제의 작은 몸이 벽으로 날아가 부딪혔다. 명치를 차인 모양인지 숨을 쉬기가 힘들었다. 컥컥거리는 여린 몸을 울부짖던 어머니가 얼른 감싸 안았다. 그마저도 오래 보듬어주지 못하고 곧 사람들에게 끌려갔다. 멀어지는 어머니를 학제는 흐린 시야로 바라봤다.

그날 어머니를 향해 한 번 더 손을 뻗었다면 조금은 덜 후회스러웠을까. 기어서라도 어머니를 붙잡았더라면, 할아버지께 한 번만 더 매달렸다면, 아무것도 하지 않고 텅 비어버린 눈으로 바라보기만 하는 아버지께 도와달라고 소리라도 질렀다면. 그렇게 온 힘을 다해 지켰더라면 조금은 덜 후회가 됐을까. 학제에겐 이날만큼 지옥 같던 날이 없었다.

그날로 어머니는 집에서 가장 깊숙한 곳에 유폐되셨다. 광보다 못한 한 칸짜리 방에서 어머니는 죽지 못해 사셨다. 어머니는 더 이상 예전처럼 웃지 않으셨다. 이따금 할아버지의 눈을 피해서 어머니가 갇히신 방의 창가로 다가가면 습관적으로 입꼬리를 끌어올리실 뿐이었다.

"너는 좋은 사람이 될 거야…."

좋은 사람이 될 거야. 좋은 사람이 될 거야. 우리 아들은 좋은 사람이 될 거야. 어느 순간부터 다른 말은 전부 잊어버린 사람 같이 그 말만 주문처럼 되뇌시면서. 생기가 사라진 눈동자에는 더 이상 아들의 얼굴이 담기지 못했다. 그런데도 어머니는 오로지 학제가 찾아올 때만 그 말씀을 하셨다.

사실 어머니는 알고 계셨던 게 아닐까. 당신의 아들이 어떤 길을 걷게 될지. 어떤 사람들을 만나게 될지. 어떤 선택을 하고 어떤 결과를 이끌어 낼지. 그리고 어떻게 당신의 곁으로 돌아오게 될지.

- 오늘도 회사 일 많이 힘들었어?

린진의 손짓이 학제의 검은 눈동자에 새겨졌다. 린진은 어머니가 주문처럼 학제의 가슴에 새긴 말과 함께 학제를 지키기 위해 남기신 또 하나의 동아줄이었다. 학제는 가만히 고개를 저었다.

"아니. 우리 린진 보니까 다 나았어."

그러곤 먼 옛날에 어머니가 그리하셨던 것처럼 입꼬리를 끌어올렸다. 제 품에 꼭 안겨 오는 린진을 보면서 학제는 가만히 생각에 잠겼다. 그때 어머니도 이런 심정으로 웃으셨을까. 깊은 물속에 가라앉은 것처럼 가슴이 답답해졌다.

♦ ♦ ♦

"후…."

땅이 절절 끓는 듯한 더위에 학제는 손가락을 넥타이에 걸어서 잡아 끌었다. 걸은 지 고작 10분밖에 안 된 것 같은데 벌써 땀이 송골송골하게 배어 나오고 있었다.

"송일고보가 대체 어디라는 거야?"

학제는 미간을 찌푸리며 주위를 두리번거렸다. 장학 재단을 구실로 출처가 잡히지 않는 자금 유통 경로를 만들기 위해 알아보다가 눈에 들어온 곳이 바로 송일고보였다. 이런 시국에 나름의 발전을 꾀하는지, 그곳은 과학계에 특화된 학교였다. 과학은 연구를 위한 실험 기구 등에 상당한 자금을 필요로 하는 분야이니 제 제안을 오히려 반길 터였다.

'그런데 이 빌어먹을 학교가 보이질 않으니.'

외진 곳에 있다는 말은 들었지만 이렇게까지 길을 찾기 힘들 줄은 몰랐다. 하긴, 경성에 온 지 2년이 넘도록 매양 차만 타고 다녔으니 당연히 길을 모를 수밖에.

'하필 이런 날에 차가 말썽을 피워서.'

턱 아래 맺힌 땀을 손등으로 훔친 학제는 자꾸만 굳어지는 표정을 억지로 풀며 사람들에게 길을 물었다. 그렇게 얼마나 더 갔을까. 마침내 저 멀리 송일고보 건물이 보였다. 반갑기보다는 짜증이 치밀었지만, 남들 앞에서 비신사적인 모습을 보일 수는 없었으므로 최대한 감정을 억눌렀다. 장학금을 빌미로 최대한 내 입맛에 맞게 행정을 바꿔놓아야지. 혹시 아는가. 미국인 선교사가 세운 학교라 일제의 손아귀에서 비교적 자유로운 저

학교를 통째로 구워삶아 바치면 일본이 대통상회 군수업에 약간이라도 더 도움을 줄지. 이런저런 계산을 하며 송일고보 정문을 향해 걸어가던 그때.

"…여자?"

그의 시야에 정문 앞을 기웃거리는 웬 여자가 보였다. 겉보기에는 여학생 같은데 무슨 일로 남학생만 우글거리는 학교 앞을 서성이는가.

'애인을 만나러 온 건가?'

흥, 낮게 조소를 흘린 학제는 뙤약볕을 피하여 얼른 건물 안으로 들어갈 생각으로 다시 걸음을 옮겼다. 그런데 가까이 다가갈수록 어쩐지 여자의 얼굴이 이상하다. 처음에는 누군가를 기다리는 듯 애타는 얼굴이더니, 점점 숨이 가빠오는지 어깨를 크게 들썩이기 시작했다. 반쯤 풀어진 눈동자는 금방이라도 정신을 잃을 듯 가물가물했다. 위험한데, 라고 생각한 그때. 몸이 살짝 틀어진 여자의 얼굴이 이쪽을 향했다. 순간 학제는 세상이 멈춘 것만 같았다.

"…어머니?"

저도 모르게 헛소리가 튀어나왔다. 말도 안 되는 일이라는 건 스스로 잘 알았다. 어머니는 이미 오래전에 돌아가셨으니. 그러나 순간적으로 어머니를 떠올릴 만큼 여자는 어머니와 많이 닮은 얼굴을 하고 있었다.

현기증이 이는 걸까. 여자는 눈을 질끈 감으며 고개를 털었다. 그러나 그게 마지막 징후였는지 여자는 그대로 허물어지듯 쓰러졌다. 머리가 생각이라는 걸 하기도 전에 몸이 먼저 움직였다. 정신을 차렸을 때는 여자가 제 품에 안겨 있었다. 여자는 더위를 먹었는지 땀범벅인 얼굴로 의식을 잃은 상태였다.

"…괜한 짓."

미간을 구긴 학제는 잠깐의 고민 끝에 여자를 업고 병원으로 향했다.

◆ ◆ ◆

"다른 검사로도 별다른 이상은 보이지 않았습니다. 탈수 증세가 조금 있긴 한데 푹 쉬면 괜찮아질 겁니다."

의사는 눈치를 살피며 자신이 할 수 있는 최대한의 설명을 마쳤다. 한때 학제가 이 병원에도 투자금 명목으로 돈을 댄 적이 있었다. 대통상회 사장을 알아본 의사는 알아서 자세를 낮췄다. 무표정한 얼굴로 의사의 설명을 듣던 학제는 이만 됐다는 듯 손을 들어 보였다. 쩔쩔매던 의사는 기다렸다는 듯 꾸벅 허리를 숙이고서 자리를 벗어났다.

학제는 도망치듯 멀어지는 의사에게서 눈을 돌려 여자를 바라봤다. 깊이 잠들었는지 그녀는 굳게 눈을 감은 채 미동도 없이 누워 있었다. 깨어나려면 한참은 더 기다려야 할 것 같았다. 금테로 둘러진 회중시계를 보니 이미 송일고보에 방문하기로 한 시각을 훌쩍 지나 있었다.

"진짜 괜한 짓을 했네…."

염증 섞인 혼잣말이 또 한 번 튀어나왔다. 실상 자신이 해줄 수 있는 일은 다 한 것이나 마찬가지였다. 병원에 데려왔고, 몸 상태가 심각하지 않다는 말도 들었으며, 나름의 선의로 병원비까지 내줬다. 그런데 왜 발이 안 떨어지는 걸까. 알지도 못하는 저 여자의 얼굴이 왜 자꾸만 눈길을 잡아끄는 걸까. 신경 쓰이게.

학제는 낮게 한숨을 내쉬며 다시 시계를 봤다. 어차피 약속 시간도 지났겠다, 다시 땡볕 아래로 나가느니 차라리 시원한 병원에서 쉬다 가는 편이 낫겠다는 생각이 들었다.

비서에게 연락해 송일고보와의 일정을 다시 잡으라 명한 후. 학제는 침상 옆에 놓인, 정확히 말하자면 병원에서 학제를 위해 특별히 놓아준 일인용 소파에 앉았다. 조금 작긴 해도 푹신해서 앉아 있을 만했다. 그는 꼿꼿하게 세우고 있던 허리에 힘을 풀며 아예 의자에 편히 몸을 기댔다. 그러곤 가만히 여자의 얼굴을 들여다봤다. 처음에 어머니라고 착각할 정도로 닮았던 얼굴은 다시 보니 그저 평범한 조선 여인에 불과했다. 길거리에서 어렵지 않게 볼 수 있는, 수수한 매력이 있는 예쁘장한 얼굴.

'대체 어디를 보고 어머니라고 생각한 건지.'

아마 더위에 지쳐서 잘못 본 게 분명했다. 하지만 어머니와 닮은 구석이 없다는 걸 확인했는데도 학제의 시선은 자꾸만 여자에게로 향했다. 하나로 묶은 머리에서 빠져나온 머리카락은 투명하리만치 흰 피부에 땀으로 엉겨 있었고, 굳게 감긴 눈꺼풀 아래 길게 뻗어 나온 속눈썹이 단아한 그림자를 드리우고 있었다. 곧게 뻗은 콧날과 앙증맞은 콧방울, 그 밑으로 불그스름하게 부푼 입술까지. 늘 화려하고 사치스러운 여자만 보다가 이런 무던한 여자를 보니 새삼스럽기라도 한 걸까. 학제는 시간이 가는 줄 모르고 여자를 바라봤다. 여전히 어머니와 닮은 점은 찾을 수가 없었다. 그렇게 얼마나 더 있었을까.

"으음…."

낮은 신음과 함께 여자의 눈꺼풀이 파르르 떨렸다. 힘겹게 눈을 뜬 여자는 의식이 아직 흐린 눈동자로 천장을 배회하다가 이쪽을 봤다. 여자의 눈동자가 한순간 미세하게 흔들리며 다른 빛을 보였다.

"신 선생님…?"

"啊, 醒了(아, 깨어났다)."

학제의 입에서 저도 모르게 중국어가 튀어나왔다. 도둑이 제 발 저린다고, 잠든 여자를 뚫어져라 쳐다본 것이 뒤늦게 민망해진 탓이었다. 여자는 학제를 다른 사람으로 착각했는지 곧 실망의 빛을 보였다. 송일고보 앞에서 기다리던 사람이 선생이었나 보다. 신 선생, 이라고 했던 것 같은데.

'설마 내가 아는 그 신 선생은 아니겠지.'

학제는 별로 상관할 일도 아닌데 괜스레 기분이 찜찜해졌다. 그는 우선 여자의 경계심을 풀기 위해 가장 확실한 방법인 명함을 건넸고, 그녀의 이름이 백소혜라는 것도 알게 됐다. 소혜. 말간 얼굴과 참으로 잘 어울리는 이름이라고 생각했다.

"괜찮다면 이만 일어날까요, 소혜 양? 더 지체하면 댁까지 바래다드리기에 시간이 빠듯할 것 같아서요."

빠듯할 만한 일정도, 소혜를 데려다줘야 할 의무도 없었다. 그런데도 학제는 그녀에게 친절을 베풀고 싶었다. 솔직하게 말하자면 그녀와 조금 더 함께 있고 싶었다. 이유는 저 자신도 알 수 없었다. 군이 이유를 대자면 조금 흥미가 생겼다, 정도려나. 데리고 놀고 싶다거나 여자로서 대단한 매력을 느낀 게 아니라, 말 그대로 그저 흥미. 무엇 때문에 이 여자의 얼굴에서 어머니를 봤던 건지 궁금하기도 했고.

"여, 왕허디. 옆의 그 계집은 뭔가?"

그런데 하필 이런 곳에서 하찮은 놈들과 맞닥트리게 될 줄이야. 소혜를 가리키며 저급한 농담이나 지껄이는 놈들을 보니 속에서 다시 염증이 일었다. 그러잖아도 요즘 아비들의 권세를 믿는 모양인지, 주제도 모르고 기어오르는 게 같잖아 슬슬 정리하려던 차였다. 학제는 군이 본얼굴을 숨기지 않은 채 놈들을 위압했다.

꽁지 빠지게 도망가는 녀석들을 언짢은 시선으로 바라보고 있자니, 뒤늦게 옆에 있는 소혜가 생각났다. 시선을 돌리자 역시나 겁먹은 듯한 얼굴이 보였다. 늦었지만 지금이라도 다시 가면을 쓰기로 한다.

"내 친구들이 좀 짓궂어서. 이만 가죠."

소혜는 애써 아무렇지 않은 척했지만 힐긋거리는 시선까지는 쉽게 감추지 못했다. 속이 좀 씁쓸해졌다. 고작 오늘 처음 만난 여자인데 뭐가 이렇게 심기를 건드리는 걸까. 꼭 이런 모습을 보여서는 안 될 사람에게 들킨 것처럼. 곁눈질을 모른 척할 수도 있었지만 그러고 싶지가 않았다. 이상하게 심사가 뒤틀렸다.

"제가 또 달라 보입니까?"

"네?"

"아까부터 계속 힐긋거리기에. 내가 무서운 건가?"

장난스럽게 말하니 예상대로 소혜가 당황한 듯 고개를 저었다. 그러곤 말실수를 하지 않으려는지 잠깐 말을 고른 후에 입을 열었다.

"아뇨. 무섭다기보다는… 조금 신기해서요."

"뭐가 말입니까?"

"오늘 처음 만난 사이인데 이렇게까지 챙겨주시는 게요."

어색함으로 내내 굳어 있던 그녀의 입술이 처음으로 미소를 그렸다.

"사장님께서는 정말 좋으신 분 같아요."

그 깊고도 맑은 눈동자를 마주한 순간.

"좋은 사람인 척하는 게 아니라, 정말 좋은 사람."

학제는 그녀의 얼굴에서 또다시 어머니를 봤다. 소혜가 유일하게 어머니를 닮은 부분은 바로 눈이었다. 사람을 올곧게 바라보는 눈. 한여름의 밤하늘을 품은 것 같은, 깊고도 아름다운 눈. 평온하기만 했던, 아니. 세상

만사에 싫증을 느껴서 모든 것이 지루하기만 하던 가슴에 짙은 무언가가 번지던 순간이었다.

"여기서부터는 저 혼자 갈게요. 오늘 정말 감사했습니다."

그때 당신이 나의 모든 세상을 뒤흔들었노라고 말한다면 과연 믿어줄까. 알게 된 지 고작 한 시간도 채 되지 않은 당신이 내 인생을 한순간에 뒤집었다고 말한다면. 그 짧고도 강렬했던 하루가 훗날 내 모든 결정의 중심이 됐다고 말한다면. 과연 당신은 믿어줄까. 그때는 나조차 알지 못했던 이 마음을. 끝내 전하지 못할 이 진심을.

◆ ◆ ◆

매캐하고 비릿한 내음이 온 폐부를 가득 채웠다. 점점 생기를 잃어가는 각막 위에는 멀어지던 소혜의 모습이 표본처럼 박혀 있었다. 꺼져가는 생명의 불씨 속에서 학제의 입가에 희미하게 미소가 걸렸다.

'지켜냈습니다. 어머니 말씀대로…'

한평생 가시처럼 깊게 박혀 있던 죄책감이 비로소 흔적도 없이 사라진 기분이었다. 어머니를 닮은 여인을 지켜냄으로써, 목숨을 걸어도 아깝지 않은 사랑에게 나의 마지막 생을 바침으로써.

미련처럼 시선을 놓지 못하던 눈이 천천히 감겼다. 눈가에 한가득 고여 있던 눈물이 마지막 숨결과 함께 흘러내렸다.

어머니를 잃은 이후, 학제는 처음이자 마지막으로 행복했다.

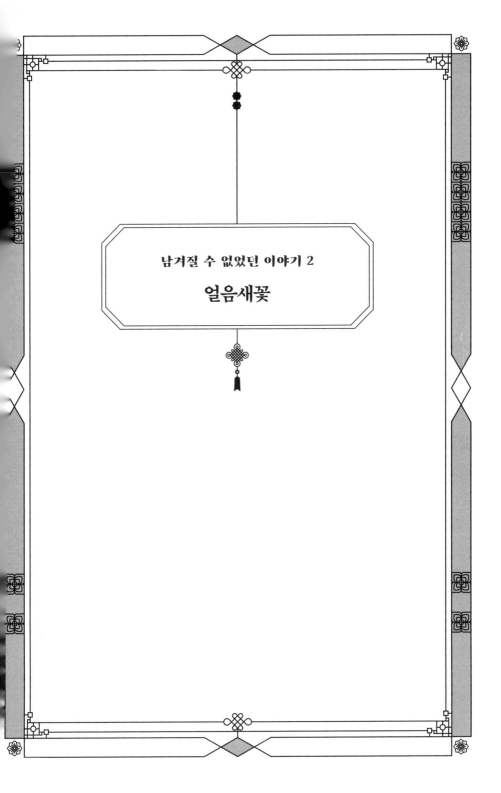

남겨질 수 없었던 이야기 2

얼음새꽃

아저씨를 처음 만난 건 열아홉을 앞두고 있던 어느 겨울날, 오랜 설득 끝에 아버지에게 총을 배워도 좋다는 허락을 받은 날이었다. 아침밥을 비우기 무섭게 비밀 사격장으로 향하려는데 웬일로 대문 밖이 시끌시끌했다. 무의식중에 허리춤에 숨긴 단도로 손이 갔다. 참변 이후 살아남은 사람들에게 흉터처럼 남은 습관이었다.

"하하, 그래도 자니 얼굴을 이리 다시 봄메 좋다. 아주 좋다."

순간 아버지의 기분 좋은 웃음소리가 들렸다. 아버지가 아시는 손님이 온 모양이다. 옷매무새를 정리하고는 모르는 척 문을 열었다. 어른들의 시선이 자연스럽게 내 쪽으로 향했다. 아버지가 나를 향해 손짓하셨다.

"아, 내 딸아이라. 너, 이리 와서 인사드리거라."

나는 두 눈에 경계심을 지우지 않으면서도 아버지 옆으로 갔다. 낡은 모자와 다 해진 코트, 녹은 눈으로 엉망진창이 된 오래된 구두. 그런데도 대문 너머로 들리던 경성 말씨가 참으로 신사 같았던 낯선 아저씨. 나는 그를 향해 까딱 고개를 숙였다.

"주경림…입니다."

어디서 주워들은 어색한 경성 말씨로 인사하니, 그가 자상하게 웃으며 손을 내밀었다.

"나는 백호원이란다. 반갑구나."

곰발처럼 두꺼운 아버지의 손과는 전혀 다른, 하지만 성한 곳이 하나도 없는 손이었다. 엄지와 검지 사이에 박인 굳은살이 눈길을 끌었다. 한눈에 봐도 총을 잡는 이의 손이라는 걸 알 수 있었다. 그 손을 보자마자 아저씨가 달라 보여서 나는 곧바로 공손하게 두 손으로 아저씨의 손을 맞잡았다. 그런 내 모습을 아버지는 고심하는 눈빛으로 바라보시더니, 이내 결심하셨다는 듯 아저씨에게 말씀하셨다.

"호원, 내 자니에게 하나 더 부탁할 것이 있지비."

"뭐든 말씀하십시오. 형님 부탁인데 제가 못 할 것이 뭐가 있겠습니까."

"자니가 이곳에 있는 동안, 내 딸아이 총을 좀 가르침 한다."

"이 아이에게 말입니까?"

"총이라면 자니마이 으뜸이 없지비. 저 개두덩질하는 간나 좀 자니가 맡아주라. 내래 더 이상은 감당 못 한다."

아저씨는 뜻밖이라는 얼굴로 나를 봤다. 이런 여자아이에게까지, 라는 생각이 그의 선한 눈동자에 고스란히 비쳤다. 나는 아저씨가 생각하는 만큼 어린아이도 아니며, 또 충분히 해낼 수 있다는 뜻으로 눈빛을 굳혔다. 그런데도 아저씨가 선뜻 고개를 끄덕이지 않으니.

"경림아! 니 무신 짓임메!"

허리춤에서 단도를 꺼낸 나는 아저씨의 오른 손목을 잡고 당장이라도 그을 듯 가져다 댔다. 주변에 있던 어른들이 모두 기함하며 어쩔 줄 몰라 했다. 까딱 잘못하면 내가 정말 그을지도 모른다는 생각 때문인지 아무도 선뜻 다가오지 못했다. 나는 아저씨를 똑바로 쳐다보며 무언의 재촉을 했다. 나에겐 이 방법밖에 없었다. 아버지가 최고라고 일컬을 정도라면 적어도 이곳 우수리스크에서 아저씨를 능가할 만한 총잡이는 없다는 뜻이었으니까. 기회를 놓치고 싶지 않았다. 내가 어리고 약한 여자아이가 아니라는 것도 증명하고 싶었고.

시간이 멈춘 듯 아슬아슬한 적막이 흘렀다. 그런데 손목을 겨눈 날카로운 칼날을 보고도 아저씨는 어쩐지 놀라는 기색이 없었다. 오히려 그 맑고 투명한 눈동자에 안타까움이 한층 더해질 뿐이었다.

"경림이라고 했지?"

잠깐의 침묵 끝, 아저씨는 나무라는 대신 나직한 목소리로 나를 부르며 조심스럽게 칼날을 밀어냈다. 그러곤 부드럽게 단도를 가져가시더니 내 비어버린 오른손을 다시 맞잡으셨다.

"앞으로 잘 부탁하마."

맹랑한 소녀를 혼내는 대신 제자로 받아주신 순간이었다.

그날부터 나는 매일같이 아저씨에게 총을 배웠다. 아저씨는 호랑이 같은 아버지와 달리 엄하시지 않았다. 하지만 아버지보다 더 힘 있게 말을 전달하는 법을 아셨고, 다정하나 단호하셨으며, 부드러우나 누구보다 단단하셨다. 아저씨는 다른 일로 바쁘신 와중에도 꼭 하루에 한 시간 이상 나에게 시간을 내주셨다.

총을 배우면서 아저씨와 많은 이야기도 나눴다. 아저씨는 이전에도 몇 번 우수리스크에 오셨다고 했다. 어떤 때는 큰 액수의 돈과 함께, 어떤 때는 이곳에서 구하기 어려운 무기와 함께. 아저씨는 우리 아버지 같은 독립투사로, 해외 각지에 있는 동포들에게 물자 등을 전달해주는 역할을 도맡으셨다.

"그럼 아재 가족은 어딨습메?"

가족이라는 말에 아저씨는 잠시 조용한 미소만 보였다. 그러더니 잠깐 쉬자며 바윗등에 앉으셨다. 아저씨를 따라 옆에 앉은 나는 먼 하늘만 바라보는 아저씨의 옆모습을 물끄러미 쳐다봤다. 처음 보는 표정이었다. 나는 그리운 표정이 어떤 것인지를 아저씨에게 처음으로 배웠다.

"경성에 너보다 조금 어린 딸아이가 있어."

일순 아저씨의 표정과 목소리가 낯설게 바뀌었다.

"누구를 닮았는지 그림을 참 잘 그려. 타다 만 목탄 하나만 있어도 슥슥 이것저것 그려내는데, 그럴 때면 그림이 꼭 살아 움직이는 것 같아."

총을 가르쳐주실 때와는 전혀 다른 얼굴. 딸을 떠올릴 때면 아저씨는 억만금을 가진 부자보다, 세상을 다 가졌다고 자랑하는 사람보다 더 행복한 사람이 되셨다. 딸이 그리도 좋으실까. 우리 아버지는 나를 볼 때면 언제나 한숨만 쉬어대셨기에, 딸을 떠올리며 행복해하는 아저씨의 얼굴이 사뭇 낯설기만 했다.

"그런데 부족한 아비 밑에서 태어나서 그 아이가 너무 고생을 많이 해. 차라리 다른 집에 양딸로라도 보내줄까 싶은데 차마 못난 욕심에 그러지도 못하겠고…. 그렇다고 이 총도 놓을 수 없으니."

아저씨는 손에 든 총을 보며 자조적인 미소를 지으셨다. 그 힘없는 미소가 왠지 모르게 가슴을 저릿하게 만들었다. 태풍이 불어도 꺾이지 않을 것 같은 아저씨가 딸 생각만 하면 저런 표정이 되시니, 문득 아저씨의 딸이 궁금해졌다.

어떤 아이일까. 아저씨를 닮아서 맑고 깨끗한 눈을 가지고 있을 것 같았다. 언젠가 만날 날이 오면 좋겠다. 형제자매 하나 없이 외동이라 했으니, 행여 만난다면 내가 그 아이의 언니가 돼줘야지. 그런 뜬구름 같은 생각을 하고 있자니 이번에는 아저씨가 나에 대해 물어보신다.

"경림이 너는 하고 싶은 게 있니? 취미나 장래희망 같은 거 말이야."

나는 아저씨의 물음에 선뜻 대답하지 못하고 바보처럼 눈만 끔뻑였다. 하고 싶은 일을 생각해본 적이 단 한 번도 없던 탓이었다. 철이 들고 미래라는 걸 생각할 즈음부터 아버지처럼 독립을 위해 싸우고 싶다는 마음뿐이었으니까. 다른 형제들처럼 학교에도 갈 수 없었고, 그렇다고 좋아하지도 않는 남자의 아내가 돼 평생 집에만 얽매이기는 죽기보다 싫었다.

"독립 말고는 아이 생각했습메."

심드렁하게 대답하니 아저씨가 그러지 말고 얘기해달라며 쿡쿡 찔러대셨다. 성가시게, 참. 버릇없이 흘겨보는 눈짓에도 아저씨는 마치 친한 친구를 대하듯 개구쟁이처럼 웃으셨다. 아저씨의 웃는 얼굴을 보고 있자니 문득 어린 시절에 봤던 언니들이 떠올랐다. 친구들이 부르는 노래에 맞춰 살랑살랑 춤추던 모습이 어찌나 예뻐 보이던지. 언니들을 따라 치맛자락도 괜히 펄럭이고 발장구도 치면서 되지도 않는 춤동작을 투박하게 흉내 내기도 했다. 어린 마음에 언니들처럼 춤을 추면 나비가 돼 금방이라도 하늘로 날아갈 것만 같았더랬다.

"…춤요."

"춤?"

툭 내뱉은 말에 아저씨가 의외라는 듯 되물었다. 나는 괜스레 민망해져 콧잔등을 긁적였다.

"그냥 뭐, 그런 것도 배움 재미는 있겠다 싶었는데…."

하지만 이런 시국에 무슨 춤이란 말인가. 그깟 것은 나랏일이라고는 전혀 모르는 속 편한 사람들이나 즐길 수 있는 것이라고 생각했다. 나에게 허락된 건 오로지 싸우는 것뿐이라고. 그리 생각하니 어쩐지 그런 말을 한 게 더욱 부끄러워졌다.

"에이, 시간 없는데 해출럭 그만하기오. 연습이나 더 해야겠습메."

나는 벌떡 자리에서 일어나 과녁 앞으로 다시 걸어갔다. 허허, 흐뭇하게 너털웃음을 흘린 아저씨도 곧 바지를 탈탈 털며 다가오셨다.

"그래, 춤. 경림이는 팔다리도 길쭉해서 춤추면 참으로 어여쁘겠다."

"내래 무신 기생도 아이고."

"꼭 기생이어야만 춤을 추나? 추고 싶으면 다 추는 거지. 이렇게."

아저씨는 아무 음악도 없이 팔다리를 휘적거리며 우스꽝스러운 몸짓을 하시기 시작했다. 해괴하다는 내 표정에도 아저씨는 콧노래까지 흥얼거리며 덩실덩실 춤을 추셨다. 아무리 하지 말라고 말려도 아저씨는 아랑곳하지 않으셨다. 오히려 팔을 더욱 크게 뻗으며 폴짝 뛰기까지 하신다. 못 말린다며 헛웃음을 치던 나는 에라, 모르겠다는 생각으로 아저씨와 함께 춤을 췄다.

나비가 되면 이런 느낌일까. 살면서 처음으로 자유롭다는 생각을 해 봤다.

◆ ◆ ◆

나는 하루 중 절반을 사격장에서 지냈다. 아저씨는 한 시간 남짓한 시간 동안 나에게 총을 가르쳐주셨는데, 과연 아버지가 왜 최고라고 하셨는지 십분 알 수 있었다. 두 손으로 잡지 않으면 반동으로 몸이 흔들리는 나와 달리 아저씨는 한 손으로도 정확히 목표물을 맞히셨다. 심지어 움직이는 물체도 백발백중이었다. 나는 아저씨가 계실 때나 안 계실 때나 최선을 다해 총질을 연습했다. 아저씨처럼 되는 게 어느 순간부터 내 꿈이 됐다.

한데 더뎌도 조금씩 늘던 실력이 어느 순간부터 뚝 정체되고 말았다. 오히려 어제만도 못해 보였다. 절반도 채 맞지 않은 과녁을 보면 화가 나서 견딜 수가 없었다. 당장 적진에 나아가 방약무인하게 활보하는 일본놈들을 무찔러도 모자랄 상황에 가만히 있는 과녁조차 맞히지 못하고 있으니. 분에 못 이겨 씩씩거리고 있자니, 문득 아저씨가 다가와 내 손에서 총을 가져가셨다.

"어서 주십메. 내래 다시 연습할 끼니."

"경림아."

아저씨의 나지막한 목소리가 나의 성난 마음을 지그시 눌렀다. 근래에 아저씨한테 총을 배우며 재미 삼아 경성 말씨도 배우고 있었는데, 흥분할 적이면 이렇게 본래 말씨가 나오곤 했다. 그걸 알고서 아저씨가 나를 달래신 것이다. 그 조용하고도 차분한 음성에 목구멍까지 치밀었던 화도 거짓말처럼 쑥 내려가기 시작했다. 아저씨는 내가 어느 정도 흥분을 가라앉힐 때까지 기다려주셨다. 그러곤 이내 내 어깨를 두어 번 다독이시고는 다시 총을 쥐여 주셨다.

"총은 누군가를 죽이기 위함도 아니고, 죽기 위함도 아니다."

"그럼 어찌 쏩메?"

"살리기 위해 쏘는 것이다."

사람을 죽이기 위한 무기를 두고 살리기 위함이라니. 말도 안 되는 소리였다.

"그기 무시깁메. 총이 무신 약도 아니고."

말 같지도 않은 아저씨의 말씀에 나는 콧방귀를 뀌며 비아냥거렸다.

가뜩이나 과녁을 맞히지 못해 배알이 심히 꼬여 있을 때였다.

"죽이기 위해 쏘는 것과 살리기 위해 쏘는 것은 아주 다르다."

아저씨는 예의 그 다정하면서도 단호한 말투로 한참을 말씀하셨다. 누군가를 죽이기 위해 쏘는 건 일본이 우리에게 하는 짓이나 다름없다고, 우리는 조선과 그 민족을 살리기 위해 총을 잡아야 한다고. 여전히 가슴에 확 와닿진 않았지만 무슨 말씀을 하시고 싶은 것인지는 어렴풋이 알 수 있었다.

"죽이지 않고, 살리는 것. 죽지 않고, 사는 것…."

나는 그날 밤이 깊도록 그 말을 되새겼다. 눈을 감을 때까지도 정확한 의미는 알 수 없었지만.

◆ ◆ ◆

아저씨는 해를 넘겨 이듬해 겨울이 거의 끝날 때까지 우수리스크에 계셨다. 하지만 이곳에 완전히 정착하신 건 아니었기에 결국 이별의 순간이 다가왔다. 눈이 완전히 녹을 때까지 계시면 좋으련만. 뭐가 그리 급하신지, 아저씨는 아직 길이 꽝꽝 얼었는데도 다시 경성으로 내려가신다고 했다. 짧다면 짧고 길다면 긴 1년. 그동안 정이 지독하게 든 까닭일까. 아저씨가 이곳을 떠나신다는 사실에 괜히 속상해서 며칠 전부터 기분이 좋지 않았다.

'나 총이나 더 가르쳐주시지.'

속상한 이유가 그것만은 아니었을 텐데 다른 생각은 딱히 떠오르지 않았다. 아마 경성으로 돌아가면 앞으로 몇 해는 보기 힘들 거라던 아저씨의 말 때문이었으리라. 아저씨가 떠나는 날 아침까지도 내 마음은 풀리지 않았다. 배웅 따위 하고 싶지 않아서 괜히 방에서 미적거리는데, 아버지가 하도 성화하여 어쩔 수 없이 밖으로 나왔다.

"경림아."

아저씨는 몸집보다 더 큰 배낭을 등에 메고서 나를 향해 활짝 웃어 보이셨다. 순간 가슴이 울컥하며 코끝이 아리고 목구멍이 따끔거렸다. 눈물이 나올 것 같아서 나는 부러 다른 데를 보며 인사를 하는 둥 마는 둥 했다. 그런 나를 보며 아저씨는 미안하다는 얼굴빛으로 웃으시더니, 마을 어귀까지만 배웅해달라며 청하셨다. 나는 못 이기는 척 아저씨를 따라나섰다. 그래도 마지막이니 어른스러운 모습을 보여드리고 싶었다.

"조심해서 가세요. 감자는 어젯밤부터 푹 삶은 거니까 꼭 챙겨 드시고요."

"경림이 네가 삶아준 거구나. 어쩐지 포슬해 보이더라니. 고맙다."

아저씨가 싱긋 웃으시며 내 머리를 쓰다듬으셨다. 끝까지 서운한 티를 내서 아저씨 마음을 무겁게 하고 싶었는데, 그 미소에 애써 꽉 걸어 잠그고 있던 마음의 빗장이 어이없이 풀려버렸다. 나는 마음이 한결 누그러져 아저씨를 보며 물었다.

"이번에 가시면… 정말 몇 해 동안 우수리스크에 안 오세요?"

"조금 힘들지 싶어. 경성에 가서 마무리해야 할 일들도 아직 남아 있고, 딸아이도 좀 살펴야 하거든."

딸을 말하는 아저씨의 얼굴이 여러 감정으로 물들었다. 그리움과 미안함이 뒤섞인 얼굴이었다. 아저씨의 딸이 더욱 부러워졌다. 우리 아버지도 아저씨의 반의반, 아니. 반의 반의 반만이라도 나를 예뻐해주시면 참 좋을 텐데. 하지만 그런 아버지의 모습은 도무지 상상이 되지 않아 나는 작게 도리질을 쳤다. 차라리 무관심이 나았다. 아버지는 조선인사범학교에 다니는 오빠와 남동생들만 좋아하시면서, 여타의 여자아이들과 달리 선머슴 같은 나를 골칫덩이로 여기셨으니까. 총 잡는 걸 허락해주신 것도 사실상 나를 포기하신 것이나 마찬가지라는 뜻이었다. 어머니께서 살아 계셨더라면 끝까지 반대하셨을 것이다. 총은 곧 사지死地라고 말씀하시던 분이었으니.

"허, 세상에. 여기에도 저 꽃이 피어 있네."

아저씨의 목소리가 다른 생각에 빠져 있던 나를 다시 현실로 불러들였다. 고개를 돌리니 조그마한 노란 꽃 한 송이가 눈밭을 헤집고 피어 있었다. 이 얼음 땅에 꽃이라니. 아저씨도 나도 걸음을 멈추고 손가락 마디 하나 정도 되는 그 꽃을 신기한 듯 구경했다.

"경림아, 저 꽃이 무슨 꽃인지 아니?"

"아뇨. 처음 보는데요."

"얼음새꽃이란다."

늦겨울, 얼음 사이를 비집고 피어나서 다가오는 봄을 알리는 꽃이라 하여 얼음새꽃. 그러고 보니 얼마 전에 옆집 할아버지가 요즘 사람들은 얼음새꽃이라는 좋은 이름을 두고 왜놈인 양 복수초라고 한다며 지청구하시는 걸 들었는데, 저게 바로 그 얼음새꽃이었나 보다.

온통 겨울뿐인 이 땅에서 저 조그마한 것이 어찌 피었나. 이제껏 이 길을 여러 번 오갔어도 저 꽃을 본 건 처음이기에 새삼 신기했다. 나만큼이나 아저씨도 신기하신지 허허 웃으시며 꽃 주위의 얼음을 살살살 훑어내셨다.

"이 얼음새꽃은 말이다, 씨앗에서 싹을 틔울 때 아주 큰 열을 발산하면서 피어난다더구나. 그 열기로 눈을 녹이고 온 힘을 다해 줄기를 올리는 것이지. 겉보기에는 마냥 가녀려 보이지만, 얼음새꽃은 죽을 각오로 저 꽃을 피워낸 거야."

저 조그만 게 죽을 각오라니. 그저 때 되면 살랑살랑 피어났다가 또 때 되면 시들해져 툭 지는 것이 꽃이라고 생각했기에 그 말이 생소하게 다가왔다. 하긴, 동토를 뚫고 나와 얼음을 헤치고 꽃을 올렸으니 그것도 나름의 죽을 각오겠다.

"보고 있으면 꼭 우리 딸아이 같아. 씩씩하고, 야무지고, 어떤 환경에서든 기특하게 잘 자라거든. 샛노란 빛이 봄을 넘어 여름을 보여주는 것 같기도 하고."

"맨날 뭐만 보면 딸 이야기."

"나는 팔불출이라는 말이 그렇게 좋더구나. 아내가 떠날 때 자기 몫까지 딸을 아껴달라고 부탁했거든."

아저씨는 환하게 웃으며 자리에서 일어나셨다. 저 말을 웃으면서 하기까지 무척 오랜 시간이 걸렸겠지. 나는 무심코 든 생각을 털어내며 아저씨의 보폭을 따라 걸었다.

작별 인사는 유난스러울 것 없이 평범했다. 조심히 가세요, 잘 있거라. 마지막으로 악수를 청한 아저씨는 그렇게 하얀 눈밭 너머로 멀어졌다. 점차 작은 점이 돼서 사라지는 아저씨의 뒷모습을 나는 오래도록 바라봤다.

'내가 아저씨 딸이었으면 좋겠다.'

아저씨가 멀어질수록 그 생각은 더욱 짙어졌다.

＊＊＊

아저씨가 경성으로 돌아가신 지 1년이 지났을 즈음이었다. 혹한의 땅 우수리스크는 여전히 추운 겨울에 시달리며 기약 없는 봄을 기다리고 있었다. 오랜 추위는 사람을 무디게 하지만, 그와 동시에 아주 작은 불빛에도 불나방처럼 달려들도록 한다. 우리 아버지가 그런 불나방 중 하나셨다.

"경림이 너, 어저 총질은 그마하라."

청천벽력 같은 통보에 나는 불같이 반항했다.

"싫습메! 내 총은 아이 관둘 것입메."

한번 고집을 부리면 절대 꺾지 않는다는 걸 아시면서 어찌 이제 와서 그만두라고 하시는가. 나는 결코 납득할 수 없었다. 그러나 아버지는 언제나 그랬듯, 아니, 전과는 어쩐지 다르다 싶을 만큼 강경하셨다.

"아바이! 아바이! 꺼내주십메, 아바이!"

내가 기어이 사격장으로 나가려 하자 아예 나를 광에 가두셨던 것이다. 굳게 닫혀서 열리지 않는 광문을 반나절이 넘도록 두드리던 나는 손날이 완전히 피범벅이 되고 나서야 자리에 주저앉았다.

다른 것도 아니고 독립을 위한 일이었다. 처음부터 아예 못 하게 막았으면 모를까, 1년이 훌쩍 지난 지금에서야 뚜렷한 이유도 없이 갑자기 총질을 막는 이유를 알 수가 없었다. 느낌이 좋지 않았다. 설명할 수 없는 불안이 가슴을 휘저었다. 그리고 이 설명되지 않는 불안은 서서히 실체를 드러내기 시작했다.

"재문 선생이…."

나는 말을 잇지 못하고 입술을 꽉 깨물었다. 재문 선생은 우수리스크에 살고 있는 조선인들 사이에서 수장과도 같은 인물이었다. 임시정부를 도우며 사람들로 하여금 독립 의지를 끊임없이 고취하는 이였는데, 그런 그가 간밤에 일본군에게 끌려가서 그만 화를 당했다는 것이다. 아버지의 반대로 총을 놓게 된 지 석 달이 조금 지났을 무렵이었다.

일전에 그랬던 것처럼 정체 모를 불안이 무지근하게 다시 밀려들었다. 단순히 지도자가 변을 당했다는 두려움이 아니었다. 화근이 멀지 않은 곳에 있으리라는 잔인한 예감 때문이었다. 불안은 안개처럼 빠른 속도로 밀려와서 기어이 내 몸을 잠식해갔다. 조선인사범학교에 잘 다니던 형제들이 갑자기 이유도 없이 하나둘 학교를 그만두더니, 정체불명의 이상한 회사에 취직됐다면서 집을 떠나기 시작할 즈음이었다.

"아바이, 헛떠났습메? 혼인이라니, 것도 왜놈에게 붙어먹은 집안과 혼인하라니! 어쯔게 그럴 수 있습메!"

"해부칠 생각 마라. 이미 다 결정 난 일이다."

"슗습메. 내 차라리 뒈지고 말지!"

나는 완강히 거부하며 아예 집을 뛰쳐나왔다. 등 뒤에서 아버지의 살벌한 호통이 들려왔지만 다시 돌아갈 수는 없었다. 내 인생에 혼인이라고는 생각해본 적도 없는 일이었다. 하물며 상대가 일찍이 일본 앞잡이 노릇을 하던 집안의 아들이라니, 더욱 기함할 일이었다. 누구보다 독립 의지를 불태우던 예전의 아버지라면 감히 상상도 못 할 일. 분명 무언가 있었다.

정처 없이 마을을 배회하다가 인적 없는 한적한 담벼락에 기대어 주저앉았다. 분을 삭일 수가 없어서 눈물이 차올랐다. 하지만 울음을 터트리면 이 무력한 현실에 지게 되는 것만 같아서 필사적으로 눈가를 닦아냈다.

문득 아저씨가 보고 싶어졌다. 아저씨한테 이 이상한 상황들을 털어놓고 조언을 구하고 싶었다. 아저씨라면 어떻게든 아버지를 설득해주셨을 텐데. 내가 총질을 그만두지 않을 수 있도록 도와주셨을 텐데. 끊임없이 나를 괴롭히는 불안감이 무엇 때문인지 아저씨라면 알고 계셨을 텐데. 그러나 아저씨는 경성으로 돌아가신 후 감감무소식이었고, 그 사이 불안은 잔혹한 현실이 돼 내 뒤를 노리고 있는 것만 같았다.

'계속 의심만 하며 찝찝해하는 것보다야 이게 낫지.'

그날 현장을 목격한 건 우연이라면 우연이었고, 노력이라면 노력인 결과였다. 외출하시는 아버지의 뒤를 몰래 밟기를 며칠. 그날따라 험한 산지를 오르시는 탓에 힘겹게 따라가다 결국 놓쳐서 별수 없이 돌아가려던 참이었다.

"확실한가?"

"예. 그날이 맞습지요."

길을 헤매던 중, 순간 멀리서 들린 아버지의 목소리에 황급히 고목 뒤로 몸을 숨겼다. 고개를 돌리자 어떤 사내의 뒷모습 너머로 아버지의 얼굴이 보였다.

"틀림없습니다."

"좋다. 그럼 그때 군사들을 보내라고 하도록 하지."

"예. 실패하실 일 없도록 준비 단단이 해놓겠습니다. 그럼 말씀하신 것은…."

"약조하지."

"감사합니다. 감사합니다."

듣는 이가 코웃음이 날 만큼 엉터리인 경성 말씨, 실로 묶어놓은 듯 내려올 줄 모르는 입꼬리, 바람 앞의 갈대처럼 연신 굽실거리는 등. 매양 바위 같고 불같던 아버지가 다른 사람의 비위를 맞추지 못하여 안달이 나 있었다. 그날 내가 본 아버지는 다른 사람이 아버지 거죽을 쓰고 있다고 해도 믿을 만큼 전혀 다른 모습이었다.

대화를 마친 아버지가 사내를 향해 깊이 허리를 숙였다. 인사를 받은 사내가 이윽고 뒤를 돌았다. 그는 다름 아닌 나와 혼인시킬 거라던 남자의 아버지였다. 나도 모르게 집어삼킬 뻔한 숨을 꾹 눌러 참고서 두 사람의 모습을 계속 주시했다. 사내가 완전히 보이지 않게 돼서야 아버지도 슬슬 허리를 펴고 발길을 돌리셨다. 아버지는 산등성이를 내려갈 때까지 마치 부정이라도 저지른 사람처럼 지나치게 주변을 살피며 멀어졌다.

쿵쾅쿵쾅, 심장이 터질 것처럼 빠르게 뛰어올랐다. 설마설마하는 생각이 동아줄처럼 내려왔으나 잡는 족족 썩어 문드러져 떨어졌다.

'아니다. 아직 아무 일도 일어나지 않았어. 내 기우일지도 몰라.'

나는 식은땀이 배어 나오는 손을 연신 옷에 문지르며 서둘러 산을 내려왔다. 무슨 정신으로 집에 도착했는지 기억이 나지 않았다. 대문을 열자마자 눈앞에 보인 건 아무 일도 없었다는 듯 대청에서 물을 마시고 계신 아버지의 모습뿐이었다.

"어디 댕게오는 게야? 무시기를 봐서 그리 놀란 얼굴을 하고."

나는 호랑이라도 만난 것처럼 아무 대답도 못 하고서 도망치듯 방으로 들어갔다.

"저거, 저거! 하여튼. 쯧쯧쯧."

문틈으로 들려온 아버지의 혀 차는 소리가 왜 그리 섬뜩하게 느껴졌는지 모르겠다. 아까 산에서 봤던 잔상이 악몽처럼 달라붙어 나는 그만 이불 속으로 숨어들었다. 차라리 꿈을 꾸는 중이면 좋겠다고 생각하며.

◆ ◆ ◆

　　하지만 현실은 악몽보다 더 잔인했다. 그로부터 몇 달이 더 흐른 후, 온 마을이 울음소리로 가득 차게 됐다. 독립군에 직간접적으로 가담했던 사람들이 누군가의 밀고로 죄다 끌려가서 변을 당한 것이다. 참변 때의 악몽이 다시 되살아난 순간이었다. 불이 없어도 모든 게 재가 돼 흩날리는 기분이었고, 무차별적으로 학살당하진 않았지만 우리는 이미 모두 혼이 죽임을 당한 뒤였다.

　　곳곳에서 혼절할 듯 울고 있는 아낙들을 바라보다가 나는 다시 집으로 돌아왔다. 아버지는 이미 나가신 뒤였는지 어디에도 계시지 않았다. 나는 방으로 들어와 벽을 내리쳤다.

　　"젠장, 젠장…!"

　　사내와 밀회하던 아버지의 모습이 자꾸만 떠올랐다. 그럴 리 없다고 생각하면서도 아버지의 변절을 의심하지 않을 수 없었다. 형제들이 갑자기 학교를 그만두고 먼 타지로 가게 된 것도, 나를 일본 앞잡이 집안으로 시집보내려는 것도, 심지어 총을 잡지 못하게 한 것도 전부 같은 맥락일 거라는 생각이 들었다.

　　때마침 아버지가 대문을 열고 들어오시는 소리가 들렸다. 방문 너머를 노려보던 나는 끓어오르는 분을 삼키며 아버지가 계신 방으로 건너갔다.

　　"아바이가 그랬습메?"

　　방문을 벌컥 열고 다짜고짜 따졌다. 이런 한적한 시골에서 어떻게 구한 건지, 멋들어진 양복 재킷을 고이 벗던 아버지는 날 서린 눈으로 나를 노려보셨다.

"니 시장 무신 짓이네."

"아바이가 마을 사람들을 죄 판 것이 아니겠습메?"

그 말에 아버지의 눈이 독사의 그것처럼 독살스럽게 변했다. 먼저 포문을 연 주제에 막상 아버지의 입에서 무슨 말이 튀어나올지 몰라 두려웠다. 심장이 터질 것 같아 당장 이 방을 뛰쳐나가고 싶었다. 아버지의 서늘한 눈동자가 내 뒤로 열린 문으로 향했다가 다시 나를 응시했다.

"조선이라는 나라에 언지 봄이 올 것 같니?"

"…무신 말씀입메?"

"그 땅은 동토다. 영영 녹을 일 없는 겨울 자체란 말이다."

무의식중에 붙잡고 있던, 우리 아버지가 그럴 리 없다는 희망이 한순간에 부서지는 순간이었다. 형제들이 모두 멀쩡한 학교를 나와서 타지로 떠난 것도, 내가 일본 앞잡이라 소문난 집안에 팔려 가게 생긴 것도, 독립을 열망하던 마을 사람 수십 명이 끌려가서 도륙을 당한 것도 모두 나라를 저버린 아버지 때문이었다. 짐승, 짐승. 온갖 뜨거운 감정이 부풀어 가슴이 터질 것 같았다. 주먹을 꽉 말아 쥔 채 바들바들 떨던 나는 참지 못하고 아버지에게 고함을 내질렀다.

"아바이는 사람도 아입메! 짐승 새끼가 아바이보다 낫지비!"

그러자 아버지도 눈이 뒤집힌 듯 잔악하게 바뀌었다.

"이기 다 누굴 위한 긴데!"

성큼성큼 다가온 아버지가 냅다 내 뺨을 내리치셨다. 그 힘을 이기지 못한 몸이 그대로 바닥에 나동그라졌다. 뺨이 타오르는 듯한 통증과 함께 비참한 절망이 덮쳐왔다. 잘못 넘어졌는지 숨도 제대로 쉬어지지 않았다.

"콜록, 큭, 콜록…!"

억지로 폐부에 숨을 집어넣은 나는 연신 기침을 하며 허겁지겁 숨을 삼켰다. 하지만 아버지, 아니. 아버지라는 이름의 짐승은 숨을 고를 시간도 주지 않고 우악스럽게 내 멱살을 잡아 일으켰다.

"이 간나 새끼, 오냐오냐하니 내래 우스워 보이니?"

숨통이 바짝 조여드는 가운데서도 나는 온 힘으로 발버둥질하며 죽일 듯 아버지를 노려봤다. 원통함인지 서러움인지 모를 게 눈물이 돼 눈가에 고였다. 어쩌면 그건 지독한 배신감이었는지도 모르겠다.

"아바이가 어찌 그런 일을, 아바이가 어찌…!"

한평생 나를 등한시하시던 아버지였지만, 그래도 내 마음 한구석에는 아버지를 향한 존경심이 있었다. 조선을 떠나 혹한의 땅에 뿌리를 내리면서도 독립에 대한 꿈을 버리지 않던 아버지를 나는 항상 우러러봤다. 처음 총을 잡아야겠다고 마음먹은 것도 아버지의 영향이 컸다.

한데 그런 아버지가 나라를 배신했다. 동지들을 사지로 몰아넣고, 일본 앞잡이에게 자식을 팔아먹으려 안달하며, 끝내 그들의 개가 되려 하고 있었다. 내 모든 의지의 시초는 아버지였는데, 그 시초가 이렇게 더러워진 것이다. 지난 몇 년간의 내 노력과 다짐이 전부 짓밟히는 기분이었다.

"내래 아바이를 고발할 것입메. 민족의 이름으로 아바이를 처단할 것입메!"

내 말에 아버지가 난데없이 웃음을 터트리셨다. 귀청이 떨어져라 크게 웃어젖히던 아버지는 뚝 웃음을 그치며 소름 끼치는 얼굴로 나를 내려다보셨다.

"니까짓 게 무얼 할 수 있갔니?"

칼이 가슴을 후벼도 그만큼 아프지는 않으리라. 나는 조금 전 뺨을 맞았을 때보다 더한 충격으로 아버지를 올려다봤다.

"쓸모없는 간나, 기껏 쓸 모양 좀 찾았드니."

아버지가 눈을 번뜩이며 주위를 살폈다. 위험한 예감이 가슴을 스쳤다. 이대로 있다가는 죽을지도 모르겠다는. 몸부림치며 아버지에게서 벗어나려 했다. 하지만 아무리 그동안 총을 잡으며 체력을 길렀다 해도 맨손으로 장작도 쪼개는 힘을 뿌리치기에는 역부족이었다. 기어이 아버지의 손에 투박한 자기가 들렸다.

그때 바로 옆 선반에 놓인 총이 보였다. 생각이란 걸 할 새가 없었다. 나는 재빨리 손을 뻗어 총을 잡고 아버지를 향해 겨눴다. 질끈 눈을 감고 본능처럼 방아쇠를 당겼다.

"아악!"

고막이 얼얼해지는 엄청난 파열음과 함께 짐승의 포효 같은 것이 온 집을 무섭게 뒤흔들었다. 바닥에 쓰러진 나는 몸을 덜덜 떨며 고개를 웅숭그렸다. 시간이 지나도 아무런 감각이 들지 않았다. 아픔은커녕 간지러운 느낌조차 없었다. 서서히 고개를 든 내 앞에 믿을 수 없는 일이 벌어졌다.

"아재…."

아저씨가 그 앞에 서 계셨던 것이다. 꿈인가 싶어서 몇 번이고 눈을 감았다가 떠봐도 아저씨가 확실했다.

"호원 아재!"

나는 뒤는 볼 생각도 못 하고서 아저씨를 향해 뛰어갔다. 그러곤 마지막 동아줄처럼 아저씨의 옷깃을 붙잡았다. 놓치면 그대로 나락으로 떨어질 것 같았다. 옆을 보자 처음 보는 사내들이 총을 들고 서 있었다. 흠칫 놀라는 나의 어깨를 아저씨가 달래듯 감싸셨다.

"경림아, 지금은 뒤돌아보지 말거라."

언제나 부드러웠던 아저씨의 목소리가 한껏 경직돼 있었다. 굳이 돌아보지 않아도 무슨 일이 벌어졌는지 알 수 있었다. 아저씨가 왜 우리 집에 오셨는지도. 왜 비릿한 피 내음이 나고 있는지도.

"아재, 내가 아바이를… 내 손으로 아바이를…."

나는 정신 나간 사람처럼 횡설수설했다. 손이 사시나무처럼 떨리고 구역질이 날 것 같았다. 머릿속이 새하얘져서 무엇을 어떻게 해야 할지 아무 생각도 떠오르지 않았다. 이제껏 수백 번도 넘게 잡았던 총이건만. 오늘만큼 그 시린 몸체가 끔찍하게 느껴진 적이 없었다.

"경림아, 경림아!"

아저씨는 눈동자의 초점조차 잡지 못할 만큼 황망해하는 나를 단호히 불러 세우셨다. 일그러진 얼굴로 고개를 들자 아저씨가 허리를 숙여 나와 눈을 맞추셨다. 그러곤 이 지옥 같은 순간을 조금이나마 벗어날 수 있을 만한 사실을 하나 알려주셨다.

"네 것은 빈 탄창이었다, 경림아. 네가 그런 게 아니야."

그 말을 듣고 나니 방아쇠를 당겼을 때 반동이 느껴지지 않았다는 사실이 떠올랐다. 그제야 몸을 집어삼키던 공포가 서서히 물러나며 차츰 이성이 돌아왔다. 옆을 돌아보자 사내들은 굳이 총을 숨기지 않고 내게 보여줬다.

그 와중에 아저씨의 손에 총이 없다는 사실이 미치도록 감사했다. 아무리 죽이고 싶을 만큼 증오스러운 아버지였어도… 그래도.

"경성으로 가거라. 그곳에 네가 지낼 거처를 마련해주마."

"…아재는요?"

아저씨는 대답 대신 그저 흐리게 웃기만 하셨다. 별다른 말씀은 더 하시지 않았지만 나는 이 미소의 의미를 알고 있었다. 아저씨도 돌아갈 곳이 없어진 것이다.

"경림아, 너에게 부탁할 게 하나 있단다."

아저씨의 굳은 눈동자에 내 얼굴이 고스란히 비쳤다.

"경성에 도착하면 모던 카페라는 곳이 있다. 요즘 한창 일손을 구하는 중이니, 그곳에 가서 일을 하고 싶다고 하면 사장이 너를 거둬줄 거야. 그리고 거기에…."

아저씨는 잠시 감정을 누르듯 숨을 고르고는 나직한 음성으로 말을 이으셨다.

"내 딸이 있단다."

아저씨는 목이 메는지 쉬이 말을 잇지 못하셨다. 그래도 무슨 말씀을 하시고 싶은 건지는 충분히 알 수 있었다. 나는 어느새 붉어진 아저씨의 눈시울을 보며 고개를 끄덕였다.

"걱정 마세요. 내 무슨 일이 있어도 그 아이는 꼭 책임질 테니."

"그래. 경림이 너만 믿으마. 네가 그 아이의 언니가 돼다오."

언니. 그 두 글자가 내 가슴에 뜨거운 불씨처럼 내려앉았다. 아저씨는 딸아이가 걱정할지도 모르니 당신의 이야기는 숨겨달라고 하셨다. 이 일에 대해서는 아무것도 모르는 아이라며, 앞으로도 끝까지 몰랐으면 한다고. 이런 위험한 일일랑 평생 모르는 채로, 차라리 당신을 원망할지언정 안전하게 살았으면 한다고. 아저씨가 어떤 마음인지 알 것 같아서 나는 꼭 그리하겠다고 약속했다.

"그곳에서는 총 말고, 네가 하고 싶은 일도 한번 해보려무나. 우리 딸과 함께."

아저씨는 쓰고 계시던 남색 베레모를 내 머리에 씌워주셨다. 그러곤 함께 왔던 박씨라는 사내에게 나를 경성까지 데려가달라고 부탁하셨다. 나는 꾸릴 짐조차 없어서 두툼한 외투만 챙겨 입고서 그대로 우수리스크를 떠나게 됐다. 내가 뒤돌아볼 때마다 손을 흔들어주시던 아저씨의 모습이 사진처럼 한 장 한 장 가슴에 깊이 새겨졌다.

아버지가 죽었다는 사실보다 아저씨를 두 번 다시 볼 수 없다는 사실이 더욱 슬프게 느껴졌다면 정녕 내가 이상한 걸까. 살모사 같은 스스로가 소름 끼치면서도 나에겐 아버지보다 더 아버지 같았던 아저씨가 더 소중했다.

"건강하렴, 경림아."

마지막으로 뒤돌아본 나는 아저씨가 입 모양으로 전한 마지막 인사에 끝내 눈물을 참지 못하고 뚝뚝 흘리며 발걸음을 옮겼다.

◆ ◆ ◆

매일매일이 생사의 경계에 서 있는 것 같았던 우수리스크와 달리, 처음 발을 들인 경성은 별세상 그 자체였다. 밤에도 번쩍번쩍하는 네온사인과 사방을 밝히는 전구들, 도심 한가운데를 가로지르는 전차, 양복을 입은 사내들과 양장 차림으로 한껏 꾸민 신여성들…. 한겨울의 추위를 제외하고는 우수리스크와 전혀 다른, 말 그대로 눈이 돌아갈 만큼 신기한 신세계였다.

과연 여기가 조선이 맞는가. 나라를 빼앗겨 통한의 눈물로 얼어붙은 땅이 맞는가. 나는 길을 잃지 않으려고 박씨 옆에 꼭 붙으면서도 연신 주위를 힐긋거리며 걸어갔다. 하지만 신기한 감상은 그리 오래가지 않았다.

"으애애앵!"

"잘못했습니다, 잘못했습니다."

갓난아기를 업은 여자가 교복을 입은 남학생 앞에서 손이 발이 되도록 빌고 있었던 것이다. 새파랗게 어린 놈이 고개를 뻣뻣하게 들고서 여자를 향해 뭐라 뭐라 삿대질했다. 하지만 지나가는 이들 중 누구도 남학생을 저지하거나 나무라는 사람은 없었다. 심지어 늘 있는 일인 것처럼 다들 무시하고 지나갔다.

"눈 좀 똑바로 뜨고 다니라고!"

그 순간 귓등을 건드리는 남학생의 일본어. 배알이 꼴렸다.

"저 간나 새끼….'"

"경림아."

나는 손목을 잡아 말리는 박씨의 손을 뿌리치고서 그들에게 다가갔다. 남학생이 사나운 갈매기 눈썹을 더욱 치켜올렸다.

"뭐야, 이건?"

"그냥 가세요, 아주머니.'"

나는 남학생의 말은 가볍게 무시하고서 아주머니의 손을 잡고 그 자리를 벗어나려 했다. 갑작스러운 상황에 남학생이 우악스럽게 내 어깨를 잡아당긴 순간.

"악!"

나는 곧장 주먹을 날려 남학생의 얼굴에 내리꽂았다. 우락부락한 몸과 달리 맷집은 별로였는지 녀석은 그대로 바닥에 나뒹굴었다. 그리 세게 때리지도 않았건만, 남학생은 고래고래 소리를 지르며 온갖 엄살을 떨어댔다. 녀석의 돼지 멱따는 소리에 그제야 사람들의 이목이 이쪽으로 쏠렸다.

"거기 뭐야!"

하필 근처에 순사들이 있었는지 멀리서 호각 소리가 들렸다. 재빨리 달려온 박씨가 내 손을 잡고 자리를 벗어났다. 한참을 내달려서 순사를 따돌리고 나자 박씨는 나에게 불같이 화를 냈다.

"대체 어쩌자고 일을 만든 거야!"

"그 간나 새끼가 하던 짓을 못 보셨습니까?"

"봤다. 아주 잘 봤다!"

"그런데 어찌 그리 가만히 계실 수 있어요!"

"이곳에서 하루만 있어봐라. 그런 일 천지다! 그 사람들을 네가 다 구할 수 있겠느냐? 그럴 힘이 있기나 하고?"

둔탁한 것으로 맞은 듯 머리가 멍해졌다. 하루에도 수십 번씩 일어날 억울하고 분한 일들. 그때마다 일일이 개입하여 조선인들의 편에 설 수 있는가. 아니, 선다 한들 힘이 돼줄 수 있는가. 그 물음에 대한 답은 나 또한 잘 알고 있었다. 나는 지금 아무런 힘도 없기에. 그저 마우저 권총을 조금 다룰 줄 안다는 게 내 유일한 힘이기에. 왜놈들의 장총 앞에서는 한 발도 제대로 쏴보지 못하고 죽을 미약하디미약한 나의 힘.

힘을 키워야 했다. 적어도 오늘처럼 무책임하게 주먹만 날리고 끝날 힘이 아니라, 누구도 감히 우리 민족을 건드리지 못할 만큼 강한 힘을. 그리하여 조선을 구할 수 있는 힘을.

'호원 아저씨가… 다시 조선으로 돌아와 딸과 함께 사실 수 있도록.'

◆ ◆ ◆

모던 카페의 만석 사장님은 호원 아저씨가 말한 대로 군말 없이 나를 받아주셨다. 사장님은 내 경성 말씨가 이상하게 들렸는지 고향을 물었지만, 그냥 위쪽 지방에서 왔다고만 둘러댔다. 그는 카페에서 일하는 직원들을 모두 불러 모아 인사시켰다.

"안녕하세요. 백소혜입니다."

그리고 여급들 사이에 서 있는 소혜를 본 순간, 나는 굳이 묻지 않아도 그 아이가 아저씨의 딸이라는 걸 알 수 있었다. 선하고 커다란 눈매 속, 나를 올곧게 바라보는 그 맑고 투명한 눈동자가 아저씨를 꼭 닮아 있었기 때문이었다. 아저씨와의 인연을 비밀로 해달라는 약속이 없었다면 나는 그대로 그 아이를 껴안고 펑펑 울었을지도 모른다. 나는 울컥 터질 것 같은 감정을 애써 목구멍으로 삼키며 아무렇지 않은 척 입을 열었다.

"주경림이야. 부딪치는 일은 없었으면 좋겠다."

무뚝뚝한 말투에 소혜는 당황스러운 듯 눈을 빠르게 깜빡였다. 그러다 이내 순박한 미소를 다시 지어 보였다.

"네. 조심할게요."

바보 같을 만큼 순진한 아이. 그런데도 참으로 사랑스러운 아이. 아저씨가 왜 그렇게 딸을 애지중지 생각하셨는지 알 것도 같았다. 소혜는 어떤 상황에서도 늘 씩씩했다. 그리고 한겨울에도 여름 향기를 풍겼다. 아저씨의 말이 맞았다. 소혜는 얼음새꽃을 닮아 있었다.

"자자, 일단 새로 온 사람은 짐부터 풀고 나머지는 가게 문 열 준비들 해!"

"네!"

여급과 웨이터들이 심드렁한 얼굴로 뿔뿔이 흩어졌다. 나는 아저씨가 주신 베레모를 의미 없이 만지작거리며 소혜를 바라봤다. 내가 저 아이의 언니가 돼줘야지. 그래서 아저씨의 몫까지 저 아이를 지켜내야지. 저 아이가 한겨울 꽁꽁 언 눈밭에서도 꿋꿋하게 꽃을 피워낼 수 있도록. 봄을 맞이할 수 있도록. 이 동토에 나비를 불러와서 나비처럼 자유로워질 수 있도록.

"사장님."

나는 그리 다짐하며 고개를 돌렸다. 듬성듬성 놓인 테이블 수가 아까워 보일 만큼 무척이나 넓은 홀이 눈에 들어왔다.

"첫날부터 좀 주제넘은 이야기지만, 카페에 새로운 변화를 주는 게 어떨까요?"

"새로운 변화?"

"네. 예를 들면…."

호원 아저씨가 하신 말이 머릿속에 떠올랐다. 총 말고 내가 하고 싶은 일도 한번 해보라시던 아저씨의 진심 어린 조언이. 나는 생애 처음으로 내가 진정으로 하고 싶은 것을 꿈꿔봤다.

"춤 공연 같은 거요."

우리 같이 나비가 돼보자, 소혜야. 훨훨 자유롭게 날아보자. 이 땅을 뒤덮은 눈이 전부 녹도록.

봄이 오도록.

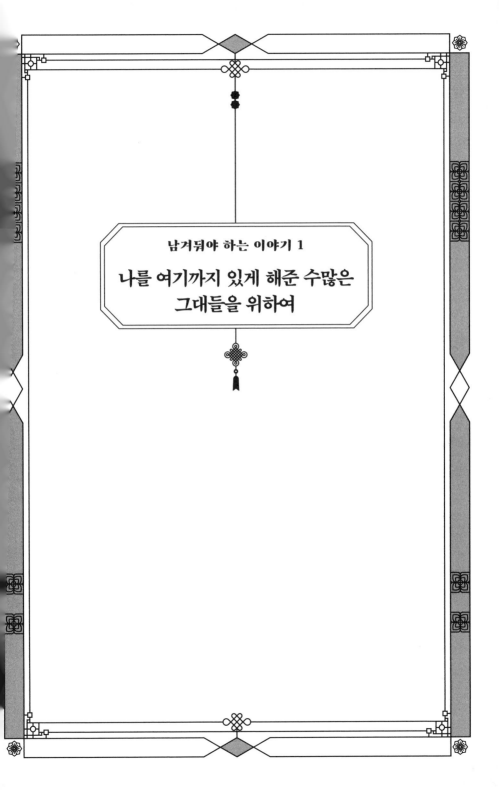

남겨둬야 하는 이야기 1

나를 여기까지 있게 해준 수많은
그대들을 위하여

부우-.

넘실거리는 파도 위로 뱃고동 소리가 웅장하게 퍼졌다. 갈매기들이 유영하는 청명한 겨울 하늘 아래, 소혜는 우건과 함께 갑판으로 나와 가까워지는 조국을 바라봤다.

대한민국이 광복을 맞이한 지 1년하고도 4개월. 두 사람은 함께 회보를 창간했던 대한인국민회 사람들의 도움을 받아 마침내 독립의 땅으로 돌아올 수 있었다. 조금이라도 더 빨리 돌아오고 싶었지만 상황이 여의치 않아 이리도 긴 시간이 걸렸다. 한평생 기다려온 순간이거늘. 고작 1년여가 지난 20년보다 더 길게만 느껴졌다. 그만큼 독립한 조국으로 돌아갈 날을 온 마음으로 기다린 까닭이었다.

저 멀리 보이던 육지가 가까워질수록 소혜는 가슴이 벅차올랐다. 겉보기에는 달라진 게 거의 없는 것 같건만. 저 땅에 일본의 총칼이 더 이상 남아 있지 않다고 생각하니 더없이 아름답게만 보였다.

'드디어, 드디어…'

소혜는 자꾸만 눈물이 나올 것 같아 입술을 꾹 깨물어야 했다. 그러자 가늘게 떨리는 어깨 위로 우건의 손이 얹어졌다. 그는 소혜의 어깨를 단단히 감싸 안으며 이마에 입을 맞췄다.

"왜 울어. 이 좋은 날에."

"그냥 기쁘기도 하고, 이상하게 슬프기도 하고…. 너무 여러 감정이 밀려들어서요."

이 순간 가장 생각나는 건 역시나 독립을 위해 함께 싸웠던, 그러나 이제는 만날 수 없는 수많은 동지들이었다. 누구보다 광복을 바랐던 그들이 독립한 땅에 발을 디디지 못한다는 게 안타깝고 서러웠다.

우건도 소혜와 다르지 않았다. 그 역시 광복 소식을 처음 들었을 때부터 못내 그들이 그리웠다. 목숨까지 바쳐서 독립을 꿈꿨던 그들이 가장 바랐던 게 바로 이 순간이었을 테니. 그래도 너무 슬퍼진 않기로 했다.

"그들 역시 우리가 보는 것을 함께 보고 있을 거야. 바로 저곳에서."

소혜가 우건의 시선을 따라 고개를 돌렸다. 그는 구름 한 점 없이 드높은 하늘을 바라보고 있었다. 그들은 저곳에서 누구보다 기뻐하고 있을 거라고. 다 함께 모여서 춤을 추고 노래를 부르는 중일 거라고. 고생했다고, 수고했다고, 우리에게 그렇게 말해주고 있을 거라고. 우건은 그리 믿기로 했다. 그들이 슬픔으로 남겨지길 바라지 않았기에. 슬픔보다는 희망으로 남기를, 숭고함과 위대함의 상징으로 남기를 바라기에. 그리고 저 자신뿐만 아니라 모두가 그리 기억해주길 바라기에, 그리 믿기로 했다.

이윽고 배가 닻을 내렸다. 웅성거리는 인파의 물결을 느끼며 우건과 소혜는 서로를 바라봤다. 그리고 마주 손을 잡은 채 나란히 해방의 땅으로 들어갔다. 그들의 인생에서 결코 잊을 수 없는 날들 중 하나로 깊이 새겨지는 순간이었다.

◆ ◆ ◆

이제는 서울이 된 경성. 그 한가운데에 터를 잡은 평춘관은 모진 세월에 살이 깎인 것인지, 예전보다 몸집이 많이 작아진 상태였다. 이전에 있던 터는 일본인에게 빼앗기다시피 팔게 돼 이후에 새 터를 잡은 곳이 여기라고 했다. 새삼스러운 눈길로 바라보자니 곧 지배인 석구가 나와서 두 사람을 향해 허리를 숙였다.

"오셨습니까. 도련님, 작은 마님."

낯익으면서도 어느새 어색해진 그 호칭에 우건과 소혜가 작게 미소를 지었다. 잠시간 재회의 기쁨을 나누던 그들은 곧 안으로 들어갔다. 석구는 평춘관에서 가장 큰 방으로 우건과 소혜를 안내했다. 이윽고 양옆으로 열린 미닫이문 너머, 약간의 세월을 입은 학준과 홍 여사가 일어나 두 사람을 맞았다. 앞으로 걸어 나온 학준이 짧은 인사말과 함께 우건을 꼭 끌어안았다.

"잘 왔다."

못 본 사이에 몸으로 느껴질 만큼 작아진 아버지의 품이 우건의 가슴을 잠시 아리게 했다. 곧 뒤에 있던 홍 여사가 앞으로 나와서 소혜의 손을 꼭 잡아줬다.

"오랜만이구나, 아가. 그간 잘 지냈느냐?"

"예, 어머님. 어머님도 잘 지내셨죠?"

"우리야 이곳에서 무탈하게 잘 지냈지."

학준과 홍 여사 모두 혼인식 이후로 처음 만나는 것이었지만, 소혜에게 어색함 같은 건 없었다. 모두가 어려운 시기를 함께 이겨낸 동지이자 동포였기에. 네 사람은 함께하지 못한 세월을 이야기로 나누며 처음으로 단란한 시간을 보냈다.

하룻밤을 평춘관에서 보내고 난 후. 우건과 소혜는 이른 아침을 먹은 뒤 곧바로 예전에 살던 집으로 향했다. 그 집을 떠날 때만 해도 두 사람 다 수배령이 떨어져 일분일초를 다투던 때였다. 해서 누군가에게 집을 부탁하거나 짐을 챙겨 나올 새도 없었다. 버려지다시피 방치된 집이라, 거의 폐가가 됐을 거라던 학준의 말이 걸음을 더욱 재촉하게 만들었다. 마침내 인력거가 그들의 옛집 앞에 멈춰 섰다. 소혜는 대문으로 다가가서 갈라진 문패를 쓸어내렸다.

"정말로 돌아왔구나…"

학준과 홍 여사를 만나도 조금은 비현실적인 기분이었는데, 이 문패를 보자 비로소 돌아왔다는 게 실감 났다. 철컥, 우건이 열쇠를 넣고 돌리자 대문이 낮은 쇠 울음을 울며 안을 허락했다.

"어… 여보."

대문간으로 먼저 발을 들여놓은 소혜가 얼떨떨한 목소리로 우건을 불렀다. 잡초만 무성하게 자라 있을 줄 알았던 마당이 어찌 된 일인지 잘 정돈돼 있었던 것이다.

그뿐일까. 마당에 놓인 화초들은 죽지 않고 내년 봄을 기약하며 꽃눈을 간직하고 있었고, 건물 외벽도 세월의 흔적이라고는 찾아볼 수 없을 만큼 깨끗했다. 마치 누군가 정성껏 관리해준 것처럼 말이다. 소혜는 놀라움 반, 걱정 반의 눈빛으로 우건을 봤다.

"누가 이 집에 들어와서 살고 있는 걸까요?"

"그건 아닐 텐데. 명의는 여전히 내 이름으로 돼 있고, 또 아버지도 평춘관을 다시 세우시고 나서 반년에 한 번 정도는 들르셨다고 했으니."

"그렇다고 해도 너무 깨끗한데…."

사람이 살지 않는 집은 금방 티가 나기 마련이다. 아무리 깨끗이 쓸고 닦아도 주인이 없으면 고작 반년에 한 번 하는 청소만으로는 특유의 스산한 기운이 사라지지 않는다. 하지만 지금 그들의 집에서는 여느 집과 같은 따스한 온기가 느껴졌다. 학준 외에도 이 집을 관리해주는, 그것도 자주 들여다보는 이가 있다는 뜻이었다.

"일단 들어가서 확인해보자."

우건의 말에 소혜가 고개를 끄덕이며 집 안으로 향했다. 현관문을 열고 들어가니 조금은 서늘한 냉기가 피부에 와닿았다. 아무런 인기척도 느껴지지 않는 걸 보면 현재는 집 안에 아무도 없는 것 같았다. 조심스럽게 안을 둘러보니 역시나 마당처럼 잘 관리돼 있었다. 거실과 부엌은 물론이고 2층에 있는 방들에도 사람의 손길이 닿은 흔적이 있었으며, 가구 위에는 그 흔한 거미줄이나 먼지 하나 쌓이지 않았다. 대체 누가 이 집을 지켜주고 있었던 걸까.

'설마….'

순간 머릿속을 스친 생각에 소혜가 고개를 든 그때. 멀리서 대문 열리는 소리가 들려왔다. 직감적으로 이 집을 들락거리는 사람이란 걸 알 수 있었다. 서로 눈짓을 주고받은 두 사람은 곧장 아래층으로 내려갔다. 만에 하나의 위험을 대비하여 소혜보다 앞장선 우건은 긴장을 늦추지 않으며 현관을 지켜봤다.

이윽고 현관문이 열렸다. 그리고 그 너머로 보인 얼굴에 소혜는 그만 입을 막을 수밖에 없었다. 그녀의 두 눈동자가 믿을 수 없다는 듯 옅게 떨려왔다.

"…어메."

안으로 들어온 사람이 다름 아닌 순심이었던 것이다.

"순심 아주머니!"

소혜는 곧장 달려가서 그녀의 품에 안겼다. 순심도 그런 소혜를 끌어안으며 연신 등을 쓸었다.

"소혜 아가씨, 참말로 아가씨 맞으십니꺼?"

"예, 저예요. 저예요, 아주머니."

"어메, 어메. 이기 무슨 일입니꺼… 아이고, 아버지. 내 살아생전에 다시는 아가씨와 도련님을 못 뵐 줄 알았는데, 어메… 시상에나."

순심의 울음 섞인 목소리가 죄다 눈물처럼 뚝뚝 떨어졌다. 경황이 없어 순심과도 제대로 인사를 나누지 못한 채 떠난 그들이었다. 그저 잘 지내십시오, 잘 가시오, 그리 인사만 주고받고서 떠난 것이다. 상황이 상황이니 연락은 꿈도 꿀 수 없었다. 두 사람이 떠나고 나면 고향으로 돌아갈 거라던 순심의 말에 다시 만나기 어려울 것이라고 생각했건만. 생각지도 못한 곳에서 그녀를 다시 만나게 됐다.

"어디 보소. 우리 아가씨랑 도련님 얼굴 좀 보입시더."

순심은 그사이에 주름이 늘어난 손으로 소혜의 얼굴을 감싸며 두 사람을 번갈아 봤다. 눈물이 가득한 순심의 눈을 마주하자 소혜는 또 감정이 울컥 북받쳤다. 순심은 소혜의 뺨 위로 흘러내리는 눈물을 닦아주며 울음인지 웃음인지 모를 것을 흘렸다.

"어메, 우리 아가씨 더 고와지셨네. 더 어여뻐지셨네."

"순심 아주머니…."

"우지 마이소. 뭐 서러운 일 있다고 자꾸 우이소."

그러면서 순심도 연신 손등으로 눈가를 찍었다. 그녀는 마치 조카를 달래듯 소혜의 울음을 잠재웠다. 세 사람은 오랜만에 마주 앉아 그간의 이야기를 나눴다.

"원래는 고향으로 돌아가신다고 하셨잖아요. 어떻게 되신 거예요?"

소혜의 물음에 순심이 여전히 눈가에 맺혀 있던 눈물을 훔치고는 어색하게 웃으며 입을 열었다.

"처음에는 지도 내려갈라 캤지예. 예 있다가는 저 일본 것들이 지까지 잡아갈라 카는 모양새지 않습니꺼. 사방에는 도련님과 아가씨 얼굴이 나붙었지, 경찰은 하루가 멀다 하고 찾아와가 난동을 피우지. 그마 다 버리고 내려갈라 캤습니더."

순심은 잠시 숨을 고르며 그때를 회상하듯 허공을 봤다. 하필 그때쯤 평춘관이 일본인 거부의 손에 넘어가 학준 부부도 쫓기듯 타지로 가버린 터라, 그들에게도 도움을 청할 수 없었다.

"한데… 차마 떠날 수가 없었습니더."

그녀에겐 작은 도련님인 우건이 처음 세상에 울음을 놓았을 적부터 지내온 집이었다. 그 도련님이 자신의 손을 잡고, 아장아장 걸음을 수놓고, 공부를 하고, 어엿한 청년이 된 집이었다. 슬픈 일, 울분 터지는 일이 숱하게 많았어도 그에 못지않게 웃음과 기쁨 역시 가득했던 곳이었다. 삶의 절반을 함께했던 이 집을 순심은 도무지 버리고 떠날 수가 없었다.

물론 결정적인 사건은 따로 있었다. 징그러울 만큼 질긴 조사 끝에 풀려나와 짐을 꾸리던 날, 웬 일본인 학생 두엇이 담장 너머로 주먹만 한 돌을 던져대는 게 아닌가. 소름 끼치는 소리와 함께 유리창이 와장창 깨지는데, 그 순간 속에서 무언가가 확 터지는 기분이었다. 화딱지가 솟구친 순심은 그길로 당장 싸던 짐을 풀어 헤치고서 빗자루를 들고 뛰쳐나갔더랬다.

잘못은 저들이 했는데 어째서 우리가 도망을 쳐야 한단 말인가. 빼앗긴 것도 서러운데 죽어라 괴롭히고 쫓아내기까지 하니 이 얼마나 원통한 일인가. 하여 순심은 싸뒀던 짐 중 필요한 옷가지만 몇 벌 챙겼다. 그러곤 근처 아는 동생의 집에서 신세를 지며 이 집을 지키기 시작했다.

밤낮으로 들러서 집을 쓸고 닦고 환기했으며, 이따금 난방도 하여 훈기가 돌게 했다. 수리가 필요한 곳은 사비를 들여서라도 고쳐놓았다. 그녀는 자신이 할 수 있는 최대한의 노력으로 집을 지켰다. 오로지 언젠가 다시 돌아올 우건과 소혜를 위해서였다. 설령 두 사람이 돌아오지 않더라도 자신이 살아 있는 동안은 이 집이 폐허가 되는 걸 보고 싶지 않았다.

그렇게 광복을 맞이했고, 떠났던 사람들이 하나둘 돌아오는 이곳에서 순심은 기적처럼 우건과 소혜를 다시 만날 날을 기다렸다. 그리고 바야흐로 기적이 찾아온 것이다.

"지는 인자 여한이 없습니더. 도련님과 아가씨를 다시 뵈었으니 이제마 언제 눈을 감아도 좋습니더."

"왜 그런 말씀을 하세요? 이제 함께 행복하게 잘 살아야지요."

소혜가 고개를 저으며 순심의 손을 꼭 잡았다. 순심은 그 하얗디하얀 손을 애정 어린 눈길로 바라보다가 다정하게 맞잡았다.

"지는 인자 소임을 다했습니더. 인자는 늙어가 두 분 뫼시기에도 쪼매 벅차고, 고향 가 오라버니랑 다른 가족도 만나고 싶습니더."

"아주머니…."

"도련님이랑 아가씨를 다시 뵌 것만으로도 충분합니더. 여서 더 바라면 욕심이지예."

애초에 이 집을 지키던 것도 두 사람이 돌아올 보금자리를 남겨두기 위함이라. 집주인들이 돌아왔으니 자신은 이곳에 있을 필요가 더 이상 없었다. 실상 지난 몇 년간 이 집을 홀로 지키면서 많이 지친 까닭이기도 했다.

"쪼매만 신세 지다 내려가겠습니더. 내 일 잘하는 아 하나 소개해드릴라니까, 지 가고 나서부턴 그 아 일 시키면 될 겁니더."

결심을 돌리기에는 이미 순심이 너무도 확고했다. 소혜는 아쉬움을 뒤로하고 그녀가 원하는 대로 하겠다며 고개를 끄덕였다.

"미움 탈까 싶어 그간 침대도 싹 다 마 덮어놓았습니더. 걱정 말고 주무이소."

"정말로 감사해요, 순심 아주머니."

"이리 무사히 돌아와주셔가 지가 더 감사하지예. 아이고 마, 내 나이 먹고선 주책만 늘었습니더. 만다꼬 이리 눈물이 나와선."

얼른 눈가를 훔친 순심이 다시 부부를 향해 환하게 웃었다.

"마이 피곤하시지예? 이만 주무이소. 지도 인자 누워야겠습니더."

"예, 아주머니. 편히 주무세요."

"하모! 두 분도 돌아오셨으니, 내 두 다리 쭉 뻗고 단잠 잘 겁니더."

벙글벙글 웃은 순심은 마지막까지 두 사람을 눈에 담다가 이내 문을 닫아줬다. 아래층으로 내려가는 발걸음 소리가 완전히 멀어지고 나서야 소혜도 우건과 함께 침대에 누웠다. 우건의 품에 꼭 안긴 소혜는 꿈결에 잠긴 것처럼 나른하게 목소리를 흘렸다.

"아직도 꿈만 같아요. 당신이랑 같이 이 집으로 돌아오고, 순심 아주머니도 다시 뵙고."

"이제 모든 것이 하나둘 제자리로 돌아오는 거지."

우건은 소혜의 머리를 감싸 가만가만 쓰다듬으며 말을 이었다.

"앞으로 시간이 좀 걸리긴 하겠지만, 다른 것들도 하나둘 다시 예전처럼 되돌려놓을 거야. 우리가 당연히 누려야 했던 일상들을 전부."

"나비 연구도요?"

"제일 우선이지."

우건다운 대답이라 절로 웃음이 새어 나왔다. 소혜는 고개를 들어 우건의 이마 위로 흐트러진 머리카락을 매만져줬다.

우건의 나비 연구처럼 시간을 들이면 돌이킬 수 있는 것들이 있는 반면, 아무리 노력해도 돌이킬 수 없는 것들도 분명 있을 것이다. 떠나간 그네들의 이름, 그리고 벌써 시간에 묻힌 채 잊히는 옛것들이 그러했다. 그것들을 하나하나 가슴속에 나열해보던 소혜가 나직이 입을 열었다.

"설령 돌이킬 수 없는 것들이 있더라도 우리가 끝까지 기억해주기로 해요. 다른 사람들이 그러하듯이, 우리도요."

"그럼. 기억해야지. 우리는 잊어서는 안 되지."

눈감는 순간까지 그들을 기억해야 한다. 그들이 못다 한 삶의 몫까지 살아내야 하는 사람으로서. 그들을 뒤이어 이 땅을 지켜야 하는 사명을 가진 사람으로서. 소혜와 우건은 밤이 깊도록 흘러간 이들의 이름을 가슴 깊이 되새겼다.

◆ ◆ ◆

그러나 세상은 변해갔다. 쏜살같이 흘러가는 시간은 모래알을 쓸어가는 파도처럼 수많은 것을 빠른 속도로 지웠고, 그 자리를 새로운 것으로 채워나갔다. 암울한 과거가 언제 있기라도 했느냐는 듯 바쁘고 활기차게 돌아가는 세상을 보노라면 소혜는 이따금 기분이 이상해지곤 했다. 잊히고 있었다. 그들의 발걸음이, 그들의 핏자국이, 그들의 희생이.

"우리나라는 홍길동 같은 영웅들이 싸워서 지켜낸 거야."

"아니야. 일본이 전쟁에서 패해서 그냥 돌아간 거잖아. 그렇죠, 선생님?"

우건의 연구실이 제대로 갖춰질 때까지 임시로 맡게 된 아이들의 그림 교습. 어린아이의 천진난만한 물음에 소혜는 잠시 말문이 막혔다. 이 땅의 독립은 결코 거저 얻은 게 아니었다. 무수한 투사의 투쟁과 희생으로 어렵게 이뤄낸 결과였다. 그중에는 세상에 드러난 위업도 있지만 그건 빙산의 일각일 뿐. 실제로는 한열단의 수많은 단원처럼 아무도 모르는 음지에서 싸운 이들이 훨씬 많을 것이다. 누구에게도 기억되지 못하고, 그렇게 외로이 스러져야만 했던 이들 말이다.

한데 그들이 잊히고 있다. 손가락 틈새로 빠져나가는 모래알처럼 빠른 속도로. 이 땅을 지키기 위해 제 목숨까지 내던진 사람들인데 어떻게 이리도 빠르게 잊힐 수 있단 말인가. 역사를 잊지 말아야 한다는 외침과는 다르게 일상은 너무도 쉽게 그들을 뒤로하고 있었다. 소혜는 먹먹해지는 가슴을 누르며 아이들과 눈높이를 맞췄다.

"이 땅을 되찾기 위해 온 삶을 다 바쳐서 싸워주신 분들이 있었어."

"그게 누군데요?"

"자, 다들 앞에 앉아봐. 선생님이 옛날이야기 해줄게."

옛날이야기라는 말에 아이들이 이젤 앞을 벗어나서 소혜 앞에 다닥다닥 붙어 앉았다.

"옛날에 선생님이 어느 카페에서 무용수로 일했는데…."

올망졸망 모여 앉아 눈을 반짝이는 아이들을 보며, 소혜는 긴 이야기를 풀어내기 시작했다.

◆ ◆ ◆

　집으로 돌아가는 길. 소혜는 천천히 걸음을 옮기면서 오늘 있었던 일을 곱씹었다. 이제 갓 열 살을 넘긴 아이들이니 자세히 모를 수 있다. 불과 몇 년 전에 일어났던 일일지라도 말이다. 하지만 저 아이들이 이대로 자란다면? 나라가 제대로 기록하지 못한 역사만을 공부한다면?

　'그럼 이 땅을 되찾으려고 희생한 사람들이 전부 잊히게 되는 거잖아…'

　자신의 아버지도, 우건의 형인 우진도, 경림과 학제도, 그리고 아무도 모르는 곳에서 크고 작은 거사에 뛰어들어 별빛이 돼버린 사람들도 모두. 그렇게 흘러가게 둘 수는 없었다.

　소혜는 지금보다 더 많은 사람이 그들의 이름을 기억하고 기려주길 원했다. 대가를 바라고 걸어간 길은 아니었지만, 훗날 자신을 기억하는 사람이 아무도 없게 된다면 너무 쓸쓸할 것 같았다.

　집으로 돌아오니 소혜가 좋아하는 소고기뭇국을 순심이 고소하게 끓이고 있었다.

　"다녀왔습니다."

　"아이고 마, 아가씨 오셨네예."

　먼저 돌아와 순심을 돕고 있던 우건도 잠시 부엌에서 나와 그녀를 반겼다.

　"고생 많았어. 힘들었지?"

　"당신도 퇴근하고 바로 돌아왔을 텐데 좀 쉬어요. 남은 건 제가 할게요."

　"준비 다 됐으니까 얼른 옷 갈아입고 내려와."

우건은 소혜의 이마에 짧게 입을 맞추고서는 계단 방향으로 어깨를 돌려줬다. 그는 집에 일찍 들어오는 날이면 이렇듯 집안일을 하곤 했다. 미국에서 자신 때문에 소혜가 고생을 많이 했으니, 한국에서는 조금이라도 편히 지냈으면 하는 바람 때문이라고 했다. 말만으로도 고마운데 꾸준히 행동으로 보여주니, 소혜로서는 참으로 감사한 일이었다.

"네. 그럴게요. 고마워요."

소혜는 조금 전까지 마음을 무겁게 하던 생각들을 잠시 내려놓고서 2층으로 향했다.

저녁 식사가 끝난 후, 두 사람은 따뜻한 커피를 가지고 2층 서재로 올라왔다. 오래된 종이들의 낡은 냄새가 커피 향과 포근하게 어우러져 마음을 편하게 가라앉혔다.

"연구실 정리는 잘 돼가요?"

"이제 얼추 마무리돼가. 세호는 다음 주쯤 상경한다고 하고, 석태랑 재우도 이달 말까지는 하던 일을 정리할 수 있다고 하니 그때쯤이면 거의 자리를 잡겠지."

"희욱 선배는요?"

"희욱은… 아마 오기가 조금 힘들지 싶어."

송일고보에 있던 우건의 연구실이 문을 닫은 이후, 연구실 식구들은 대부분 고향으로 돌아가거나 다른 교수의 연구실에 들어갈 수밖에 없었다. 그중에서도 희욱은 소혜와 우건이 미국으로 떠나던 해에 자신의 연구 업적을 인정받아 대학교수로 임명됐다. 그도 자기 전공인 조류학에 누구보다 열성적인 사람이라, 어렵게 잡은 기회를 포기하고 함께하자기에는 서로 나아가야 할 길이 달랐다.

"그래도 서로 멀지 않은 곳에 있으니 시간이 될 때마다 한번씩 들른다더군. 일단은 그것만으로 만족해야겠지. 유능한 녀석이니 분명 잘해낼 거야."

전국 각지에 있는 교수들에게 맡겨놓았던 연구 자료들도 속속들이 돌아오고 있었다. 일전에 우건에게서 연구 자료를 받아 갔던 박 교수는 최근까지도 해당 연구에 열성으로 매진하고 있다 하였다. 박 교수의 손길이 덧대어진 연구 자료까지 도착한다면 우건은 본격적으로 새 연구를 시작할 예정이었다. 우건은 소혜의 그림으로만 남은 이전의 표본 자료들을 뒤적이며 다짐하듯 말했다.

"이제는 조선 나비에 조선 이름을 붙이는 것에서 나아가, 세계에 우리나라 나비를 더 많이 알리고 싶어."

그 말에 소혜의 눈빛에도 묘한 감정이 어렸다. 낮의 일이 다시 떠오른 까닭이었다. 소혜가 조심스럽게 말문을 열었다.

"저… 여보. 나, 하고 싶은 일이 생겼어요."

"하고 싶은 일?"

"우리가 겪은 일들을 전부 기록으로 남겨두고 싶어요. 최대한 많은 사람이 볼 수 있게요."

소혜는 그림 교습을 하면서 있었던 일과 그때 자신이 했던 생각을 우건에게 들려줬다. 우리 주권을 찾기 위해 당연히 해야 할 일들을 한 것이지만, 그래도 그게 너무나 쉽게 잊혀가서 안타까웠노라고. 무엇보다 소혜 자신도 바쁜 일상을 살아가느라 이따금 그들을 잊었노라고. 그게 더없이 죄송하고 또 두려웠더라고.

"그래서 그분들이 세상에 머물다 갔다는 것을 모두가 기억할 수 있게 하고 싶어요. 이 땅을 위해 자신의 모든 것을 내걸었으니, 그 숭고한 희생들이 이 땅에 오래도록 새겨질 수 있게요."

이야기를 말없이 듣던 우건은 어느새 눈시울이 붉어진 소혜를 제 품에

당겨 안았다.

"가장 중요한 일인데… 내가 그걸 잊고 있었어. 당신이 나보다 낫네."

소혜는 눈물을 삼키며 고개를 저었다.

"각자가 해야 할 일이 따로 있는 거죠. 당신은 나비 연구를 계속해요. 우리 동지들의 이름을 기록하는 건 내가 할게요."

"도움이 필요하면 언제든 말해. 다른 동지들의 이야기가 필요하거나 당신이 기억하지 못하는 게 있거든 내가 채워줄 테니까."

"고마워요."

소혜는 우건의 가슴에 제 얼굴을 기대며, 이 이야기를 반드시 세상에 남기리라 다짐하고 또 다짐했다.

◆ ◆ ◆

그날부터 소혜는 곧바로 만년필을 들었다. 하루라도 과거에 대한 기억이 생생할 때 최대한 많은 것을 기록해두고 싶었다.

하지만 막상 원고지 앞에 앉으니 무엇을 어떻게 써야 할지 감이 오지 않았다. 무슨 말로 시작해야 할까. 어떤 이야기를 써야 할까. 누구의 이야기를 담고 어느 시간을 보여줘야 많은 사람이 그들을 기억할 수 있을까. 거룩한 첫마디로 강렬한 인상을 심어주고 싶은데, 너무 힘이 들어가서 그런지 오히려 아무 생각도 나지 않았다.

"뭔가를 기록한다는 게 쉽지만은 않은 일이구나."

뚫어져라 빈 종이를 쳐다봐도 첫 문장은 쉬이 얼굴을 보여주지 않았다. 하얀 원고지만 바라보기를 한참. 소혜는 원고지 위에 무언가를 적기 시작했다. 그녀가 처음 써 내려간 건 근사한 미사여구도 아니었고, 가슴을 울리는 명문장도 아니었다.

바로 이름. 그네들이 세상에 유일하게 남기고 간 이름이었다. 제일 먼저 쓴 것은 역시나 아버지의 이름인 백호원이었다. 그녀를 지금 이 자리에 있게 해준, 어쩌면 그 첫걸음이었을 아버지 이름. 그다음부터는 떠오르는 대로 이름들을 새겼다.

처음에는 먼저 떠나보낸 동지들의 이름만 적다가, 훗날 이 기록이 오래도록 남겨질 것까지 생각하여 여전히 삶을 함께하고 있는 이들의 이름도 적었다. 다른 수식어 없이 오로지 이름만 썼는데도 원고지 몇 장이 빼곡하게 채워졌다.

그러고 나서는 각 사람의 유형마다 색을 달리하여 분류했고, 그렇게 분류한 이름들에 순서를 매겨서 새 원고지에 차례로 적었다. 오래전 우건에게서 배운 나비 분류법을 이렇게 써먹는구나 싶어서 새삼 배워두기를 잘했다는 생각이 들었다.

소혜는 각 이름마다 짧은 편지를 남기듯 한 줄씩 적어가기 시작했다. 감사한 마음을 적자면 끝이 없을 것 같아 최대한 담담하고 간결하게 그들을 정의했다. 그러다가 새로 생각나는 이름이 있으면 따로 정리해두고, 간혹 생각나지 않는 이름은 우건에게 물어서 추가했다.

그러다 보면 이제는 덤덤해진 줄 알았던 가슴이 다시금 동요하여, 어김없이 눈물을 흘리곤 하였다. 독립의 길을 빼곡하게 수놓은 발자국들 위로 그리움이 후드득 쏟아질 때면, 소혜는 잠시 만년필을 내려놓고 온전히 그들을 기리는 시간을 가졌다. 고마웠다. 고생 많았다. 보고 싶다. 보고 싶다…. 그렇게 마음속으로 오랜 인사를 전한 후 감정이 잔잔해지면 다시 만년필에 잉크를 묻혔다.

겨우 회고록의 책머리에 들어갈 서문이거늘. 평생 남겨질 기록이라는 생각에 어느 이름 하나 허투루 대할 수 없었다. 소혜는 저녁밥도 풀빵과 땅콩 몇 알로 때우며 기록에 힘썼다.

그렇게 정성껏 이름들을 전부 적고 나니, 어느덧 늦은 새벽 시간이 됐다. 경림의 이름 앞에서 또 한동안 아픈 울음을 흘려보낸 소혜의 만년필이 이윽고 가장 소중한 이름을 적어 내렸다. 신우건. 그 이름 석 자에 실로 여러 감정이 파도처럼 밀려들었다.

나에게 처음으로 사랑을 알려준 사람. 나에게 처음으로 현실을 직시하게 해준 사람. 나에게 처음으로 독립의 길을 알려주고, 처음으로 먹고사는 일보다 중요한 일이 있음을 깨닫게 해준 사람. 셀 수 없이 많은 '처음'을 함께해줘 더욱 애틋하고도 간절한 나의 사람. 언젠가는 종이 위에 적힌 다른 이름들처럼 기록으로만 남게 될 사람.

거기까지 생각한 순간, 참을 수 없는 비감이 소혜의 가슴을 휘감았다. 바로 지척에 있는 남편이 너무도 보고 싶었다. 소혜는 그대로 만년필을 놓고 자리에서 일어났다. 곧장 우건이 있는 방으로 향한 그녀는 노크와 동시에 문을 열었다. 활짝 열린 문 너머, 자료들을 분류하던 우건이 사뭇 놀란 얼굴로 소혜를 바라봤다. 어쩐지 금방이라도 울 것 같은 얼굴이라. 그가 자리에서 일어나 걱정스러운 얼굴로 소혜에게 다가왔다.

"왜 그래? 무슨….”

우건의 목소리는 품에 안겨든 소혜로 인해 끊기고 말았다. 소혜의 팔이 안쓰러울 만큼 제 허리를 꼭 끌어안자, 우건은 그녀의 가냘픈 어깨를 감싸 안으며 말없이 등을 다독여줬다. 익숙한 우건의 체향과 체온이 날뛰던 그녀의 심장을 차분하게 가라앉혔다. 소혜가 어느 정도 진정된 것을 느낀 우건이 나지막한 목소리로 다정하게 물었다.

"글이 잘 안 써져?"

고개를 가로저은 소혜는 남편의 따스한 품에 조금 더 몸을 맡겼다. 이윽고 물기로 촉촉해진 눈동자가 우건에게로 향했다.

"이제껏 고마웠던 사람들의 이름을 하나하나 적으면서 당신의 이름도 함께 적었는데, 언젠가 다른 이름들처럼 당신도 이렇게 기록으로만 봐야 할 순간이 올지 모른다고 생각하니 갑자기 너무 슬퍼져서…."

생각만 하던 걸 말로 꺼내어보니 더욱 서러운 감정이 밀려들었다. 소혜는 눈을 질끈 감으며 속상한 듯 자책했다.

"저 되게 바보 같죠. 이상한 상상이나 하고…."

아무리 오랜 시간이 흐르고 일제의 어둠에서 벗어났다고는 해도, 언제든 우건을 잃을 수 있다는 불안이 여전히 그림자처럼 뒤따른 탓이었다. 어쩌면 평생 지우지 못할 상처와도 같은 걱정이리라. 바로 전날까지 웃으며 함께하던 동료를 다음 날 예고도 없이 떠나보내던 그들이니.

"전혀. 하나도 안 이상해."

소혜가 입술을 꾹 깨물며 애써 울음을 참고 있자니, 그녀의 어깨를 감싼 팔에 조금 더 힘이 들어갔다. 우건은 그녀를 깊이 안으며 낮은 목소리로 말을 이었다.

"무서우면 언제든 와. 나한테 와서 이렇게 눈으로 보고, 손으로 만지고, 안기도 하고 그래. 언제든 당신이 볼 수 있는 곳에 있을 테니."

절대로 먼저 떠나지 않을 테니. 그의 다짐과도 같은 약속이 귓가로 흘러들어 두려움으로 떨리던 가슴에 스며들었다. 그러자 따스한 햇살 아래 녹아내리는 눈처럼, 그녀를 움츠러들게 만들던 불안도 차츰 희미해졌다. 우건은 소혜의 눈가에 맺힌 눈물을 엄지로 조심스럽게 닦아줬다. 까딱이는 그의 한쪽 눈썹이 무거운 분위기를 환기했다.

"한국에 돌아오면 절대로 당신을 울리지 않겠다고 다짐했는데. 나는 이리도 부족한 남편이야."

"그런 말씀 하지 마세요…. 당신만큼 완벽한 남편이 어디 있다고."

훌쩍이면서도 그리 말하는 소혜가 우건의 눈에는 더없이 사랑스러웠다. 소혜가 뒤늦게 부끄러운지 앞머리를 매만지는 척 손으로 얼굴을 가렸다. 우건은 그 손에 부드럽게 깍지를 끼며 그녀의 입술에 짧게 입맞춤했다. 한순간 방 안의 공기가 달라졌다.

"오늘은 일찍 잠자리에 드는 게 좋을 것 같군. 혼자 두었더니 걱정만 늘어서 안 되겠어."

"할 일 남아 있지 않아요? 저도 아직 마무리를 못 했는데…."

"지금 나한테 당신보다 더 중요한 일은 없는데."

우건이 한 번 더 소혜에게 입을 맞췄다. 방금 전보다 깊은 입맞춤에 소혜의 걸음이 자연스럽게 뒤로 밀려났다.

"그래도…."

소혜가 무어라 말하려던 찰나, 우건이 그녀의 허리를 단단히 감싸며 여린 목소리를 집어삼켰다. 벗어날 틈도 없이 머리를 감싸는 손길과 함께 그가 입술 사이를 파고들었다. 뜨거운 온기가 파도처럼 밀려들었다.

"으음…."

시작부터 노골적으로 탐하는 열기에 소혜를 괴롭히던 걱정들이 죄 녹아 사라졌다. 어느 순간 두 사람의 몸은 폭신한 침대 위에 나란히 겹쳐져 있었다. 촉촉하게 부푼 입술에 자잘한 키스를 남기던 우건이 밤바다처럼 깊고 검은 눈동자로 소혜를 내려다봤다. 잠시나마 열기로 흐트러져 있던 소혜의 눈빛 위에 현실적인 생각이 다시 깃들려던 찰나.

"지금부터 다른 생각은 그만. 나한테만 집중해."

우건이 묵직한 음성으로 그녀의 걱정을 막았다.

"예전 일도 생각하지 말고, 아직 오지 않은 일도 생각하지 말고. 지금, 나한테만."

툭, 툭. 그의 기다란 손끝에 하나씩 풀리는 블라우스 단추는 덤이었다. 고개를 숙인 우건이 소혜의 하얀 살갗 위에 붉은 흔적을 남겼다. 시린 공기와 대비될 만큼 뜨겁게 새겨지는 열망에 소혜는 지그시 눈을 감았다. 안온하게 몸을 누르는 무게감이 세상으로부터 그녀를 감춰 포근한 어둠으로 물들게 했다. 손안에서 부드럽게 흐트러지는 우건의 머리카락이 그녀를 한층 깊은 열락으로 인도했다. 그녀가 어지럽게 내뱉은 달뜬 숨결들은 허공에 흩어지기 전에 우건의 입술 사이로, 살갗으로 배어들었다. 뜨겁게 쏟아지는 사랑 속에서 어느새 소혜의 머릿속은 우건으로만 가득 차게 됐다. 그의 바람대로였다.

소혜는 제 눈에 가득 들어찬 우건을 바라보며 생각했다. 함께 있든, 함께 있지 않든 이 남자가 준 사랑은 언제까지고 내 곁에 남겠구나. 살아서도 죽어서도 우리는 함께할 수 있겠구나. 그렇게 생각하자 더 이상 불안하지 않았다. 소혜는 작은 틈도 남기지 않고 우건의 어깨를 꼭 끌어안았다. 마침내 절정에 이른 두 연인은 아득한 나락으로 함께 잠겨들었다.

"사랑해, 소혜야. 사랑해."

"저도요…. 언제까지고 당신이랑 함께하고 싶어요."

"그럴 거야. 목숨이 다하는 순간까지 당신 곁을 지킬 거야, 나는."

젖은 숨과 함께 전해진 진심 어린 고백을 들으며 소혜는 편안하고 포근한 잠 속으로 빠져들었다.

몇 날 며칠 그리운 이름들을 정리하던 소혜가 마침내 경림의 이름을 끝으로 회고록의 서문을 완성했다. 아무래도 편지 형식으로 쓴 페이지니만큼 첫머리에 소제목을 붙이고 싶었다. 적어놓은 이름들을 하나하나 눈에 담던 소혜가 만년필에 짙게 잉크를 묻혔다. 이윽고 그녀가 쓴 소제목은 다음과 같았다.

나를 여기까지 있게 해준 수많은 그대들을 위하여

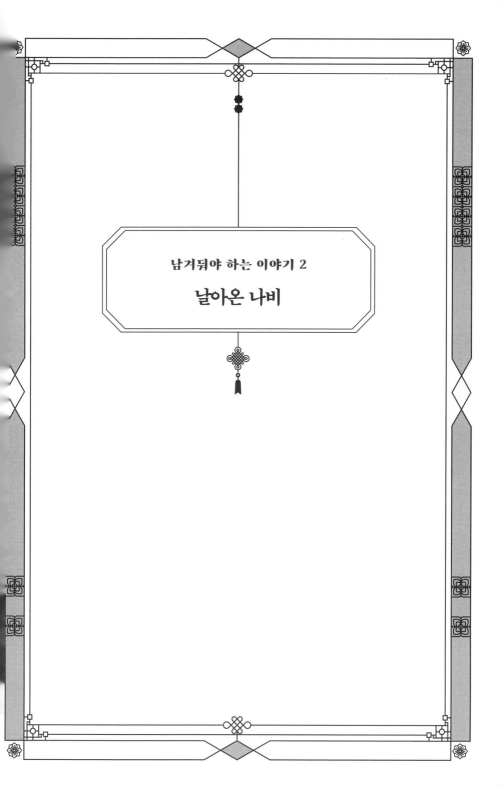

남겨둬야 하는 이야기 2

날아온 나비

소혜의 회고록 작업은 이후에도 계속 이어졌다. 아버지의 손에 이끌려 처음 모던 카페에 들어간 날부터 시작된 이야기는 이후 우건을 만나 독립운동을 하게 되기까지의 이야기로 이어졌다. 그 가운데 서문에 썼던 인물들과 함께했던 일화들도 기억나는 대로 자세히 풀었다.

　한참 집중해서 만년필을 움직이던 소혜가 낮게 숨을 내쉬며 배를 쓰다듬었다.

　"속이 왜 이렇게 안 좋지…."

　저녁밥이 얹힌 걸까. 속이 더부룩하고 무언가로 꽉 막힌 듯 답답했다. 몇 번 손을 주무르던 소혜는 급한 대로 부엌으로 내려가 매실액을 마셨다. 평소 체했을 때 매실액의 향만 맡아도 거북한 속이 가라앉는 편이었는데. 이번에는 단단히 체했는지 그 새콤한 냄새마저 언짢았다.

　"어디 아파? 안색이 안 좋은데."

　"아, 여보."

　자리에 서서 한참 배를 쓸어내리는데, 언제 내려왔는지 우건이 다가왔다. 그도 원고를 쓰다가 커피를 내리러 온 모양이었다.

"체기가 있어서 매실액 좀 마시러 왔어요."

체했다는 말에 우건이 금세 심각해져서 소혜의 손을 주물렀다.

"많이 체한 것 같은데. 소화제라도 사 올까?"

"시간이 너무 늦었어요. 매실액 마셨으니까 곧 괜찮아질 거예요."

"정말 괜찮겠어? 손이 너무 찬데."

아닌 게 아니라 소혜의 손은 얼음물에 담갔다 해도 믿을 만큼 차가워진 상태였다. 이마를 짚어보니 미열도 약간 있었다. 소혜의 손을 주무르며 걱정스럽게 바라보던 우건이 아무래도 일찍 쉬는 게 낫겠다며 그녀를 방으로 데려갔다. 이불을 덮어주고는 혹여나 열이 더 오르진 않는지, 다른 증상은 없는지 극진히 살폈다. 그가 안절부절못하는 모습을 보니 괜히 미안한 마음이 들었다.

"미안해요. 괜히 나 때문에…."

"아내가 아플 때 남편이 옆에서 간호하는 건 당연한 일이야."

의자를 끌어와 침대 옆에 앉은 우건이 걱정 말라며 소혜를 다독여줬다.

"아무 걱정 말고 푹 자. 잠들 때까지 옆에 있어줄게."

"나는 괜찮으니까 얼른 가서 남은 일 마저 해요. 논문 발표도 얼마 안 남았는데…."

"같은 이야기, 지난번에도 한 것 같은데."

소혜가 걱정스럽게 쳐다보니, 우건이 짐짓 마음에 안 든다는 표정을 지었다.

"나한테 아내보다 더 중요한 일은 없다고."

사실 이 말은 소혜가 그녀보다 일을 먼저 챙기라고 할 때마다 우건이 숱하게 했던 대답이었다. 그만큼 서로를 더 배려하고 위하려는 마음 때문이리라.

"안 그래도 당신 잠들면 건너가려 했는데, 이리도 나를 밀어내니."

우건은 그리 말하더니 아예 침대 위로 올라왔다. 그러곤 온몸으로 끌어안다시피 소혜를 제 품에 안았다.

"더 밀어낼 수 없게 꽉 안고 안 놔줘야겠다."

"여보…."

"아, 좋다."

중저음의 목소리가 나직하게 베개에 스며들었다. 우건은 정말로 소혜와 함께 잠들 생각인지 눈까지 지그시 감았다. 조금도 벗어날 틈 없이 단단히 끌어안은 탓에 소혜는 정말로 그를 밀어낼 수조차 없었다.

소혜는 우건을 말리는 대신 그의 가슴에 얌전히 이마를 기댔다. 어차피 자신이 아프다는 사실을 안 이상, 우건도 편한 마음으로 나비 연구에 집중하지 못할 게 분명했다. 지금으로서는 얼른 잠들어 빨리 낫는 게 그를 돕는 것이었다.

"미안해요. 괜히 걱정을 끼쳐서."

"언제든 아파도 돼."

또 한 번 건넨 사과에 우건은 가만가만 그녀의 머리를 쓸어내리며 말했다.

"대신 내 앞에서 숨기지만 마. 내가 뭐라도 해줄 수 있게 기회를 줘. 혼자 아파하지 말고."

조선총독부 폭파 사건 이후에 떨어져 있던 시간 동안, 몸과 마음이 모두 아팠을 소혜의 곁을 지키지 못한 걸 언제나 안타까워하고 후회하던 우건이었다.

"그럴게요."

그런 그의 마음을 이해하기에, 소혜도 마음이 힘들 때나 몸이 아플 때면 억지로 참지 않고 그에게 솔직하게 드러내곤 했다. 사랑하는 사람이 아팠다는 사실을 나중에서야 알게 되는 마음이 어떠한지, 그녀 역시 잘 아는 까닭이었다. 소혜가 작게 고개를 끄덕이고는 그의 품으로 조금 더 파고들었다. 우건의 따스한 체온이 온몸을 포근하게 녹여주는 듯했다. 소혜는 그 익숙하고도 다정한 체온을 느끼며 서서히 잠에 빠져들었다.

◆ ◆ ◆

며칠째 계속 몸이 무겁고 잠이 쏟아졌다. 지난 체기의 영향 때문인지 미열도 쉬이 가라앉지 않았다. 겨울이라 가벼운 감기가 왔다가 제법 오래 가는가 싶었다.

"욱…."

그런데 그림 교습을 하던 어느 날, 아이의 부모가 간식으로 먹으라며 가져다준 비스킷 냄새를 맡자마자 구역감이 올라왔다. 황급히 입을 가리고 고개를 돌렸지만 이상하게 역한 냄새는 이겨낼 수 없었다. 그런 기색을 최대한 감추느라 어찌나 혼났는지 모른다.

"저, 선생님."

수업이 끝나고 집에 가려는데 교습 장소를 제공해준 아이의 엄마가 조심스럽게 소혜를 불렀다. 혹시 오늘 교습에 무슨 문제가 있었던 걸까 걱정했는데, 그녀에게 돌아온 이야기는 뜻밖이었다.

"제가 요 근처에 잘 아는 한의사 한 분이 있는데, 진맥을 한번 받아보시는 게 어떻겠어요?"

"진맥이요?"

"요즘 몸도 계속 안 좋으신 것 같고, 그냥 검사겸사요."

아이의 엄마는 본인이 쑥스러워하며 말을 얼버무렸다. 그 말에 비로소 어떤 생각이 소혜의 머리를 스쳤다.

'설마.'

그녀도 몸 상태가 며칠 동안 좋지 않은 게 신경 쓰여 혹시나 하는 마음이 들던 참이었다. 소혜는 반신반의하는 마음으로 한의사의 연락처를 받아 들었다.

◆ ◆ ◆

우건이 집에 돌아올 때까지의 시간이 꼭 영겁처럼 느껴졌다. 시계를 보면 초침은 분명 째깍째깍 잘 가고 있는데, 한참 생각에 잠겨 있다가 다시 시계를 보면 누가 몰래 되돌려놓은 건 아닐까 싶을 만큼 얼마 지나지 않아 있었다. 기껏해야 5분이 흘렀을 뿐이었다.

"후…."

뭉친 숨을 길게 내쉬어봐도 긴장은 풀리지 않았다. 소혜는 양손을 맞잡으며 낮에 들었던 이야기를 떠올렸다. 임신. 예기치 않게 찾아와준 새 생명이 가슴 벅찰 만큼 기쁘면서도, 동시에 수많은 생각을 가지게 만들었다. 자신을 낳자마자 돌아가셨던 어머니, 어릴 때부터 떨어져 살다시피 했던 아버지. 이제는 누구보다 자신을 사랑하셨던 분들이라는 걸 알지만,

그와는 별개로 아이에게 어떻게 해야 좋은 부모가 되는지에 대해서는 잘 모르는 것도 사실이었다.

무엇보다 아이에 대한 우건의 생각이 가장 걱정됐다. 생각해보면 이제껏 아이에 대한 이야기를 그와 깊게 나눈 적이 한 번도 없었다. 미국에 있을 때는 조국의 독립을 지원하느라 이리저리 해야 할 일이 많았던 탓이었고, 광복 이후에는 재개한 나비 연구와 회고록 작업으로 매일같이 바쁜 탓이었다. 이따금 소혜 홀로 아이를 생각하곤 했지만, 때가 되면 어련히 생길까 싶어서 일부러 내색하지 않았다.

아니, 솔직히 말하자면 내색할 수가 없었다. 우건은 누구보다 나비 연구에 열심인 사람이었고, 사실상 소혜를 제외하면 그에게 연구보다 중요한 건 아무것도 없었다. 아무리 바깥일을 하더라도 아이가 생긴다면 포기해야 할 것들도 생길 텐데, 그가 과연 나비 연구를 제치고 아이를 반길까 하는 의문도 들었다. 우건을 아는 사람들이라면 열에 아홉은 같은 생각을 했으리라.

무엇보다 소혜가 이런 걱정을 하는 이유는 따로 있었다. 혼인한 지 몇 년이 지나도 아이가 생기지 않자 학준이 넌지시 물은 적이 있었는데, 그때 우건이 이렇게 대답했던 것이다.

―지금이 더 좋습니다.

그저 짧은 대답일 뿐이었지만, 그때부터 소혜도 아이에 대한 이야기를 더더욱 꺼내지 못했다. 그 대답으로 우건이 아이를 원하지 않는다고 생각하게 된 것이다. 그러던 중에 그들에게 새 생명이 찾아왔으니, 당연히 걱정이 될 수밖에.

온갖 생각이 머릿속을 복잡하게 채울 무렵. 드디어 현관 너머로 대문 열리는 소리가 들려왔다. 자리에서 벌떡 일어난 소혜는 애써 표정을 가다 듣고서 우건을 맞이했다. 우건은 현관 앞에 서 있는 소혜를 보자마자 싱긋 웃으며 그녀를 품에 안았다. 그러곤 소혜의 목덜미에 고개를 묻으며 낮게 숨을 내쉬었다.

"당신이 이렇게 기다리는 줄 알았으면 조금 더 빨리 올 걸 그랬어."

고된 숨결이 묵직하게 어깨에 내려앉았다. 우건을 만나자마자 꺼내려던 이야기가 차마 입 밖으로 나오지 못하고 도로 목 안으로 넘어갔다. 그래, 시간은 많으니까. 소혜는 우건의 등을 토닥이고는 고생했다고 말해줬다.

"얼른 저녁밥 먹어요, 우리."

두 사람은 오늘 하루 있었던 서로의 일과를 함께 나누며 단란한 저녁 시간을 보냈다. 하루 중 여유롭게 대화를 나눌 수 있는 저녁 시간은 두 사람이 가장 좋아하는 때였다. 하지만 대화하는 내내 소혜의 머릿속은 언제 아이 이야기를 꺼내야 할까로 가득했다. 그저 임신했다, 한마디만 하면 될 것을. 이상하게 그 단어가 목에 걸려서 입이 쉽게 떨어지지 않았다. 우건이 어떤 반응을 보일지 몰라서 마냥 걱정만 앞선 탓이었다. 결국 저녁 식사를 마칠 때까지 소혜는 임신 사실을 밝히지 못했다.

'오늘만 날은 아니니까… 내일 기회를 봐서 얘기해야겠다.'

소혜 역시 회고록 집필을 이어가기 위해 방으로 향하려던 때였다. 계단으로 올라서려는 소혜를 우건이 뒤에서 안았다. 귓가에 입술을 가까이 붙인 우건이 나지막한 음성을 흘려보냈다.

"이제 얘기해봐."

"…뭘요?"

"아까 내가 집에 왔을 때부터 뭔가 할 이야기가 있는 것 같던데."

그 말에 소혜의 가슴이 철렁했다. 그녀가 할 말이 있다는 걸 우건은 일찌감치 눈치채고 있었던 것이다. 아랫입술을 꾹 깨문 소혜가 제 허리를 감싼 우건의 손을 겹쳐 잡았다. 몇 번이고 입술을 달싹이던 소혜는 눈을 질끈 감으며 입을 열었다.

"저… 임신했대요."

온갖 용기를 쥐어짜내서 겨우 말했건만. 막상 말하고 나니 우건에게서 돌아오는 반응이 없다. 혹시 싫어하는 걸까. 그래서 선뜻 무슨 말을 못 하고 저렇게 삭이고 있는 걸까. 불안이 밀물처럼 밀려왔다. 그를 돌아보기가 겁나서 우건의 손만 꽉 잡은 그때.

"…정말인 거지?"

미약하게 떨리는 목소리가 재차 사실을 확인했다. 네, 하고 짧게 대답하니 우건이 무너지듯 소혜의 어깨에 얼굴을 파묻었다. 그러곤 그녀를 끌어안은 팔에 더 단단히 힘을 줬다.

"고마워. 고마워, 소혜야…."

무슨 일일까. 그의 목소리에 옅은 울음기가 묻어났다. 놀라서 뒤돌아보니 우건의 두 눈가가 붉게 물들어 있었다.

"여보."

"우리에겐 영영 허락되지 않을 줄 알았는데…."

우건은 애써 울음을 삼키며 소혜의 얼굴을 소중하게 감쌌다. 눈가에 차오른 눈물이 그가 이 순간 얼마나 감격하고 있는지를 여실히 알려주고 있었다. 우건은 다시 소혜를 제 품에 꼭 끌어안고서 벅차오르는 감정을 감내했다. 굳이 묻지 않아도 알 수 있었다. 그 역시, 아니. 그가 자신보다 더 아이를 원하고 있었다는 걸. 뜻밖의 사실에 소혜는 얼떨떨하면서도 믿기지 않았다.

"하지만 당신은 분명 그때 아버님에게 지금이 좋다고…."

"당신이 부담스러워할까 봐 그렇게 얘기했던 거야. 우리가 노력한다고 마음대로 되는 일이 아니니까."

그제야 걱정으로 가득했던 마음이 풀렸다. 헛된 걱정이 사라지자 소혜도 비로소 아이가 찾아왔다는 기쁨을 온전히 느낄 수 있었다. 소혜는 어느새 눈물이 글썽거리는 눈을 꾹 감으며 우건을 마주 안았다.

"나, 우리 아이한테 정말로 좋은 엄마가 돼주고 싶어요."

"그럴 수 있을 거야. 같이 좋은 부모가 되자."

우건은 진심을 담아서 소혜에게 말했다.

"당신이랑 우리 아이, 세상에서 가장 행복한 사람들이 될 수 있도록 내 모든 것을 걸고 지킬게. 누구도 감히 우리 행복을 깨트릴 수 없도록."

"당신만 믿을게요."

두 사람은 서로를 깊이 끌어안으며 기쁨을 나눴다.

◆ ◆ ◆

우건의 다짐은 단순히 말로만 그치지 않았다. 새로운 논문 준비로 한창 바쁠 때였지만, 그는 날마다 같은 시간에 퇴근하는 것은 물론이고 집에서도 최대한 소혜 위주로 움직이려 했다. 임신 초기에는 더욱 조심해야 한다는 이야기를 어디서 듣고 왔는지, 쥐면 꺼질까 불면 날까 조심하며 소혜를 애지중지했다. 이전에도 워낙 다정하고 잘 챙겨주던 남편이었지만 어쩔 때는 우건이 너무 무리한다 싶을 때도 있었다.

"당신을 위한 일인데 무리가 될 리가. 더 잘해주지 못해서 미안한데."

"당신은 지금도 충분히 잘해주고 있어요. 유난 떤다고 사람들이 뒤에서 뭐라 할까 봐 걱정일 만큼요."

"남들이 뭐라든 무슨 상관이야. 나한테는 당신하고 우리 아이만 있으면 되는데."

우건은 아직 임신한 티도 나지 않는 배에 대고서 다정한 목소리로 속삭였다.

"그러니 아가야, 건강하게 무사히만 태어나라. 세상 무엇도 부럽지 않을 만큼 이 아비가 뭐든 다 해줄 테니."

소혜는 아직도 이 안에 생명이 있다는 게 실감이 나지 않는데, 우건은 잘도 배에 대고 아기에게 말을 걸곤 했다. 아직 이름이 없으니 아이를 부르는 호칭은 '아가야', 혹은 '우리 아기'가 전부였다. 곰곰이 생각하던 소혜가 조심스럽게 의견을 냈다.

"우리 아기한테 태명도 지어줄까요?"

"태명?"

"네. 태명을 지어주면 아기가 건강하게 잘 큰다던데."

그 말에 우건도 진지하게 고민하기 시작했다. 이게 좋을까, 저게 좋을까. 밤이 깊도록 고민하던 두 사람은 마침내 마음에 드는 태명을 골랐다.

"안녕, 나비야."

우리 건강하게 무사히 만나자. 엄마, 아빠가 많이 사랑해.

남겨둬야 하는 이야기 3

여전히 우리는 당신을 기억하고

학제 오라버니에게.

오라버니…. 나의 학제 오라버니.

오라버니에게 이 편지를 쓰기까지 얼마나 오랜 시간이 걸렸는지 모르겠어요. 이전에도 몇 번이나 펜을 들어보려 했지만, 그때마다 이루 말할 수 없는 슬픔이 밀려와서 차마 쓸 수 없었습니다. 이 슬픔은 미움에서 비롯된 걸까요. 아니면 안타까움에서 비롯된 걸까요. 저를 두고 홀로 그리 가셔야 했던 오라버니의 심정을 저는 감히 헤아릴 수 없어서, 언제나 슬픔에 잠기다가 고개를 돌리곤 했습니다.

지금도 가슴이 미어져서 눈물이 나올 것 같지만, 오늘은 꿋꿋이 참고 편지를 써보려 해요. 오라버니에게 들려주고 싶은 이야기가 정말 많습니다. 너무 오랜만이라 제 말투가 조금 딱딱하게 느껴져도 이해해주세요. 30년이라는 세월은 그만큼 길었답니다.

오라버니. 나의 학제 오라버니. 그곳에서는 평안하신가요? 오라버니가 좋아하시던 제비꽃이 만발하고 백년설의 노랫가락도 마음껏 들을 수 있는 곳인가요? 아니면 그곳에서도 여전히 어둠 속에 홀로 앉아서 아파하시는 건 아니겠지요? 부디 아니길 바랍니다.

누군가는 염치없는 바람이라고 생각할지 모르겠습니다만, 그래도 저는 오라버니가 천국이라는 곳에 계셨으면 좋겠습니다. 슬픔과 아픔이 없고, 언제나 봄인 듯 햇살이 따스하며, 굶주리지 않을 젖과 꿀로 가득한 곳이라는 유모의 말을 믿기엔 제 신앙이 너무도 얕지만, 오늘만큼은 오라버니가 계신 곳이 꼭 그런 천국이었으면 하고 진심으로 빌어봅니다.

오라버니가 그리 떠나신 이후로 참 많은 일이 있었습니다. 처음 몇 개월간은 사라진 오라버니를 찾으려고 유모를 통해 백방으로 알아봤어요. 운전기사였던 김씨 아저씨가 조선총독부에 오라버니를 내려드린 이후 그곳에서 폭발이 일어났고, 그 사고에 오라버니가 휘말린 것 같다는 말씀을 하셨지요. 하지만 저는 믿지 않았습니다. 아니, 믿고 싶지 않았다는 말이 더 옳을 것 같네요. 회사는 물론 거래처에도 수소문하고, 종국에는 중국에도 편지해봤습니다. 하지만 어디에서도 오라버니의 소식을 들을 수는 없었어요. 당연한 일이었지요. 오라버니는… 그곳에서 오라버니가 소중히 여기시던 분을 구하기 위해 모든 것을 바치셨으니.

오라버니에 대한 소식을 들은 건 그로부터 반년이 더 지난 후였습니다. 발신인을 알 수 없는 편지가 저에게 당도한 날이었죠. 그 편지에는 조선을 위하여, 그리고 조선의 한 여인을 위하여 생을 바친 오라버니 이름이 적혀 있었습니다. 그 여인이 누구인지, 그리고 그 편지를 보낸 사람이 누구인지는 묻지 않아도 알 수 있었습니다. 익숙한 간자체. 그리고 오라버니가 목숨까지 바칠 만큼 소중히 여기셨던 조선 여인. 네, 그래요. 언젠가 낯선 땅에서 길을 잃어버린 나를 집까지 데려다주고, 또 조선에서 처음으로 내 벗이 돼준 소혜 언니. 그때 그녀는 일본의 추적을 피하여 조선을 떠나는 길이라고 했습니다.

소혜 언니. 지금도 그 이름을 떠올리면 저는 가슴 한구석이 따스해지는 걸 느낍니다. 비록 짧은 시간이었지만 그녀는 제게도 소중한 사람이었어요. 이제는 기억조차 희미해져 얼굴이 떠오르지 않는 어머니가 이따금 그녀에게서 보이곤 했거든요.

이제 와서 솔직히 말하는 것이지만, 그때 저는 진심으로 소혜 언니가 오라버니의 배필이 되길 원했답니다. 언니한테도 그런 비슷한 말을 한 적이 있었는데, 언니가 오라버니와 그런 사이가 아니라고 얘기해서 무척이나 속상했던 게 아직도 기억나요. 언니에게 약혼자가 있는 줄 정말로 몰랐거든요. 이건 너무 부끄러운 이야기니까 오라버니만 알고 계세요. 어린 아이의 철없는 욕심이었습니다.

오라버니, 오라버니는 제가 중국에 돌아가서 어떤 일을 겪었는지 다 아시지요? 다 보고 계셨지요? 저에겐 오라버니를 잃은 것만큼 너무나 힘든 날들이었습니다. 어머니의 한이 서린 냉궁 같은 집, 속세를 버리고 결국 절간으로 들어가신 아버지, 악만 남으신 할아버지… 거기에 정권을 건립하기 위해 공산당이 대대적으로 벌인 학살 운동은 비단 우리 집안의 비극만은 아니었을 것입니다. 그 일들은 이미 오라버니도 피눈물을 흘리며 보셨을 테니 길게는 남기지 않을게요.

그때 유모가 없었다면 지금 이렇게 오라버니한테 편지를 쓰지도 못했겠지요. 공산당의 총칼이 우리 집으로 들이닥치기 이틀 전, 무언가 선견지명이 있었는지 유모가 저를 데리고 밤도망을 쳤지요.

"아가씨가 사셔야 제가 삽니다. 저는 아가씨만 생각하고 아가씨만 챙길 겁니다. 저에게 아가씨보다 더 중요한 건 없어요."

칠흑같이 컴컴한 밤길에서 어슴푸레한 달빛을 받으며 그리 말하던 유모의 모습을 저는 평생 잊지 못할 겁니다. 그때 유모가 감당했어야 할 위험은 감히 지금으로선 상상도 할 수 없을 정도였겠지요.

그런데도 그녀는 그날 밤의 약속을 지키기 위해 자신의 모든 것을 바쳤습니다. 지금 생각해도 그녀는 제가 아는 여인들 중에서 가장 자애롭고 또 강인했던 것 같습니다. 피 한 방울 섞이지 않은 저를 위해 온 생을 다 바쳐서 어린 핏덩이를 이렇게 어엿한 성인으로, 한 사람의 사회인으로, 이 나라를 이끌어갈 아이들을 가르치는 선생으로 길러놓았으니까요.

이제는 제가 그녀를 돌봐드릴 차례입니다. 2년 전부터 무릎이 아프다고 하더니, 올해 초부터는 거동도 힘들어하더군요. 저 때문에 고생을 많이 한 탓이겠죠. 남은 시간 동안 그녀가 행복할 수 있도록 최선을 다할 생각입니다. 이제 저에게 남은 유일한 가족은 유모뿐이니까요.

아무튼 그때 유모 덕분에 저는 중국에서 도망쳐 소련에서 1년 정도 지내다가, 유모가 한때 다녔던 성당 신부님의 도움으로 미국행 비행기에 오를 수 있었습니다. 그리고… 그곳에서 소혜 언니를 다시 만났죠. 정확히 말하자면 그녀의 흔적이었지만요.

그녀가 살던 집에서 그녀의 지나간 행적을 들으며 저는 오라버니를 떠올렸습니다. 한때는 오라버니가 그렇게 되신 것이 소혜 언니 탓인 것 같아 원망도 했는데, 그녀에 대한 이야기를 듣자마자 제가 잘못 생각했음을 깨달았습니다. 그녀는 미국으로 건너온 뒤에도 오라버니를 잊지 않고 있었습니다. 기도가 필요한 순간에 소혜 언니는 오라버니를 기리는 시간을 가지려 노력했고, 잊혀가는 이름들을 놓치지 않기 위해 끝없이 되뇌었다고 합니다. 제 이름도 한 번씩 입에 올렸다고 해요. 소혜 언니는 우리를 잊지 않았던 것입니다. 아마 그녀의 노력으로 지금까지 오라버니 이름이 곳곳에 남아 있는 것이겠지요.

오라버니. 나의 학제 오라버니. 이곳에는 또 한 번의 봄이 찾아왔습니다. 제비꽃이 만발하는 아름다운 5월에 용기를 내어 이제라도 오라버니를 찾아뵈려 해요. 오라버니는 너무 늦었다고 서운해하실까요. 아니면 이제라도 찾아와줘서 고맙다고 하실까요. 어느 쪽이 됐든 오라버니의 목소리 한 자락 들을 수 있으면 소원이 없겠습니다.

하고 싶은 이야기는 무궁하도록 많지만, 이만 여기서 편지를 줄이려고 합니다. 못다 한 이야기는 마음으로 전할게요. 보고 싶어요, 오라버니. 이루 말로 다 할 수 없을 만큼 보고 싶어요. 이 편지를 읽으신다면… 이제는 꿈에서라도 한번쯤 얼굴을 보여주시기를.

여전히 오라버니를 그리워하는, 왕린진.

◆ ◆ ◆

똑똑. 문을 두드리는 소리에 린진이 막 봉투에 편지를 넣고 뒤돌아봤다. 얼굴 곳곳에 세월의 빗금을 새긴 유모 정씨가 지팡이를 짚고 선 채 그녀를 향해 싱긋 웃고 있었다. 그녀는 나긋한 목소리로 린진에게 말했다.

"이제 출발하셔야 할 시간입니다."

그 말에 린진이 고개를 끄덕이며 수어로 답했다.

-정리는 다 끝났어요. 바로 출발하면 돼요.

"정말 혼자 가셔도 괜찮겠어요? 지금이라도 제 표를 끊을까요?"

─걱정 말아요. 비행기 타는 게 처음도 아니잖아요. 한국에 있는 동안 저를 도와줄 통역사도 구했고요.

"그래도 한국에는 정말 오랜만에 가시는 거잖아요. 아가씨가 기억하시는 모습과 많이 다를 거예요."

─사람 사는 곳이 다 똑같죠, 뭐. 너무 어릴 때라 어차피 기억도 많이 없고요.

그래도 정씨의 걱정 어린 눈빛은 풀리지 않았다. 린진은 못 말린다는 듯 웃으며 엄지를 제외한 나머지 손가락을 쭉 펼쳤다.

─저 내일모레 마흔이에요, 유모.

"아가씨는 제 눈에 언제까지고 어린아이세요."

마치 물가에 내놓은 다섯 살배기를 보듯 하던 정씨가 눈빛만큼 다정한 목소리로 말을 이어나갔다.

"울고 싶을 때는 우세요. 절대 참지 마시고, 눈물에 갇히시면 안 됩니다."

그 말을 듣는 것만으로도 가슴이 뭉클해졌다고 한다면 정씨가 많이 걱정했을까. 기억이 있을 때부터 슬픔과 고통을 참는 것부터 배워온 린진이었다. 정씨는 린진이 마냥 슬퍼하지 않길 바라면서도 억지로 슬픔을 억누르는 것 또한 바라지 않았다. 범람하는 슬픔 앞에서는 때론 지쳐서 눈물이 안 나올 때까지 우는 것이 가장 빨리 슬픔에서 벗어나는 길이기에.

─네. 눈이 붓도록 펑펑 울고 올게요.

싱긋 웃으며 농담하는 린진의 모습에 정씨가 여러 감정이 복잡하게 섞인 미소를 지었다. 린진은 편지를 넣은 손가방을 챙기고는 정씨를 부축하여 방을 나섰다. 정씨의 배웅을 받으며 린진이 차에 올라탔다. 차가 보이지 않을 때까지 손을 흔드는 정씨를 뒤로하고서 린진은 공항으로 향했다.

공항에 도착해서도 그리 실감은 나지 않았다. 이제 몇 시간 뒤면 떠난 지 30여 년이 지난 한국 땅을 다시 밟게 된다는 사실도, 그곳에서 학제의 흔적을 찾을 거라는 사실도. 그저 몇 년 뒤에 떠날 여행 계획을 세우는 것처럼 막연하게만 느껴졌다. 부디 한국에서 통역을 도와줄 사람이 친절했으면 좋겠다는 현실적인 생각만 들 뿐이었다.

물론 이런 평온은 오래가지 않았다. 비행기가 이륙하고 나서부터는 조금씩 긴장되기 시작했다. 이게 설렘인지, 아니면 완전히 낯선 땅이 돼버렸을 한국에 대한 두려움인지 알 수 없었다. 확실한 점은 더 이상 피하기만 할 수는 없다는 것이었다.

"린진 선생님 맞으시죠?"

공항에 도착하자 린진의 이름이 적힌 피켓을 들고 있는 여자가 마중을 나와 있었다. 자신을 지영이라고 소개한 여자는 능숙한 중국어로 자연스럽게 대화를 주도했다. 상당히 젊어 보이는 여자였는데, 현재 한국대학교 대학원에서 중국어 석사 과정을 밟는 중이라고 했다.

"이쪽으로 오세요."

린진은 지영을 따라 공항 앞에 대기하고 있던 택시에 올라탔다. 확실히 정씨의 말대로 한국은 많이 변해 있었다. 높이 올라간 건물과 번듯하게 깔린 포장도로, 그 위를 가득 메운 자동차, 양장 차림으로 돌아다니는 수많은 사람들. 기억 속 고즈넉한 분위기로 남은 한옥과 한복은 거의 사라진 뒤였다. 이따금 텔레비전에서 한국의 풍경을 본 적이 있지만, 브라운관 너머로 본 한국과 직접 눈으로 본 한국은 확연히 달랐다. 그래도 나름대로는 별세계에 온 것 같아서 신기한 기분도 들었다. 한국이라는 나라만 시계를 빨리 돌려서 조금 더 미래로 나아간 것 같았다.

'이제 오라버니와의 추억도 정말 추억으로만 남게 됐구나.'

폐부에 들어 있던 숨이 한 줌 빠져나오면서 허무한 생각이 쓴침으로 고였다. 추억을 만들어주던 사람이 추억이 된다는 건 언제 마주해도 슬픈 사실이었다.

그러나 벌써 눈물짓고 싶진 않았다. 아직 아무것도 하지 않았는데 미리 상념에 젖으면 마음이 너무 힘들 것 같았다. 낮게 숨을 내쉰 린진은 굳어 있던 입꼬리를 끌어당겨 작게 미소를 지었다. 일렁이는 감정에서 벗어나기 위해 어릴 적부터 들인 습관이었다. 이 또한 정씨가 알려준 방법이었다. 행복해서 웃는 게 아니라 웃어서 행복한 것이라며.

"선생님, 아직 시간이 남아 있으니 일단 호텔에 가서 짐부터 풀까요? 예약은 다 돼 있어서 바로 가시면 돼요."

린진은 조금 더 입가를 늘이며 작게 고개를 끄덕였다. 지금의 이 감정들을 천천히 풀어내고 싶었다. 아팠던 만큼, 오래 고인 만큼 하나하나 천천히 풀어서 오롯이 흘러가게 두고 싶었다. 갈고리처럼 깊이 박혀서 아픔으로 남아 있는 학제 역시도.

호텔에 짐을 들여놓고서 지영과 간단한 점심을 먹었다. 어릴 적에 정씨와 함께 먹었던 장터 국수가 생각나서 국숫집으로 들어갔다. 너무 어릴 때라 그때의 맛이 기억나지 않는다는 게 조금 아쉬웠지만 선택은 만족스러웠다.

지영과 함께 서울의 이곳저곳을 걸어 다니며 구경하기를 한참. 어느덧 이동해야 할 시간이 다가왔다.

"이제 출발할게요."

지영의 말이 꼭 카운트다운의 시작처럼 들려와서 린진은 마른침을 삼켰다. 이윽고 도착한 곳은 한국대학교 앞이었다. 떨리는 마음으로 택시에서 내린 린진은 한 걸음씩 조심스럽게, 그러나 빠르게 내디디며 앞으로 향했다.

그리고 마침내 저 멀리 낯익은 얼굴이 나타났다. 기억 속 마지막 얼굴에서 세월만 조금 덧대어진, 여전히 아름다운 소혜였다.

"린진…."

거리가 꽤 멀었는데도 소혜의 목소리가 린진의 귀에 선명하게 들려왔다. 처음 만나면 어떻게 인사할까 참 많이 고민했더랬다. 오랜만입니다. 잘 지내셨나요? 어려운 시기를 이겨내시느라 고생이 참 많으셨겠습니다. 보고 싶었어요. 이리 다시 보게 되니 정말로 기쁘네요. 나를 잊지 않아줘서 고맙습니다.

그러나 린진은 들고 있던 종이에 그 어떤 글자도 쓸 수 없었다.

"으윽, 흐으으…! 어흑!"

소혜의 얼굴을 보자마자 걷잡을 수 없는 울음이 터져 나온 까닭이었다. 눈물은 고일지언정 감정이 폭발할 줄은 몰랐기에 린진은 스스로를 주체하기가 더욱 어려웠다. 그래서 30여 년 전의 여덟 살 어린아이로 돌아간 것처럼 린진은 땅바닥에 그대로 주저앉아 목 놓아 울고 말았다.

이 감정을 무어라 부를 수 있을까. 원망이나 서러움이라기에는 그녀가 너무도 그리웠고, 그렇다고 마냥 반가움이라기에는 가슴이 찢어질 것처럼 아팠다. 오랜 세월 동안 꾹꾹 누르고 눌러서 단단하게 압축돼 있던 여러 감정이 한순간에 펑 터져버린 것만 같았다. 한번 터진 울음은 쉬이 그칠 줄 모르고 더욱더 서럽게 흘러나왔다.

지나가던 학생들이 힐끔거렸지만 누구도 함부로 린진을 일으킬 수는 없었다. 당황하여 어쩔 줄 모르는 지영에게 눈짓한 소혜가 어느새 두 볼에 흐르는 눈물을 닦으며 린진에게 걸어왔다. 숨쉬기조차 버거워 꺽꺽거리는 린진을 소혜는 그저 말없이 안아줬다. 린진은 그런 소혜를 행여 놓칠까 싶어서 그녀에게 매달리듯 안겼다. 눈꺼풀이 시야를 씻어내기 무섭게 다시 차오르는 눈물 때문에 린진은 소혜의 얼굴을 제대로 볼 수 없었다. 자신의 울음소리에 세상의 모든 소리가 덮여서 귀도 먹먹했다. 그저 한순간 뜨거워지다가 금세 서늘해지는 어깨로 소혜도 함께 울고 있음을 어림짐작할 뿐이었다.

그렇게 두 여인은 한참을 길거리에 주저앉아 서로를 끌어안은 채로 그동안 곪아온 눈물을 쏟아냈다.

◆ ◆ ◆

의자에 나란히 앉아 있던 소혜가 종이에 무언가를 써서 린진에게 보여줬다.

– 좀 괜찮아?

손수건으로 화끈거리는 눈가를 꾹꾹 누른 린진은 소혜가 내민 종이를 내려다봤다. 익숙한 필체를 보니 또다시 마음이 울컥 북받쳤지만, 억지로 눈물을 참으며 고개를 끄덕였다. 그러곤 오래전에 그리했던 것처럼 소혜의 글씨 아래에 답변을 썼다.

– 만남에 응해줘서 정말 고마워요. 언니를 다시 만나게 될 줄은 정말 꿈에도 몰랐어요. 정말로 많이 보고 싶었어요.

종이를 돌려서 읽어가던 소혜의 얼굴에 언뜻 당황한 기색이 비쳤다. 린진이 어릴 때는 필담을 나누는 데 크게 어려움이 없었는데, 세월이 흐른 만큼 많은 게 변한 탓인지 알아보지 못하는 글자가 생긴 듯했다. 에스페란토로라도 대화를 나누고 싶었지만, 그 언어는 린진이 놓은 지 오래였다. 다행히 눈치 빠른 지영이 얼른 린진이 쓴 내용을 한국어로 통역했다. 지영의 통역을 들으며 고개를 끄덕이던 소혜가 한국어로 뭐라 말하자, 지영이 이번에는 린진을 향해 중국어로 그녀의 말을 옮겼다.

"나도 네가 보낸 편지를 받았을 때 믿을 수가 없었어. 그러잖아도 곽성 동지에게 네 이야기를 전해 듣고 너에게 연락하고 싶었거든. 하지만 곽성 동지를 다시 만났을 때는 네가 이미 다른 지역으로 떠난 뒤라 어찌할 방법이 없었어. 여기저기 물어봤지만 로스앤젤레스에서 네 소식을 아는 사람이 아무도 없더라고."

소혜 역시 자신을 찾았다는 말에 린진은 다시 눈시울이 뜨거워졌다. 광복 이후, 조국으로 돌아간 소혜에게 연락할 길이 없던 린진이 신문에서 우건의 기사를 본 건 정말 우연한 일이었다. 우건의 새로운 연구 업적이 미국의 지역신문에 작게 실린 것이었다. 흔한 사진도 없이 그저 서너 줄에 불과한 아주 짧은 기사였지만, 린진에겐 어떤 기사보다 강렬한 소식이었다. 소혜와 가까스로 다시 연결된 끈이나 마찬가지였으므로. 며칠을 수소문한 끝에 드디어 우건이 한국대학교 교수로 부임했다는 사실을 알게 됐다.

하지만 린진은 곧장 연락을 취하진 못했다. 갑자기 연락하면 부담스러워하지 않을까. 괜히 잊고 싶은 기억을 다시 떠올리게 하는 건 아닐까. 학제와 소혜의 마지막이 그리 좋지만은 않았다는 어릴 적 기억이 남아 있었던 까닭이다.

그래도 린진은 도무지 소혜를 이대로 흘려보낼 수가 없었다. 그녀가 그리워서, 그리고 학제의 마지막 모습을 알고 있는 유일한 사람이라서.

몇 날 며칠을 고민한 끝에 드디어 우건 앞으로 편지를 보냈다. 그리고 이렇게 소혜의 초대를 받아서 한국에까지 오게 된 것이다. 낮게 숨을 고르며 감정을 가라앉힌 린진이 두 눈 가득히 소혜를 담았다. 참으로 곱고 어여뻤던 언니. 사람은 나이가 들어갈수록 성품이 얼굴에 고스란히 드러난다던데, 얼굴 곳곳에 세월의 흔적이 남긴 했지만 린진의 눈에는 여전히 20대의 꽃다운 얼굴처럼 비쳤다.

'이런 사람이니 오라버니가 그토록 마음에 품었던 거겠지.'

린진은 애틋한 눈길로 소혜를 보며 미소를 지었다.

─언니는 예전하고 똑같은 것 같아요. 여전히 고와요. 예전에는 언니가 너무 곱고 예뻐서 정말로 우리 언니였으면 좋겠다고 많이 생각했는데.

그 말에 소혜의 눈망울 속에 감동이 일렁였다. 수줍은 미소를 피워낸 그녀가 애정 가득한 눈빛으로 린진을 바라봤다.

"우리 린진도 이제 어엿한 숙녀가 됐네."

마흔을 앞두고 있는 나이에 숙녀라니. 어쩐지 아가씨 호칭을 받은 것만 같아서 린진도 부끄러웠다. 하지만 대개 오랜만에 만난 사람들은 이런 법이므로 오늘만큼은 기분 좋게 받아들이기로 했다. 린진은 뒤늦게 우건의 안부를 물었다.

─그러고 보니 신우건 교수님은 어디에 계신가요? 함께 인사를 드리고 싶었는데….

"오늘 수업이 좀 많은 날이라. 아, 이제 수업 다 끝났겠다. 곧 오실 거야."

호랑이도 제 말 하면 온다더니. 소혜의 말이 끝나기 무섭게 때마침 열리는 문 너머로 우건이 나타났다. 낯선 얼굴에 잠시 멈칫하던 우건은 곧 소혜에게서 들은 소식을 떠올렸는지 린진을 향해 정중하게 고개를 숙였다.

"처음 뵙겠습니다. 신우건입니다."

린진도 자리에서 일어나 깊이 허리를 숙였다. 한국 역사책에 한열단

단원들의 이름과 함께 학제의 이름까지 남기는 데 우건의 역할이 컸다고 들었다. 진심으로 감사 인사를 전하니, 우건은 해야 할 일을 했을 뿐이라며 겸허한 모습을 보였다.

한창 서로의 근황을 주고받고 나니 두어 시간이 훌쩍 지나 있었다. 시계를 본 소혜가 조심스레 린진에게 말했다.

"린진. 이제 사장님 뵈러 갈까?"

사장님이라는 호칭에 겨우 잠잠해진 가슴이 다시 넘실거리기 시작했다. 린진은 요동치는 감정들을 고스란히 느끼며 지그시 눈을 감았다. 후, 낮게 숨을 내쉰 그녀가 이내 고개를 끄덕이자, 소혜와 우건이 그녀를 데리고 밖으로 나갔다.

다시 차를 타고 이동하는 동안, 린진은 소혜를 만나러 올 때와는 확연히 다른 가슴의 울림을 느꼈다. 30년이 넘도록 외면해온 순간이었다. 한때는 어린 나를 두고 그렇게 먼저 가버린 오라버니가 원망스러워서. 한때는 그토록 화려하게 살던 오라버니가 모두 외면하는 고독의 현장에서 흔적도 없이 사라졌다는 게 허무해서. 그리고 한때는 그 순간 오라버니가 얼마나 무섭고 고통스러웠을지 감히 짐작도 안 된다는 게 안타까워서. 그렇게 미루고 미뤄온 오라버니의 죽음을 이제는 눈으로 직접 확인해야 할 순간이었다.

근처 꽃집에 들러 오라버니에게 헌화할 꽃다발을 샀다. 보통은 국화를 사는 게 일반적이었지만, 오라버니가 좋아하는 꽃을 사고 싶다는 린진의 의견에 따라 국화 사이에 제비꽃을 소담히 섞었다. 차는 굽이진 산길을 따라 올라갔다.

"도착했대요, 선생님."

지영의 말에 고개를 돌리니, 멀리 하늘을 향해 높이 가지를 뻗고 있는 나무들이 보였다. 꽃다발을 소중히 안고서 차에서 내린 린진은 저만치 보이는 나무들과 그 사이에 세워진 커다란 비석을 물끄러미 바라봤다.

"거사 중에 시신을 찾지 못한 한열단 단원들, 그 외의 의사와 열사들을 위해 신우건 교수님께서 세우신 위령비라고 합니다."

독립된 땅을 원 없이 실컷 보라고, 서울이 한눈에 내려다보이는 높은 터에 그 위치를 잡았다고 한다. 소혜와 시선을 주고받은 린진은 천천히 위령비를 향해 걸음을 옮겼다. 커다란 비석 아래에는 수많은 이름이 새겨져 있었는데, 그 가운데 익숙한 한자가 보였다.

'오라버니…'

왕학제. 그 이름 석 자를 보는 순간 어김없이 눈물이 차올라서 빠르게 턱 끝으로 흘러내렸다. 두 눈을 질끈 감은 채 바르르 몸을 떨던 린진은 결국 뭉친 울음을 한숨처럼 터트렸다. 여러 감정이 한데 뒤엉킨 가운데 선명하게 떠오르는 마음이 있었다. 그것은 원망도 아니요, 허망함이나 안타까움도 아니었다.

바로 그리움. 그녀는 강산이 세 번이나 바뀔 동안 자신이 오라버니를 사무치게 그리워하고 있었다는 걸, 꿈에서라도 좋으니 한 번이라도 오라버니를 다시 만나고 싶어 했다는 걸 떠올렸다. 애처롭게 흔들리는 어깨 위로 소혜의 손이 따스하게 얹어졌다. 구겨지듯 품에 안긴 꽃다발 포장지가 바스락거리는 소리를 냈다. 그 소리가 눈물에 잠기려던 이성을 그나마 다시 불러일으켰다. 린진은 얼른 눈물을 닦고서 학제의 이름 아래에 국화와 제비꽃이 어우러진 꽃다발을 내려놓았다.

'저 왔어요, 오라버니. 이제야… 오라버니를 찾아왔네요. 너무 늦어서 죄송해요.'

마음속으로 고요히 전한 인사에 화답이라도 하고 싶었던 걸까. 그 순간 조금은 시린 가을바람 한 줄기가 위령비 주위를 부드럽게 휘감았다. 린진은 뚝뚝 눈물을 흘리며 가만히 그 바람을 맞았다. 린진의 머리카락이 넘실거리며 흔들렸다. 지그시 눈을 감으니 꼭 학제가 머리를 쓰다듬어주는 것만 같았다. 소혜와 우건은 조용히 그녀의 묵념을 기다리며 함께 학제에게 인사를 건넸다.

한동안 주위를 맴도는 바람을 느끼던 린진이 작은 손가방에서 두툼한 봉투 하나를 꺼냈다. 최대한 작은 글씨로 촘촘하게 썼는데도 한 장으로는 도저히 끝나지 않아서 몇 장이고 써 내려간 편지였다. 두서없이 하고 싶은 말을 쏟아낸 편지였지만 꼭 전하고 싶었다. 린진은 무게감이 느껴질 만큼 두툼한 편지 봉투를 조심스럽게 꽃다발 옆에 놓았다. 또 한 번 바람이 불어왔다. 제비꽃을 살랑살랑 흔들어대던 바람이 다시 하늘 높이 올라갔다.

'다음에 또 써 올게요, 오라버니. 편히 쉬세요.'

오래도록 학제의 이름을 눈에 담은 린진은 망설임 없이 다음을 기약했다. 더 이상 오라버니는 외면하거나 감추고 싶은 슬픔이 아니었다. 자랑스럽고 또 자랑스러운, 이 땅에서 그 이름이 길이 남을 영웅이었다. 아깝게 흘려보낸 시간만큼 이제부터는 더 자주 이곳을 찾을 생각이었다. 홀로 외롭게 시간을 보냈을 오라버니가 더 이상 외로워하지 않도록. 그 이름이 잊히지 않도록, 평생토록 사람들의 입에서 입으로 전해질 수 있도록.

'이미 많은 사람이 오라버니 곁을 지켜주고 있는 것 같지만.'

린진은 비석에 새겨진 수많은 이름, 그리고 그 이름들을 이 땅에 새긴 우건과 소혜를 바라봤다. 비로소 그녀의 입가에 편안한 미소가 피어났다.

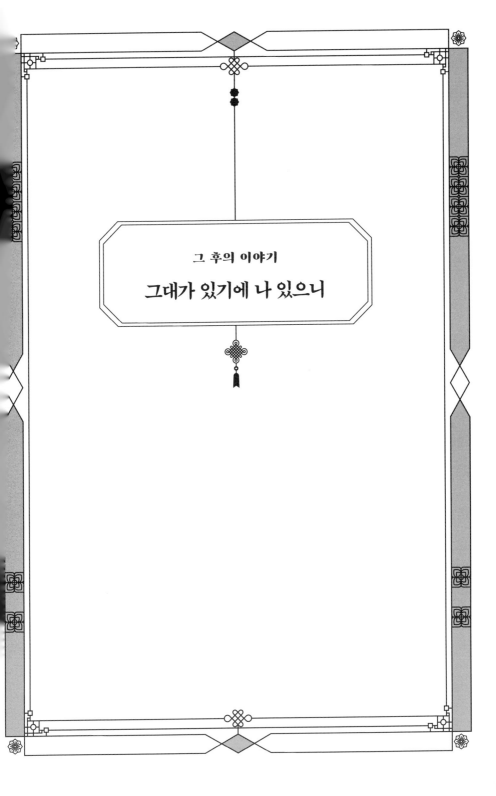

그 후의 이야기

그대가 있기에 나 있으니

사방이 혼란스러웠다. 고막이 찢어질 것 같은 총소리. 매캐한 연기 냄새. 나를 쫓아오는 건지, 나한테 쫓기는 건지 모를 누런 군복의 일군. 그들을 피해 도망치던 내가 턱까지 차오른 숨을 삼키며 뒤를 향해 외쳤다.

"이쪽으로 와, 어서!"

그러자 저 멀리서 허름한 옷을 입은 여자가 필사적으로 나를 따라 건물 안으로 들어왔다. 나이는 나와 비슷할까. 언제 벗겨져도 이상하지 않을 커다란 빵모자 밑으로 순하고도 예쁘장하게 생긴 여자의 얼굴이 비쳤다. 누가 버린 걸 주워 입은 듯 커다란 재킷은 한눈에 봐도 남자처럼 변장하려는 차림임을 알 수 있었다.

우리는 쫓아오는 일군을 피해서 끝없는 계단을 뛰어올랐다. 전속력으로 뛰면 충분히 일군을 따돌릴 수 있으리라는 생각이 들었다. 하지만 나는 여자가 최대한 멀리 달아날 수 있도록 후방을 자처했다. 내가 쓰는 총과 전혀 다른 총인데도 마치 오랫동안 잡아온 것처럼 익숙했다. 쫓아오는 일군들을 하나둘 저격할 때마다 내 옆으로도 총알이 아슬아슬하게 날아들었다. 나도 모르는 사이 총알이 스쳤는지 왼쪽 팔에 작지 않은 핏자국이 보였다. 아프진 않았다. 이상하게도.

더 멀리 도망쳐서 일군과의 간격을 벌려야 하는데 애석하게도 건물은 그리 높지 않았다.

"이제 어디로…."

막다른 층에 다다랐는지 여자가 절박한 얼굴로 나를 돌아봤다. 안 된다. 이대로 죽을 수는 없었다. 아니, 이대로 죽게 할 수는 없었다. 나에게 죽음에 대한 공포보다 더 무서운 건 저 여자를 지키지 못하는 것이었다. 내 목숨보다 저 여자의 목숨이 더욱 중요했다.

'아저씨.'

왜인지는 모르겠는데 순간 그 단어가 떠올랐다. 아저씨. 본 적도, 보이지도 않는 그가 순간 그리움을 불러일으켰다. 나는 그 사람을 위해 저 여자를 지키고자 했던 것 같다. 굳이 그 사람 때문이 아니더라도 이미 나에게 무엇보다 소중해진 사람이었지만.

나는 망설임도 없이 두려움이라고는 모르는 사람처럼 곧장 뒤돌아서 팔을 뻗었다. 철컥, 철컥. 허무한 감각이 손끝에서 생생하게 느껴졌다. 빈 총탄 소리에 절로 욕지거리가 나왔다.

"언니!"

"반대편 계단으로 내려가서 창문으로든 어디로든 일단 빠져나가. 빨리!"

나는 곧장 품에서 내 손보다 더 커다란 폭탄을 꺼내어 그놈들에게 던졌다. 비현실적인 폭발이 눈앞에서 일어났다.

세상이 멈춘 듯 사방이 고요해졌다. 시야를 자욱하게 메운 연기가 모든 걸 삼킬 것만 같았다. 이제 괜찮은 걸까. 다 끝난 걸까. 다시 저 아이를 데리고 멀리 도망쳐야 하는데.

내 의지와 상관없이 몸이 뒤흔들린 건 그때였다. 육중하고도 뭉툭한 무언가가 사정없이 내 몸을 관통하고 있었다. 통증이라고는 전혀 없는데 괴롭다는 느낌이 들었다. 조금씩 숨을 쉬기가 힘들어졌다. 어쩌면 총보다 내 가슴을 더 무겁게 짓누르던 건 저 여자의 일그러진 얼굴이었는지도.

총을 맞은 나보다 더 아픈 얼굴. 모든 걸 다 체념한 것 같은 절망 어린 눈빛. 화를 내면서 빨리 가라고 소리치고 싶은데 뒤늦게 통증이 밀려와서 숨을 더욱 막히게 한다. 나는 있는 힘껏 목에 힘을 줘 마지막 목소리를 냈다. 여자의 이름을 부르려 했는데 갑자기 머릿속이 흐릿해져 이름이 기억나지 않았다. 결국 입에서는 다른 소리가 나왔다.

"빨리 가…."

네가 위험해지면 안 되니까. 너는 끝까지 살아남아야 하니까.

점점 흐려지는 시야 너머로 여자의 얼굴마저 흐릿해졌다. 총을 맞은 자리보다 그 아이의 얼굴이 박힌 가슴이 더 아팠다. 가슴이 너무 아파서 소리 내어 울고 싶었다. 한데 그마저 쉽지가 않았다. 곧 힘없이 바닥에 쓰러진 나는 충격에 휩싸인 그녀를 마지막까지 눈에 담았다. 손을 뻗고 싶은데 온몸이 무언가에 짓눌리듯 무거웠다. 마지막을 예견한 내 눈가에서 고인 눈물이 흘러내렸다. 여자가 나를 향해 절규하듯 소리쳤다.

"경림 언니!"

◆ ◆ ◆

여자가 부르짖는 소리에 놀라 눈을 떴다. 눈앞에 보이는 건 익숙한 천장. 눈을 옆으로 굴리니 낯익은 책상과 컴퓨터가 보였다. 그러나 가슴은 여전히 뻐근하여 꿈과 현실의 경계가 분명하지 않았다. 어디까지가 꿈이고, 어디까지가 현실일까. 그만큼 조금 전에 봤던 모든 것이 너무도 생생하여 머릿속이 혼란스러웠다. 결국 밤사이 이불을 걷어찬 바람에 팔다리가 서늘해질 즈음, 지희는 낮게 한숨을 내쉬며 비로소 몸의 긴장을 풀었다.

주섬주섬 이불을 다시 끌어당기고 휴대폰을 툭툭 두드렸다. 여섯 시 오십 분. 알람은 일곱 시에 울리지만 잠이 더 오지 않을 것 같아서 그만 일어나기로 했다. 순간 모든 소리가 아득해지며 이명이 들려왔다. 잠시 손바닥으로 귀를 막으니 꿈속에서 봤던 여자의 마지막 외침이 들리는 듯했다.

"나를 뭐라고 불렀던 것 같은데…."

무언가 생각나는가 싶더니 물에 닿은 솜사탕처럼 흔적도 없이 사라졌다. 분명 정신이 번쩍 들 정도로 큰 목소리였는데, 곱씹으려니 딱 자신을 부르던 이름만 기억이 나지 않는다. 기억에 남은 건 자신을 바라보며 세상을 잃은 것처럼 울먹이던 여자의 얼굴과 그 얼굴을 쳐다보며 가슴이 저릿해질 만큼 서러워지던 감정이었다. 시대 배경이 일제강점기였던 만큼 끝이 너무도 비극적이었다.

'그래도 내가 죽는 꿈이었으니까 길몽이려나?'

지희는 다시 먹먹해지는 가슴을 슥슥 문지르며 욕실로 향했다.

교복 넥타이를 올리고 조끼 단추를 채우며 거울에 비친 얼굴을 확인했다. 어깨 위로 똑 자른 단발이 안으로 예쁘게 잘 말려 있었다. 엊그제 새로 산 틴트 색깔도 마음에 들었다.

"오케이."

턱을 들어 옆얼굴도 양쪽으로 확인한 지희는 점검을 마치고는 현관으로 향했다.

"아빠, 나 다녀올게!"

운동화에 발을 가볍게 밀어 넣으며 외쳤다. 서둘러 달그락하는 소리가 들리더니 앞치마를 맨 아빠 만혁이 허둥지둥 현관으로 나왔다.

"아침은?"

"아현이랑 학교 앞에 새로 생긴 샌드위치 가게에서 먹기로 했어."

그 말에 만혁이 걱정스럽게 미간을 좁혔다.

"바깥 음식이 뭐가 좋다고. 집밥을 먹어야 영양소도 골고루 섭취하지. 그래야 몸도 튼튼해지고 운동할 때도 체력이 안 떨어져."

"네네, 영양 성분표 보고 탄단지 제대로 맞춰서 먹을게. 엄마는?"

"마나님은 어제 열두 시에 퇴근하셔서 아직도 주무시는 중. 10분 더 있다가 깨우려고."

"프로젝트가 빨리 끝나야 할 텐데."

최근 회사에서 중요한 프로젝트를 맡게 된 엄마는 요 며칠 계속 야근이었다. 걱정스럽게 중얼거리던 지희는 시계를 확인하고는 얼른 걸음을 뗐다.

"아, 나 늦겠다. 갔다 올게요! 아빠도 이따 출근 잘하고!"

"그래, 우리 딸 오늘도 파이팅!"

지희는 만혁을 향해 팔랑팔랑 손을 흔들고 밖으로 나섰다.

◆ ◆ ◆

"다음 주까지 우리나라 역사와 관련된 전시회나 유적지에 다녀오고 보고서 써야 한다는 건 잊지 않았지? 날짜 지나면 안 받을 거니까 모두 기한 꼭 지키고! 그럼 오늘 수업은 이만."

역사 선생님이 나가자 반 친구들이 참았던 수다를 와르르 쏟아내기 시작했다. 지희는 '역사 보고서'라고 적은 노트에 의미 없는 동그라미를 끄적거리며 한숨을 푹 내쉬었다. 역사라는 단어를 보니 또 자연스럽게 꿈이 생각났다. 하필 오늘 수업 내용도 구한말 시대라 기분이 더욱 싱숭생숭해졌다. 아무리 꿈이라지만 너무 생생했던 탓이다.

기억하기로는, 꿈속에서 자신은 독립운동을 하는 사람이었다. 어떤 중요한 임무를 맡아서 일본군과 싸우는 중이었는데, 함께 움직이던 그 여자는 자신에게 아주 소중한 동료였다. 자매는 아닌 것 같은데 그 이상으로 그녀를 아끼는 마음이 들었다.

고작 꿈일 뿐인데 왜 이렇게 기분이 이상해지는 걸까. 지희는 '빵모자 여자'라고 쓴 글자를 복잡한 눈으로 바라봤다.

"주지, 보고서 어떤 주제로 쓸 거야?"

그때 불쑥 앞자리에 앉은 친구 아현이 지희의 노트를 봤다.

"이게 뭐야? 독립운동? 빵모자 여자? 너 일제강점기로 하게? 그럼 서대문 형무소?"

"아무것도 아니야. 그냥 낙서야. 아직 뭐로 할지는 못 정했어."

지희의 책상에 멋대로 엎드린 아현은 온몸으로 짜증을 표현하며 불만을 토로했다.

"아, 진짜 귀찮지 않냐? 가뜩이나 시험도 얼마 안 남았는데 차라리 영화 보고 감상문이나 쓰게 해주시지. 시대도 너무 포괄적이고."

"뭐, 그 핑계로 하루 놀다가 오는 거지."

무심하게 말한 지희의 눈에 다시 독립운동이라는 글자가 들어왔다. 마침 그런 꿈도 꿨겠다, 이참에 정말 일제강점기를 주제로 할까.

"우리 매점에나 갔다 오자. 아침을 샌드위치로 때워서 그런가, 너무 배고파."

"갔다 와. 나는 괜찮아."

"아아, 같이 가줘. 혼자 가기 뻘쭘해. 얼른 가자, 이러다 종 치겠다!"

오래 생각할 시간도 주지 않는 아현이었다. 지희는 못 이기는 척 일어나서 아현과 나란히 매점으로 향했다.

◆ ◆ ◆

지희는 방아쇠에 건 손끝에 모든 감각을 집중했다. 그 순간 신경에 거슬릴 만큼 저릿한 느낌이 손끝에서부터 점차 번져나가 마침내 손등까지 뒤덮었다.

'집중해야 해. 어떤 방해가 있어도 과녁을 맞춰야 해.'

지희는 숨까지 죽이고서 온 신경을 한곳에 모았다. 시간까지 멈춘 듯 모든 것이 고요해진 순간.

탕!

방아쇠를 당기자 순식간에 과녁에 구멍이 뚫렸다. 정중앙에서 많이 비껴난 7.4점이었다. 예전에는 어렵지 않게 맞혔던 9점대 구역이 오늘따라 유독 작아 보였다. 지희는 여전히 저릿한 오른손을 꾹꾹 눌러댔다.

슬럼프가 찾아온 지는 꽤 됐다. 그저 묵묵히 연습만 하면 금방 벗어날 수 있을 줄 알았다. 하지만 한번 무너진 페이스는 바람처럼 그렇게 쉽게 돌아오지 않았다. 오히려 환상통처럼 저린 감각만 더해질 뿐이었다. 병원에서는 아무런 이상이 없다고 했으니 스트레스로 인한 과민증일 확률이 높았다.

더군다나 오늘은 간밤에 꾼 꿈의 영향도 있었다. 방아쇠를 당길 때마다 제 총구 끝에서 쓰러지던 일군들이 떠올랐고, 그들이 쏜 총에 흔들리던 제 몸도 생각났다. 자칫 사고로 이어지기 쉬운 물건을 다루는 스포츠이니만큼, 정신 건강을 엄격히 관리해야 하는 게 사격이다. 총구가 사람의 몸으로 향하는 상상은 무엇보다 금기시된다.

'하필 그런 꿈을 꿔가지고.'

시끄러워진 머릿속에 또다시 꿈속 여자의 얼굴이 떠올랐다. 가뜩이나 심란한 기분이 더욱 이상해졌다. 가슴이 막 답답해지는 게 꼭 먹구름이 낀 것 같은 기분이었다. 이대로 있으면 이상한 감정에 잡아먹힐 것 같아 찬물을 벌컥벌컥 들이켰다. 그래도 별로 나아지지 않아서 그대로 헤드셋을 벗고 자리에 주저앉았다.

"아… 주지희. 진짜 왜 이러냐."

시합이 얼마 남지 않았는데 하필 이럴 때 슬럼프라니. 차세대 올림픽 사격 유망주라는 타이틀이 새삼 어깨를 무겁게 짓눌렀다. 다른 친구들은 빠르게 앞서가는 것 같은데 혼자만 뒤처지는 기분이었다. 이럴 줄 알았으면 슬럼프 따위에도 흔들리지 않을 만큼 더 열심히 훈련할걸. 후회해도 지나간 시간은 돌아오지 않았고, 지금도 시간은 꾸준히 흘러가고 있었다.

멍하니 시계를 바라보자니 째깍째깍 움직이는 초침이 얼른 일어나라고 재촉하는 것만 같았다. 다시금 여자의 얼굴이 떠올랐다.

"…자책해서 뭐 해. 멘탈만 흔들리지."

지희는 머리를 빠르게 내저어 잡생각을 털어냈다. 그러곤 다시 헤드셋을 끼고 자리에 섰다.

결국 어깨가 뻐근하게 아파올 즈음에야 총을 내려놓았다. 그마저도 10.3점을 겨우 맞히고 나서야 내려놓은 것이었다. 마음에 들지 않았다. 이게 다 어제 꾼 꿈 때문인 것 같았다. 하루 종일 가슴이 아릿하고, 허전하고, 먹먹하고, 또 그리웠다. 누군지도 모르는, 이름조차 기억나지 않는 그 여자 때문에.

버스에서 내리니 어둑한 하늘이 그녀를 반겼다. 늦은 시간이라 그런지 길거리를 지나다니는 사람이 드물었다. 지희는 한적한 거리를 터덜터덜 걸으며 최대한 머릿속을 비우려 노력했다. 고작 꿈 하나에 이렇듯 기분이 오르락내리락하는 건 말도 안 되지 않는가.

축축한 머리를 한 채로 침대에 벌러덩 누웠다. 무리한 탓인지 어깨가 아직도 뻐근했다. 파스를 붙이고 자야 하나. 저번에 쓰고 남은 걸 어디에 뒀더라. 파스를 찾느라 방 안을 두리번거리는데 책상 위에 놓아둔 휴대폰이 짧게 진동했다. 아현의 이름이 슬쩍 보였다. 별생각 없이 휴대폰을 들었다.

[주지, 우리 수행평가 여기로 갈래?]

아현이 보낸 링크를 클릭하자 전시회 웹사이트가 열렸다. 한 과학관에서 주최하는 전시회였다.

"조선의 나비?"

밑으로 내려보니 일제강점기에 조선 나비를 연구했던 학자 신우건을 주제로 한 전시회란다. 일제강점기 시대여서 무장투쟁이나 한글 운동 같은 것만 생각했는데. 예상치 못한 나비 그림에 지희는 얼떨떨해졌다. 날짜를 보니 마침 이번 주 토요일부터 전시를 시작한단다.

"…지루하진 않겠네."

지희는 아현과 약속 시간을 잡고 달력에 표시했다. 처음 수행평가 과제를 받을 때만 해도 귀찮다는 생각뿐이었는데, 묘하게 기대가 됐다. 마치 중요한 시합이 다가오는 것처럼. 순간 오른손이 다시 저려서 습관처럼 주물렀다. '좋아'라고 짧게 답장하고서 지희는 잠자리에 들었다.

◆ ◆ ◆

아침 일찍부터 외출 준비를 마친 지희는 곧장 약속 장소로 향했다. 지하철에서 내리고 보니 약속 시간보다 10분 이르게 도착했다. 아현에게 언제 오느냐고 메시지를 보내니, 곧바로 무릎을 꿇고 양손으로 싹싹 비는 이모티콘이 돌아왔다. 앞에서 접촉 사고가 연달아 났는지 길이 많이 막혀서, 원래 약속 시간보다도 더 늦을 것 같단다.

"제시간에 도착하는 법이 없지, 우리 아현이."

한여름 더위는 가뜩이나 여름을 싫어하는 지희에게 쥐약이었다. 지희는 잠시 고민하다가 먼저 전시회장으로 들어간다고 다시 메시지를 남기고서 걸음을 옮겼다.

전시회장으로 통하는 복도에는 '조선의 나비' 전시회를 홍보하는 포스터가 곳곳에 붙어 있었다.

나비로 조선을 사랑한 학자 신우건
나는 한 종류의 나비를 알기 위해 10만 마리를 연구했다.
조선의 나비를, 조선의 이름으로
나비는 우리에게 허락된 유일한 독립이었다.

지희는 그것들을 무심한 눈으로 훑어보며 전시회장 안으로 들어갔다. 전시회 첫날이라 그런지 관람객이 그렇게 많진 않았다. 원래 북적이는 걸 좋아하지 않는 편이라 다행이라는 생각이 들었다.

전시회장은 그리 넓지 않았지만 벽과 칸막이로 전시 공간을 효율적으로 나눠놓아 볼거리가 다채로웠다. 곳곳에 신우건이라는 나비 학자가 이름을 붙였다는 나비 표본들과 그가 남긴 논문, 연구 자료 등이 전시돼 있었다. 그것들을 하나하나 살펴보는 동안 지희는 자신도 모르는 새에 전시에 푹 빠지게 됐다.

이윽고 지희의 발이 신우건 박사와 그의 연구실 동료들을 담은 사진 앞에 멈췄다. 한눈에 봐도 오랜 세월이 느껴지는 흑백사진들이었다. 그중에는 홀로 연구하고 있는 신우건 박사를 찍은 사진도 있었고, 정장을 입고서 정자세를 한 여러 사내를 찍은 사진도 있었다.

그중에서 지희의 눈을 사로잡는 이가 한 명 있었으니.

"…여자도 있네."

남자 연구원들만 있는 흑백사진에 함께 찍힌 유일한 여자. 그 여자가 찍힌 사진 아래의 설명문에 따르면, 그녀는 신우건 박사의 유일한 여성 조수이자 훗날 아내가 된 백소혜였다. 사진에 가까운 그림 실력으로 남편이 연구한 나비들을 그리고, 남편과 함께 한열단이라는 독립 단체에서 무장 독립운동을 펼치기도 했다는 여인..

"백소혜."

여자의 이름을 입안에서 작게 굴려본 지희가 다시 사진을 향해 눈을 들었다. 홍일점이라서 그런가. 다른 사람들에 비해 유난히 시선이 간다. 아니, 마치 그녀가 시선을 붙드는 것처럼 다른 데로 눈을 돌릴 수가 없었다. 소혜의 얼굴을 바라볼수록 기분이 점점 이상해졌다.

'꿈속에서 본 여자가 이렇게 생겼던 것 같은데….'

그런 생각이 한번 들고 나니 꿈의 장면들이 모두 소혜의 얼굴로 변했다. 잊어버린 꿈이 선명해진 걸까. 아니면 그저 희미해진 장면 위에 소혜의 얼굴을 덧대게 된 걸까. 구체적인 얼굴이 각인되고 나니 예의 그 먹먹한 감정이 더욱 짙어졌다. 누군가 가슴을 짓누르는 것 같았다. 손바닥으로 명치를 문질렀으나 아무 효과도 없었다. 되레 자신이 죽어가던 순간에 일그러지던 얼굴이 선명해질 뿐이었다. 일순 꿈에서 깨어나기 직전까지 자신이 거듭했던 생각이 떠올랐다.

'끝까지 지켜주지 못해 미안해.'

그 순간 아무렇지 않았던 오른손이 다시 저려오기 시작했다. 지희는 무의식중에 손을 주무르며 소혜의 얼굴을 물끄러미 바라봤다. 이제는 눈시울까지 홧홧해지며 코끝이 시큰해졌다.

"미치겠네, 진짜."

지희는 황급히 고개를 숙여서 얼굴을 가렸다. 이마를 긁는 척 서둘러 눈가를 닦았다. 손끝에 묻어나는 눈물이 지희를 더욱 당황스럽게 만들었다. 고작 꿈일 뿐인데. 고작 망상에 지나지 않는 장면들일 뿐인데.

'왜 이렇게 미안한 감정이 들지….'

지희는 아랫입술을 꾹 깨물며 어떻게든 울컥한 감정을 가라앉히려 노력했다. 슬럼프 때문에 스트레스가 극에 달한 탓일까. 여러 감정이 순식간에 휘몰아쳐서 쉬이 주체하기가 어려웠다. 애틋함, 서러움, 미안함. 그 모든 아릿한 감정이 한데 뭉쳐서 가슴속에 진득이 고이는 것만 같았다. 이걸 무어라 설명할 수 있을까.

"미쳤나 봐, 나."

스스로도 설명할 수 없는 상황이 지희는 당황스럽기만 했다. 백소혜라는 여자의 얼굴을 계속 보는 것도 겁이 났다. 지희는 서둘러 발길을 돌려서 전시회장을 벗어나려 했다.

하지만 지희는 몇 걸음도 채 떼지 못하고 다시 멈춰 섰다. 멍하니 어느 한곳을 응시하던 그녀는 홀린 듯 앞으로 걸어 나갔다. 이내 지희가 멈춘 곳에는 백소혜가 남편과 함께 환하게 웃고 있는 사진이 있었다. 그 옆에는 백소혜가 직접 썼다는 회고록 서문의 사본이 함께 붙어 있었는데, 그 시작은 다음과 같았다.

나를 여기까지 있게 해준 수많은 그대들을 위하여

회고록의 서문은 편지 형식으로 돼 있었는데, 거기에는 시인 윤동주의 「별 헤는 밤」처럼 여러 사람의 이름이 적혀 있었다. 아버지의 이름, 남편이자 동지인 신우건의 이름, 신우건의 연구실에 들어가기 전까지 무용수로 일했던 모던 카페의 사장과 그때 같이 일했던 무용수들의 이름, 함께 나비를 연구했던 송일고보 연구실 동료들의 이름, 한열단 동지들의 이름, 그리고 위기의 순간에 그녀를 대신해 목숨을 바쳤던 중국인 사업가의 이름. 전부 읽는 데만 상당한 시간이 걸릴 만큼 무수히 많은 사람의 이름이 기록돼 있었다.

그것들을 하나하나 읽어 내리던 지희의 시선이 어느 순간 마지막 이름에 맺혔다.

> 나에게 처음으로 춤을 가르쳐준 스승이자 믿음직한 동지요,
> 가장 그립고 친애하는 언니 주경림을 위하여.
> 덕분에 내가 깨어났소. 덕분에 내가 살아갔소.
> 덕분에 내가 알아갔소. 고맙소, 고맙소.
> 독립한 이 땅에서, 우리 훗날 다시 만나기를.

그때였다. 시도 때도 없이 저리던 손이 아무렇지도 않아진 것은. 숨이 막힐 만큼 가슴을 먹먹하게 만들던 감정의 응어리가 눈 녹듯 사라진 것도. 대신 그 자리에 안도라는 새로운 감정이 잔잔한 파도처럼 밀려들었다. 다행이다. 이 사람, 이토록 행복하게 웃는 순간도 있어서 참으로 다행이다. 순간 막연하게 그런 생각이 들었다. 스스로 생각해도 우스운 생각이었지만 사실이었다. 정말로, 다행이었다.

"지희야!"

때마침 저 멀리서 아현이 헉헉거리며 뛰어오는 게 보였다. 급하게 온 모양인지 공들여 말았을 것으로 추정되는 앞머리가 마구 헝클어져 있었다.

"왜 이렇게 전화를 안 받았어? 나 늦어서 화났어?"

"전화했어?"

뒤늦게 휴대폰을 확인하니 부재중 전화가 일곱 통이나 찍혀 있었다.

얼마나 전시에 집중했는지 휴대폰이 진동하는 줄도 몰랐다. 약속 시간에 늦은 것과 전화를 안 받은 것을 엇셈하기로 하고, 지희는 아현을 위해 전시회장을 다시 처음부터 함께 돌았다.

"아현아."

"응?"

"이분들이 있어서 우리가 이렇게 자유롭게 사는 거겠지?"

"뭐야, 갑자기 오그라들게."

"그냥…. 감사해서."

아까 봤던 소혜의 사진 앞에 선 지희가 편안하게 미소 지었다. 요 며칠 가슴을 짓누르던 슬픈 감정은 더 이상 남아 있지 않았다. 안도감. 무어라 설명할 수 없는 그것이 가슴에 편안하게 스며들고 있었다. 처음에는 그런 지희를 이상하게 쳐다보던 아현도 수긍하는 얼굴로 고개를 끄덕였다.

"뭐, 어쨌든 이분들이 싸워주신 덕분에 우리나라가 독립한 거니까."

제 입으로 말해놓고도 겸연쩍은지, 아현이 부르르 어깨를 떨고는 지희의 손을 끌어당겼다.

"이제 다 봤으니까 가자. 나 배고파."

"그래. 가자."

아현과 팔짱을 끼며 걸어가던 지희가 마지막으로 뒤돌아봤다. 빛바랜 흑백사진 속에서 환하게 웃고 있는 소혜가 보였다. 지희는 그녀를 바라보며 마음속으로 마지막 인사를 건넸다.

'고마워요.'

◆ ◆ ◆

　호흡을 가다듬은 지희가 사격 안경 너머로 과녁을 바라봤다. 1등과의 점수 차이는 단 0.3점. 이제부터는 정신력과 집중, 그리고 인내의 싸움이었다.

　소란스러운 긴장을 낮은 숨과 함께 억눌렀다. 이내 오른팔을 쭉 뻗은 지희가 온 신경을 과녁에 집중했다. 방아쇠에 걸린 손끝에서는 더 이상 저린 증상이 나타나지 않았다. 편안한 손만큼 자신감이 차올랐다. 호흡을 멈추고 마지막까지 평정을 지켰다.

　이윽고 온 세상이 고요로 덮인 것만 같던 그때. 드디어 지희가 마지막 격발을 위한 방아쇠를 당겼다.

　탕!

　물속에 들어갔다가 나온 것처럼 숨을 얕게 몰아쉰 지희는 떨리는 마음으로 연이은 총성을 들었다. 그리고 마침내 마지막 순서였던 1등 선수의 점수가 발표된 순간.

　"와아아아아!"

　관객석에서 엄청난 환호성이 들려왔다. 지희가 모든 라운드에서 자신보다 앞섰던 1등을 0.5점 차로 따돌리면서 1등에 오르게 된 것이다. 처음에는 얼떨떨해하던 지희도 곧 밀물처럼 밀려드는 감동에 입을 틀어막으며 기뻐했다.

　금메달을 목에 걸고 상패를 받은 그녀에게로 기자가 다가왔다. 지희에게 여러 질문을 던지던 기자가 마지막으로 하고 싶은 말을 하라며 마이크를 건넸다. 잠시 고민하던 지희는 이내 떠오른 생각에 싱긋 웃으며 입을 열었다.

"내일이 광복절이어서, 오늘 꼭 이 말을 하고 싶었어요."

지희는 머릿속에 선명히 떠오르는 소혜의 얼굴을 그리며 진심을 담아 말했다.

"당신이 있었기에 제가 있을 수 있었습니다. 감사합니다. 진심으로 감사합니다."

『손끝에 빛나는 나비』完

부록

프로필

신우건 (申祐搄)

❖ 나이	(본편 시작 기준) 28세
❖ 키	183cm
❖ 가족 관계	아버지(신학준), 어머니(홍신애), 형(故 신우진)
❖ 취미	에스페란토와 영어 등 언어 공부, 신문 읽기, 나비 관찰하기
❖ MBTI	ISTJ-A(청렴결백한 논리주의자)
❖ 잘하는 일	한 분야 집중해서 파고들기
❖ 잘 못하는 일	별로 친하지 않은 사람과의 사적인 대화
❖ 좋아하는 일	소혜와 산책 및 독서, 나비 연구
❖ 좋아하는 음식	땅콩이나 주먹밥 등 가볍게 먹을 수 있는 종류
❖ 싫어하는 음식	너무 단 음식
❖ 좋아하는 계절	여름
❖ 가장 행복했던 기억	소혜와 함께 광복된 대한민국으로 돌아온 날, 혜정이가 태어난 날
❖ 가장 괴로웠던 기억	형이 죽었을 때
❖ 갖고 싶은 것	세상 모든 나비가 기록되어 있는 백과사전
❖ 첫눈이 오면 하고 싶은 일	소혜, 혜정과 함께 눈사람 만들기
❖ 생일	11월 7일
❖ 좌우명	포기하지 않으면 안 되는 일은 없다
❖ 기타 TMI	형 우진에게 커피 마시는 법을 배웠다. 하지만 우건은 처음 커피를 마셨을 때 고무를 녹인 맛 같다며 첫 모금 빼고 전부 버려버렸다.

백소혜 (苫炤曄)

❖ 나이	(본편 시작 기준) 22세
❖ 키	162cm
❖ 가족 관계	아버지(故 백호원)
❖ 취미	그림 그리기, 춤
❖ MBTI	ENFJ-T(정의로운 사회운동가)
❖ 잘하는 일	그림 그리기, 중재하기, 끝까지 버티기
❖ 잘 못하는 일	결정적인 순간에 이성적으로 판단하기
❖ 좋아하는 일	우건과 산책 및 독서, 그림
❖ 좋아하는 음식	떡, 유밀과 등의 주전부리
❖ 싫어하는 음식	매운 음식
❖ 좋아하는 계절	여름
❖ 가장 행복했던 기억	책으로 출간된 회고록을 처음 받아보았던 날, 딸 혜정이의 결혼식
❖ 가장 괴로웠던 기억	눈앞에서 경림이 죽었을 때
❖ 갖고 싶은 것	우건이 다 사줘서 달리 갖고 싶은 게 없음
❖ 첫눈이 오면 하고 싶은 일	우건, 혜정과 함께 눈사람 만들기
❖ 생일	7월 5일
❖ 좌우명	매순간 후회 없이
❖ 기타 TMI	땅콩을 먹는 우건을 볼 때마다 점잖은 다람쥐를 떠올리곤 한다.

부록

우건·소혜 성격 문답

問1. 기념일을 잘 챙기는 사람 ————————————————

● 우건 소혜가 의외로 기념일에 둔감한 편이라 가끔 속상해할 때도 있다.

○ 소혜

問2. 잘 웃는 사람 ————————————————

○ 우건

● 소혜 연구실 대표 미소천사

問3. 돈 관리하는 사람 ————————————————

● 우건 소혜가 수에 약하다.

○ 소혜

問4. 상대의 변화에 민감한 사람 ————————————————

● 우건

● 소혜 둘 다 눈썰미가 좋은 편.

問5. 사랑이 무거운 사람 ————————————————

● 우건 상황이 상황이니만큼 사랑을 대하는 태도와 책임이 더 무거웠다.

○ 소혜

問6. 상대의 눈물에 약한 사람 ————————————————

● 우건 소혜가 울면 세상이 무너지는 사람.

○ 소혜

問7. 상대를 귀여워하는 사람 ─────────────────

● 우건   어쩔 땐 소혜가 딸 혜정이보다 더 귀여워 보인다.

○ 소혜

問8. 거짓말 잘하는 사람 ─────────────────

● 우건   소혜가 걱정할 만한 걸 숨기고 싶어 한다.

○ 소혜

問9. 배고픈 걸 못 참는 사람 ─────────────────

○ 우건

● 소혜   배고프면 손이 떨린다.

問10. 졸린 걸 못 참는 사람 ─────────────────

○ 우건

● 소혜   잠이 많다.

問11. 화가 더 빨리 풀리는 사람 ─────────────────

● 우건   사실 소혜에겐 화나는 일이 거의 없다.

○ 소혜

問12. 더위를 많이 타는 사람 ─────────────────

○ 우건

● 소혜   더위를 먹어 쓰러진 전적이 있다.

問14. 아이들에게 인기 많은 사람 ────────────

○ 우건

● 소혜　린진을 비롯한 아이들에게 그림 교습을 한 경험이 있어 아이와 잘 놀아준다.

問15. 이성에게 더 인기 많은 사람 ────────────

● 우건　경성에서 제법 유명한 미남이었다.

○ 소혜

問16. 기억력이 좋은 사람 ────────────

● 우건　소혜에 관해선 백과사전급.

○ 소혜

問17. 상대의 얼굴을 좋아하는 사람 ────────────

● 우건　서로가 서로의 완벽한 이상형.

● 소혜

問18. 상대의 응석을 받아주는 사람 ────────────

● 우건　일어나지 않은 일을 미리 걱정하는 소혜를 우건이 늘 달래준다.

○ 소혜

問19. 먼저 자는 사람 ────────────

○ 우건

● 소혜　소혜는 잠이 많다.

問20. 먼저 일어나는 사람

● 우건   우건은 아침잠이 없다.

○ 소혜

問21. 정에 약한 사람

○ 우건

● 소혜   길거리에서 어려운 사람을 만나면 꼭 가진 것 중 무엇 하나라도
　　　　주고 싶어 하는 편.

問22. 충동구매 많이 하는 사람

● 우건   길 가다 가판대에 액세서리가 보이면 소혜에게 선물해주고 싶어 사는 편이다.
　　　　그 외에는 둘 다 검소한 편.
○ 소혜

問23. 싸우면 먼저 사과하는 사람

● 우건   큰소리로 싸운 적은 단 한 번도 없다. 다만 의견 대립이 있을 때 우건이
　　　　소혜의 입장을 최대한 배려하며 자신의 입장을 말한다.
　　　　결국 언제나 소혜가 설득 당한다(?).

○ 소혜

손끝에 빛나는 나비 下

초판 1쇄 발행 2021년 8월 27일
지은이 이은비

펴낸이 민혜영
펴낸곳 (주)카시오페아 출판사
주소 서울시 마포구 월드컵로14길 56, 2층
전화 02-303-5580 | **팩스** 02-2179-8768
블로그 blog.naver.com/cassiopeia_romance
이메일 romance@cassiopeiabook.com | **공식 트위터** twitter.com/Rmoon_book
출판등록 2012년 12월 27일 제2014-000277호
책임편집 공하연
책임디자인 최예슬
편집 위유나, 최유진, 진다영, 공하연 | **디자인** 고광표, 최예슬
마케팅 허경아, 김철, 홍수연, 변승주

ⓒ이은비, 2021
ISBN 979-11-90776-89-9 03810

• 잘못된 책은 구입하신 곳에서 바꿔드립니다.
• 책값은 뒤표지에 있습니다.

R&moon은 (주)카시오페아 출판사의 로맨스·로맨스판타지 레이블입니다.